JN295822

ことばの楽しみ 東西の文化を越えて

田島松二 編
Matsuji Tajima

南雲堂

Ways with Words
Beyond East and West

はしがき

　この論文集は、ことばを学び、教え、研究してきた方々、あるいはことばに深くかかわってきた方々に、ご自分の専門分野に関する論文、あるいは随想を寄稿していただいたものを、編者の責任で一書にまとめたものである。執筆者の大半は英語英米文学者であるが、日本文学、中国文学、経済学の専門家も含まれている。年齢構成も、それぞれの分野でわが国を代表する方々から、研究生活を始めて間もない新進まで多彩である。いずれもことばと格闘しながらも、そのことばを愛し、楽しんできた方々ばかりである。書名を「ことばの楽しみ」とした所以である。
　内容は、言語史的には古英語から現代英米語まで、文学史的には中世英文学から現代英米文学まで、と広範囲にわたっている。分野としては、古英語、中英語、近・現代英語、ベーオウルフ、チョーサー、マロリー、韻文ロマンス、頭韻詩、パストン家書簡集、シェイクスピア、バイロン、ディケンズ、コンラッド、文学批評、現代英国小説、更にはソローやアメリカ南部文学論、英語教育、等々と多様である。エマソン、ソローの自然観と中国思想の関係を扱った中国文学者による論文や、「エコノミー」という語の意味変遷を考察した経済学者の論文も含まれている。随想も英米文学関係のものから近代日本文学にかかわるものまで幅広く掲載できた。
　日本人であるわれわれが、外国の文学、言語を学び、研究するとき、文化の障壁が大きくたちはだかる。研究者としての姿勢に、日本人の視点など必要ないという考えもあるかもしれない。が、それなくして独自

の貢献などできるとはとても思えない。それは自ずと出てくるものであろうし、そこを越えたところで研究は成立しているのではなかろうか。副題を「東西の文化を越えて」としたのはそのあたりのことを考えたからである。

　本書が、題名に違わぬ内容になっているかどうかは読者の判断にゆだねるほかはないが、興味深い論文や随想が出揃ったのではないか、と編者としてはひそかに喜んでいる。

編　者

2005 年 10 月

ことばの楽しみ
―東西の文化を越えて―

目　次

はしがき

I

William Barnes とヴィクトリア朝のフィロロジー・・・・・小野　茂　9
Paston Letters and Papers における否定構造・・・・・・宇賀治正朋　29
葛藤する多義性——エンプソンの批評・・・・・・・・・柴田稔彦　46
今、批評に求められるもの——*Heart of Darkness* 小論・・・吉野昌昭　56

II

古英語 *gelyfan* (*Beowulf*, l. 1272b) の意味について・・・・衛藤安治　63
中世英国韻文ロマンスにおける事物列挙・・・・・・・・今井光規　77
中英語頭韻詩にみる繰り返しとリズム・・・・・・・・・守屋靖代　91
The Canterbury Tales: General Prologue, 521 をめぐって・・田島松二　103
Sir Thomas Malory の Winchester 写本と Caxton 版における
　　tho, *those* および *thise*, *these* 等の異同について・・・・中尾祐治　113
『パストン家書簡集』における *any* の使用について・・・・・家入葉子　126
初期近代英語における目的語付き動名詞構文の発達・・・齊藤俊雄　138
初期近代英語における奪取と分離を表す二重目的語
　　構文について・・・・・・・・・・・・・・・・・松元浩一　152
シェイクスピアにおける動名詞の目的語について・・・・藤内響子　163
18 世紀英語における変移動詞の完了形・・・・・・・・・末松信子　174
ディケンズの笑いの英語・・・・・・・・・・・・・・・吉田孝夫　189
Fowleresque —— *Modern English Usage* をめぐって・・・・浦野和幸　200
現代英米語における *Dare*・・・・・・・・・・・・・・・東　真千子　215

時を表す since 節中の完了形と単純形・・・・・・・・松村瑞子 228
初歩の英語史・・・・・・・・・・・・・・・・・・地村彰之 240

III

The Squire's Tale におけるオリエンタリズムと
　　the Franklin の中断・・・・・・・・・・・・濱口恵子 251
『ヘンリー6世・第1部』とジョアンの変容・・・・・大和高行 262
言語文化に未来を読む
　　──タッソの嘆き、バイロンの嘆き、リストの嘆き・・田吹長彦 274
孝行息子の旅立ち──David Storey と *Saville*・・・・・・吉田徹夫 286
「これはわたしの物語ではない」
　　──*Heat and Dust* の構成があばくもの・・・・・・宮原一成 302
エマソンとソローの自然観と中国思想・・・・・・・合山　究 313
ソローのサドルバック山登攀・・・・・・・・・・・小野和人 325
アンドルー・ライトルと〈旧南部〉の崩壊
　　──短篇「エリコ、エリコ、エリコ」を読む・・・小谷耕二 333
消えてしまった植民地──英語国アメリカの始まり・・・常本　浩 347
私のアメリカ文学研究・・・・・・・・・・・・・・野口健司 361

IV

ECONOMY の語義──経済と節約と天の摂理・・・・・福留久大 366
英語教育と多読指導雑感・・・・・・・・・・・・・塚崎香織 380
ルイス・キャロルのローマンスメント・・・・・・・笠井勝子 385
ことばが投げかけてくれたこと・・・・・・・・・・早川鉦二 389
研究余滴──「藪の中」彷徨記・・・・・・・・・・海老井英次 391
漱石が熊本を去った日・・・・・・・・・・・・・・許斐慧二 396
芭蕉の風景──岩にしみ入る「蝉」の声・・・・・・横川雄二 399

　　　　　　　　　　　＊　＊　＊

「たまきはる我が命なりけり」
　　――田島松二先生のご退職に寄せて・・・・・・・小谷耕二　405
田島松二先生のご指導を受けて ・・・・・・・・・・家入葉子　410
田島松二先生のもとで学んで ・・・・・・・・・・・末松信子　412
田島松二先生略歴・研究業績目録・・・・・・・・末松信子(編)　415

　　　　　　　　　　　＊　＊　＊

　執筆者紹介 ・・・・・・・・・・・・・・・・・・　426
　あとがき ・・・・・・・・・・・・・・・・・・・　431

ことばの楽しみ
―東西の文化を越えて―

小野　茂

William Barnes とヴィクトリア朝のフィロロジー

1. 小　伝

　William Barnes は 1801 年 2 月 22 日に Dorset の Sturminster Newton に近い Bagber で、小作農 John と Grace の第 5 子として生まれた。Sturminster Newton の学校で学んだが、どの学科にも興味を持つ優秀な生徒だった。Sturminster Newton に続いて Dorchester の弁護士事務所で書記を務めた。1816 年に 14 歳で母を亡くした。1819 年に消費税収税吏の娘 Julia Miles と出会った。一家を支えることが出来るようにと、Wiltshire の Mere で学校を開いた。1827 年に結婚して、夫婦で協力して学校経営に当たり、1835 年に Dorchester に戻って開校した。聖職を志して、1838 年に Cambridge 大学 St John's College の 'ten year man' (24 歳以上で 10 年間在籍し、一定の条件を満たすと Bachelor of Divinity の学位を与えられた) となり、1850 年に Bachelor of Divinity の学位を取得した。1844 年に最初の Dorset 方言詩集と方言研究を発表した。1845 年に鉄道が Dorchester まで敷かれたが、Barnes 達はローマ時代の遺跡の破壊を阻止した。1851 年に妻と 2 人の娘と共に大博覧会 (the Great Exhibition) を見にロンドンに行き、翌 1852 年に妻を乳がんで亡くした。1856 年に Barnes の学校に隣接する建築事務所に務めていた 39 歳年下の Thomas Hardy (1840-1928) と出会った。Hardy は博学の Barnes から多くを学び、2 人の親交は終生続いた。Barnes は 1862 年に Winterborne Came に聖職禄を得て学校を閉鎖し、1886 年に亡くなるまでの 24 年間 Came Rectory (牧師館) に住んだ。

Barnes は早くから絵画、彫刻、音楽などの才能を発揮し、多くの言語に通じ、その著作は詩、言語の他に数学、科学、政治、経済、歴史 (古代ブリテンとアングロ・サクソン) など広範囲に及ぶ。しかし娘の Lucy Baxter による伝記のタイトル *The Life of William Barnes, Poet and Philologist* (1887) が示すように、Barnes の関心の中心は詩と言語であり、さらに序文で Lucy が述べている通り、彼が最も熱心だったのは言語の研究である。

The reading world know him chiefly for his poems — but the making of poems was but a small part of his intellectual life. His most earnest studies and greatest aims were in philology; but he was also a keen thinker in social science and political economy. (p. vii)

2. フィロロジスト

Barnes は 13 歳まで Sturminster Newton の学校で学んだ以外には、個人的にギリシア語、ラテン語や詩作の手解きを受けたりしたことはあったが、その他は独学で、特に語学の才に優れ、60 以上の言語を知っていた。

当時イギリスでは philology は言語研究、特に比較言語学を指していた。比較言語学は 1786 年にイギリスの Sir William Jones (1746-94) がサンスクリットとギリシア語、ラテン語などが同起源だろうという考えを発表したことに始まる。その後ドイツの Franz Bopp (1791-1867)、デンマークの Rasmus Rask (1787-1832)、ドイツの Jacob Grimm (1785-1863) によって築き上げられた。Barnes は Bopp の研究を知っていた (Jones 1996, p. 82)。Barnes は *A Philological Grammar; Grounded upon English, and formed from a Comparison of more than Sixty Languages* (1854) ; *TIW; or, a View of the Roots and Stems of the English as a Teutonic Tongue* (1862) などを発表したが、独特の考えに基づいた時代遅れのものとして、学界の注意を引かなかった

イギリスでは Benjamin Thorpe (1782-1870) がデンマークで Rask の下に学び、Rask の古英語文法の英訳 (1830) を出しており、Cambridge 大学

で学んだ J. M. Kemble (1807-57) はドイツで Grimm にも学び、イギリス最初の *Beowulf* の校訂本 (1833) を刊行した。1842 年にはロンドンに Philological Society が成立し、歴史的原理に基づく新しい辞書 *NED* (*OED*) が計画された。最初の編者 Herbert Coleridge (1830-61) の死後 F. J. Furnivall (1825-1910) が編者になった。その後 J. A. H. Murray (1837-1915) を始め 4 人の編者の下に、*OED* は 1884 年に第 1 分冊が刊行され、1928 年に完成した。

OED に結実を見たヴィクトリア朝のフィロロジーを支えたのは Thorpe, Kemble に始まり Furnivall, W. W. Skeat (1835-1912), Henry Sweet (1845-1912), Joseph Wright (1855-1930) など Oxford, Cambridge を中心とする学者達だった。このような雰囲気の中で、ロンドンを嫌って Dorset を離れず、独特の言語研究を発表し、Dorset の方言研究と方言詩に専心した Barnes が好意的に受け入れられなかったのは当然であろう。

Barnes は 1844 年に最初の Dorset 方言詩集を出したが、その表題は *Poems of Rural Life, in the Dorset Dialect: with a Dissertation and Glossary* で、Dorset 方言の研究が添えられていた。その中で Barnes は Dorset 方言について次のように述べている。

> Some people, who may have been taught to consider it [the Dorset dialect] as having originated from corruption of the written English, may not be prepared to hear that it is not only a separate offspring from the Anglo-Saxon tongue, but purer and more regular than the dialect which is chosen as the national speech; purer, inasmuch as it uses many words of Saxon origin for which the English substitutes others of Latin, Greek, or French derivation; and more regular, inasmuch as it inflects regularly many words which in the national language are irregular. (p. 12)

Barnes は、Dorset 方言は written English の崩れたものではなく、それとは別のアングロ・サクソンの後裔であって、national speech として選ばれた方言よりもラテン語やフランス語が少ないので純粋 (pure) だと言う。Dorset はアングロ・サクソン時代の West Saxon に含まれ、Alfred 大

王の言葉を受け継いでいて純粋であるが、Barnes が national speech と呼ぶロンドン中心の標準語は外来語が多く入っていて純粋でないと言うのである。この点については 1831 年のウェールズ訪問が少なからぬ影響を与えたであろう。Baxter (1887, p. 36) は次のように述べている。

> In the Welsh language he recognized the pure British unmixed with Latin and other streams, and from it he got his appreciation of the beauty of purity in language, which his whole aim as a philologist was to attain to.

Barnes は生まれ育った土地の言葉を大事にしていたので、その根底にあるのは郷土愛であってナショナリズムではない。彼はアングロ・サクソンの知識なしには、英語の十分な理解はできないとして、1849 年に *Se Gefylsta (The Helper): An Anglo-Saxon Delectus. Serving as a First Class-Book of the Language* という入門書を刊行した。

ヴィクトリア朝の教育ある人々が方言を non-standard として標準語の崩れた低い言葉と考えていたことは、Hardy の *Tess of the D'Uurbervilles* (1891; New Wessex Edition, 1974, p. 48) の次の説明からも窺える。

> Mrs Durbeyfield habitually spoke the dialect; her daughter, who had passed the Sixth Standard in the National School under a London-trained mistress, spoke two languages; the dialect at home, more or less; ordinary English abroad and to persons of quality.

The Son's Veto (1891; *Life's Little Ironies*, Oxford World's Classics, 1999, p. 34) では、パブリックスクール生の息子が母親の「誤用」をたしなめる。

> "He have been so comfortable these last few hours that I am sure he cannot have missed us," she replied.
> "*Has* dear mother; not *have*! " exclaimed the public-school-boy with an impatient fastidiousness that was almost harsh.

しかしヴィクトリア朝の中期になると地方や労働者階級に対する関心が高まり、それが文学作品や言語研究にも現れるようになった。(例えば Mitchell, ed. 1988 の "Dialect Writing" の項を参照)。1873 年には English Dialect Society が設立されて、Skeat が secretary になった。その最大の成果は Wright の *The English Dialect Dictionary* (1898-1905) である。この辞書で Wright は Barnes の *Poems of Rural Life, in the Dorset Dialect; with a Dissertation and Glossary* (1844) の 1848 年版を利用している。1863 年には Philological Society の secretary であった Furnivall が、すでに詩人として有名だった Barnes に方言研究について執筆するように依頼した。Barnes はそれに答えて執筆したが入会せず、Furnivall が代読した。ただし sounds を voice, vowels を voicings, consonants を clippings, synonyms を mate-wording とするような奇妙な用語は普通のものと入れ替えるという条件付きで、1863 年に *A Grammar and Glossary of the Dorset Dialect* が出版された (Baxter 1887, pp. 220-21)。

Barnes はラテン語やフランス語からの借用語を排してアングロ・サクソン以来の語を置き換えたり、アングロ・サクソン語による造語を行ったりした。以下に挙げるのは Phillips (1996, ch. 11) からアトランダムに選んだ例である。(括弧内がアングロ・サクソンに基づく語である。) accent (word-strain), agriculture (fieldlore), astronomy (starcraft), bicycle (wheel-saddle), biography (lifewrit), consonant (breath-penning, clipping), democracy (folkdom), dialect (folkspeech), equinox (even-night), geology (earthlore), glossary (word-hoard), lexicography (wordlore), native (home-born), noun (name-word), ornithology (birdlore), philology (speechlore), preface (foresay), spiritual (ghostly), synonym (mateword), universal (allsome), verb (time-word), vocabulary (word-hoard, wordlist, wordstore), vowel (breathsound).

Barnes が Dorset 方言の先祖であるアングロ・サクソン語を愛する気持ちは理解出来ても、すでにノルマン征服以後 800 年も経っている言葉を変えようとしたことは無理であり、自分だけが使うとすれば 1 人よがりであろう。*OED* は Barnes のアングロ・サクソン復活や造語に対しては好意的でなかった。その中心人物は Furnivall である (*OED* の Barnes に

対する冷やかな態度については Jacobs 1952, ch. iv; Chezdoy 1985, p. 170; Jones 1996; Taylor 1993, ch. 2 などを参照)。従って、科学的な言語研究の立場から見れば、フィロロジストとしての Barnes の貢献は Dorset 方言研究と方言詩であろう。しかし彼は *Notes on Ancient Britain and the Britons* (1858) や *Early England and the Saxon-English* (1869) のような歴史も書いている。これは本来のフィロロジストとして当然の仕事である。このように彼の詩のみでなく言語・歴史研究の総体を思想史的に捉えれば、彼が 'local' と 'total' の間を歩んだことに意義を認める以下のような Gillian Beer (1996, p. 44) の見解はフィロロジスト Barnes を再評価する際の参考になる。

> Barnes is often referred to as a local dialect poet, one wholly centred in Dorset; but this is to misunderstand how the relations between local and total were working in Victorian culture. Victorian philology and etymology were preoccupied with the relations between English and other languages within the Indo-Germanic group. The question of common roots between remote tongues was much under discussion. The discursive array within English was being linked to issues of class, of national autonomy, of cultural progression. Barnes tracked between the local and total.

3. 詩　人

Barnes は早くから詩作を始め、1820 年には *Poetical Pieces* を、1822 年には物語詩 *Orra: A Lapland Tale* を刊行した。*Orra* は Lapland の若者 Lawo と厳格な父の娘 Orra との悲恋の物語であるが、自分と Julia の運命を 18 世紀風の詩に託したのであろう。実際には 1822 年に Julia の父の許しを得て結婚した。それまでの作品はいずれも標準語で書かれている。彼が最初に Dorset 方言詩を発表したのは 1834 年である。当時はエンクロージャーが行われて、1834 年には Dorchester に近い Tolpuddle で、労働組合を組織しようとしてオーストラリアに流刑になった Tolpuddle Martyrs の事件があった。Barnes はこれらの事件に比較的沈黙を守っていた。Barnes を賞賛する E. M. Forster ですら "He could live through the

Labourers' Revolt of 1830 without its shadows falling across his verse,..."
(1939; rpt. 1965, p. 210) と言っているが、Barnes は 1833-34 年に匿名で数編のラテン語のタイトルを付けた eclogues を *Dorset County Chronicle* に発表している。彼は帝国主義を嫌い、キリスト教徒が非キリスト教徒の土地を略奪することに反対した (*Humilis Domus: Some Thoughts on the Abodes, Life and Social Conditions of the Poor*, 1849)。さらに Charles Darwin の *The Origin of Species* や Karl Marx の *A Contribution to the Critique of Political Economy* が出版された 1859 年に、Barnes は *Views of Labour and Gold* を刊行した。このように Barnes は政治的・社会的関心を持っていたが、後に触れるように、彼は詩を政治から切り離したかったのであろう。(このことについては Dugdale 1953, p. 89; Jones, ed. 1962, pp. 11-16; Hearl 1966, p. 111 などを参照)。彼は古典文学に通じていて、Vergil や Theocritus の eclogues も知っていた。しかし彼が初期に eclogues を書いた動機はウェールズの詩を知ったからであろう。彼は若い頃 Petrarch を好んで、翻訳もして影響を受けた。14 世紀のペルシャの詩人 Hafiz の詩法を用いたこともある。

Barnes の詩では Ralph Vaughan Williams が作曲した *My Orcha'd in Linden Lea* が有名である (以下 Barnes の詩のテキストは Motion 1994 による)。

My Orcha'd in Linden Lea

'Ithin the woodlands, flow'ry gleäded
   By the woak tree's mossy moot,
The sheenèn grass-bleädes, timber-sheäded,
   Now do quiver under voot;
An' birds do whissle over head,   5
An' water's bubblèn in its bed,
An' there vor me the apple tree
Do leän down low in Linden Lea.

When leaves that leätely wer a-springèn
    Now do feäde 'ithin the copse,   10
An' painted birds do hush their zingèn
    Up upon the timber's tops;
An' brown-leav'd fruit's a-turnèn red,
In cloudless zunsheen, over head,
Wi' fruit vor me, the apple tree   15
Do leän down low in Linden Lea.

Let other vo'k meäke money vaster
    In the aïr o' dark-room'd towns,
I don't dread a peevish meäster;
    Though noo man do heed my frowns,   20
I be free to goo abrode,
Or teäke ageän my hwomeward road
To where, vor me, the apple tree
Do leän down low in Linden Lea.

   注 1. *'Ithin*: within. 2. *woak*: oak. *moot*: base of the trunk.

   2重母音 a [ei] は eä [eə *or* iə] となる (gleäded, meäke)。w が落ちたり付いたりする ('ithin; woak)。語尾の子音はよく落ちる (an', Wi', o')。語頭の f, s は母音の前で有声化する (voot, vor; zingèn, zunsheen)。-ing は -èn になる (bubblèn, zingèn)。過去分詞に a- が付く (a-springèn, a-turnèn)。do を用いる (do quiver, do whissle)。動詞では 1 人称に I be を用い、3 人称単数は原形のままである (the apple tree / Do leän, noo man do heed)。

   各スタンザは 'Do *leän down low // in Linden Lea*' のリフレインであるが、前半行の子音のパターン lndnl が後半行で繰り返されている。これはウェールズ詩で *cynghanedd* (*OED* 第 2 版の発音表記は [kəŋ'hanɛð]) と呼ばれる。Barnes の生前には Lidden という川があったが、Linden にしたのは *cynghanedd* を成立させるためであろう (Ashdown 2003, p. 199)。

   この詩の初出は 1856 年 11 月 20 日の *Dorset County Chronicle* である。

Barnes はかつて教師をしていた Wiltshire の Mere に続いて Blackmore Vale と生地 Bagber を訪れ、花やオークに囲まれ、鳥の囀りや川の流れを聞く。春を歌う第1スタンザに対して、第2スタンザは秋になり、木の葉は色褪せ鳥も歌わない。第3スタンザでは金の亡者や気難しい主人に対する怒りを表す。第3スタンザではセミコロンが4行目でなく3行目の終わりに来て心の変化を示す。人が自分の渋面に気付かずとも、束縛されず自由な身で家路に着く。リンゴの木が自分の方に傾いていて、そこに帰って行く (Ashdown 2003, p. 199)。

次の詩は後に引用する E. M. Forster の賛辞で有名である。

Woak Hill

When sycamore leaves wer a-spreadèn,
    Green-ruddy, in hedges,
Bezide the red doust o' the ridges,
    A-dried at Woak Hill;

I packed up my goods all a-sheenèn   5
    Wi' long years o' handlèn,
On dousty red wheels ov a waggon,
    To ride at Woak Hill.

The brown thatchen ruf o' the dwellèn
    I then wer a-leävèn,   10
Had shelter'd the sleek head o' Meäry,
    My bride at Woak Hill.

But now vor zome years, her light voot-vall
    'S a-lost vrom the vloorèn.
Too soon vor my jaÿ an' my childern,   15
    She died at Woak Hill.

But still I do think that, in soul,
    She do hover about us;
To ho vor her motherless childern,
    Her pride at Woak Hill.   20

Zoo — lest she should tell me hereafter
    I stole off 'ithout her,
An' left her, uncall'd at house-riddèn,
    To bide at Woak Hill —

I call'd her so fondly, wi' lippèns   25
    All soundless to others,
An' took her wi' aïr-reachèn hand,
    To my zide at Woak Hill.

On the road I did look round, a-talkèn
    To light at my shoulder,   30
An' then led her in at the door-way,
    Miles wide vrom Woak Hill.

An' that's why vo'k thought, vor a season,
    My mind wer a-wandrèn
Wi' sorrow, when I wer so sorely   35
    A-tried at Woak Hill.

But no; that my Meäry mid never
    Behold herself slighted,
I wanted to think that I guided
    My guide vrom Woak Hill.   40

注 1. *Woak*: oak. 3. *doust*: dust. 15. *jäy*: joy. 19. *ho*: be anxious. 23. *house-riddèn*:moving house. 25. *lippèns*: lip-movements. 37. *mid*: might.

　この詩は各スタンザ最後の行内の語がネックレースのように韻で結ばれていて、'pearl' と呼ばれるペルシャの詩法を用いている。4 A-dried, 8 ride, 12 bride, 16 died, 20 pride, 24 bide, 28 zide, 32 wide, 36 A-tried, 40 guide がそれである (Baxter 1887, pp. 247-49; Dugdale 1953, p. 170)。一見素朴に見える Barnes の詩に独特の詩法が隠されている。

　この詩は、妻 Julia が亡くなる 1852 年まで共に暮らしていた Dorchester を去って Winterborne Came の牧師館に移った 1862 年に書かれて、3 月 6 日の *Dorset County Chronicle* に発表された。妻の名を Meäry にし、家を "brown thatchen ruf" の田舎家にしている。Hardy は "It is impossible to prophesy, but surely much English literature will be forgotten when "Woak Hill" is still read for its intense pathos,..." (1886; rpt. Orel 1966, p.105) と言い、E. M. Forster は "It is impossible to read a poem like 'Woak Hill' without tears in one's eyes. Or rather, if one has not tears in one's eyes at the end of 'Woak Hill' one has not read it." (1939; rpt. 1951, p. 208) と言ってこの詩を賞賛した。

4. 晩　年

　Barnes の晩年には William Allingham, Edmund Gosse, Coventry Patmore, F. T. Palgrave, Alfred Lord Tennyson などが Came Rectory を訪れた。1883 年に Hardy と共に Barnes を訪れた Gosse はその時の模様を詳しく記している。

> Hardy and I walked last afternoon through fields of rye 5 or even 6 feet high to the village of Winterborne Came of which Mr. Barnes the poet is Rector.... Barnes is a wonderful figure, he is in his 83rd year. He has long, thin, silky hair flowing down and mingling with a full beard and moustache almost as white as milk, a grand dome of forehead over a long, thin, pendulous nose, not at all a handsome face, but full of intelligence, and a beauty of vigour in extreme old age. He undertook the entire service himself and

preached rather a long sermon. Then he stayed behind to hear the school-children practice their singing and walked to the Rectory as he had walked from it, rather over a mile.... His dress is interesting, black knee breeches, and silk stockings, without gaiters, and buckled shoes. I hear he is the last person in Dorset to keep up this dress. He was extremely hospitable and seemed untirable; we stayed four hours with him, and all the time he was hurrying us from place to place to show us his treasures. His mind runs chiefly on British Antiquities and Philology. It was difficult to induce him to talk much about his poems. I was extremely gratified and interested by my visit. (Dugdale 1953, pp. 217-18)

1884年1月26日、BarnesはHardyと共に家路に着いた時、突然冷たい暴風雨に見舞われた。Hardyは自宅での雨宿りを乞うたが、Barnesは聞き入れず、帰宅後床に就き、その後身体は衰えるばかりだった。1885年10月13日に、少し持ち直して暖炉脇の椅子に座っていた時、くぐり門が閉まる音を聞くと、長女のLauraに次の詩を口述した。

The Geäte a-Vallèn to

In the zunsheen ov our zummers
    Wi' the haÿ time now a-come,
How busy wer we out a-vield
    Wi' vew a-left at hwome,
When waggons rumbled out ov yard   5
    Red wheeled, wi' body blue,
As back behind 'em loudly slamm'd
    The geäte a-vallèn to.

Drough daÿsheen ov how many years
    The geäte ha' now a-swung   10
Behind the veet o' vull-grown men
    An' vootsteps ov the young,

Drough years o' days it swung to us
    Behind each little shoe,
As we tripped lightly on avore   15
    The geäte a-vallèn to.

In evenèn time o' starry night
    How mother zot at hwome,
An' kept her bleäzèn vire bright
    Till father should ha' come,   20
An' how she quicken'd up an' smiled
    An' stirred her vire anew,
To her the trampèn ho'ses' steps
    An' geäte a-vallèn to.

There's moon-sheen now in nights o' fall   25
    When leaves be brown vrom green
When, to the slammèn o' the geäte,
    Our Jenny's ears be keen,
When the wold dog do wag his tail,
    An' Jeän could tell to who,   30
As he do come in drough the geäte,
    The geäte a-vallèn to.

An' oft do come a saddened hour
    When there must goo away
One well-beloved to our heart's core,   35
    Vor long, perhaps vor aye:
An' oh! it is a touchèn thing
    The lovèn heart must rue,
To hear behind his last farewell
    The geäte a-vallèn to.   40

注　9. *Drough*: through.　25. *fall*: autumn; 動詞 'to fall' には *vall* が使われた。

　Barnes は "Observe that word "geäte." That is how King Alfred would have pronounced it, and how it was called in the *Saxon Chronicle*, which tells us of King Edward, who was slain at Corfe's geäte.... Ah! if the Court had not been moved to London, then the speech of King Alfred of which our Dorset is the remnant — would have been — the Court language of to-day, and it would have been more like Anglo-Saxon than it is now." と言ったと Laura は日記に書いた (Baxter 1887, p. 317)。

　1886 年の夏 Gosse は Hardy と共に見舞いに行った。10 月 7 日に Barnes は亡くなり、11 日に Rectory で葬儀が行われた。Hardy は自宅から Rectory への途上で葬列を見た。

The Last Signal
(11 Oct, 1886)

A Memory of William Barnes

　　Silently I footed by an uphill road
　　　That led from my abode to a spot yew-boughed;
　　Yellowly the sun sloped low down to westward,
　　　And dark was the east with cloud.

　　Then, amid the shadow of that livid sad east,　　　　5
　　　Where the light was least, and a gate stood wide,
　　Something flashed the fire of the sun that was facing it,
　　　Like a brief blaze on that side.

> Looking hard and harder I knew what it meant —
>   The sudden shine sent from the livid east scene;   10
> It meant the west mirrored by the coffin of my friend there,
>   Turning to the road from his green,
>
> To take his last journey forth — he who in his prime
>   Trudged so many a time from that gate athwart the land!
> Thus a farewell to me he signalled on his grave-way,   15
>   As with a wave of his hand.
>
> *Winterborne-Came Path*

(James Gibson, ed., *Thomas Hardy: The Complete Poems*. Palgrave, 2001 による。詩の後の *Winterborne-Came Path* は、この詩の主題が Hardy の自宅から Barnes の葬儀が行われた Winterborne Came Rectory への路上でのことだったことを示す。)

棺から閃く光を別れの合図と見るこの詩には、Barnes が導入したウェールズの詩法が使われている。1つは行末の語が次の行中の語と韻を踏む internal rhyme で、*union* と呼ばれる (Barnes, *A Philological Grammar*, p. 292)。この詩では、1 road と 2 abode, 5 east と 6 least, 9 meant と 10 sent, 13 prime と 14 time である。もう1つは Barnes が *My Orcha'd in Linden Lea* で使った *cynghanedd* で、3行目に見られる llsnsllns の子音のパターンである (Hynes 1961, p. 29)。Hardy は Barnes に捧げる詩に意識的にこれらの技法を用いたのであろう (Taylor 1988, p. 81)。

5. 評　価

Hardy は Barnes の詩選集 (1908) を編纂した。序文で、Barnes は 'naîf and rude bard' だという一般の印象を否定して、彼の詩の技巧と巧みな語彙選択について次のように言う。

In his aim at closeness of phrase to his vision he strained at times the capacities of dialect, and went wilfully outside the dramatization of peasant talk. Such a lover of the art of expression was this penman of a dialect that had no literature, that on some occasions he would allow art to overpower spontaneity and to cripple inspiration; though, be it remembered, he never tampered with the dialect itself. His ingenious internal rhymes, his subtle juxtaposition of kindred lippings and vowel-sounds, show a fastidiousness in word-selection that is surprising in verse which professes to represent the habitual mode of language among the western peasantry. We do not find in the dialect balladists of the seventeenth century, or in Burns ... such careful finish, such verbal dexterities, such searchings for the most cunning syllables, such satisfaction with the best phrase. (pp. ix-x)

Barnes の詩選集 (1950) を編纂した Geoffrey Grigson も、彼が学者詩人であることを認めながら、方言が生まれながらの言葉だったから、不自然ではなかったと言う。

Writing in dialect began as a preference, a choice which Barnes made out of his philological delvings. His daughter Lucy confirms so much in her *Life* of William Barnes, and says 'when he began, it was as much the spirit of the philologist as the poet which moved him.'... So, far from being a spontaneous act, this choice of dialect was a learned perversity, which he was able to carry through, since dialect had been his first speech, without the defects of being perverse. Once he began, he found he could do it by nature. Then, no doubt, he could not help continuing. (pp. 10-11)

Robert Gittings (1975) は "Barnes is writing in a calculated dialect, observed by him as a philologist; this is why his Dorset poems, even at their best, have something of the air of an academic exercise. With Hardy, the use of a local word was, as he says, natural,..." (pp. 125-26) と言うが、フィロロジストに対する偏見が感じられる。

1886年の1月に息子が政治に関わる詩を話題にすると、Barnes は "That is a subject connected with politics, not with poetry. I have never written any of my poems but one, with a drift. I write pictures which I see in my mind." (Baxter 1887, p. 323) と言った。Patmore は Barnes を純粋な詩人と見て、"Mr. Barnes, in his poems, is nothing but a poet. He does not there protest against anything in religion, politics, or the arrangements of society;..." (Patmore 1862; Motion, ed. 1994, p. 140) と述べている。Hopkins は Barnes の詩を "the supposed emotion of peasants" だと冷笑した Robert Bridges への書簡で "I hold your contemptuous opinion an unhappy mistake: he is a perfect artist and of a most spontaneous inspiration; it is as if Dorset life and Dorset landscape had taken flesh and tongue in the man." (1 Sept. 1885; Pick, ed. 1953, p. 247) と反論した。E. M. Forster が *Woak Hill* について述べた言葉はすでに引用した。Philip Larkin は 1962 年の Jones 編全詩集刊行に際して、その批評で Barnes が方言と標準語の両方で書いている詩を比較して、次のような興味深いことを述べている (1962; rpt. 1983, p. 151)。

Comparison of them is interesting, because it shows that while dialect may be antipathetic to us, it carries one unexpectedly modern virtue — that of naturalness, the natural words in their natural order:

Our mind could never yield the room for all
Our days at once; but God is ever kind...

Our minds ha' never room enough to call
Back all sweet days at oonce, but God is kind...

Here the dialect is not only smoother, but has the clearer meaning.

1994 年に Andrew Motion, ed.,*William Barnes: Selected Poems* が Penguin Classics に入ったが編者の序文はない。1999 年に Motion は桂冠詩人になったが、彼が 2000 年に行った講演 *William Barnes* (The Laurie Lee

Memorial Lecture (2001)) がそれを補っている。彼は Barnes が読まれないことについて、

> Dialect is not the only obstacle .... Barnes spent most of his writing life as a Victorian, yet his attitudes to Nature linked him to the Romantics: to Wordsworth, obviously, but in idiom and emphasis also to Burns, Crabbe and Clare .... Everything about him was at odds with his own time, even his appearance: he could be seen strolling round Dorchester in the late 1870s wearing buckle shoes and knee breeches, wielding a staff. His aim was a kind of heroic individualism,... (p. 6)

と言っている。Barnes は空間的には方言によって、時間的には時代に逆行することで、世間から離れていた。言い換えれば、標準語の普及で蔑視されている土地の言葉を守ることと、物質文明に対する批判である。その点では、Thomas Carlyle (1795-1881), John Ruskin (1819-1900), Matthew Arnold (1822-88), William Morris (1834-96) などと共通する所があるが、Barnes は中央に出ることを嫌い、頑なに Dorset に留まった。歿後76年経った1962年にようやく全詩集が出版されたが、散文の著作集全6巻が公になったのは、さらに遅れて歿後110年の1996年である。編者 Richard Bradbury は序文の最後を "We have not included his numerous contributions to magazines and journals. Neither have we included his sermons. This work is a step, I hope a large step, on the road to the production of a collected works of this scandalously neglected voice of Dorset." (p. liii) と強い言葉で結んでいる。しかし印刷されたほぼ全著作を読むことが出来るようになった現在、先に引用した Beer が言うように、単なる方言詩人に留まらない、再評価に値する Barnes の全貌を把握する道が拓けて来た。その1つの試みにおいて、Father Andrew Phillips は "... our post-industrial society ... may well have much to learn from Barnes' surprisingly relevant pre-industrial values and ideals." (1996, p. 10) と述べて、Barnes の人と仕事を多面的に解説している。特に今日のような時代において、未だに殆ど知られていない Barnes から学ぶ所は少なくないはずである。最後に Lucy

Baxter が父の伝記への序文の冒頭で述べた示唆に富む言葉を引用する。

> Some men live before their age, others behind it. My father did both. In action he was behind the world, or rather apart from it; in thought he was far before his time — a thinker who may probably lead the next generations even more than his own. A great and deep student of the past, he drew from it inferences and teaching for the future. (p. vii)

参考文献 (参考文献は使用したもののみ、作品は年代順、その他はアルファベット順。)

1. Barnes の作品 (散文著作集に含まれている著作名は記さない。)

Poems of Rural Life in the Dorset Dialect. London: Kegan Paul, 1888; 1st ed. 1879.
Select Poems of William Barnes, ed. Thomas Hardy. London: Humphrey Milford, 1908; rpt. 1933.
Selected Poems of William Barnes, ed. Geoffrey Grigson. London: Routledge, 1950.
The Poems of William Barnes, ed. Bernard Jones. 2 vols. London: Centaur, 1962.
William Barnes the Dorset Poet, Chris Wrigley. Stanbridge, Wimborne, Dorset: The Dovecote Press, 1984; rpt. 1988.
The Love Poems and Letters of William Barnes and Julia Barnes, ed. C. H. Lindgren. Dorset Record Society, 1986.
William Barnes: Selected Poems, ed. Andrew Motion. London: Penguin Books, 1994.
William Barnes: Collected Prose Works, ed. Richard Bradbury. 6 vols. London: Routledge/Thoemmes Press, 1996.

2. 伝記、批評など

Ashdown, Douglas. 1996. *An Introduction to William Barnes the Dorset Poet, 1801-1886*. Dorset Books; rpt. 1999.
──. 2003. *William Barnes, My Hwomeward Road: The Family Life of the Dorset Poet*. Douglas Ashdown.
Austin, Francis and Bernard Jones. 2002. *The Language and Craft of William Barnes, English Poet and Philologist (1801-1886)*. Lampeter: Edwin Mellen.
Baxter, Lucy. 1887. *The Life of William Barnes, Poet and Philologist*. London: Macmillan; rpt. in *William Barnes: Collected Prose Works*, 1996.
Beer, Gillian. 1996. *Open Fields: Science in Cultural Encounter*. Oxford: Oxford University Press; pb 1999.
Benzie, William. 1983. *Dr. F.J. Furnivall: Victorian Scholar Adventurer*. Norman, OK: Pilgrim Books.
Chezdoy, Alan. 1985. *William Barnes: A Life of the Dorset Poet*. Stanbridge, Wimborne, Dorset: The Dovecote Press.
Dugdale, Giles. 1953. *William Barnes of Dorset*. London: Cassell.

Forster, E. M. 1939. "Homage to William Barnes," *New Statesman and Nation*, 9th Dec., pp. 819-20; rpt. as "William Barnes," *Two Cheers for Democracy*, Penguin Books, 1965, pp. 208-12.
Gittings, Robert. 1978. *Young Thomas Hardy*. Harmondsworth: Penguin Books.
Hardy, Thomas. 1886. "The Rev. William Barnes," *Athenaeum*, 16 Oct., pp. 501-502; rpt. Orel (1966), pp. 100-106.
———. Introduction to *Select Poems of William Barnes*, above.
Hearl, T. W. 1966. *William Barnes the Schoolmaster*. Dorchester: Longmans.
Hopkins, G. M. 1885. To Robert Bridges, Sept. 1; rpt. Pick (1953), pp. 246-47.
Hynes, Samuel. 1961. *The Pattern of Hardy's Poetry*. Chapel Hill, NC: University of North Carolina Press.
Jacobs, W. D. 1952. *William Barnes Linguist*. Albuquerque: University of New Mexico Press.
Jones, Bernard. 1990. "Barnes: a Glossary Restored," *The Henry Sweet Society Newsletter*, No. 14, May/June, pp. 25-28.
———. 1992. "William Barnes and the south west dialect of English," M. Rissanen, *et al.*, eds., *History of Englishes*. Mouton de Gruyter, pp. 556-63.
———. 1996. "William Barnes, the Philological Society up to 1873 and the *New English Dictionary*," Juani Klemola, et al., eds., *Speech Past and Present: Studies in English Dialectology in Memory of Ossi Ihalainen*. Frankfurt am Main, etc.: Peter Lang, 1996, pp. 80-100.
———. 1999. "William Barnes (1801-86), the Philological Society, the English Dialect Society, and the Dictionaries," *The Henry Sweet Society Bulletin*, No. 32, May, pp. 13-24.
Larkin, Philip. 1962. "The Poetry of William Barnes," *The Listener;* rpt. *Required Writing*. London: Faber and Faber, 1983, pp. 149-52.
Levy, W. T. 1960. *William Barnes: The Man and the Poems*. Dorchester: Longmans.
Mitchell, Sally, ed. 1988. *Victorian Britain: An Encyclopedia*. New York: Garland.
Motion, Andrew. 2001. *William Barnes*. (The Laurie Lee Memorial Lectures, 2). Cheltenham: The Cyder Press.
Orel, Harold, ed. 1966. *Thomas Hardy's Personal Writings*. Lawrence: University of Kansas Press.
Parins, J. W. 1984. *William Barnes*. Boston: Twayne Publishers.
Phillips, Andrew. 1996. *The Rebirth of England and English: The Vision of William Barnes*. Frithgarth, Norfolk: Anglo-Saxon Books.
Pick, John. 1953. *A Hopkins Reader*. London: Oxford University Press.
Taylor, Dennis. 1981. *Hardy's Poetry 1860-1928*. New York: Columbia University Press.
———. 1988. *Hardy's Metres and Victorian Prosody*. Oxford: Clarendon.
———. 1993. *Hardy's Literary Language and Victorian Philology*. Oxford: Clarendon.
Urlau, Kurt. 1921. *Die Sprache des Dialektdichters William Barnes (Dorsetshire)*. Diss. Berlin.
Widén, Bertil. 1949. *Studies on the Dorset Dialect*. (Lund Studies in English, XVI.) Lund: Gleerup.

宇賀治正朋

Paston Letters and Papers における否定構造

1. 本論文は、イングランドは East Anglia 地方の Norfolk 州に居住した紳士階級 (gentleman) に属する有力な一族 Paston 家が、[1] 15 世紀始めから 16 世紀初頭にかけて、3 代にわって書き残した書簡集の英語にみられる否定構造に関する記述的研究の一部で、否定詞 ne の統語法を扱う。本論に入る前に準備として、Paston 家書簡集についての簡単な解説と、英語否定文の史的研究分野における従来の研究のいくつかについての概観を行う。

2.1. 一般に The Paston Letters という名で呼ばれるものは、イングランドの Norfolk 州 Paston 村に住んだ一族 Paston 家が、3 代 (正確には 3 代プラス 4 代目の一人) にわたって家族間同士で取り交わした書簡 (letters) と関連書類 (papers)、[2] 一族が家族以外の第三者から受け取った書簡、ならびに厳密にはこれら二つの範疇のいずれにも属さないが関連する情報を伝える文書類 (related documents) の 3 者を総称していう。書簡類と関連文書類は現在 2 巻に収められて次の題名で出版されている。

    Norman Davis (ed.), *Paston Letters and Papers of the Fifteenth Century*, 2 parts. Oxford: Clarendon Press, 1971, 1976.

第 1 巻は Paston 家一族が家族のものに宛てて発信した書簡と関連書類合計 421 通 (1425-1503) を、世代・兄弟・夫妻の順序で判明可能な限り日

付の年月日順に収録し、第2巻は一族が家族以外から受信した書簡445通 (1425-not after 1520) と関連する文書類64点 (1426-1510) の合計509点を、同じく年月日順に収める。最後の関連文書64点のなかには、当時の下記の国王3人と王妃1人が書いた書簡または認可書12通が含まれている (括弧内は書簡または認可書の作成年)：Henry VI (1450,1460), Edward IV (1461, 1464, 1466, 1466, 1468, 1469, 1469), Henry VII (1486, 1500), Elizabeth (1467)。書簡集第1、第2巻を通して総計930点には通し番号が与えられ、各書簡・関連文書の本文に5行刻みで行数字が付されている。本論文は例文その他のデータを Davis 編の上記エディションに拠っており、各引用例文の末尾には当該書簡の作成年と番号、行数字が付記されている。

なお、既刊の上記2巻のほかに第3巻も刊行が予定されているが、こちらは現在未刊である。第3巻には書簡の発信者、受信者、書簡類に言及されている出来事等についての注のほか、言語論、第1、2巻で収録対象外とされた関連文書、グロッサリ、索引が収録されることになっている。

ここで、以下に続く本論での記述の参考のため、書簡集に発信人、受信人として登場する一族4代の各家族構成員の生・没年と家族関係を、書簡集第1巻の冒頭に付された Davis 執筆による Introduction によって略述し、併せて当人が発信、受信した書簡数をこの順で付記する。さらに、引用例文の書き手を同定するための便宜として、発信書簡数に続けて括弧内に当該数書簡の最初と最後のものの番号を付記した。例えば2代目当主 John Paston I については 44 (35-78)：267 とあるが、これは、彼が44通の書簡を発信し、それらの書簡番号は35番から78番までであること、それとは別に267通を受信していることを示す。

William Paston I (1378-1444) Norfolk 州 Paston 村の Clement Paston (d. 1419) の息子。Agnes Berry と結婚 (1420)。12 (1-12)：12.

　Agnes Paston (-1479) 22 (13-34)：3.

夫妻の子供：

John Paston I (1421-66) Margaret Mautby と結婚 (c1440)。44 (35-78)：267.

Margaret Paston (-1484) 107 (124-230) : 30.
Edmond I (1425-49) 2 (79-80) : 2.
Elizabeth (1429-88) 3 (121-123) : 30.
William II (1436-96) 33 (81-113) : 2.
Clement (1442-not later than 1479) 7 (114-120) : 0.
John I と Margaret 夫妻の子供：
John II (1442-79) 86 (231-316) : 47.
John III (1444-1504) Margery Brews と結婚 (1477)。77 (317-393) : 70.
  Margery Paston (-1495) 6 (415-420) : 1.
Edmond II (-not later than 1504) 8 (394-401) : 1.
Walter (after 1455-c1479) 4 (402-405) : 0.
William III (c1459-became insane probably 1503) 9 (406-414) : 6.
John III と Margery 夫妻の子供：
William IV (c1479-1554) 1 (421) : 5.

2.2. 英語の文否定構造は、英語史の最初期から現在に至るまでのおよそ1500年間に構造上きわめて大幅に変化した。変化の大要は、よく知られているように、Otto Jespersen の著作 *Negation in English and Other Languages* (1917) に次の5段階に分けて簡潔に提示されている (pp. 9-14)：

(1)   i. ic ne secge
      ii. I ne seye not
      iii. I say not
      iv. I do not say
      v. I don't say

(1i) は OE の代表的な文否定構造である。否定辞 ne は定形動詞の直前に置かれる。ne を伴う動詞は散文では主節で通例文の頭位を占めるが、主語が代名詞である場合 ne は主語に後続することもある (Mitchell 1985: I, 661)。(1i) は OE 以降も徐々に衰退しながら存続したが、ME 末期までに

消失した。他方、すでに OE で、たぶん強調、対比の目的で別の否定辞 noht, not を追加した (1ii) も用いられ、これが次第に ME の代表的な否定構造となった。しかし、14世紀中頃から ne は脱落することが多く、その結果、遅くとも1400年頃までに not だけが定形動詞の後で用いられる (1iii) が確立した。

　以上、(1i-iii) の発達過程は同時期にドイツ語で起こった文否定構造の発達過程とまったく同じである。しかしドイツ語はその後進展せず、現在も (1iii) の段階にとどまっている。ラテン語から派生したフランス語もドイツ語と類似の発達状況にある。他方、英語はさらに次の発達段階を持った。すなわち、15世紀始めに否定平叙文に助動詞 do が導入され、(1iv) が出現した。(1iv) は現在まで存続する。(1iv) の最初の100年間における相対的頻度は10％以下であったが、16世紀に入って少しずつ頻度を増し、以後やや急速に広まって、早くも17世紀末には否定平叙文における do の使用が確立した (Ellegård 1953: 162)。否定疑問文における助動詞 do の確立はさらにおよそ100年早い。(1iv) では not はあたかも始発段階 (1i) の ne の位置に復帰するかのように本動詞の前へ移されているが、定形動詞の後に配置されている点では (1ii), (1iii) と変わらず、したがって not の位置は (1ii) における出現以来こんにちまで、一貫して定形動詞の直後に固定され続けていることになる。(1iv) が確立したあともある期間 (1iv) に現れることの少なかった動詞がいくつかあり、とくに believe, care, doubt, know, mistake, trow ('think'), wot ('know') など、知識や思考を表す動詞にその傾向が強い。

　(1iv) は主語名詞句と定形動詞句の意味上の結びつきを否定するので、(1iii) が潜在的にもつ曖昧性をもたない。例えば (1iii) の発達段階の文

(2) He tried not to look that way.

は音調次第では、(i) 「彼はそちらを見ようとはしなかった」(not の作用域 (scope) は定形動詞句 tried to look that way 全体)、(ii) 「彼はそちらを見まいとした」(not の作用域は不定詞句 to look that way のみ) のいずれかを意味し、曖昧である。これに反し (1iv) は (i) しか意味せず、従って (1iv)

は表現上大きな利点をもたらしたものといえる。

　最後の発達段階として、1600 年頃に not が縮約され、do に後接 (encliticize) されて (1v) が生じた。

　Jespersen (1917) は、書名にも示されているように、英語のほかドイツ語、オランダ語、デンマーク語、ゴート語、古ノルド語、フランス語、スペイン語、ロシア語、フィンランド語、さらにギリシア語、ラテン語をも含む広範な言語を対象とし、それらについての深い知識と細部におよぶ透徹した観察によって、言語の否定現象を語 (による) 否定と接辞否定の両面にわたって洞察豊かに論じた卓越した研究書で、これまで多くの学徒にとり啓示の源泉であり、今後ともそうあり続けるであろう存在である。

　Jespersen (1917) はもともと、本書出版の時点で最初の 2 巻が刊行済み (出版年はそれぞれ 1909, 1914) であった大著 *A Modern English Grammar on Historical Principles*, 7 parts (1909-49) の後続第 3 または第 4 巻に収録される予定で準備されていたものが、第 3 巻の出版が、折しも始まった第 1 次世界大戦 (1914-18) のあおりを受けて遅延されたため、ひとまずデンマーク王立学士院の歴史・哲学部門の紀要の一部として発表されたものであり (Jespersen (1909-49:III, v) ; Juul et al. (1995:200-201))、目次 1 ページを含めて 152 ページの比較的短いモノグラフである。そのため英語の否定文の歴史を扱った部分も、わずか 6 ページにも満たない極度に圧縮された記述であって、発達の大筋だけが示されたにとどまり、言及されずに残されている部分はあまりにも多い。この空隙を埋めることが後進に託された責務であろう。

　なお、Jespersen (1917) を若干改定し、論述の焦点を英語に絞って内容をかなり大幅に圧縮した縮小版が Jespersen (1909-49) 第 V 巻 (1940:426-67) に収録されている。

2.3.　第 2 次世界大戦 (1939-45) が終結し、新しい世界秩序が展開し始めてまもなく、英語の否定構造に関する新しい研究が現れ始めた。それらの中で第一にあげるべきものは Klima (1964) であろう。この論文は、変形生成文法の思考法に従って現代英語の否定現象を包括的かつ体系的に論じたもので、not, never, none, nothing, scarcely, hardly, rarely などの諸語

が共有する否定特性を抽象的な文法要素 Neg として設定したこと、Neg の作用域を 'in construction with' という概念を用いて規定したこと、従って非断言的 (non-assertive) な any その他同類語の分布をこの概念によって把握することなどは、特に重要で、共時的・通時的の別を問わず、その後の否定研究を推進させる上で大きな力となった。

次に史的研究分野では、最初に、中英語の否定副詞、多重否定を論じた Jack の 3 篇の研究 (1978a, 1978b, 1978c) がとりわけ重要である。この一連の研究については、既に『英語青年』第 133 巻、第 12 号 (1988 年 3 月号) の「海外新潮」欄に田島松二教授による先駆的な評価があり、それをここに引用するだけで十分であろう。田島教授は Jack を John David Burnley, David Denison とならべて 3 人を、イギリスのフィロロジー研究の確固たる伝統を現代に継承する「若手フィロロジスト」として紹介する一方、Jack については否定論 3 部作を簡潔に「画期的な研究」として高く評価した。1988 年という比較的早い時点で上記 3 人の研究者としての高い資質を見抜いたわけだが、3 人のその後の輝かしい業績に照らして、あらためて田島教授の眼力の確かさに驚嘆せざるを得ない。

Jack 以後の史的研究として次の 5 点をあげておきたい。そのうち最初の 4 点は Ph.D. 論文またはそれに基づいた研究であり、最後のものは著作モノグラフである。発表順に、O'Hearn (1982) は、可能な限り非言語的要素を排除してテクスト内の言語的均質性を保つ目的で、検討時期を 1340-1455 のほぼ 100 年間に限り、資料をこの期間に作成され、「七つの大罪」(the Seven Deadly Sins) を主題とする ME の宗教散文 7 点 (*Ayenbite of Inwyt*, Chaucer の *The Canterbury Tales* 中の "The Pardoner's Tale"、その他) に限定し、そこに見られる否定表現の種類と分布、頻度を詳細に調査した記述的研究である。各作品における否定構造の諸相が、作品間の類似点と相違点とともに細目にわたって統計的に明らかにされている。一例を挙げれば、*Lay Folks' Catechism* を除くすべての作品で動詞否定が名詞否定よりも好まれること、動詞否定では二つの作品 (*A Little Tretys on the Seven Deadly Sins, Jacob's Well*) を除くすべてで、二つの否定節よりなる複文のほうが否定節一つの単文よりも Neg Aux MV, Aux Neg MV, Neg VP, VP Neg などの多様な否定構造型を示すことなど、興味ある事実

が明らかにされている。

　LaBrum (1982) は、Jespersen (1917) の 5 段階中の (1i) から (1iii) まで、とりわけ (1i) と一種の 2 重否定である (1ii) が共存する時期に重点をおきながら、英語の動詞否定の史的発達の過程を、適宜同時期におけるドイツ語のそれと比較しつつ論じた研究である。第 2 段階では ne に加えて新たに not が動詞の後位置に余剰的に配置されたが、not が追加されるに至ったそもそもの動機について、伝統的には、音声的に弱い動詞前位置の ne を補強するためといわれてきたのであるが、著者の主な関心はこの種の説の妥当性を検討すること、同時に、not の添加が拡大し、定着する過程で not の生起を支配した条件は何であったかを、従来の研究よりも精密かつ微細に明らかにすることにある。一次資料は散文に限られ、OE 訳の *Orosius* と Ælfric の *Homilies* から E. Vinaver (ed.) *The Works of Sir Thomas Malory*, 2nd ed. までの、比較的少数ではあるが、それぞれが一定の長さを持つ作品が選ばれている。Klima (1964) に始まる現代の否定論の成果を十分に採り入れ、現代英語の否定現象に関する説明から史的現象を観察する姿勢が特徴となっている。

　Shanklin (1990) は、現代の生成言語理論の下位理論の一つ束縛理論 (binding theory) を用いて、否定対極表現 (negative polarity item) としての any, ever が ME で原則として同一節内で文否定と共起しない現象を、関連するさまざまな問題と結びつけながら、理論と言語事実を同等に重んじつつ論じた研究である。束縛理論を組織的に史的研究に応用した試みとして注目すべきものとおもう。否定辞編入 (Neg incorporation) と否定呼応 (Neg concord) の区別など、従来の史的否定研究でかならずしも明確には行われてこなかったが、言語類型論も視野に入れつつ、それが必要であることを主張するなど、聴くべき見解に富む。否定辞編入も否定呼応も、古い英語では現代英語よりも広範に利用されていたのだから、Shanklin のこの主張は有益な指摘であろう。一次資料として *Sir Gawain and the Green Knight*, Chaucer の *Troilus and Criseyde*, E. Vinaver (ed.) *The Works of Sir Thomas Malory*, 2nd ed. その他、韻文、散文の両方から方言別に一定数の作品が選ばれている。

　Iyeiri (2001) は、著者が 1992 年に St. Andrews 大学へ提出した Ph.D. 論

文に、その後の8年間の研究成果を加えて一本に纏めたものである。一次資料としておよそ1200-1490年間、すなわちJespersenの5段階のうちの (1i)—(1iii) の期間に作成された韻文を中心に散文も加えた40点を、時期的および方言的にほぼ等分に選び出し、それらに見られる否定構造全体の史的発達、否定副詞 ne, not の位置、ne と定形動詞との縮約形、疑問・条件・従属・命令・感嘆の各種の節とそこで多用される否定要素との関係、多重否定など、否定構造にかかわる問題を包括的に論じている。ne ... not については、12世紀に入って頻度を伸ばすものの、1350年頃を境にいちじるしく衰退することが明らかにされているが、重要な指摘であろう。

最後に Mazzon (2004) は、Jespersen (1917) 以後はじめて現れた21世紀最初の、英語の否定構造の全史を扱ったモノグラフである。この期間に現れた長短さまざまな多数の英語対象の研究のほか、生成文法理論、言語の普遍特性、類型論に関する文献をも博覧してその成果を積極的に採り入れることに努めており、その分内容を豊かかつ新鮮なものにしている。現代英語に関する論述では、標準語のほか非標準語、アフリカ・アメリカ語英語 (African-American Vernacular English, AAVE)、アイルランド英語などをも対象とする。視野の広さを示す一例として次をあげることができる。周知のように OE では否定辞編入はきわめて盛んであり、以後しだいに衰退したが、この点に関し著者は同国イタリア人の印欧語比較言語学者 Bernini と Ramat が定式化した含意的 (implicational) 否定辞編入基本階層 'Animate (*nobody*) > Non-Animate (*nothing*) > Time (*never*) > Place (*nowhere*) > Manner (*nohow*) > Quality (*no*, adj) > Quantity (*no-none*) > Causation (no term in English)' (括弧内は英語の実現形) を紹介し、英語への適用を示唆している。[3] また、英語の否定構造の各段階の史的発達と、対応する時期における英語の基本語順との関連を、言語類型論の立場から観察することの意義も説いている。いずれも第一章での言説であるが、ほかに、変化過程における変異形 (variants) の重要性を強調するなど、聴くべき発言は随所に見られる。

2.4. Jack (1978c) を含めて上記6点の英語の史的否定研究文献の中で、*Paston Letters and Papers* を検討資料としたものは、研究対象の時期限定

のためもあったであろうが、Iyeiri (2001) と Mazzon (2004) だけである。Iyeiri (2001) では同書簡集のうち John Paston II の書簡 (法的書類を除く) だけが対象とされ、否定文中に占める各否定語 ne, ne ... not, not, never, no, etc.の生起比率、代名詞と not の相対的語順、条件節中での ne, not の生起比率、疑問節を従えた動詞 witen と not の共起の比率などが示されている。一方、Mazzon (2004) では、同一節内における否定辞牽引 (Neg attraction) の不適用 (e.g. any ... not；現代英語では非文法的)、主節の否定辞が従属節内で否定呼応を起こす現象など、興味深い例が *Paston Letters and Papers* にも見られることを指摘している。

3. 以下本論に入るが、最初に本節では否定語 ne の統語法を論じる。[4] ne に2種類あって、否定副詞 ne (= not) と否定接続詞 ne (= nor) である。本稿では両者は一応別物として分けて扱う。

Paston Letters and Papers (以下、略して *PL*) には、第1, 2巻合わせて243個の ne の用例がみられる。その中の5個はラテン語文中に現れるラテン語 ne であるから、英語の ne の生起数は 238 である。さらにこの中の1個 (386.33) は明らかに be の誤植であるから、[5] *PL* における否定語 ne の用例総数は 237 ということになる。237個のうち、否定副詞 ne は 23 であり、ne 全体の10％弱であるに過ぎない。残る 214 個は接続詞 ne である。*PL* における代表的な否定副詞は not であり、その生起総数は 2950 であるが、これと対比すれば副詞 ne の 23 という生起数はまことに僅少で、ne は *PL* ではまさに消滅寸前の状態にある。しかしその用いられ方には、以下に述べられているような際立つ特徴がみられ、それに支えられてかろうじて存続している趣がある。

3.1. *PL* で副詞 ne はすべて文否定語として用いられている。ne は Jespersen の5段階発達の中の第1段階 ne V と、第2段階 ne V not の二通りの構造で用いられ、生起数はそれぞれ 14 と 9。前者のほうが多い。以下二つの構造を別項目に分けて扱う。

3.1.1. ne V 構造 (14 例)。きわめて興味深いことであるが、ne V が生起する節は、さらに二つの異なる類に下位区分される。正置語順 SV をもち断言 (assertion) を表す平叙節と、倒置語順 VS をもち仮定あるいは条

件を表す節である。平叙節から始める。
3.1.1.1. SV 語順平叙節 (6 例)。

(3) and be-cause he was of Bretayn borne and favorable to that partie we *ne* gave such trust to his tidinges as was thought to vs sureté to wryte to you theruppon. (1489 *PL* 412.10-12)

(4) wherin ye shall aswell doo a meritory dede as to me a singuler pleaser, and cause me to shewe yow my good lordshep in tyme comyng, wherfor in thies ye *ne* faile, as my trust is in yow. (Perhaps about 1459 *PL* 591.7-9)

(5) and albeit the said agrement was made by your minde and consent, yet ye *ne* doe performe the same, to our merveile if it be so. (1497-1503 *PL* 846.10-12)

(6) for the whiche he *ne* may be attendant to be in oure countees of Northfolk and Suffolk at the tyme of oure commissioners sitting vpon oure commission of oier determiner within the same oure countees; (1450 *PL* 458.5-8)

(3) は William 3 世が兄の John 3 世に宛てた書簡中のものであるが、実は書簡の末尾に "Syr, thys js the copye of the lettyr that þe Kynge sente my lorde of Oxynford of tydynges owte of Breten." とあり、時の王 Henry VII (在位 1485-1509) が Oxford 伯に宛てて、Richard Edgecombe 卿指揮下の英軍が対岸のフランス Brittany で展開中の作戦について知らせた書簡の写しであることが知られる。王が自らの書簡に文否定表現として ne V を用いたことは、当時 ne V がいかなる使用域 (register) にあったかを示す点で示唆的である。使用域の点では、ほかに (4) は Warwick 伯、(5) は Richmond 伯夫人 Margaret、(6) は国王 Henry VI (在位 1422-61, 1470-71) による書簡中のものである。これら4例以外に、SV 語順をもつ ne V 型否定文は 893.11, 909.11 にも見られるが、それぞれ Norfolk 公と王国高官によるものである。(3) と併せて、ne V 型否定文は当時ほぼ貴顕の人士に限られた、かなり格式張った表現であったと推測される。(4) はたぶん命令文中の用例である。命令文では当時主語は通例動詞の後に配置されたが、[6] (4) では SV 語順であり、例外的である。(5) と (6) は動詞が助動

詞と本動詞からなる複合形である。ne V が複合形動詞とともに用いられている例は (5) と (6)、次節で述べる VS 語順仮定節内で用いられている (7) の、計三つしかない。これら以外の複合形動詞は次節で扱う ne V not と共に用いられる。(5) は助動詞 do が用いられている点でとくに重要である。*PL* では純粋な助動詞用法の do はきわめて少なく、多くは助動詞とも使役意味を表す本動詞とも決めかねる曖昧なものである。これは当時助動詞 do がまだ成立の初期段階にあったことを考えれば、自然な状況であった。Ellegård (1953:66, 125, 239) は 1904 年版の J. Gairdner 編 *Paston Letters* に収録されている書簡 1086 通を検討して助動詞 do の用例 9 個を見出し、生起箇所を記載している。参考までに、それらを Davis 編の 1971, 1976 年版書簡集の書簡番号と行数に移し替えて次に示す：537.9；558.12；566.45；659.22；705.82；753.9；846.11 (＝上掲例 (5))；862.8；886.78. 興味深いことにこれらはすべて第 2 巻、すなわち Paston 一族以外の他者から一族に宛てられた書簡または関連書類中に現れるものである。ほかに筆者は、第 2 巻中に 1 例、第 1 巻中に 2 例を見出した。それらの所在箇所は次のとおり：66.16 (否定文)；200.58 (否定命令文；既に Davis (1972:61) に指摘あり)；443.46 (強調).

3.1.1.2. V (S) 語順仮定節 (8 例)。ここでも 2 種類の区別がある。 第 1 の類はいわば標準的なもので、下記例文 (7) で見られるように、ne で導かれる節の主語名詞句が表現されていて、これが動詞と倒置している構造である。*PL* では小数に限られ、(7) 1 例だけである。ほかに次節で扱う ne V not 型否定構造をもち動詞が複合形である例が 3 個あり、これを含めても 4 個しか見出せない。

(7) and there and than the seid felechep wold have kelled the seid two servauntis at the prestis bakke *ne* had they be lettyd, as it semed. (1452 *PL* 40.15-7)

第 2 の類はいくらか特殊な型で, ne were (for) (過去時制)、ne had been (for) (完了形) の形式で代表される。for は随意的であるが、動詞が be に限られていること、be 動詞の主語が表現されていない点に特徴がある。

それぞれ 'if it were not for', 'if it had not been for' を意味する。一種の固定表現と化したもので、*PL* ではこちらの類が多数を占め、(8), (9) を含めて 7 例見出される。この固定表現では、否定構造として ne V だけが用いられ、ne V not は見られない。OED (s.v. Ne, *adv.* 1. b.) もとくにこの表現に言及し、c1050 *O. E. Chron.* (MS. D.) an. 943 から 1513 Douglas *Æneis* までの例 6 個を記載している。OE 期から存在していたことが知られる。後期 ME の散文における否定構造を精査した Jack (1978c) では、ne V が起こりやすい文脈として 5 個が明らかにされているが、そのなかの一つは if, yif で導かれる条件節、VS 語順を持つ条件節であり、本論文のこの発見と一致する。

(8) *Ne* were for reuerence of thi lord and myn, and thow leyst any hand on the gate I xall sey thyn hert blod or thow myn. (Not after 1449 *PL* 86.25-7)

(9) and shuld haue had a gentilman of this contré of an c marc. of lond and wele born, *ne* had be your gode lordshep and writyng to here and me. (1454 *PL* 49.11-3)

最後に、次の文では、主語を欠く ne had been for 型倒置仮定節の節頭に余剰的な if が添えられている。if で導かれる SV 語順で始めるはずが、すぐに ne had been for 型倒置節へ切り替えられたものであろう。両型が併合した 2 重仮定とでも呼べる現象である。

(10) And *yff ne* had be for fendyng off my lordes lordschyppe y myght have had my money for my ryght or y cam owt off London, as my man schall enforme you. (Probably 1462 *PL* 660.12-4)

3.1.2. ne V not 構造 (9 例)。前節でも触れたが、*PL* では ne V と ne V not は大まかな相補的分布を示しており、ne V は動詞が単一要素からなる単純形である場合に好まれ (例外は 3 個)、ne V not はつねに動詞が助動詞と本動詞で構成される複合形である場合に用いられる。

ne V not を用いた書簡の書き手の社会的地位については、ne V につい

て指摘されたような明確な使用域上の特性はとくに見当たらない。(11) の書き手は 2 代目当主 John 1 世、(12), (13) のそれは初代当主 William 1 世である。両人のうち、William 1 世は多重否定を多用する点で一族の中でも際立つ存在である。ほかに下記 (14) の差出人は James Gresham で、一時 William 1 世の書記 (clerk) であった人、(15) は William Cotyng が John 1 世の妻 Margaret に宛てた書簡中のものであるが、この人も以前 William 1 世の礼拝時に司祭 (priest) を勤めた人である。例示されていない他の ne V not 例についても事情はほぼ同じである。結局、ここから明らかなことは、ne V not は書き手の側に社会階層上の偏りを持たず、むしろ比較的古い世代に好まれる表現であるということである。この事実と、すでに指摘された、ne V not はつねに複合動詞と共起するという統語的特性が重要であろう。

3.1.2.1. SV 語順平叙節 (5 例)

(11) the wheche preuyth well that Lancasterother was not sure of her godwill, ne knew not of her counseyl, for if he had he *ne* nedid *not* to haue sent no spyes. (Perhaps 1452 *PL* 45.46-9)

(12) wherfore þe seyd William, hese clerkes, and seruauntz *ne* durst *not* at here fredom nothyr goon ne ryde. (1426-7 *PL* 5.34-6)

(13) And not with-stondyng þe seyd trespass and greuaunce by þe seyd Walter doon to þe seyd William, ne þat þe seyd William *ne* is *not* satisfied of þe seyd cxx li. ne no peny þer-of, ... (1426-7 *PL* 5.133-5)

(11) は助動詞 need が、(12) は dare がそれぞれ不定詞を従えている構造であり、(13) は be-Ven による受動文である。

3.1.2.2. VS 語順仮定節 (4 例)

動詞が複合形である場合、ne V より ne V not が好まれることは、SV 語順平叙節のほか、SV 語順仮定節についても当てはまる。仮定節での反例は上記 (7) 1 個に限られる。(7) では動詞は過去完了受動形であるが、単一否定形 ne V が用いられている。複合形動詞に対して規則的に ne V not が用いられる理由は、たぶん、複合形動詞の場合、ne でひとまず助

動詞を否定し、後に本動詞が続くのであらためてこれを not で余剰的に否定するためであろう。これはちょうど当時、英語が特徴的に否定文に助動詞 do を導入し、主語との一致 (agreement) や時制という定形動詞としての特性いっさいをひとまず do に担わせ、その直後に not を配置してこれを否定し、後に本動詞を続ける方策を採ったことに通じるものであろう。ne V not の例 3 個をあげておく。

> (14) and sum men sey *ne* hadde my lord of Bukyngham *not* haue letted it my lord of York had be distressed in his departyng. ...; for þe larom belle was ronge and þe toun a-rose and wold haue ioupardit to haue distressed þe Duke of Somerset, &c., *ne* had þe Duke of Bukyngham *not* haue take a direccion þerin. (1456 *PL* 567.18-9; 22-5)
>
> (15) Ye shulde now haue had x li., but þe seid Symond hath paied to þe fyndyng of a man to þe Kyng for þe toun of Tichewell v s., and *ne* had I *ne* be ye shulde haue payed a marke. (1460-5 *PL* 721.6-8)

(14) では、一通の書簡の中に同一構造の否定倒置仮定節が 2 個用いられている。それぞれの仮定節内の動詞は 'ne hadde ... not haue letted'、'ne had ... not haue take [= taken]' となっている。英語では以前も現在も、単一節内で二つの完了形の連続は許されないから、奇妙な構造である。'ne had ... not letted'、'ne had ... not take' が期待される形であろう。ne had が一つの単位となって一種の接続詞として機能しているのであろうか。それともたんなる破格構文の一種にすぎないものか。問題点として残しておきたい。(15) では、ne V not の変異形として ne V ne が用いられている。変異形はこの 1 例だけである。

4. 否定接続詞 ne を論じるスペースがなくなったが、ここで否定副詞 ne についてのこれまでの記述の結論を述べておく。
1) 否定副詞 ne は *PL* ではきわめて少数で、生起総数は 23 にとどまる。それらはすべて文否定用法である。
2) ne は ne V と ne V not の二通りの構造で現れる。

3) ne V と ne V not は大まかな相補的分布を示す。すなわち、ne V は動詞が単純形である場合に好まれ、ne V not はつねに動詞が助動詞＋本動詞からなる複合形である場合に用いられる。両者のこの「棲み分け」は、断言を表す一般的な SV 語順平叙節と、仮定または条件をあらわす VS 語順仮定節の両方で観察される。

4) ne V は統語的分布と使用域の両方で生起が一定の環境にほぼ限られ、それによってかろうじて存続を保つ。すなわち、ne V は SV 語順平叙節に小数例生起するが、その場合の書き手は社会階層上ほぼ貴顕の人々に限られる。その他の過半数では、ne V は一般の書簡に現れて、V (S) 語順仮定節で、多くは ne were (for), ne had been (for) の形式の固定的、特殊な環境でしか生じない。

5) ne V not は一般的な平叙節と倒置仮定節の両方で用いられるが、その場合動詞はつねに複合形である。生起に関し、統語的分布と使用域上の制約はとくに見られない。

注

1) Paston 一族が紳士階級 (gentleman) に属していたことは、例えば 2 代目当主 John Paston I が、多分 Norfolk 州長官 (sheriff) に宛てて書いた書簡のなかで、一族を次のように表現していることによっても明らかである：“... we and othire jentilmen of the shire of Norfolk ...” (42.2) 引用句に続く括弧（ ）内の数字の指示については下記本文を参照。

2) 関連書類の多くは借地契約証書 (lease) の類、食器、蔵書、農耕具を含む所有物一般や小作料等の目録 (inventory)、遺書 (will) など、大なり小なり法的性格をもつ書類である。

3) この点に関する Bernini と Ramat の所説は、両人共著による英書 Bernini and Ramat (1996:chapt. 7) でも述べられている。

4) PL における否定語の生起総数と所在についての情報を茨城女子短期大学の内桶真二氏に負う。同氏の協力に感謝する。

5) 当該の ne が be の誤植であることは文意上明白であるが、次の事実によっても確認される。すなわち、本論文が依拠した 1971, 1976 年版 Davis 編 PL 第 1, 2 巻は、誤植や編集上の誤記を訂正し、それ以外はなんらの変更を加えずに The Early English Text Society 叢書に組み入れられ、Davis 編の 2 巻本として 2004 年に別途出版されたが (Part I: S.S. 20; Part II: S.S. 21)、この新しい EETS 版では問題の ne は be へ訂正されている。なお付言すれば、EETS 版でも Part III が Richard Beadle and Colin Richmond 共編により刊行が予定されており、出版は 2005 年であることが既刊の第 1, 2 巻の序文に予告されている。筆者の知る限り、2005 年 9 月現在未刊である。

6) Ukaji (1978:chapt 5) はこの問題を扱っている。ほかに次も参照：Jespersen (1909-49:Ⅲ, section 11.841f.): "In the earlier language the pronoun (*thou, ye, you*) was generally placed after the verb... From about 1700 the tendency has been to place the pronominal subject before the imperative as before other forms of the verb ..." 同じ見解は Jacobsson (1951:202), Suter (1955:161), Šimko (1957:77) にも見られ、Mustanoja (1960:475f.) にも示唆されている。

補注：本調査を進めるにあたり、全文がラテン語で書かれている文書は始めから除外した。

参照文献

Bernini, Giuliano and Paolo Ramat. 1996. *Negative Sentences in the Languages of Europe: A Typological Approach*. Berlin and New York: Mouton de Gruyter.

Davis, Norman. 1972. "Margaret Paston's Uses of 'Do'," *Neuphilologische Mitteilungen* 73, 55-62.

Ellegård, Alvar. 1953. *The Auxiliary Do: The Establishment and Regulation of Its Use in English*. Stockholm: Almqvist & Wiksell.

Iyeiri, Yoko. 2001. *Negative Constructions in Middle English*. Fukuoka: Kyushu University Press.

Jack, George B. 1978a. "Negative Adverbs in Early Middle English," *English Studies* 59, 295-309.

――. 1978b. "Negative Concord in Early Middle English," *Studia Neophilologica* 50, 29-39.

――. 1978c. "Negation in Later Middle English Prose," *Archivum Linguisticum*. New Series 9, 58-72.

Jacobsson, Bengt. 1951. *Inversion in English: With Special Reference to the Early Modern English Period*. Uppsala: Almqvist & Wiksells.

Jespersen, Otto. 1909-49. *A Modern English Grammar on Historical Principles*, 7 parts. Copenhagen: Ejnar Munksgaard; London: George Allen & Unwin.

――. 1917. *Negation in English and Other Languages*, Det Kgl. Danske Videnskabernes Selskab. Historisk-filologiske Meddelelser. I, 5.

Juul, Arne, Hans F. Nielsen and Jørgen Erik Nielsen (eds.) 1995. *A Linguist's Life: An English Translation of Otto Jespersen's Autobiography with Notes, Photos and a Bibliography*. Odense: Odense University Press.

Klima, Edward S. 1964. "Negation in English," *The Structure of Language: Readings in the Philosophy of Language*, ed. by Jerry A. Fodor and Jerrold J. Katz, 246-323. New Jersey: Prentice-Hall.

LaBrum, Rebecca Wheelock. 1982. *Conditions on Double Negation in the History of English with Comparison to Similar Developments in German*. Ph.D. Dissertation, Stanford University.

Mazzon, Gabriella. 2004. *A History of English Negation*. Harlow, England: Pearson Longman.

Mitchell, Bruce. 1985. *Old English Syntax*, 2 vols. Oxford: Clarendon Press.

Mustanoja, Tauno F. 1960. *A Middle English Syntax*, Part I: *Parts of Speech*. Helsinki: Société Néophilologique.

O'Hearn, Carolyn Jean. 1982. *Syntactic Variation and Change in Later Middle English Negation*. Ph.D. Dissertation, Arizona State University.

Shanklin, Michael Trevor. 1990. *The Grammar of Negation in Middle English*. Ph.D. Dissertation, The University of Southern California.

Šimko, Ján. 1957. *Word-Order in the Winchester Manuscript and in William Caxton's Edition of Thomas Malory's Morte Darthur (1485) — A Comparison*. Halle: Max Niemeyer.

Suter, Kurt. 1955. *Das Pronomen beim Imperativ im Alt- und Mittelenglischen*. Aarau: H. R. Sauerländer.

Ukaji, Masatomo. 1978. *Imperative Sentences in Early Modern English*. Tokyo: Kaitakusha.

柴田 稔 彦

葛藤する多義性――エンプソンの批評

　エンプソン (William Empson, 1906-1984) の批評的作品が 20 世紀のイギリスを代表するものであることは、一般に認められていると言ってよいであろう。もちろん毀誉褒貶は常に存在するものであるし、彼には論敵も多くいた。あるいは、エンプソン自身から、批判すべき相手に対してつっかかっていくことさえあった。(その最たる相手は、彼の言う 'Christian critics' であった。) しかし彼が 20 世紀において 18 世紀のサミュエル・ジョンソン、19 世紀のハズリットと肩を並べる文学者であったとするジョナサン・ベイトの評価に私は組するものの一人である。[1]彼の批評は、それほど多くない彼の詩作品と連動するものであって、人間としての彼を論じるとなれば、各分野の仕事を総合的に考えねばならないが、ここではおもに彼の批評を、しかもその社会的な側面に限定して述べてみることにする。

　エンプソンの批評の社会性というと、ひと昔前の常識になじんだ向きには、意外と思われるかもしれない。以前の文学史的常識では、彼の処女作 *Seven Types of Ambiguity* (1930) は、詩的言語の多層的意味のえぐり出しという側面でのみ評価され、新しい批評として当時アメリカで出はじめた「ニュー・クリティシズム」と十把ひとからげにされていた。これが、この本の刊行時のインパクトが生んだ一面的な見方であったことに、その後いろんな人が気づいてきた。

　彼の読解は、もともとある文学作品 (詩の一節、詩作品の全体、フィ

クション、あるいは単なる散文)をそれ自体がもっている社会的、歴史的、政治的なひろがりを含めてとらえるものであった。それは、ほかならぬ Seven Types の冒頭に書かれている。

　この本の冒頭で、彼がまず指摘するのは、たとえば 'The brown cat sat on the red mat.' という文にも 'ambiguity' があるということである。それがさまざまに分析可能であるからと言うのであるが、いま必要な点だけをとりあげると、彼はこの文のコンテクストを考える。すなわち、'the context implied by the statement, the person to whom it seems to be addressed, and the purpose for which it seems to be addressed to him' である。そして、批評が重視すべきは文がもつそのような含蓄、この文の場合には、それが子供向きのものだという点にあり、子供にとってこの文の ambiguity とは、これは童話の一節なのか、初等読本の一節なのかについての戸惑い、ちょっとした心中の葛藤が生じるかもしれないところにあるという (19-20)。これを彼は「社会的曖昧」('social ambiguity', 20)[2]と呼ぶ。

　このように単純な例からはじめ、エンプソンはもっと複雑な詩句へと考察をひろげていく。有名な例として、すぐあとにシェイクスピアのソネット 73 番の中の句、'Bare ruined choirs, where late the sweet birds sang' の分析がくる。このソネット全体の趣旨は、語り手が自分の老いについての切実な感慨を述べ、それを相手 (多分、男性の青年貴族) に訴えることによって、その愛をつなぎとめようとするものであり、上の句はそういう老いた自分を「むきだしの廃墟と成り果てた、最近まで小鳥がかわいく囀っていた教会の聖歌隊席」になぞらえてみせる。老いを崩れかかった建物と表現するのは、単純な暗喩であるけれども、連想がそこにかつていた聖歌隊席の少年たちへ広がり、そしてさらにその少年たちが、過ぎた夏に木立の間でさえずっていた小鳥たちになぞらえられるという措辞の動きによって、詩想のふくらみを増してゆく構造になっている。これについてのエンプソンの読解は、在りし日の少年たちのナルシス的な魅力が『ソネット集』の同性愛的な雰囲気にうまく適合していると指摘するだけでなく、当時解体されてほどなかったカトリック修道院へのノスタルジア、破壊にあずかったラディカルなプロテスタントへの、なかんずくピューリタンへの恐怖までが含蓄されているという指摘にまで

及ぶ (21)。これを過剰な勇み足の解釈と考えた人もいたが、今日の目から見れば、そういう歴史性をこの詩句が喚起することは否定できないであろう。

このように拡大していく読みは、彼が終生示し続けたことであったが、その多義的な読みが社会的政治的な側面に最も傾いたのは、次に彼が公にした書物、 *Some Versions of Pastoral* (1934) においてであった。「牧歌」(パストラル) という形式は、本来は上流階級の知識人が自己の心情を羊飼いのレヴェルに転移させて表現する形式であったが、エンプソンの定義では、「複雑なものを単純なもので表現する」(25) というきわめて広いものとなった。そこでは富者と貧者、上層と下層、教育の有無といった社会階層のはらむ問題が否応なく先鋭に意識されるわけで、彼がこの書の第1章を「プロレタリア文学」という題名ではじめているのはこの時代の雰囲気を示している。しかしその内容は、1930年代のイギリスに登場した「オーデン・グループ」といわれる左翼への同調者的な姿勢を示した人々とはかなり異なった多義的な矛盾をはらむものとなっている。また、個人的には、この書が構想され執筆された時期は、彼が環境の激変を余儀なくされたときでもあった。すなわち、彼は *Seven Types* に結実するようなケンブリッジの学部生としてのブリリアントな活動のゆえに、23歳の若さでモードリン・コレッジの準フェロウ (Bye-Fellowship) に任命され、文学者としての輝かしいスタートをきった直後 (1929年7月) に、慎重さに欠けるとしか言いようのない自身の迂闊さと当コレッジの石頭たちのためにケンブリッジを半永久的に追放された。[3] 本国での学者としてのキャリアを失った彼は、やがて日本での職にありつく (1931/8～1934/7, 東京文理科大学、非常勤として東京帝国大学) わけだが、その間に *Seven Types* を刊行し、*Some Versions* のもととなるエッセイを日本の雑誌に発表したのであった。

この書の冒頭には、これも有名な、Thomas Gray, *Elegy Written in a Country Churchyard* の分析がある。これはエンプソンの批評に見られる葛藤をはらんだ、敏捷な精神の動きを典型的に示していると思われるので、少し長くなるが引いてみよう。田舎の教会墓地に眠る名もない農夫たちについての感懐を述べたこの詩には、そういう無名の人たちを深海

に潜む宝玉や、野に人知れず咲いて散る花になぞらえるくだりがあるが、それについてエンプソンは言う、

　「これが意味するところは … 十八世紀のイギリスには奨学金制度とか人材登用の道がなかったということである。このことは哀切なこととして述べられているが、読者はその状態を変えたくない気分にさせられる … グレイは社会の仕組みを「自然」になぞらえることによって、本当はそうでないのにその仕組みを不可避なものとし、それにふさわしくない威厳を与えている … 人間には機会がないほうがいいのだと感じるように仕向けられてしまう … この種のずっしりとした静けさに含まれる自己満足に腹を立てた人は、コミュニストでなくとも、多くいた … それにもかかわらず、ここにいわれていることはひとつの永遠の真理である。社会の改革によって人間の力の空費が防げるといっても程度問題にすぎない。幸運な生活や親しい交友に富む生活にさえも、人は空費感や孤独感を痛切に感じざるを得ないことがあり、… 価値ある者は、自分の身を売るべきではない以上、このことを受け入れねばならぬ、もし機会を得られねば自分の力を無駄にする覚悟でいなければならない。このことはいかなる社会においても真実であるから、これを述べても決して政治的ではないのである … 」(12)

　ここには二重の心的態度がある。まず無名のまま朽ち果てた人々に対するグレイの自己満足的な観照の態度が隠蔽しているものを、いわば脱構築的にあばくのであるが、エンプソンはそこで終わらず、「それにもかかわらず」と一転して、この詩句に普遍的な要素があることを認めるのである。結局ここでの彼の心内には対立もしくは葛藤が生じている。この矛盾あるいは対立を含む形式が彼のいう「牧歌」であるが、それによってこの矛盾が何らかの調和を見出すとは限らない、しかしだからといってそれが存在の亀裂[4]を生むようなアナーキーに陥るのではない。対立を対立のままに保持する度量の大きさとでも呼ぶべきものが彼の態度にはある。つまり、「ある人間は他の人間よりも繊細であったり複雑であったりもするが、その人がこの差によって害が生まれないようにし

ておくことができればそれはいいことなのだ、もっとも、この二者の差は両者に共通する人間らしさと比べれば些細なことにすぎないのだけども」(23) という観点である。

　このような葛藤が彼の 'ambiguity' の概念の中核にあると思う。この語は日本語に直せば「曖昧」ということにならざるを得ないが、この日本語には「曖昧模糊」とか、「はっきりしない」、「ぼんやりとした」、さらには「わざとぼかした」という感じがまといついてくるので、彼が言おうとしたところから遠く離れてしまう。ある語、ある詩句、あるいはある作品の全体は、それにまつわりつく感情などにおいて多義的になることが多く、たがいに対立したり葛藤したりしているというのが彼の考えであった。そして、このような考えは、彼の文学的関心の中心にあっただけではなく、彼の人生へのかかわりの中心にあったと私は思うが、それに触れる前に、さらにそのことを The Structure of Complex Words (1951) の中核をなす近代初期における 'honest' という語の変遷を『オセロウ』におけるイアーゴウによって論じたくだりに見てみよう。

　もちろん近年の批評風土の中で、イアーゴウというキャラクターについての考え方は、エンプソンが顔負けするように飛躍したものになっている。たとえば、いわゆる「新歴史主義」の代表である Stephen Greenblatt は、イアーゴウがオセロウをはじめとする周囲の人間を欺いて意のままに動かすやり方、いわば相手の身になって相手の心事を理解してつけこむ手際を、大航海時代のヨーロッパ人が新世界の人間たちを篭絡する際に相手の態度に応じて即興的に演技したやり方になぞらえてみせた。[5]

　植民主義の心性とイアーゴウというあまり関係がないと思えるものを、危険を冒しながら一瞬のひらめきでスリリングに結びつけるこのような批評に比べると、エンプソンのやり方はもっと地道であるが、イアーゴウがもつ「力」(power) の源泉を探ろうとした点で共通している。彼は、この劇のなかで頻用される 'honest' という語の意味をこの劇が書かれた時期の前後にわたって歴史的に洗いなおすことからはじめる。彼なりの歴史的な意味の変遷を概観した後、つぎに、OED (彼は NED と当時の名称を用いている) の分類のしなおしという形で整理し、その後にイ

アーゴウに関してこの語の様態を分析するというやり方である。[6] この語の主要な意味が、中世以来の (1) 'deserving and receiving social honour' から 16 世紀中頃に (2) 'not lying, not stealing, keeping promises' と人間には当たり前の美徳 (女性については 'chaste') へ下降し、王政復古期には (3) 'faithful to friends, generous, sociable, frank about his own desires' というような庶民的な態度を積極的に表す意味が顕在化してくるとする。もちろん主要な意味には潜在的な社会感情を伴う含意が付随しているから、このように単純に片付くものではないが、大雑把にはそういうことになるであろう。『オセロウ』が書かれたのは時期的には (2) にあたるが、そこでは (1) に遡ったり、なかんずく萌芽的に出始めている (3) につながる意味が含意されている使い方もふんだんになされている。complex word と彼が呼ぶ所以であるが、この時代に特にはっきりしたことは、この語が社会的に高い地位にある人間を表す形容としては、用いられることが少なくなり、社会的に低い身分の男性、(あるいは上に述べたように女性一般) に用いられるようになったということである。高い身分のものが自分より低い身分の人間のことを 'honest' という際には軽侮の響きが付きまとうことになった。他方、同じように低い社会階層の人間同士が俗語的な使い方で互いを 'honest' と形容するときには、「気のおけない」とか、「きっぷのよい」とか、要するに「いいやつ」といった含みで用いられた。『オセロウ』の中でこの語が用いられるあらゆる場面を検討したあげく、エンプソンはこういう用法の中に当時始まっていた「独立礼讃」の風潮があることを指摘し、とくにイアーゴウについては、王政復古期に強い形であらわれる 'Sturdy Independence' の態度を装うところがすでにあると指摘する (233)。これは、たとえば、ウィッチャリーの劇 *The Plain Dealer* (1676 年初演) の主人公 Manly のように社会の階層秩序やそれが形成した風習を無視して直情径行の態度を貫こうとする人間である。

近代初期に出始めた自立した個人についてのエンプソンの思い入れは、ジョン・ダンの若いころの詩について、あるいは *Some Versions of Pastoral* の多くの章や、ミルトン論 (*Milton's God*, 1961) においても一貫して見られるものであり、そこにいわば近代主義者としての彼の限界を

指摘することもできなくはないが、しかし彼にはもうひとつ別の面があり、その二面は彼の中で対立し葛藤していた。この別の面とは、彼が終生示したキリスト教世界の価値観に対する批判的な視点である。

彼は、まだケンブリッジの学部生であったころ、学生たちの文芸誌 Granta に書評や劇評、映画評などを多く執筆しているが、われわれにとって注目すべきは、Arthur Waley 訳『源氏物語』の一部についての書評 (May 11, 1928) である。エンプソンはこれを読んで、この繊細さに比べれば西欧文明は劣っているという感じと、実際面では西欧のほうが勝っているという矛盾した感覚に襲われるとし、登場人物たちの会話の近代性、老齢や死の意識と並行して喜劇的な部分が書き込まれる精妙さに感銘している。[7] これは 1928 年というエンプソンが東洋と関係をもつ身になろうとはつゆ知らぬ時期の評言であることに留意したい。そして数年後に C. S. Lewis が The Allegory of Love (1936) で、11 世紀のプロヴァンスに生まれた宮廷風恋愛は人間の感情の歴史のなかで画期的なものであったとし、それに比べればルネッサンスなどはさざ波にすぎないと述べたのを書評して、ルイスが『源氏物語』を開いてみれば 10 世紀の日本では宮廷風恋愛はすでに真っ盛りであったことがわかるはずだと言っている。[8] また、日本や中国での経験をふまえたのちに書かれた文章においては、極東 (主として日本) の音楽と西欧のそれを比較して、後者のリズムが心臓の鼓動よりも早いものが多いのに対して、能のそれは遅く、重厚な情緒と内省を含んでいる。能や歌舞伎の踊りを見れば、ロシアバレーなどは跳んだりはねたりする動作 (romping) の昇華された形にすぎないと思える、と言う。[9]

これらには、少なくとも、西欧的価値の相対化があるとは言えるであろう。そして、それはなかんずく、彼の仏教への、とくに仏像の顔への関心に現れている。もっとも、仏像に関する彼の本格的な著作は、その原稿を託された友人が紛失してしまうという事故があったために見ることができないが、'The Faces of Buddha' という短文や、友人たちへの手紙類、またいくらかの彼のスケッチなども残されているので、その関心のありようはある程度知ることができる。[10] 日本はもとより、朝鮮から中国、ビルマ、スリランカ、インドにわたって、見て回るほど仏陀の顔が

彼をひきつけたのは、キリスト教の人格神よりももっと人間的なその顔に秘められた 'ambiguity' であった。何も見ていないようですべてを見ている、休息しているようでありながら人間を助けてやれる力に満ちた感じ――それは、人間になまじ欲があるために苦しむのは変じゃないかとわれわれに悟らせてくれると言う。つまり彼は仏像の表情に能面にも通じる 'impersonal' なものを見てとり、そこに西欧近代の個人主義的な独立とは異なる信仰の所在を感知し、それを感知する自己の中に、自己の西欧的感性と葛藤するものを見出したのであろう。

　このような内面的な自己矛盾は、また、彼の社会についての、あるいは人生一般についての相対立する感情や捉え方となった。それははじめに見たように、彼の文学批評の中心的関心であったが、同時に彼の詩作品においても中心的な主題になった。彼の詩について述べるのはこのエッセイの意図するところではないので、関連する二、三のことに触れると、'Aubade' は、満州事変が始まり、世界が不穏になってきた彼の滞日中に、日本人の女性と同衾中に地震にあった経験に基づいている詩である。「はる」という女性についての伝記的興味はともかくとして、5行と3行のスタンザが一見軽快なリズムで繰り返されるこの「きぬぎぬの歌」は、やがて敵国人となるであろう女性との関係をどうすべきかという個人的なディレンマと、東洋での満州事変の勃発と並行するかのようにナチズムの暴虐に襲われはじめたヨーロッパに自分は帰るべきではないかという心の葛藤－つまりシェイクスピアの『トロイラスとクレシダ』を思わせる戦争と愛の二重構造になっている。それが各スタンザに交互につけられたリフレイン、'It seemed the best thing to be up and go' と 'The heart of standing is you cannot fly' によって表現されている。[11]この二つの表現には、どちらにも強い断定のひびきがある。どちらも真実な判断であると感じられるのだが、しかし両立しがたいものである。彼は 'Bacchus' という別の詩につけた彼自身の注釈の中で、'life involves maintaining oneself between contradictions that can't be solved by analysis.' と言ってもいるが、まさに、「分析しても解決できない」ものなのである。人生のさまざまな局面にこのような矛盾を感じつつ生きていくとき、どういう覚悟が生まれるか？　それを *Some Versions of Pastoral* の次の一節

は、示しているように思う——「人生は本質的に人間の精神には不満足なものであり、しかしよい人生を送るにはそのことを口に出すのを避けねばならない。」(95)

注

1) 'Johnson, Hazlitt and Empson are the greatest English critics of their respective centuries not least because they are the funniest' — Jonathan Bate, 'Distaste for Leavis', *London Review of Books*, 24 January 1991, p. 4, quoted in Empson (1996), p. 6

2) Empson の著作中、*Seven Types of Ambiguity, Some Versions of Pastoral, The Structure of Complex Words* からの引用は、参照の便宜上、Penguin Books 版による。引用の末尾に添えた数字は、それぞれの Penguin 版のページを示す。

3) Bye-Fellow としての新しい部屋に引越しをする際、コレッジの Housekeeper が彼の所持品の中にコンドームを発見し、従業員のあいだに喧伝された。放置できなくなったコレッジ当局は、当時の長であった人によっておそろしくも 'engines of love' と呼ばれた物品の所持は許しがたいこととして、フェロウの会議でエンプソンの Bye-Fellowship の剥奪、コレッジの記録から彼が存在した事実の全面的抹殺、(そして当時そのような処分に伴ったケンブリッジ地区への立ち入り禁止)、が決定された。彼の指導教授であった I. A. Richards は不運にも北京に長期滞在していて不在中の出来事であった。コレッジが名簿に彼の名を再登録し、名誉フェロウに選んで彼の名誉を回復したのは、実に 1979 年、彼が Sir の称号を受けた後のことであった。この件についての基本的な文献は、Luckett & Hyam (1991), pp. 33-40。また、John Haffenden (2005), Chapter 9 など。

4) Paul de Man (1983), p. 237.

5) Stephen Greenblatt, Chapter 6, 'The Improvisation of Power', *Renaissance Self-Fashioning* (The University of Chicago Press, 1980)

6) *The Structure of Complex Words* の 'Honest Man', 'Honest Numbers', 'Honest in Othello' の各章。

7) 'Baby Austin', *Granta* (May 11, 1928), Empson (1993), pp. 54-55.

8) 'Love and the Middle Ages', *The Spectator*, 4 September 1936. Empson (1987), p. 241

9) 'Ballet of the Far East', *Listener*, 7 July 1937, ibid. pp. 577-580.

10) 'The Faces of Buddha', *Listener*, 5 February 1936, *ibid.* pp. 573-576. また、Haffenden (2005), pp. 314-319 など。

11) これらの詩や詩人自身および編者による注釈については、Empson (2000) を参照。

参考文献 (主要なもののみ)

Eagleton, Terry. 1986. 'The Critic as Clown', *Against the Grain:Essays* 1975-1985. London: Verso.
Empson, William. 1961. *Milton's God*. London: Chatto and Windus.
——. 1987. John Haffenden, ed., *Argufying*. London: Chatto and Windus.
——. 1993. *Empson in Granta*. Kent: The Foundling Press. (Originally printed in the Cam-

bridge magazine *Granta* 1927-1929.)
———. 1995a. *Seven Types of Ambiguity*. Harmondsworth: Penguin Books. (Originally published in 1930.)
———. 1995b. *Some Versions of Pastoral*. Harmondsworth: Penguin Books. (Originally published in 1935.)
———. 1995c. *The Structure of Complex Words*. Harmondsworth: Penguin Books. (Originally published in 1951.)
———. 1996. John Haffenden, ed., *The Strengths of Shakespeare's Shrew: Essays, Memoirs and Reviews (of) William Empson*. Sheffield: Sheffield Academic Press.
———. 2000. John Haffenden, ed., *The Complete Poems of William Empson,* Harmondsworth: Penguin Books. (Originally published as Poems (1935); The Gathering Storm (1940); Collected Poems (1955).)
Haffenden, John. 2005. *William Empson: Among the Mandarins*. Oxford UP.
Luckett & Hyam. 1991. Luckett, R. & R. Hyam, 'Empson and the Engines of Love: The Governing Body Decision of 1929', *Magdalene College Magazine and Record 1990-1991*.
Man, Paul de. 1983. 'The Dead-End of Formalist Criticism', *Blindness and Insight*. Minneapolis: University of Minnesota Press. (Translation by Wlad Godzich of 'Impasse de la critique formaliste', originally published in *Critique* (Paris).)
Ricks, Christopher. 1984. 'William Empson: The images and the story', *The Force of Poetry*. Oxford: Clarendon Press.

吉野昌昭

今、批評に求められるもの
―― Heart of Darkness 小論

　文学作品の評価が時代と社会の要請によって変るのは当然のことである。これを批評の側から言い直すならば、批評とは時代と社会の要請に応えて作品を「読み (直す)」こととなる。そして批評史とは、palimpsest さながらに書かれては消え、消えてはまた書かれる、時代と社会の意識・価値観の歴史と言えよう。だが、作品の読み・批評がいかに時代の意識や価値観を反映するものであるにしても、批評意識の根底には常に人間存在そのものへの問いがあるべきではないか。この「問い」が根底にあるかぎり、その批評が泡のように消えることはない。例えば、半世紀もの昔に書かれた Albert J. Guerard の Heart of Darkness 論はその種の力強い批評である。[1]
　Conrad がベルギーの奥コンゴ貿易会社と関係ができてアフリカへ行ったのは、西欧列強のアフリカへの関心が高まっていた 1890 年代のことである。Conrad の会社も実態は象牙の収集・搾取であったといわれるが、彼自身のコンゴ行きは、奥地で病に伏した会社の代理人を引き取るためであった。そして、この時の体験をもとに書かれた Heart of Darkness (1899) は、わが国では昭和 33 年、中野好夫訳『闇の奥』(岩波文庫版) でひろく世に知られることになったが、その岩波版の「あとがき」で中野は次のように指摘している。つまり、この作品は「人間性の深奥に潜む暗黒の深淵」に降り立ったものである。それは人間の原始的な内面や人間性の根源に接近し、「底知れぬ泥沼のような人間性の荒廃」を明らかにしたものである。[2] なるほど、このような批評意識があったからこそ、

彼は Heart を「奥」と訳したに違いない。それに、『闇の奥』という訳が説得力をもちえているのは、そのような中野の読み・批評が背後から邦訳名を支えているからである。また、この邦訳を我々がすんなりと受け入れてきたのも、中野の批評に無言のうちに同意していたからに外ならない。

　Guerard の論文 "The Journey Within" も 1958 年、同じ昭和 33 年の発表である。彼は、Kurtz を求めてコンゴの奥地を目指す Marlow を、Kurtz の double と見る。そう見るならば、Marlow は Kurtz という "impenetrable darkness" の存在への接近を図ることで、自分自身の自覚するにいたっていない内部への突入を試みていることになる。Marlow は "introspective voyager"[3] となる。加えて、アフリカ大陸の西海岸に沿って象牙海岸から奴隷海岸へ、更にコンゴ河を上流へという一連の地理上の移動は Marlow の内部への移動であると共に人間の「内部への旅」でもあった。即ち、それは人間のこころに潜む暗黒 (闇) と野性への接近であり、人間の本質への肉薄である。Guerard の視点は明らかに中野に通じる。

　一方、西欧列強のアフリカ進出を背景とする、この作品が post colonialism の視点から読まれるとき、作品の評価は二分される。黒人奴隷たちを苛酷な鉄道敷設工事に使役して病いと死にさらし、また安物の木綿やガラス玉などを使って象牙を手にいれている出張所主任の白人が登場するが、この場面一つにも、Conrad の植民地主義に対する批判は容易に見てとれる。アフリカを啓発し向上させるという理想を掲げつつ、西欧がいかに悪質、非道なコンゴ搾取を行っているかを彼は明らかにしたと主張することは許される。だがその一方で、Conrad は Achebe のような批評家からは逆に racist とだして糾弾された。彼は西欧の目を捨てきれず、アフリカへの偏見から脱することはなかったというのである。イギリス・リベラリズムの伝統に連なる、人道主義的な見解の持ち主ではあったろうが、アフリカ文化の独自性を認識できず、黒人を白人と対等な存在と認識する能力を欠いていたと言うのである。[4]だが、この種の非難合戦には自ずと限界がある。

　そのような限界を越えて西欧と異文化圏との新たな共存関係を築こうとしたのが周知のとおり、Edward W. Said である。アジアやラテン・ア

メリカ、アフリカ諸国は政治的には独立を果たしたものの文化的には今なお、西欧に統治、支配されている状況にあると言い、西欧のメディアが流す一方的な表象からも分かるように、西欧こそが世界の中心であるとする言説は今も居座っていると彼は言う。だからこそ、現状打開を目指して西欧文化圏との共存を模索するのである。[5] その彼は Heart of Darkness を論じて、この作品のテーマはアフリカにおける西欧帝国主義の支配と意志の遂行であると述べる。作品のなかでは、Kurtz を先頭に Marlow も他の白人たちも皆がアフリカの中心部を目指す。支配するために。にもかかわらず、作者の Conrad には当時の帝国・植民地主義とは相入れないものがあったと Said は見る。たしかに Conrad は帝国主義のイデオロギーのなかで生きていたが、ポーランド出身の祖国喪失者である彼には、いわば周辺感覚が備わっており、それで西欧中心主義に対しては距離をおくことができたのだ、と Said は考える。この周辺感覚があったために、文明は「暗黒」を支配しえないという認識を作家は持ちえたというのである。西欧と非西欧とを相対化する手掛かりを Conrad に見いだして、Said は民族間の文化の新しい創造的な関係の構築に向けて歩み出すのである。

　ここでいま一度、人間内部の暗黒と野性の問題に立ちかえって、Said の議論に人間論を重ねてみたい。と言うのも、Conrad の暗黒 (闇) は文化の暗黒であるとともに常に人間の暗黒としてあるからだ。そして結果としては、文化の暗黒と人間の暗黒のいずれもが「醜悪」("ugly" または "abomination") なものとして提示されることになるのだが、今は議論を始めに戻して、三つの動きに注目したい。即ち、大陸上の地理的・空間的な移動、原始の時代へ遡る時間的な移動、そして Marlow の内面への移動の三つである。

　「溯航は、まるであの地上には植物の氾濫があり、巨木がそれらの王者であった原始の世界へと帰って行く思いだった。茫漠たる水流、鬱然たる沈黙、そして涯しない森林。熱した大気は、ひどく重苦しく、物倦げだった。照りつける陽光の中には、いささかの歓びも感じられない。── (中略) ──そして水路を求めて、終日幾度となく洲に突き

かけているうちに、人々は、自分たちがなにか魔法に呪われて、既知の世界とは永久に隔離され、——どこか遠い——おそらくはまるで別の世界にでも閉じこめられているような思いがしてくるのだった。」(中野訳、以下同じ。)[6]

これは、Marlow が Kurtz を捜し求めて、ボロ蒸気船で奥地にやって来た場面である。言うまでもなく、コンゴ奥地への地理上の移動である。それはまた、先史時代へと遡る時間上の移動であった。集落で目撃される原住民は、文明人の Marlow には半ば理解を超えたものとして映る。彼らは、唸り、跳ね、旋回し、「凶暴な叫び」を発する。しかし、その一方で、彼は原住民と自分たちとの間の「血縁」関係を認めるのである。自己の内面への移動がここに始まる。「現に君たちの胸の奥にも」と、彼は仲間の白人 (物語の聞き手) に向かって言う。「あのあからさまな狂躁に共鳴するかすかなあるものがたしかにある。」彼ら白人たちからは失われてしまった「なにか」、文明の表皮を引きはがしたときに現れてくる「なにか」。それは「歓びか、恐怖か、悲しみか、献身か、勇気か、怒りか」。つまり「胸の奥へ」の、自己の内面への移動である。

ただ、ここでの彼の口調は肯定的にも響く。野性 (wilderness) や野蛮 (savagery) をそのうちに抱え込む暗黒 (darkness) には、文明 (社会) からは失われてしまった「なにか好ましいもの」が潜んでいるように思えるのである。ブリュッセル (つまりは西欧) を「白く塗られたる墓」と Marlow は呼んでいた。彼がアフリカの暗黒に、西欧を蘇生させる力を求めていたとしても不思議はない。また「献身 (devotion)」といえば、これは奥地の Kurtz に「献身」的につかえる白人青年の特色でもある。青年は文明人とは違って、自我から解放された自由な人間として Marlow のこころを強く魅了する。

ただ魅惑が彼を駆り立て、魅惑が彼をまもっていたのだった。おそらく彼はこの荒野にも、ただ胸を張って大きく呼吸をする空間、そしてさらに分け進むべき空間、それだけを求めているにすぎないのだろう。彼の要求はただ生きること、そしてあらゆる危険を冒し、あらゆる窮

乏に堪えて前進すること、ただそれだけだったのだ。もし一度でも人類の精神を、絶対に純粋、非打算的、そして非実際的な冒険精神が支配したことがあるとすれば、まさしくこの道化服の若者の姿こそそれだったろう。謙虚でいて、しかも曇りない情熱に憑かれたこの男、僕には彼が羨ましかった。自我意識というものが、跡形もなく焼き尽くされているらし (い) ── (中略) ──なにも僕は、クルツに対する彼の献身が羨しいというのではない。彼としては、そんなことなど考えてもいないのだ。それは、いわばおのずから彼に来て、彼はただそれを宿命のような熱意をもって受け容れているにすぎない。[7]

　暗黒のなかでこのように生きている青年に Marlow がつよく引かれるのは、彼自身が暗黒の大陸と野性の魅力に (少なくとも、青年に会うこの時点では) 呪縛されているからである。野性の魅惑に身をまかせることで自我意識から解放されるのならば、それはある種の「自由」の獲得を意味する。Marlow もそのような期待を抱いていたのではないか。ともあれ、道化のような服を着た ("in motley") その青年は crown さながらに、文明社会の枠を飛びだして自由に行動し自分の意志を通している。しかし、純粋な生き方に徹しているとはいいながら、Kurtz に傾倒している点では原始人に通じるところがある。だから、Marlow はすぐに続けてこうも言うのである。「僕はむしろこう言いたい、このことこそ彼にとって、おそらく彼が遭遇したあらゆる意味でもっとも恐ろしい危険だったのではなかろうか、と。」尤もこれは、アフリカを体験した後の Marlow だから言える言葉なのではあるが。

　結局、暗黒を肯定する (かに思われた) 声はそれ以上に大きくはならない。繰り返しになるが、語り手の Marlow はすでにアフリカを体験し、Kurtz との邂逅を果たした後の Marlow である。この点は留意しなければならない。アフリカ大陸に「疼くような憧憬」を抱いていた昔の Marlow ではないのである。彼には、文明社会にひとたび生きてしまった現代人に暗黒は危険であるという認識がある。それは Kurtz との出会いから得た認識である。彼は原始社会のなかでも文明人の殻 (自我意識) をつけたまま、名声、栄誉、成功、権力に執着し、結局、肉体的にも精

神的にも病んだ。荒野は彼に野獣の本能と情欲をかきたて、自制心を失わせ、精神を荒廃させた。彼は、自己を抑制できないままに破滅への道を進んだ文明人の典型であり、自我からの「自由」を手にいれることはなかった。Kurtz の内部では、野性 (wilderness) がこだまする。彼の内部が「空虚」(hollow) だからだ。結局、現代の白人がアフリカの「暗黒」によって救われる見通しは立たない。Marlow は荒野の魅力に引かれてコンゴへやってきたが、荒野・原始の破壊力を知り、「暗黒」はおぞましい、醜悪なものだという認識に達したのである。言いかえるならば、Marlow は文明の倫理や価値体系から離脱することの恐ろしさを知ったのである。人は法律や隣人の目、また労働の義務など、社会のもろもろの規制によって「保護」されているのであり、それらの規制が外れたときには、「もって生まれた力」や「原理」(Principles) などというものは役にたたない、と彼は知る。人間の弱さを目のあたりにしたがために、一方で「白く塗られたる墓」としての文明社会を否定しつつ、他方では彼はその社会の倫理と価値基準を選ばざるをえなかったのである。

　作品の冒頭部に近く、錨を下ろした船の上で仲間 (物語の聞き手) に向かって Marlow は、古代ローマ人の時代にはこのテムズ河一帯も暗黒の未開地であったと語っていた。そして、未開のイギリスにたどり着いた当時のローマ人にとって、ここでの生活は「土民の胸の奥に蠢いているあの荒野の神秘な生活」であり、まさに「不可解な謎」(the incomprehensible) でしかなかったろうと述べ、だが、日を追うにつれそこから逃れたいと思うようになる反面、「同時にそこには、不思議な魅力をも感じはじめる。醜悪さの魅惑 ("The fascination of the abomination") とでも言おうか?」[8] とも述べていた。先にも触れたように、アフリカとも Kurtz とも邂逅を果たした Marlow の認識として、「暗黒」は危険で破壊的で醜悪な、おぞましいものとしてある。だが、醜悪であるにもかかわらず、暗黒は「魅惑」でもあるのだ。Marlow の、また Conrad の矛盾が生じる原因がここにある。魅惑を認めるから、Marlow は、Kurtz の生を自分の意志または欲望に忠実に生きた「生」として肯定することになる。それは、Marlow にも覚えのある、あのアフリカ大陸への「疼くような憧憬」の延長線にある生き方として承認される。Kurtz をやはり生を「燃焼した」

人間として捉え、彼に対する共感を抑え切れない。しかし、彼の精神的な堕落と空虚さに目をむけるならば、暗黒はやはり、忌むべきものとして考えざるをえない。Conrad にあって、この矛盾が解決をみることはない。

　Said が指摘したように、Conrad は文明をもって暗黒を征服しうるとは考えていない。むしろ、アフリカの地は彼にとっては理想を求める場として、また人間の本質と在り方を考える場として設定されていた。彼が最終的に、暗黒を「醜悪」として拒否するのは人間性への懐疑から発したことであって、その原因は人間の側にあった。人間の本質を露呈させ、人間を破滅へと追い込む限りにおいて暗黒は「醜悪」であるに過ぎない。暗黒そのものが "abomination" なのではない。Conrad は人間論の次元において「暗黒」は征服できないと述べているのである。文明は人間論の次元に置きなおしても、非文明を征服できないのである。啓発、進歩といった西欧中心の言説はここでも無効となる。

　以上、Guerard と Said によりながら Conrad の重層的な読みを試みた。特に、中野と Guerard の読み・批評が 1950 年代の時代と社会の要請のなかから生まれたものだとしても、彼らが発した人間とは何か、いかに生きるべきかという問いは半世紀後の今でも、批評が再び発するに値する問いのように思われる。半世紀前の読み・批評にこだわった所以である。

注
　1) Albert J. Guerard, *Conrad the Novelist* (Cambridge, MA: Harvard University Press, 1965). "The Journey Within" はその第 1 章である。
　2) コンラッド作、中野好夫訳『闇の奥』岩波文庫、昭和 33 年、172-73 頁。
　3) Guerard, p. 40.
　4) Achebe, "An Image of Africa: Racism in Conrad's *Heart of Darkness*," (1977), Joseph Conrad, *Heart of Darkness*, ed. Robert Kimbrough (A Norton Critical Edition) (New York and London: W. W. Norton, 1988), pp. 256-57.
　5) Edward W. Said, *Culture and Imperialism* (New York: Alfred A. Knopf, 1993), pp. 19-21.
　6) コンラッド作、中野好夫訳、岩波版、68 頁。原文は Norton 版、p. 35.
　7) 同上、113-14 頁。Norton 版、p. 55.
　8) 同上、11 頁。Norton 版、p. 10.

衛藤　安治

古英語 *gelyfan* (*Beowulf*, l. 1272b) の意味について

I

　Grendel の母親による Beowulf への復讐のくだりが始まるまえに、Grendel とその母親がカインの末裔であることが説明される。さらに話は Beowulf と Grendel との格闘におよび、神のご加護によって Beowulf が勝利した様子が次のように描写される。[1] 標題の動詞 *gelyfan* は、ここでは特異な慣用表現 ('help' [対格] + *to* + 'God' [与格] + *gelyfan*) のなかで用いられている。

(1)　þær him aglæca　　ætgræpe wearð;
　　　hwæþre he gemunde　mægenes strenge
　　　gimfæste gife　　ðe him god sealde
　　　ond him to anwaldan　are gelyfde
　　　frofre ond fultum;　ðy he þone feond ofercwom,
　　　gehnægde helle gast.　　(*Beowulf*, ll. 1269-74a)

(The monster there had laid hold of him; yet he bore in mind the power of his might, the lavish gift which God had granted him, and trusted himself to the Lord for grace, help and support. Hence he had overcome the foe, struck down the demon of hell.)

動詞 *gemunan* と *gelyfan* を含むこの一節をひとつのまとまりのあるパラグラフと捉えれば、次の 2 通りの解釈が可能であるように思われる。

(2) a. There the monster came to grips with him;
   however, he (always) *kept* his God-given strength *in mind*,
   and *was confident of* help *from* God;
   therefore, he overcame the enemy.

   b. There the monster came to grips with him;
   however, he (then) *called to mind* his God-given strength,
   and *hoped for* help *from* God;
   therefore, he overcame the enemy.

(2a) は天佑神助を常に「信じている」心の状態を表現している。この場合 Beowulf は模範的なキリスト教徒であることになる。これに対して、Grendel に襲われたその瞬間に神助を「求めている」[2]のが (2b) である。両者の違いは、前者が習慣的な心の状態を表しているのに対して、後者は瞬時の心の動きを表現している、と言うことができる。別の言い方をすれば、前者が時間的に非制限的であるのに対して、後者は制限的であるということになる。(ところで、*Beowulf* における神が異教の神であるのならば、"God" は "a god" に置き換えられねばならないだろうが、議論を必要以上に複雑にしないためにこの可能性はさて措くことにする。)

大抵の *Beowulf* の翻訳は (2a) の解釈に沿ったものであるように思われる。[3] しかし、いわゆる「苦しい時の神頼み」をしている (2b) の Beowulf 像も、ひとつの可能な解釈ではないだろうか。また、おおかたの日本人には、これこそが親しみやすい Beowulf 像であろう。にもかかわらず、この解釈は不当にも等閑視されてきた。[4] そこで本稿では、一般に不人気な (2b) の解釈の可能性を探ってみることにしたい。

II

動詞 gemunan については (2b) に沿った解釈が可能であるが、[5] 問題は gelyfan である。「求め（てい）る」という意味で、なおかつ時間的に制限的な用法が古英語の時代に可能であったのだろうか。まずは Beowulf における動詞 gelyfan の用例を観察することから始めよう。

Beowulf には、冒頭に示した用例 (1) の他に4つの gelyfan の用例がみられる。このうち、次の3例が「求め（てい）る」という意味で用いられている。

用例 (3) は前置詞句を伴わずに対格目的語のみをもつ場合である。

(3) Þa wæs on salum   sinces brytta
     gamolfeax ond guðrof,   geoce gelyfde
     brego Beorht-Dena,   gehyrde on Beowulfe
     folces hyrde   fæstrædne geþoht.   (Beowulf, ll. 607-610)

(Then the giver of treasure, grey-haired and famed in battle, was in joyful mood; the prince of the glorious Danes hoped for help; the shepherd of the people heard from Beowulf his firm resolve.)

用例 (4) は前置詞が、用例 (1) のように to ではなくて、on を伴う場合である。

(4)   . . .
     grette Geata leod,   gode þancode
     wisfæst wordum   þæs ðe hire se willa gelamp
     þæt heo on ænigne   eorl gelyfde
     fyrena frofre.   (Beowulf, ll. 625-8a)

(.... [She] greeted the prince of the Geats, and, discreet in speech, thanked God that her desire had been fulfilled, that she might look to some warrior <u>for</u> help from these attacks.)

用例 (5) は用例 (1) と同じように前置詞 *to* を伴う場合であるが、ここでは後置されている。

(5)　　swylce oft bemearn　　ærran mælum
　　　　swiðferhþes sið　　snotor ceorl monig
　　　　se þe him bealwa <u>to</u>　bote <u>gelyfde</u>,
　　　　þæt þæt ðeodnes bearn　geþeon scolde,
　　　　....　　　　　　　　　(*Beowulf*, ll. 907-10)

(Besides, often in times gone by, many a wiseman had bewailed the daring man's departure, many a one who <u>hoped</u> <u>from</u> him help out of misfortunes, — that that royal child might prosper, ...)

上の例 (3), (4), (5) はいずれも助けを求める対象が、用例 (1) とは異なり「神」ではなく「人」である。

Beowulf におけるこの動詞は「(神を) 信じ (てい) る」という後述する *Andreas* の意味・用法より、むしろ「(神あるいは人を信頼して助けを) 求め (てい) る」という意味・用法で用いられていると言えそうである。時間的に非制限的であると言えそうな用例は、時の副詞 "þa" を伴う用例 (3) だけである。

与格目的語を伴う次の用例 (6) には「自己を委ねる」という特殊な意味をあてることが通例[6]のようだが、この場合も基本的な意味は他の場合と同じだと考えてよいのではないかと思う。

(6)　　　　　　　ðær <u>gelyfan</u> sceal
　　　dryhtnes dome　se þe hine deað nimeð.　(*Beowulf*, ll. 440b-1)

(He whom death carries off shall <u>resign</u> <u>himself</u> to God's judgment.)

つまり、これは「(信頼して、神の良き裁きを) 求める」ということだろう。ここから「(神の裁きに) 自己を委ねる」という訳し方が出てくるものと思われる。時間的に制限的かどうかという点は、副詞 "ðær" で状況が限定されており、制限的用法だと考えられる。

以上見てきた *Beowulf* の用例から判断すれば、(2b) の解釈も充分可能であると言えるであろう。

III

次に *Beowulf* との表現上の類似性が、顕著に観察されることでよく知られている *Andreas*[7] における *gelyfan* の用例を見てみよう。

用例 (7) は、冒頭の用例 (1) と同様、前置詞 *to* を伴っているが、目的語は名詞ではなく *þæt* 節である。意味は「(*þæt* 節の内容の実現を神に) 求め (てい) る」ということだろう。この用例が時間的に制限的用法であるという決定的な証拠はない。

(7) Ic gelyfe to ðe,   min liffruma,
     þæt ðu mildheort me   for þinum mægenspedum,
     nerigend fira,   næfre wille,
     ece ælmihtig,   anforlætan,   (*Andreas*, ll. 1284-87)

   (I hope to you, my Creator, that you, the Saviour of men, eternal, almighty, by reason of your abundant virtues, will never, being merciful of heart, abandon me ....)

次の2つの例は与格目的語を伴う場合である。用例 (8) は *Beowulf* の場合と同様に「(助けを) 求め (てい) る」の意味をもっているようにも考えられるが、用例 (9) は「信じ (てい) る」の方に傾斜している。

(8)   Oft hira mod onwod
    under dimscuan   deofles larum,

>   þonne hie unlædra   eauðum gelyfdon.   (*Andreas*, ll. 140b-42)

(Often at the devil's instigations their mind entered under a dark shadow when they hoped for the powers of the wicked.)

(9) 'Nu ðu miht gehyran,   hyse leofesta,
     hu he wundra worn   wordum cyðde,
     swa þeah ne gelyfdon   larum sinum
     modblinde menn. ....'   (*Andreas*, ll. 811-4a)

('Now, most cherished young man, you can hear how he revealed by his words a multitude of wonders, although men blind at heart did not believe his teachings. ....')

用例 (8) の場合は反復可能性が接続詞 "þonne" (l. 142) (2 行前の副詞 "Oft" と相関) によって明白に示されており、時間的に制限的用法であると言える。

次の用例 (10) は *þæt* 節を目的語としてもっている点は用例 (7) と同じであるが、前置詞に *in* が用いられているのが注目される。この前置詞の用法はラテン語の影響によって生じた語法 (Latinism)[8] だと考えられる。これは *Beowulf* には全く見られない語法である。

(10)   Hæleð unsælige
     no ðær gelyfdon   in hira liffruman,
     grome gealgmode,   þæt he God wære;   (*Andreas*, ll. 561b-63)

(Wretched men, hostile and homicidal, they would not believe of their life-giving Lord there that he was God,)

この用例の場合、語法の面でラテン語の影響が顕在化しているだけでなく、動詞 *gelyfan* の意味自体も *Beowulf* の場合とは異なり「(神を) 信じ

(てい) る」に明確に傾斜していると言えるだろう。
　次の用例も動詞 gelyfan の意味は「信じ (てい) る」である。その目的語は hwæt 節である。[9]

(11)　"Nu ic bebeode　　　beacen ætywan,
　　　 wundor geweorðan　　on wera gemange,
　　　 ðæt þeos onlicnes　　 eorðan sece
　　　 wlitig of wage,　　　ond word sprece,
　　　 secge soðcwidum,　　 þy sceolon ⟨sel⟩ gelyfan
　　　 eorlas on cyððe,　　　hwæt min æðelo sien."　　(Andreas, ll. 729-34)

("Now I shall command a sign to appear, a miracle to take place in the people's midst — that this beautiful image come down from the wall on to the ground and speak words and tell in declarations of the truth, whereby the men in this native land shall come to better believe what my lineage is.")

　Andreas の場合、動詞 gelyfan の意味は、概して「求め (てい) る」よりも「信じ (てい) る」に傾斜していると言えるだろう。また用例 (10) のようにラテン語法と思われるものも見られ、Beowulf とはかなり異なる意味・用法を示している。
　ところで、(そのような主張をする人は誰もいないが) 用例 (7) が Beowulf の用例 (1) の模倣を意図したものであるとすれば、Andreas の作者は前置詞 to を用いて語法上の古めかしさを狙っただけではなく、この場合意味も「信じ (てい) る」よりも「求め (てい) る」を意図していたのではないかと思われる。しかし、この作品における動詞 gelyfan の一般的意味・用法が「(神を) 信じ (てい) る」であることを考慮すれば、用例 (7) もそれに引き寄せられて、時間的に非制限的な意味で用いられていると考えるのが妥当であろう。つまり、心の習慣的状態としての「(神助を) 求めている」という意味である。これは心の状態としての「(神を) 信じている」という意味に限りなく接近していると言えよう。

IV

冒頭の用例 (1) のように前置詞 *to* を伴う動詞 *gelyfan* の慣用表現が、他に2つの韻文作品でも用いられているので、次にそれを観察してみよう。

まずは *The Descent into Hell* [10] の場合を観察しよう。

(12) Þonne mon gebindeð　　broþorleasne
　　 wræccan, (wonspedgan)　-he bið wide fah-
　　 ne bið he no þæs nearwe　under nið loc(an
　　 oððe) þæs bitre gebunden　under bealuclommum,
　　 þæt he þy yð ne mæge　　ellen habban,
　　 þonne he his hlafordes　　hyldo gelyfeð,
　　 þæt hine of þam bendum　bicgan wille.
　　 Swa we ealle to þe　　　an gelyfað,
　　 dryhten min se dyra.　　(*The Descent into Hell*, ll. 62-70a)

(Whenever they tie up the brotherless outcast, the man with no resources(?) – he is proscribed everywhere – he can never be so tightly shut up under hostile bars, or fastened so cruelly in evil chains, that he cannot take heart the easier whenever he hopes for his lord's good grace, and that he will ransom him out of his bondage. In that way, my dear Lord, we all hope to you alone.)

接続詞 "þonne" (ll. 62, 67) に導かれる2つの文は、その間に挟んだ文 (ll. 64-66) を共通の主節としてもつ従属節と考えられる。つまりこの構文は *apo koinou* である。問題の慣用表現に類似した言い回しが2つ目の接続詞 (l. 67) に導かれた節に用いられている (ここでは前置詞句は伴っていない)。

接続詞 "þonne" (ll. 62, 67) は 'when' や 'if' とも訳し得るが、反復可能性の根本義は失われてはいない。[11] 反復可能性が含意としてあれば、時

古英語 *gelyfan* (*Beowulf*, l. 1272b) の意味について

間的に制限的用法であることになる。つまり「神助を信じている」継続的、習慣的状態というより、むしろ瞬間的な「希求」あるいは「熱望」を表現していると考えられる。これは (2b) の解釈の可能性を強力に示唆するものである。しかし、時間的に制限的な用法であるとしても、この場合は「繰り返される心の動き」が表現されており、一過性の「苦しい時の神頼み」とは異質の「揺るぎなき信仰心」が描写されている。

この用例 (12) の最後の2行 (ll. 69-70a) には前置詞 *to* を伴う (しかし対格目的語は伴わない) 2つ目の *gelyfan* が用いられている。先行する文意に従えば、この部分は「このように (何度も) 我々はひたすら神に (助けを) 求めているのである」という趣旨だと解釈できる。

2つ目の韻文作品 *The Paris Psalter* を見てみよう。詩篇 142 篇の 8 節と 10 節をまず古英語[12]とラテン語[13]で示し、カッコのなかにラテン語の現代英語訳[14]を示す。

(13) 8 Gedo þæt ic gehyre holde on morgene
   þine mildheortnesse, mihtig drihten,
   forþon ic hycge to ðe, helpe gelyfe.

   auditam mihi fac mane misericordiam tuam
   quia in te speravi Domine

   (Let me hear-of in the morning Your mercy,
   for in You I hope, O Lord!)

  10 Afyrr me, frea drihten, feondum minum;
   nu ic helpe to þe holde gelyfe;
   lær me, hu ic þinne willan wyrce and fremme,
   forþon þu min god eart, þu me god dydest.

   eripe me de inimicis meis Domine ad te confugi
   doce me facere voluntatem tuam quia tu es Deus meus

(Rescue me from my enemies, O Lord! I flee-for-help to You.
Teach me to perform Your will, for You are my God.)

(*The Paris Psalter*, Psalm 142)

ラテン語では完了形の "speravi" (8 節) と "confugi" (10 節) が用いられていることから、その訳語である古英語 "gelyfe" は「継続的状態」を表現していると考えるべきであろう (8 節の前置詞句 "to ðe" は同じ行の動詞 "hycge" と共有 [*apo koinou*] か)。10 節の場合は古英語において接続詞 "nu" の使用も見られ、「継続的状態」の可能性を一層強化するものである。内容的には言うまでもなく、「絶望の淵にあっても揺るぎなき信仰をもち続けている」様が描写されたものである。これが時間的に非制限的な「信仰の状態」を表していることは確実である。

最後に用例 (1) に属する構文が、一部ラテン語化されて生じたと考えられる場合を *Guthlac I* [15] から紹介しておきたい。対格の指示代名詞 "þæt" (この指示代名詞は後に続く þæt 節によってその内容が説明されている) を目的語としてもち、全体的な構造は用例 (1) に類似しているが、前置詞は "in" を伴っている。また、上の例 (13) と同様、動詞 "gelyfe" の背後にはラテン語の完了形の存在が感じられる。

(14)　Ond ic þæt gelyfe　　in liffruman,
　　　 ecne onwealdan　　ealra gesceafta,
　　　 þæt he mec for miltsum　　ond mægenspedum,
　　　 niðða nergend,　　næfre wille
　　　 þurh ellenweorc　　anforlætan,
　　　 ....　　　　　　　(*Guthlac I*, ll. 637-41)

('And I believe this of the Author of life, the ever-lasting Ruler of all created things, that he, men's Saviour, on account of his mercies and abundant virtues, will never desert me in the valiant action ....')

V

　本稿のテーマにもどろう。冒頭に示した (2b) の解釈は可能であろうか。*Beowulf* や *The Descent into Hell* の用例はその可能性を支持しているように思われる。しかし同時に、時間的に制限的な場合であっても、反復相によって、強い信仰心を表現し得ることを *The Descent into Hell* の用例は示している。

　一方 *The Paris Psalter* の用例は (2a) の可能性を支持するものである。*Andreas* の用例 (7) も *The Paris Psalter* の類例だと思われる。しかし、*The Paris Psalter* の用例や *Andreas* の用例 (7) が現在時制で表現されているのに対して、*Beowulf* の用例 (1) が過去時制で表現されていることは注目に値する。現代英語に関する観察ではあるが「過去時制で表現された事象は、ある意味ですべて出来事にならざるを得ない」という事実が指摘されているからである。[16] 古英語においても同じことが言えるのならば、用例 (1) が時間的に制限的か否か、つまり出来事か状態かという問題提起に対しては、それが過去時制で表現されているが故に、出来事として描写されている可能性が大きく浮上してくる。直前にカイン (l.1261b) に触れてキリスト教の雰囲気を醸し出しつつも、同時に「苦しい時の神頼み」をも排除し得ない過去時制のなかでこの表現が用いられているのである。これは矛盾であろうか。キリスト教への言及があることを理由に、「修道士のような Beowulf 像」を想定することの方がむしろ無理があるのではないだろうか。(2a) でなければならない決定的な証拠が存在しない以上、(2b) も決して無視することのできない可能な解釈として、尊重されなければならないであろう。

　(付記) 本稿は 2004 年 3 月 27 日の英語史研究会第 11 回大会 (於九州大学) における口頭発表に加筆・修正を施したものである。

注

 1) 使用テキストは Mitchell and Robinson (1998) である (なおテキストの長音記号は省略した)。現代英語訳は Hall (1950) を使用したが、用例 (3) については下線部分の訳に修正を加えている。
 2) この場合に「求め (てい) る」という訳を動詞 *gelyfan* に与えることの妥当性については、渡部 (1963) 参照。
 3) Genzmer (1953)、長埜 (1966) 参照。厨川 (1941)、Hall (1950)、忍足 (1990) などもこれに近い「従容として神に自己を委ねる Beowulf 像」が読みとれる。

Genzmer 訳:
    Der Heillose ward / handgemein mit ihm;
    doch vergaß der nicht, / die ihm Gott verliehn,
    die stolze Gabe: / Stärke und Kraft,
    auf des Herren Huld / im Herzen vertrauend,
    seinen Schirm und Schutz. / Drum schlug er den Feind,
    streckte hin den Höllengeist.

 4) 筆者の知る限りでは、明確に (2b) の解釈を示していると思われる翻訳は、Morgan (1952)、Hudson (1990) などである。

Hudson 訳:
    That demon locked him in a hard hand-grip;
    yet he summoned every inch of his strength,
    the immense gift God had granted him,
    and looked to the All-Wielder for assistance,
    both comfort and courage. He overcame the creature,
    vanquished the hell-spirit.

 5) *Beowulf* のなかでこれを支持すると思われる用例は ll. 1290, 2606, 2678 などである。
 6) Klaeber (1950) のグロッサリー (s.v. *ge-lyfan*) 参照。
 7) 使用テキストは Brooks (1961) である。現代英語訳は Bradley (1982) を使用したが、用例 (7) と (8) については、下線部分の訳に修正を加えている。また用例 (11) の Bradley 訳には大幅な修正を施している。
 8) Ogura (1998, 273-4) 参照。
 9) この解釈については衛藤 (2005) を参照。現代英語訳 Bradley (1982) にはこの解釈に基づいた修正を加えた。
 10) テキスト、翻訳ともに Shippey (1976) を用いた。但し、下線部分の訳には修正を加えている。
 11) Mitchell (1985, § 2587) 参照。
 12) 使用テキストは Krapp (1932)。
 13) Colgrave (1958) 参照。
 14) ラテン語の現代英語訳については下永裕基先生にご教示戴いた。記して謝意を

表したい。

15) 使用テキストは Krapp and Dobbie (1936) である。現代英語訳は Bradley (1982) を使用した。

16) Leech (1987, p. 13) 参照。

参考文献

Boenig, Robert, tr. 1991. *The Acts of Andrew in the Country of the Cannibals: Translations from the Greek, Latin and Old English*. New York: Garland.

Bradley, S. A. J., tr. 1982. *Anglo-Saxon Poetry: An Anthology of Old English Poems in Prose Translation with Introduction and Headnotes*. London: Dent.

Brooks, Kenneth R., ed. 1961. *Andreas and the Fates of the Apostles*. Oxford: Clarendon Press.

Colgrave, B., et al., eds. 1958. *The Paris Psalter*. (Early English Manuscripts in Facsimile, Vol. VIII.) Copenhagen: Rosenkilde and Bagger.

Genzmer, Felix, tr. 1953. *Beowulf und das Finnsburg-Bruchstück: Aus dem Angelsächsischen Übertragen*. Stuttgart: Reclam.

Hall, John R. Clark, tr. 1950. *Beowulf and the Finnesburg Fragment: A Translation into Modern English Prose*. (A new edition completely revised with notes and an introduction by C. L. Wrenn, and with prefatory remarks by J. R. R. Tolkien.) London: George Allen and Unwin.

Hoops, Johannes. 1932. *Kommentar zum Beowulf*. Heidelberg: Carl Winter (See p. 157.)

Hudson, Marc, tr. 1990. *Beowulf: A Translation and Commentary*. Cranbury, NJ: Associated University Press.

Klaeber, Fr., ed. 1950. *Beowulf and the Fight at Finnsburg*. Third edition with second and third supplements. Boston: D. C. Heath.

Kock, Ernst A. 1904. "Interpretations and Emendations of Early English Texts III". *Anglia* 27, 218-37. (See 223-4.)

Krapp, George Philip, ed. 1932. *The Paris Psalter and the Meters of Boethius*. (The Anglo-Saxon Poetic Records, Vol. V.) New York: Columbia University Press.

Krapp, George Philip and Elliott van Kirk Dobbie, eds. 1936. *The Exeter Book*. (The Anglo-Saxon Poetic Records, Vol. III.) New York: Columbia University Press.

Leech, Geoffrey N. 1987. *Meaning and the English Verb*. Second edition. London: Longman.

Mitchell, Bruce. 1985. *Old English Syntax*. 2 vols. Oxford: Clarendon Press.

Mitchell, Bruce and Fred C. Robinson. 1986. *A Guide to Old English*. Fourth edition. Oxford: Blackwell.

Mitchell, Bruce and Fred C. Robinson, eds. 1998. *Beowulf: An Edition with Relevant Shorter Texts*. Oxford: Blackwell.

Morgan, Edwin, tr. 1952. *Beowulf: A Verse Translation into Modern English*. Berkeley: University of California Press.

Ogura, Michiko.1998. "Ælfric Believed *on* God". *Notes and Queries* 243, 273-75.

Shippey, T. A ., ed. and tr. 1976. *Poems of Wisdom and Learning in Old English*. Cambridge: D. S. Brewer.

衛藤安治. 2005.「*Andreas*, ll. 729-34 について」『英語史研究会会報』 13, 13-16.
忍足欣四郎訳. 1990.『ベーオウルフ』岩波書店.
厨川文夫訳. 1941.『ベーオウルフ』岩波書店.
長埜　盛訳. 1966.『散文全訳　ベーオウルフ』吾妻書房.
渡部昇一. 1963.「OE *geléafa* (belief) の語源について」『英文学と英語学』(上智大学) 1, 177-88.

今 井 光 規

中世英国韻文ロマンスにおける事物列挙

1.0 はじめに

　中世英国韻文ロマンスには、しばしば事物列挙の技法が用いられている。ここでいう事物列挙とは、作品中にさまざまな事物 (例えば植物や鳥あるいは出来事など) を表す言葉をまるでカタログのように並べる技法である。英語では "enumeration", "list", "catalogue" (Sands 1966, pp. 250-51; Costigan 2003) などに当たるのであろう。それぞれ定義によって内容にいくらか相違はあるかも知れないが、ほぼ同じものを指すといえよう。小論では中世英国韻文ロマンスに見られるものに限定するが、事物列挙は、散文・韻文を問わず物語を始めいろいろな種類の作品に広く用いられている。

　このように事物列挙は一般的には珍しいものではないが、中世英国韻文ロマンスにおいては、個々の作品の文体的特徴の一つになっている場合も考えられる。私は別の機会に *The Squyr of Lowe Degre* におけるこの技法を別の視点から論じた (Imai 2005)。そのおり 2 編の韻文ロマンス (*Havelok the Dane* と *King Horn*) におけるこの技法の分類と機能についても簡単に述べた。今回はそれを補足しながら、事物列挙の点からそれら 2 作品の文体の特徴を考えてみたい。

2.0　取り上げる作品と使用テクスト

1. *Havelok the Dane* (以下 *Havelok*), 1285 年頃の作。3001 行。(1445-1624 行は欠行)

2. *King Horn*, 1225 年頃の作。1530 行。

これらのロマンスはいわゆる「イギリスもの」に分類されており、「追放と帰還」を共通のモチーフとする作品である。いずれも W. H. French and C. B. Hale (eds.), *Middle English Metrical Romances*. New York: Russell & Russell, 1930; 1964. 所収のテクストを使用する。本稿で言及するその他の作品についても同書を使用する。

3.0　事物列挙の問題点

　事物列挙にはさまざまな問題がある。(1) どのような形式を持つか。(2) どのような機能を持つか。(3) 作品の作られた時代あるいは個々の作品による違いがあるのかどうか、などが当面の問題である。これらを一つずつ上記 2 作品について若干の具体例を見ていきたい。

3.1　事物列挙の二つのタイプ

　事物列挙を二つのタイプに分類することが出来る。この区分は明確でない場合も多く、あくまでも便宜的なものである。

　タイプ 1 は、事物列挙のもっとも分かりやすい形で、事物の名前をコンマで区切って並べるものである。実質的にそれと同等のものとして、and や or などの接続詞を加えたものも多い。ここで問題になるのは、そのような事物の名前が並べられる個数である。最小の個数が幾つであるかについて論じた前例を私は知らない。enumerate が「一つひとつ数え上げる」とか「枚挙する」という意味であれば、おそらくかなりの個数が想定されているのであろう。実際のテクストには 3 個程度のメンバーが並べられたものでも、4 個、5 個のものと同じような印象を与える場合もあるだろう。2 個の要素が並べられたものについても、それで物事の全体を表す場合 (synecdoche 的な用法) もあることを考えると、排除することは必ずしも適切とはいえないが、本論では扱わないことにする (cf. Imai 2004)。次に調査対象の 2 作品からタイプ 1 の例をあげる。(以下、二つの作品からの例が揃わない場合もある。)

中世英国韻文ロマンスにおける事物列挙

> Vbbe dide upon a stede
> A ladde lepe, and þider bede
> Erles, barouns, drenges, theynes,
> Klerkes, knithes, bu[r]geys, sweynes,
> Þat he sholden comen anon (*Havelok*, 2192-96)

この例では、ウッベという大老が家来を遣わせて、諸侯から百姓にいたるあらゆる階級の人々に呼びかけさせている。

> "Also he louen here liues
> And here children and here wiues." (*Havelok*, 2198-99)

これは前の例の直後に続く文脈で、「自分の命、自分の子供、自分の妻がいとおしければ」駆け付けよという命令の中に見られる短い部類の列挙である。

> Grim was fishere swiþe god,
> And mikel couþe on the flod;
> Mani god fish þerinne he tok,
> Boþe with neth, and with hok.
> He tok þe sturgiun and þe qual
> And þe turbut and lax withal;
> He tok þe sele and þe hwel;
> He spedde ofte swiþe wel.
> Keling he tok, and tumberel,
> Hering and þe makerel,
> Þe butte, þe schulle, þe þornebake. (*Havelok*, 749-59)

この例では、事物列挙の各項目が and などを伴って並列されているだけでなく、He tok が繰り返されて文の形になっている点でこれまでの他の例と異なる要素もあるが、内容・形式の両面から見て実質的にタイプ 1

の例と見なせるであろう。要するに、グリムは腕の良い漁師で、網や釣り針を使ってよい魚をたくさん取ったといえば済むところを、時間をかけて具体的に10数種の魚の名前を並べていきいきと描写しているのである。

　タイプ2は、タイプ1のように事物の名前などがいわば単純に並べられるのではなく、一つひとつの項目が文の形を取っているものである。タイプ1の場合と同様、一つの事物列挙を構成する要素の数はさまざまである。事物列挙としてはタイプ1のものが注目されがちであるが、タイプ2のものも事物列挙の一種であることは、例えば抽象名詞で表現された出来事が連ねられた事物列挙に対して、文の形で表現された出来事が連ねられたものを考えてみれば理解しやすい。次の引用はタイプ1を含むが、全体としてはタイプ2の列挙の例である。

  Hwan he was king, þer mouthe men se
  Þe moste ioie þat mouhte be:
  Buttinge with sharpe speres,
  Skirming with taleuaces þat men beres,
  Wrastling with laddes, putting of ston,
  Harping and piping, ful god won,
  Leyk of mine, of hasard ok,
  Romanz-reding on þe bok;
  Þer mouthe men here þe gestes singe,
  Þe glevmen on þe tabour dinge;
  Þer mouhte men se þe boles beyte,
  And þe bores, with hundes teyte;
  Þo mouthe men se eueril[k] gleu.
  Þer mouthe men se hw grim greu;
  Was neuere yete ioie more
  In al þis werd þan þo was þore.
  Þer was so mike[l] yeft of cloþes,

> þat, þou i swore you grete othes,
> I ne wore nouth þer-offe troud.
> þat may i ful wel swere, bi God!
> þere was swiþe gode metes;
> And of wyn þat men fer fetes,
> Rith al so mik[el] and gret plenté
> So it were water of þe se.
> þe feste fourti dawes sat;   (*Havelok*, 2320-44)

この例は、2320-21 行にまとめて記述されているとおり、ハベロックがデンマークで王位に就いたときの祝賀の催し物の内容を列挙した部分である。槍試合、剣の勝負、対抗相撲、大石投げ、竪琴などの楽器の演奏、双六、博奕、物語の朗読、詩の吟誦が行われ、ご馳走、飲み物が振る舞われる様子などが列挙されている。40 日間も続く祝宴が如何に繰り広げられたかがいきいきと語られ、この事物列挙自体が一つの物語として展開しているかのようである。引用した部分の直後にハベロック王がその場でグリムの息子たちを騎士に叙し、直臣の地位を与える場面が続くが、実はこれも祝賀の一部と見なすことが可能である。このようにタイプ 2 の事物列挙では、よほどの余談や脱線は別として、物語は一時中断するどころか展開していくことも少なくない。次に *King Horn* からタイプ 2 の例をあげる。

> "Stiward, tak nu here
> Mi fundlyng for to lere
> Of þine mestere,
> Of wude and of riuere,
> And tech him to harpe
> Wiþ his nayles scharpe,
> Biuore me to kerue,
> And of þe cupe serue.
> þu tech him of alle þe liste

> Þat þu eure of wiste,
> And his feiren þou wise
> Into oþere seruise:
> Horn þu underuonge,
> And tech him of harpe and songe."   (*King Horn*, 227-40)

　これはエイルマー王が家令に「この若者に技芸を教えてやれ」とホーンの教育を命じている場面である。狩猟、鷹狩り、竪琴、肉の切り分け、酒の注ぎ方などの技芸がいくつかの文の形で列挙されている。このような場面が物語の進行そのものを具体的に担っているといえよう。
　すでに触れたように、これら二つのタイプの区分は明確ではなく、タイプ2の形を取りながら、実質的にはタイプ1のものもあり得る。また、タイプ1の形で始まりながら、タイプ2に移行する例も見られる。

3.2　事物列挙の機能

　中世英国韻文ロマンスに見られる事物列挙は、一定の韻律形式をもち、限られた長さの物語の中にわざわざ用いられているものであるという見方をすれば、物語の展開、場面の描写、あるいは韻律形式の調整などに貢献するものであるに違いない。事物列挙は、二つのタイプのいずれも、物語の描写力を高める機能を持つと思われる。また、とくにタイプ2は物語を語り進めるうえでも大きな効果を発揮すると考えられる。タイプ1の場合は、描写すべき対象を短くまとめて抽象的な言葉で表現することも可能であろうが、事物列挙により描写は具体的で豊かなものとなる。「すべての人々」といわないで(あるいはいった後で)、列挙の項目を一つひとつ具体的に述べる方が明らかにイメージの喚起力は強い。タイプ2についても同様のことがいえる。「彼はあらゆる仕事をこなした」という代わりに、「彼はこれをなした」、「あれもなした」、また「こんなことも出来た」、のように並べる方がはるかに具体的である。なお、どちらのタイプにも共通することであるが、事物列挙の直前または直後に列挙内容の簡潔なまとめが添えられていることが多い。したがって、列挙部分は省略しても物語の流れは十分に理解できることが多い。

では、二つのタイプの間にはどんな違いがあり得るだろうか。その違いは列挙の項目が多いほど、すなわち事物列挙が長いものほど分かりやすい。物語が進行しているとき、非常に長いタイプ1の列挙が挿入されたとしよう。この場合、例えば美しい花が描写の対象であれば、数々の花の名前があげられれば、それらの花々が咲き乱れている花園の様子は確かにいきいきと伝わるが、その列挙が続いている限り、プロットの展開は一時的に中断することになる。そして列挙が終わると進行が再開する。それに対して、タイプ2の場合はどうであろうか。列挙全体としては一つのまとまった内容を表現するものであっても、列挙の各項目は単語よりも表現力が高い文の形を取っているため、さまざまな付加的な情報をその中に盛り込むことが可能であり、聞き手にとって物語の進行が中断した印象はタイプ1の場合に比べるとはるかに少ない。それどころか、その列挙の行われている間にも、物語を進行させることさえ可能になると思われる。(単語の持つ表現力を過小評価するわけではないが、文は単語よりも複雑な関係を明示的に伝達することが出来る点で表現力が高いといえよう。) タイプ2においては物語の進行が妨げられる度合いが比較的小さいため、その部分に例えば皮肉や冗談などを盛り込むことも可能になるだろう。

　タイプ1の事物列挙による物語の一時的中断は、*Havelok* においても *King Horn* においても、さほど強くは意識されないであろう。その理由として考えられることは、1) *Havelok* に見られるタイプ1の列挙に極端な長さを持つものがないということ、2) それらの列挙のイメージ喚起の度合いが文脈に適合していること、さらに、3) 列挙の挿入により描写に適切な具体性が与えられていることなどである。*King Horn* においては、§4.0以下に見るように、そもそもタイプ1の列挙は事実上用いられていない。

　しかし、物語の一時的中断は他の作品では強く感じられることもある。その極端な例は、*The Squyr of Lowe Degre* に見られる。1500年頃の作とされ、Copland の印刷本では1132行から成るこの作品には、31-60行にかけて王女の果樹園の中の木々、果物の木、植物、鳥などの名前を連ねた著しく長い列挙が用いられている。(§5.0参照)

3.3 時代や個々の作品による違い

　事物列挙に観察されるこれらの点は、中世英国韻文ロマンスの作られた時代によって何らかの傾向が見られるのだろうか。事物列挙は、いうまでもなく個々の作品が扱う内容と密接に関連するものと考えられる。中世英国韻文ロマンスの扱う内容に年代的な変遷や系統があるならば、事物列挙に用いられる語彙や表現もそれに対応していることが考えられる。また、個々の作品の個性を反映していることも考えられよう。このような事物列挙に現れる年代的な違いや系統による違いは、もしあるとすれば、多数の作品を調査して初めて浮かび上がってくることであろう。小論で調べようとしているのはそのような広範囲なものではなく、二、三の作品について調査し、事物列挙が中世英国韻文ロマンスの文体にどのような機能を果たしているかを探る手がかりを見つけることである。

4.0 *Havelok* と *King Horn* における事物列挙

　ここでは各作品に見られる例を暫定的な表にまとめて概観する。タイプ2としてあげた例の中にタイプ1が混在する場合もあり、それらが重複して表示されている場合もあることをお断りしておく。タイプ1、2の区別は前述のようにしばしば不明確である。あくまでも一つの目安として表にまとめたものである。また、タイプ2については列挙の範囲を明確に限定することが出来ない場合が多い。さらに、以下の表に示したものは網羅的ではない。タイプ欄に二つの型が記入されているものはそれらが混在することを示す。項目数もおよその数え方である。

4.1 *Havelok* における事物列挙
4.1.1 　タイプ 1[1)]

番号	開始行	タイプ	用例行数	項目数	内　　容
1	2	1	2	4	ロマンスの聴衆
2	30	1	4	12	あらゆる階層の人々
3	88	1	2	3	騎士の任務、武術

4	186	1	3	5	ミサ用具
5	232	1	6	5	嘆き悲しむ様子
6	260	1	3	8	あらゆる階層の人々
7	266	1	2	4	裁判官
8	273	1	1	4	あらゆる階層の人々
9	353	1	1	4	あらゆる階層の人々
10	359	1	2	3	聖職者たち
11	397	1	1	4	領土
12	428	1(+2)	9	11	呪い
13	572	1	3	7	動物
14	643	1	2	7	食べ物
15	699	1	4	8	財産
16	751	1	9	13	魚
17	767	1(+2)	3	4	食べ物
18	779	1(+2)	5	9	食べ物、他
19	832	1	1	2	魚
20	896	1	2	5	魚
21	955	1	2	6	あらゆる階層の人々
22	1138	1(+2)	8	8	持ってないものの列挙
23	1221	1	7	11	財産
24	1240	1(+2)	6	12	歓迎の品々、歓迎内容
25	1324	1	6	14	あらゆる階層の人々
26	1360	1	1	4	世のすべて、神が支配するもの
27	1443	1	2	5	城と土地、
28	1726	1	5	10	食べ物・飲み物、ご馳走
29	2025	1	1	2	あらゆる階層の人々
30	2059	1	3	4	健康人の動作・行動
31	2100	1	2	3	悪者を懲らしめる方法
32	2103	1	3	4	悪者の種類
33	2115	1	3	4	家来たち
34	2162	1	2	4	キスをした個所(足や爪など)
35	2181	1	6	9	あらゆる階層の人々

36	2194	1	2	8	あらゆる階層の人々
37	2205	1	1	2	あらゆる階層の人々
38	2256	1(+2)	6	6	あらゆる階層の人々
39	2273	1	1	4	あらゆる階層の人々
40	2275	1	3	7	あらゆる階層の人々
41	2285	1	3	4	あらゆる階層の人々
42	2357	1	3	5	騎士が身に帯びるもの、出で立ち
43	2465	1	2	6	あらゆる階層の人々
44	2471	1	2	6	あらゆる階層の人々
45	2549	1(+2)	6	11	戦いの出で立ち
46	2710	1	2	3	ミサ用具

4.1.2 タイプ2[2)]

番号	開始行	タイプ	用例行数	項目数	内容
1	6	2	5	5	主人公の紹介
2	35	2	70	40	王の善政の内容
3	343	2	5	7	王の良さの描写
4	912	2	9	8	労働
5	932	2	10	7	労働
6	946	2	10	17	主人公の美点
7	1228	2	9	7	僕として仕える内容
8	1289	2	22	21	夢の内容
9	1646	2	4	6	主人公の肉体的卓越
10	1797	2	112	50	武勇
11	2322	2	22	15	即位の祝賀の催し
12	2453	2	6	6	主人公が受けた虐待行為
13	2571	2	3	3	戦いの出で立ち
14	2579	2	12	9	敵の来寇とその被害
15	2610	2	3	3	戦いの出で立ちを整える
16	2624	2	55	25	戦いの場面、それぞれの活躍

4.2 *King Horn* における事物列挙
4.2.1 タイプ1
事実上用例が見あたらない。
4.2.2 タイプ2

番号	開始行	タイプ	用例行数	項目数	内　　容
1	10	2	11	12	主人公の容姿、人柄
2	91	2	5	5	主人公の容姿、勇敢さ
3	175	2	16	13	自分たちの紹介
4	227	2	13	10	貴族のたしなみ (教育)
5	325	2	8	10	罵りの列挙
6	715	2	5	4	出で立ちを整える
7	1379	2	4	3	教会建立、ミサ
8	1391	2	5	4	味方を集め城を築く

4.3 *Havelok* と *King Horn* における事物列挙の相違点

上掲3表の資料から言えることは、(1) タイプ1の列挙が *Havelok* には頻繁に使用されているが、*King Horn* には皆無であること、それに対して (2) タイプ2の列挙は両方の作品に見られるということである。

(1) については、*Havelok* の物語のテーマに深く結びついている物や事柄が、物語の展開の節目節目で豊富に列挙されており、先を急がず、それぞれの場面を豊かな描写でパターン化しながら語り進める作者のプロット展開の方法あるいは好みを反映したものといえよう。一方 *King Horn* にタイプ1が皆無であることは、この作品の作者が次の引用 (a)、(b) に述べられているような、*Havelok* の作者とは正反対に近い文体上の好みを持っていたことを示しているものと思われる。(2作品間に見られるこれらと関連する文体的差違については Imai [forthcoming] 参照。)

(a) Whatever its source, *King Horn* is artistically most successful. The well-knit plot is managed with an exemplary economy seldom displayed by English romances ... it matches the comparable achievement of the Norse sagas. (Severs 1967, p. 20.)[3)]

(b) The movement is direct, and the imagery very simple and popular. (McKnight 1901, p. xx.)

(2) については、タイプ 2 の事物列挙は、前述のようにプロットの展開を一時的であれ妨げる度合いは比較的軽く、どのような物語においてもその使用は自由度が大きいと思われる。極端な場合には、一編の韻文ロマンス全体がタイプ 2 の事物列挙の集まりで成り立っている場合もあり得ることになる。例えば、主人公の成長を物語るロマンスの場合、成長過程における一つひとつの出来事がタイプ 2 の事物列挙で出来ており、そのような事物列挙がいくつか集まったものが作品になっているということが考えられる。

5.0 *The Squyr of Lowe Degre* における事物列挙

事物列挙はこれまで述べてきたのとは違った視点から考えてみることも可能である。本稿で取り上げた事物列挙は、一口でいえば、一つの概念の下位概念をリストアップしたものということになる。その意味では、同じレベルの要素がそのリストに掲げられている個数分だけ反復されたものと考えられる。したがって、事物列挙は一種の反復と捉えることが可能である。さらに、韻文の場合、同時にもう一つの反復を組み合わせて考えることが出来る。もし連続する複数の行で行の始まりの部分 (行頭の語) が反復されるような事物列挙が使用されていれば、特別な効果が現れることも考えられる。参考文献にあげた Imai (2005) はこのような観点から事物列挙の意味をもう一つの作品について考察したものである。その一部を以下に短くまとめておきたい。

The Squyr of Lowe Degre には過度な事物列挙が用いられているといわれてきた (§ 3.2 の末尾参照)。しかし調べてみると、非常に長いものはタイプ 2 に多く、タイプ 1 のもので目立つものは実際には多くない。行頭の語句が後続の行頭に反復される事物列挙に着目した場合、目立つものは全編を通じて 3 個所に見られる。一つは 31-60 行にかけての王女の果樹園の中の、木々、果物の木、植物、鳥などを連ねた事物列挙で、天

国にも似た理想のセッティングの中で騎士と王女の互いの愛の欠如した状態を示す部分に現れる。二つ目は、941-54 行にかけて、"Farewell golde, pure and fyne" で始まる長い列挙がある。その中で、王女は何事にも代え難い愛の尊さを悟り、この世の豪華な生活に別れを告げる。そして三つ目は、1070-77 行目にかけて二人の愛の究極の成就を象徴的に表すと考えられる祝宴の演奏に使われる楽器の列挙である。この作品は、さまざまな解釈が可能であろうが、どの批評家も認めている中心となる物語は、身分の低い楯持ちが王女の愛にふさわしく腕を磨き、最後に理想の愛を成就するというものである。行頭の反復を伴う三つの事物列挙は、物語の骨格になる部分にのみ使用されており、それらにハイライトを当てる役割を担っていると考えられる。

6.0 おわりに

小論では事物列挙を二つのタイプに分類し、形態と機能を検討しながら *Havelok* と *King Horn* について使用状況を概観した。また、使用例の多いことで知られている *The Squyr of Lowe Degre* にも触れた。事物列挙が作品の文体を形成する要素の一つとして機能する可能性自体は予測し得るものであったが、上記「イギリスもの」ロマンス 2 編における使用状況を見る限り、その可能性が極めて高いことは明らかである。事物列挙の内容をさらに詳細に検討することにより、共時・通時の何れの視点からにせよ、語りの特色やパターンをより明確に捉えることが可能になると思われる。このように考えると、事物列挙の観点から中世英国韻文ロマンスの文体を探る課題の意味は大きい。

注

1) タイプの区分の困難さの具体例として、この表の 16, 17, 18 番をあげることが出来る。それらはグリムが漁で得たいろいろな魚、それを売って得た品々などの列挙（タイプ 1）と捉えることも出来るが、全体を合わせて、グリムの暮らし向きを描写する列挙（タイプ 2）の一部と見なすことも出来る。

2) 前表（§ 4.1.1）中タイプ欄に 1（＋ 2）と記入されたものは、この表にも係わるものであるが、記入を省略した。

3) 北欧のサガやエッダに事物列挙が使用されていないわけではない。例えば『詩の

エッダ』(*Poetic Edda*) では、「巫女の予言」 10-16 節にかけて多数の侏儒の名前が列挙されている (金沢大学の堀井祐介氏のご教示による)。

参考文献

Costigan, E. 2003. "Literary Lists". *Mukogawa Literary Review* 39, 43-56.
French, W. H. and C. B. Hale (eds.). 1930. *Middle English Metrical Romances*. New York: Russell & Russell. (Reissued 1964.)
Imai, M. 2004. "Repetition in Middle English Metrical Romances". In: R. Hiltunen and S. Watanabe (eds.), *Approaches to Style and Discourse in English* (Osaka: Osaka University Press), pp. 27-50.
——. 2005. "Catalogue and Repetition in *The Squyr of Lowe Degre*". In: J. Fisiak and H. Kang (eds.), *Recent Trends in Medieval English Language and Literature in Honour of Young-Bae Park* (Seoul: Thaehaksa) 1, 133-46.
——. Forthcoming. "How a line begins in Middle English metrical romances". In: *The Proceedings of the Ninth Nordic Conference for English Studies, Aarhus 2004*, on CD-Rom. Aarhus: University of Aarhus.
Kanayama, A. et al. (tr.). 1983-2001. *Middle English Romances*, Vols. 1-4. Tokyo: Shinozaki Shorin. (In Japanese)
McKnight, G. H. 1901. *King Horn, Floris and Blauncheflur, The Assumption of our Lady*. (EETS OS, 14.) Oxford: Oxford University Press.
Sands, D. B. (ed.). 1966. *Middle English Verse Romances*. New York, Chicago, San Francisco, Toronto, London: Holt, Rinehart and Winston.
Severs, J. B. (ed.). 1967. *A Manual of the Writings in Middle English*, I. New Haven: The Connecticut Academy of Arts and Sciences.

守屋 靖代

中英語頭韻詩にみる繰り返しとリズム

　英語特有のリズムは一朝一夕に出来上がったものではなく、449年のアングロ・サクソンのブリテン島上陸を英語史の始まりとすれば、1500年の歳月の中で起こったさまざまな変化を経て形成され、そして今も変化の直中にある。近年、英語音韻論の進展により、英語のリズム、特に metrical phonology, English prosody 等の分野で英語特有のリズムはどのように成り立っているかが明らかにされて来た (Fabb; Freeborn; Furniss and Bath; Minkova; Nespor and Vogel)。本稿では、14世紀頭韻詩の技巧を調べ、ゲルマン語が好んだ頭韻詩のリズム、語順、韻律などの関わりを考察する。

　頭韻詩は、1)古英語時代から用いられ、1行が4つの強勢を含み、各半行の最初に登場する、冠詞や代名詞などの機能語でないいわゆる lexical word の最初のシラブルが頭韻を踏むというのが基本のルールであった。強勢を行内で一定に保つゲルマンの伝統である。(1) に掲げた *Cædmon's Hymn* は古英語頭韻詩の代表例である。強勢の位置を / で表し、頭韻パターンは行の後に [ ] に入れて示す。a は頭韻を踏む強勢節、x は頭韻を踏まない強勢節を表す。

(1)
Nu we sculon herian	heofonrices Weard,	[xa/ax]
Metodes meahta	and his modgeþanc,	[aa/ax]
weorc Wuldor-Fæder,	swa he wundra gehwæs,	[ax/aa]
ece Dryhten,	or astealde.	[ax/aa]

古英語 (Old English) から中英語 (Middle English) に至る時期、頭韻詩の伝統はすたれたかと思えるほど作品が少ない。しかし、14世紀になって、主に West Midlands を中心に頭韻詩は新たな展開を見る。音韻変化やロマンス語の影響などで、頭韻詩のリズム自体に大きな変化が起こり、1行あたりの強勢数が4または5と広がった。中英語頭韻詩の枠組みは、4つの強勢を持つ行であれば、最初の3つが頭韻を踏み、半行の間には古英語詩ほどの明確な区切りはない (Turville-Petre, p. 5)。

おおまかなルールは決まっていても、さまざまな変化や技巧が取り入れられて、実際の作品は複雑な様相を呈している。本稿では中英語頭韻詩の主立った作品に入れられる *Pearl, Cleanness, Patience, Sir Gawain and the Green Knight* の4つから例を引いて中英語頭韻詩の特徴を調べる。(2) は4つの詩における基本型の行である。これ以降引用する例では、頭韻音をイタリックで示す。

(2)

(*Pe* 811)	For *s*ynne He *s*et Hym*s*elf in vayn,	[aaax]
(*Cl* 1416)	And *b*ougounz *b*usch *b*atered *s*o þikke.	[aaax]
(*Pat* 81)	Þis is a *m*eruayl *m*essage a *m*an for to preche	[aaax]
(*G* 606)	Þat watz *s*tapled *s*tiflly and *s*toffed wythinne.	[aaax]

このような形式が特に14世紀に盛んに用いられるようになり、alliterative revival と称される。[2] 古英語から中英語へ大きな言語変化が起こり、ゲルマンのルールにより語頭に置かれていた強勢が、ロマンス語の影響で後ろへ移動したり、格変化の消失により、シラブルの数が減ったりしたために、リズム自体変化した。更に、ロマンス語から大量の語彙が流入し、語頭を同一子音で揃えるのに、外来語を用い、ストレスの位置をゲルマン式で読んだりロマンス式で読むなどして、頭韻詩はさまざまな新しい技巧を用いるようになる。ロマンス詩を真似て end rhyme を頻用し、また syllabic verse も作られるようになったが、ロマンス形式は高尚な貴族文化として好まれる一方、伝統的頭韻詩も興隆を極め、ふたつの詩の伝統のあいだには緊張関係が生じた。チョーサー[3] はロマンス詩に

傾倒したが、北では頭韻詩が好まれた。頭韻詩は、普段の言葉に近く単純で強く訴える力を持つがために、貴族文化がロマンスの詩型を好んでも、英語文化から廃れることはなかった。

1行に4つまたは5つの強勢節は、中英語頭韻詩の特徴である。ナーサリー・ライムなど日常的、伝統的な言い回しは、4つのリズムで構成される。4は2で割れるため、リズムが安定する。しかし、中英語頭韻詩は、毎行ではないにしても、5のリズムを時折使うことで4のリズムに安定してしまうことを潔よしとしなかった。単調さを解消するという解釈も可能であろう (Kane)。4のリズムと5のリズムの違いを Attridge (p. 159) は例を引いて説明している。(3) の (a) は4のリズム、(b) は5のリズムである。

(3)
(a)　　Had I the store in younder mountain
　　　　Where gold and silver are had for counting,
　　　　I could not count for the thought of thee,
　　　　My eyes so full I could not see.
(b)　　Had I the store in the cave of younder mountain
　　　　Where precious gold and silver are had for counting,
　　　　I would not be able to count for the thought of thee,
　　　　My eyes so full I would scarcely be able to see.

(a) は4 x 4構造のしっかりしたリズムを持ち、数人で声を揃えて読めばその特徴が強調される。[4] (b) はひとつ強勢が増えたことで単純な区分ができなくなり、従って声を揃えて読むことは (a) に比べて難しくなる。Attridge (p. 159) は、5のリズムは、今の英語のスピーチ・リズムをより忠実に反映していると述べているが、1行5強勢は古くから聞き慣れたシンプルな詩型ではなく、実際の発話に近く、わざとらしい大仰さがない。新たな技巧として、1行5強勢を試みた中英語頭韻詩は、古英語頭韻詩の明らかに伝統に則った技法から普段使いの言葉に歩み寄ろうとしたと言える。中英語頭韻詩における5のリズムによる行の例を挙げる。[5]

(4)
- (*Cl* 644)　*M*ynystred *m*ete byfore þo *M*en þat *m*yȝtes al weldez.　[aaaax]
- (*Pat* 119)　*D*yngne *D*auid on *d*es þat *d*emed þis speche　[aaaax]
- (*G* 2012)　And *b*ede hym *b*ryng hym his *b*runy and his *b*lonk sadel.
　　　　　　　　　　　　　　　　　　　　　　　　　　　　[aaaax]

1行4強勢節であれば、最初の3つが頭韻を踏むという (1) の基本型に加えて、(5) の例のように全強勢節が頭韻を踏むという例が頻繁に登場する。同一音の繰り返しは既に日常の言い回しを超えて特異である。

(5)
- (*Pe* 978)　Bot *l*urked by *l*auncez so *l*ufly *l*eued,　[aaaa]
- (*Cl* 611)　And as to *G*od þe *g*oodmon *g*os Hem a*g*aynez　[aaaa]
- (*Pat* 88)　And *l*yȝtly when I am *l*est He *l*etes me a*l*one.'　[aaaa]
- (*G* 437)　And as *s*adly þe *s*egge hym in his *s*adel *s*ette　[aaaa]

古英語頭韻詩では、consonant cluster は同一の組み合わせしか頭韻とみなされないが、この伝統は中英語頭韻詩にも見られる。同一の子音の組み合わせが1行内で繰り返されることで音と意味が強調される。

(6)
- (*Pe* 385)　'In *bl*ysse I se þe *bl*yþery *bl*ent,　[axaa]
- (*Cl* 755)　And *sp*are *sp*akly of *sp*yt in *sp*ace of My þewez,　[aaaax]
- (*Pat* 186)　*Sl*ypped vpon a *sl*oumbe-selepe, and *sl*oberande he routes.
　　　　　　　　　　　　　　　　　　　　　　　　　　　　[aaax]
- (*G* 1339)　Siþen *br*itned þay þe *br*est and *br*ayden hit in twynne,　[aaax]

古英語では、特に /st/, /sp/, /sc (sk) / にその組み合わせでのみ頭韻を踏む傾向が強かった。しかし、中英語では (7) のように、最初の子音が同一であれば次の子音は異なっても構わないとされた。

(7)
- (*Pe* 863)　Vchonez *bl*ysse is *br*eme and *b*este,　[xaaa]
- (*Cl* 995)　　In a *st*onen *st*atue þat *s*alt *s*auor habbes,　[aaaax]

| (*Pat* 429) | Þe *s*oun of oure *S*ouerayn þen *s*wey in his ere, | [aaax] |
| (*G* 1536) | *Gr*et is þe *g*ode *gl*e, and *g*omen to me huge, | [aaaax] |

(8) に掲げるのは同一頭韻音が行の全ての強勢に繰り返され、各行の頭韻音は異なるが、数行に亘って、全ての強勢節が頭韻を踏むパターンが繰り返されるという例である。このような繰り返しは強調の効果をもたらし、話の展開を劇的にしている。[6]

(8)

(*G* 2077)	Þay *b*oȝen bi *b*onkkez þer *b*oȝez ar *b*are;	[aaaa]
(*G* 2078)	Þay *c*lomben bi *c*lyffez þer *c*lengez þe *c*olde.	[aaaa]
(*G* 2079)	Þe *h*euen watz vp*h*alt, bot *v*gly þer*v*nder.	[aaaa]
(*G* 2080)	*M*ist *m*uged on þe *m*or, *m*alt on þe *m*ountez;	[aaaaa]
(*G* 2081)	Vch *h*ille hade a *h*atte, a myst-*h*akel *h*uge.	[aaaa]
(*G* 2082)	*Br*okez *b*yled and *br*eke bi *b*onkkez *a*boute,	[aaaaa]
(*G* 2083)	*Sch*yre *sch*aterande on *sch*orez, þer þay doun *sch*owued.	[aaaa]

同一音による頭韻が数行に亘って現れることもある。(9) の例では4行続けて /s/ による頭韻が用いられている。

(9)

(*G* 670)	He *s*perred þe *s*ted with þe *s*purez and *s*prong on his way
(*G* 671)	So *s*tif þat þe *s*ton-fyr *s*troke out þerafter.
(*G* 672)	Al þat *s*eȝ þat *s*emly *s*yked in hert
(*G* 673)	And *s*ayde *s*oþly al *s*ame *s*egges til oþer,

"Running alliteration" (Schmidt, p. 55) または "identical alliteration" (Oakden, vol. 1, p. 233) と称されるこのような頭韻の使い方は、ここで取り上げた4つの詩では頻繁ではないが、*The Alliterative Morte Arthure* においては頻用される (Moriya, "Identical Alliteration"; Moriya, "The Role of the Sound *r*")。

更なる頭韻の技巧として、1行が2組の頭韻を含む場合がある。

(10)
    (*Pe* 363)   If *r*apely I *r*aue, *sp*ornande in *sp*elle: [aabb]
    (*Cl* 1720)   *M*ade of *st*okkes and *st*onez þat neuer *st*yry *m*oȝt.   [abbba]
    (*Pat* 213)   He *o*ssed hym by vn*n*ynges þat þay *v*nder*n*omen   [abab]
    (*G* 335)   And wyth a *c*ountenaunce *dr*yȝe he *dr*oȝ doun his *c*ote,   [abba]

頭韻は常に語頭に現れるとは限らない。ストレスの位置によっては語の第2シラブルに現れる。(10) の例では、a*pr*oche, bi*r*olled, bi*sp*eke, de*b*ate が第2シラブルに強勢があり、頭韻を踏む。

(11)
    (*Pe* 686)   A*pr*oche he schal þat *pr*oper *p*yle--   [axaa]
    (*Cl* 959)   Al bi*r*olled wyth þe *r*ayn, *r*ostted and brenned,   [aaax]
    (*Pat* 169)   Þenne bi*sp*eke þe *sp*akest, di*sp*ayred wel nere: [aaax]
    (*G* 2248)   *B*usk no more de*b*ate þen I þe *b*ede þenne   [aaax]

数は多くはないが、語の間のリエゾンにより、頭韻音が生み出されることがある。見ためには分かりにくいが、声に出して読むと、前行までの頭韻の繰り返しにより、読み手聞き手共に同一音の繰り返しに対して敏感になっているために、この "elision alliteration" (Duggan and Turville-Petre, p. xix) が感じられる。(12) の例で下線部が /n/ の音を生み出して頭韻数を満たしている部分である。

(12)
    (*Pe* 233)   Ho watz me *n*erre þe*n* *a*unte or *n*ece: [xaaa]
    (*G* 962)   Þe twey*n*e yȝe*n* and þe *n*ase, þe *n*aked lylppez,   [aaax]

頭韻は強勢節に加えて、弱勢節にも現れることがある。(13) の例では弱勢節に表れた頭韻もイタリックで示した。

(13)
    (*Pe* 190)   *So* *sm*oþe, *so* *sm*al, *so* *s*eme *sly*ȝt,   [aaaa]
    (*Cl* 1597)   And *h*atz a *h*aþel in þy *h*olde, *as* I *h*af *h*erde *o*fte,   [aaaa]
    (*Pat* 93)   'Oure *S*yre *s*yttes,' he *s*ays, 'on *s*ege *s*o hyȝe   [aaax]

(G 96)　　　Oþer ſum ſegg hym biſoȝt of ſum ſiker knyȝt　　　　[aaax]

弱勢節に1度でなく数回同一頭韻音が繰り返されることで、行内の語のつながりが強められ、印象を強くする。このような頭韻の強調を、Creed (p. 50) は 強勢節だけに頭韻が現れる "significant alliteration" に対して "incidental alliteration" と呼ぶ。中英語頭韻詩においては、Creed の研究した古英詩と異なり、弱勢節での頭韻音は頻度が高く、"incidental alliteration" の用語はふさわしくないかもしれない。特に Pearl は、強勢節での頭韻が揃わないことがあり、そのような行で弱勢節に頭韻を置くことで頭韻のリズムを保持しようとしている (Moriya, "Metrical Constraints")。

行頭の弱勢節が頭韻音で始まる場合、行全体の頭韻音の前触れの役割を果たす。研究者によっては、この元来弱勢であった節は頭韻音を含むために強勢節と解釈する。そうすると1行に4つの強勢節でなく5つを認めることになる。(14) の例では、行頭の、Ouer, For, Boþe, With に強勢を認めるかによって4または5で読むことが可能である。頭韻音で始まっていなければ弱勢節として読まれるかもしれないが、弱勢節と扱っても (13) で見た特別な頭韻の使い方となる。

(14)
　(Pe 773)　　Ouer all oþer so hyȝ þou clambe　　　　[aaax]or[aaaax]
　(Cl 996)　　For two fautes þat þe fol watz founde in mistrauþe:
　　　　　　　　　　　　　　　　　　　　　　　　　　[aaax]or[aaaax]
　(Pat 388)　Boþe burnes and bestes, burdez and childer,　[aaax]or[aaaax]
　(G 50)　　 With alle þe wele of þe worlde þay woned þer samen,
　　　　　　　　　　　　　　　　　　　　　　　　　　[aaax]or[aaaax]

中英語頭韻詩韻律研究において常に議論になるのは、行によりいくつの強勢節を認めるか、であり、4であれば、伝統的な分かりやすいリズムであるが、5であれば、印象が異なって来る。(15) に掲げた Sir Gawain and the Green Knight の第1行を、siþen に強勢を置くかで4で読むか、5で読むか、編集者により解説が異なる。[7]

(15)

 (*G* 1) *Si*þen þe *s*ege and þe a*ss*aut watz *s*esed at Troye,

どちらで読むかの議論は合意を見ていないが、いずれにしろ必要以上と思われる頭韻の使用により、特異な音のつながり、強調がなされている。

 行内での繰り返しや数行に亘る繰り返しではないが、作品全体での繰り返しも使われた。*Pearl* においては、101 連すべての始めと終わりに同じ語が表れ、その同じ語が 5 連 (1 回だけは 6 連) に亘って繰り返されるという複雑な構造を持つ。また、詩の最初と最後に同じような言い回しが表れ、これも大きな範囲での繰り返しと言える。振り出しへ戻ることで詩が永遠に続くことを示唆するものであっただろう。(16) は、*Pearl, Patience, Sir Gawain and the Green Knight* の最初と最後の行である。全く同一ではないが、非常に似通った言葉遣い、行の構造である。

(16)

 (*Pe* 1) Perle plesaunte, to prynces paye
 (*Pe* 1212) Ande precious perlez unto his pay.
 (*Pat* 1) Pacience is a poynt, þaȝ hit displese ofte.
 (*Pat* 531) Þat pacience is a nobel poynt, þaȝ hit displese ofte.
 (*G* 1) Siþen þe sege and þe assaut watz sesed at Troye,
 (*G* 2525) After þe segge and þe asaute watz sesed at Troye,[8]

このように中英語頭韻詩の技巧には、当時の英語の音の組み合わせ、シラブルの成り立ち、語形変化、外来の語彙などを駆使して、可能な限り頭韻を組み入れようという傾向があり、そのこだわりが極端に表れることもあった。最たる例が *The Blacksmiths* と題された、鍛冶屋の騒音を頭韻で表した 14 世紀初期の詩である。わずか 22 行ながら過剰な頭韻によって鍛冶屋の騒音を表現している。

(17) Swarte smekyd smeþes smateryd wyth smoke

Dryue me to deth wyth den of here dyntes.
Swech noys on nyghtes ne herd men neuer:
What knauene cry and clateryng of knockes!
Þe cammede kongons cryen after 'col, col!'
And blowen here belllewys, þat al here brayn brestes:
'Huf, puf!' seith þat on; 'haf, paf!' þat oþer,
Þei spyttyn and spraulyn and spellyn many spelles;
Þei gnauen and gnacchen, þei gronys togydere,
And holdyn hem hote wyth here hard hamers.
Of a bole-hyde ben here barm-fellys;
Here schankes ben schakeled for the fere-flunderys;
Heuy hamerys þei han, þat hard ben handled,
Stark strokes þei stryken on a stelyd stokke:
Lus, bus! las, das! rowtyn be rowe.
Swech dolful a dreme þe deuyl it todryue!
Þe mayster longith a lityl, and lascheth a lesse,
Twyneth hem tweyn, and towchith a treble:
Tik, tak! hic, hac! tiket, taket! tyk, tak!
Lus, bus! lus, das! swych lyf thei ledyn
Alle cloþemerys: Cryst hem gyue sorwe!
May no man for brenwaterys on nyght han hys rest!

　詩人達が頭韻技巧に懲りすぎた結果、リバイバルと称されるほど隆盛を極めた中英語頭韻詩は単なる飾りになってしまい消滅するしかなかった、というのが Oakden の視点であった。過剰なまでに頭韻詩のリズムにこだわった14世紀の風潮は当時の英語を反映する形として盛んになるが、やがて他の詩型に態勢は変化していく。繰り返しを好み冗長を楽しむ頭韻詩形式は、jingles of sounds が実は、本論で注目した音の繰り返し、強勢節と弱勢節の組み合わせなどに見られるように、日常の言葉を芸術に高める重要な機能をも備えていることを証明したのであった。頭韻詩を jingles と区別して芸術的と感じさせる要素は一体何か、語頭の音の繰り返しは、barbarian, illiterate, uncultured, pagan 等という言葉で表さ

れるような根幹の土着のリズムを呼び覚ます (Sadowski)。しかし、そのような否定的、自虐的な評価にも拘わらず、Bloomfield and Dunn (pp. 1-6) が述べているように、頭韻は耳に心地よく記憶に残り易い。日常の言葉を如実に反映し、長く英語文化の伝統として続いて来たからこそ、中英語頭韻詩は芸術としてのジャンルを確立したのであり、現在でもさまざまな分野で頭韻のリズムが活かされるのはその伝統が続いているためであろう。中英語期に起こったさまざまな変化を反映した一次資料として頭韻詩が示唆するものは図り知れない。

注

1) 頭韻は、強勢節の頭につく同音の子音を、韻文であれば一行内で、散文であれば繰り返しと認識できる句や節の範囲内で数度繰り返すことであり、脚韻は語尾の母音と子音を揃えて繰り返すことである。詩ではなくとも、この頭韻、脚韻による同一音の繰り返しは英語文化に深く根づき、特別な役割を果たしている。

2) 14世紀に頭韻詩が盛んになったことを、頭韻詩の伝統は消滅しなかったのだから、alliterative revival という用語は正しくない、他の用語にすべきだという意見があり、Huntsman-Mc は、alliterative survival、Pearsall は、alliterative renewal という用語を提唱する。

3) チョーサーは大陸の華々しい貴族文化を英語に巧みに取り入れ中英語の頂点となった詩人であるが、カンタベリー物語において頭韻詩を揶揄している。

But trusteth wel, I am a Southren man,
I kan nat geeste 'rum, ram, ruf,' by lettre, (*CT* X.42f)

自分は南の人間であるから、"rum, ram, ruf" というような野暮な頭韻など使わないのだ、と頭韻詩人を見下している。

4) 数人が声を揃えて同一文を読み上げる際、その言語のリズムの最も根幹となる部分を共有しなければ声が揃わないとして、Bloomsliter et al. は、unled choral reading がある言語のリズムの本質を極めるのに有効とする。

5) *Pearl* は 4 のリズムが圧倒的多数であり、ここでは 5 の例を引かない。

6) 頭韻は短い句においても特別な強調を伴い、まして何百行、何千行に亘って同一行内で同一音が繰り返される頭韻詩は、非日常的な言葉の組み合わせによる特殊な技巧として onomatopoetic effects を生み出す。Allen によれば、octosyllabic couplets に比べ、頭韻詩は、同一音の繰り返しのために、朗読する際より多くの時間を要することが知られている。声に出して読み進むほどにスピードが低下する、ということを頭韻詩研究者は経験する。読み進むほどに tongue twister のようになる頭韻詩の朗読には相当の訓練と技巧を要する。

7) Burrow and Turville-Petre は 4 で読むのに対し、Gardner, Boroff, Sapora は 5 で読んでいる。Moriya "Metrical Subordination" (p. 149) を参照。

8) この後 bob and wheel と称される短い 5 行が続くが、いわゆる long alliterative line

としては第2525行が最後の行である。

参考文献

Allen, Rosamund. 2000. "Performance and Structure in *The Alliterative Morte Authure*." *New Perspectives on Middle English Texts: A Festschrift for R. A. Waldron*, ed. S. Powell and J. Smith (Cambridge: D. S. Brewer), 17-29.

Attridge, Derek. 1995. *Poetic Rhythm: An Introduction*. Cambridge: Cambridge University Press.

Bloomfield, Morton, and Charles Dunn. 1989. *The Role of the Poet in Early Societies*. Cambridge: D. S. Brewer.

Boomsliter, Paul C., Warren Creel, and George S. Hastings. 1973. "Perception and English Poetic Meter." *PMLA* 88, 200-08.

Borroff, Marie. 1962. *Sir Gawain and the Green Knight: A Stylistic and Metrical Study*. New Haven: Yale University Press.

Burrow, J., and Thorlac Turville-Petre. 1992. *A Book of Middle English*. Oxford: Blackwell.

Creed, Robert P. 1990. *Reconstructing the Rhythm of Beowulf*. Columbia: University of Missouri Press.

Duggan, Hoyt, and Thorlac Turville-Petre, eds. 1989. *The Wars of Alexander*. (EETS SS 10.) Oxford: Oxford University Press.

Fabb, Nigel. 1997. *Linguistics and Literature*. Oxford: Blackwell.

Freeborn, Dennis. 1996. *Style: Text Analysis and Linguistic Criticism*. New York: Macmillan.

Furniss, Tom, and Michael Bath. 1996. *Reading Poetry*. London: Prentice Hall.

Gardner, John. 1965. *The Complete Works of the 'Gawain'-Poet*. Chicago: University of Chicago Press.

Huntsman-Mc, Jeffrey F. 1986. "The Celtic Heritage of *Sir Gawain and the Green Knight*." *Approaches to Teaching Sir Gawain and the Green Knight*, ed. M. Y. Miller and J. Chance. New York: Modern Language Association of America. 177-81.

Kane, George. 1981. "Music Neither Unpleasant Nor Monotonous." *Medieval Studies for J. A. W. Bennett*, ed. P. L. Heyworth (Oxford: Clarendon), 77-89.

Minkova, Donka. 2002. *Alliteration and Sound Change in Early English*. Cmabridge: Cambridge University Press.

Moriya, Yasuyo. 1996. "Alliteration and Metrical Subordination in the Alliterative *Morte Arthure*." *ICU Language Research Bulletin* 11, 149-61.

———. 2000. "Identical Alliteration in *The Alliterative Morte Arthure*." *English Language Notes* 38, 1-16.

———. 2000. "The Role of the Sound "r" in the Meter of *The Alliterative Morte Arthure*." *Poetica* 53, 1-13.

———. (forthcoming) "Metrical Constraints Created by Rhyme in the Middle English Alliterative *Pearl*." *Language and Style*.

Nespor, M., and I. Vogel. 1986. *Prosodic Phonology*. Dordrecht: Foris.

Oakden, James P. 1930, 1935. *Alliterative Poetry in Middle English*. Manchester: Manchester University Press.

Pearsall, Derek A. 1981. "The Origins of the Alliterative Revival." *The Alliterative Tradition in the Fourteenth Century*, ed. B. S. Levy and P. E. Szarmach (Kent: Kent State University Press), 1-24.

Sadowski, Piotr. 2001. "The Sound-Symbolic Quality of Word-Initial GR-Cluster in Middle English Alliterative Verse." *Neuphilologische Mitteilungen* 102, 37-47.

Sapora, Robert W., Jr. 1977. *A Theory of Middle English Alliterative Meter with Critical Applications*. Cambridge, MA: Mediaeval Academy of America.

Schmidt, A. V. C. 1987. *The Clerky Maker: Langland's Poetic Art*. Woodbridge, Suffolk: D. S. Brewer.

Smith, Jeremy. 1996. *An Historical Study of English: Function, Form and Change*. London and New York: Routledge.

Turville-Petre, Thorlac. 1989. *Alliterative Poetry of the Later Middle Ages: An Anthology*. London and New York: Routledge.

田島松二

The Canterbury Tales: General Prologue, 521 をめぐって*

I

　古英語、中英語の研究において、最も重要にしてかつ困難な作業となると、昔も今もテキストの正確な読み、理解ということに尽きるであろう。語句や語法にこだわりながら、厳密にテキストを読もうとすると、意味不明の箇所や従来の解釈に納得のゆかない箇所にしばしば遭遇する。しかも、欧米人には何でもないところで、われわれ日本人はつまずき、難渋する。そのような箇所に関する筆者なりの考えを、近年、研究ノートとして幾つか発表してきた (Tajima 2000, 田島 2003 & 2006)。小論もそのようなノートのひとつである。

　今回取り上げるのは、チョーサーの『カンタベリー物語』である。それも、中英語を学んだものなら誰もが一度は読んだことのある *General Prologue* 中の１行である。問題の行を含む数行を、今日最も広く利用されている Benson 版 (1987) から引用 (下線は筆者) してみる。

> To drawen folk to hevene by fairnesse,
> By good ensample, this was his bisynesse.
> <u>But it were any persone obstinat,</u>
> What so he were, of heigh or lough estat,
> Hym wolde he snybben sharply for the nonys.
>
> 　　　　　　　　(*General Prologue*, 519-23)

(正しい生活によって、よい手本を示すことによって、人々を天国に導くこと、それこそが彼の務めであった。しかし、かたくなものがいれば、たとえその人が誰であろうと、身分が高かろうが低かろうが、彼はその場でその人を厳しくしかったものだった。)

上の引用箇所 (519-23 行) に関する限り、現今の刊本テキストはいずれも実質上同じ読みである。[1]ここで問題にしたい箇所は下線を施した 521 行目である。このままでこの行を解釈しようとすれば、文法的にはどのような説明が可能であろうか。広く行われているように、「しかし、かたくななものがいれば」の意に解すれば、文脈上は前後の行とうまくつながる。しかし、それでは、そもそもこの行のどこから条件文的な意味が出てくるのか、また、*it were* がどうして *there-*存在構文的な意味になるのか、といった疑問が生じる。あるいは、視点を変えて、文法的に可能性のありそうな *But* = 'unless' という解釈はどうなのか、という問題もある。*General Prologue* のテキストは専門家向けから学生用まで多数刊行されているが、納得のゆく語法上の説明を与えてくれるものはないようである。以下は、長年気にかかっていた、この 521 行目に関する筆者なりの解釈、説明の試みである。

II

本題に入る前に、19 世紀末から今日までに刊行されたテキスト、注釈書類、現代語訳等が、この "But it were any persone obstinat" (521) を、どのように解釈、説明しているかを見てみよう。

そもそも Skeat (1894, 1900²), Pollard et al. (1898), Robinson (1933, 1957²), Manly & Rickert (1940), Donaldson (1958, 1975²), Pratt (1974), Blake (1980), Benson (1987) といった、本文はいうまでもなく注釈でも定評のあるチョーサーの刊本テキスト (全集版) には、521 行目に関する語法、語義上の注記は一切見られない。全集版では、必ずしも専門家向けとは思われないものも含め、次の 5 点に簡単な注釈があるだけである。まず Cawley

(1958) が *it were* に 'if there was' という傍注を、Fisher (1977) が *But it* に 'but if any person' という脚注を付し、Hieatt & Hieatt (1981) は 521 行目全体を 'But if any person were obstinate' と訳し、Coote (2002) は 'But if anyone was disobedient' と訳している。中でも、Baugh (1963, p. 249) は *But it were ...* を "Elliptical" と説明し、'But if it happened that any person was obstinate.' とやや詳しくパラフレーズしている。注目すべきは、以上の 5 点がいずれも *But* の次に本文にない *if* を補って解していることであり、*it were* を実質上 *there*-存在構文の意にとっていることである。しかし、語法上の説明は一切付されていない。

General Prologue を収録したアンソロジーや学生用テキストになると、注釈も多くなるが、解釈も幾つかに分かれている。(ただし、Davies (1953), Schmidt (1974), Cunningham (1985), Treharne (2004) にはいかなる注記も見られない。) 一つは、行頭の But を 'unless, except' の意に解する Carpenter (1901), Liddell (1932),[2] Winny (1965), Alexander (1980 & 1996), Mack & Walton (1994) である。もう一つは、*But* の次に本文にない *if* を補い、かつ、*it were* は *there*-存在構文に相当する語法と解する Cook (1961), Hodgson (1969), Coote (1985), Pearsall (1999) である。ただし、Kolve (1989) は *it were* に 'were there' (= 'if there were') という倒置構文の注をつけている。(因みに、わが国の注釈書もすべて *But* の次に *if* を補って解している。) 更にもう一つ、Trapp et al. (2002) は *But* に 'if'、*it were* に 'there were' という傍注を与えている。つまり、'If there were ...' という解釈である。ここでもまた、文法的説明は一切付されていない。

現代語訳はどうであろうか。Tatlock & Mackaye (1912), Nicolson (1934), Lumiansky (1948), Morrison (1949), Wright (1964 &1985), Ecker & Crook (1993) は、いずれも *But* を 'but/yet' の意にとり、その後に 'if/when' を補って解している。(邦訳書も、この点はすべて同じである。) 唯一例外は Coghill (1951) で、*But* を 'unless' と訳している。

従来の解釈の問題点は、まず、行頭の *But* が 'but' の意か、それとも 'unless' の意かという点で分かれていること、次に、*But* を 'but' と考えた場合、その後に本文にない *if* を補って解する根拠が全く示されていないこと、更には、*it were* を存在構文と考える解釈に語法上の説明が全く

ないことである。こう見てくると、権威ある諸刊本テキストが何の説明も与えていないのが不思議なくらいである。

Ⅲ

　ところで問題の 521 行目は、巡礼に加わった一行のひとり、教区司祭を紹介するくだりに見られるものである。全体で 52 行に及ぶ描写には、他の巡礼者の場合と異なり、風刺も皮肉もユーモアも見られない。14 世紀のイギリスは教会や聖職者の腐敗、堕落がはなはだしかった時代であるが、そのような時代には実在しなかったような理想的な教区司祭像が描かれている。素直な、淡々とした叙述であるといってよい。冒頭に引用した 519-23 行のうち、最初の 2 行は、「正しい生活によって、よい手本を示すことによって、人々を天国に導くこと、それこそが彼の務めであった」(519-20) という意味である。語法上問題になりそうな点はない。肝心の 521 行目はしばらくおくとして、最後の 2 行は「たとえ、その人が誰であろうと、身分が高かろうが低かろうが、彼はその場でその人を厳しくしかったものだった」(522-23) の意味である。これまた語法上問題となる点はない。しかし、その前の 521 行をこのままの句読点で文法的に説明するとなると、ことは簡単でない、というより不可能である。そこから前節で見たように、*But* を 'unless' あるいは 'if' の意の従属接続詞と考える本文重視の解釈と、*But* を「しかし」の意の等位接続詞と考え、その後に本文にない *if* を補って解釈するという 2 つの異なる解釈が生まれたものと思われる。

　But ='unless' という注記が見られるのは、先に見たように、いずれも学生用テキストや注釈書の類である。*But* を 'unless' の意の接続詞ととれば、確かに統語法上は無理なく説明できる。しかしそれでは、「<u>かたくななものがいなければ</u>、彼はその場でその人を厳しくしかったものだった」といった、全く不条理な意味になる。現代語訳で唯一、*But* を 'unless' の意味に解する Coghill (1951) では、'His business was to show a fair behaviour / And draw men thus to Heaven and their Saviour, / Unless indeed a man were obstinate;' (519-21) となっており、依拠した Skeat 版の

520行目の句読点がセミコロンからコンマに、521行目のコンマはセミコロンに変更されている。この解釈だと、521行目は前の2行に続く従属節ということになる。文法的説明が可能であるという意味で、ひとつの解決法ではあろうが、それでは広く受け入れられている句読点を無視することになる。そして、なによりもその後に続く2行とうまくつながらない。もう一つ、Trapp et al. (2002) のように、But を 'if' と解することはどうであろうか。確かに、統語法上は一番問題のない解決法であろう。この but = 'if' は、MED (s.v. but conj. 5. (a)) にも数例記録されている。が、チョーサーが接続詞として使った but の全用例 2,850 例中、そのような意味で用いられた例はほかに1例もない (cf. Benson 1993, s.v. but conj.)。加えて、But = 'if' では、後述する司祭の性格の対比の妙が失われることになる。文意に沿った一番自然な解釈は、この But を「しかし」という通常の等位接続詞と解することであろう。そうすれば、前の519-20行で描かれた司祭の親切な人柄と、後の522-23行で描かれた厄介な教区民にたいする断固とした姿勢が対照的に強調されることになり、司祭の性格の対比が一層浮き彫りになる。

　But が「しかし」の意の接続詞だとすれば、次に問題となるのは "it were any persone obstinat," の解釈である。このままでは後続文と関連づけて文法的な説明を行うことは不可能である。もちろん単独の文としても成立し得ない。ここは、文脈上も、But の次に本文にはない if を補って、「もしも、かたくななものがいたら」と、条件文に解したいところである。(この解釈をとる刊本テキストや学生用テキスト、現代語訳については、前節 II でふれた通りである。) そうすれば、統語法上も無理なく説明できるし、後続の帰結文「彼はその場でその人を厳しくしかったものだった」ともうまくつながる。実際、if の脱落を認める以外に、この行の解釈は不可能である。では、どうして歴代の編者たちは if を補充するという校訂をしなかったのであろうか。校訂はしないまでも適切な注釈を加えなかったのであろうか。まず考えられることは、彼らが依拠した Ellesmere 写本や Hengwrt 写本に if がないからである。加えて、文脈上の意味は明瞭だからであろう。それでは、全写本が同じ読みなのか。if が挿入された写本はないのか。調べてみると、意外な事実が判明する。

筆者が実際に調査できた写本は Ellesmere と Hengwrt の2つのファクシミリ版のみであったので、これから述べることは、Manly & Rickert (1940) と Andrew et al. (1993) から得られた間接的な証拠に基づいている。前者は、『カンタベリー物語』の80を超える全残存写本間の本文の異同を集大成したものである。後者は主要な10写本と Caxton (1478 [1476], 1484), Pynson (1492, 1526), Wynkyn de Worde (1498), Thynne (1532, 1542, 1545) など写本的価値があるとされる初期印刷本を含む23の刊本テキストを照合し、その異同を明らかにした集注版 (variorum edition) である。(なお、以下で言及する写本の略称 (sigils) は Manly & Rickert (1940, Vol. I, pp. ix-x)、刊本テキストの略称は Andrew et al. (1993, pp. xxi-xxii) に拠る。) それらによると、*But* の次の *it were* の部分に以下に示すような異同が見られる。

	写本	初期印刷本
yif it were	Ad³ Bo¹ Gg Gl Ha² Nl Ps Tc¹	TH¹ TH² TH³ ML
and he knew	Cn Ds En¹ Ma	
if he were		ST STw Sp¹ Sp² Sp³
if were		UR

上記以外の写本や刊本テキストではすべて、*it were* となっている。

Manly & Rickert (1940, V, pp.1 & 48) によると、*General Prologue* の519-23行を含む写本は48を数える。そのうち8つの写本 (Ad³ Bo¹ Gg Gl Ha² Nl Ps Tc¹) 及び16世紀の William Thyne の印刷本 (TH¹ TH² TH³) と18世紀の Thomas Morell の印刷本 (ML) の計4点で、*yif* (= 'if') が挿入されて、*yif it were* となっている。*if* と同義の *and* を使った *and he knew* (= 'if he knew') も4写本 (Cn Ds En¹ Ma) に見られる。更に、*if he were* が16世紀後半の John Stow の印刷本2点 (ST STw) と16世紀末から17世紀の Thomas Speght の印刷本3点 (Sp¹ Sp² Sp³) に、*if were* が18世紀前半の John Urry の印刷本1点 (UR) に見られる。残存写本48の4分の1にあたる12写本と、初期刊本テキストの半数に近い10点の印刷本に *(y)if* もしくは *and* が挿入されていることになる。チョーサーの自筆本がない上

に、写本間の相互関係や制作年代が明確でない以上、*if* は元々なかったのか、あったのに削除されたのか、あるいは、一部の写字生や初期刊本の編者たちが意味を考えて補ったのか、今となっては知る術もない。が、少なからぬ写字生や編者たちが *if* あるいは同義の *and* の必要性を感じていたことだけは間違いないところであろう。今日でも、その必要性は変わらないと筆者は思う。

最後に残る問題は、*it were* をどう解釈するかということである。文脈上、*it* を通常の人称代名詞と解することは無理である。ここは *there*-存在構文の *there* の代わりに用いられた予備の 'it' (anticipatory and existential 'it') と考えるのが一番自然な解釈ではなかろうか。古英語から初期近代英語にいたるまで散見されるが、主として中英語特有と考えてよい用法である。[3] チョーサーにも数例見られる。その一つは次の下線部である。

For sith I yaf to yow my maydenhede,
And am youre trwe wyf, it is no drede, (= 'there is no doubt')
God shilde swich a lordes wyf to take
Another man to housbonde or to make!
(*The Clerk's Tale*, 837-40)

it were に 'if there were/was' という注釈を与える刊本テキストでも、予備の 'it' の用法にふれたものはない。

Ⅳ

以上、*General Prologue* の 521 行目を、主として 20 世紀の刊本テキストや学生用テキストがどのように解釈、説明しているかを検討し、その上で筆者なりの読みを示した。一部のテキストに見られる 'But if there were' という、筆者には最も適切と思われる注釈も、*if* の意味がどこから出てくるのかとか、*it were* が今日の存在構文 'there were' に相当する中英語の用法であることにふれていないことを考えると、文脈上の意味を与えているにすぎないとみてよいであろう。唯一、語法的な注釈であ

る Baugh (1963) の "Elliptical" という説明も、何がどう省略された構文であるというのか判然としない。ここは、残存写本の 4 分の 1 に相当する写本に、更には写本的価値があるとされる一部の初期印刷本にも、*But* と *it* の間に *if* が挿入されていることを考慮して、本文校訂を施すべきところではなかろうか。さもなければ、写本的裏付けはないが、*it were* を、Burrell (1908) のように、語順を入れ替えて *were it* (= 'if there were') と校訂するほかはない。また、*it is* = 'there is' の用法があることを説明せず、'if there were/was' といった傍注や脚注をあたえるだけでは、中英語の統語法に精通していないものにとっては不親切というものであろう。

General Prologue の 521 行目は、文脈上も統語法上も、*But* の次に当然 *if* が予想されるところであり、加えて、写本上の裏付けもあることを考えて、現今の刊本テキスト等も、"But [if] it were any persone obstinat," のように本文を校訂するべきではないか。少なくとも注釈の形で、補足説明を行う必要があるのではないか、というのが筆者の結論である。中英語特有の語法といってよい存在構文の *it is* (= 'there is') にも説明がほしいところである。現代語訳は、'But if there were any obstinate person,' といったところであろうか。

注

　＊参考文献に挙げた刊本テキストの収集過程で便宜を図って下さった熊本大学の隈元貞広教授に謝意を表する。

　1) 多少違うところは、*l.* 519 の *by* が *with* に、*l.* 520 のピリオドがセミコロンになっている点と、ごく一部の綴りである。

　2) 奇妙なことに、Liddell は後注 (p. 152) では *But* を 'unless' とし、中英語統語法を解説したセクション (p. lxxx) では、同行を仮定法の条件文と見なし、*if* を補って 'But if it was some obstinate person' と解している。

　3) OED s.v. *It*, pron. 2.b.; MED s.v. *hit* pron. 4b. (b); Mustanoja 1960, p. 120; Visser 1963, § 56-f 等参照。

参考文献

I. Editions:

Andrew, M., D. J. Ransom and C. Moorman. 1993. *A Variorum Edition of the Works of Geoffrey Chaucer*, Vol. II: *The Canterbury Tales: The General Prologue*, Part 1A. Norman, OK: University of Oklahoma Press.

Baugh, A. C., ed. 1963. *Chaucer's Major Poetry*. New York: Appleton-Century-Crofts.

Benson, L. D., gen. ed. 1987. *The Riverside Chaucer*. 3rd ed. Boston: Houghton Mifflin.
Blake, N. F., ed. 1980. *The Canterbury Tales by Geoffrey Chaucer: Edited from the Hengwrt Manuscript*. London: Edward Arnold.
Burrell, A., ed. 1908. *Chaucer's Canterbury Tales for the Modern Reader*. London: Dent.
Cawley, A. C., ed. 1958. *Geoffrey Chaucer: Canterbury Tales*. London: Dent.
Coote, Lesley A., ed. 2002. *Geoffrey Chaucer: The Canterbury Tales*. Ware, Hertfordshire: Wordsworth Editions.
Donaldson, E. T, ed. 1958, 1975^2. *Chaucer's Poetry: An Anthology for the Modern Reader*. New York: Ronald Press.
Fisher, J. H., ed. 1977. *The Complete Poetry and Prose of Geoffrey Chaucer*. New York: Holt, Rinehart & Winston.
Hieatt, A. K. and C. Hieatt, eds. 1981. *The Canterbury Tales by Geoffrey Chaucer*. Toronto: Bantam.
Manly, J. M. and E. Rickert, eds. 1940. *The Text of the 'Canterbury Tales', Studied on the Basis of All Known Manuscripts*. 8 vols. Chicago: University of Chicago Press.
Pollard, A. W., et al. 1898. *The Works of Geoffrey Chaucer*. London: Macmillan.
Pratt, R. A., ed. 1974. *The Tales of Canterbury*. Boston: Houghton Mifflin.
Robinson, F. N., ed. 1933, 1957^2. *The Works of Geoffrey Chaucer*. Boston: Houghton Mifflin.
Skeat, W. W., ed. 1894, 1900^2. *The Complete Works of Geoffrey Chaucer*. Oxford: Clarendon Press.

II. Texts of the 'General Prologue'
Alexander, M. 1980. *York Notes on Geoffrey Chaucer, Prologue to the Canterbury Tales*. Harlow, Essex: York Press/Longman.
Alexander, M., ed. 1996. *Geoffrey Chaucer, The Canterbury Tales: The First Fragment*. London: Penguin Books.
Carpenter, S. H. 1901. *Chaucer's Prologue and Knight's Tale*. Boston: Ginn & Company.
Cook, D., ed. 1961. *The Canterbury Tales of Geoffrey Chaucer: A Selection*. Garden City, NY: Doubleday.
Coote, Stephen, ed. 1985. *Geoffrey Chaucer, The Prologue to the Canterbury Tales*. (Penguin passnotes.) Harmondsworth: Penguin.
Cunningham, J. E. 1985. Chaucer, *The Prologue to The Canterbury Tales*. (Penguin Masterstudies.) Harmondsworth: Penguin.
Davies, R. T., ed. 1953. *The Prologue to the "Canterbury Tales"*. London: Harrap.
Hodgson, P., ed. 1969. *Chaucer, General Prologue: The Canterbury Tales*. London: The Athlone Press.
Kolve, V. A., ed. 1989. *The Canterbury Tales: Nine Tales and the General Prologue*. New York: Norton, 1989.
Liddell, M. H., ed. 1932. *Chaucer: The Prologue to The Canterbury Tales, The Knightes Tale, The Nonnes Prestes Tale*. New York: Macmillan.
Mack, P. and C. Walton, eds. 1994. *Geoffrey Chaucer: General Prologue to the Canterbury Tales*. (Oxford Student Texts.) Oxford: Oxford University Press.
Pearsall, D., ed. 1999. *Chaucer to Spenser: An Anthology*. Oxford: Blackwell.

Schmidt, A. V. C., ed. 1974. *Geoffrey Chaucer: The General Prologue to The Canterbury Tales and The Canon's Yeoman's Prologue and Tale*. London: University of London Press.
Trapp, J. B., D. Gray and J. Boffey, eds. 2002. *Medieval English Literature*. 2nd ed. Oxford: Oxford University Press.
Treharne, E., ed. 2004. *Old and Middle English c.890-c.1400: An Anthology*. 2nd ed. Oxford: Clarendon Press.
Winny, J., ed. 1965. *The General Prologue to the Canterbury Tales*. Cambridge: Cambridge University Press.

III. Translations:
Coghill, N. 1951. *Geoffrey Chaucer: The Canterbury Tales*. Harmondsworth: Penguin.
Ecker, R. L. and E. J. Crook. 1993. *The Canterbury Tales by Geoffrey Chaucer*. Palatka, FL: Hodge & Braddock.
Lumiansky, R. M. 1948. *The Canterbury Tales by Geoffrey Chaucer*. New York: Simon Schuster.
Morrison, T. 1949. *The Portable Chaucer*. New York: The Viking Press.
Nicolson, J. U. 1934. *Geoffrey Chaucer: Canterbury Tales*. New York: Covici Friede.
Tatlock, J. S. P. and P. Mackaye. 1912. *The Complete Poetical Works of Geoffrey Chaucer*. New York: Macmillan.
Wright, D. 1964. *The Canterbury Tales* [Prose]. London: Barrie and Rockliff.
Wright, D. 1985. *The Canterbury Tales* [zVerse]. Oxford: Oxford University Press.

IV. Dictionaries and Studies:
Benson, L. D. 1993. *A Glossarial Concordance to the Riverside Chaucer*, Vol. I. New York: Garland.
MED = H. Kurath, S. M. Kuhn and R. E. Lewis, eds. 1952-2001. *Middle English Dictionary*. Ann Arbor, MI: The University of Michigan Press.
Mustanoja, T. F. 1960. *A Middle English Syntax. Part I*. Helsinki: Société Néophilologique.
OED = J. A. H. Murray, et al., eds. 1933. *The Oxford English Dictionary*. Oxford: Clarendon Press.
Tajima, M. 2000. "*Piers Plowman* B V 379: A Syntactic Note". *Notes and Queries* (Oxford) 245 (n.s. 47), 18-20.
Visser, F. Th. 1963. *An Historical Syntax of the English Language*. Part I. Leiden: E. J. Brill.

田島松二. 2003.「OE, ME テキストにおけるトリヴィア研究の勧め」 *The Kyushu Review* 8, 103-07.
──. 2006.「中英語頭韻詩 *Pearl*, line 446 について」『英語英文学論叢』(九州大学) 第 56 集, pp. 1-11.

中尾祐治

Sir Thomas Malory の Winchester 写本と Caxton 版における *tho, those* および *thise, these* 等の異同について

1. 序論

　Heltveit (1953: 58) は、Caxton 版の Malory『アーサー王の死』(以下 C と略述) に現れる指示代名詞 *that* の複数形について次のように述べている:

　　この研究の中で取り上げられている、1481 年以降に印刷された Caxton のすべての作品の中で、『アーサー王の死』(*Le Morte Darthur*) だけを除外すると、new form が old form と並んで現れる。*Darthur* (1485) で new form が完全に欠如していることは、この作品が Caxton によって翻訳されたものでなく、1470 年頃の Malory の写本から印刷されたものであるという事実から容易に説明されうるのである。

Heltveit は、続いて、*this* の複数形についても次のように述べている:

　　筆者は、*Darthur* (1485) の中で、ただ一つの *thise* と、数詞の前の無屈折の *this* を除き、*these* を見出すのみであった。Simple pronoun (単純形代名詞) の場合と同様に、*Darthur* は 1470 年頃の Malory の写本から印刷されたものであるという事実が斟酌される必要がある。

　上記二番目の引用文中に見られる simple pronoun という用語は、simple pronoun の対応語である compound pronoun (複合形代名詞) が、OE の

語形成で、se 対 þes, seo 対 þeos, þa 対 þas, þy 対 þys のように「simple pronoun + 直示的不変化詞 -s」(これは archaic type) から成り立っているか、あるいは þæs 対 þis(s)es, þæm 対 þis(s)um などのように「simple pronoun (の語幹 þis(s)) + 強変化形容詞の屈折語尾」(これは new type) から成り立っていることから、使用されているのである。

15世紀の英語では、既に that と this (thys) が、すべての性と格に関して一様に指示代名詞の単数形として確立していたが、simple pronoun の複数形に関しては、tho と those が最終的な競合を演じていた。Heltveit 流に言えば、前者は zero-form で後者は s-form ということになる。他方、compound pronoun の複数形については、i-form と e-form の競合、すなわち thise (thyse) 対 these の競合が見られた。これら simple pronoun と compound pronoun 両者のうち、tho と thise はそれぞれ old form で、those や these はそれぞれ new form である。

Heltveit (1953) は今日においてもこの問題に関する最も詳細な研究と考えられる。しかし上の引用で明らかになることは、Heltveit は 1934 年に Winchester College で発見された Winchester 写本 (正式呼称は MS. B. L. Add. 59678; 以下 W と略称) を、研究の中で全く考慮に入れてはいないということである。Eugène Vinaver による W の校訂本 (3 巻本) 第 1 版は 1947 年に発行されていて、一方 Heltveit (1953) はそれより 6 年後の刊行物であるので、利用しようと思えばできた筈である。この欠陥を補正するのが本稿の目的である。もっとも、C は W の直接の印刷用写本 (exemplar) でないことは一言しておく必要がある。

2. 単純形代名詞

それでは、W における simple pronoun の問題に移ろう。ME 期に、þæt は性・格にかかわらず単数形として確立し、複数形としては、þa, þo (北部では[ā]のまま、南部では円唇化して[ǭ]となり) が 15 世紀まで使われ続けた。加えて South West Midlands では þeo が現れ、Northumbria では þas が使われ始めた。この þas は、かつては、compound pronoun の複数形が simple pronoun の用法へと意味変化を経たもの、という説明がされたこともあったが (e.g. Wyld, 1927³: 226)、今日では、[þa + plural -s] という

新しい語形成によるもの、とする考えが大勢を占めている (e.g. Lass, 1992: 114)。15世紀のロンドン英語に現れる *þos* [ðōs] と *þose* [ðōz(ə)] は、北からの南下というより、ロンドン英語で独立に、*þo* に複数語尾 -s が付加された語形成によるものであろう (cf. Heltveit, 1953: 113ff.)。

　これらの語形がWではどのような頻度で現れるであろうか。Wのコンコーダンス (T. Kato, 1974) によると、Wに現れる語形と、それぞれの頻度は、*tho* 109例、*thoo* 2例、*thos* 8例、*those* 5例、*that* (複数用法としての) 約10数例となる。この数値は、両テキストで本文の全く異なるローマ戦役物語の部分 (CのBook V) や、また副詞用法の *tho* (= 'then') は勿論除外してのものである。このコンコーダンスはVinaver版 (全3巻) の第二版 (1967) によるもので、本文がCによって校訂されている部分や、Wの欠如のためVinaver版がCの本文による部分も含まれているが、それらは上記数値に含めず、写本Wに基づいている部分のみに従った。*Thoo* は *tho* の異綴りであるので合計し、複数用法の *that* はひとまず別にして考えると、old form 111例に対し new form は13例で、両者は89.5％対10.5％の比率となり、Wでは、近代的語形が約1割強程度台頭していることが分かる。

　次にこれをCと比べてみよう。Vinaverのstemma ではWとCはcollateralな関係にあり、WがCのexemplar ではないが、Hellinga (1982: 89-94) が、Wのいくつかのページに Caxton が印刷した本の活字の裏写り (乾いていない間に、印刷した面を、Wの当該ページにのせたもの) があることから、WがCaxtonの印刷工房にあったことを実証したことにより、WがCのexemplar (W_2) をつくるのに利用された可能性も考えられるようになった。この場合はW ― W_2 ― Cという直線的stemma ということになる (cf. Nakao, 1993: 201-9)。従ってWとCを比較することは意義があると云えよう。

　Wにおける *tho* の大部分は、次のようにCにおいても *tho* に対応する。ただしWの20余例がCで *tho* 以外の語に対応している[1]:

　　1) W *tho* vs. C *tho* (adj.): W *tho* six kyngis 25.22 (C *tho* vj kynges 51.34), W 127.3 (C *tho* kynges 120.17), etc.

2) W *tho* vs. C *tho* (subst.): W all *tho* of the realme of Logrys 444.17 (C all *tho* of the Royamme of Logrys 332.28), etc.

3) ［C で simple pronoun 以外の語に対応］, W *tho* vs. C *the*: W 128.30 (C 121.35), etc.; W *tho* vs. C *they*: W 261.30 (C 190.27); W *tho* vs. C *these*: W 322.17 (C 237.29); W *tho* vs. C *that*: W in *tho* contreyes 375.10 (C in *that* countrey 276.27); W *tho* vs. C zero: W all *tho* that I put to deth 337.27 (C alle ø that I put to deth 251.15), etc.

4) なお、W and all *they* grenned and gnasted 280.9 (C and all *tho* greued and gnasted 206.15), 等々のような、W に依存しない C 独自の *tho* が、存在することは言うまでもない。

5) W における *thoo* は *tho* の異綴と考えられよう。2 例とも C の *tho* に対応する。W *thoo* vs. C *tho*: W *thoo* knyghtes 830.30 (C *tho* knyghtes 604.10), W 887.33 (C 632.24).

さて、W の *thos* (8 例) と *those* (5 例) は C でどのような対応をしているであろうか。冒頭で示した引用文を再度読むと、C ではすべて *tho* に改訂されているのではないかと想像してしまいそうであるが、実際には W *thos* 対 C *tho* の対応例は皆無であり、また W *those* 対 C *tho* の対応例は 1 組が見られるのみで、その他の大部分 (8 例中 7 例と、5 例中 3 例の合計 10 例) が C では compound pronoun 複数形の new form, *these* に対応している。13 例中 10 例という、この対応例は異常に高い数値である。Caxton が Kent (the Weald) の出身であることは自ら述べているところである (cf. Painter, 1976: 1)。この数値は、compound pronoun の複数形として、Kent では ME 末期迄存続した OE の compound pronoun, *þas* > *þos* (= 'these') が、幼少時代の言語習慣を記憶していた Caxton に及ぼした影響であろう。恐らく exemplar に存在したこれらの語形を、Caxton が 'these' の意と解して、印刷した結果と推定することは、事実から離れていないように思われる:

1) ［W の *thos* と C での対応］, W *thos* vs. C *the* (1 組): W 906.34 (C 643.35); W *thos* vs. C *these* (7 組): W all *thos* knyghtes 586.29 (C alle *these*

knyghtes 431.10), W all *thos* knyghtes 597.18 (C alle *these* knyghtes 440.15), W 603.22 (C 445.18), W 627.4 (C 465.3), W 712.20[2] (C 519.5); W 994.8 (C 699.8); W 1076.14 (C 747.25).

　2)　[Wの *those* とCでの対応], W *those* vs. C *tho* (1組): W 398.20 (C 297.22); W *those* vs. C *they* (1組): W 682.8 (C 499.25); W *those* vs. C *these* (3組): W And of *those* a twelve knyghtes 600.8 (C And of *these* twelue Knyghtes 442.32), W 720.26 (C 525.30), W 1204.26 (C 829.28).

　冒頭に引用したように、HeltveitはCに関し、simple pronoun 複数形の new-form が全く欠如していると明記しているが、実際には、*those* が1例見出される。Baldwin (1894: 18-9) もこの例を見逃している。Cにおける唯一の *those* (C in *those* countreys 287.19) はWでは *this* (W in *this* contreys 387.3) に対応し、Cのこの *those* がWとは独立して存在していることが判明する。

　次は *that* に移る。ある種の名詞複数形の前に、複数形とみなすことも可能な *that* がWで10余例見られる。Cとの対応を示すと：

　1) W *that* vs. C *that*: W in *that* paynes 792.16 (C in *that* paynes 572.5), W at *that* justis 179.28 (C at *that* Iustes 159.17), etc.; W *that* vs. C miscellaneous examples: W at *that* justis 166.19 (C at *the* Iustes 147.18), W *that* wordis 403.8 (C *These* words 301.22), W *that* partyes 878.5 (C *that* party 624.25), etc. この種の例は、後述の *this* と比べると、*that* の場合著しく少ない。

　以上を総括すると、Wの場合、*tho* が109例、*thoo* 2例と old form が多数を占めるが、new form も *thos* 8例、*those* 5例と、合計して13例存在していて、一応は近代化の方向に進んでいることが分かる。他方、Cの場合はただ1例の *those* を除くと、すべて *tho* が使われていて、この点でWよりも保守的であることが判明する。

3.　複合形代名詞

　次に compound pronoun へ移る。本稿の冒頭でも述べたように、OEの

compound pronoun は、simple pronoun に直示的不変化詞 -s のついた archaic type と、simple pronoun の語幹 þis(s) に形容詞の強変化語尾のついた new type の二つの系統のものが混じりあっていた。やがて性と格の区別が消失し、13世紀の初頭より単数形として þis (南部では þes もみられるが) があらゆる場合に用いられるようになり、simple pronoun の単数形も þæt に統一されだすと archaic type の体系が崩壊し、複数形・主格・対格の þas が孤立するようになる。

かくして þas は1200年頃から衰微の方向をたどり、13世紀の間に Kent 方言を除くすべての方言において消失し、次のような語形にとって代えられたのである。すなわち、Northumbria þir, North Midlands þise, South West Midlands þeos, South West þeos, þes, þis, London þese。ただし Kent では、前章でも触れたように、OE の þas が þos (= 'these') となって ME 後期迄生き残ったことは注目すべき現象である。さて、このうち þir は起源不明であるが、þes, þeos, þis はそれぞれ OE の単数形に起源をもつものであり、þese, þise はちょうど有史以前の大陸時代の英語において、形容詞強変化語尾にならって new type が形成されたのと全く同じように、当時の形容詞強変化語尾 (i.e. sing. zero god — plur. -e gode) にならって形成された複数形である。ただし þese は単数形・男性・主格の þes に e のついたものとも考えられるし、女性・主格の þeos が単母音化され、かつ母音が短縮化されて生じた þes に e が付加されたものとも考えられる。いずれにせよ、語尾 e の付加によって語幹の e の発音は [ẹ̄] と長くなり、15世紀には [ē] に高まり、後に現在の [ī] となったものである。

ロンドン英語にも当然各地方の語形が混入したが、15世紀以降次第に標準英語として普及する頃になると、我々がここで主として問題にしている thise と these が最後に競い合うことになった。語尾の e が発音されていた間は、sing. this — plur. thise が形容詞強変化語尾に一致し、最も適切な語形と考えられたが、語尾の e が発音されなくなるに従い、数の区別に一層有利な these に最後の凱歌があがったのである。

さて W と C の関係を取り上げよう。Simple pronoun の場合と同様に、コンコーダンスによって、各語形の頻度を調べると次のようになる。算出の条件は simple pronoun の場合と同一である。そこで、W の数値を示

すと、thes 243 例、[3] these 23 例、thyse 1 例、this (thys) 80 余例となる。指示代名詞以外の他の語形の場合も W で各地の方言形が散在することがあるが、compound pronoun の複数形も South West の thes が大多数を占めているのが特徴といえる。他方 C においては、old form が大多数の simple pronoun の複数形の場合とは逆に、compound pronoun では new form の these が圧倒的に多く、W の thes の大多数は C で these に対応する:

1) W *thes* vs. C *these* (adj.): W *thes* northirne Bretons 32.21 (C *these* northeren bretons 57.24), W 37.15 (C 61.29), etc.

2) W *thes* vs. C *these* (subst.): W *thes* were hir namys 733.2 (C *these* ben their names 532.5), W 928.23 (C 658.34), etc.

3) ［C での対応語が上記 1), 2) 以外の場合］, W *thes* vs. C *thyse*: W1123.14 (C 774.38); W *thes* vs. C *this*: W 1229.10 (C 840.31), etc.; W *thes* vs. C *the*: W 20.30 (C 48.5), etc.; W *thes* vs. C *tho* (1 組のみ): W 319.16 (C 235.3); W *thes* vs. C ø: W 31.17 (C 56.31), etc.

4) なお、W in *thys* contreyes 86.4 (C in *these* cōtrayes 94.18), W 764.18 (C 557.19), etc. のように、W とは独立した C のみの *these* がかなり存在することは云うまでもない。

C においては近代的な *these* が大多数を占めていることから、W に 23 例現れるこの語形の大多数が、C で *these* 対応しているのは、容易に想像されることである。以下はそうした対応例である:

1) W *these* vs. C *these*: W all *these* fyve kynges 126.33 (C al *these* fyue kynges 120.12), etc.

2) C でその他の語に対応、W *these* vs. C *tho* (1 組のみ): W 868.11 (C 621.26).

W での唯一の *i*-form *thyse* は、C では *these* に対応している:

W *thyse* vs. C *these*: W *thyse* twenty knyghtes 147.23 (C *these* xx knyghtes

134.23).

なお巻頭に示した二つ目の引用文中で、Heltveit (1953: 58) は C で *i*-form が 1 例しか存在しないと述べ、また Baldwin (1894: 18) も 1 例を示しているのみであるが実際には 5 例見出される。すぐ上の項目で述べたように、W の唯一の *i*-form の例が C では *e*-form に対応しているので、C の *i*-form の 5 例すべてが W と無関係に存在することになる。それらを次に例示する (この項のみ C を先に、W をかっこ内に例示してあるので注意):

[C の *i*-form 5 例と W での対応]: 1) C *thyse* my noble knyghtes 774.38 (W *thes* noble knyghtes 1123.14), 2) C 763.26 (W 1103.17), 3) C 494.5 (W 675.16), 4) C 520.15 (W 714.4), 5) C 738.23 (W 1065.13).

Compound pronoun に関する両テキストの相違で著しい事実は、W では複数形として用いられた *thys* (*this*) が 80 余例認められるが、C ではその半分程度が *these* に対応することである。この *thys* (*this*) は、呼応の問題として扱うこともできようが (cf. Dekker, 1932: 64)、South-West 方言の複数形と考えることも不可能ではないであろう。W と C の対応例を示すと:

[W *thys* (*this*) vs. C *these*]: 1) W *this* men 598.6 (C *these* men 441.2); 2) W *this* lettyrs 616.15 (C *these* letters 456.10), 3) W *this* londis, 688.22 (C *these* landes 504.34), 4) W *this* knyghtes 732.27 (C *these* kny3tes 531.33), 5) W *this* dedys of armys 738.20 (C *these* dedes of armes 536.26), 6) W 559.10 (C 412.5), 7) W 826.35 (C 600.36), 8) W 1031.1 (C 720.9), 9) W 141.4 (C 128.32), 10) W 61.26 (C 76.16), 11) [*walles* の場合]: W wythin *thys* wallis 1190.31 (C within *these* walles 818.7), etc., 12) [*countreyes* の場合]: W in *thys* contreys 406.30 (C in *these* countreyes 304.31), etc., 13) [*tydynges* の場合]: W *thys* tydyngis 44.20 (C *these* tydynges 67.6), etc., 14) [*marches* の場合]: W in *this* marchis 309.9 (C in *these* marches 226.22), etc. 以下の例はい

ずれも数詞をともなうものである。15)［*dayes* の場合］: W within *this* fyftene dayes 342.17 (C within *these* xv dayes 255.13), etc., 16)［*houres* の場合］: W within *thys*［*two*］owrys 491.2 (C within *these* two houres 361.31), 17)［*yere(s)* の場合］: W *this* twelve yere 255.32 (C *these* xij yeres 185.22), 18)［*nyghtes* の場合］: W 150.17 (C 137.6), 19)［*knyghtes* の場合］: W 308.4 (C 225.23), etc., 20)［*realmes* の場合］: W 340.23 (C 253.34).

　［W *thys* vs. C *thise*］: 既に例示したが、W の *thys* (W at *thys* justis 1103.17) が C で i-form (C at *thise* Iustes 763.26) に対応する場合が1組のみ存在する。

　以上のように、W での South-West の語形の多数を、Caxton が *these* (1例は *thise*) に改訂していることが、両テキスト間の著しい対応関係である。これは W に時折現れる Southern 系の直説法・現在・複数形語尾 *-ith, -yth* が C ではかなりしばしば *-en* に改訂［e.g. W lyke as trees and erbys *burgenyth* and *florysshyth* in May 1119.4 (C lyke as herbes and trees *bryngen* forth fruyte and *florysshen* in May 771.4)］されていたり、また *have* や *be* にも見られる C における方言形回避の書き換え［e.g. W so many *hathe* be slayne 98.12 (C so many *haue* ben slayne 101.6); W and well we *beth* mette 70.31 (C & wel *be* we met 83.19)］と類似していて、Caxton の改訂の習性を探る上で興味深い。

　なお W ではこの種の *this* が見られるが、C で compound pronoun に対応していない例が若干存在する:

　［W *this* vs. C *the*］: W *this* knyghtes 166.15 (C *the* knyghtes 147.14), etc.;
［W *this* vs. C *tho*］: W 22.4 (C 49.6);［W *this* vs. C *those*）］: W 387.3 (C 287.19), etc.;［W *this* vs. C *ø*］: W *this* seven owres 256.32 (C 186.15), etc.

　ただし僅か4例であるが、上記と全く逆の関係にある例が見られる:

　［W *thes* vs. C *this*］: W *thes* two 879.30 (C *this* two 626.2), W *thes* three dayes 916.31 (C *this* thre dayes 652.22), W 1218.13 (C 836.17), W 1229.10

(C 840.31).

興味深いことに、W の *this* (*thys*) が C においてもそのまま *this* (*thys*) に対応する場合が約 40 例弱見られる。Baldwin (1894: 2-3) は C に関し、*moneth, nyght, pound, wynter, yere, fadom, myle, cast, couple* 等の語が数詞を伴う場合、複数語尾 *-s* をとらないことが多いと述べている。勿論これは OE の複数属格 (e.g. *fīf fōta, eahta hund mīla, feower geara*) に由来するものであるから、数詞を修飾する指示代名詞が単数形の *this* をともなうのは当然であるが、*yerys* などの事例も存在する:

[W, C ともに *yere* の場合]: W *thys* two yere 829.34 (C *this* two yere 603.16), etc.
[W *yere*, C *yeres* の場合]: W *thys* seven yere 517.22 (C *thys* seuen yeres 383.34), etc.
[W, C ともに *yeres* の場合]: W *this* two yerys 316.3 (C *this* two yeres 232.16), etc.
[W, C ともに *month* の場合]: W for *this* twelve-monthe 294.15 (C for *this* twelue moneth 214.6), etc.
[W, C ともに *myle* の場合]: W *this* three myle 262.2 (C *this* thre myle 190.33), etc.
[W, C ともに *wynter* の場合]: W *this* twenty wyntir 447.6 (C *this* xx wynter 334.29), etc.
[W, C ともに *justes* の場合]: W *this* justys 675.8 (C *this* Iustes 493.33), etc.
[その他]: W *thys* ys the warste tydyngis 1076.35 (C *this* be to me the werst tydynges 748.8), W 801.32 (C 579.32), etc.

ここで compound pronoun に関し総括すると、W では方言形の *thes* が大多数を占めるのが特徴で、*e*-form と *i*-form の大規模な競合は見られない。これに対し C においては new form である *these* がほぼ大多数を占め、近代的な姿を呈している。Old form である *i*-type は C で 5 例存在するの

みである。両テキスト間のもう一つの特徴は、Wに現れる複数用法の *this* の多数がCにおいて *these* 等に改訂されていることである。

4. Arthur and Lucius の部分 (Book V)

以上の調査においては、WとCが parallel していない「ローマ戦役物語」の部分は除外した。この部分のWは頭韻詩『アーサーの死』(本稿では Hamel 版によって調査) の焼き直しの散文で、この頭韻詩の言語上の影響も多いが、Wでは *tho* 7例、*thos* 0例、*those* 0例、*that* 2例、および *thes* 29例、*these* 4例、*thise* 0例、*this* 9例で他の部分の傾向と大差ない。従って *tha, thas, thase thos, those* や *thes, thys, thise, these, thir* が現れる頭韻詩の影響は、Wでの指示代名詞に関する限り、受けていないと言える。この部分のCにおいても、*tho* 3例、*those* 0例、*that* 1例、および *these* 16例、*thise* 0例、*this* 0例、でCの他の部分の傾向と同じである。

5. 結語

最後に、本稿で述べたことを、簡単に要約する。先ず simple pronoun の複数形について言えば、W、Cともに依然として old form が大多数で、new form はWで13例を認めるもののCでは1例が存在するのみで、両者とも近代的な方向にはまだ向いていないことが判明した。Compound pronoun の複数形では、Wにおいて方言的な語形 *thes* が大多数を占め、まだ近代的な *e*-form と *i*-form の大掛かりな競合の舞台はみられないが、Cはこの点 *these* が大多数で、既に近代英語の資格を獲得していることが判明する。競合語形 *thise* はCで5例を見るのみである。

また、Cという同一テキストの言語内で、compound pronoun の複数形では英語史的に最も近代的な語形と、simple pronoun の複数形では間もなく亡びることになる保守的旧語形が、それぞれ同時に全盛を極めていることも興味をそそる事実である。後者に関し、new form が1例以外全く欠如している理由は、Caxton の出身地が、*thos* (< þos < OE þas = 'these') が ME 末期まで長く存続した Kent であることと、関連しているのかも知れない。既に述べたように、Wに見られる *thos(e)* の多数が、Cでは *these* と解され、*these* に改訂されている事実もそれを裏付ける証拠

の一つとなるであろう。

注
　1) 以下、W と C からの引用・ページ表示は、それぞれ Field の改訂した Vinaver 版・全3巻、第3版 (1990)、および Sommer 版による。なお C では、long s が使用されていて、Sommer 版でもそれらはそのまま印刷されているが、本稿の引用では通常の s に書き改めてある。また W と C のファクシミリは必要に応じ参照した。
　2) Vinaver-Field、第3版 (1990) の 'this traytours 712.20' は thos の誤転写。Vinaver 版第1版、第2版1刷、第2版2刷もコンコーダンスも thos。
　3) コンコーダンスの 'these 37.8' は 'thes 37.8' の誤り。従ってこの例は thes の中に加える。Vinaver 第1版 (1947) と第3版 (1990) では写本を正しく転写し thes であるが、第2版1刷 (1967) と第2版2刷 (1973) およびコンコーダンスでは、these と誤転写。

参考文献
Baldwin, Charles Sears. 1894. *The Inflections and Syntax of* the Morte D'arthur *of Sir Thomas Malory: A Study in Fifteenth Century English*. Boston: Ginn and Company.
Dekker, Arie. 1932. *Some Facts Concerning the Syntax of Malory's* Morte Darthur. Amsterdam: Drukkerij M. J. Portielje.
Hellinga, Lotte. 1982. *Caxton in Focus: The Beginning of Printing in England*. London: The British Library.
Heltveit, Trygve. 1953. *Studies in English Demonstrative Pronouns: A Contribution to the History of English Morphology*. Oslo: Akademisk Forlag.
Kato, Tomomi, ed. 1974. *A Concordance to* The Works of Sir Thomas Malory. Tokyo: University of Tokyo Press.
Lass, Roger.1992. 'Phonology and Morphology.' In: Norman Blake, (ed.), *The Cambridge History of the English Language*, Vol. II: *1016-1476* (Cambridge: Cambridge University Press), 23-155.
Malory, Sir Thomas. 1976. *Sir Thomas Malory's Le Morte D'Arthur, Printed by William Caxton, 1485, Reproduced in facsimile from the copy in the Pierpont Morgan Library*. London: Scolar Press.
──. 1976. *The Winchester Malory: A Facsimile*. EETS, Suplementary Series 4. London: Oxford University Press.
Hamel, Mary, ed. 1984. *Morte Arthure: A Critical Edition*. New York: Garland.
Nakao, Yuji. 1993. 'On the Relationship Between the Winchester Malory and Caxton's Malory.' In: Takashi Suzuki and Tsuyoshi Mukai, (eds.), *Arthurian and Other Studies Presented in Honour of Shunichi Noguchi* (Cambridge: D. S. Brewer), 201- 9.
Painter, George D. 1976. *William Caxton: A Quincentenary Biography of England's First Printer*. London: Chatto & Windus.
Vinaver, Eugène, ed. *The Works of Sir Thomas Malory*. 3 vols. Oxford: Clarendon Press. 1947[1], reprinted with corrections 1948, 1967[2], reprinted with corrections 1973, rev. P. J. C. Field, 1990[3].

Sommer, H. Oskar, ed. 1889-91. *Le Morte Darthur by Syr Thomas Malory: The Original Edition of William Caxton Now Reprinted and Edited with an Introduction and Glossary*, 3 vols. London: David Nutt.

Wyld, Henry Cecil. 1927[3]. *A Short History of English*. London: John Murray. (Reprinted, 1951).

家入 葉子

『パストン家書簡集』における any の使用について

1. はじめに

　否定文や疑問文に起こる非断定形の any が発達するのは、一般に近代英語期以降であると考えられている (cf. Tieken 1995, pp. 126-7) が、実際には 15 世紀にも用例を見ることができる (cf. Iyeiri 2002b, 2003)。『パストン家書簡集』の any の例を (1)～(3) に示した。

(1) But iff I maye doo other wyse I purpose nott to chevyshe *any* mony by hys meane. (John II, 476/27-8)

(2) Yff *any* man haue good tytyll I am suyr þat myn is god.
(William II, 188/16-7)

(3) ... for the pepyll lovyth and dredyth hym more then *any* othere lord except the Kyng and my lord of Warwyk, &c. (Margaret, 331/73-5)

　非断定形の any が起こる典型的な環境には、否定文 (例文 (1))、疑問文、条件節 (例文 (2))、比較構文 (例文 (3)) がある。[1] また、before の後、without の後、否定的な意味をもつ語 (forbid など) の後などにも非断定形の any が起こる。小論は『パストン家書簡集』の調査に基づいて、まず 15 世紀における any の発達を概観し、つぎに否定文中の any を分析する。これまでの研究から、否定文中の any の発達が他の統語環境とは異なる傾向を示すことがわかっているからである。表 1 は、調査した書簡の差出人と書簡の年代をまとめたものである。

表1. 調査の対象とした書簡

差出人	差出人の生年[2]	調査の対象とした書簡等
William I	1378	letters and papers, 1425-44
Agnes	c. 1400-5	letters and papers, 1440-79
John I	1421	letters and papers, 1444-65
William II	1436	letters and papers, 1452-96
Clement	1442	letters, 1461-6
Elizabeth	1429	letters and a will, 1459-87
Margaret	c. 1420-5	letters and papers, 1441-82
John II	1442	letters and papers, 1461-79
John III	1444	letters and papers, 1461-85
Edmond II	c. 1450	letters and papers, 1471-92
William III	1436	letters, 1478-92
Margery	c. 1455	letters, 1477-89

調査は Davis (1971) の校訂版による (ただし引用中の斜体は筆者) が、分量が 2,500 語に満たないメンバーの書簡は除外した。また扱った書簡でも、リスト形式の目録とラテン語の箇所は、調査から外した。

2. Any の発達全般について

Any 全体の頻度を見ることで、非断定形の any の発達をある程度推測することができる。典型的な非断定の環境 (否定文、疑問文、条件節、比較構文) に起こる any は全体の 50〜60 %であるが、その他の any も大半が何らかの形で非断定的であるからである (cf. Iyeiri 2002a, pp. 214-6)。(4) のように without の後に起こる any もその一つであり、該当例も多い。

(4) And as thys daye my lorde come to Guynesse, and theere was receyvyd honourablye wyth-owt *any* obstaklys; ... (John II, 492/ 3-4)

また (5) は、before を意味する語の後に起こる非断定の any の例である。

(5) ... er *eny* more proses com owt ayenst yow or them, ...

(John III, 552/15-6)

　調査した書簡全体で 623 例の any があり、10,000 語あたりの頻度は 27.76 である。これを先行研究のデータと比較すると、『パストン家書簡集』では、同時代のテキストに比べて any がよく発達していることがわかる。たとえば、ヘルシンキコーパス (以下 HC) を調査した Iyeiri (2002a, p. 213) によれば、同コーパスの ME4 (1420-1500) の any の頻度 (10,000 語あたり) は 15 程度であり、EMod1 (1500-70) では 30 を超える。HC との比較でいえば、『パストン家書簡集』の any の頻度は、初期近代英語のものに近い。おそらく、テキストのジャンルが関連しているのであろう。Iyeiri (2002a, pp. 217-9) は、HC で any の頻度が高いジャンルは、documents, law, letters だとしている。一般に letters における any の頻度が高いとすれば、『パストン家書簡集』で any がよく発達していても不思議ではない。

　以上の点は、中英語後期の文学作品との比較でも確認できる。図1は、『パストン家書簡集』の any の頻度を Iyeiri (2003, p. 211) のデータと比較したものである。

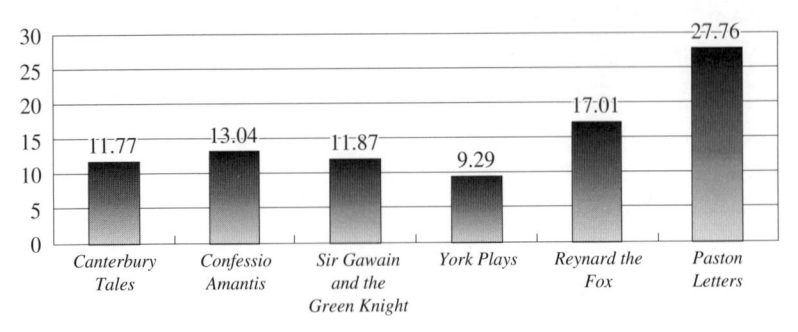

図1. Any (全てのany) の10,000語あたりの頻度

Canterbury Tales	Confessio Amantis	Sir Gawain and the Green Knight	York Plays	Reynard the Fox	Paston Letters
11.77	13.04	11.87	9.29	17.01	27.76

　ここでも、『パストン家書簡集』における any がよく発達していることがわかる。たとえば *The York Plays* と *Reynard the Fox* は、『パストン家書

簡集』とほぼ同時代であるが、any の頻度では『パストン家書簡集』の数値が明らかに高い。ただし、表2が示すように、メンバーによる差が見られる。

表2. Any (全てのany) の10,000語あたりの頻度 (メンバーごと)

William I (born in 1378)	Agnes (b. 1400-5?)	John I (b. 1421)	William II (b. 1436)	Clement (b. 1442)	Elizabeth (b. 1429)
17.0	15.1	35.4*	35.0	29.0	18.4
Margaret (b. 1420-5?)	John II (b. 1442)	John III (b. 1444)	Edmond II (b. 1450?)	William III (b. 1436)	Margery (b. 1455?)
23.2	35.4	27.5	8.1	4.7	28.0

＊数値の網掛けは、平均値以上であることを示す。

この表では、10,000語あたりの any の頻度に4.7から35.4までの開きがある。興味深いのは、生年が後になるほど any の頻度が高い、とはならない点である。若い世代でも、Edmond II や William III の頻度は低い。また古い世代では、Agnes (15.1/ 10,000語) よりも William I (17.0/ 10,000語) の頻度の方が高い。William I は、12名中で唯一の14世紀生まれであり、いくつかの言語的特徴が Agnes 以降のメンバーに比べて古い傾向を示すという報告もある (cf. Moerenhout & van der Wurff 2000, p. 516)。[3] しかしながら、any の使用頻度については、必ずしもそうではない。

ところで、各メンバーの書簡の総語数を示した表3を見ると、any をよく発達させているのは、総語数が比較的多い、いわば「書きなれた」著者であることがわかる。

表3. 目録部分とラテン語部分を除いた総語数 (概数)

William I	Agnes	John I	William II	Clement	Elizabeth
5,300	7,300	29,400	12,300	3,100	3,800
Margaret	John II	John III	Edmond II	William III	Margery
65,200	46,000	41,500	3,700	4,300	2,500

表3を表2と照合してみると、例外はあるものの、たしかに総語数の多い人ほど any の頻度が高い傾向がある。10,000語を超える John I,

William II, Margaret, John II, John III の any の頻度 (10,000 語あたり) はそれぞれ 35.4, 35.0, 23.2, 35.4, 27.5 (表 2 参照) で、いずれも平均以上である。おそらく any の初期段階の発達は、いわゆる change from above の例であろう。すでに述べたように HC における any は、documents, law, letters などのジャンルに多い傾向があった。したがって、any は書き言葉、特に散文の書き言葉を中心に発達したと考えることもできよう。さらに、この推論は Tieken (1997, p. 1551) とも整合する。Tieken の研究は、否定文における any を中心としたものではあるが、少なくともその調査から、非断定形の any は書き言葉から発達したのであろうとしている。

以上の議論との関連で興味深いのは、any の使用について男女差が見られる点である。わずかではあるが、女性の方が any の頻度が低い傾向を示している。当時の女性は筆記者を使っており、おそらく書き言葉に慣れていなかったのであろう。Any も、女性の英語では、それほど発達していなかったと考えることができる。40 年間にわたって大量の書簡を残した Margaret を例に分析する。表 4 は Margaret の書簡を時代で分割し、前半 (Nos. 124-87) と後半 (Nos. 188-230) の any の頻度を示したものである。明らかに後半の書簡で、any の頻度が高い。

表4. Margaretの書簡におけるany (10,000語あたり)

	Letters No. 124-87 (34,300 語)	Letters No. 188-230 (30,900 語)
Any の総頻度 (10,000 語あたり)	67 (19.5)	84 (27.2)

一般に、Margaret の書簡は長期にわたっているにもかかわらず、英語の特徴は安定しているといわれる。たとえば Iyeiri (forthcoming) は、『パストン家書簡集』の否定構文を調査し、Margaret の書簡では多重否定の使い方が初期のものから後期のものにかけて一貫していることを指摘し、おそらく筆記者ではなく Margaret 自身の英語を反映しているのではないかと考える。同様に、助動詞 do の用法について、Davis (1972) は、Margaret 自身のものと考えてよいとしている。しかしながら、any につ

いては、初期の書簡と後期の書簡との間に隔たりがあり、それが筆記者の影響である可能性を否定できない。

3. 否定文における any の使用状況

続いて否定文中の any を調べる。否定文中の any の発達は、他の any に比べて、やや後発であることがわかっており、たとえば Mustanoja (1960, p. 210) は、"According to the *NED ænig* is first used in interrogative, hypothetical, and conditional expressions"と述べている。また、中英語ではまだ否定文中の any は発達していないとする研究も多く、Fischer (1992, p. 282) は、中英語の非断定形の any は "comparative clauses ..., conditional clauses..., and verbs like *douten, denyen, forsaken*, etc., and after *lest*" の例がほとんどであるいう。実際には、小論の例文 (1) が示すように、中英語後期には否定文中の any を見ることができる。しかしながら、否定文中の any の発達が他の環境よりも遅れたことは確かであろう。したがって、否定文中の any が十分に発達しているかどうかは、any の発達段階を調べるための指標になるともいえる。

また否定文中の any の発達には、もう一つの特徴がある。後発ではあるが、いったん発達し始めると、急激に拡大するのである。すなわち、否定文中の any の頻度を見ることで、当該テキストの any の発達段階を推察することが容易になる。否定文中の any の頻度が高いテキストでは、非断定形の any そのものがよく定着していると考えてよい。Iyeiri

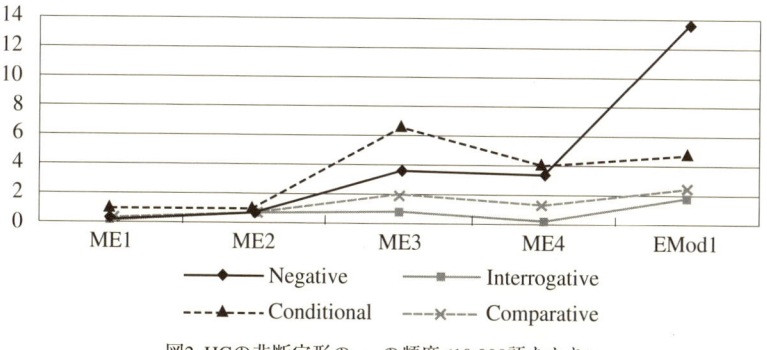

図2. HCの非断定形のanyの頻度 (10,000語あたり)

(2002a, p. 212) から引用した図2は、[4] HC の ME1 (1150-1250), ME2 (1250-1350), ME3 (1350-1420), ME4 (1420-1500), EMod1 (1500-1570) の非断定形の any の頻度 (典型的な統語環境のみ) を時系列にしたがって連続的に調べた結果を示したものである。たしかに否定構文中の any は後発であるが、中英語末から初期近代英語にかけての伸びは著しい。

続いて、『パストン家書簡集』を分析する。図2のデータとの比較を容易にするために調査の方法を統一し、(6) のような、否定文に従属する節内の any も扱った。

(6) ... he knew non þat wold pas vp-on *ony* jnquest for hym, for he medylyd wyth no syche men; ... (John III, 527/39-40)

以下の表は、各メンバーの否定文中の any の頻度を示したものである。

表5. 否定文中のanyの頻度 (10,000 語あたり)

William I	Agnes	John I	William II	Clement	Elizabeth
7.5	1.4	8.8	8.9	6.5	5.3
Margaret	John II	John III	Edmond II	William III	Margery
1.1	6.1	1.7	0	0	12.0

否定文に限定したために、十分な資料を得ることができなかった書簡もある。たとえば Agnes, Clement, Elizabeth の絶対頻度は 1 〜 2 例であり、Edmond II と William III には該当例がない。それでも、前節での解釈とほぼ合致する結果を得ることができたといえる。すなわち、William I, John I, William II, John II, Margery (そしておそらく Clement も) においては否定文中の any が比較的よく発達しており、したがって非断定形の any 全般もかなり定着していると推測できる。また、any の発達の度合いは、必ずしも生年によって条件付けられてはいない。否定文中の any の頻度が高いメンバーのうち、John I, William II, John II は、比較的大量の書簡を残した人たちであり (表3参照)、おそらく書くことに頻繁に従事していた人たちである。

男女差については、否定文中の any に限定することで、傾向がより明確になった。たとえば Agnes の頻度 (1.4/ 10,000 語) は、同世代の人たちと比較して低い。絶対頻度が低い点には注意が必要であるが、絶対頻度が低いこと自体が、否定文中での any が十分に発達していないことを示しているともいえる。仮にあと 1 例あったとすれば、たしかに 10,000 語あたりの頻度は大きく変動する。その意味で統計値は不安定である。しかし、それでも Agnes の否定文中の any の頻度は、William I や John I に比べて低いのである。

　Margaret についても同様である。Margaret は、残した書簡が大量であるにもかかわらず、否定文中の any の頻度 (1.1/ 10,000 語) は低い。また、前節の全般的な傾向と同じく、その多くが後半期に集中する。前半の書簡 (Nos. 124-87) の該当例は 1 例、後半の書簡 (Nos. 188-230) では 6 例である。10,000 語あたりの頻度はそれぞれ 0.3 と 1.9 であり、両者の落差は大きい。やはり Margaret の後半期の書簡を書いた筆記者の英語が、any の頻度の増加に影響している可能性があるといえよう。

4. 多重否定の衰退と非断定形の any の発達

　最後に、非断定形の any の発達と多重否定の衰退との関係を分析する。一般に、非断定形の発達は、多重否定の衰退との関連で論じられることが多い (cf. Jack 1978, p. 70; Fischer 1992, pp. 283-4)。たしかに、中英語後期以降に多重否定が衰退する際に、これまで余分に存在していた否定語に代わって、any のような非断定形がその位置を占めるようになった。また、非断定形によって否定の作用域が明確になる点でも、非断定形はこれまで多重に使用された否定語が担っていた役割を担うようになったといえる。このような多重否定の衰退と非断定形の入れ替わり現象は中英語後期に起こり、初期近代英語になっても継続する。Blake (1988, pp. 106-7) は Shakespeare の英語に関して、非断定形の代わりに使用される多重否定はまだ一般的であるという。本節での議論の中心は、この二つの現象が、どのような関係にあるかという点である。

　Tieken (1995, pp. 125-7) は両者の間に原因と結果のような強い関係を想定した。"The disappearance of multiple negation gave rise to the functional extension of non-assertive *any*" (p. 126) と述べ、多重否定の衰退が非断定形の発達を促したとする。また、この関係を drag-chain という用語で説明している。一方、この見方に整合しない事実も多い。たとえば方言的な問題がある。Iyeiri (2002a, pp. 219-20) は HC の調査から、ME3 (1350-1420) で any の発達が最も顕著なのは East Midland であり、これに続くのが Southern であるとするが、[5] 中英語の多重否定の衰退は北部から南下する形で進む (cf. Iyeiri 1998, pp. 122-4)。また、中英語後期の文学作品を調査した Iyeiri (2002b) も、多重否定の衰退と非断定形の any の発達の間には、原因と結果のような明確な関係は認められないとしている。具体的には、北部の *The York Plays* はロンドン地区の *The Canterbury Tales* に比べて多重否定の衰退が進んでいるが、any は *The Canterbury Tales* の方に多い。以下の議論では、『パストン家書簡集』のデータを用いて、これらの点をさらに検討する。

　すでに述べたように、『パストン家書簡集』における any の全般的発達および否定文中の any の発達の度合いは、必ずしも著者の生年では説明できない。むしろ、any の頻度が高いのは、「書く作業」に頻繁に従事した人の場合である。特に、筆記者を必要とした女性では、明らかに any の頻度が低い傾向がある。すでに述べたように、初期段階における非断定形の any の発達は、おそらく change from above の例であり、any を用いた人たちは、意識的に使用した可能性が高い。一方の多重否定の衰退については、少なくとも中英語の段階では change from above であった可能性は低い。図 3 は、Iyeiri (forthcoming) のデータに基づいて、『パストン家書簡集』のメンバーの多重否定の割合 (否定文全体に対する) を示したものである。

　多重否定の衰退とメンバーの世代との間には、はっきりとした関係があり、any の発達との違いは明確である。14 世紀生まれの William I では多重否定の割合が他のメンバーに比べて極めて高く、このあとに大きな落差がある。一方、これまで分析してきた any の発達では、このような落差は存在しなかった。むしろ、any は William I の書簡で比較的よく発達していた。また any の使用頻度が書簡の分量との関係でメンバーにより大きく異なっていた点も、上のグラフの多重否定の衰退と呼応してい

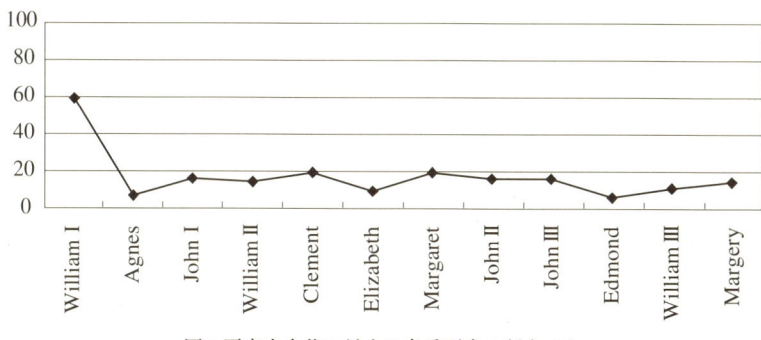

図3. 否定文全体に対する多重否定の割合 (%)

ない。Agnes, Elizabeth, Edmond II の多重否定はかなり明確な衰退傾向を示しているが、否定文中の any の頻度は必ずしも高いとはいえなかった。むしろ、any の発達では、他のメンバーに遅れる傾向を見せていたのである (3 節を参照)。

以上のように、多重否定の衰退と非断定形の any の発達はたしかに同時期に起こるが、両者の間に強い相関関係はみられない。多重否定の衰退は時系列に従った自然な変化であるが、非断定形の any の発達は、もっと意識的な変化である。Any は、書く英語を意識した人の文書で早く発達する傾向がある。いずれにしても、多重否定の衰退が直接的に any の発達を促したとはいいがたい。

5. まとめ

小論では、『パストン家書簡集』を使用し、15 世紀英語の非断定形の any の発達を分析した。Any の発達は少なくともその初期段階においては、書き手の意識的な使用による発達であったと考えることができる。『パストン家書簡集』では、any の使用が多いのは必ずしも若い世代ではなく、むしろ大量の書簡を残した人たちである。たとえば John I, William II, John II などがこれにあたり、おそらく書き言葉を使い慣れていた人たちであろう。この点は、女性の書簡で any の頻度があまり高くない事実とも整合する。女性の多くは筆記者を使っており、書き言葉に慣れていたとは考えにくいからである。また、Margaret の英語は、

Margaret 自身の言語の特徴を反映しているといわれることが多いが、any に関しては、筆記者の影響が現われていると見るのがよい。長期にわたる Margaret の書簡の中で、前半のものでは any の頻度が低く、後半のものでは頻度が高い。おそらく後期に筆記を担当した人たちの方が、any を多用したのであろう。また興味深いのは、多重否定の衰退があまり進んでいない William I (最も古い世代) の書簡で any が比較的よく発達している点である。多重否定の衰退が any の発達を促したという見方もあるが、少なくとも今回の調査からは、両者の関係はあまり密接であるとはいえない。

注
　1) 扱った資料では、疑問文中の any の明確な例はなかった。
　2) 差出人の生年については、Davis (1971, pp. liii-lxxiv) と Moerenhout & van der Wurff (2000, p. 516) に従った。
　3) Moerenhout & van der Wurff (2000, p. 516) は語順を調査し、William I の保守的な傾向がきわだっているという。
　4) データには、(1) 否定の節およびその従属節の any, (2) 疑問の節およびその従属節の any, (3) 条件節およびその従属節の any, (4) 比較構文の any, が含まれる。
　5) HC では、ME4 (1420-1500) までに方言差はかなり小さくなってきている (cf. Iyeiri 2002a, p. 219)。

参考文献
Blake, N. F. 1988. "Negation in Shakespeare". *An Historic Tongue: Studies in English Linguistics in Memory of Barbara Strang*, ed. G. Nixon & J. Honey (London: Routledge), pp. 89-111.
Davis, N., ed. 1971. *Paston Letters and Papers of the Fifteenth Century*. Vol. 1. Oxford: Clarendon Press.
Davis, N. 1972. "Margaret Pason's Use of *Do*". *Neuphilologische Mitteilungen* 73, 55-62.
Fischer, O. 1992. "Syntax". *The Cambridge History of the English Language, II*: *1066-1476*, ed. N. F. Blake (Cambridge: Cambridge University Press), pp. 207-408.
Iyeiri, Y. 1995. "Multiple Negation in Early Modern English". *Bulletin des Anglicistes Médiéviste*s 47, 69-86.
―――. 1998. "Multiple Negation in Middle English Verse". *Negation in the History of English*, ed. I. Tieken-Boon van Ostade, et al. (Berlin: Mouton de Gruyter), pp. 121-46.
―――. 2002a. "Development of *Any* from Middle English to Early Modern English: A Study Using the Helsinki Corpus of English Texts", in *English Corpus Linguistics in Japan*, ed. T. Saito, et al. (Amsterdam: Rodopi), pp. 211-23.
―――. 2002b. "The Development of Non-assertive *Any* in Later Middle English and the

Decline of Multiple Negation". *And gladly wolde he lerne and gladly teche: Essays on Medieval English Presented to Professor Matsuji Tajima on his Sixtieth Birthday*, ed. Y. Iyeiri & M. Connolly (Tokyo: Kaibunsha), pp. 127-43.

―――. 2003. "The Relationship between the Decline of Multiple Negation and the Development of Non-Assertive *Any* in Later Middle English". *Current Issues in English Linguistics*, ed. M. Ukaji, et al. (Tokyo: Kaitakusha), pp. 208-28.

―――. Forthcoming. "Decline of Some Middle English Features of Negation in the Fifteenth Century: Letters of the Paston Family".

Jack, G. B. 1978. "Negation in Later Middle English Prose". *Archivum Linguisticum* n.s. 9, 58-72.

Machida, N. 1990. "*Any* in Later Middle English Prose". *Studies in English Philology in Honour of Shigeru Ono*, ed. K. Jin, et al. (Tokyo: Nan'un-do), pp. 271-84.

Moerenhout, M. & W. van der Wurff. 2000. "Remnants of the Old Order: OV in the *Paston Letters*". *English Studies* 81, 513-30.

Mustanoja, T. F. 1960. *A Middle English Syntax, Part I: Parts of Speech*. Helsinki: Société Néophilologique.

Tieken-Boon van Ostade, I. 1995. *The Two Versions of Malory's* Morte Darthur*: Multiple Negation and the Editing of the Text*. Cambridge: D. S. Brewer.

―――. 1997. "*Any* or *No*: Functional Spread of Non-assertive *Any*". *Language History and Linguistic Modelling: A Festschrift for Jacek Fisiak on his 60th Birthday, 2: Linguistic Modelling*, ed. R. Hickey & S. Puppel (Berlin: Mouton de Gruyter), pp. 1545-54.

齊藤俊雄

初期近代英語における目的語付き動名詞構文の発達
— The Penn-Helsinki Parsed Corpus of Early Modern English を検索して—

0. はじめに

　筆者は1991年に公開されたThe Helsinki Corpus of English Texts (Diachronic Part) を使って初期近代英語における目的語付き動名詞構文を調査して、齊藤 (1993) を発表した。同論文では、筆者は、その調査結果が過去の諸研究と整合性があり、この世界最初の英語史コーパスが英語史研究に有効であるとした。一方、同コーパスは公開以来、古英語 (OE) から初期近代英語 (EModE) までで160万語弱という、その規模の小ささが問題点として指摘されてきた。

　Anthony Kroch & Beatrice Santorini 編纂の The Penn-Helsinki Parsed Corpus of Early Modern English (PPCEME) の完成によって、先に完成した The York-Toronto-Helsinki Parsed Corpus of Old English Prose (YCOE) と The Penn-Helsinki Parsed Corpus of Middle English, 2nd edn. (PPCME2) と合わせて、Helsinki Corpus の拡張がようやく完了した。PPCME2 と PPCEME を収録した Penn-Helsinki Parsed Corpora of Historical English (CD-ROM)[1] が配布されたのを機会に、この約180万語の PPCEME を使って EModE の目的語付き動名詞構文の発達の再調査を試みる。規模が3倍のコーパスになって、より信頼の置ける調査結果が出るのか興味あるところである。

　英語史における EModE の動名詞構文の発達の流れを把握しやすいように、Helsinki Corpus の中英語 (ME) の部分を130万語に拡張した PPCME2 の M4 (1420-1500) の部分と、「散文の世紀」(1680-1780) のコー

パス The Century of Prose Corpus (COPC) の Part B の後期近代英語 (LModE) の部分 (1710-1779) を検索して随時補足する。

1. PPCEME の構成

PPCEME は (1) Helsinki, (2) Penn1, (3) Penn2 の 3 つの subcorpus より構成されている。(1) は Helsinki Corpus の EModE の部分を使い、(2) と (3) は Pennsylvania 大学側が Helsinki Corpus を補足した部分であり、原則的には Helsinki Corpus と同じ資料から未採録部分を採り、不足分は新たな資料から補足している。時代区分やテキストジャンルも Helsinki Corpus をそのまま踏襲している。マニュアルによると、構成は次の通りである。

Table 1　Wordcount summary by time period and subcorpus

	Helsinki	Penn1	Penn2	Total
E1 (1500-1569)	196,754	194,018	185,423	576,195
E2 (1570-1639)	196,742	223,064	232,993	652,799
E3 (1640-1710)	179,477	197,908	187,631	565,016
Total	572,973	614,990	606,047	1,794,010

このコーパスは平テキスト版、品詞タグ付き版、構文解析版の 3 種の形式で提供されているが、本調査では平テキスト版を用い、検索には塚本聡氏開発のフリーウェア KWIC Concordance for Windows を用い、統計処理は Excel によった。

2. 動名詞構文の型

本調査は「意味上の目的語を取る動名詞構文」の史的発達である。OE から ME にかけて動詞派生名詞が意味上の目的語 (以下単に「目的語」と言う) を取って動詞的性格を発達させる過程 (verbalization) で、いくつかの型が生まれた。その発生の歴史は、英語の発達史における興味ある研究対象であるが、[2] ここで触れる余裕はない。

EModE における目的語付き動名詞構文は、PPCEME では、概して次の型に分類できる。(右端の符号は、筆者が便宜上付けたもので、以下

この符号を使う。)

 (a) 目的語前置
  1. the book's reading A1
  2. (the) book reading A2
 (b) 目的語後置
  1. reading of the book B1
  2. the reading of the book B2
  3. reading the book B3
  4. the reading the book B4
 (B2, B4 では様々な決定詞 (determiner) の代表として *the* を使った。)

　目的語付き動名詞の型の種類は、Tajima (1985) の詳細な研究が示す通り、ME 期に出揃い、使用頻度の差はあっても、EModE 期でも踏襲されている。

3.　動名詞構文の生起率

　PPCEME では目的語付き動名詞構文の用例は、Table 2 の通り検出された。この表の統計から、時代が下るにつれて、目的語付き動名詞の用例が各コーパスで数量的に大幅に増加していることが分かる。1 万語当たりの生起率によれば、PPCEME 全体で E3 は E1 の約 1.8 倍に増加している。Tajima (1985: 39) の調査結果は ME での増加傾向を示しているが、EModE は引き続き動名詞構文の量的拡大・発展の時代であったと言える。[3] また Helsinki Corpus におけるこの構文の生起率が、3 倍に拡大した PPCEME の生起率とほぼ同じである点は、注目に値することである。「小規模の」 Helsinki Corpus でも、このような生起率の比較的高い文法項目の調査には有効である証拠であろう。

Table 2　用例数と1万語当たりの生起率(カッコ内数字) (p＜.001)

	Helsinki	Penn1	Penn2	総計
E1	382 (19.4)	356 (18.3)	322 (17.4)	1060 (18.4)
E2	430 (21.9)	489 (21.9)	557 (23.9)	1476 (22.6)
E3	572 (31.9)	710 (35.9)	623 (33.2)	1905 (33.7)

　なお、PPCME2 の M4 (1420-1500) では1万語当たりの生起率は 9.8 (語数 260,116、用例数 254) であり、COPC の Part B (1710-1779) での生起率は 48.2 (語数約 14 万、用例数 675) であることから、Figure 1 が示すように ME から LModE にかけて増加の傾向が続くことが分かる。

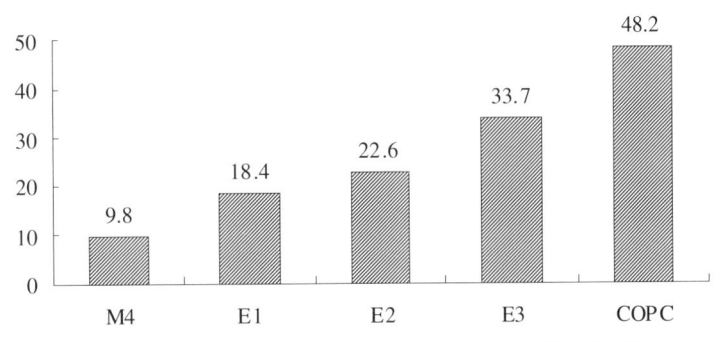

Figure 1　目的語付き動名詞構文の1万語当たりの生起率の推移

4.　動名詞構文の型の分布

　PPCEME における 2 にあげた 6 つの型の用例の分布状況を示すのが、Table 3 である。

　この表を見ると、EModE における目的語付き動名詞構文の型の消長が分かるが、同時に Figure 2 が視覚的に示しているように、Helsinki Corpus における型の分布状況は、概して PPCEME 全体の型の分布と平行している。

　さらに PPCME2 の M4 (1420-1500) と COPC の Part B (1710-1779) の検索結果を加えて、ME 末期から 18 世紀後半までの 6 つの型の消長を見ると、Figure 3 のようになる。この統計図表から、動名詞構文の量的拡大

Table 3　型の分布 (カッコ内は1万語当たりの生起率)

		A1	A2	B1	B2	B3	B4	総計
E1	Helsinki	9 (0.5)	4 (0.2)	116 (5.9)	134 (6.8)	109 (5.5)	10 (0.5)	382 (19.4)
	Penn1	6 (0.3)	10 (0.5)	103 (5.3)	124 (6.4)	103 (5.3)	10 (0.5)	356 (18.3)
	Penn2	4 (0.2)	2 (0.1)	105 (5.7)	116 (6.3)	82 (4.4)	13 (0.7)	322 (17.4)
	小計	19 (0.3)	16 (0.3)	324 (5.6)	374 (6.5)	294 (5.1)	33 (0.6)	1060 (18.4)
E2	Helsinki	2 (0.1)	8 (0.4)	66 (3.4)	149 (7.6)	189 (9.6)	16 (0.8)	430 (21.9)
	Penn1	9 (0.4)	6 (0.3)	64 (2.9)	150 (6.7)	242 (10.8)	18 (0.8)	489 (21.9)
	Penn2	12 (0.5)	7 (0.3)	103 (4.4)	207 (8.9)	189 (8..1)	39 (1.7)	557 (23.9)
	小計	23 (0.4)	21 (0.3)	233 (3.6)	506 (7.8)	620 (9.5)	73 (1.1)	1476 (22.6)
E3	Helsinki	6 (0.3)	7 (0.4)	18 (1.0)	86 (4.8)	352 (19.6)	103 (5.7)	572 (31.9)
	Penn1	5 (0.3)	6 (0.3)	23 (1.2)	102 (5.2)	479 (24.2)	95 (4.8)	710 (35.9)
	Penn2	2 (0.1)	3 (0.2)	23 (1.2)	106 (5.6)	415 (22.1)	74 (3.9)	623 (33.2)
	小計	13 (0.2)	16 (0.3)	64 (1.1)	294 (5.2)	1246 (22.1)	272 (4.8)	1905 (33.7)

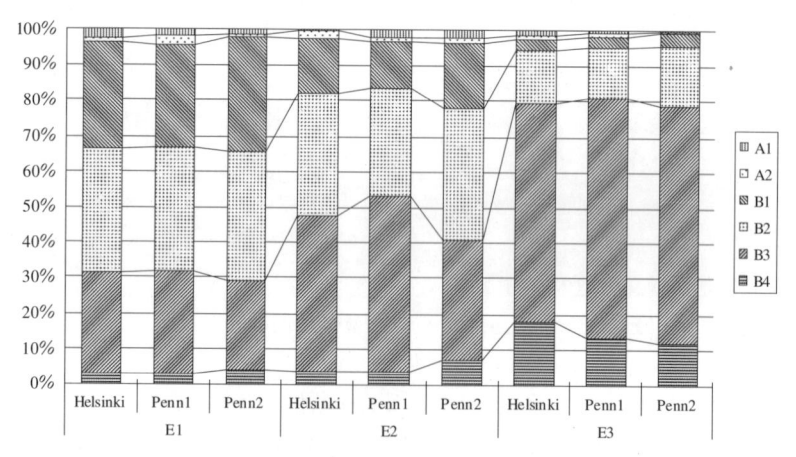

Figure 2　型の分布 (百分率による)

は ME から LModE まで継続し、主として B3 型の拡大であることが分かる。

初期近代英語における目的語付き動名詞構文の発達　　　143

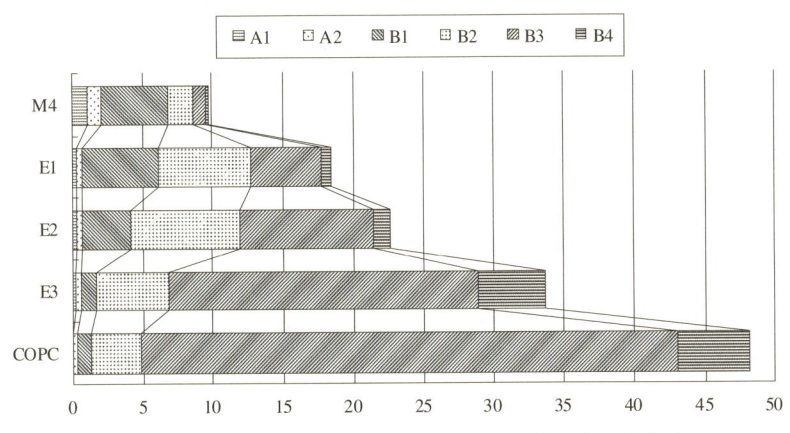

Figure 3　ME 末期から18世紀までの型の消長（1万語当たりの生起率による）

5. 目的語の前置と後置

　PPCEME における目的語付き動名詞構文の用例を、目的語の前置 (A1, A2) と後置 (B1, B2, B3, B4) によって分類したのが Table 4 である。目的語前置構文 (A1: *the book's reading*; A2: *(the) book reading*) は、EModE の初期にはすでにまれな構文であり、[4)] 特に A2 型の用例は複合語と区別が難しい。なお PPCME2 の M4 での前置は 22.0％で、COPC での前置は 0.6％である。本論文では、前置の構文についてこれ以上扱わない。

Table 4　目的語の位置　　　　　　　(p<.01)

	前置	後置	合計
E1	35 (3.3)	1025 (96.7)	1060 (100%)
E2	44 (3.0)	1432 (97.0)	1476 (100%)
E3	29 (1.5)	1876 (98.5)	1905 (100%)

前置の用例 : **A1**: vnto the place of *hys Crucifying*. (torkingt-e1-h) /and excuse *his throwing* into the water (shakesp-e2-p2) /sent for to my *Mother's Burying*, (oates-e3-h) /pay for *childrens teaching*, (hoole-e3-p1) //**A2**: by the meanes of *peace makyng*. (boethco-e1-p2) /to blame her for her great *house keeping*.

(deloney-e2-h) /after *blood letting* (evelyn-e3-p1)

6. 目的語後置の動名詞構文の型

目的語後置の動名詞構文の用例の型の分布は、Table 3 の統計より次の通りになる。

Table 5　目的語後置の型の分布　　　　　　　　　　　　(p<.001)

	B1	B2	B3	B4	合計
E1	324 (31.6)	374 (36.5)	294 (28.7)	33 (3.2)	1025 (100%)
E2	233 (16.3)	506 (35.3)	620 (43.3)	73 (5.1)	1432 (100%)
E3	64 (3.4)	294 (15.7)	1246 (66.4)	272 (14.5)	1876 (100%)

EModE における目的語後置の動名詞構文の4つの型の消長について、この統計表で顕著な点は、次のようなことであろう。

(1) ME では優勢であった名詞性 (nominal character) の強い *of* を伴う B1 型 (*reading of the book*)、B2 型 (*the reading of the book*) は、E1 ではまだ優勢を保っているとはいえ、すでに *of* なしで目的語を取る動詞性 (verbal character) の強い B3 型 (*reading the book*) に大幅に侵食されている。E1 では +*of* 型と -*of* 型の比率は 68.1％ vs. 31.9％である。E3 では古い B1 型は凋落し、B2 型は大幅に後退し、[5]　+*of* と -*of* の比率は 19.1％ vs. 80.9％である。

(2) 後発の動詞性の強い B3 型 (*reading the book*) は、E1 ですでに B1 型、B2 型に迫る状況から、その後両者を侵食して発達し続け、E3 では圧倒的な地歩を得る。

(3) また目につくのは、*of* を伴わない点で動詞性を、決定詞が先行する点で名詞性を示す混合型 B4 (*the reading the book*) の E3 における増加ぶりである。この型については、次節で再び触れる。

(4) EModE における目的語付き動名詞構文の漸増は、大部分 B3 型の発達によるものである。

用例 : **B1**: this butcherlie feare in *making of latines*, (asch-e1-h) /and very hamsome in *dooing of any thinge*; (harley-e2-p1) /by *reading of a chapter* at least once a day; (hoole-e3-h) //**B2**: to *the strenghthening of the frontieres* of Scoteland. (edward-e1-h) /as if it had beene *the sacking of some hostile city.* (hayward-e2-p1) /which was indeed *the selling of the allies and of the public faith.* (burnetcha-e3-p2) //**B3**: and it was of *sheddynge bloude* and of *destroying the cities* of Moab. (latimer-e1-h) /That there is no end of *making Bookes,* (bacon-e2-p1) /on to more diligence in *getting them,* (hoole-e3-p2) //**B4**: Semblable ordre will I ensue in *the fourmynge the gentill wittes* of noble mennes children, (elyot-e1-p2) /for *the obtaining the aforesaid Money*; (raleigh-e2-h) /Some years after *the making the Experiments* about the Production (boyle-e3-h)

なお、COPC の次の統計は、18 世紀後半の頻度が現代の用法に近づいていることを示している。

Table 6　COPCの型の分布　　　　　　　　　　　　　　　　(p<.01)

	B1	B2	B3	B4	合計
1710-1749	13 (3.0)	41 (9.6)	330 (76.9)	45 (10.5)	429 (100%)
1750-1779	0 (0.0)	10 (4.1)	204 (84.3)	28 (11.6)	242 (100%)

7. B2 型と B4 型の競合

ここで B2 型 (*the reading of the book*) と B4 型 (*the reading the book*) の競合についての Visser (1966: §1124) の次の主張を検証する。[6]

> ... from the beginning of the fourteenth century to the end of the nineteenth century constructions with *of* and those without *of* before the complement of a form in *-ing* preceded by *the* were used side by side — after 1500 with almost equal frequency — ...

この両型はさまざまな決定詞を取るが、Visser のあげる用例は、決定詞がすべて定冠詞 *the* であるので、Table 5 の B2 型と B4 型の用例のうち、

the の付いた用例のみを取り出して両者を比較すると、Table 7 になる。

Table 7　*the* 付き B2 と B4　　　　　　　(p<.001)

	B2	B4	合計
E1	331 (94.6)	19 (5.4)	350 (100%)
E2	443 (91.3)	42 (8.7)	485 (100%)
E3	276 (62.3)	167 (37.7)	443 (100%)

　これだけの用例数が得られれば、χ^2 検定をするまでもなく、1500 年以降についての Visser の主張は妥当性を欠くと判断できるであろう。Helsinki Corpus での用例数でも同様に p<.001 で有意である。時期的に B4 型が勢力を最も伸ばしたのは E3 (1640-1710) であり、それでも B2 型に拮抗するところまで伸びていない。E3 に続く COPC (1710-1779) では 44 (67.7 %) vs. 21 (32.3 %) であり、B4 型はすでに減少傾向にあり、その 1 万語当たりの生起率 (E3 : 4.9 vs. 3.0; COPC: 3.1 vs. 1.5) を見ても、E3 に比べて半減している。

8.　主語の有無

　動名詞構文は、表層構造に意味上の主語 (以後単に「主語」と呼ぶ) が表示されているもの (＋S: *my reading of the book* 〈B2〉 ; *my reading the book* 〈B4〉 : *my* は名詞・代名詞の属格を代表) と、表示されていないもの (－S: (*the*) *reading of the book* 〈B1, B2〉 ; (*the*) *reading the book* 〈B3, B4〉) に分かれる。Table 5 の用例を両者に分類したのが、Table 8 である。EModE の全期を通じて－S の用例が圧倒的に多く、目的語付き動名詞は、通常主語を伴わないことが分かる。ただし、時代が下るにつれて＋S の用例数が漸増している。PPCME2 の M4 の頻度は 7 (2.8 %) vs. 247 (97.2 %) で、COPC は 49 (7.3 %) vs. 622 (92.7 %) であり、この流れに沿う頻度を示すものである。

　＋S には、*my reading of the book* (B2) と *my reading the book* (B4) の 2 つの型があり、その分布を示すのが、Table 9 である。用例が少ないが、名詞性の強い B2 型が相対的に減少し、動詞性のより強い B4 型が確立し

初期近代英語における目的語付き動名詞構文の発達

Table 8　主語の有無　　　　　　　　(p<.001)

	+S	−S	合計
E1	23 (2.2)	1002 (97.8)	1025 (100%)
E2	46 (3.2)	1386 (96.8)	1432 (100%)
E3	104 (5.5)	1772 (94.5)	1876 (100%)

ていく様子が読み取れる。Table 8 に関して指摘した＋S の頻度の増加は、B4 型の増加によるものである。[7] PPCME2 の M4 では 3 (42.9%) vs. 4 (57.1%) であり、COPC では 1 (2.0%) vs. 47 (98.0%) である。

Table 9　主語付き B2 と B4 の分布　　(p<.001)

	B2	B4	合計
E1	15 (**65.2**)	8 (34.8)	23 (100%)
E2	25 (**54.3**)	21 (45.7)	46 (100%)
E3	6 (5.8)	98 (**94.2**)	104 (100%)

用例：**B2**: but no Speaker, did learne *my* misliking of those Matters, (throckm-e1-h) /Since *my* wrighting of this (jbarring-e2-p1) /for want of good counsel and *the King's* minding of his business and servants. (pepys-e3-p1) //**B4**: dyed for *their* bryngenge vp that euell slaunder apon it, (tyndold-e1-h) /protracting *the Lord President's* invading them. (perrot-e2-p1) /That which is the Cause of *our* desiring any thing, (boethpr-e3-h)

9.　機能と型

　次に、文中において動名詞構文の果たす文法的機能について、目的語後置の構文の用例を調査した結果が Table 10 である。Fanego (2004) は、この構文は前置詞の環境で発生したと推定しているが、[8] 実際、EModE でも全期間を通じて前置詞句を構成する用例が圧倒的多数であり (80% 台)、主語、目的語、補語として機能している用例は少ない (10% 台)。この前置詞句は、形容詞的機能 (同格の用法が多い) または副詞的機能 (副詞節と同等の場合が多い) を果たし、後者が常に優勢であるが、前者

の用例が漸増する傾向も見られる。

Table 10　動名詞の文法的機能　　　　　　　　　　　　　(p<.001)

	主語	目的語	補語	前置詞+動名詞		その他	合計
				形容詞的	副詞的		
E1	68 (6.6)	78 (7.6)	9 (0.9)	116 (11.3)	737 (71.9)	17 (1.7)	1025 (100%)
E2	104 (7.3)	91 (6.4)	37 (2.6)	208 (14.5)	976 (68.2)	16 (1.1)	1432 (100%)
E3	91 (4.9)	103 (5.5)	20 (1.1)	471 (25.1)	1183 (63.1)	8 (0.4)	1876 (100%)

その他: コロンの後に並列されたり、章・節のタイトルなど文脈を欠いたりするもの

さらに、動名詞構文の文法的機能と型との関係について見ると、Table 11 が示すように、動名詞構文が文の主要素として機能する場合は、名詞性の強い B1 型、B2 型を取る傾向が見られる。B3 型が圧倒的に優勢な E3 においても、主語・目的語・補語の領域では B2 型が最も多用されていることは、注目すべきことである。

Table 11　機能と型の関係(「その他」を除く)

		B1	B2	B3	B4	合計
主語・目的語・補語	E1	33 (21.3)	105 (67.7)	12 (7.7)	5 (3.2)	155 (100%)
	E2	38 (16.4)	153 (65.9)	23 (9.9)	18 (7.8)	232 (100%)
	E3	12 (5.6)	80 (37.4)	56 (26.2)	66 (30.8)	214 (100%)
前置詞の目的語	E1	281 (32.9)	263 (30.8)	282 (33.1)	27 (3.2)	853 (100%)
	E2	186 (15.7)	349 (29.5)	595 (50.3)	54 (4.6)	1184 (100%)
	E3	52 (3.1)	213 (12.9)	1188 (71.8)	201 (12.2)	1654 (100%)

主語・目的語・補語と前置詞の目的語を分けて検定 (共にp<.001)

用例: (1) 主語・目的語・補語

B1: For *preachynge of the Gospel* is one of Goddes plough workes, (latimer-e1-p1) /and withal continued *breaking of wind backward*, (penny-e3-p1) //**B2**: *the drinking of wine* is profitable for olde men, (turner-e1-p1) /And love onely is *the fulfillinge of the lawe*, as saithe S. Paule, (rplumpt-e1-p1) //**B3**: And whyll they continued *axynge him*, (tyndnew-e1-h) /that's *shooting my Girl* before you bid her stand. (vanbr-e3-h) //**B4**: for *the exerting that strength*, is very plainly manifested, (hooker-e3-h) /Mr. Rea commends *the making the cross* cut (langf-e3-h)

(2) 前置詞＋動名詞＝形容詞的

B1: And the author of the booke *of healing of the stone* (turner-e1-p1) //**B2**: the feare *of the losing of their worldly substaunce*, (mroper-e1-p2) //**B3**: see the hell *of hauing a false woman*: (shakespeare-e2-h) //**B4**: a means *of the cureing the great distempers* of our soles, (masham-e2-h)

(3) 前置詞＋動名詞＝副詞的

B1: as men be made iuste *by obtaynyng of Iustice,* and wyse *by obteynyng of wysedome* (boethco-e1-h) //**B2**: to use it secretely, *for the refreshynge of his witte*, (elyot-e1-h) //**B3**: curse their parents *for begetting them*, (smith-e2-h) //**B4**: Now they proceed *to the Reading the Proofs*. (raleigh-e2-h)

10. おわりに

　目的語付き動名詞構文については、テキストジャンルと型との関係の調査など重要な問題がまだ残っているが、与えられたページが尽きた。

　この研究は、冒頭に述べたように、EModE における目的語付き動名詞構文を、最近完成した PPCEME を検索し、その結果を Helsinki Corpus の検索結果と比較しながら、再調査したものである。3倍に拡張したコーパスを検索した結果は、時代の推移に伴う動名詞構文の発達の状態を統計的に浮き彫りにしたが、それはまた Helsinki Corpus の検索結果を PPCEME のより大きな頻度数でよりはっきりと裏付けるもので、その「小規模」が問題視されがちな Helsinki Corpus の有効性を再確認させられるものでもあった。

［付記］田島松二教授の英語学への貢献は多岐に亘るが、史的統語論への最大の貢献は一連の動名詞研究であろう。筆者は史的統語論の研究者の一人として、同教授の定年退職を記念して、動名詞構文の発達についてのこのささやかな論考を献じたい。

注

1) http://www.ling.upenn.edu/hist-corpora/ を参照。

2) 動名詞の起源と発達については、Mustanoja (1960), Visser (1966), Jack (1988), Fanego (2004) などを参照。

3) Houston (1989: 176f) は、本構文の 1450-1650 間の増加についての統計をあげ、かつ分詞構文の影響を論じている。これに関しては、機能的に競合する不定詞や *that* 節との関係についての視点も必要であろう。Cf. Potter (1969: 134)：
"The gerund continues to grow at the expense of the infinitive.... Both gerund and infinitive are verbal nouns. Their spheres inevitably overlap and, since Shakespeare's day, there has been a general drift towards the gerund."

4) Cf. Jespersen (1909-49), V. 8.4$_1$; Visser (1966), §1106.

5) この B2 型の後退については、Visser (1966:§1124)："It should be born in mind that, unless the aspect of duration has to be expressed, constructions of the type 'the *loss* of', 'the *improvement* of', 'the *realisation* of', 'the *maintenance* of', 'the *erection* of', 'the *suppression* of' are nowadays preferred to constructions of the type 'the *losing* of', 'the *improving* of', 'the *realising* of', 'the *maintaining* of', 'the *erecting* of', 'the *suppressing* of'." というコメント参照。Quirk *et al.* (1985: 17.54) の示す 'gradience' で verbal noun より deverbal noun を使う傾向であり、動名詞構文に verbalization と共に起こっている対極の nominalization の傾向である。

6) Tajima (1985: 79) は Visser の主張は 'questionable' と述べ、齊藤 (1993: 369) でも疑義を呈している問題である。

7) B4 型には冠詞類の付く型と属格・所有格の付く型が含まれているが、現代では前者は廃れ、後者は「文法的」であるので、両者は別の型に分類すべきかもしれない。Koma (1987) は後者を B3 型に含めている。

8) Koma (1987) も同様な推論をしている。また Houston (1989: 181) は、ME における前置詞の目的語の用法の先行状況を統計で示している。

参考文献

Fanego, Teresa. 2004. "On Reanalysis and Actualization in Syntactic Change: The Rise and Development of English Verbal Gerunds," *Diachronica*, 21/1: 5-55.

Houston, Ann. 1989. "The English Gerund: Syntactic Change and Discourse Function," in Ralph W. Fasold & Deborah Schiffrin (eds.), *Language Change and Variation*, 173-196. Amsterdam & Philadelphia: Benjamins.

Jack, George. 1988. "The Origins of the English Gerund," *NOWELLE*, 12: 15-75.

Jespersen, Otto. 1909-49. *A Modern English Grammar on Historical Principles*. London: Allen & Unwin.

Koma, Osamu. 1987. "On the Initial Locus of Syntactic Change: Verbal Gerund and its Historical Development," *English Linguistics*, 4: 311-322.

Mustanoja, Tauno F. 1960. *A Middle English Syntax*. Part I. Helsinki: Société Néophilologique.

Potter, Simeon. 1969. *Changing English*. London: André Deutsch.

Quirk, Randolph, Sidney Greenbaum, Geoffrey Leech & Jan Svartvik. 1985. *A Comprehensive Grammar of the English Language*. London & New York: Longman.

Tajima, Matsuji. 1985. *The Syntactic Development of the Gerund in Middle English*. Tokyo: Nan'undo.

Visser, F. Th. 1966. *An Historical Syntax of the English Language*. Part II. Leiden: E. J. Brill.

齊藤俊雄. 1993.「初期近代英語における動名詞の発達— The Helsinki Corpus of English Texts を検索して—」『近代英語研究』編集委員会編『近代英語の諸相』英潮社、353-375. (齊藤俊雄『英語史研究の軌跡—フィロロジー的研究からコーパス言語学的研究へ—』英宝社、1997 に収録)

松 元 浩 一

初期近代英語における奪取と分離を表す二重目的語構文について

1. はじめに

初期近代英語 (1500-1700) には、(1)、(2) に示すような、今日ではほとんど見られない二重目的語構文が観察される。(1) は奪取・除去を意味する二重目的語構文、(2) は分離・追放を意味する二重目的語構文である。

(1) if traitorous enuy had nat *bireft* him his lyfe ...,　(Elyot, *The Book Named the Govonour* Bk I, XII, 97-8 ［1531］)
(2) I *banish* her my bed and company.　(Shakespeare, *2 Henry VI* II.i.193 ［1590-1］)

(1) に示した動詞 *bereave* と (2) の *banish* は、それぞれ (3) に示す *of-* 前置詞構文、(4) の *from-* 前置詞構文にも生起する。

(3) You have *bereft* me *of* all words, lady.　(Shakespeare, *Troilus and Cressida* III.ii.54 ［1601-2］)
(4) Distraction I will *banish from* my brow,　(T. Heywood, *A Woman Killed with Kindness* VIII.108 ［1607］)

小論では、*bereave* と *banish* に代表される奪取と分離を表す動詞を「奪離動詞」と呼ぶことにし、初期近代英語に見られる二重目的語構文 (1)、

(2) を、(3) の *of-* 前置詞構文、(4) の *from-* 前置詞構文と比較しながら考察する。[1]調査した一次資料は、John Fisher, "Sermon Sayd in the Cathedrall Cyrche of Saynt Poule within the Cyte of London"［1509］から William Congreve, *The Way of the World*［1700］に至る 100 作品である。引用文については、作者名、作品名、頁数および行数 (戯曲は行数のみ) を示す。ただし、Shakespeare は 'Sh.' と略し、Marvin Spevack, *The Harvard Concordance to Shakespeare* (Hildesheim: Georg Olms, 1973) に従って作品名の略記と行数を示す。以下、歴史的背景 (§ 2)、二重目的語構文に現れる奪離動詞 (§ 3)、奪離動詞の分布 (§ 4)、奪離動詞の二重目的語用法の衰退 (§ 5)、の順に論じる。

2. 歴史的背景

初期近代英語の奪離動詞が現れる二重目的語構文 (1)、(2) は、OE では主として (5)‒(7) に示すような 3 つの統語形式に現れた (cf. Visser 1963, § § 676-81)。

(5) V ＋ Acc.＋ Gen.: *benæman* (= 'deprive'), etc.
(6) V ＋ Dat.＋ Gen.: *forwiernan* (= 'hinder'), etc.
(7) V ＋ Acc.＋ Dat. (Ablative) : *bereafian* (= 'bereave'), etc.

(5) の形式は、対格 (Acc.) が奪われる人を、属格 (Gen.) は奪われる対象を表し、*benæman* (= 'deprive') 等を含む。(6) の形式は、与格 (Dat.) が排除される人やものを表し、属格は行為が行われる場所を表す。動詞は *forwiernan* (= 'hinder') 等が属する。(7) の形式では、対格が奪われる人を、与格 (または奪格 (Ablative)) が奪われる対象を表し、*bereafian* (= 'bereave') 等が代表的である。奪格は、本来ラテン文法に由来するもので、分離、排除、妨害などの概念を表すが、OE では与格によってその機能が代替された。OE 期以降格屈折が水平化すると、(5) の対格と (6) の与格、及び (7) の対格と与格は、互いに形態上区別がつかなくなり、かつ、(5)、(6) の属格とも区別がつかなくなる。初期近代英語になると、格屈折が完全に消失し、目的格 (Objective) を 2 つ伴う二重目的語構文

(S + V + O + O) が見られるようになる。一方、OE 以降、目的語の文法関係を明示するために前置詞が発達すると、(5) – (7) の形式に現れる与格や属格の代わりに、'from' や 'of' を伴った *from- /of-* 前置詞構文が見られるようになる (cf. Visser 1963, §§ 678, 680, 697)。その結果、ME の二重目的語構文に現れる奪離動詞は OE に較べて遥かに少なくなる (植村 1973, pp. 147-9 参照)。時代は下り、18 世紀 (後期近代英語) になると、*banish, dismiss, exclude* などのごく一部の動詞を除けば、ほとんど二重目的語構文には見られなくなる (cf. Marchand 1951, p. 85)。それでは、その ME 期と 18 世紀の間に位置する初期近代英語期ではどのような動詞がどの程度見られるのであろうか。次節では、初期近代英語の二重目的語構文に現れる奪離動詞を観察する。

3. 二重目的語構文に現れる奪離動詞

初期近代英語の二重目的語を取る奪離動詞は、本調査では *banish, bar, bate, bereave, debar, delay, deprive, detain, dispossess, disturb, exile, forbid, hinder, reave, rid, spoil* の 16 個が確認された。そのうち、*disturb, detain, hinder* を除く 13 個は、Visser (1963, § 697) が挙げる 24 個の中に含まれている。Visser が挙げているが、本調査では見られなかった動詞は *avoid, discharge, despoil, eject, exclude, expel, expulse, extrude, ravish, rob, stop* である。

本調査で確認された 16 個は、*of-* 前置詞構文にも現れて奪取を意味する動詞 7 個 (*bate, bereave, deprive, dispossess, disturb, reave, spoil*)、*from-*前置詞構文にも現れて分離を意味する動詞 6 個 (*banish, delay, detain, exile, forbid, hinder*)、*of-*前置詞構文にも *from-* 前置詞構文にも現れて奪取と分離の両方を意味する動詞 3 個 (*bar, debar, rid*) である。以下、本調査での用例を示すが、すでに (1) と (3) に奪取を表す代表的な動詞 *bereave*、(2) と (4) に分離を表す代表的な動詞 *banish* を例示したので、ここでは Visser ばかりでなく、OED, MED, Jespersen (1927, §§ 14.2-15.5) も全く二重目的語用法の実例を挙げていない *disturb* (1529 年), *detain* (1591-2 年), *hinder* (1596-7 年) を (8) – (10) に示す。各動詞の (a) には二重目的語構文を、(b) には *from- /of-* 前置詞構文を示す。ただし、(8b) の *disturb* が

とる *of-* 前置詞構文は本調査では見られなかったので、OED (s.v. *disturb v.* 4) からの用例を示す。

〈奪取〉 (*bate, bereave, deprive, dispossess, disturb, reave, spoil*)
(8) 〈disturb〉
    a. And, eke, yf thou *dysturbe* me any thynge Thou arte also a traytour to the kynge; (J. Heywood, "The Pardoner and the Frere" 100/270-1 ［1529］)
    b. Bees are most patient of labour in the day time, ... and of being *disturbed of* their rest. (1658 ROWLAND *Moufet's Theat. Ins.* 899 ［OED s.v. *disturb v.* 4］)

〈分離〉 (*banish, delay, detain, exile, forbid, hinder*)
(9) 〈detain〉
    a. That cause, fair nephew, that imprison'd me And hath *detain'd* me all my flow'ring youth Within a loathsome dungeon, (Sh., 1H6.II.v.55-7 ［1591-2］)
    b. if the poorest man of the Parish *detain* but a pin unjustly *from* the richest, (Herbert, "A Priest to the Temple, and Other Writings", 260/14-5 ［1652］)
  (10) 〈hinder〉
    a. He hath disgrac'd me, and *hind'red* me half a million. (Sh., MV.III.i.54-5 ［1596-7］)
    b. I have been much *hindered* and kept back *from* my wonted Travel into those Parts, (Bunyan, *The Pilgrims Progress Two Parts* 207/16-7 ［1678-84］)

奪取と分離の両方を意味する *bar, debar, rid* は、奪取を意味する場合は二重目的語構文と *of-* 前置詞構文に、分離を意味する場合は二重目的語構文と *from-* 前置詞構文に現れるので、それぞれ別個に例示する。ただし、分離を意味する *debar* は、本調査では二重目的語構文も *from-* 前置詞構文も見られないが、OED (s.v. *debar v.* 1.a.) には初期近代英語の

from- 前置詞構文が記録されているので、その例を (14b) に示す。[2] rid は、奪取を意味する場合、本調査にも OED (CD-ROM) にも (16b) の of- 前置詞構文しか見られない。

〈奪取と分離〉 (*bar, debar, rid*)

(11) 〈bar (= 'bereave')〉

a. Besides, the lott'ry of my destiny *Bars* me the right of voluntary choosing. (Sh., MV.II.i.15-6 ［1596-7］)

b. She seeks to *bar* vs *of* our allowance. (Deloney, "Jack of Newbery" ch. x, 49 ［1597］)

(12) 〈bar (= 'banish or separate')〉

a. I will *bar* no honest man my house, (Sh., 2H4. II.iv.102 ［1597-8］)

b. you are not to *bar* by your authority men *from* women, are you? (Dekker, *The Shoemaker's Holiday* V.ii.130-1 ［1600］)

(13) 〈debar (= 'bereave')〉

a. How can I then return in happy plight That am *debarr'd* the benefit of rest? (Sh., SON. ［28］, 1-2 ［1593-6］)

b. surely he that knoweth them not, maye soone be *debarred of* all that euer he hath, (Ascham, "Toxophilus" 26/22-3 ［1545］)

(14) 〈debar (= 'exclude')〉

a. (No example)

b. Vtterlye to *debarre from* heauen all mankynde for euer. (a1557 Mrs. M. Basset tr. *More's Treat. Passion* Wks. 1394/1 ［OED s.v. *debar v.* 1.a.］)

(15) 〈rid (= 'banish')〉

a. This Gloucester should be quickly *rid* the world, (Sh., 2H6.III.i.233 ［1591-2］)

b. My grave is mine, that *rids* me *from* despites. (Greene, *The Scottish History of the James IV* chorus v, 8 ［c1591］)

(16) 〈rid (= 'bereave')〉

a. (No example)
b. Yet it shall *rid* me *of* this infamous calling; (Webster, *Duchess of Malfy* V.i.73 [1623])

以上、奪離動詞が現れる二重目的語構文、*from-* /*of-* 前置詞構文の主な用例を見てきた。次節では、この3つの構文に現れる動詞の用例数を示し、各構文の歴史的位置付けを考えてみたい。

4. 奪離動詞の分布

次の表 I は、二重目的語構文と *from-* /*of-* 前置詞構文の両方に現れる奪離動詞を、(A) 奪取を表す動詞、(B) 分離を表す動詞、(C) 奪取と分離の両方を表す動詞、に分けて用例数を示したものである。表中の DOC は二重目的語構文、FROM は *from-* 前置詞構文、OF は *of-* 前置詞構文を表す。(A) の、奪取を表す *disturb* が現れる *of-* 前置詞構文と、(C) の、奪取と分離の両方を表す *debar* が現れる *from-* 前置詞構文は、本調査では見られなかったが、OED (s.v. *disturb v.* 4 & *debar v.* 1.a.) に初期近代英語の用例がそれぞれ1例と4例示されているので、参考までに括弧内に示す。

表 I　奪離動詞の用例数

A. 奪取 (7個)	DOC	OF	FROM	B. 分離 (6個)	DOC	FROM	OF
bate	3	0	0	banish	16	42	0
bereave	6	38	0	delay	1	0	0
deprive	4	23	0	detain	1	4	0
dispossess	1	2	0	exile	1	4	0
disturb	1	(1)	0	forbid	1	2	0
reave	5	8	0	hinder	3	11	0
spoil	1	1	0	Total	23	63	0
Total	21	72 (73)	0				

C. 奪取と分離 (3 個)

		DOC	OF	FROM
bar	奪取	6	8	0
	分離	5	0	10
debar	奪取	1	1	0
	分離	0	0	(4)
rid	奪取	0	46	0
	分離	1	0	40
Total		13	55	50 (54)

表 I の (A) 奪取、(B) 分離、(C) 奪取と分離、に示した総用例数を見てみると、二重目的語構文の総用例数 (21 + 23 + 13 = 57) より from- /of- 前置詞構文の総用例数 (72 + 63 + 55 + 50 = 240) のほうが圧倒的に多い。動詞別に用例数を見てみると、(A) の奪取を表す動詞では、bereave (二重目的語構文 6: of- 前置詞構文 38)、deprive (二重目的語構文 4: of- 前置詞構文 23)、(B) の分離を表す動詞では、banish (二重目的語構文 16: from- 前置詞構文 42), hinder (二重目的語構文 3: from- 前置詞構文 11)、(C) の奪取と分離の両方を表す動詞では、rid (二重目的語構文 1: from- 前置詞構文 40) が、前置詞構文にとりわけ多く見られる。また、(A) の奪取を表す reave (二重目的語構文 5: of- 前置詞構文 8)、(B) の分離を表す detain (二重目的語構文 1: from- 前置詞構文 4), exile (二重目的語構文 1: from- 前置詞構文 4)、(C) の奪取と分離の両方を表す bar (二重目的語構文 6 + 5 = 11: from- /of- 前置詞構文 8 + 10 = 18) も、from-/of-前置詞構文のほうが二重目的語構文より多い。その他の debar, delay, dispossess, disturb, forbid, spoil は用例が少ないことから、二重目的語構文と from- /of- 前置詞構文のどちらがより優勢であるかは断定できないが、表 I を全体的に見ると、初期近代英語の奪離動詞は from- /of- 前置詞構文に圧倒的に多いと言える。

　Visser (1963, §§ 677-81)、福村 (1965, p. 299)、植村 (1972-3)、Mitchell (1985, §§ 1083-92) は、bereafian (= 'bereave') や forwiernan (= 'hinder') など、OE と ME の二重目的語構文に現れる奪離動詞を合計で 100 個余

り示している。一方、初期近代英語の奪離動詞は、Visser (1963, § 697) が挙げる24個の動詞と本調査で新たに確認された3個の動詞を合わせて計27個 (*avoid, banish, bar, bate, bereave, debar, delay, deprive, despoil, detain, discharge, dispossess, disturb, eject, exclude, exile, expel, expulse, extrude, forbid, hinder, ravish, reave, rid, rob, spoil, stop*) である。後期近代英語 (1700-1900) に関しては、Poutsma (1928, pp. 220-46), Curme (1931, p. 119), Marchand (1951, p. 85) が合計15個の動詞 (*banish, bar, bate, bereave, debar, dismiss, exclude, excuse, expel, forbid, interdict, let off, lose, prevent, prohibit*) を挙げている。つまり、二重目的語をとる奪離動詞は、合計で100個余り見られるOEとMEに比べると、27個しか見られない初期近代英語や15個程度しか見られない後期近代英語では、明らかに減少している。それでも、今日ではほとんど廃用に帰していることを考えると、かなり残存していると言えるかもしれない。OEDによれば、初期近代英語の27個の動詞のうち、奪取を表す *bar* は1855年、*bate* は1867年、*bereave* は1806年、*deprive* は1814年、分離を表す *banish* は1826年、*debar* は1863年、*exile* は1812年、*expel* は1820年、頃までは二重目的語構文に見られることから、遅くとも19世紀末あたりが、奪離動詞の二重目的語用法が見られる最後の時期であると推測される。

　以上のように、初期近代英語の奪離動詞は、二重目的語構文より *from- / of-* 前置詞構文に圧倒的に多く見られ、二重目的語構文に現れる動詞の数は、OEやMEと比べると相当に減少している。次節では、初期近代英語の二重目的語構文に現れる奪離動詞が減少した要因を考察する。

5. 奪離動詞の二重目的語用法の衰退

　初期近代英語期に二重目的語を取る奪離動詞が衰退した要因としては、3つ考えられる。第一は、代名詞を除く名詞の格屈折が消失したことに伴って、*from- /of-* 前置詞構文が多用されるようになったことである。Fries (1940, p. 74) は、属格の消失とともに13、4世紀頃から *of-* 前置詞構文が急激に増加すると述べている。第二は、二重目的語を伴う同一の文形式に、*give* などの授与を表す動詞と正反対の奪離を表す動詞が現れる

ようになったため、両動詞が現れる文形式を区別する必要が生じ、*from- /of-* 前置詞構文が多用されるようになったことが考えられる (cf. Curme 1931, p. 106, Denison 1993, p. 106)。第三は、フランス語シンタックスの影響である。Visser (1963, § 697) も指摘しているように、英語の奪離動詞のほとんどがフランス語からの借用語である。本調査で確認できた 16 の奪離動詞のうち、3 分の 2 にあたる 11 個 (*banish, bar, bate, debar, delay, deprive, detain, dispossess, disturb, exile, spoil*) がフランス語からの借用語である。英語に借用されたフランス語奪離動詞は、二重目的語構文より、*from- /of-* 前置詞構文に多く現れたと推測される。というのは、フランス語奪離動詞は、英語の *from- /of-* 前置詞構文に統語的・意味的に類似した *de-* 前置詞構文 (e. g., *purger ... de* 〜 (= 'banish or remove ... from 〜'), *priver ... de* 〜 (= 'deprive ... of 〜'), *debarrasser ... de* 〜 (= 'rid ... of 〜'), etc.) に現れるからである (福村 1965, p. 299 参照)。Bradley (1904, pp. 59-60) や中尾 (1972, p. 219) も、*from- /of-* 前置詞構文は、フランス語の *de-* 前置詞構文との統語的・意味的類似性によって、ME 以降一層定着したと述べている。前節で挙げた表 I (*from- /of-* 前置詞構文 240 例：二重目的語構文 57 例) もこのことを物語っている。以上の 3 点、つまり、格屈折の消失、相反する意味の動詞が同一形式をとること、フランス語の *de-* 前置詞構文の影響が、相互に働いて *from- /of-* 前置詞構文の発達を促した。そのために、奪離動詞の二重目的語構文は ME 以降徐々に衰退し、初期近代英語では散発的になり、今日では廃用に帰すことになったと考えられる。

6. まとめ

初期近代英語 (1500-1700) における奪取、分離を表す二重目的語構文を、対応する *from- /of-* 前置詞構文と比較しながら考察してきた。まとめると以下のようになる。

本調査で確認できた二重目的語構文に現れる奪離動詞は、*bereave* 等の奪取を表す動詞 7 個、*banish* 等の分離を表す動詞 6 個、*bar* などの奪取と分離の両方を表す動詞 3 個である。そのうち *detain, disturb, hinder* は、Visser を初め、OED, MED, Jespersen にも二重目的語用法の実例が全

く記録されていない。総用例数では、*from- /of-* 前置詞構文 (240 例) が二重目的語構文 (57 例) を大きく上回っており、奪離動詞は前置詞構文が一般的である。

初期近代英語や後期近代英語の二重目的語構文に現れる奪離動詞は、OE や ME と比べると数はかなり少なくなっているが、ほとんど見られない現代英語と比べるとまだ相当に残存していると言えるかもしれない。

初期近代英語期に、二重目的語を取る奪離動詞がそれ以前と比べて大きく衰退した要因としては、格屈折の消失、フランス語 *de-* 前置詞構文の影響、意味的に相反する授与と奪取を表す動詞が同じ二重目的語形式に現れていたこと、の3つが考えられる。そのために、*from- /of-* 前置詞構文の用法が促進されたのではなかろうか。

注

1) 奪離動詞が現れる二重目的語構文には、動詞間の意味的類似によって二重目的語用法が拡張したものや、二重目的語の特性によって受動文の形成に違いが見られるものがあるが、このことに関しては松元 (2001, 2003) を参照されたい。

2) OED (s.v. *debar v.* 1.c.) と Poutsma (1928, p. 225) は、分離を表す *debar* が 18 世紀の二重目的語構文に現れる例を挙げている。

参考文献

Bradley, H. 1904. *The Making of English*. London: Macmillan.

Curme, G. O. 1931. *Syntax*. Boston: D. C. Heath & Co.

Denison, D. 1993. *English Historical Syntax: Verbal Constructions*. London & New York: Longman.

Fries, C. C. 1940. *American English Grammar*. New York: Appleton.

Jespersen, O. 1927. A *Modern English Grammar on Historical Principles, Part III*. Heidelberg: Carl Winter.

Marchand, H. 1951. "The Syntactical Change from Inflectional to Word Order System and Some Effects of this Change on the Relation 'Verb/Object' in English: A Diachronic-Synchronic Interpretation". *Anglia* 70, 70-89.

MED = Hans Kurath, Sherman M. Kuhn and Robert E. Lewis (eds.), *Middle English Dictionary*. Ann Arbor, MI: University of Michigan Press, 1952-2001.

Mitchell, B. 1985. *Old English Syntax, Volume I*. Oxford: Clarendon Press.

OED = James A. H. Murray, et al. (eds.), *The Oxford English Dictionary*. 2nd ed.. Oxford: Clarendon Press, 1989 (1933[1]).

Poutsma, H. 1928. *A Grammar of Late Modern English, Part I, First Half: The Sentence*.

Groningen: P. Noordhoff.
Visser, F. Th. 1963. *An Historical Syntax of the English Language, Part I.* Leiden: E. J. Brill.

植村良一. 1972-3.「"They robbed him of his money" 構造の起源とその発達 (1), (2)」『大阪教育大学紀要 第 I 部門』 21, 21-31; 22, 139-54.
中尾俊夫. 1972.『英語史 II 』(英語学大系, 9) 大修館書店.
福村虎治郎. 1965.『英語態 (Voice) の研究』北星堂.
松元浩一. 2001.「Shakespeare における奪取、分離、排除を表す二重目的語構文」 *The Kyushu Review* 6, 63-73.
――. 2003.「初期近代英語における奪取、分離、排除を表す二重目的語構文」『近代英語研究』 19, 45-53.

藤内　響子

シェイクスピアにおける動名詞の目的語について

I

　動名詞は、元来純粋な抽象名詞であり、名詞の統語的特徴を全て備えていた。従って、動名詞の意味上の目的語は OE 期には主に属格で表された。やがて ME 期になると、名詞的特徴を保持しながら、本来は動詞に属する性質、つまり動詞的性質を帯びるようになっていった。そのうちの1つが「前置詞の介在なしに直接通格の目的語をとることができる (e.g. In *following him*, I follow but myself ［Oth 1.1.58］)」性質である。動名詞の目的語の発達の歴史は、ME 期に最も普及した *of*-phrase による迂言的目的語と、動詞性を増すとともに力を伸ばしてきた直接目的語の競合の歴史である。Houston (1989, p. 178)、Nevalainen (2003, p. 65) 及び斎藤 (1997, pp. 85 & 109) によれば、直接目的語タイプが優勢になるのは、16世紀後半のことである。そこで、小論では、ちょうど問題の時代にあたるシェイクスピアの戯曲を調査対象に、後期 ME や、19世紀初頭のオースティンとも比較しながら、初期近代英語における動名詞の発達状況を観察してみたいと思う。尚、調査したのは、*The Riverside Shakespeare* 所収のシェイクスピアの全戯曲38作品であり、小論で用いる略称は Onions の *A Shakespeare Glossary* (1986) による。ただし、*The Two Noble Kinsmen* は *Glossary* に入っていないので、便宜上 TNK という略称を使用する。

II

　先に述べたように、動名詞の意味上の目的語は OE 期には主に属格で表された。後に ME 期になると、属格に相当する *of*-phrase でも表されるようになり、14 世紀からは、これに加えて通格の目的語もとるようになった。その結果、シェイクスピアの時代には次の 6 つのタイプが存在する。ただし、ここでいう「決定詞」は、名詞の adjunct という幅広い意味で用いている。

A ＝目的語属格＋動名詞 (e.g. But truly he is very courageous mad about *his throwing* into the water (Wiv 4.1.4-5))
B ＝目的語＋動名詞 (e.g. For *him attempting* who was self-subdued (Lr 2.2.122))
C ＝動名詞＋ of ＋目的語 (e.g. by *telling of it* (Tmp 1.2.100))
D ＝決定詞＋動名詞＋ of ＋目的語 (e.g.This comes too near *the praising of myself* (MV 3.4.22))
E ＝動名詞＋目的語 (e.g. I am sorry that by *hanging thee* I can But shorten thy life one week (WT 4.4.421-22))
F ＝決定詞＋動名詞＋目的語 (e.g. in *the acting it* (Rom 4.1.120))

A および B は、目的語が前置されているタイプであり、C、D、E、F は、目的語が後置されているタイプである。また、A、C、D は、名詞的な性質を強く示す型であり、E、F は、前置詞の介在なしに直接通格の目的語をとることができるという点で、動詞的性質を強く示しているということができる。B は、文脈によってどちらの性質も有する、いわば、中間型である。現代英語では、通常、このうちの D タイプと E タイプしか存在せず、特に of を介在させずに目的語を取る E タイプが圧倒的である。

　まず、シェイクスピアの作品における動名詞の目的語構造の分布状況を見てみると、表 1 のようになる。

表1

A	B	C	D	E	F	Total
12	39	52	100	486	50	739
(1.6%)	(5.3%)	(7.0%)	(13.5%)	(65.8%)	(6.8%)	(100%)

この表によると、Cの「動名詞＋of＋目的語」よりはDの「決定詞＋動名詞＋of＋目的語」、Fの「決定詞＋動名詞＋目的語」よりはEの「動名詞＋目的語」というように、今日最も一般的な型である、DとEの頻度が、シェイクスピアではすでに高くなっている。特にEの「動名詞＋目的語」の頻度が著しく高い。

以下、タイプ別に見てみることにする。動名詞の発達の歴史的な鍵はME期にあるが、ME期の動名詞に関しては、すでにTajima (1985)が総合的かつ詳細な分析・記述を行っている。各型の歴史的な記述は、このTajima (1985)を踏襲しながら話を進めることにする。

〈タイプA：目的語属格＋動名詞〉

このタイプは、動名詞の目的語として、OEからME初期までは一般的な型であったが、ME後期、特に1350年以降急速に衰退する。シェイクスピアでは、全739例中、わずか12例 (1.6%) であった。意味上の目的語を従える6つの動名詞構造の中でも、特に低い出現頻度である。以下、(1)–(3) でその中の3例を挙げる。

(1) If happily you my father do suspect
   An instrument of *this your calling back*,
   Lay not your blame on me: If you have lost him,
   [Why,] I have lost him too. (Oth 4.2.44–47)

(2) yet was his
   mother fair; there was good sport at *his making*, and
   the whoreson must be acknowledg'd. (Lr 1.1.22–24)

(3) Now then, we'll use
   His countenance for the battle, which being done,

> Let her who would be rid of him devise
> *His speedy taking off.* (Lr 5.1.62–65)

〈タイプ B：目的語＋動名詞〉

　このタイプ B も OE に起源を持つ構造で、目的語の部分を、無屈折の属格形と考えるか、それとも対格形と考えるかによって、動詞的とも名詞的ともとれる、いわば中間的な性質を持つ型である。OE の総合表現の名残だと考えられている。1300 年頃までは頻繁に用いられていたが、タイプ A 同様、ME 後期以降衰退する。シェイクスピアにおいては、全 739 例中 39 例 (5.3 %) であった。早くから衰退に向かった型としては、比較的多いように思われるかもしれないが、複合語と考えることが可能な例を数多く含んでいる。以下、(4) – (6) でその中の 3 例を挙げる。

(4) and he was ever precise in
promise-keeping. (MM 1.2.75–76)

(5) Has this fellow no feeling of his business, that he
sings at *grave-making*? (Ham 5.1.65–66)

(6) by my life,
She never knew *harm-doing* (H8 2.3.4–5)

特に、下の (7) (8) のような例は、それぞれ「熊いじめの見世物」「羊の毛刈り祭り」を表しており、シェイクスピア以前から、慣用的な複合語として用いられていたと思われる。

(7) I would I had bestow'd that time in the tongues that I have in fencing, dancing, and *bear-baiting* (TN 1.3.92–93)

(8) And bid us welcome to your *sheep-shearin*g, (WT 4.4.69)

従って、純粋な「目的語＋動名詞」型の使用頻度は表 1 の数値よりかなり低いと考える方が妥当であろう。

〈タイプ C：動名詞＋of＋目的語〉

　この型は ME を代表する形式である。13 世紀後半以降発達し始め、次のタイプ D (決定詞＋動名詞＋of＋目的語) と競合しながら、14 世紀後半にピークを迎えるが、その後徐々に衰退し、15 世紀後半にはタイプ D (決定詞＋動名詞＋of＋目的語) にトップの座を明け渡す。それからほぼ 100 年後のシェイクスピアでは、全 739 例中 52 例と全体の 7 ％を占めるに過ぎず、その急速な衰退ぶりがはっきり確認できる。以下、(9) – (11) でそのうちの 3 例を挙げる。

(9)　Thus men may grow wiser every day.
　　It is the first time that ever I heard *breaking of ribs*
　　was sport for ladies. (AYL 1.2.137–39)
(10) And, by the grace of God and this mine arm,
　　To prove him, in *defending of myself*, (R2 1.3.21–22)
(11) I am much too venturous
　　In *tempting of your patience* ; (H8 1.2.54–55)

〈タイプ D：決定詞＋動名詞＋of＋目的語〉

　初出は 12 世紀にさかのぼるが、頻繁に使用されるようになるのは 14 世紀以降である。タイプ C と競合を続け、15 世紀後半にトップの座に着くものの、ModE 期に入ると、通格の目的語を従えるタイプとの競合に敗れていく。シェイクスピアにおいては、全 739 例中 100 例がこの形式の用例であるが、これは全体の 13.5 ％に過ぎない。タイプ C と並んで、迂言的目的語を持つ形式の衰退ぶりが確認できる。
　このタイプの決定詞の部分に用いられる語は、(不) 定冠詞、属格主語、形容詞等いくつかの種類があるが、14 世紀の前半以降現代に至るまで、定冠詞 the が最も一般的である。シェイクスピアにおいても、the が最も多く用いられており、100 例中 84 例を占めている。決定詞の内訳は次のとおりである。定冠詞 *the* 84 例 (うち形容詞を伴うもの 10 例)、不定冠詞 *a* 3 例 (うち形容詞を伴うもの 2 例)、*this* 3 例、*no* 2 例、属格主語 3 例、形容詞 5 例。以下、(12) – (17) にそれぞれ 1 例づつ挙げる。

(12) We are amaz'd, and thus long have we stood
To watch *the fearful bending of thy knee*, (R2 3.3.72–73)

(13) And yet to be afeard of my deserving
Were but *a weak disabling of myself*. (MV 2.7.29–30)

(14) What do you mean by *this haunting of me*? (Oth 4.1.147)

(15) Thou hast *no feeling of it*, Moth. (LLL 3.1.114)

(16) And one thing more, that you be never so hardy to
come again in his affairs, unless it be to report *your
lord's taking of this*. Receive it so. (TN 2.2.9–11)

(17) But, O strange men!
That can such sweet use make of what they hate,
When *saucy trusting of the cozen'd thoughts*
Defiles the pitchy night; (AWW 4.4.21–24)

〈タイプ E：動名詞＋目的語〉

　これから述べるタイプ E、そして次に述べるタイプ F は、通格の目的語を従えることによって、A～F の 6 つのタイプの中でも特に強い動詞的性質を持つ。この「動名詞＋目的語」という直接目的語を従える構造は、Jespersen (1940, p. 116) によると 14 世紀に始まる。出現の背景として、現在分詞と動名詞が形態上は同一であるということや、フランス語からの影響を挙げている。Visser (1966, § 1123) もまた、それは目的語を伴った分詞からの類推によるものだと説いている。Tajima (1985, p. 74) は、Jespersen の初出例よりも約一世紀さかのぼる 1300 年頃にその例を見つけることができるものの、その後 100 年間は極めてまれである。が、15 世紀に入ると徐々に増加し、ME 後期の 15 世紀半ばには、まだ一般的な型とまでは言えなくても、その後の時代においてはこの型が他をしのぐであろうことが充分に予測されうる状況になっている、と述べている。

　それより一世紀後のシェイクスピアでは、その予測どおり、この型は全 739 例中 486 例を数える。つまり全体の 65.8％を占めており、圧倒的

に優位である。ここでは (18) (19) に、特に動詞性の強い例を挙げてみる。最初の例 (18) は、目的格補語と副詞を伴っている例であり、2つ目の例 (19) は、動名詞が完了形を取っており、更に副詞も伴っている例である。他にも、目的格補語、または副詞的付加語を共に取っているものが数多く見られ、この構造がすでに現代の用法とほぼ同じ程度に達していたことがわかる。

(18) For *making him egregiously an ass*
And *practising upon his peace and quiet*
Even to madness. (Oth 2.1.309–11)

(19) Triumphantly tread on thy country's ruin,
And bear the palm for *having bravely shed*
Thy wife and children's blood. (Cor 5.3.116–18)

〈タイプ F：決定詞＋動名詞＋目的語〉

このタイプは前置詞の介在なしに目的語を取るという点では動詞的であるが、一方、the 等の決定詞が先行するという点では名詞的であるという、両方の性質を備えている。Onions (1971, p. 122) は、この構造は初期近代英語の特徴であると述べているが、今日では、決定詞が所有代名詞である場合以外は極めてまれである。

シェイクスピアにおいては 50 例を見つけることができた。全体の 6.8 % である。決定詞として the をとるものが最も多く 27 例 (うち形容詞も伴うもの 2 例) を数えた。その他の決定詞としては、*this* (2 例)、*that* (1 例)、*no* (4 例)、形容詞 (6 例)、属格主語 (10 例) (うち形容詞も伴うもの 2 例) が挙げられる。Jespersen (1940, § 9.3.3) は、この構造は特に *no* の後で頻繁に見られると述べている。シェイクスピアには 4 例見られたが、すべて「There is no doing ＋目的語」という慣用表現である。以下、(20) – (25) にそれぞれ 1 例づつ挙げる。

(20) God send you, sir, a speedy infirmity, for *the better increasing your folly*! (TN 1.5.78–79)

(21) *This making Christians* will
raise the price of hogs: (MV 3.5.23–24)
(22) *That wishing well* had not a body in't, (AWW 1.1.181)
(23) There is *no following her* in this fierce vein. (MND 3.2.82)
(24) Here's a knocking indeed! If a man were
porter of Hell Gate, he should have *old turning the
key*. (Mac 2.3.1–3)
(25) To plague thee for *thy foul misleading me*. (3H6 5.1.97)

Ⅲ

次に、動名詞の目的語の各型の分布状況に関して、シェイクスピアの用例を通時的な観点から考察してみたいと思う。次の表2は、Tajima (1985, p. 39) に見られる1450–1500年のデータと、筆者のシェイクスピアのデータ、更に1800年前後のオースティンを調査した末松 (2004, p. 142) のデータをパーセント表示したものである。

表2

	A	B	C	D	E	F	Total
1450–1500	4.4	6.1	33.5	35.4	19.6	1.0	100%
Shakespeare	1.6	5.3	7.0	13.5	65.8	6.8	100%
Austen	0	0	0	0.5	82.8	16.7	100%

まず、15世紀後半と比べると、シェイクスピアにおいては、Cの「動名詞 + of + 目的語」タイプとDの「決定詞 + 動名詞 + of + 目的語」タイプ、特にCの「動名詞 + of + 目的語」タイプが大幅に減少し、その分Eの「動名詞 + 目的語」及びFの「決定詞 + 動名詞 + 目的語」タイプが著しく増加している。それを実際の数字で見てみると、1450–1500年においては、前置詞 *of* を伴う迂言的目的語 (つまりC + D) の割合が全体の68.9%であるのに対して、直接目的語をとるもの (つまりE + F) は20.6%である。ところが、シェイクスピアでは前者が20.5%、後者が72.6%となっている。つまり、15世紀後半からシェイクスピアまでの約

100年間に、*of*-phrase による迂言的目的語と直接目的語の立場が全く逆転している。

　次に、19世紀初頭のジェイン・オースティンの用法とシェイクスピアを比較してみると、オースティンでは、*of*-phrase による迂言的目的語は、全体のわずか 0.5％にまで減少し、直接目的語が 99.5％を占めるまでになっている。まさに、「Austen の動名詞は極めて動詞性が強く、現代英語同様、もっぱら前置詞の介在なしに目的語を従える構造が規則的であることがわかる」(末松 2004, p. 142) のである。オースティンにおいては、E タイプと並んで F タイプも比較的増加しているように思われるが、末松 (2004, p. 143) は「F タイプの全用例中 96.4％は決定詞が人称代名詞の所有格 (及び名詞の属格形) の場合と「there is no doing ＋目的語」という慣用表現であり、これらは今日でもごく一般的な構文である。」と述べている。オースティンでは、完全に今日の英語と同じ状況に達していたということであろう。

　しかしながら、シェイクスピアの時代は、オースティンより約 200 年も前である。まだまだ過渡期であるため、統語的な揺れが比較的多く見られる。例えば、次の (26) – (28) では、*of*-phrase による迂言的目的語と直接目的語 (それぞれ、of old suck と thee、of a king と the strong warrant、it と of it) が同一文中に並置されている。

(26) Thou art so fat-witted with *drinking of old sack,* and *unbuttoning thee* after supper (1H4 1.2.2–3)

(27) There shouldst thou find one heinous article,
    Containing *the deposing of a king,*
    And *cracking the strong warrant of an oath,*
    Mark'd with a blot, damn'd in the book of heaven. (R2 4.1.233–36)

(28) I do confess much of *the hearing it,* but little of *the marking of it.* (LLL 1.1.285–286)

このような例は、他にも 2 例 (1H4 2.1.50–51 及び Aww 4.3.251–53) 見られた。

また、現代英語では、*of*-phrase の迂言的目的語をとるタイプは、名詞性が強いので、形容詞的修飾語句は取り得るが、副詞的修飾語句を取ることは通常ない。直接目的語をとるタイプはその逆である。ところが、シェイクスピアでは状況は異なり、両方とも可能である。下の (29) と (30) は、*of*-phrase による迂言的目的語を取りながら副詞的修飾語句を取っている例、(31) と (32) は、直接目的語を従えながら形容詞的修飾語句を取っている例である。

(29) Yet here she is allow'd her virgin crants,
　　 Her maiden strewments and *the bringing* <u>home</u>
　　 Of bell and burial. (Ham 5.1.232–34)

(30) What merit's in that reason which denies
　　 The yielding of her <u>up</u>? (Tro 2.2.24–25)

(31) Here's a knocking indeed! If a
　　 man were porter of hell-gate, he should have
　　 <u>old</u> *turning the key*. (Mac 2.3.1–3)

(32) Fair daughter, you do draw my spirits from me
　　 With <u>new</u> *lamenting ancient oversights*, (2H4 2.3.46–47)

Ⅳ

　以上、シェイクスピアの全戯曲に見られる動名詞の目的語構造を分析・記述してきた。1600 年前後のシェイクスピアにおいては、直接目的語の割合が of を伴う目的語の割合よりはるかに高い数値を示しており、15 世紀後半からシェイクスピアまでの約 100 年間に、*of*-phrase による迂言的目的語と直接目的語の立場が全く逆転していることを示した。動名詞が直接に目的語を従える構造が優勢になるのは 16 世紀後半であるという Houston (1989, pp. 177–78) らの指摘は、シェイクスピアにも充分に当てはまる事が分かった。また、シェイクスピアの動名詞は、充分に強い動詞性を示す例も数多く見受けられるが、現代と比べると用法は揺れており、依然として過渡期の様相を呈している例も少なくない。シェイ

クスピア以前の 16 世紀英語を詳しく調査すれば、直接目的語をとるタイプ (つまり「動名詞＋目的語」+「決定詞＋動名詞＋目的語」) が 2 割程度から 7 割を超える程度にまで激増し、*of*-phrase による迂言的目的語と直接目的語の立場が全く逆転する過程が明らかになると思われる。それは、今後の課題としたい。

参考文献 (本文中言及したもののみ)

Evans, G. B., ed. 1974. *The Riverside Shakespeare*. Boston: Houghton Mifflin Company.
Houston, Ann. 1989. "The English Gerund: Syntactic Change and Discourse Function". *Language Change and Vriation*, ed. Ralph Fasold and Deborah Schiffrin (Amsterdam/Philadelphia: John Benjamins), pp. 173-96.
Jespersen, Otto. 1940. *A Modern English Grammar on Historical Principles*. Part V. Copenhagen: Ejnar Munksgaad.
Navalainen, T. & H. Raumolin-Brunberg. 2003. *Historical Sociolinguistics: Language Change in Tudor and Stuart England*. London: Longman.
Onions, C. T. 1971. *Modern English Syntax*. (New ed. of *An Advanced English Syntax* prepared from the auther's materials by B. D. H. Miller.) London: Routledge and Kegan Paul.
———. 1986. *A Shakespeare Glossary*. Oxford: Oxford University Press.
Tajima, Matsuji. 1985. *The Syntactic Development of the Gerund in Middle English*. Tokyo: Nan'un-do.
Visser, F. Th. 1966. *An Historical Syntax of the English Language*. Part II. Leiden: E. J. Brill.

齊藤俊雄. 1997. 『英語史研究の軌跡―フィロロジー的研究からコーパス言語学的研究へ』 英宝社.
末松信子. 2004. 『ジェイン・オースティンの英語―その歴史・社会言語学的研究』 開文社出版.

末 松 信 子

18世紀英語における変移動詞の完了形

I

　現代英語において、完了形は通常 'have + Past Participle (以下、PP)' 構造で表される。しかし OE や ME、更には初期 ModE でも、自動詞、とりわけ come, go, arrive, fall 等の変移動詞 (mutative verbs) は be と結合して完了形をつくるのが一般的であった。変移動詞が 'be + PP' 構造から 'have + PP' 構造に大きく移行したのは19世紀初めである。

　Rydén & Brorström (1987) は、1700年から1900年の間に書かれた手紙と喜劇を資料として、自動詞の完了構造を調査し、助動詞の be から have への移行を跡づけた。また、Kytö (1994 & 1997) は、Helsinki Corpus 及び The Century of Prose Corpus, The ARCHER Corpus に基づき、初期近代英語から現代英語まで約650年にわたる be と have の変遷を辿っている。しかし、各時代ごとのデータは限られており、be から have 移行への過渡期として最も重要な18世紀の調査資料も十分とは言えない。そこで、小論では、その18世紀に関して、新たな資料に基づき、変移動詞の完了形の実態を観察したいと思う。なお、ここでいう完了形とは、定動詞の完了形だけではなく、準動詞の完了分詞 (e.g. being/having gone ...)、完了動名詞 (e.g. after being/having gone ...)、完了不定詞 (e.g. to be/have gone ...) も含めての形式である。今回調査したテキストは18世紀前半と後半それぞれ10冊ずつ、計20冊である。詳細については小論末尾に挙げる。引用にあたっては作者名と頁数 (戯曲の場合は幕・場・

行) を示す。

II

　本題に入る前に、完了形の歴史を簡単に見てみよう。他動詞は、OE から現代英語に至るまで、'have + PP' 構造で完了形を表す。be と have が競合するのは自動詞のみである。be は特に変移動詞と共に用いられた。その変移動詞の場合、OE から 'be + PP' 構造 (þa he þærto *gefaren wæs* [Kisbye]) と 'have + PP' 構造 (þa Moises *hæfde gefaren* ofer þa readan sæ [Kisbye]) の両方が見られ、ME、さらには初期 ModE にいたっても、'be + PP' が 'have + PP' よりも優勢であった (cf. Rydén & Brorström 1987, pp. 16-17; Fridén 1948, p. 116)。

　17 世紀後半の Dryden でもその状況は変わらない (cf. Söderlind 1951, p. 48)。Rydén & Brorström (1987, pp. 18, 195-96) によれば、18 世紀初めにおいてもまだ be が好まれていたが、19 世紀初頭には have が好まれるようになる。すなわち、18 世紀には be : have の割合が 3 : 1 であったのが、19 世紀には 1 : 3 に逆転しているという。ちなみに、19 世紀初頭の Austen では、be : have の割合はおよそ 2 : 3 である (末松 2004, pp. 13-14 参照)。have が用いられるようになったのは、他の動詞の完了構造との類推によるものであろうが、動詞によっては、例えば *pass, steal* のように、自動詞と他動詞の両方に使われるため、完了の機能と、受動態の機能を分離する必要があったからと考えられる (小野・伊藤 1993, p. 119 参照)。

　今日では、'have + PP' 構造がすべての動詞で規則的である。ただし 'be + PP' 構造が完全に消えてしまったわけではなく、一部の動詞の場合、今でも be と have の両方が用いられる。Rydén & Brorström (1987, p. 211) はそのような例として *change, flee, go, recover, set, turn* といった動詞を挙げている。

　また、'be + PP' 構造と 'have + PP' 構造が組み合わされた 'have + been + PP' という構造もある。Rydén & Brorström (1987, p. 25) は、'have + been + PP' を用いるのは、'be + PP' よりも結果を強調するため

であると言う。Visser (1973, §2162) によれば、この用法は OE, ME, ModE を通して珍しくはないが、今日では 'have + been + PP' 構造をとる動詞は go にほぼ限られるという。

以上のことを踏まえて、18世紀英語における完了形の用法を見てゆく。

Ⅲ

小論では、先行研究等を参考にして、主な変移動詞として、*arise, arrive, become, come, elapse, enter, escape, fall, flee, fly, get, go, grow, happen, pass, return, rise, run, set, turn, walk* の 21 語を取り上げ、その生起状況を調査する。*alter, change, improve, recover* も一般的な変移動詞としてよく取り上げられるが、自動詞か他動詞かの区別がつかない例も多い。従って今回は調査対象から外すことにした。

まず、動詞の種類に関係なく、'be + PP' 構造と 'have + PP' 構造の頻度を比較してみる。

	'be + PP' 型	'have + PP' 型
18世紀前半	688 (52.0 %)	635 (48.0 %)
18世紀後半	396 (47.5 %)	437 (52.5 %)
計	1084 (50.3 %)	1072 (49.7 %)

18世紀全体では、'be + PP' 型は 1084 例 (50.3 %)、'have + PP' 型は 1072 例 (49.7 %) で、be と have の出現頻度はほぼ同じである。前半と後半で分けてみると、前半は 'be + PP' 型は 688 例 (52.0 %)、'have + PP' 型は 635 例 (48.0 %) で be の方がやや優勢である。しかし、18世紀後半では 'be + PP' 型は 396 例 (47.5 %)、'have + PP' 型は 437 例 (52.5 %) と have が逆転している。Rydén & Brorström (1987, p.232) によれば、18世紀前半では be が 81.6 %、have が 18.4 %と be が圧倒的に多く、18世紀後半でも be が 67.1 %、have が 32.9 %とやはり be が優勢であるという。手許のデータと比べると、前半、後半ともに be の割合がかなり高い。

18世紀英語における変移動詞の完了形

この差異は、Rydén & Brorström が手紙、戯曲という口語的な資料を調査対象としているのに対し、手許の資料は大半が小説、エッセイという文語的なものである、という文体上の違いによるものであろう。(この点については再度ふれる。) Kytö (1994, p. 185) も、手紙ではフィクションよりも be が用いられる割合が高いと述べている。

Rydén & Brorström (1987, pp. 234-65) は、特に 21 の動詞を取り上げて、作家別の用例数を挙げている。(ただし arise と rise は /a/rise に、fly と flee は fly/flee に一括している。) そのうち、18 の動詞 (arise, arrive, become, come, elapse, enter, escape, fall, flee, fly, get, go, grow, pass, return, rise, run, turn) が、小論で調査した動詞と重なっているので、それら 18 の動詞について両者を比較してみると、次のようになる。

18世紀前半	'be + PP' 型	'have + PP' 型
Rydén & Brorström	838 (81.0 %)	197 (19.0 %)
末松	685 (58.1 %)	494 (41.9 %)

18世紀後半	'be + PP' 型	'have + PP' 型
Rydén & Brorström	653 (68.7 %)	298 (31.3 %)
末松	393 (50.4 %)	386 (49.6 %)

18世紀全体	'be + PP' 型	'have + PP' 型
Rydén & Brorström	1491 (75.1 %)	495 (24.9 %)
末松	1081 (55.2 %)	865 (44.8 %)

これら 18 の動詞に関する限り、手許のデータでも、18 世紀の前半、後半ともに be の方がやや優勢であるが、Rydén & Brorström (1987, pp. 234-65) と比べると、かなり低く、その分逆に have の割合がかなり高い。上述したように、両者の調査資料の違いによるものであろう。

手許のデータ全体を、手紙、戯曲、小説、エッセイというジャンル別に分けて見てみると、次のようになる。

	'be + PP' 型	'have + PP' 型
手紙	220 (72.4 %)	83 (27.4 %)
戯曲	54 (60.7 %)	35 (39.3 %)
小説	775 (46.1 %)	907 (53.9 %)
エッセイ	35 (42.7 %)	47 (57.3 %)
計	1084 (50.3 %)	1072 (49.7 %)

手紙では 'be + PP' 型がかなり多く、戯曲でも 'be + PP' 型が優勢である。それに比べて、小説、エッセイでは 'have + PP' 型が優勢となっている。用例数が異なるため一概に比較することは出来ないが、Kytö (1994, p. 185) が述べるように、確かに手紙ではフィクションよりも be が用いられる割合が高く、フィクションでは、戯曲、小説、エッセイの順に be の割合が高いことがわかる。

手紙と戯曲を合わせると、'be + PP' 型は 274 例 (69.9 %)、'have + PP' 型は 118 例 (30.1 %) である。小説、エッセイを含めた 18 世紀全体のデータ (be 50.3 %、have 49.7 %) よりも be の割合がかなり高くなり、Rydén & Brorström (1987, p. 232) の結果 (be 74.3 %、have 25.7 %) に近くなる。口語的文体の方が、文語的文体よりも be の割合が高いと言える。(ただし、小論のデータは、2 人 (Pope, Gray) の書簡と、4 つの戯曲に基づくものであり、個々の作家の好みに影響されていることも考えられる。)

次に、動詞別に見てみよう。まず、動詞ごとに be と have の用例数を、be の割合が高い順に挙げる。

	'be + PP' 型	'have + PP' 型
grow	80 (88.9 %)	10 (11.1 %)
elapse	6 (85.7 %)	1 (14.3 %)
return	60 (83.3 %)	12 (16.7 %)
arrive	71 (78.0 %)	20 (22.0 %)
become	102 (76.1 %)	32 (23.9 %)

go	373 (65.8 %)	194 (34.2 %)
come	215 (62.9 %)	127 (37.1 %)
flee	5 (38.5 %)	8 (61.5 %)
turn	9 (37.5 %)	15 (62.5 %)
fly	4 (36.4 %)	7 (63.7 %)
get	70 (36.3 %)	123 (63.7 %)
enter	9 (34.6 %)	17 (65.4 %)
rise	6 (30.0 %)	14 (70.0 %)
pass	40 (21.6 %)	145 (78.4 %)
fall	20 (20.6 %)	77 (79.4 %)
set	4 (19.0 %)	17 (81.0 %)
run	7 (14.9 %)	40 (85.1 %)
walk	2 (8.3 %)	22 (91.7 %)
escape	1 (3.8 %)	25 (96.2 %)
arise	0 (0 %)	13 (100 %)
happen	0 (0 %)	153 (100 %)
計	1084 (50.3 %)	1072 (49.7 %)

21 の動詞のうち、用例数の多少は別として、*be* のみが見られる動詞はない。*be* と *have* の両方が見られる動詞は、*be* の割合が高い順に *grow, elapse, return, arrive, become, go, come, flee, turn, fly, get, enter, rise, pass, fall, set, run, walk, escape* の 19 語、*have* のみが見られる動詞は *arise, happen* の 2 語である。以下、それぞれの動詞の完了構造を観察するが、上述したように、*be* のみが見られる動詞はない。従って、*be* と *have* の両方が見られる動詞、*have* のみが見られる動詞の順に見てゆく。

3.1. 'be + PP' 構造と 'have + PP' 構造

21 の変移動詞のうち、*be*, *have* の両方と結合して完了形をつくる動詞は 19 語である。そのうち、*be* が優勢な動詞は 7 語、*have* が優勢な動詞は 12 語である。

3.1.1. *be* の方が優勢な動詞 7 語を、*be* の頻度が高い順に示すと次のようになる。

	'be + PP' 型	'have + PP' 型	計
grow	80 (88.9 %)	10 (11.1 %)	90
elapse	6 (85.7 %)	1 (14.3 %)	7
return	60 (83.3 %)	12 (16.7 %)	72
arrive	71 (78.0 %)	20 (22.0 %)	91
become	102 (76.1 %)	32 (23.9 %)	134
go	373 (65.8 %)	194 (34.2 %)	567
come	215 (62.9 %)	127 (37.1 %)	342

Rydén & Brorström (1987, *passim*) によると、18 世紀には、上記 7 つのうち *elapse* を除く 6 つの動詞において 'be + PP' 構造が優勢であった。*elapse* は、*be* 3 例、*have* 6 例で *have* が優勢である。しかし 19 世紀になると、いずれの動詞でも 'have + PP' 構造に取って代わられるという。手許のデータでは、*elapse* も依然として *be* が多い。そして *elapse* だけは用例数が少ないが、他の動詞はいずれもよく用いられる動詞である。これらの頻出動詞の場合、18 世紀でも古い 'be + PP' 構造が用いられる傾向が強かったと言える。以下に、*be* と *have* の例を数例ずつ挙げる。

(1) Mr. *Thomas is return'd* from you, my dear Father, with the good News of your Health, and continuing your Journey to my dear Mother, where I hope to hear soon you *are arriv'd*. (Richardson, p. 330)

(2) Some months *were elapsed* in this manner, till at last it was thought convenient to fix a day for the nuptials of the young couple, who seemed earnestly to desire it. (Goldsmith, p. 15)

(3) it must *have grown* up by little, I suppose, to it's present size. (Sterne, p. 388)

(4) 'I am afraid, Miss Western, my family hath been the occasion of giving

you some uneasiness; to which, I fear, I *have* innocently *become* more instrumental than I intended.'   (Fielding, pp. 842-43)

3.1.2. *be* と *have* の両方が見られる変移動詞 19 語のうち、'have + PP' 構造が優勢な動詞は 12 語である。'be + PP' 構造の頻度が高い順に示したのが下の表である。

	'be + PP' 型	'have + PP' 型	計
flee	5 (38.5 %)	8 (61.5 %)	13
turn	9 (37.5 %)	15 (62.5 %)	24
fly	4 (36.4 %)	7 (63.7 %)	11
get	70 (36.3 %)	123 (63.7 %)	193
enter	9 (34.6 %)	17 (65.4 %)	26
rise	6 (30.0 %)	14 (70.0 %)	20
pass	40 (21.6 %)	145 (78.4 %)	185
fall	20 (20.6 %)	77 (79.4 %)	97
set	4 (19.0 %)	17 (81.0 %)	21
run	7 (14.9 %)	40 (85.1 %)	47
walk	2 (8.3 %)	22 (91.7 %)	24
escape	1 (3.8 %)	25 (96.2 %)	26

いずれの動詞でも 'have + PP' 型が優勢もしくは圧倒的である。Rydén & Brorström (1987, *passim*) によれば、*flee, turn, fly, get, enter* は、18 世紀には *be* がかなり優勢であり、19 世紀になって *have* が圧倒的に多くなるという。しかし、手許のデータでは、すでに 60 % 以上が *have* と共起している。また、Rydén & Brorström (1987) は、*fall, run* は 18 世紀には両者が拮抗しているというが、手許のデータでは *have* が圧倒的である。*rise, pass, walk, escape* は、Rydén & Brorström (1987) も 18 世紀にすでに *have* がかなり優勢もしくは支配的であると述べており、手許のデータでも *have* が圧倒的に多い。

また、*set* について、Rydén & Brorström (1987, pp. 163-66) は、副詞を

伴うか伴わないか、副詞を伴う場合は、副詞の種類別に用例数を挙げている。そして、18世紀の資料には副詞を伴わずに単独で用いられた例はなく、19世紀に *be* と *have* がそれぞれ1例ずつ見られるだけであるという。副詞を伴う場合、'set forward/off/out' は18世紀には *be* がやや優勢であったのが、19世紀には *have* しか見られなくなり、'set in' は18世紀にすでに *have* が圧倒的である。また、'set about' は18世紀には例が見られず、19世紀に *be* が1例、*have* が2例見られると述べている。手許のデータ (*be* 4例、*have* 17例) では、単独で用いられたのは次の (5) の *be* の例のみである。

(5) The sun *was set* — they had done their work.　(Sterne, p. 430)

他は、下例 (6) のように *at* を伴う *be* が1例、(7), (8) のように *out* を伴う例が *be* 2例、*have* 14例、(9), (10), (11) のように *forth, off, on* を伴う *have* がそれぞれ1例ずつ見られた。

(6) Five Hundred Carpenters and Engineers *were* immediately *set at* work to prepare the greatest Engine they had.　(Swift, p. 13)

(7) The two ladies having heard reports of us from some malicious person about us, *were* that day *set out* for London.　(Goldsmith, p. 71)

(8) When Jones, therefore, arrived there, he was informed that the coach-and-six *had set out* two hours before.　(Fielding, p. 588)

(9) I *have set forth*, on this long and painful Pilgrimage, without a good Coat to my back, Gloves to my hands, or entire Shooes to my feet.　(Pope, p. 418)

(10) Had this volume been a farce, which, unless every one's life and opinions are to be looked upon as a farce as well as mine, I see no reason to suppose — the last chapter, Sir, had finished the first act of it, and then this chapter must *have set off* thus.　(Sterne, p. 297)

(11) I *have set on*'t — And when I'm set on't I must do't.　(Congreve, V.i.687-88)

Rydén & Brorström (1987, pp. 134-40) は、*pass* に関して、'move'、'happen/take place'、'elapse'、'come to an end/be over' の意味で分けて論じている。そして *be* と結合するのは 'be over' の意味の場合に多く、過去分詞は形容詞的性質を有していると言う。明確に意味を区別するのは難しいが、手許の資料では、*be* と共起する例のほとんどが、下例 (12)、(13) のように 'elapse'、'come to an end/be over' の意味で用いられており、形容詞的性質を持っていると言える。

(12) Thou wilt know ere many minutes *are pass'd*, said the cruel prince.　(Walpole, p. 37)

(13) Now that the danger *was past*, I was very well pleased with what had happened, which I did not doubt, would soon become known, and consequently dignify my character not a little in this place.　(Smollett, p. 431)

また、Rydén & Brorström (1987, pp. 97-103) は、*get* に関して、下例 (14)、(15) のような 'come, go' の意味の *get* と、(16)、(17) のような 'become' の意味の *get* で分けて論じている。

(14) Susan answered, 'That the Irish gentlemen *were got* into the Wild-goose?'　(Fielding, p. 464)

(15) she is escaping by the subterraneous passage, but she cannot *have got* far.　(Walpole, p. 30)

(16) Mr. *Williams*, Mrs. *Jewkes*, and I, have been all three walking together in the Garden; and she pull'd out her Key, and we walk'd a little in the Pasture to look at the Bull, an ugly, grim, surly Creature, that hurt the poor Cook-maid, who *is got* pretty well again.　(Richardson, p. 148)

(17) I hope they *have got* better of their colds, coughs, claps, tooth-aches,

fevers, stranguries, sciaticas, swellings, and sore-eyes. (Sterne, p. 436)

手許の *get* を 'come, go' と 'become' の意味で分けてみると、次のような結果が得られた。

	'be + PP' 型	'have + PP' 型	計
get 'come, go'	65 (38.5 %)	104 (61.5 %)	169
get 'become'	5 (20.8 %)	19 (79.2 %)	24

'come, go' の意味の *get* は、Rydén & Brorström (1987, pp. 97-101) では、18世紀には *be* が 146 例中 93 例 (63.7 %) 用いられ、*have* よりも優勢である。しかし 19 世紀には *be* は 214 例中 11 例 (5.1 %) しか用いられず、*have* が支配的になっている。手許のデータでは、*be* と *have* の割合は 65 例 (38.5 %) 対 104 例 (61.5 %) で *have* の方が優勢である。また、'become' の意味の *get* は、Rydén & Brorström (1987, pp. 101-02) によれば、18 世紀には *be* と *have* の用例はそれぞれ 16 例ずつで、すでに両者の割合は等しくなり、19 世紀になると *have* が 42 例中 39 例 (92.9 %) で圧倒的に多くなっている。手許のデータでは、*be* と *have* の割合は 5 例 (20.8 %) 対 19 例 (79.2 %) で *have* が圧倒的に多い。'come, go' の意味の *get* の方が、'become' の意味の *get* よりも *be* と結合する割合が若干高い。この傾向は Rydén & Brorström (1987) の結果と同じであるが、*be* の頻度に差がある。この差異は、§3.0 で述べたように両者の調査資料の違いによるものであろう。

3.2. 'have + PP' 構造

今回調査した 21 の変移動詞のうち、*have* とのみ結合して完了形をつくる動詞は *arise, happen* の 2 語だけである。Rydén & Brorström (1987, pp. 41-43, 121) によると、どちらも 18 世紀にすでに 'have + PP' 構造が一般的であったという。手許の資料でも *arise* 13 例、*happen* 153 例ともに *have* の例しか見られず、'have + PP' 構造へ完全に移行している。それぞれ 1 例ずつ挙げる。

(18) This debate *had arisen*, as we have there shown, from a visit which her father had just before made her, in order to force her consent to a marriage with Blifil;   (Fielding, p. 481)

(19) Think of all that *has happened* today, and tell me if there are no misfortunes but what love causes.   (Walpole, p. 44)

3.3.　'have + been + PP' 構造

　Visser (1973, §2162) によれば、変移動詞の 'have + been + PP' 構造は OE より用いられている。Rydén & Brorström (1987, p. 25) によれば、1700-1900 年の資料では、17 の動詞 (*advance, arrive, come, expire, freeze, go, grow, improve, increase, land, melt, miscarry, pass, recover, return, sink, subside*) にこの用法が見られる。このうち 13 の動詞 (*advance, arrive, freeze, go, grow, improve, increase, land, miscarry, pass, recover, return, subside*) は 19 世紀にも用例が見られるという。しかし、今日では 'have + been + PP' 構造を取る動詞は *go* にほぼ限られている (cf. Visser 1973, § 2162)。手許の資料では、*come* (1 例), *go* (12 例), *pass* (1 例), *return* (2 例) の 4 語のみが 'have + been + PP' 構造を取っている。書簡・戯曲に基づく Rydén & Brorström (1987, p. 25) の調査と比較すると、小説を主とする小論の資料では 'have + been + PP' 構造を取る動詞の数が格段に少ない。また、Rydén & Brorström (1987, p. 25) は、この用法は時を表す修飾語を伴うのが一般的であると言う。手許のデータでも、*come, go, return* は、下例 (20), (21), (22) に示すようにすべて時を表す副詞 (句) を伴っている。

(20) but she is gone home to you! How long *have* you *been come* from home?   (Richardson, p. 94)

(21) They *had not been gone* half an hour, when a woman without any ceremony, opened the door of the room where we sat ...   (Smollett, p. 433)

(22) After I *had been* two or three Days *return'd* to my Castle, I thought that, in order to bring *Friday* off from his horrid way of feeding, and from the

Relish of a Cannibal's Stomach, I ought to let him taste other Flesh. (Defoe, p. 146)

pass は次に示すように時を表す副詞 (句) を伴っていないが、この場合、*past* は形容詞的過去分詞であり、他の 'have + been + PP' 構造とは性質が異なると考えられる。

(23) I thought the bitterness of death *had been past*, and that this would be nothing like the first. (Defoe, p. 8)

Ⅳ

　以上、18世紀における変移動詞の完了構造を見てきた。'be + PP' 構造が 'have + PP' 構造に大きく移行しつつあったと考えられる18世紀に関する小論の調査結果は、18世紀全体では、*be* と *have* の割合はほぼ同じであったことを示している。前半と後半で分けてみると、前半は 'be + PP' 型がやや優勢であるが、後半になると 'have + PP' 型が逆転して、やや優勢となっている。手紙、戯曲という口語的な資料に基づく Rydén & Brorström (1987) のデータと比べると、小説を主とする小論のデータでは前半、後半ともに *have* の割合がかなり高い。逆に手紙や戯曲においては Rydén & Brorström (1987) らのデータ同様、'be + PP' 型の割合が高かった。*be* と *have* の選択に関しては、文体も大きく関係しているように思われる。

　動詞ごとに見てみると、小論で取り上げた21の変移動詞のうち *be* とだけ結合する動詞はない。*be* と *have* の両方をとるもので、*be* が優勢なのは *be* の割合が高い順に *grow, elapse, return, arrive, become, go, come* の7つの動詞、*flee, turn, fly, get, enter, rise* では *have* が優勢で、*pass, fall, set, run, walk, escape* では *have* が圧倒的である。そして、残る *arise, happen* の2つの動詞は *have* とのみ結合する。*pass* は、*be* と共起する例のほとんどが 'elapse', 'be over' の意味で用いられており、形容詞的性質を持っている。*get* は、'come, go' の意味の方が 'become' の意味に比べ *be* と結

合する割合が若干高い。

　OE より見られる 'have + been + PP' 構造は、今日では *go* にほぼ限られており、かつ時を表す修飾語を伴って用いられるが、手許のデータでは *come, go, pass, return* の 4 語にこの構造が見られる。*come, go, return* の例は、すべて時を表す副詞 (句) を伴っている。*pass* の場合、時を表す修飾語を伴っていないが、*past* は形容詞的過去分詞であり、他とは性質が異なると考えられる。

参考文献
〈第一次資料〉

Congreve (1700) = William Congreve, *The Way of the World: a Comedy*. In: *Restoration Drama: An Anthology*. Oxford: Blackwell, 2000.

Berkeley (1710) = George Berkeley, *A Treatise concerning the Principles of Human Knowledge*. Oxford: Clarendon Press, 1891.

Spectator (1711-12) = Joseph Addison & Richard Steele, *The Spectator* (selections: No. 58, 59, 60, 62, 411-21). London: Routledge, 1891.

Defoe (1719) = Daniel Defoe, *Robinson Crusoe*. (Oxford World's Classics.) Oxford: Oxford University Press, 1999.

Swift (1726) = Jonathan Swift, *Gulliver's Travels*. (Oxford World's Classics.) Oxford: Oxford University Press, 1999.

Gay (1728) = John Gay, *The Beggar's Opera*. London: Penguin Books, 1986.

Pope (1729-35) = Alexander Pope, *The Correspondence of Alexander Pope*, Vol. 3. Oxford: Clarendon, 1956.

Richardson (1740) = Samuel Richardson, *Pamela*. (Oxford World's Classics.) Oxford: Oxford University Press, 2001.

Smollett (1748) = Tobias George Smollett, *The Adventures of Roderick Random*. (Oxford World's Classics.) Oxford: Oxford University Press, 1999.

Fielding (1749) = Henry Fielding, *Tom Jones*. (Oxford World's Classics.) Oxford: Oxford University Press, 1998.

Gray (1756-65) = Thomas Gray, *Correspondence of Thomas Gray*, Vol. II. *1756-65*. Oxford: Clarendon Press, 1971.

Sterne (1760-67) = Laurence Sterne, *The Life and Opinions of Tristram Shandy, Gentleman*. (Oxford World's Classics.) Oxford: Oxford University Press, 1998.

Walpole (1764) = Horace Walpole, *The Castle of Otranto*. (Oxford World's Classics.) Oxford: Oxford University Press, 1998.

Goldsmith (1766) = Oliver Goldsmith, *The Vicar of Wakefield*. (Oxford World's Classics.) Oxford: Oxford University Press, 1999.

Johnson (1775) = Samuel Johnson, *A Journey to the Western Islands of Scotland*. In: *The Major Works including Rasselas*. (Oxford World's Classics.) Oxford: Oxford University

Press, 2000.
Cowley (1776) = Hannah Cowley, *The Runaway*. In: *The Plays of Hannah Cowley*. New York: Garland, 1974.
Sheridan (Acted 1777/Dublin 1780) = Richard Brinsley Sheridan, *The School for Scandal*. In: *The School for Scandal and Other Plays*. (Oxford World's Classics.) Oxford: Oxford University Press, 1998.
Burney (1778) = Fanny Burney, *Evalina*. (Oxford World Classics.) Oxford: Oxford University Press, 2002.
White (1789) = Gilbert White, *The Natural History of Selborne*. (Everyman's Library.) London: Dent.
Austen (1811) = Jane Austen, *Sense and Sensibility*. Oxford: Oxford University Press, 1933.

〈第二次資料〉
Fridén, G. 1948. *Studies on the Tenses of the English Verb from Chaucer to Shakespeare with Special Reference to the Late Sixteenth Century*. Uppsala: Almqvist & Wiksell.
Kisbye, T. 1971. *An Historical Outline of English Syntax*. Vol 1. Aarhus: Akademisk Boghandel.
Kytö, M. 1994. "*Be* vs. *Have* with Intransitives in Early Modern English". *English Historical Linguistics*, ed. F. Fernandes, et al. (Amsterdam: John Benjamins), pp. 179-90.
——. 1997. "*Be/Have* + Past Participle: The Choice of the Auxiliary with Intransitives from Late Middle to Modern English". *English in Transition: Corpus-Based Studies in Linguistic Variation and Genre Styles*, ed. by Matti Rissanen, et al. (Berlin/New York: Mouton de Gruyter), pp. 17-85.
Lannert, G. L. 1910. *An Investigation into the Language of Robinson Crusoe as Compared with That of Other 18th Century Works*. Uppsala: Almqvist & Wiksell.
Rydén, Mats. 1984. "The Study of Eighteenth Century Syntax". *Historical Syntax*, ed. J. Fisiak (Berlin/New York/Amsterdam: Mouton de Gruyter), 509-20.
——. 1991. "The *be/have* Variation with Intransitives in its Crucial Phases". *Historical English Syntax*, ed. by Dieter Kastovsky (Berlin/New York: Mouton de Gruyter), pp. 343-54.
Rydén, M. and S. Brorström. 1987. *The* Be/Have *Variation with Intransitives in English: With Special Reference to the Late Modern Period*. Stockholm: Almqvist & Wiksell.
Söderlind, J. 1951. *Verb Syntax in John Dryden's Prose, I*. Uppsala: Lundequistska Bokhandeln.
Visser, F. Th. 1973. *An Historical Syntax of the English Language*. Part III: Second Half. Leiden: E. J. Brill.

小野　捷・伊藤弘之. 1993.『近代英語の発達』英潮社.
末松信子. 2004.『ジェイン・オースティンの英語―その歴史・社会言語学的研究』開文社出版.

吉田 孝夫

ディケンズの笑いの英語

　一般大衆に限りない愛情と信頼を寄せるイギリスの文豪、ディケンズを読むと心がなごむ。個性豊かな登場人物、明るく健康的なユーモアの精神は読者を魅了せずにはおかない。ディケンズ英語の笑いは言語学的観点から語呂合わせ、類音、縁語、もじり、慣用句の解体、一語を文字通りの意味と比喩的意味で用いる兼用法、迂言法等によるものが考えられるが、小論では慣用句の解体、兼用法を中心に実例を文脈でたどり考察する。本文の引用例は、すべて *The New Oxford Illustrated Dickens* (O.U.P., 1987) に拠る。

　大人の用いる慣用表現を知らない子供はそれを字義通りにとり、読者の笑いを誘う。*Great Expectations* (以下、*GE*) に登場する子供のピップは姉、ミセス・ジョーが自分に向けて発した 'Lord bless the boy!'「まあ、この子ったら」を「この子に神の恵みがありますように」と聞いた。

　　'Mrs. Joe,' said I, as a last resort, 'I should like to know — if you wouldn't much mind — where the firing comes from?'
　　'Lord bless the boy!' exclaimed my sister, as if she didn't quite mean that, but rather the contrary. 'From the Hulks!' (*GE*, ch.2)

　by hand 「手塩にかけて」という言い回しがある。これは小さいときから苦労して育てあげることである。ピップより 20 以上年上だった姉のミセス・ジョー・ガージャリーは彼を 'by hand'「手塩にかけて」育て

あげたということで、近所で有名だった。当時、ピップは姉が固く、がっしりした手をしていて、自分や夫をよく殴っていたので、2人とも手をかけて (殴られて) 育てあげられたと思っていた。また姉はきれいな女ではなかったので、ジョー・ガージャリーを手にかけて (力づくで) 結婚させたにちがいないと思っていた。

　She was not a good-looking woman, my sister; and I had a general impression that she must have made Joe Gargery marry her by hand. (*GE*, ch.2)

　ピップは墓石に刻まれた文字 'wife of the Above'「上記の妻」を「天上の妻」と読み、自分の父がよりよい世界に行ったことをほめたたえる言葉と解していた。亡くなった身内のだれかが 'Below'「下記の」と記されていたら「地獄の」と読み、その身内のものをこの上なく悪く思ったにちがいない。また教理問答書 (catechism) の中の 'walk in the same all the days of my life'「一生を通じ、同じ道を歩まん」を自分の家からいつも同じ方角に向かって歩き、わき道にそれてはいけないと思っていた。

　Neither were my notions of the theological positions to which my Catechism bound me, at all accurate; for I have a lively remembrance that I supposed my declaration that I was to 'walk in the same all the days of my life,' laid me under an obligation always to go through the village from our house in one particular direction, and never to vary it by turning down by the wheelwright's or up by the mill. (*GE*, ch.7)

　ピップは義兄、ジョーの 'Your sister is given to government.'「お前の姉さんは管理に精を出している」を文字通りにとり、ジョーが姉を海軍大臣か大蔵大臣にゆずるために離婚したのだろうかと思った。the government of you and myself は「お前とおれを牛耳ること」。petticoat government 「かかあ天下」という言い方がある。

　'Your sister is given to government.'

'Given to government, Joe?' I was startled, for I had some shadowy idea (and I am afraid I must add, hope) that Joe had divorced her in favour of the Lords of the Admiralty, or Treasury.
　'Given to government,' said Joe. 'Which I meanter (=mean to) say the government of you and myself.'
　'Oh!' (*GE*, ch.7)

　デイヴィッドは運送屋のバーキスから、育児婦のペゴティーには'No sweethearts, I b'lieve?'「恋人はいないか？」と聞かれる。デイヴィッドは大人の用いる sweetheart「恋人」の意味を知らなかったので、sweetmeats「砂糖菓子？」と聞き返す。日ごろ親しんでいる「スウィートミート」が頭に浮かんだ。

　'No sweethearts, I b'lieve?'
　'Sweetmeats did you say, Mr. Barkis?' For I thought he wanted something else to eat, and had pointedly alluded to that description of refreshment.
　'Hearts,' said Mr. Barkis. 'Sweethearts; no person walks with her?'
　'With Peggotty?' (*David Copperfield* (以下、*DC*)、ch.5)

　父親のドンビーに連れられてポールがブライトンのブラインバー学院を訪ねたとき、ブラインバー先生が、'Shall we make a man of him?'「坊やを一人前の立派な人間にしましょうか？」と尋ねると、彼は 'a man' を「大人」の意味にとって、先生を仰天させる。

　'Ha!' said Doctor Blimber. 'Shall we make a man of him?'
　'Do you hear, Paul?' added Mr. Dombey; Paul being silent.
　'Shall we make a man of him?' repeated the Doctor.
　'I had rather be a child,' replied Paul.
　'Indeed!' said the Doctor. 'Why?' (*Dombey and Son* (以下、*DS*)、ch.11)

　若い未亡人のクララに思いを寄せるマードストンが、教会の帰り、彼

女の家に立ち寄る。居間の窓にあるゼラニウムの花が見たいと言うのだ。帰る前に「花を少しほしい」と母親に言うと、彼女は「どれでもお好きなのを」と答えたが、彼は不満そうだ。どうして不満なのか、子供のデイヴィッドには分からない。母親が一輪もいで、彼に手渡すと、決して決して手離さないと言う。花が一両日で散ってしまうということを知らないとは、彼は何という大馬鹿者だろう、とデイヴィッドは思う。子供は時として大人の不条理を鋭く突く。

 He [Murdstone] came in, too, to look at a famous geranium we had, in the parlour-window. It did not appear to me that he took much notice of it, but before he went he asked my mother to give him a bit of the blossom. She begged him to choose it for himself, but he refused to do that — I could not understand why — so she plucked it for him, and gave it into his hand. He said he would never, never part with it any more; and I thought he must be quite a fool not to know that it would fall to pieces in a day or two. (*DC*, ch.2)

大人はくだけた場面で慣用句を文字通りの意味で用いて、おどけてみせたり、茶化したりする。また険悪な場面で慣用表現を文字通りにとって、相手を皮肉ることがある。

 ピクウィックはボブ・ソーヤーに 'Where do you hang out?'「どこに泊まっていますか？」と尋ねられて、'I am at present suspended at the George and Vulture.'「目下のところは、ジョージ・禿鷲旅館に吊るされています」と答える (The *Pickwick Papers* (以下、*PP*), ch.30)。ペーリビングルは、ケイレブの 'What's the damage, John?'「費用はいくらかね、ジョン」の 'damage' を戯れて借用し、'I'll damage you, if you inquire.'「そんなことを聞くと、痛めつけるぞ」とからかう (*The Cricket on the Hearth* (以下、*CH*), ch.1)。飲食後の会話で、ガピーの 'You are a man again.'「また元気になった」の 'a man' を、ジョブリングはおどけて「大人」ととった。

 Beholding him in which glow of contentment, Mr. Guppy says:
 'You are a man again, Tony!'

'Well, not quite, yet,'says Mr. Jobling. 'Say, just born.' (*Bleak House*, ch.20)

クラップ夫人は憤慨してディックに、there wasn't room to swing a cat there.「あそこはとても狭かった」と言う。彼はデイヴィッドに 'I don't want to swing a cat. I never do swing a cat.'「私はネコを振り回したくない。絶対そんなことはしたくない」と抗議する。There is no room to swing a cat.「とても狭苦しい」は成句で、swing a cat 「ネコを振り回す」はネコの尻尾をぶら下げて戯れること。

Mrs. Crupp had indignantly assured him that there wasn't room to swing a cat there; but, as Mr. Dick justly observed to me, sitting down on the foot of the bed, nursing his leg, 'You know, Trotwood, I don't want to swing a cat. I never do swing a cat.' (*DC*, ch.35)

'Mr. Mell, you have not forgotten yourself, I hope?'「メル先生、われを忘れてしまったのではないだろうね」のクリークル校長の非難に、彼は 'No, sir, no. I have remembered myself.'「いいえ。私はわれに返っています」と返す。forget oneself は *POD* に 'behave inappropriately' とある。

'Mr. Mell,' said Mr. Creakle, shaking him by the arm; and his whisper was so audible now, that Tungay felt it unnecessary to repeat his words; 'you have not forgotten yourself, I hope?'
'No, sir, no,' returned the Master, showing his face, and shaking his head, and rubbing his hands in great agitation. 'No, sir, no. I have remembered myself, I — no, Mr. Creakle, I have not forgotten myself, I — I have remembered myself, sir. I — I — could wish you had remembered me a little sooner, Mr. Creakle. It — it — would have been more kind, sir, more just, sir. It would have saved me something, sir.' (*DC*, ch.7)

'Don't hurt him.'「彼 (オリバー) にけがをさせないで下さい」の老紳士の哀願に、警官は 'Oh no, I won't hurt him.'「いや、けがはさせない」と

答え、その証拠として、tearing his jacket half off his back「彼の上着の背中を半分ほど切り裂いた」。

 'Don't hurt him,' said the old gentleman, compassionately.
 'Oh no, I won't hurt him,' replied the officer, tearing his jacket half off his back, in proof thereof. 'Come, I know you; it won't do. Will you stand upon your legs, you young devil?' (*Oliver Twist* (以下、*OT*), ch.10)

デイヴィッドが思いを寄せるラーキンズ嬢は青い服を着て、髪に青い花、忘れな草 (forget-me-nots) をかざしている。まるで彼女でも忘れな草をつける必要があるかのように。forget-me-not「私を忘れないで」は貞節・友情の象徴である。

 I repair to the enchanted house, where there are lights, chattering, music, flowers, officers (I am sorry to see), and the eldest Miss Larkins, a blaze of beauty. She is dressed in blue, with blue flowers in her hair — forget-me-nots. As if *she* had any need to wear forget-me-nots! (*DC*, ch.18)

ブラース氏は、自分のところで雇っている小さな召使いは a 'love child'「私生児」(これは愛情から生まれた子供の意味では決してない) ではないかと思う、と一度言っていた。

 Mr. Brass had said once that he believed she was a 'love child' (which means anything but a child of love). (*The Old Curiosity Shop*, ch.36)

マン夫人はバンブルにお酒をすすめるとき、'It's gin. I'll not deceive you, Mr. Bumble. It's gin.'「ジンです。本当ですよ、バンブルさん。ジンです」と念を押す (*OT*, ch.2)。小柄な裁判官は、クラッピンズ夫人の誓言、'I will not deceive you.'「神に誓って」を文字通りにとって茶化す。

 'What were you doing in the back room, ma'am?' inquired the little judge.

'My Lord and Jury,' said Mrs. Cluppins, with interesting agitation, 'I will not deceive you.'
　'You had better not, ma'am,' said the little judge. (*PP*, ch.34)

　My dear girl のように dear は呼掛け語に社交辞令として習慣的に用いられる。夜、女学校の寄宿舎の屋敷内に侵入するはめになったピクウィックが、戸口で顔を引きつらせ恐怖におののいている女性に向かって、'dear ladies' と呼びかけると、最年長で一番みにくい先生が 'dear' を「可愛い」ととって、ピクウィックを面食らわせる。

'Ladies — dear ladies,' said Mr. Pickwick.
'Oh, he says we're dear,' cried the oldest and ugliest teacher.
'Oh, the wretch!' (*PP*, ch.16)

　'I'll eat my head if …' 「…でなければ俺の首をやる」はグリムウィッグのお気に入りの誓言であるが、夕食を長いこと待たされた彼は、'I had serious thoughts of eating my head tonight, for I began to think I should get nothing else.'「今夜は、本気で自分の頭を食べようと思った。ほかに食べるものがないと思いはじめたから」と言う。

　'It's a trying thing waiting supper for lovers,' said Mr. Grimwig, waking up, and pulling his pocket-handkerchief from over his head.
　Truth to tell, the supper had been waiting a most unreasonable time. Neither Mrs. Maylie, nor Harry, nor Rose (who all came in together), could offer a word in extenuation.
　'I had serious thoughts of eating my head tonight,' said Mr. Grimwig, 'for I began to think I should get nothing else. I'll take the liberty, if you'll allow me, of saluting the bride that is to be. (*OT*, ch.51)

　グリムウィッグは 'If that's not the boy, sir, who had the orange, and threw this bit of peel upon the staircase, I'll eat my head, and his too.'「ミカンを食

って、階段にこの皮を捨てたのが、その子でなかったら、自分の頭とその子の頭も食ってみせます」と言う。大変な人食い人種だ。'Orange-peel will be my death, or I'll be content to eat my own head, sir!'「ミカンの皮が私の命取りになります。そうでなかったら喜んでこの頭を食ってみせます」に、作者のディケンズは、彼の頭は特別に大きかったので、どんな楽天的な男でもそれを一気に食ってしまうことは出来なかっただろう、とコメントする (*OT*, ch.14)。

次は慣用表現の一部を文字通りにとったものである。皮肉的文脈でしばしば見られる。

ノア・クレイポールは小さな public-house 「居酒屋」の外観が一見して自分の目的には public 「おおっぴら」すぎるような気がしたので、そこに寄らないで、またとぼとぼ歩き続けた。彼は主人のサワベリーの金を盗んで逃亡中なので、人目につかない秘密の場所を好んだのである。

　　Through these streets, Noah Claypole walked, dragging Charlotte after him; now stepping into the kennel to embrace at a glance the whole external character of some small public-house; now jogging on again, as some fancied appearance induced him to believe it too public for his purpose. (*OT*, ch.42)

商店を覗き込むと、教区吏を呼ぶぞと言われたので、オリバーは肝をつぶした (which brought Oliver's heart into his mouth)。彼は何時間も物を口にしておらず、口にあるのは心臓だけだった。彼はしばしば肝をつぶしていたからだ。

　　If he begged at a farmer's house, ten to one but they threatened to set the dog on him; and when he showed his nose in a shop, they talked about the beadle — which brought Oliver's heart into his mouth, — very often the only thing he had there, for many hours together. (*OT*, ch.8)

ウィザフィールド嬢の件で嫉妬の鬼と化したマグナスは、愛用の green spectacles 「緑のメガネ」は余計と思ったのか、メガネをとり、見

るも恐ろしい様子で小さな目をギョロつかせた。the green-eyed monster 「緑の目をした怪物 (嫉妬)」という表現がある。

> Here Mr. Peter Magnus indulged in a prolonged sneer; and taking off his green spectacles — which he probably found superfluous in his fit of jealousy — rolled his little eyes about, in a manner frightful to behold. (*PP*, ch.24)

同一文脈で語を文字通りの意味と比喩的意味で用いる場合がある。馬車が広々した道に出ると、ボブ・ソーヤーは緑のメガネと威厳をかなぐり捨てた (threw off his spectacles and his gravity together) (*PP*, ch.50)。喪が明けると、マデラインはニコラスに彼女の手と財産を与えた (gave her hand and fortune) (*Nicholas Nickleby* (以下、*NN*)、ch.65)。give one's hand to は「…に結婚の承諾を与える」。ジョンは既にたらふく食い (play a knife and fork) はじめていたので、ものが言えなくなっていたが、しばらくすると、そのナイフとフォークを下ろして (laying down his knife and fork) 叫んだ (*NN*, ch.42)。スパークラーは上の空 (in absence of mind) だったが、本当は頭が空っぽ (in a more literal absence of mind) のようだ (*Little Dorrit*, II. ch.24)。かわいそうなニックルビー夫人は街角で娘のケイトをいらいらして待っていたばかりでなく、手足も冷やしていた (was cooling — not her heels alone, but her limbs) (*NN*, ch.18)。cool one's heels は話し言葉で、「いらいらして待つ、長く待たされる」。「彼は巡査と張り合って、それに勝ったのです」('he run a match agin (= against) the constable, and vun (= won) it.') とサムは答えた (*PP*, ch.41)。outrun the constable 「借金する (巡査を追い抜く)」という慣用句がある。ブリテン氏の妻 (Mr. Britain's better half) はすっかり彼の大部分 (his better half) になっているようだったので、彼の残りのわずか (his own moiety of himself) は彼女なしでは無力だった (*The Battle of Life*, ch.3)。メイの母親は自分の生まれの良さを自慢した (stood on her gentility) が、ちびの母親は自分のこまめに動く小さな足でしか立つ (stood on anything but her active little feet) ことが出来なかった。

    Then, Dot's mother had to renew her acquaintance with May's mother; and May's mother always stood on her gentility; and Dot's mother never stood on anything but her active little feet. (*CH*, ch.3)

　終わりにディケンズの持ち味が発揮される迂言法についてふれる。単刀直入の言い方をさけた迂言的表現はディケンズ英語の特徴であり、面白さである。日常の平凡な事象が誇張をまじえて仰々しく語られる。

　ポーキンズ少佐はストーブの右側と左側のたんつぼに交互につばをはいていた。つばはきという知的楽しみに熱中していた少佐は左手のたんつぼを応援しようとそれに貧者の一灯を献じた (contributed his mite towards the support of the left-hand spittoon) (*Martin Chuzzlewit*, ch.16)。テタビィは抜け目なく一走りし、ベッドを上下し、入り組んだ椅子の間を入ったり出たりして過酷な断郊作戦 (cross-country work) を展開した後、騒ぎの張本人である幼児を逮捕することに成功した (*The Haunted Man*, ch.2)。ベッドを上下し、椅子の間を出入りして子供を追うことを野外の軍事作戦にたとえた。クララの出産にかけつけた看護婦と医者 (the nurse and doctor) は、連合軍 (those allied powers) と表現される (*DC*, ch.1)。育児婦のペゴティーは丸々肥っているので、服を着るとき、ちょっとでも力を入れたり、デイヴィッドを抱きしめると、背中のボタンが吹っ飛ぶ。ペゴティーが感心しない男性のことで女主人のクララと口論をしたとき、その爆発物の一斉射撃 (a little volley of those explosives) が行われた (*DC*, ch.2)。ペゴティーの慟哭で勢いよく飛び散るボタンを、弾丸になぞらえたのである。ある晩、ペゴティーは忙しそうに、私のタンスを隅から隅までかき回していた (making the tour of my wardrobe) (*DC*, ch.33)。tour は make a tour of the city 「市内巡りをする」のように用いる。デイヴィッドは最後の議会風笛音楽 (the music of the parliamentary bagpipes) を書き取る (*DC*,ch.48)。単調な議会の討論をスコットランドのバグパイプの調べにたとえた。カトル船長は肘掛け椅子をフロレンスに引き寄せて、内緒事を打ち明けるかのような素振りを見せるが、どのように切り出してよいか決心がつかず、肘掛け椅子というバーク型帆船に乗って居間をすっかり巡航し、一度ならず惨めな状態で腰板や押入れの戸口に上陸し

た［ぶち当たった］。

　…; and he (= Cuttle) so often hitched his arm-chair close to her (=Florence), as if he were going to say something very confidential, and hitched it away again, as not being able to make up his mind how to begin, that in the course of the day he cruised completely round the parlour in that frail bark, and more than once went ashore against the wainscot or the closet door, in a very distressed condition. (*DS*, ch.49)

　ディケンズの作品には仰々しい言い方をする人物がいるが、その代表格は彼の父親をモデルにしたミコーバーだろう。彼はありふれた表現を潔しとしない修辞家である。双子が乳離れしたことを、'The twins no longer derive their sustenance from Nature's founts (= fountains).' 「双子は自然の泉から栄養を取ることを止めています」(*DC*, ch.17) と言う。また長い間、食欲がないことを、'Appetite and myself have long been strangers.' 「食欲と私は長い間、他人同士です」(*DC*, ch.52) と表現する。

参考文献
Apte, M. L. *Humor and Laughter*. Ithaca, NY: Cornell University Press, 1985.
Brook, G. L. *The Language of Dickens*. London: André Deutsch, 1970.
――. *Varieties of English*. London: Macmillan, 1973.
Cockshut, A. O. J. *The Imagination of Charles Dickens*. London: Butler & Tanner, 1965.
Hayward, A. L. *The Dickens Encyclopaedia*. London: Routledge & Kegan Paul, 1969.
Kincaid, J. R. *Dickens and the Rhetoric of Laughter*. London: O.U.P., 1971.
Levit, F. *A Dickens Glossary*. New York: Garland Publishing, 1990.
Manning, S. B. *Dickens as Satirist*. New Haven: Yale University Press, 1971.
Philip, A. L. *A Dickens Dictionary*. New York: Burt Franklin, 1970.
Yamamoto, T. *Growth and System of the Language of Dickens*. Hiroshima: Keisuisha, 2003.

山本忠雄『ディッケンズの英語』研究社、1964.
吉田孝夫『ディケンズの笑い』晃学出版、1982.
――.『ディケンズのユーモア』晃学出版、1984.
――.『ディケンズの楽しみ』晃学出版、1986.
――.『ディケンズを読んで』あぽろん社、1991.

浦 田 和 幸

Fowleresque —— *Modern English Usage* をめぐって

1.「ファウラー」

小論では、英語の語法書の鑑とされるファウラー (Fowler) の *A Dictionary of Modern English Usage* (『現代英語用法辞典』) の原点に立ち返り、初版 (1926) を中心に、その特徴と魅力について考えてみたい。

英語の世界では、「ファウラー」は、辞書の「ウェブスター」(Webster)、シソーラスの「ロジェ」(Roget) と並んでよく知られる名前 (household name) であり、語法書の代名詞といえる。試みに、『コリンズ英語辞典』(第 4 版, 1998) で Fowler の項を引くと、ファースト・ネームは Henry、ミドル・ネームは Watson、英語の辞書編纂家および文法家という説明に続けて、代表的な業績として *Modern English Usage* (1926) が挙げられている。

イギリスの作家 Kingsley Amis は、ファウラーの *A Dictionary of Modern English Usage* をもとに *The King's English: A Guide to Modern English* (1997) という語法書を著しているが、そのなかでファウラーに関して以下のように述べている。

This work [= *A Dictionary of Modern English Usage*], known for many years simply as *Modern English Usage*, is also known even more simply as *Fowler* in expressions like 'Fowler's view' and 'Fowler is unambiguous on the point.' (s.v. *Fowler*)

Modern English Usage という語法書名が人口に膾炙し、また、単に「ファウラー」の名でも呼び習わされていることが分かる。

　ファウラーの語法書が一般に親しまれている様子を示す例として、ある推理小説から関連箇所を下に引用する。これはイギリスでドラマ化され、日本でも『主任警部モース』というシリーズの一環としてNHKで放映された作品である。原作の小説の場面では、モース警部が 'should' と 'would' の使い分けに不安を感じて、身近にある「ファウラー」で確認している。

　The first thing (but it was a minnow, not a shark) that arrested his attention was that in both the letter from the (pretty certainly) bogus employer, and in the statement made by Crowther, the writer had used the form 'I should'. Morse, not as conversant as he should have been with some of the niceties of English Grammar, more often than not — almost always now he thought of it — used the form 'would'. He could hear himself dictating: 'Dear Sir, I would be very glad to . . .' Ought he to have said 'I should?' He reached for Fowler's *Modern English Usage*. There it was: 'The verbs *like, prefer, care, be glad, be inclined*, etc., are very common in first-person conditional statements (*I should like to know* etc.). In these *should*, not *would*, is the correct form in the English idiom.' Well, thought Morse, we learn something new every day. But somebody knew all about it already. 〈Colin Dexter, *Last Bus to Woodstock* (1975), Chapter 15 より〉(下線は筆者)

　さらに、この引用部の少しあとには、モース警部が 'not improbable' のような Litotes (緩叙法) に不安を感じて調べる場面で、"He consulted Fowler again."(下線は筆者) という描写がなされている。これらは小説のなかの例にすぎないが、語法書の鑑としてのファウラーの権威を彷彿させる興味深い例といえよう。

　さて、Henry Watson Fowler (1858-1933) は、8人兄弟 (七男一女) の一番上であり、仕事上のパートナーとしては、下から二番目の12歳年下の弟 Francis George Fowler (1870-1918) が重要な存在であった。彼らはしば

しば、ドイツのグリム兄弟のように、「ファウラー兄弟」(the Fowler Brothers) と呼ばれる。語法指南書の *The King's English* (初版 1906; 以下 *TKE*)、また、辞書の *Concise Oxford Dictionary* (初版 1911; 以下 *COD*) と *Pocket Oxford Dictionary* (初版 1924; 以下 *POD*) には、編者として 2 人の名前が記されている。ただし、*A Dictionary of Modern English Usage* (初版 1926; 以下 *MEU*) は、弟 Francis が亡くなってから後に出版されたものであり、兄 Henry の単独編著となっている。

ファウラーの業績で最も注目に値する点は、出版後改訂を繰り返しながら、兄の死後 70 年たった現代まで、「ファウラー」という名が大きく残っていることにある。[1]

COD と *POD* の新版である *COD10* (1999) および *COD11* (2004) と *POD 9* (2001) は、新しい方針に従って編纂された *(New) Oxford Dictionary of English* (1998, 2003[2]) を基にして大改訂がなされたため、すでに第 6 版以降失われつつあった本来の *COD*、*POD* らしさはもうほとんど見られず、しかも、*COD10* では、ついにファウラー兄弟の名前が編者名の欄から姿を消してしまった。しかしながら、ファウラー兄弟の辞書として親しまれてきた書名 (*COD*, *POD*) が現在もそのまま残っていることは、まさしく継続性の証である。ちなみに、*The King's English* は 1931 年以降には改訂が行われていないが、2002 年に復刻版が新たに出版され、初版以来 100 年近くたった今もまだ需要があることがうかがえる。

では、ここで、兄 Henry の略歴を確認しておきたい。

Henry Watson Fowler は、1858 年、イギリスは Kent 州の Tonbridge で生まれ、パブリック・スクールのラグビー校を経て、オックスフォード大学の Balliol College で古典文学を中心に学んだ。卒業後しばらくしてから、パブリック・スクールのセドバー (Sedbergh) 校に専任教員の職を得て、17 年間、古典語と英語を教える。しかし、堅信式をめぐる生徒指導に関して校長と意見が合わず、自らの信念を貫くために職を辞す。彼が 17 年間、パブリック・スクールで教壇に立ったことは、後に編纂する語法書の性格に大きな影響を与えたであろうと考えられる。

Henry は数年間のロンドン在住を経て、1903 年には英仏海峡に浮かぶ Guernsey (ガーンジー) 島に移り、ここで弟 Francis との共同作業が始ま

る。ファウラー兄弟の輝かしい業績の多くは、ガーンジー島で生み出されたのである。1925年以降はサマセット州のHinton St Georgeに居住。1933年没。[2](なお、弟Francisは1918年没。)

2. *Modern English Usage*

*Modern English Usage*の改訂の歴史を簡単に振り返っておく。

[MEU1] *A Dictionary of Modern English Usage* (1926)
[MEU2] *A Dictionary of Modern English Usage,* Second Edition (1965) (Rev. by Sir Ernest Gowers)
[MEU3] *The New Fowler's Modern English Usage*, Third Edition (1996), Revised Third Edition (1998) (Ed. by R. W. Burchfield)

1926年に出版された*MEU*は好評を博し、約40年後の1965年には、Ernest Gowers (1880-1966) による第2版が出版された。第2版は、項目の配置などの点で初版と違いがあるものの実質的な意味では大差なく、原著者ファウラーの特徴を最大限に生かす小改訂であった。改訂者のGowersは、学者や教師ではなく、元官僚であった。英語の語法に関しては、官庁の言葉遣いを平易に改めるために、*Plain Words* (1948) や *The ABC of Plain Words* (1951) をすでに著していた。(この2冊をもとに編まれたのがGowersの主著といえる *The Complete Plain Words* (1954) である。1986年にはJanet Whitcutが改訂者となって第2版が出版され、現在までその名をとどめている。)

その後、*MEU*初版から数えて70年後、第2版から数えて約30年後に、Robert Burchfield (1923-2004) による第3版が出版された。Burchfieldは自ら辞書編纂者であると同時に英語史学者でもあるため、独自の方針に従って、第3版では大幅な改訂が行われた。書名には 'Fowler's' という名をとどめるものの、その前に付された 'New' という文句から察せられる以上に、まったくの「新版」となっている。極論すれば、「ファウラー」をたたき台にしたBurchfield自身の新たな語法書という見方もできよう。第3版の特徴については後にふれることにする。

なお、ここで言及した改訂者の Gowers と Burchfield は、いずれも The English Association (英語協会) の会長を務めた経歴があり、会長講演の際には、共通して、ファウラーを演題に取り上げた。Gowers の演題は "H. W. Fowler: The Man and His Teaching" (1957)、Burchfield の演題は "The Fowlers: Their Achievements in Lexicography and Grammar" (1979) であった。

3.「ファウラー」の特徴

「ファウラー」に関する評論のなかでは、「ファウラーらしさ」を表す言葉として、'Fowleresque' という形容詞がしばしば用いられる。ここでは、英語学者や規範文法家が、「ファウラー」についてどのように考えていたかを見てみよう。

「ファウラー」は、言語学的な手法で英語を記述する英語学者の評判は必ずしも芳しくなく、特に英語学界を代表する Jespersen や Quirk らから強く非難された。[3]

ファウラーとイェスペルセンの間には、かつて "fused participle" (融合分詞) という語法をめぐって、Society for Pure English (純正英語協会) の紀要の *SPE Tract* で論争が展開されたことがある。[4] その際にイェスペルセンはファウラーを "instinctive grammatical moralizer" と呼び、文法家としてのファウラーの考え方を強く非難した。

さて、"fused participle" とは、すでに *The King's English* (1906) のなかで用いられたファウラー独自の用語であり、それは以下の (b) におけるような -ing 構文の用法を指している。

(a) *Women having the vote* reduce men's political power.　["true participle"]
(b) *Women having the vote* reduces men's political power.　["fused participle"]
(c) *Women's having the vote* reduces men's political power.　["possessive with gerund"]

(a) と (b) を比較すると、(a) では述語動詞が複数呼応の 'reduce' というこ

とから判断して、主部は「選挙権を有する女性たち」という意味に解釈でき、その -ing 構文は現在分詞の後置修飾の用法である。一方、(b) では、述語動詞が単数呼応の 'reduces' であることから、主部は「女性が選挙権を有すること」と解釈でき、文全体では、「女性が選挙権を持つと男性の政治力が弱まる」という意味になる。ファウラーは、(b) の 'women having' では、'women' と 'having' が融合して、(後置修飾の関係ではなく) 複合的な概念を表していると説明している。この種の用法をファウラーは "fused participle" (融合分詞) と呼んだのである。

(b) における -ing 形は、やはり、イェスペルセンが述べるように、伝統文法的には現在分詞ではなく動名詞と解釈するのが妥当であろう。ここではその議論はさておき、ファウラーは、(c) の 'women's having the vote' のように、所有格の 'women's' によって動名詞の主語を示すのが規範的に正しい用法であると考えている。要するに、動名詞の主語を、(b) のように通格 (common case) にするか、(c) のように所有格にするかという議論であるが、ファウラーによると、十数年前には "fused participle" の例はさほど多くなかったが、(MEU 執筆当時の) 今では容易に見つかるようになったとして、"fused participle" の急増を嘆いている。

イェスペルセンはこれに異を唱え、ファウラーが批判した「通格＋動名詞」の構文を擁護し、この構文は最近になって増えたのではなく以前からあったとして、特に 18 世紀初頭の Jonathan Swift 以降の例を豊富に挙げている。客観的な証拠に基づかず自分の好みだけで判断し、ラテン文法をモデルとする学校文法の枠のなかで分析できない構文は誤りであると決めつける文法家を批判して、イェスペルセンは "instinctive grammatical moralizer" と呼んだのであった。

確かに、"fused participle" に関しては、ファウラーの見解は事実の点で訂正されるべきであろう。[5] さて、ここでは二人の立場の違いに注目することによって、ファウラーの考え方の特徴を確認しておきたい。ファウラーは "instinctive grammatical moralizer" と呼ばれたことを逆手にとって、次のように反論している。

And let me here accept my title [i.e. "instinctive grammatical moralizer"] word by word: I am a <u>moralizer</u> because I wish morals to be drawn; I own myself <u>grammatical</u> as believing in a grammar of which the blessed word 'nexus' is not a universal solvent; and <u>instinctive</u> because the ability to distinguish between the right and the wrong in speech does seem to me much more a matter of instinct than of history. I confess to attaching more importance to my instinctive repugnance for 'without you being' than to Professor Jespersen's demonstration that it has been said by more respectable authors than I supposed. 〈Fowler 1927, p. 193 より〉 (下線は筆者)

McMorris (2001, p. 168) によると、ファウラーはもともと論争を好まなかったが、*SPE Tract* 第 25 巻 (1926) でのイエスペルセンの反論を看過できないとして、やむをえず応酬したようである。それはともかく、*SPE Tract* 第 26 巻 (1927) からの上の引用中では、規範文法家としてのファウラーの信念がはっきりと述べられている。頑なともいえるが、自らの語感に従って言葉遣いの良し悪しを判断し、あくまでも語法指南役に徹するというファウラーの姿勢がうかがえる。

次に、規範文法家から見た「ファウラー像」として、Ernest Gowers と Eric Partridge の見解を紹介したい。[6]

Ernest Gowers は、すでに述べたように *Modern English Usage* 第 2 版の改訂者でもあるが、The English Association (英語協会) で行った会長講演 ("H.W. Fowler: The Man and His Teaching") のなかで、「ファウラー」の教えの眼目に関して、「正確な語を注意深く選び」、「気取りは一切避け」、「語を秩序正しく首尾一貫して配列し」、「慣用語法を厳密に守り」、「綴りと発音を体系化すること」の 5 点を指摘している。ファウラーの原点は、いかに正確に、明快に文章を書き話すかということにあった。

次いで、Eric Partridge のファウラー観を見ておきたい。Partridge (1894-1979) は、俗語辞典をはじめ、特殊辞典の編者として優れたレキシコグラファーであり、また、*Usage and Abusage* (1947) という語法書の著者としてもよく知られている。下に挙げた一節は、ファウラー生誕百年の 1958 年に、Partridge が *The New York Times* に寄稿した文章から引いたものである。

Fowler's *Modern English Usage*, never revised by Fowler, is, we are told, being revised by a committee of scholars. But wouldn't it have been wiser to leave M.E.U. as it was, without superimpositions on the idiosyncrasies, the integrity, the authoritativeness and, above all, the uniformity that made it what it was, a remarkable and genuinely original masterpiece?'

当時、*MEU* の改訂作業がよそで進行中であることに言及している。しかし、正直なところは、*MEU* を *MEU* たらしめる「ファウラー色」には他人の手を加えず、元のままにしておいたほうがよかったのではないかという気持ちを述べて、「ファウラー」への愛着を示している。

　以上のように、ファウラーは文法学者からは非難されることがあったが、語法指南役としては、20世紀を代表する規範文法家たちから支持されていた。

4.　*Modern English Usage* の改訂

　Gowers による第2版 (1965) は、若干の項目の見出しの立て方を変え、また、若干の項目の増減と、記述内容が明らかに古くなったところを補足・修正する程度の小規模な改訂であり、後の第3版に比べると、「ファウラーらしさ」はほぼ残されていた。「ファウラー色」を保ち、全体を損なうことのないように留意しながら改訂の手を加えたところに、Gowers の真骨頂が発揮されたといえよう。

　一方、Burchfield による第3版 (1996) は全面的な大改訂版であり、初版とは執筆方針や内容の点で大きな違いが見られる。

　初版は規範的な立場から書かれていたが、第3版では、改訂者の Burchfield が英語史学者であり、かつ、*Oxford English Dictionary* の補遺の編集主幹を務めたという経歴からも予想されるように、豊富なデータと史的パースペクティブが大きな特徴をなしている。その結果、客観性が高まり、記述的色彩の濃い語法書に様変わりした。[7]

　内容面では、以下に挙げた項目に代表される 'Fowleresque' の典型とされる独自の項目が大幅に削除ないしは縮小されたことが、大きな変更点

のひとつである。

　3つの項目を例として見てみよう。命名の妙に留意されたい。

(1) WARDOUR STREET (e.g. *albeit, perchance*, subjunctive as in *If it be*)
(2) UNEQUAL YOKEFELLOWS (e.g. 'The nine employees whose record of service ranged *between* 61 *down to* 50 years.')
(3) OUT OF THE FRYING-PAN (e.g. 'Recognition is given to it by no matter whom it is displayed. Cf. 'no matter whom it is displayed by')

　WARDOUR STREET という見出しは、ロンドンの Picadilly Circus の近くにある通りの名で、もと、古道具商が多く並んでいたので有名であったことに由来する。この項目では、文章を書く際に心得て用いれば品格を加えることができると思われる古風な語が、まとめて挙げられていた。

　UNEQUAL YOKEFELLOWS は、例に示したように、'between' ならば、'between A and B' とするところを、'between A to B' とする類の、シンメトリーが崩れた、不釣合いな相関語句を指していた。yoke（くびき）という語を用い、相関語句を yokefellow と命名しているところに「ファウラー」のユーモアが感じられた。

　OUT OF THE FRYING-PAN は、「小難を逃れようとして大難に遭う」という意味の 'out of the frying pan into the fire' というイディオムに由来するものであり、ひとつの語法的な誤りを避けようとした結果、かえって、もっと大きな誤りを犯してしまうという場合を指している。(3) に挙げた例に即して述べると、最初は、'no matter whom it is displayed by' と表現しようとしたが、これでは前置詞で文が終わってしまい、文法にうるさい連中から "Preposition at end" (前置詞の後置) という謗りを受けるかもしれない。それではと思い直して、by を前に置き、'by no matter whom it is displayed' とした。しかし、これでは 'by' の位置が不適切なため、かえって非文になってしまった。もし "Preposition at end" を避けようとするのであれば、正しくは、'by' を 'no matter' の後に置いて、'no matter by whom it is displayed' とすべきである、という趣旨のことが説か

れていた。

　以上、ここに挙げた類の項目は、「ファウラー」愛好者がしばしば引き合いに出すものであるだけに、Burchfield はこれらを削除あるいは縮小する際に相応の覚悟と勇気を要したのではないかと想像される。

5.　ファウラーの語法観：具体例 (*MEU1* より)

　次に、「ファウラー」の語法観を示す例を若干見ておきたい。「ファウラー」を紐解くと、しばしば、問題語法 (disputed usage) に関してかなり寛大な意見が示されていて、規範文法書としては意外に感じられることがある。「ファウラー」の語法観のなかには、語の意味・用法に関して、非常に厳格な面と、意外なほど寛大な面とが存在するようである。以下、(1) から (4) まで、*MEU1* より具体例を示す。(1) と (2) は「寛大さ」、(3) (4) は「厳格さ」の例である。

(1) 分離不定詞 (SPLIT INFINITIVE) e.g. 'to madly love'
　　The English-speaking world may be divided into
　　(a) those who neither know nor care what a split infinitive is;
　　(b) those who do not know, but care very much;
　　(c) those who know & condemn;
　　(d) those who know & approve;
　　(e) those who know & distinguish.

'to madly love' のように、不定詞標識の 'to' と動詞原形との間に副詞的要素が介在する「分離不定詞」は、しばしば規範文法家の激しい非難の的となるが、「ファウラー」はこの点に関してかなり穏健な見方を示している。これは *MEU1* のなかでは約 3 ページにわたる長い項目であり、ユーモアや皮肉が感じられるエッセーのような筆致で書かれている。上の引用のとおり、分離不定詞への反応のしかたによって、ファウラーは世の中の人を 5 つのタイプに分類する。(1)「分離不定詞が何であるかを知らず、気にもかけない人」、(2)「分離不定詞が何か分かっていないが、非常に気になる人」、(3)「分離不定詞が何か分かっていて、非難する人」、

(4)「分離不定詞が何か分かっていて、是認する人」、(5)「分離不定詞が何か分かっていて、使い分ける人」に分けられる。このなかでは、(5) がファウラーの立場ということになろう。無理に分離不定詞を避けようとして文意が曖昧になったり、ぎこちない文になるくらいなら、分離不定詞を用いたほうがよい。しかし、分離不定詞を避けて、別の無難な表現に変えるという手も考えられるとしている。

(2) *different from / to*

"That *different* can only be followed by *from* & not by *to* is a superstition."

イギリス英語では実際には形容詞の 'different' が 'to' を従える例もよく観察されるが、規範文法家からはしばしば非難される。しかし、ファウラーは、これを誤りとするのは「迷信」だと述べている。動詞の場合には 'differ from' だからといって、派生語の形容詞の場合にも同じ前置詞しか許されないとは限らない、というのがファウラーの主張の根拠である。[8]

(3) *aggravate*

"The use of these [i.e. *aggravate, aggravation*] in the sense *annoy, vex, annoyance, vexation*, should be left to the uneducated. It is for the most part a feminine or childish colloquialism, but intrudes occasionally into the newspapers."

'aggravate' という動詞は、実際には「悪化させる」という意味以外にも、「いらいらさせる」という意味で用いられるが、後者はしばしば規範文法家から非難されてきた。ファウラーも反対者のひとりである。*MEU1* (s.v. *aggravate, aggravation*) ではその根拠を明らかにしていないが、おそらく、他の規範文法家と同様に語源を根拠にして (Cf. L. *gravis* 'heavy')、第2義は 'make heavy' という本来の意味から離れすぎているから、というものであろう。[9]

なお、(3) の引用の後半部を見ると、ファウラーがこの語法書の対象をどのように考えていたかが如実に表れている。今日の PC (= political correctness) の観点からすると問題にもなりかねないが、ファウラーは、'uneducated', 'feminine or childish', 'colloquialism' の裏返しで、「教養人」、「成人男性」、「書き言葉」を対象として想定していたことがうかがえる。

> (4) *mutual*
> "The essence of its meaning is that it involves the relation, *x* is or does to *y* as *y* to *x*; from which it follows that *our mutual friend Jones* (meaning Jones who is your friend as well as mine), & all similar phrases, are misuses of *mutual*."

規範的な見解では、'mutual' は「相互の」(e.g. 'mutual respect') が本来の意味であって、「共通の」という意味 (e.g. 'mutual friend') は誤りとされることがある。ファウラーも、後者は誤りだと考えている。[10] しかし、実際には、後者の意味は Charles Dickens の小説の題名 *Our Mutual Friend* (1864-65) でも知られ、以前からかなり用いられていたのではないかと思われる。なお、現在では、「共通の」という意味で用いることは標準的用法として一般に認められている。

(1) から (4) は、ファウラーが、他の規範文法家の批判を根拠のないものとして読者を安堵させる場合もあれば、強い調子で誤りと断ずる場合もあることを示す例であった。

6. 結び

以上、語法書の鑑と目される「ファウラー」の原点、*Modern English Usage* の初版 (1926) の特徴について、今日的な視点から検討してきた。本書は、英語母語話者の「ファウラー」愛好者にとって、言葉遣いの点で不安を感じたときに何らかの指針を与えてくれる、心の拠り所のようなものであろう。あるいは、書棚にあると思うだけで安心できる御神体のようなものだといってよいかもしれない。また Henry Watson Fowler は、かつてパブリック・スクールの教師であったことから、人々は、

Goodbye Mr. Chips のチップス先生に対するのと似た敬愛の念を抱いているのかもしれない。時に厳しく、時に優しく、言葉遣いの本道を教えてくれる師として仰いでいるのではなかろうか。

　Burchfield は第 3 版 (1996) の「前書き」のなかで、今後、何らかの形で初版が存続することを希望していたが、果たして、2002 年には、オックスフォード大学出版局の "Oxford Language Classics" というシリーズのなかに、*The King's English* と並んで、*MEU* の初版が収められたのは歓迎すべきことである。

　我々が英語について研究する際に、母語話者が言葉遣いの拠り所と感ずる語法書について深く知ることは有益であり、また、母語話者の規範意識を記述することは英語史研究のなかで重要な課題のひとつであろう。さらに、別の英語史的観点からすれば、*The Kings' English* や *MEU* の初版は、ファウラー兄弟が生み出した *COD* や *POD* という優れた辞書と同様、20 世紀初頭の英語の実態を映し出す鏡として、貴重な記録であるといってよいだろう。

　Jespersen や Quirk という英語学の大家からは非難されながらも、ファウラーの *Modern English Usage* が語法指南書として絶大な人気を誇り、20 世紀の英語意識を支える一翼を担ってきたことの意義は大きい。今後、何十年か先に果たして第 4 版が出版されるかどうかは分からないが、少なくとも語法指南役としての「ファウラー」の名が英語の世界に残ることは間違いないであろう。Webster's や Roget's のように。

注
　＊小論は、英語史研究会第 10 回記念大会 (2003 年 9 月 28 日、於九州大学) での発表に基づく論文「ファウラーの伝統— *Modern English Usage* をめぐって」(『語学研究所論集』第 9 号 (2004)) に加筆したものである。
　1) *TKE, COD, POD, MEU* の出版史は以下のとおり。*TKE* と *MEU* については、最新の復刻版の刊行年も挙げておく。*TKE*: 1906[1], 1907[2], 1931[3] (3 版の最新復刻版 2002). *COD*: 1911[1], 1929[2], 1934[3], 1951[4], 1964[5], 1976[6], 1982[7], 1990[8], 1995[9], 1999[10], 2001[10 (revised)]. 2004[11]. *POD*: 1924[1], 1934[2], 1939[3], 1942[4], 1969[5], 1978[6], 1984[7], 1992[8], 1996[8 (revised)]. 2001[9]. *MEU*: 1926[1], 1965[2], 1996[3], 1998[3 (revised)] (初版の最新復刻版 2002).
　2) Henry Watson Fowler の伝記として、旧来のものでは Coulton (1935)、最近のものでは McMorris (2001) がある。*Oxford English Dictionary* の文書係 (archivist) を務めた Jenny McMorris は、オックスフォード大学出版局の未公刊の文書や書簡等の資料を駆

使して、ファウラーの足跡を綿密に辿っている。

3) Burchfield (1992) は、"The Fowler Brothers and Usage Handbooks" と題する章のなかで、*MEU* 初版と第 2 版に関して、主に英語英文学関係者による書評を紹介している。なお、Quirk (1958) は、辞書編纂者としてのファウラーを賞賛する一方、文法家としては強い調子で非難している。

4) ファウラーは、*SPE Tract* 22 巻 (1925) に、近刊の *MEU* に収録される予定のいくつかの項目を掲載した。そのなかで扱われた "fused participle" に対してイェスペルセンが 25 巻 (1926) で反論し、さらにファウラーが 26 巻 (1927) で応酬した。

5) *MEU3* では、"fused participle" という用語は実質的には用いられていない。"fused participle" の項を引くと、単に「POSSESSIVE WITH GERUND を見よ」とだけあり、詳細は参照先で説明されている。また、比較的最近の他の語法書を見ると、例えば、Wilson (1993) では "fused participle" の項に「GENITIVE BEFORE A GERUND を見よ」とあり、Siegal and Connolly (1999) では「PARTICIPLE AS NOUNS を見よ」という他所参照指示がある。これらの例は、"fused participle" という用語が適切性を欠いていることを示す証拠といえるが、逆の見方をすれば、空見出しとはいえ未だに "fused participle" という見出しが存在すること自体、ファウラーの根強い影響を示唆していると考えられる。

一方、Garner (1998) は、"fused participle" という用語を本見出しとし、そのなかで、イェスペルセンらの文法家の批判を認めたうえで、"But Fowler had a stylistic if not a grammatical point. Especially in formal prose, the possessive ought to be used whenever it is not unidiomatic or unnatural." (s.v. *Fused Participles*) と述べて、文体の観点からファウラーを擁護している。

6) 英語の標準について多角的に論じた *Standard English: The Widening Debate* (1999) という論集に収められた Tony Bex の論文名 "Representations of English in Twentieth-century Britain: Fowler, Gowers and Partridge" からもうかがえるように、Fowler, Gowers, Partridge は、20 世紀のイギリスの規範文法家の三傑といってよいであろう。

7) Burchfield の語法観、および、*MEU3* における語法の具体的な扱い方については、浦田 (1999) を参照。

8) 参考までに、*COD* 初版 (1911: s.v. *different*) での扱いを挙げておく。"(*from, to, than,* all used by good writers past and present, *than* chiefly where a prep. is inconvenient)." 'to' も正用法とされている。

9) Cf. *COD* 初版 (1911: s.v. *aggravate*) : "Increase the gravity of (burden, offence, &c.) ; (colloq.) exasperate (person)."「怒らせる」という語義には 'colloquial' というレーベルを付している。

10) Cf. *COD* 初版 (1911: s.v. *mutual*) : ". . . ; (improp.) common to two or more persons, as *our m. friend*."「共通の」という語義には、'improper' というレーベルを付している。

参考文献

Amis, Kingsley. 1997. *The King's English: A Guide to Modern English Usage*. London: HarperCollins.

Bex, Tony. 1999. "Representations of English in Twentieth-century Britain: Fowler, Gowers and Partridge," in *Standard English: The Widening Debate*, ed. by Tony Bex and Richard J. Watts (London: Routledge), pp. 89-109.

Burchfield, Robert William. 1979. *The Fowlers: Their Achievements in Lexicography and Grammar*. London: The English Association.
——. 1992. *Points of View: Aspects of Present-Day English*. Oxford: Oxford University Press.
——. 1996, 1998. *The New Fowler's Modern English Usage*. 3rd ed. (1996); Rev. 3rd ed. (1998). Oxford: Clarendon Press.
Coulton, G. G. 1935. "H. W. Fowler," *S.P.E. Tract* 43, 97-158.
Fowler, Henry Watson. 1925. "Fused Participle," *S.P.E. Tract* 22, 40-55. Oxford: Oxford University Press.
——. 1926, 1965. *A Dictionary of Modern English Usage*. 1st ed. (1926); 2nd ed., rev. by Ernest Gowers (1965). Oxford: Clarendon Press.
——. 1927. "ON -ING: Professor Jespersen and 'The Instinctive Grammatical Moralizer'," *S.P.E. Tract* 26, 192-96. Oxford: Oxford University Press.
Fowler, Henry Watson and Francis George Fowler. 1906. *The King's English*. Oxford: Clarendon Press.
——. 1911. *The Concise Oxford Dictionary of Current English*. Oxford: Clarendon Press.
——. 1924. *The Pocket Oxford Dictionary of Current English*. Oxford: Clarendon Press.
Garner, Bryan A. 1998. *A Dictionary of Modern American Usage*. New York: Oxford University Press.
Gowers, Ernest. 1954. *The Complete Plain Words*. London: Her Majesty's Stationery Office.
——. 1957. *H. W. Fowler: The Man and His Teaching*. London: The English Association.
Jespersen, Otto. 1926. "On Some Disputed Points in English Grammar," *S.P.E. Tract* 25, 141-72. Oxford: Oxford University Press.
McMorris, Jenny. 2001. *The Warden of English: The Life of H.W. Fowler*. Oxford: Oxford University Press.
Partridge, Eric. 1947. *Usage and Abusage: A Guide to Good English*. London: Hamish Hamilton.
——. 1960. *A Charm of Words: Essays and Papers on Language*. London: Hamish Hamilton.
Quirk, Randolph. 1958. "Fowler's Toil," *The Listener*, May 13 1958, pp. 449-51.
Siegal, Allan M. and William G. Connolly. 1999. *The New York Times Manual of Style and Usage* (Revised and Expanded Edition). New York: Times Books.
Wilson, G. Kenneth. 1993. *The Columbia Guide to Standard American English*. New York: Columbia University Press.

浦田和幸 1999 「語法の変遷— *The New Fowler's Modern English Usage* をめぐって」 *The Kyushu Review* 第 4 号, pp. 7-23.

東　真千子

現代英米語における *Dare*

I

　周辺的法助動詞に分類される *dare* には、三人称単数現在形に -s が付き、to 不定詞を伴う本動詞用法と、常に *dare* の形で、動詞の原形を伴う助動詞用法がある。

　dare は本来助動詞であったが、16 世紀になって本動詞用法が加わり、助動詞用法と本動詞用法の両用法が共存することになる。加えて、両用法が混交した用法も 16 世紀初頭から存在している。下の (a) – (c) に助動詞用法、本動詞用法、混交用法を Cambridge Grammar (2002, § 2.5.5) よりそれぞれ例示する。

(a) He *daren't* tell her.
(b) He doesn't *dare* to tell her.
(c) He didn't *dare* obstruct them.

最近の文法書等によると、今日の一般的な用法は本動詞用法であり、助動詞用法は英米ともに稀で、特にアメリカ英語では廃れつつあるという。またその一方で、混交用法が一般化し、特にアメリカ英語において顕著であるという指摘もある。

　小論では、1990 年代以降の英米語において、助動詞用法がどの程度残存しているのか、また、近年一般化しつつあるという混交用法は実際に

はどの程度見られるのか、といった点を中心に dare の実態を観察してみたいと思う。調査したテキストは、90年代以降に出版された英米の小説それぞれ20点、計40点である。詳細については小論末尾の参考文献に挙げる。引用にあたっては作家名と頁数のみを挙げる。

Ⅱ

本論に入る前に、dare の歴史を簡単にふり返ってみよう。

dare は元来過去現在動詞であり、OE の当初より三人称単数現在形には -s/-th が付かず、原形不定詞を伴う助動詞として用いられた。この助動詞は、肯定、否定、あるいは平叙文、疑問文の別なく広く用いられ続けたが、19世紀からは否定文、疑問文に限られる傾向にあるという (荒木・宇賀治 1984)。加えて、初期近代英語期に至り、dare は本動詞用法も発達させる。即ち、to 付き不定詞を従えたり、[1] 名詞句目的語を従え始める。[2] 一方、助動詞用法と本動詞用法が混交した用法も16世紀初頭から見られる。[3]

最近の文法書の見解は次の通りである。Quirk.et.al (1985, §3.42), Longman Grammar (1999, §3.8.2.3), Cambridge Grammar (2002, §2.5.5) は、助動詞用法の dare は今日稀であり、特にアメリカ英語ではかなり稀であるという。また、これら3つの文法書に加え、Peters (2004) 等の語法書も、助動詞用法の dare は仮に使われるとしても否定文や疑問文といった非断定的文脈に限定されると言う。混交用法については、Quirk.et.al (1985, §3.42) は広く容認されているとし、Greenbaum & Whitcut (1988) は、アメリカ英語において好まれるとする。また、Swan (1995²) は時折見られるとしている。なお、MWDEU (1994) や Swan (2005³) 等は特に注記なしに混交用法を例示している。一方、わが国の語法書では、荒木・安井 (1992) が混交用法は今日一般的になっているとし、安藤・山田 (1995) も広く容認された用法とする。20世紀後半の英米語における dare の用法を調査した Taeymans (2004) においても、アメリカ英語では混交用法が一般的になりつつあること、また助動詞用法が稀であることを実証している。以上のことを念頭において、最近の dare の用例を見てみ

よう。

III

　現代英米語に見られる dare の用例を、用法別に、助動詞用法、本動詞用法、混交用法に分けて示すと、次の表1のようになる。ただし、これらの数字からは、'You dare!'(「とんでもない、(そんなこと)しないでくれ」)という慣用表現や、'Who dared?' など、不定詞と共起していないため助動詞か本動詞か判別できないような例は除外している。[4] また、'How dare 〜?'(「よくも〜できるね」)、[5] 'I dare say'(「たぶん、おそらく」)、[6] 'I dare swear'(「きっと〜と確信する」)[7] といった慣用表現は常に助動詞でしか用いられないので、統計からは除外している。

表1. 現代英米語における dare の用法

	助動詞用法	本動詞用法	混交用法	計
英	54 (34%)	64 (41%)	40 (25%)	158
米	32 (18%)	84 (46%)	65 (36%)	181

　表1は文の種類を無視して、単に用法で分類したものである。それによると、イギリス英語では全158例中、本動詞用法が64例(41%)と一番多く、次に助動詞用法54例(34%)、混交用法40例(25%)と続く。稀だと言われる助動詞用法が3割を上回り、決して稀ではないことがわかる。一方アメリカ英語でも、全181例中、本動詞用法が84例(46%)と最も多く、その後に混交用法65例(36%)、助動詞用法32例(18%)が続く。助動詞用法は2割弱で、Quirk.et.al (1985, § 3.42) らの指摘通り、イギリス英語に比べアメリカ英語ではかなり少ない。反面、混交用法が4割近くを占める。混交用法はイギリス英語で25%、アメリカ英語で36%となっており、Quirk.et.al (1985, § 3.42) やわが国の語法書が指摘するように、一般化しつつあると言えるかもしれない。

　次に英米語における dare の用例を、文の種類別に平叙文、疑問文、命令文に分け、さらにそれぞれを肯定文、否定文に分けて示すと次の表

2, 3のようになる。

表 2. イギリス英語の *dare*

	助動詞用法	本動詞用法	混交用法	計
平叙文	47 (33%)	63 (44%)	34 (23%)	144
肯定文	13	23	3	39
否定文	34	40	31	105
疑問文	7 (88%)	0	1 (12%)	8
肯定文	7	0	1	8
否定文	0	0	0	0
命令文	0	1 (17%)	5 (83%)	6
肯定文	0	0	0	0
否定文	0	1	5	6
計	54 (34%)	64 (41%)	40 (25%)	158

表 3. アメリカ英語の *dare*

	助動詞用法	本動詞用法	混交用法	計
平叙文	25 (16%)	77 (50%)	53 (34%)	155
肯定文	7	39	5	51
否定文	18	38	48	104
疑問文	7 (58%)	2 (17%)	3 (25%)	12
肯定文	7	2	3	12
否定文	0	0	0	0
命令文	0	5 (36%)	9 (64%)	14
肯定文	0	0	0	0
否定文	0	5	9	14
計	32 (18%)	84 (46%)	65 (36%)	181

まず、文の種類別に見てみると、平叙文では、イギリス英語は全144例中、助動詞用法は47例 (33 %)、本動詞用法は63例 (44 %)、混交用法は34例 (23 %) と、本動詞用法が優勢である。その平叙文を肯定文と否定文に分けてみると、肯定文では、全39例中、助動詞用法13例 (33 %)、

本動詞用法23例 (59%)、混交用法3例 (8%) といった具合に、本動詞用法が遙かに優勢である。ただし、混交用法は稀である。一方、否定文では、全105例中、助動詞用法34例 (32%)、本動詞用法40例 (38%)、混交用法31例 (30%) と、本動詞用法が最も優勢ではあるが、助動詞用法と混交用法もかなりの頻度で見られる。このことから、肯定平叙文では本動詞用法が一般的であり、否定平叙文でも本動詞用法が優勢ではあるが、助動詞用法、混交用法も相当に使われていると言える。

一方、アメリカ英語では、平叙文全155例中、助動詞用法は25例 (16%)、本動詞用法は77例 (50%)、混交用法は53例 (34%) と、本動詞用法が最も優勢である。その平叙文を肯定文と否定文に分けてみると、肯定文では、全51例中、助動詞用法7例 (14%)、本動詞用法39例 (76%)、混交用法5例 (10%) といった具合に、本動詞用法が圧倒的に優勢である。助動詞用法と混交用法は稀である。他方、否定文では、全104例中、助動詞用法18例 (17%)、本動詞用法38例 (37%)、混交用法48例 (46%) で、混交用法が最も多く、その後に本動詞用法、助動詞用法が続く。このように、肯定平叙文では本動詞用法が圧倒的に優勢であり、否定平叙文では混交用法が最も頻度が高い。

次に疑問文では、イギリス英語は全8例中、助動詞用法は7例 (88%)、混交用法は1例 (12%) と、助動詞用法が圧倒的である。8例はすべて肯定文に起こる。一方、アメリカ英語では、疑問文全12例中、助動詞用法は7例 (58%)、本動詞用法は2例 (17%)、混交用法は3例 (25%) と、助動詞用法が半数以上を占めているが、混交用法も2割強見られる。そして、これら12例はすべて肯定文に起こり、否定文には見られない。このことから英米語ともに疑問文では助動詞用法が優勢ではあるが、アメリカ英語では混交用法もある程度見られると言える。

命令文を見てみると、イギリス英語では全6例中、本動詞用法が1例 (17%)、混交用法が5例 (83%) 見られ、すべて否定文に起こっている。一方、アメリカ英語では、全14例中、本動詞用法が5例 (36%)、混交用法が9例 (64%) 見られ、すべて否定文に起こっている。英米語ともに命令文では混交用法が優勢ではあるが、アメリカ英語では本動詞用法もある程度用いられていると言える。

以下、助動詞用法、本動詞用法、混交用法を例示しながら順次見ていく。

1) 助動詞用法

イギリス英語における *dare* の助動詞用法は全 158 例中 54 例 (34 %) と 3 割以上を占めている。今日では稀と言われる助動詞用法が決して稀ではないことを示している。一方、アメリカ英語においては、助動詞用法は全 181 例中 32 例 (18 %) と 2 割弱にとどまっている。その助動詞用法の *dare* は、今日、否定文、疑問文、条件文、比較構文等の非断定的文脈に限られると言われている。手許のデータでも、頻度の点から見ると、英米ともに疑問文で目立っている。しかもすべて肯定文である。(1) はイギリス英語、(2) はアメリカ英語の例である。(以下、引用例中の斜体は筆者のもの。)

(1) *Dare* he make a break for it? (Rowling, p. 315)
(2) *Dare* she tell him? (Bujold, p. 40)

否定平叙文ではどうかというと、イギリス英語では本動詞用法が最も多く、ついで下の (3) に挙げる助動詞用法である。一方、アメリカ英語では混交用法が最も多く、次いで本動詞用法で、(4) に示すような助動詞用法は最も少ない。

(3) Of course they *dare* not laugh at me to my face. (Harris, p. 264)
(4) She *dared* not look up. (Crichton, p. 215)

大塚 (1970), Swan (2005[3]) によると、短縮形 *daren't* はイギリス英語においてよく使われるという。今回の調査でも、イギリス英語で否定平叙文 34 例中、短縮形 *daren't* が 4 例見られた。(5) はその 1 例である。アメリカ英語では全く見られない。

(5) She *daren't* try to rescue me in daylight, ... (Mitchell, p. 294)

また、表2、表3に示したように、肯定平叙文では、英米ともに本動詞用法が一般的であり、助動詞用法は、イギリス英語では39例中13例 (33％)、アメリカ英語では51例中7例 (14％) しか見られない。そして、そのほとんど全てが条件文や比較構文等の非断定的 (non-assertive) 文脈に見られる。統語的には肯定平叙文であるが、意味的には否定や疑問に類する文脈に起こっている。イギリス英語では13例中12例、アメリカ英語では7例中6例がそうである。(6) はイギリス英語の例、(7) はアメリカ英語の例である。

(6) The patterns the light made on the wall, if he *dared* open his eyes, ... (Royle, p. 66)
(7) Hely— sweating— squirmed out from under the beanbag and crawled as rapidly as he *dared* past the open doorway, through the light spilling in from the next room. (Tartt, p. 264)

明らかに断定的文脈で用いられているのは、イギリス英語では (8) に挙げる1例、アメリカ英語では (9) の1例のみである。

(8) Some of younger people *dared* start a dance under the severe gaze of St. Jérôme, and the sun shone all day. (Harris, p. 316)
(9) "You *dare* come to me while I'm with her!" (Rice, p. 151)

英米語ともに、肯定平叙文における助動詞用法は極めて限定されたものであることがわかる。
　命令文では、英米語ともに助動詞用法の *dare* は見られない。

2) 本動詞用法
　イギリス英語においては、*dare* の本動詞用法は全158例中64例 (41％) と3つ用法の中で最も多く、平叙文、とりわけ肯定平叙文に多い。一方、アメリカ語でも、本動詞用法は全181例中84例 (46％) と、3つの用法の中で最も多く、平叙文の中でも肯定平叙文に多い。(10) はイギ

リス英語の例、(11) はアメリカ英語の例である。

(10) Her lips tightened as they always did if he *dared* to ask a question. (Rowling, p. 41)

(11) At last he *dared* to look her. (Irving, p.58)

一方、否定平叙文においては、イギリス英語では (12) のような本動詞用法が一般的である。アメリカ英語では混交用法が最も多いが、それに次ぐのは (13) のような本動詞用法である。

(12) ... and he does not *dare* to steal his way, a second time, to my own rooms. (Waters, p. 234)

(13) "I didn't *dare* to answer him." (Rice, p. 328)

命令文に見られる本動詞用法は、いずれも 'Don't you dare!' (「とんでもない、(そんなこと) しないでくれ」) という慣用表現である。イギリス英語に 1 例、アメリカ英語に 5 例見られる。(14) はイギリス英語、(15) はアメリカ英語の例である。

(14) "No, don't you *dare*." (Rowling, p. 108)

(15) "Don't you *dare*!" (King, p. 287)

本動詞用法が最も少ない文の種類は英米ともに疑問文である。イギリス英語では、1 例も見られず、アメリカ英語でも、2 例しかない。そのうちの 1 例は次の (16) である。

(16) How could I *dare* to presume that my loss of faith had been caused by unearthly power? (Segal, p. 235)

3) 混交用法

16 世紀初頭から用例が見られる dare の混交用法は、イギリス英語で

は全158例中40例 (25％) と3つの用法の中で最も少ない。一方、アメリカ英語においては、混交用法は181例中65例 (36％) と4割近くを占めており、本動詞用法の次に多い。イギリス英語でも決して稀とは言えないし、アメリカ英語では一般化していると言えるかもしれない。英米語ともに、頻度的に混交用法が目立つのは (17)、(18) に示すような否定命令文、(19)、(20) に示すような否定平叙文である。とりわけ否定平叙文の場合、アメリカ英語では中心的な用法である。(17)、(19) はイギリス英語、(18)、(20) はアメリカ英語の例である。

(17) "Don't you *dare* look away while you're being shamed!" (Mitchell, p. 367)
(18) "Don't you *dare* speak his name!" (Brown, p. 68)
(19) "I would not *dare* challenge you, my Boudicca." (Baxter, p. 189)
(20) But I didn't *dare* ask her to repeat her words. (Shreve, p. 90)

混交用法は疑問文には多くない。イギリス英語では全8例中1例 (12％)、アメリカ英語では、全12例中3例 (25％) しか見られない。いずれも肯定疑問文に起こる。(21) はイギリス英語の例、(22) はアメリカ英語の例である。

(21) Could she *dare* try to be a guide or a teacher as she had done so confidently for half her adult life in a Sicilian village? (Binchy, p. 102)
(22) Did she *dare* try to run for it? (Clark, p. 314)

混交用法が最も少ないのは肯定平叙文である。(23) はイギリス英語の例、(24) はアメリカ英語の例である。

(23) And this from the same man who had *dared* question the honesty of Drover Jack's! (J. V. Jones, p.698)
(24) It is more intuitive, as though he can read my mind and knows that there is nothing residing in it at this moment that I would *dare* utter in mixed

company. (Martini, p. 87)

次に、どのような混交の形式があるのかを見てみよう。最も多い形式は *dare* が助動詞 *do/will/shall* 等と共起しながら、原形不定詞を従える構造である。イギリス英語では、混交用法 40 例中 31 例 (76％)、アメリカ英語では 65 例中 59 例 (91％) と圧倒的である。(25) はイギリス英語の例、(26) はアメリカ英語の例である。

(25) I didn't *dare* wander after her. (Waters, p. 150)
(26) Dodgson didn't *dare* glance at Baselton, just a few yards away. (Crichton, p. 261)

次に多いのは、本動詞の過去分詞 *dared* の後に原形不定詞を従える形式である。イギリス英語では混交用法 40 例中 8 例、アメリカ英語では 65 例中 5 例である。(27) はイギリス英語の例、(28) はアメリカ英語の例である。

(27) Fears which I hadn't *dared* acknowledge — that Joanna would have had time ... (Royle, p.115)
(28) One of the passengers, a Texan, had *dared* try to persuade him to make a loan on a ranch that was going into bankruptcy. (Sheldon, p. 197)

残りは、三人称単数現在形の本動詞 *dares* が原形不定詞を従える例であるが、英米それぞれ 1 例しか見られなかった。(29)、(30) がその例である。

(29) Sixsmith *dares* not answer. (Mitchell, p. 89)
(30) Bev *dares* not complain or react in the slightest way to the strong stench of his breath and groin. (Cornwell, p. 46)

文の種類・形式の点から見ると、混交用法は、圧倒的大多数が、助動

詞 *do/will/shall* 等を伴う非断定的文脈に見られることがわかった。

V

小論では、現代英米語における *dare* の用法を、1990 年代以降の第一次資料に基づいて観察してきた。用法別では、今日稀であると言われる助動詞用法が、イギリス英語では全用法の 3 割強、アメリカ英語でも 2 割弱見られる。イギリスではまだある程度保持されており、アメリカでは稀になりつつある。文の種類別に見ると、イギリス英語では、平叙文においては本動詞用法が優勢であるが、否定平叙文では助動詞用法が 3 割も使われ、疑問文では助動詞用法が圧倒的に多い。また、否定命令文では、混交用法がかなり優勢である。一方、アメリカ英語では、肯定平叙文においては本動詞用法が圧倒的に優勢である。しかし否定平叙文では混交用法が最も優勢である。疑問文では助動詞用法が優勢であり、否定命令文では、混交用法が優勢である。

英米ともに、今日一般的とされる本動詞用法が *dare* の用法の主流を占めていることは確認できた。しかしその一方で、イギリス英語では、否定平叙文、疑問文に助動詞用法が多く、アメリカ英語では、否定平叙文、否定命令文に混交用法が多用されていることがわかった。混交用法については、イギリス英語で 2 割強、アメリカ英語で 4 割近くを占めており、英米ともにむしろ一般化しつつあると言えるのではなかろうか。

注

1) OED (s.v. *Dare, v.*[1] B. I. 1. c.) に記録されている最古の例は c1555 年。
2) OED (s.v. *Dare, v.*[1] B. II. 5.) に記録されている最古の例は c1580 年。
3) Visser (1969, § 1359) に記録されている最古の例は、c1500 Partenay (EETS) 4416, 'That men *ne durst noght* it *to approche* ny' である。
4) 除外した用例数は、イギリス英語では、'Who dared?' 1 例、'if you dare' 2 例、'as 〜 as I dared' 3 例、他 3 例の計 9 例、アメリカ英語では、'You dare!' 4 例、'if you dare' 4 例、'as 〜 as he dared' 4 例、'Nobody dared' 1 例、他 2 例の計 15 例である。
5) 'How dare 〜 ?' は、イギリス英語、アメリカ英語ともに 24 例ずつ見られた。
6) 'I dare say' は、イギリス英語で 30 例、アメリカ英語で 1 例見られた。
7) 'I dare swear' は、イギリス英語にのみ 1 例見られた。

参考文献
第一次資料
〈イギリス〉
Banks, Iain M, *Inversions*. London: Orbit, 1998.
Baxter, Steven, *Coalescent: Homo Superior*. London: Gollancz, 2004.
Binchy, Maeve, *Evening Class*. London: Orion Books, 1997.
Carey, Edward, *Observatory Mansions*. London: Picador, 2000.
Crumey, Andrew, *Music in a Foreign Language*. London: Saint Martin's Press, 1997.
Davis, Linda, *Wilderness of Mirrors*. London: Orion, 1996.
Faulks, Sebastian, *On Green Dolphin Street*. London: Vintage, 2002.
Fforde, Katie, *Highland Fling*. London: Arrow, 2003.
Hamilton, Peter F, *Pandora's Star*. London: Tor, 2005.
Harris, Joanne, *Chocolat*. London: Black Swan, 2000.
Holden, Wendy, *Gossip Hound*. London: Plume Books, 2003.
Hornby, Nick, *A Long Way Down*. London: Penguin Books, 2005.
Jensen, Liz, *Ark Baby*. London: Bloomsbury, 1998.
Jones, Diana Wynne, *A Sudden Wild Magic*. London: Gollancz, 1997.
Jones, J. V., *A Cavern of Black Ice*. London: Orbit, 2000.
Mitchell, David, *Cloud Atlas*. New York: Random House, 2004.
Robinson, Patrick, *Kilo Class*. London: Arrow, 1999.
Rowling, J. K., *Harry Potter and the Philosopher's Stone*. London: Bloomsbury, 1997.
Royle, Nicholas, *The Matter of the Heart*. London: Abacus, 1997.
Waters, Sarah, *Fingersmith*. London: Virago Press, 2003.

〈アメリカ〉
Brown, Sandra, *Breath of Scandal*. New York: Warner Books, 1991.
Bujold, Lois Mcmaster, *Komarr*. New York: Simon & Schuster, 1999.
Clark, Mary Higgins, *Nighttime Is My Time*. New York: Simon & Schuster, 2004.
Cornwell, Patricia, *Blow Fly*. New York: Berkley, 2003.
Crichton, Michael, *The Lost World*. New York: Ballantine, 1996.
Grisham, John, *The Street Lawyer*. New York: Dell, 1998.
Hooper, Kay, *Amanda*. New York: Bantam, 1995.
Howard, Linda, *Open Season*. New York: Pocket, 2001.
Irving, John, *A Widow for One Year*. New York: Ballantine, 1999.
King, Stephen, *Insomnia*. New York: Signet, 1995.
Martini, Steve, *The Judge*. New York: Jove, 1996.
Parker, Robert B, *All Our Yesterdays*. New York: Dell, 1994.
Patterson, James, *The Jester*. New York: Warner Books, 2004.
Rice, Anne, *Memnoch the Devil*. New York: Ballantine, 1997.
Roberts, Nora, *Face the Fire*. New York: Barkley, 2002.
Segal, Erich, *Acts of Faith*. New York: Bantam, 1992.
Sheldon, Sidney, *The Doomsday Conspiracy*. New York: Warner Books, 1991.

Shreve, Anita, *All He Ever Wanted*. New York: Back Bay Books, 2004.
Steel, Danielle, *Sunset in St. Tropez*. New York: Dell, 2002.
Tartt, Donna, *The Little Friend*. New York:Vintage, 2003.

第二次資料

Breenbaum, S. and J. Whitcut. 1988. *Longman Guide to English Usage*. Harlow, Essex: Longman.
Cambridge Grammar = R. Huddleston and G. K. Pullum, *The Cambridge Grammar of the English Language*. Cambridge: Cambridge University Press, 2002.
Longman Grammar = Douglas Biber, et al., *Longman Grammar of Spoken and Written English*. Harlow, Essex: Longman, 1999.
MWDEU = *Merriam-Webster's Dictionary of English Usage*. Springfield, MA: Merriam-Webster, 1994.
OED = *The Oxford English Dictionary*, ed. James A. H. Murray, et al. Oxford: Clarendon Press, 1933.
Peters, Pam. 2004. *The Cambridge Guide to English Usage*. Cambridge: Cambridge University Press.
Quirk, Randolph, S. Greenbaum, G. Leech and J. Svartvik. 1985. *A Comprehensive Grammar of the English Language*. London: Longman.
Swan, Michael. 1995^2, 2005^3. *Practical English Usage*. Oxford: Oxford University Press.
Taeymans, Martine. 2004. "*DARE* and *NEED* in British and American present-day English: 1960s-1990s". *New Perspective on English Historical Linguistics: Selected Papers from 12 ICEHL, Glasgow, 21-26 August 2002*, Vol. 1, ed. Christian Kay, et al. (Amsterdam/ Philadelphia: John Benjamins), pp. 215-28.
Visser, F. Th. 1969. *An Historical Syntax of the English Language*. III-I. Leiden: E. J. Brill.

荒木一雄・宇賀治正朋. 1984.『英語史ⅢA』(英語学大系、10) 大修館書店.
荒木一雄・安井稔編. 1992.『現代英文法辞典』三省堂.
安藤貞雄・山田政美編. 1995.『現代英米語用法事典』研究社.
大塚高信編. 1970.『新英文法辞典』(改訂増補版) 三省堂.

松村瑞子

時を表すsince節中の完了形と単純形

1. はじめに
　従属節のアスペクトは、主節の事態と従属節の事態の関係が如何に捉えられているかによって変化する。例えば、since節内に単純形が用いられている(1a)では私達はもはや就学中ではないと捉えられているが、現在完了形の(1b)では私は今でもこの通りに住んでいると捉えられている等の説明が行われてきた。

(1)　a. I've known her since we were at school together.
　　　b. I've known her since I've lived in this street. (a/b: Swan 2005: 513)

　この説明はsince節中の単純形と完了形の相違の一側面を指摘したものではあるが、実例を収集してみると、その現れ方は遥かに複雑である。この論文では、コーパスを用いて収集した用例を分析しながら、時を表すsince節と主節の単純形と完了形の用法について、主節と従属節の事態の関係が如何に捉えられているかという観点から論じていく。

2. 主節・since節に現れる形式
　表1は、コーパス(Brown, Frown, LOB, FLOB)で主節とsince節に現れる完了形・単純形の形式および出現数をまとめたものである。

表1. 主節とsince節中の形式の出現数

主節 + since 節		Brown	Frown	LOB	FLOB	合計
タイプ1	現在完了+過去	28	17	29	33	107
タイプ2	現在完了+現在完了	3	1	2	0	6
タイプ3	現在+現在完了	0	1	1	0	2
タイプ4	現在+過去	2	5	15	5	27
タイプ5	過去+過去	3	5	6	6	20
タイプ6	過去+過去完了	7	6	7	2	22
タイプ7	過去完了+過去完了	7	10	11	8	36
タイプ8	過去完了+過去	13	9	9	5	36
	合計	63	54	80	59	256

タイプ1〜タイプ4は主節が現在完了形および現在形の現在を基準点とした形式、タイプ5〜8は主節が過去形および過去完了形の過去を基準点とした形式と言える。タイプ1〜タイプ4については、タイプ1 (主節：現在完了形、since 節：過去形) が群を抜いて多いこと、タイプ2およびタイプ3 (since 節：現在完了形) が極端に少ないことが観察できる。一方、タイプ5〜8については、since 節については過去形 (タイプ5＋タイプ8＝56例) および過去完了形 (タイプ6＋タイプ7＝58例) がほぼ同数出現しているのに対して、主節については過去完了形 (タイプ7＋タイプ8＝72例) が過去形 (タイプ5＋タイプ6＝42例) よりもかなり高い割合で起こっていることが分かる。小論では、タイプ1の形式が何故多数を占めるかについて述べた後、since 節中に現在完了形が用いられるのはどのような場合かを示し、さらに過去に起こったと考えられる2つの事態を過去形と過去完了形で表現する形式 (タイプ5〜タイプ8) の使い分けについて論じていく。

3. since 節中の過去形

8つのタイプのうち最も高い割合で現れるのは、タイプ1 (主節：現在完了形、since 節：過去形) の例であり全体のおよそ2/5を占めている。この節では、先ず最も頻度の高いタイプ1では主節と従属節の事態 (situation) の関係がどのように捉えられているかについて論じていく。

先ず、タイプ1の具体例を挙げる。

(2) Since it was issued in the spring of 1611, the King James Version has been most generally considered the most poetic and beautiful of all translations of the Bible. (Brown B12 0960)

(3) The normal rate of suicides in East Berlin was one a day, but since the border was closed on August it has jumped to 25 a day! (Brown D07 1100)

(4) It has been 7 1/2 years since the United States withdrew from UNESCO because of the organization's excessive politicization, poor management, and runaway budgets. (Frown H18 80)

(5) I have warned the country again and again of this since I became Chancellor. (LOB A21 194)

(6) "Since price restraint became operative the industry has won success in export markets." (LOB B09 160)

大江 (1982:127) は、since 節中では現在完了形ではなく過去形が用いられるのは「since 節に導かれる句または節が、ある過去の時点から現在までの時間的ひろがりを表わし、since ... の ... がその時間的ひろがり y の開始点 x を示すからである」と述べる。コーパスの中でも時を表す since に導かれるのは殆ど過去の開始点を指すと思える句であった (e.g. since 1954, since their marriage)。それ故、ここで取り扱うような節を従える場合も同様に、since 節には過去の開始点を表すと捉えられる事態が過去形で表現されると言える。一方、主節の事態が現在完了形で表現されるのは、since 節で表される過去の開始点から現在まで継続する事態を表すためと考えられる。この現在完了形の中には、(2) (4) のように状態の継続を表すもの、(5) (6) のように習慣の継続を表すもの、また (3) のように結果状態の継続を表すものがある。この継続性は現在完了形でのみ表現できるものであり、単純形では表現できない。

この考えに沿って上記の例をいくつか説明してみると、(2) では since

節は「King James Version が出されたという開始点」を表し、主節は「聖書の訳の中で最も美しく詩的であると考えられてきたという状態の継続」を表すことになる。また (3) では、since 節が「ベルリンの壁が閉じられた」という開始点を表し、主節が「自殺率が日に1人から25人に跳ね上がり、その状態がずっと継続している」ことを表す。さらに (5) でも、since 節は「私が司法官になった」時点を表し、主節は「その後ずっと警告してきた」という習慣的行為を表す。タイプ1 (主節：現在完了形、since 節：過去形) の割合がこれほど高いのも、過去の開始点から現在までの継続を最もうまく表現できるためだと考えられる。

4. since 節中の現在完了形 (継続)

では、タイプ2や3のように since 節中に現在完了形が現れるのはどのような場合だろうか。大江 (1982: 127) はこの since 節中の現在完了形を、継続用法と経験用法の2つに分ける。継続用法とは (7b) のように、since 節中の事態が現在まで継続していると考えられる例である。Swan (1980: 246) は、以下の例を出しながら、「since 節中では意味に応じて過去または現在完了形が用いられる」と述べる。

(7)　a. I've known her since we were children.
　　　b. I've known her since I've lived in this street.

(a) で過去形が用いられているのは「私たちは現在子供ではない」からであり、(b) で現在完了形が用いられているのは「私はずっと継続して現在までこの通りに住み続けている」ためであると説明される。この説明は一見分かりやすいようだが、実際には動詞のアスペクトとも関係してどちらを使うかは複雑である。

以下は Quirk et al. (1991: 538-39) の例と説明である。

(8)　a. Since they have lived in London, they have been increasingly happy.
　　　 ["during that time"]
　　　b Since they lived in London, they have been increasingly happy.

There is thus a contrast between (a) and (b). This is because, while the span involved is the same, (a) defines their living in London as conterminous with that span (i.e. as still being true 'now', which is as far as the speaker can commit himself), but (b) makes no claim on how long they lived in London beyond the implication that they no longer live there 'now'. ... "On the other hand, if the verb in the *since* clause is not one of continuous activity (like *live*), a non-perfective carries no such implication as (b). Consider the following set:

(9)　a. He's been getting bad headaches since he has been in the army.
　　　b. He's been getting bad headaches since he joined the army.
　　　c. He's been getting bad headaches since he was in the army.

In (a) he must still be in the army 'now'; in (c) he cannot be still in the army; in (b) he may or may not be still in the army.

　since 節中の事態が状態・習慣など継続性の事態の場合は、現在完了形 (e.g. (8a) (9a)) では主節に描かれる事態と since 節に描かれる事態は共に現在まで継続していると話者が捉えている場合であるが、過去形 (e.g. (8b) (9c)) では since 節中の事態は現在もはや当てはまらないという含みがある。一方 since 節中の事態が非継続性の事態の場合は (e.g. (9b))、過去形が用いられてもその事態が現在まで続いているか否かは分からないというのである。

　この説明で注目すべきは、全く同じ状況であっても、話者は (9b) の過去形を使うことも (9a) の現在完了形を使うこともありうるという点である。ここで収集したデータにおいても、since 節中の事態が現在まで継続しているか否かに拘らず、開始点のみに焦点が当てられる場合は過去形が用いられている。例えば (3) や (6) では、since 節中の事態「ベルリンの壁が閉ざされている」「価格制限が実施されている」という事態は「自殺率が跳ね上がった」「産業が輸出市場で成功を収めた」期間と一致して継続していると考えられるが、単純形を用いて「ベルリンの壁が閉じられた」「価格制限が実施された」と開始点のみを明示し、これらの事態の開始が主節の事態を引き起こしたことが示される。Since 節中に

過去形が起こることが多いのは、実際そこで描かれる事態は現在まで継続していると考えられても開始点のみに焦点が当てられることが多いためである。

では、どのような場合に現在完了形が用いられているのだろうか。

(10) She wrote in her journal, "I have not heard the least profane language since I have been on board the vessel...."　(Brown G37 0240)

(11) Mr. President, I want to say at the outset about the death penalty that I do not think many of us in here — I know the Senator from Florida, because he knows so much about this area and has worked so hard in it so long when he was a Governor and since he has been here—disagree. (Frown H09 169)

(12) Since these laws have been enforced, over 27,000 people have been sterilised in the United States.　(LOB G56 82)

これらの用例では、主節の事態の継続と従属節の事態の継続が重なっていることを特に示したい場合である。例えば (10) では「彼女が乗船している間中ずっと下品な言葉を聞き続けた」ことが表現され、(11) では「上院議員が州知事だった時も、またここに来てからもずっと死刑の問題に取り組んできた」と過去形の州知事時代に加えて特に現在まで継続する状態を表しており、この現在完了形は過去形には変更できない。さらに (12) についても「これら法律が施行されて以来現在までに、27,000人以上が不妊処置をされたことになる」というように、since 節の事態が主節の事態と同様現在まで広がっている。

5.　since 節中の現在完了形 (経験)

もう1つのタイプの since 節中の現在完了形は次のようなものである。

(13) It has been a long time since he has seen any campaign money, and when the proposition is laid down to him as the friends of Mr& Hearst are laying it down these days he is quite likely to get aboard the Hearst

bandwagon." (Brown G45 1020)

　大江 (1982: 130) は数多くの用例を挙げながら、この現在完了形は経験の現在完了形であり、It is x since S. 式の主語が期間を表す構文のもつ not S for x にひかれて用いられるようになったと述べる。大江の言うように、この現在完了形は専ら It is x since S. 式の主節が期間を表す構文の since 節中にしか見られないこと、更にこの種の現在完了形をもつ構文が not S for x という否定の含意をもつことも事実である。例えば (13) では、「昔運動資金のようなものを見たこともあったが、あれから長い時が経ったものだ」より「長い間運動資金なるものを目にしなかったなあ」という否定の含意が感じられる。ただ、古賀 (1992) も指摘するように、この否定の含意と経験の完了形の関係については説明の必要があると思う。

　経験の現在完了形は、不定時を指すと言われることがある。Leech (1971: 36) は、現在完了形と過去形の相違について「不定過去を意味する現在完了の場合には特定の時点が表現されないのに対して、単純過去時制を適切に使うには通常過去の明確な基準点 then を表現することが必要である」と述べる。それ故、いつ描いたかが明らかな this picture をもつ (14b) では過去形が用いられる一方、そもそも描いたかどうかのみが問題とされる不定の名詞句 a picture をもつ (14a) では現在完了形も用いられる。

　(14) a. John has painted a picture.
　　　 b. John painted this picture. (a/b: Leech 1971: 37)

　更に Keene & Matsunami (1969) は、(15a) はいつ行ったかは問題にしない質問であるのに対し (15b) は「いつ」という反応が直ぐに起こる質問であると述べる。それ故 (15c) に例示されるように、「いつ起こったか」を尋ねる文に経験の現在完了形を用いると許されない。

　(15) a. Have you been to America?

    b. Did you go to America? (a/b: Keene & Matsunami 1969: 62)
    c. *When have you been to America?
    d. When did you go to America?

即ち、過去形では過去の特定の時点が問題となるのに対し、現在完了形ではそもそも起こったか否かが問題となるのである。このことを考えれば、この現在完了形に否定の含意が起こりやすい理由も頷ける。過去形の場合、特定の時点が表現されるために、It is x since S. 中の S の表す特定時を開始点とした現在までの期間の提示が焦点となりやすい。これに対して、経験の現在完了形が用いられた場合には、行為がそもそも起こったか否かが問題となるために S に対する not S が焦点となりやすい。これが大江の言う「否定の含意」に繋がったのだと考えられる。

　また、この構文中に過去形が用いられた場合には、例えば last のように明確な時点を表す表現が現れ期間の提示が焦点になっていることがはっきりする場合もあるが、それを現在完了形にすると容認されない。

(16) a. It has been five years since I last saw Karl Marx. (大江 1982: 133)
　　 b. *It has been five years since I have seen Karl Marx last.

　また、この構文中に経験の現在完了形が用いられた場合、主節の表す期間は "many years" や "a long time" のように明確な期間を示さない漠然と長い期間を表すものが多い点も、この現在完了形が明確な期間の提示を焦点としたものではないことを示唆している。

(17) How do you do, my dear? Such a long time since we've seen you. And
　　 how is your mother? — Hemingway (大江 1982: 132)

この構文では、タイプ 1 のように since 節で表される開始点が過去形で、その開始点から現在まで継続すると捉えられる主節の事態が現在完了形で表現されるのが典型的用法だが、タイプ 2 のように since 節の事態と主節の事態が同時に継続していると認識されている場合や、タイプ 3 の

ようにsince節の事態が起こったか否かのみが問題とされる場合には、現在完了形も用いられると言える。

6. since節中の過去完了形と過去形

タイプ5〜8は何れも過去に起こった2つの事態を過去形と過去完了形で表現するものである。Quirk et al. (1985: 1017) は、以下の例を挙げて、主節の形式については通常過去完了形が用いられるが過去形に取って代わることもあるという記述だけ行っている。

(18) a. Since the country had achieved independence, it had revised its constitution twice.
b. Since the country had achieved independence, it revised its constitution twice.

また、since節中の形式についても、Quirk et al. (1985: 1018) は「過去形または過去完了形が用いられる。過去完了形は過去形と現在完了形の両方に対応するが、期間を表すときは現在完了形に対応して過去完了形が用いられることが多い」と述べる。

(19) Since the country (had) achieved independence, it (had) revised its constitution twice.
(20) Since he {had known, knew} her, she {had been, was} a journalist.

しかし、この記述では主節でもsince節でも両方の形式が用いられることは分かるが、幾つか疑問が生じる。例えば、since節中では期間を表すときには現在完了形に対応して過去完了形が用いられるというが、前節でみたようにsince節には現在完了形は殆ど使われなかったのに過去完了形は過去形とほぼ同数出現しているのは何故だろうか。また、Quirk et al. は主節では通常過去完了形が用いられると言っているが、コーパスでも過去完了形が高い割合で起こっているのは何故だろうか。

第1の疑問は比較的容易に解決できる。過去完了形は「過去形と完了

形両方の意味領域を包む。」(Leech 1971: 42) と言われてきた。前節で見たように、since 節が開始点を表すとすれば、そこで用いられる過去完了形についても完了形ではなく過去形の意味領域のものが多いと予想される。ここで見つかった例のうち、過去の過去を表すものは 50/58 例、現在完了を過去にしたと考えられる例は 8/58 例と圧倒的に過去の過去を指すものが多い。以下 (21) は過去の過去の例、(22) (23) は完了の例である。例 (21) は「私が最後に彼らを見た」時点を開始点 (過去の過去) として数時間しか経っていないことを表すが、後半部の「彼らは変わってしまった」「私も変わってしまった」という完了の過去完了形と対照的である。また (22) の since 節中の過去完了形は、since 節中の経験の完了形であり、(23) は「彼がそこにいた 2 年間」という状態の継続を表す。

(21) It was only hours since I had last seen them, but they had changed and I had changed. (Brown K09 0580)
(22) It was really a May and December combination. My new Aunt was perhaps three or four years older than I and it had been a long time since I had seen as gorgeous a woman who oozed sex. (Brown N18 0350)
(23) Geneva, instead of becoming the City of God, as John had dreamed, had in the two years since he had been there, continued to be a godless place where all manner of vice flourished. (Brown K10 0940)

次に、主節では過去完了形が多く用いられているのは何故だろうか。この理由は、主節に現れている過去完了形の意味を考えるとはっきりする。since 節中の過去完了形は過去の過去を表すものが 63％占めていたのに対し、主節の過去完了形は全て継続を中心としたアスペクトとしての完了形であった。以下がその例である。

(24) Pat had been worried as hell ever since she'd lost her job on that fashion magazine. (Brown K18 1330)
(25) He realised that she was also wiping her eyes. He hated having to hurt her, but he had known ever since he had announced his engagement to

Hyacinth, that he would have to talk seriously to his ex-wife. (LOB P12 2)

　主節に過去完了形が多いのは、現在完了形の場合と同様、since 節の表す開始点からの継続を表すことができるためと考えられる。since 節で描かれる事態と主節で描かれる事態の関係については、since 節で開始点を規定し、主節で現在完了形が用いられている場合はその開始点から現在に広がる事態を、過去完了形が用いられている場合はその開始点から既定の過去時 (参照時) まで広がる事態を表していると言える。この過去から現在または過去までの事態の広がりを表すには、参照時を必要とする完了形 (Comrie 1985) が単純形よりも適していると考えられるため、タイプ1、タイプ2、タイプ7、タイプ8の主節に完了形をもつ構文が、since 節の主節では70％以上を占めていると考えられる。それ故、タイプ6のような単に過去の過去しか表さない過去完了形 (since 節の開始点のみ表す) の例は限られているのだと考えられる。

7. おわりに

　小論では、since 節と主節における完了形と単純形の用法について、2つの事態の関わりがどのように捉えられているかという観点から考察した。主節に完了形が何故多いのか、since 節に単純過去形が何故多いのか、また since 節に完了形が用いられるのはどのような場合かを中心に議論を行った。Comrie (1976: 3) はアスペクトを "Aspects are different ways of viewing the internal temporal constituency of a situation." と定義したが、ここで論じた完了形と単純形は正に「同じ事態の捉え方の違い」を反映したものであると言える。

参考文献

Celce-Murcia, Marianne and D. Larsen-Freeman. 1999. *The Grammar Book*: *An ESL/EFL Teacher's Course*. Boston: Heinle & Heinle.

Comrie, Bernard. 1976. *Aspect: An Introduction to the Study of Verbal Aspect and Related Problems*. Cambridge: Cambridge University Press.

Comrie, Bernard. 1985. *Tense*. Cambridge: Cambridge University Press.

Keene, Dennis and Tamotsu Matsunami. 1969. *Problems in English: An Approach to the Real Life of the Language*. Tokyo: Kenkyusha.
Leech, Geoffrey. 1971. *Meaning and the English Verb*. London: Longman.
Quirk, R. S. Greenbaum, G. Leech and J. Svartvik. 1985. *A Comprehensive Grammar of English Language*. London: Longman.
Swan, Michael. 1980. *Practical English Usage*. London: Oxford University Press.
Swan, Michael. 2005. *Practical English Usage*. 3rd ed. London: Oxford University Press.

内木場努. 2004.『「こだわり」の英語語法研究』開拓社.
柏野健次. 1999.『テンスとアスペクトの語法』開拓社.
古賀恵介. 1982.「否定の含意を持つ since 節中の現在完了形について」『九州英文学研究』9, 69-83.
松村瑞子. 1989. 「非論理的過去完了形」『英語学の視点 大江三郎先生追悼論文集』(九州大学出版会)、pp. 123-39.
大江三郎. 1982.『講座・学校英文法の基礎 第四巻 動詞 (I)』研究社.

地村 彰之

初歩の英語史*

はじめに

　英語の歴史を学ぶ機会はいつが良いであろうか。中高での英語教育では、その目的が現代英語を自由に駆使できるようにする能力、実践的コミュニケーションの能力の向上に求められており、英語の歴史的な説明に時間をかける余裕はないように思われる。しかし、実際、現象面からして歴史的説明があれば容易に解決することでもなおざりにされている。もし教師自身の力量に問題があるとすれば、それは大変なことになる。現場で英語史的な説明をする機会はほとんどないかもしれないが、可能な限り英語史の語学的説明をする努力もまた必要である。生徒が抱いた素朴な疑問に対する答えが、英語の歴史の知識から得られることがよくあるからである。英語を勉強する限り、その歴史について知っているほうがよいことは言うまでもない。むしろ、英語を勉強するための動機の一つになりうる。英語史の豆知識が、ある単語や文法などについての疑問を解く手助けになることがある。さらに、それは英語文化理解ともつながり、英語という言葉そのものとその言語を用いている文化圏に対する生徒たちの興味をかきたてることにもなるからである。このように、英語史は言葉に対する根源的な問題を提示するだけでなく、今日の言語運用能力を重んじる現代英語教育の風潮に対して、その欠落部を補う大切な役割を果すことになるであろう。

本稿では、今日の英語との関係でとくに英語史的に重要と思われることをあげる。用例は枚数の関係もあるので、それぞれ数例に限る。(1) 発音とつづり字、(2) 語形、(3) 語彙と意味変化の順に検討していく。まとめる上で G. L. Brook, *A History of the English Language* (André Deutsh, 1958) (本務校での「英語史」の教科書として、石橋幸太郎、中島邦男編注『詳注ブルック英語史』(南雲堂、1973) をよく利用させていただいている) を参考にした。

1. 発音とつづり字

　まず語頭の文字で今日発音しない語が存在する。例えば、know, gnaw, write などの語である。これらは、もともと発音されていたのであるが、いつの間にか発音されないようになり、つまり語頭音を消失したが、つづり字は残されてしまったのである。語頭の k-, g-, w- の消失が顕著な現象として今日見られる。辞書で語頭に k- の付く語を調べてみると knight, know, knee などすぐ見つけることが出来る。また、hour や honour などの /h/ 音が脱落する語がある。フランス語から英語に入ってきた語であるが、ラテン語では存在していたと考えられる語頭音が今日発音されない。

　語尾においてもつづり字は残っているが、発音されない例がたくさんある。例えば語尾の -e の問題である。

	e.g.	OE	ME	Mod E
		nama	name	name
		lufu (noun)	love	love
		lufian (verb)	love (n)	love

上記の例の場合、今日の英語では語尾は発音しないがつづり字だけが残されている。それぞれ古期英語の語形を見ると、語尾の母音は発音されていたようである。また、/f/ は母音に挟まれると有声化した。後で扱う名詞の複数形の語形変化とかかわりがあるが、今日の英語における knife → knives, leaf → leaves のような複数変化はこのような母音の有声化とかかわりがある。

　語と語を連結するために /r/ 音が挿入されることがある。"I fear it." な

どの linking /r/ や "an idea of"、"India and China" などの intrusive /r/ と言われるものである。逆に語中音の脱落の問題もある。forehead, shepherd, cupboard などである。最近は spelling pronunciation が増えているというが、shepherd や cupboard は文字通り発音されるようになるのであろうか。

フランス語のつづり字が英語に影響を与えた例がある。quick ＜ cwic, queen ＜ cwen, house ＜ hus などであるが、husband は根強くもとのつづり字を今日まで残している。ところが、housewife は現代的つづり字になった。もちろん hussy, hussif のような短縮形は方言に残っている。

2. 語形

品詞ごとに語形論的に顕著な特徴を示すものを取り上げる。発音の変化と関係する場合がある。

2.1 名詞
2.1.1 複数形

まず、名詞の複数形の中で今日の英語において不規則な変化を示しているように思われるものがある。

(a) 複数形の語形変化で、knife → knives, leaf → leaves のような例は、(1) であげたような母音に挟まれた子音の有声化の現象を示すものと考えることが出来る。次のように母音が変化する複数形が存在する。例えば、woman → women, child → children, man → men, tooth → teeth である。これらは、二つ目の母音が一つ目の母音に影響を与える "front mutation" という音韻変化によると説明されるが、women と children の最初の母音のつづり字が変化していないことに対しては、つづり字の固定化が音声の変化より早く進んだとしか言いようがない。

(b) children や brethren のような二重複数の現象については、日本語にも「子どもたち」「子どもら」のような二重複数が存在していることを指摘することが出来る。

(c) carp, deer, sheep のような単複同形について、carp や deer は、それぞれ carps (18 世紀の文献に見られる) や deers (19 世紀の文献に見られる)

という -s 語尾が付く複数形を以前持っていた。

2.1.2 異分析

　異分析も魅力ある言語現象である。apron や nickname がよく引用される例である。napron の n がその前の不定冠詞 a と結びついたため今日の apron が生まれたことはよく知られている。同時に napkin (nape (布) + kin (小さい)) のように n が移動されずに残っている例もあることを忘れてはならない。名前の愛称形もこの n が重要な役割をしている。(ただし、この場合は人称代名詞の属格 mine の語尾音と関わっていることは周知のことであるが。) Nancy (＜ Anna, Ann (e))、Nanny, Nannie (＜ Anna, Ann (e))、Ned (＜ Edward, Edmund, Edgar, Edwin), Neddy (＜ Edward), Nell (＜ Ellen, Eleanor), Nellie, Nelly (＜ Ellen, Eleanor, Helen) などは、n が付いて出来上がったもので、Cole, Claus, Klaus, Colin, Colley (Nicholas) は、n が落ちたものと考えていいであろうか。Anne には、手元の資料で調べた限りでも Nan, Nana, Nanna, Nancy, Nanette, Nanetta, Nanete, Nanine, Nanon, Nina, Ninette, Ninon のように 12 通りの n が語頭に付く愛称形がある。日本の英語教科書に出てこない名前がたくさんある。

2.1.3 人称代名詞

　ここで現代の人称代名詞で疑問を感じさせてくれるものを数例あげる。

　(a) 一人称単数の代名詞 I はなぜ大文字であるのかという、中学校一年生でも問題意識がある生徒であれば感じる疑問である。中期英語では、動詞は run, runne, ironne のように変化した。もし i が次の語と結びついた場合 i runne → irunne となり ironne と区別がしにくくなる。これも i が大文字になった一つの原因であるかもしれない。

　(b) he の所有格、目的格は his, him とその形態が似ているのに、なぜ she については her, her のように形態が似ていないのかという問題もある。古期英語の heo から he が生まれたことは理解しやすいが、hi から she が形成されたことはわかりにくい。ただ、属格、与格、対格の her は繋がりが感じられる。

　(c) they, their, them は単数形代名詞とあまりつながりが感じられないと思う人もいるであろう。英語の歴史を辿れば、外来語であったことがわ

かる。英語の根幹にまで外部の要因が影響を与えていることを知れば、ますます言葉が社会的にいかに重要な役割を果してきたかについて少しでも理解できる。

　(d) 再帰代名詞もよく見ると、二通りの形にわかれる。myself, yourself, himself, herself, itself, ourselves, yourselves, themselves のように、順にあげていくと「所有格＋self」「目的格＋self」の二つである。もともと self は形容詞であったということを知ると、「所有格＋self」の方が、後で出来上がったものであることがわかる。

2.2　動詞

　次に、動詞の過去形と過去分詞形で形態的に説明を必要とするものがある。

(a) 今日の英語で、過去形と過去分詞形の形態が一致していないものがある。例えば、go, went, gone のような変化である。go と gone の繋がりはすぐに見当が付くが、went はなぜ存在するのかという疑問が生じる。ただ辞書を引くと wend one's way という成句が存在するので went は wend の過去形であったことがわかる。go と wend が共存していて go が優勢になっていくようなプロセスが鮮明に説明されれば素晴らしいことであろう。

(b) 英語史では、母音が変化する過去形・過去分詞形を作る動詞を強変化動詞、規則的な語尾を付けることによって過去形・過去分詞形を作る動詞を弱変化動詞と言っている。前者が今日の不規則動詞、後者が規則動詞と言われる。ただし、不規則動詞をよくみると今の規則からすると不規則であるが、もともと規則的に活用したものがある。catch - caught - caught, bring - brought - brought などである。確かに母音の変化はあるものの、語尾に規則的な t が付けられていることは注目すべき現象である。これらは、drip, dripped, dripped や drop, dropped, dropped のように、つづり字では -ed を残しているが、無声音の /t/ と発音する動詞の過去形・過去分詞形の語尾と繋がるものであると考えていいであろうか。

(c) 逆成という現象がある。私のような世代の人間には typewriter から typewrite が生まれたというのはよくわかる。editor から edit, air-conditioner から air-condition などすぐに思いつくが、現代の学生には word-processor から生まれた動詞の word-process の方が身近な存在かもしれない。

2.3 形容詞、副詞

　形容詞の比較級・最上級でよく引き合いに出されるのは、"nigh - near - next" というもともと原級、比較級、最上級であった語である。nigh は今では詩語に限られ、near が原級と感じられるようになったため nearer, nearest という新たな比較級、最上級が生まれた。(対照するために、日本語の例をあげるが、これらは形容詞、副詞の例ではない。日本語では、「おみき」(御神酒・大御酒)「おみくじ」(御御籤・御神籤)「おみこし」(御御輿・御神輿) のような二重敬語のような語が存在している。すでに名詞のところで指摘したように、children と「子どもたち」は不思議なことに英語も日本語も二重複数の形態素を持っている。)

　quick という語は、quickly のように -ly がつかないが、副詞の働きをすることができる。quick は flat adverb であると現代の文法は説明する。しかし、もともと古期英語の時代には、形容詞語尾に -e をつけることによって副詞を作ることが多かったが、現代ではその語尾が水平化してなくなったため、形容詞と副詞の形態が同一になったと説明することも可能である。つまり、語尾が消失したとき本来副詞であったものが、形容詞の形と変わらなくなった。

　always や nowadays に付いている -s など語尾としては重要なものである。副詞的属格と言われるが、同じ /s/ 音を持っているにも関わらず once (＜ ones) や twice (＜ twies) のように -ce 語尾のものがある。歴史をたどれば -s 語尾に通じているのであるが、有声音ではなくて、無声音であることを示すために -ce 語尾が使われるようになったと説明されることがある。第一節でも扱ったように、英語のつづり字と発音は一貫していないと言われることが多いが、この -ce が発音しやすいつづり字であることは有り難いことである。

　副詞 alive の語幹の live は life と繋がりがあると予想がつくが、接頭辞の a- が何であるかは、英語史の知識が必要であろう。もともと前置詞 +

名詞で構成されていて、それが、on lif → on life → alive のようなプロセスを経て生まれた語であることを知れば、接頭辞の a- でさえも親近感を覚えるかもしれない。

2.4 合成語

　語と語が結合しために音韻的に変化をしたものがあることは、すでに第一節で指摘したが、意味変化の問題とも関係する合成語についてあげる。gospel と good-bye である。前者はもともとギリシア語で "good tidings" を意味していたが、後に母音の /o/ が短母音化したため "message of God" と誤解されたと言う。後者は逆に "God be with ye" のように語源的には "God" と関わりがあったにもかかわらず、今では "good" と連想が働いてしまう。それにしても英語の "God" と "good" は音声的な類似だけでなく、意味的にも何か繋がりがあったのではと思ってしまう。他にも England < Angles land のような種族の名前が合成語になり、現代の国名になっているものがある。

3. 語彙と意味変化

　前節でも指摘したが、語彙については語源的な問題と結びつけて説明すると現代英語との差を感じる場合がある。ここでは教育上面白いと思った語をいくつかあげることにする。意味変化についてはたくさんの現象が指摘され、専門的には高度に深い分析が可能であろうが、意味の一般化、特殊化、向上、堕落などの現象が初歩の学生には分かりやすいであろう。ただし、重なり合った現象を示す場合もあるので、簡単に割り切って分類できない場合も存在する。気づいた用例を数例挙げて説明する。

3.1 語彙

　中世イングランドの政治や社会状況との繋がりがある語彙の共存を指摘できる。在来の動物名は、もちろん本来語で表わされるが、それらが料理されると外国語の名前になる。よく英語史のテクストで取り上げられるが、swine - pork, ox - beef, calf - veal のように、本来語と外来語の共

存のことである。本国に生き続けてきた動物を示す語、例えば ox, cow, pig, sheep, deer は英語起源であるのに対して、それらが料理されて支配者たちの食卓にあがると beef, pork, mutton, venison のようにフランス語起源の語に変わってしまうことである。ただし、cow と beef はそれぞれゲルマン語系、ロマンス語系の語彙と思われているが、語源を遡れば両者ともサンスクリット語 gáu(s) にまでたどり着く。これは牛 (gyu) と繋がっているという。

3.2 意味変化

まず意味が一般化した例をあげる。bird は、もともと「ひな鳥」を意味していたようである。今では「一般の鳥」である。ただ、人間の若者や子供を表わすときに使われるのは、原義から来ているのであろうか。(この語はもともと brid であったから、音位転換という視点から取り上げても面白い。現代でも使われる bride, bridal と語形の上で似ているからさらに興味がわくが、語源的には繋がりがなさそうである。) manuscript は、もともと「写本」を意味していたし、現在でも写本研究が盛んであるので原義は残されているが、タイプライターやワープロで打ち出した原稿のことまで指すようになっている。manufacture と同じように、本来自らの手で行っていた作業の代わりをする機械に任せるようになってもその言葉は使われていく。意味の一般化というより、時代に合わせた意味が生まれると言ってもよいのであろうか。この語も分類に苦労する語である。

次に、意味が特殊化したものをあげる。fowl (もともと一般の「鳥」を意味していたが、今日では飛べない鳥「家禽」を表わすことが多くなった) や meat (もともと一般の「食べ物」を意味していたが、特定の食べ物「肉」を表わすことが多くなった) は、チョーサーの英語に出てくるので、学部生や大学院生には説明しやすい語である。hound も fowl と同じように考えることが出来る。undertaker は、文字通り「責任を持って引き受ける人」という広義の意味を持っていたが、現在は「責任もって葬儀を引き受ける人」というように特殊化してしまった。funeral undertaker の最初の語が落ちても、その合成語の意味が残ったと考える

ことが出来る。science は、ラテン語の動詞 scire から来ているので「知っていること」「知識」「知恵」のように一般的な意味で使われていたが、後に「科学」というように「専門的知識」を意味するようになった。wit は、本来語の witan から来ているので science と同じように「知っていること」「知恵」であったが、現代ではその場でとっさに働く知恵という「機知」という限られた意味で使うことも多い。

　語の意味が向上したものがある。angel は、もともとヘブライ語では「使者」を意味していたが、英語では古期英語で「天使」に使われている。nice は、ラテン語の形容詞である nescius から来ていて ne + scius と考えられるので、上記の science とは逆の「知らない状態である」を意味したものであるが、現在では「ナイス」というように悪い意味では使わない。

　逆に、意味が堕落したものは向上したものよりは多いかもしれない。cunning は、もともと古期英語の動詞「知る」の現在分詞形であったが、16 世紀は「ずるい」のようなよくない意味を獲得している。nice と対照的な例としてよく引用される silly は、もともと「聖なる」という高尚な意味であった。日本語の「貴様」「御前」のような語の意味変化と似ているのであろうか。lust は、一般的な「楽しみ」を表わした語であったが、今日では「性欲」のような特定の欲望になってしまった。sad は、「満足した」状態を示し、安定したものであったが、知らぬ間に心が「悲しい」状態を意味するようになってしまった。

おわりに

　以上、発音とつづり字、語形、意味変化の視点から、初歩の英語学習者のために英語史の基本的内容をどのように提示するかについて、具体例をあげてきた。このような例を通じて、言葉の成り立ちについてパースペクティブな視野に立ちながら、教室でことばの文化史を作り上げることが出来るとすればこの上なきことである。先日も、ある学生と 18 世紀のスコットランド詩人 Robert Burns (1759-96) の詩について、特に音韻と語彙の視点から話をする機会があった。その学生は、現代英語と違う発音をしているのは方言であるからであると言っていた。そこで英語

の歴史の知識があれば、音声変化が生じる前に発音されていたものが、その当時その地域に残されていたということが言えるし、さらになぜその地域ではそのような発音をしていたのかについて考えるきっかけを提供してくれるような気がする。さらに、今日その地域ではどのような発音をしているかという興味を抱かせてくれるかもしれない。常にことばについて疑問を持ち、ことばの故郷を探索する好奇心を無くさずにいたいものである。

　　* 本稿は、2002年9月28日（土）、九州大学で開催された英語史研究会第8回大会での企画ミニ・シンポジウム「英語史をどう教えるか」において、問題提起のために発表した拙論に基づいて加筆したものである。また、その研究会からほぼ3年経った2005年9月24日（土）に、英語史研究会第14回大会でシンポジウム「日本における英語史教育―問題と課題」を拝聴した。司会・講師の谷明信氏、講師の中尾佳行氏、守屋靖代氏、家入葉子氏からはそれぞれの大学での英語史教育の個性的な実践例を、石川慎一郎氏からは文学の専門家からみた英語史教育の意義を知ることになった。厚く御礼を申し上げたい。

主要参考文献

Blake, N. F. 1981. *Non-standard Language in English Literature*. (The Language Library.) London: André Deutsch.
Bloomfield, M. W. and L. Newmark. 1965. *A Linguistic Introduction to the History of English*. New York: Alfred A. Knopf.
Brook, G. L. 1958. *A History of the English Language*. (The Language Library.) London: André Deutsh.
Burchfield, R. 1985. *The English Language*. Oxford: Oxford University Press.
Cannon, G. 1987. *Historical Change and English Word-Formation: Recent Vocabulary*. New York: Peter Lang.
Copley, J. 1961. *Shift of Meaning*. London: Oxford University Press.
Crystal, David. 1995. *The Cambridge Encyclopedia of the English Language*. Cambridge: Cambridge University Press.
Dalton-Puffer, C. 1996. *The French Influence on Middle English Morphology: A Corpus-Based Study of Derivation*. Berlin/New York: Mouton de Gruyter.
Davis, N. 1974. "Chaucer and Fourteenth-Century English". *Writers and Their Background: Geoffrey Chaucer* (London: G. Bells and Sons), pp. 58-84.
Donner, M. 1978. "Derived Words in Chaucer's Language". *The Chaucer Review* 13:1, 1-15.
Elliott, R. W. V. 1974. *Chaucer's English*. (The Language Library.) London: André Deutsch.
Fisiak, J. 1965. *Morphemic Structure of Chaucer's English*. University of Alabama Press.
Jespersen, O. 1922. *Language and Its Nature, Development and Origin*. London: George Allen & Unwin,

――. 1942. *A Modern English Grammar*, Vol.VI. London: George Allen & Unwin.
Jimura, A. 1991. "A Historical Approach to Some Determiners of English: Notes on hiatus". *Theoretical and Descriptive Studies of the English Language*, ed. Y. Niwa, Y. Nakao and M. Kanno (Tokyo: Seibido), pp. 176-88.
――. 1998. "An Approach to the Language of Criseyde in Chaucer's *Troilus and Criseyde*". *English Historical Linguistics and Philology in Japan* (Berlin/New York: Mouton de Gruyter), pp. 91-110.
Lewis, C. S. 1960, 1972². *Studies in Words*. Cambridge: Cambridge University Press.
Marchand, H. 1960. *The Categories and Types of Present-day English Word-Formation*. Wiesbaden: Harrassowitz.
McCrum, R., W. Cran and R. MacNeil. 1986. *The Story of English*. New York: Elisabeth Sifton Books.
Pyles, T. 1964. *The Origins and Development of the English Language*. New York: Harcourt Brace Javanovich.
Robertson, S. 1954. *The Development of Modern English*, 2nd ed., revised by F. G. Cassidy. New York: Princeton-Hall.
Samuels M. L. and J. J. Smith, 1988. *The English of Chaucer and His Contemporaries*. Aberdeen: Aberdeen University Press.
Sandved, A. O. 1985. *Introduction to Chaucerian English*. Cambridge: D. S. Brewer.
Schaluch, Margaret. 1943. *The Gift of Tongues*. London: George Allen & Unwin.
Serjeantson, M. S. 1935. *A History of Foreign Words in English*. London: Routledge and Kegan Paul.
Smith, L. P. 1912, 1952. *The English Language*. London: OUP; rept., Tokyo: Seibido, 1960.
Wrenn, C. L. 1949. *The English Language*. London: Methuen.

忍足欣四郎. 1992.『英単語を増やそう』(岩波ジュニア新書) 岩波書店.
クレパン，アンドレ／西崎愛子訳. 1979.『英語史』(文庫クセジュ) 白水社.
島村礼子. 1975.『英語の語形成とその生産性』リーベル出版.
谷明信・ほか. 2005.「シンポジウム　日本における英語史教育－問題と課題」英語史研究会第14回大会 (於九州大学) ハンドアウト.
地村彰之. 2002.「チョーサーの英語における多元性」原野昇、水田英実、山代宏道、地村彰之、四反田想共著『中世ヨーロッパ文化における多元性』渓水社.
寺澤芳雄編. 1997.『英語語源辞典』研究社.
中尾俊夫. 1972.『英語史 II』(英語学大系 9) 大修館.
――. 1989.『英語の歴史』(講談社現代新書) 講談社.
――・寺島廸子. 1988.『図説英語史入門』大修館書店.
丹羽義信. 1973.『古代英語動詞接頭辞 Ge- の研究』松柏社.
ハーディ，ヴァネッサ／加藤恭子編訳. 1996.『英語の世界・米語の世界』(講談社現代新書) 講談社.
モルスバッハ／岡部匠一訳. 1971.『近代英語発展の基礎』(1924) (英語学ライブラリー 63) 研究社.
渡部昇一. 1977.『英語の語源』(講談社現代新書) 講談社.

濱口惠子

The Squire's Tale におけるオリエンタリズムと the Franklin の中断*

I

　中世ヨーロッパの聴衆にとって、*The Squire's Tale* はモンゴルの宮廷を舞台にした神秘的でエキゾチックな話である。サイードはオリエンタリズムを異国性なるものを取り扱う思考様式であり、西洋がオリエントに抱く気持ちは、新奇なものに対する喜びあるいは恐れの感情の間を揺れ動くことになる、と述べている (43, 59)。*The Squire's Tale* には、このアンビヴァレントなオリエンタリズムが、語り手 the Squire と the Franklin に伺える。The Squire は、モンゴルの新奇な世界について喜々として語る。そして話が佳境に入ったところで、"And after wol I speke of Cambalo, / That faught in lystes with the bretheren two / For Canacee er that he myghte hire wynne" (V, 667-69) (カナセーのために、ふたりの兄弟と馬上槍試合で闘い、結局、彼女を勝ち取ったカンバロのことを、後ほどお話しましょう)、とカナセーとカンバロの結婚のことを仄めかす。[1] これを聞いた the Franklin は、オウィディウスやガワーの作品の中で、実の兄を愛してしまうカナセーと同名のモンゴル姫に、近親婚の匂いを嗅ぎ取り、恐れを抱き、慌てて口を挟み、話を中断する。[2]
　カナセーとカンバロの結婚について、*The Squire's Tale* の編者達 (Baugh, Benson, Bethurum, Skeat) は、カンバロはカナセーの兄ではないと近親婚のモチーフを否定している。しかし最近ではふたりの関係を実の兄妹の近親婚だと見る意見が定説になっている。Braddy は近親婚のモチ

ーフを持つ『アラビアン・ナイト』と The Squire's Tale が類似している と指摘、Fyler は近親婚を中世ロマンスのジャンルの特徴のひとつに挙 げ、Lynch は、『千夜一夜』、また、マンデヴィルやマルコ・ポーロの書 物から、実の兄妹の近親婚はモンゴルの慣習として存在したと論じてい る。論争はもっぱらカンバロとカナセーの関係が、実の兄妹間の近親婚 か、それとも、ふたりは兄妹ではなくて他人なのかに限定されている。 だが、ふたりの関係を、異母兄妹間の同族婚と考えられないだろうか。 モンゴルの結婚の慣習を調べることにより、検証の余地があるように思 える。

　The Franklin の中断と未完の原因について、実の兄妹の近親婚が中断 と未完の原因だというのが大半の意見である。Braddy や Hefferman は、 種本に近親婚のテーマをみつけたため、チョーサーは途中で The Squire's Tale を捨てたと唱えている。Peterson や Pearsall によると、チョ ーサーは the Franklin にわざと中断させることにより話を完結させてい るということである。筆者は the Franklin の中断で話は完結という説を とる。近親婚と the Franklin の中断について、先行研究では無視されが ちであった隼のエピソードを取り上げ、the Franklin の心の中で、それが 近親婚とどのように結び付けられ、中断に至ったのか、彼の心の内を探 ってみる。

II

　サイードは、オリエンタリスト達がオリエントについて語るとき、過 去の記述を借用しながら、自分の材料を練り上げていったと述べている (177)。[3)] チョーサーもモンゴルについての過去の記述をなんらかのかた ちで参考にしたのではないかと思われる。Bethurum はマルコ・ポーロ を、Moseley はマンデヴィルをチョーサーの種本として挙げている。マ ンデヴィルのモンゴルに関する記述は一部ヴァンサン・ド・ボーヴェの Speculum historiale (c 1256-59) からであり (Higgins 156)、その Speculum historiale のモンゴル部分はジョン・ド・プラノ・カルピーニ (以下カル ピーニと略) の『モンゴルの歴史』(1247) からの抜粋である (Guzman 287-

307)。カルピーニはローマ法王イノケンティウス4世により、モンゴル帝国の脅威を回避するという政治使命を受けて1245年から1247年にかけてモンゴルに派遣された宣教師である。その後、フランスのルイ9世により、フランドル出身のウイリアム・ド・ルブルック (以下ルブルクと略) が1253年から1255年にかけてモンゴルへ派遣されたのである (Dawson xv-xxiii)。1325年から1354年にかけて、アフリカ、中東、アジアを旅行し、モンゴル帝国にも滞在したモロッコ出身のイスラム教徒イブン・バットゥータの旅行記もチョーサーに影響を与えたのではないか、とDiMarcoは推定している (63-68)。チョーサーが影響を受けたかもしれない資料の中で、特にモンゴルの結婚の慣習に関する記述を調べることにより、*The Squire's Tale* のカナセーとカンバロの関係について再考してみたい。

　モンゴルの結婚の慣習についてマルコ・ポーロは「養うことができるのなら、100人でさえも、気の済むままたくさんの妻を娶ることができる」と一夫多妻制を指摘しており、さらに、「従姉妹とは結婚できる。父が亡き後、長男は実母以外なら父の妻達を娶ることが出来る。弟は兄亡き後、兄嫁と結婚してもよい」と記している (Latham 98)。[4] マンデヴィルも「大ハーンの国では、男は皆、望むだけ何人でも妻を迎え、親族の者とも結婚する。ただし実の母親や実の姉妹は駄目である。異母姉妹とは結婚できるが、母親が同じ姉妹とは結婚できない」とモンゴルの男性の重婚と異母姉妹との同族婚を挙げ、実の母親や実の姉妹との結婚は禁じられていることを記している (Moseley 156)。[5] カルピーニも、「モンゴルの男性は、どんな親族の女性とでも結婚できる。父親が同じ異母姉妹、父親の死後はその妻達とも、また、兄の死後、弟は兄嫁と結婚してよい。若い親族の者は寡婦を嫁にもらってやるのが当然と思われている。ただし、実の母親や、同じ母親から生まれた実の姉妹とは結婚できない」と報告している (Dawson 7)。[6] バットゥータもサライのウーズバグ・ハーンにはたくさんの妻がいて、その中でもっとも寵愛をうけている妻とのあいだに息子2人と、その息子達とは異母姉妹にあたる娘がいることを旅行記で記している (Mackintosh-Smith 125)。

　モンゴル宮廷での結婚の慣習からすると、*The Squire's Tale* のカナセ

ーとカンバロとの関係は、大半の研究者達が考えているような、同じ両親から生まれた兄妹間の結婚ではなく、むしろ、異母兄妹間の結婚ではないだろうか。しかし Dharmaraj は、「本文が示すかぎり、カンバロと東洋の姫の関係は兄妹である。カナセーがカンバロの異母姉妹だと推察する余地はないし、非常に近い同族間のモンゴル式結婚を読者は読み取ることは出来ない」とカナセーがカンバロの異母姉妹であることや、同族婚の可能性を否定している (192)。また、Dharmaraj は「韃靼の王、カンビィウスカンにエルフェータ以外にも他に妻がいることを示す証拠はない」と一夫多妻制など何処にも仄めかされていないと言い切っている (192)。

　カンビィウスカンにはエルフェータ以外にも妻が何人かいて、カナセーはカンバロの異母姉妹かもしれないと暗示しているような箇所は皆無なのだろうか。the Squire が、カンビィウスカンの家族を紹介しているところを見てみよう。

This noble kyng, this Tartre Cambyuskan,
Hadde two sones *on Elpheta* his wyf,
Of whiche the eldeste highte Algarsyf;
That oother sone was cleped Cambalo.
A doghter hadde this worthy kyng also,
That yongest was, and highte Canacee. (V, 28-33; イタリックは筆者)

　(この気高い王、韃靼のカンビィウスカンには、妻のエルフェータとの間にふたりの息子がいました。長男はアルガルシフという名で、もうひとりはカンバロと呼ばれていました。この立派な王には娘もおりました。一番年下でカナセーと名づけられていました。)

The Squire は、"on Elpheta" (エルフェータとの間に) と言って、カンバロとアルガルシフはカンビィウスカンとエルフェータの息子だと明言している。Metlitzki は、エルフェータという名前は、コロナの中心の近くで輝く星で、星エルフェータの息子達と呼ばれるオリオン座と関係していると述べている (78)。エルフェータはカンビィウスカンの第一夫人で、

アルガルシフとカンバロはその息子ということになる。ところが the Squire はカナセーの母親については沈黙したままである。この立派な王さまには一番年下のカナセーという娘もいた、と言っているだけで、"on Elpheta" (エルフェータとの間に) とは口にしていないのである。マルコ・ポーロ、マンデヴィル、カルピーニ、ルブルックなどの中世後期のオリエンタリスト達、ならびにイスラム教徒のバットゥータのモンゴルにおける一夫多妻制と異母兄妹の結婚の慣習についての記述からすると、カナセーはエルフェータの娘ではなく、カンビィウスカンの他の妻達のひとりの娘と考えられないだろうか。モンゴル人の異母兄妹間の同族婚の風習どおり、カナセーはカンビィウスカンという同じ父親で母親が違う異母兄のカンバロと結婚するのではないだろうか。

　Dharmaraj はモンゴル王国の異族結婚が歴史的証拠としてある以上、カナセーの同族結婚の可能性は皆無であると主張している (192-93)。しかし、歴史的証拠によると、モンゴル人には同族結婚も異族結婚も両方とも慣習としてあった。同族結婚については、すでに検証してきた。異族結婚について、マルコ・ポーロは「大ハーンは自分の娘達や親族の女性をプレスター・ジョンの一族に嫁がせている」(Latham 106) と、マンデヴィルも「プレスター・ジョンとモンゴルの大ハーンは結婚を通じていつも同盟を結んでいた。双方とも、結婚の伴侶として、相手側の娘や姉妹をもらうのである」(Moseley 168) と 大ハーンの国ならびにプレスター・ジョンの国との間には異族結婚の盟約が成立していたことを述べている。バットゥータも、マムルーク朝エジプトとモンゴルが同盟のため両国間の異族結婚の契約を取り交わしていたことについて、具体的なエピソードを載せている。エジプトのナジールはジンギス・ハーンの直系の子孫にあたるモンゴルの姫を妻に迎えたいという手紙と贅沢な贈り物を持たせて使者をモンゴルの宮廷に派遣した。それを受けて、ウーズバク・ハーンはトゥルンバグ姫をナジールのもとに嫁がせる。しかしナジールは結婚後数日で彼女を捨てて家来のひとりに譲ってしまう。その結果、姫は死を選んだのである。このことを、モンゴル王国は 5 年も経って旅人達から聞くことになる (DiMarco 66)。DiMarco も指摘しているように、ナジールに捨てられたモンゴルの姫の悲劇は The Squire's Tale の

中で、隼のエピソードのヒントになったのかもしれない。

　カナセーとカンバロの関係についての筆者の見解は、オウィディウスやガワーのカナセーのように父親も母親も同じ実の兄と近親婚の関係を結ぶという定説とは違い、カナセーは異母兄であるカンバロと結婚するのだというものである。中世後期オリエンタリストを代表するマルコ・ポーロやマンデヴィル、またモンゴルへの宣教師達、カルピーニやルブルックなどによる記述、ならびにモロッコのイスラム教徒バットゥータによる旅行記などから、モンゴルでは母親が同じ場合は禁止されているからである。チョーサー自身が、"But certeinly no word ne writeth he / Of thilke wikke ensample of Canacee, / That loved hir owene brother synfully" (II, 77-79) (しかし実の兄を罪深くも愛してしまったカナセーの恐ろしい話なんか彼は一言も書いていないことは確かです)、と the Man of Law に言わせており、カナセーの近親婚を否定している言葉を信じたい。

　それなら何故 the Squire はモンゴルでは異母兄妹間の結婚の慣習があることを知ったのだろうか。チョーサーの時代は 1380 年のモンゴル対ロシアの戦争で十字軍がモンゴル軍に加勢したことが年代記に記されている。the Squire の父親である the Knight もロシアで十字軍に参加している (I, 54)。Terry Jones は、the Knight がロシアでモンゴル軍のために一緒に戦った可能性があると論じている (58)。The Squire のモンゴルについての知識は父親の the Knight から伝え聞いたと考えられる。ガワーはモンゴル十字軍が神への神聖な気持ちよりもむしろ女性に気に入られるための手柄を得ようと思い参加しているとこぼしている。the Squire 自身がモンゴル十字軍に参加したかどうかは書かれていないが、彼も意中の女性の気持ちを射止めたいと願って、フランドルやフランスのアルトワやピカルデイで軍事遠征に従軍して立派に振舞った、と描写されている (I, 85-88)。

　この軍事遠征中、ルブルックゆかりの地、フランドルやフランスで、the Squire はモンゴルの話をまた耳にする機会があったとも推定される。the Squire は、サイードの言うところの新奇なものへの喜びを感じ、遥かなる神秘の国東洋に胸をときめかしながら、モンゴルの慣習を話に織り込んだのではないか。神秘的な意中の女性も東洋のモンゴルも若い

the Squire の好奇心を駆り立てたにちがいない。

III

　モンゴルの慣習である異母兄妹間の同族婚を無邪気に語る the Squire に対して、カナセーという近親婚でなじみの名前と隼のエピソードから、the Franklin が中断に至った心のうちを見てみよう。アラビアとインドの使者からの贈り物、魔法の鏡と指輪が隼のエピソード導入の重要な役割を果たす。魔法の鏡により、カナセーはマルコ・ポーロやマンデヴィル、およびカルピーニの記述にもでてくるドライツリー (Dry Tree) のところで、羽で自分の身体を痛めつけ、血を流している雌の隼をみつけ、指輪により隼の言葉を理解する。雌隼は巣にいる間は何ひとつ苦労知らずに過ごしていたのに、巣を離れて空高く外の世界へ飛翔したのち、雄の隼に出会い、恋をし、捨てられた身の上を話す。巣の外の世界で捨てられた雌隼の話は、バットゥータの伝える異国のエジプトで捨てられたモンゴルの姫の話を思わせる。カナセーはモンゴル宮廷の外の世界に出ることの危険を雌隼の話から学ぶ。恋人の雄隼はカナセーの雌隼を捨て、ものめずらしさから、鳶に浮気をする。the Squire はこの隼のエピソード (V, 625-57) を、カンバロの仲介で恋人の雄隼はめでたく雌隼の元に戻ってきたと語って終える。カンバロが、異母姉妹から伴侶を選ぶモンゴルの慣習に従って雄隼を鳶から引き離して、同類の雌隼の元に戻して結婚を取りもったとしても不思議ではない。カンバロの仲介はカナセーの心を動かし、また雌隼が遠く巣を離れて経験した苦しみはモンゴル宮廷の外へ出るよりも異母兄弟との結婚をカナセーに選ばせたにちがいない。

　The Franklin は、ガワーやオウィディウスの近親婚の話にでてくるカナセーと同じ名前を聞いたとたん、若くて未熟な the Squire がカナセーと実の兄との近親婚のことを話し出すかもしれない、と不安を抱きながらモンゴルの新奇な話に耳を傾けてきた。話が隼のエピソードに及び、雄隼が鳶のところから同類の雌隼の元に戻ってきて無事結婚した話を聞いて、その不安はますますつのる。the Franklin は、同類から伴侶を求める隼の鳥の世界の自然法が、モンゴルの社会ではそのまま罷り通ってい

るのではないか、血族・同類で結びつく鳥の世界の自然法と、同盟や契約により成り立つ文化や社会のルールとの境界線がモンゴルでは曖昧だと先入観を抱いている。「カンバロはカナセーを獲得」と耳にしたとたん、the Franklin は近親婚だと確信する。東洋 (モンゴル) への偏見が近親婚とたやすく結びつくのである。

　カナセーという名前や鳥の世界の隼のエピソードから、早合点をしてカナセーの結婚と近親相姦を結びつけてしまう the Franklin に、モンゴル人への偏見、サイードのいうところの、東洋にたいする、軽蔑、恐れ、戦慄が伺える。the Franklin は the Squire の話を中断するとき、近親婚という言葉を口にはしない。the Franklin は、"thow hast thee wel yquit / And gentilly, I preise wel thy wit" (V, 673-74) (よくがんばりました。それに、品よくね。あなたの機知はたいしたものです) と話が終わったと思うふりをする。さらに、"considerynge thy yowthe, / So feelyngly thou spekest, sire, I allow the!" (V, 675-76) (若いのに、感情を込めて生き生きと話されましたね。見事なものです)、と the Squire の雄弁さを称え、中断の本当の理由を the Squire にも他の巡礼達にも誰にも悟られることなく、近親婚への脅威を取り除くのである。"considerynge thy yowthe" (V, 675) (若いのに) の言葉には、若さゆえに、近親婚をも含めた新奇な世界に夢中になっている the Squire に、不安を一層深めた the Franklin の本音が垣間見られる。

Ⅳ

　The Franklin の態度はモンゴル人の道徳的放縦さにうんざりしていた宣教師達、カルピーニやルブルックに近く、一方エキゾチックな世界に胸躍らせながら、無邪気にモンゴルの慣習を伝える the Squire の態度はマルコ・ポーロやマンデヴィルにも共通する。the Squire はそのエキゾチックな世界を紹介することによりモンゴル人の他者性を強調する。たとえば「珍しい食事」(V, 67) や「異国の見知らぬ騎士」(V, 89) など文化的他者への意識を表している。マンデヴィルやマルコ・ポーロと同じように、the Squire もカンビィウスカンの偉大なる権力、気高さ、大宴会

の素晴らしさ、アラビアやインドからの贅沢な贈り物、モンゴル女性の美しさと美徳を褒め称える。カナセーの異母兄との結婚をも含めて、エキゾチックな世界への憧れや共感、興味でもあり、サイードの言葉を借りると「おなじみの日常性よりも神秘的で胸躍るようなスペクタクル」(185) を the Squire も求めていたに違いない。the Squire は、神秘的な貴婦人への憧れとおなじように、モンゴルの神秘的でエキゾチックな世界に魅了されてしまうのである。彼のモンゴルというエキゾチックな世界での夢の探求は the Franklin によって制御される。サイードによると、ヨーロッパのオリエントの表象はオリエントの世界を制御することである。*The Squire's Tale* ではその役割は the Franklin に宛がわれる。

　西洋におけるオリエントに対するアンビヴァレントな態度が the Squire と the Franklin の二人の巡礼を通して表されている。マルコ・ポーロやマンデヴィル同様、the Squire も、モンゴルのエキゾチックな世界に魅了される。それを制御するのが the Franklin の中断の役割なのである。キリスト教徒であるチョーサーはオリエントに対して制御する必要を自覚すると同時に、詩人としての彼は、19 世紀のフローベルやネルヴァルがオリエントのパラドックスと夢にあふれた世界に幻惑されたように、そのめくるめくエキゾチックな新奇の世界に渇望や喜びを感ぜずにはいられなかったにちがいない。

注

　＊本稿は、2004 年 3 月に英語史研究会第 11 回大会 (於九州大学) と 2005 年 7 月に第 54 回チョーサー研究会 (於駒澤大学) での発表に加筆修正したものである。
　1) チョーサーからの引用はすべて Benson 版による。日本語訳は筆者。
　2) The Franklin の中断部分 (V, 673-78) は Hengwrt 写本に基づいた Blake 版のテキストには載っていない。Blake 版では、*The Man of Law's Tale* の次に始まった *The Squire's Tale* は途中で終わったままで、あと *The Merchant's Tale* が続いている。Ellesmere 写本による Benson 版では、*The Merchant's Tale* の次は *The Squire's Tale* で、the Franklin の中断の後、*The Franklin's Prologue* と *The Franklin's Tale* が続く。the Franklin の中断は、*The Squire's Tale* に関する論争のひとつになっているので、本稿は Ellesmere 写本による Benson 版に基づいて、the Franklin の中断について考察することをことわっておく。
　3) オリエンタリストとは、オリエントについて書いたり、話したり、研究したり、とにかく、オリエントとかかわる西洋人を指す (Said 2)。

4) マルコ・ポーロからの引用はすべて Latham 英訳による。日本語訳は筆者。
5) マンデヴィルからの引用はすべて Moseley 英訳による。日本語訳は筆者。
6) カルピーニやルブルックからの引用はすべて Dawson 英訳による。日本語訳は筆者。

参考文献

Baugh, Albert C., ed. *Chaucer's Major Poetry*. New York: Appleton, 1963.

Benson, Larry D, ed. *The Riverside Chaucer*. 3rd ed. Boston: Houghton Mifflin, 1987.

Bethurum, Dorothy, ed. *The Squire's Tale*. Oxford: Clarendon, 1965.

Blake, N. F., ed. *The Canterbury Tales*. London: Edward Arnold, 1980.

Braddy, Haldeen. "The Genre of Chaucer's *Squire's Tale*." *JEGP* 41 (1942): 279-290.

Dawson, Christopher, ed. *The Mongol Mission: Narratives and Letters of the Franciscan Missionaries in Mongolia and China in the Thirteenth and Fourteenth Centuries*. London: Sheed and Ward, 1955.

Dharmaraj, Glory. "Rewriting the East in Old and Middle English: A Study in the Problem of Alterity and the Representation of the Third World Feminine." Diss. Loyola U, 1992.

DiMarco, Vincent J. "The Historical Basis of Chaucer's Squire's and Franklin's Tales." *Chaucer's Cultural Geography*. Ed. Kathryn L. Lynch. New York and London: Routledge, 2002, pp. 56-75.

Fyler, John M. "Domesticating the Exotic in *the Squire's Tale*." *ELH* 55 (1988): 1-26.

Goodman, Jennifer R. "Chaucer's *Squire's Tale* and the Rise of Chivalry." *Studies in the Age of Chaucer* 5 (1983): 127-36.

Gower, John. *The English Works of John Gower*. Ed. G. C. Macaulay. EETS ES 81-82. Oxford UP, 1900-1901.

Guzman, Gregory G. "The Encyclopedist Vincent of Beauvais and His Mongol Extracts from John of Plano Carpini and Simon of Saint-Quentin." *Speculum* 49 (1974): 287-307.

Hefferman, Carol F. "Chaucer's Squire's Tale: the Politics of the Interlace of 'the Well of English Undefiled'." *The Chaucer Review* 32 (1997): 32-45.

Higgins, Iain Macleod. *Writing East: The "Travels" of Sir John Mandeville*. Philadelphia: U of Pennsylvania P, 1997.

Jones, Terry. *Chaucer's Knight: The Portrait of a Medieval Mercenary*. London: Eyre Methuen, 1980.

Latham, Ronald, trans. *The Travels of Marco Polo*. Harmondsworth: Penguin, 1958.

Lynch, Kathryn L. "East Meets West in Chaucer's Squire's and Franklin's Tale." *Speculum* 70 (1995): 530-51.

Mackintosh-Smith, Tim, ed. *The Travels of Ibn Battutah*. Trans. Hamilton Gibb and C. F. Beckingham. London: Picador, 2003.

Metlitzki, Dorothee. *The Matter of Araby in Medieval England*. New Haven: Yale UP, 1977.

Moseley, C. W. R. D., trans. *The Travels of Sir John Mandeville*. Harmondsworth: Penguin, 1983.

Ovid. *Heroides*. XI. Trans. Harold Isbell. Harmondsworth: Penguin, 1990, pp. 96-102.

Pearsall, Derek. "The Squire as Story-teller." *University of Toronto Quarterly* 34 (1964): 82-92.

Peterson, Joyce E. "The Finished Fragment: A Reassessment of the Squire's Tale." *The Chaucer Review* 5 (1970): 62-74.
Said, Edward W. *Orientalism*. 1979. New York: Vintage, 1994.
Skeat, W. W., ed. *The Works of Geoffrey Chaucer*. 7 vols. Oxford: Clarendon, 1894-7.

大和高行

『ヘンリー6世・第1部』とジョアンの変容

〈ジョアン〉とは誰か？

　『ヘンリー6世・第1部』(*1 Henry VI*) で最も印象的な場面は、ジョアン・ド・プセール (Ioane de Pucelle) [1)] が火刑に処せられるまでの過程を描く5幕4場である。そこでは、「女魔法使い」(1行) [2)] 呼ばわりされるフランスの「乙女」(55行) ジョアンが、カトリックの偶像聖母マリアのイメージと重ねられて貶められる。「身ごもった聖処女か？」(65行) と揶揄されるジョアンは、「娼婦」(84行) へと変容させられる。[3)]

　このジョアンという乙女は、フランスを救うために立ち上がった愛国者ジャンヌ・ダルク (*c.* 1412-31) として知られている女性である。今日の日本でジャンヌ・ダルクと言えば、〈救国の処女〉という肯定的なイメージが定着化している。だが、それが歴史的に捏造されたイメージであると言えば、多くの人は驚くかもしれない。

　ジャンヌがその名誉を現在のレベルまで回復するまでには、長い時間を要した。ジャンヌが囚われの身となった時、当時の国王シャルル7世は、彼女に対して何ら援助の手を差し伸べることをしなかった。彼がジャンヌの名誉を守ることに乗り出すのは、1450年代に入ってからのことであり、ローマ教皇が有罪判決の誤りを認めるのは1456年である。そして、カトリック教会がジャンヌを聖人の列に加えるのは、何と1920年になってからのことである。このように、ジャンヌの行為を〈聖なるイメージ〉で捉えることは長い間憚られてきた。これこそが歴史の真実である。

では、イングランド史劇の嚆矢とされる『ヘンリー6世・第1部』において、このジャンヌ・ダルクというフランス人女性がジョアンとしてことさら悪魔化されるのは何故か。その作業には、どのような力学が働くのだろうか。これらを問うのが、小論の目的である。以下、少女ジョアンの変容の物語を、その時事性に着目しながら、同時代のイングランドの文化現象——カトリック嫌悪、外国人嫌悪、女性嫌悪、階級差別など——との関係において、歴史的に読み解いてゆく。『ヘンリー6世・第1部』というテクストはどのような文脈の中で生産されたのであろうか。また、聖処女ジョアンの登場はどのような時事性を示し得たのであろうか。

創作の機会と「処女」表象

　『ヘンリー6世・第1部』には、カトリックによる〈世界帝国〉の野望に対するプロテスタント国イングランドの自画像が投影されている。このことを示すために、本戯曲創作時の歴史的背景と「処女」表象の意味作用に関する議論から始めたい。

　1588年、翌日のスペイン無敵艦隊の攻撃に備えてティルベリーで陣を張っていた味方兵士たちのもとを、老境に差しかかりつつあったエリザベス1世 (Queen Elizabeth I, 1533-1603、在位1558-1603) がアマゾンの女王 (あるいは武装した女神アテネ) のような格好で訪れ、「私は弱くもろい女の身体であることは確かだけれど、王としての、イングランド王としての心臓と胃 (=勇気の宿る場所) を持っている。(中略) 我が王国の境界を侵犯しようとするいかなるヨーロッパの君主をも (中略) 邪悪なあざけりとみなし (中略) 私自身武器を取り、私自身あなた方の指揮官になるつもりです」と言って激励したという。[4] イングランド国教会の首長を兼ねるエリザベスは、国家としてのイングランドと一体化した「処女王」を公言することで、政体としては男性、個人としては女性という主体を構築していたが、この逸話は、フェリペ2世 (Philip II, 1527-98、在位1556-98) に率いられたスペインを恐れず戦うイングランドの「強い」国家 身体 (ボディ・ポリティック) を強烈に印象づけた。[5]

　『ヘンリー6世・第1部』の創作は、イングランドが対スペイン政策

をフランスへの内政干渉へと発展させた時期 (1589-92) と推定されている。フランス国王アンリ3世は、ユグノー教徒「ナヴァールのアンリ (Henry of Navarre)」を次期王位継承者に指名してカトリック同盟と対立を続けていたが、1589年の春、エリザベス女王に援助を要請した。アンリ3世は1589年8月に暗殺され、その後、ナヴァールのアンリがアンリ4世としてフランス王位に就いた。フランスがカトリック同盟に屈しスペインと結びつくことを何よりも阻みたいエリザベスにはフランス王アンリ4世を支援する必要があり、1589年9月末から巨額の戦費を投じ、イングランド軍を数回にわたって派遣した。だが、その度にフランスのカトリック教徒およびその支援者たちの激しい抵抗に遭って苦戦を強いられていた。[6]

このような時期に、エリザベス女王を讃美する時に使われるのと同じイメージ (とりわけ、プロテスタントとしてのイングランドの国家身体(ボディ・ポリティック)形成にとって重要な「処女」のイメージ) でフランス側の指導者ジョアンが表象されると、複雑な意味作用が生じた。エリザベス1世の在位30年目に当たる1588年の2月28日にグリニッジの女王陛下の王宮での御前上演を初演とすることを前提に準備された、法学院グレイズ・インの紳士トマス・ヒューズらの『アーサー王の悲運』(*The Misfortunes of Arthur*, 1588) は、この問題について考える際に有用なサブ・テクストとなる。その5幕2場で、ゴーロイスの亡霊は、12宮の星座の中からブリテンに降り立つ「処女宮」(14行)[7] が「他の如何なる国家にも見出されぬ統治」(27行) で平和をもたらすことを予言し、この世最高の統治者として選ばれた君主エリザベスの美徳を讃美する。それは、12という数の象徴性において、世界の君主たち (とりわけ、キリストの12使徒の1人ピリポと類推が働くフェリペ2世) を凌駕するエリザベスの優位を構築するものであった。

この処女宮のたとえは、『ヘンリー6世・第1部』の1幕2場でシャルルが「神聖なる乙女」(51行) ジョアンを「金星ヴィーナス」(144行) として表象する時、以下の類推作用を生んだ。即ち、〈綺羅星〉の如く登場し、オルレアンの囲みを破る救世主ジョアンは、武装姿の「処女」としてのいでたちとも相まって、無敵艦隊に立ち向かうイングランドの

国家身体(ボディ・ポリティック)のイメージを想起させた。しかも、とりわけイングランド軍がルーアン包囲にてこずっていた 1591 年 10 月から 1592 年 1 月にかけては、イングランド軍の健闘を期待させるという点で、ひときわ強い時事性を帯びた。[8] シャルルの賞讃は、カトリックの偶像マリアのイメージを帯びる少女ジョアンに向けられているにもかかわらず、当時のイングランドの観客に、プロテスタント国家を率いる自分たちの女王エリザベスを思わせるという奇妙な現象をもたらしたのである。

変容するジョアン

　だが、ジョアンがエリザベスと重なるイメージで賞讃されるのは、せいぜいこの劇の前半部までである。しかも、その愛国的な導きによってフランスが勝利を収めている間にも、ジョアンは他ならぬフランス側からも、イングランド側からも、様々に貶められ周縁化される。以下、ジョアンのキャラクターが負のイメージで塗り替えられてゆく過程とその力学を確認してゆきたい。

　舞台に初めて登場するやいなや預言者としての能力を見せつけるジョアンが聖母マリアの輝ける光を浴びながらお告げを聞いたと主張する際に強調するのが、「黒髪が金髪になり、日焼けした肌が色白になった」(1 幕 2 場 84-86 行)[9] という身体上の変貌であることに注意が必要である。金髪および白い肌は、羊飼いの「卑しい職業」(80 行) を捨て、「祖国を苦難から解放する」(81 行) 仕事を優先させるようにとのマリアのお告げと連動し、ジョアンの階級的越境を視覚的に示す記号となるからである。この美貌と階級を結びつける言説は、ヨーク公に捕らえられた際の「醜い魔女」(5 幕 3 場 34 行) という言及につながる。美を否定され、魔女や娼婦や田舎者の父親とつなげられ、英雄性を剥奪されるジョアンは──「イングランド人」「男性」「高位の貴族」であるトールボットが、戦場における武勇と、2 幕 3 場のオーヴェルニュ伯爵夫人を相手とするマナーを立派に示すことによって、中世騎士道精神に則った名誉を獲得してゆくのとは対照的に──血統という目に見えない高貴さを証明する道を閉ざされる。(そして、この〈美と階級と血統をめぐる言説〉は、後述するように、ジョアンと入れ替わるようにして舞台に登場するマーガレ

ットに引き継がれてゆく。)

「女という性を超えた」(1幕2場90行) ジョアンの主体表象の特徴は、異種混淆性(ハイブリディティ)にある。前述したように、シャルルは、「地上に降り立つ、輝かしい金星ヴィーナス」(144行) としてジョアンを讃える。しかし、明けの明星である金星は堕天使ルシフェルをも意味するので、[10] このたとえは皮肉にもジョアンに魔性が共存することを暗示する。このようにして増殖するイメージは、ジョアンと他者の関係を様々に変化させる。ジョアンの初登場から間もない、皇太子との一騎打ちの場面で既にその多くを確認できる。即ち、ジョアンの男勝りの能力に驚嘆した皇太子は、「ジョアンが注いだ願望で燃え上がり (burn with thy desire)」(108行) (= 5幕4場、ジョアンの火刑の場を連想させる)、「お前の下僕」(111行) にしてくれと嘆願する。すると、アランソンの「あの女の懺悔話を上から下までお聞きなのだ、／話が下まで行かなければこんなに長引くはずはない」(121-22行) という合いの手が入り、二人は、娼婦とその告解を行なうカトリックの司祭に変貌する。

1幕5場ではトールボットが、「鎧をつけた女」(3行) であるジョアンの女傑ぶりを、やはり魔性および愛欲と関連付けて表象する。(2幕1場ではトールボット自身も「地獄の悪魔」(46行) にたとえられるが、彼の場合にはセクシャリティが直接的に問題視されることはない。) 勇猛な外国人女性を「傲慢な淫売」(1幕5場12行) 呼ばわりして貶めるトールボットの語りは、オルレアン公の私生児の血の卑しさを軽蔑する語り (4幕6場16-24行) と通底する。ここで、トールボットの命運が尽きた同じ戦いでトールボットの私生児も命を落としたことを作者が隠蔽している事実に着目すれば、フランス側に娼婦と私生児を顕在化させるイングランドの語りには、セクシュアリティと生殖の問題を巧みに操作しながら、民族の優勢／優性を保とうとするイングランドの男性主体の願望が強く反映されていることが分かる。

強い女としてのイメージを強めるジョアンは、戦場において剣を振るわずとも、イングランド王への忠誠によって成立するイングランドの男たちの団結を脅かすことができる。3幕3場でバーガンディ公を改心させるジョアンは、「死神に幼い目を閉ざされようとしている／かわいい

赤子を見つめる母親のまなざしをもって、／病にむしばまれていくフランス」(47-49行) を見るようにと説く優しい演説 (＝説教) によって、「さまよえる公爵」(76行) を民族的回帰へと誘う。

> ジョアン　　この傷を御覧なさい、あなた自身が痛ましくも祖国の胸に、子としての道に背いて与えた傷を。
> 　　　　　　ああ、あなたの鋭い剣先をどうかあちらに向けて (turn) ください。
> 　　　　　　傷つけにきたものを撃つのです、守るものを傷つけずに。
> 　　　　　　あなたの母国の胸から流れる血の一滴は、あなたにとっては、外国人の血の海以上に、あなたの胸を痛ませるはず。
> 　　　　　　だから、涙の洪水と共に同胞のもとへ戻り (Return)、血にまみれた祖国の汚点を洗い流しなさい。
> バーガンディ［傍白］この女の言葉には魔力がこもっているのか、それとも自然の情が突然おれを気弱にしたのか。(50-59行)

フランスを自国の一部と主張していたヘンリー6世の頃の地理・歴史認識からすると、バーガンディ公は本来イングランドに忠誠を尽くすべき人物であるが、ここでジョアンがフランスを女性身体として表象し、性的意味を含意する「鋭い剣先」によって与えられた「傷」と、そこから「流れる血」に目を向けさせ、バーガンディ公の愛国心を呼び起こしていることに注目すべきである。未来において栄光の想い出となるべき古傷がこの戦場に集うことができた男たちの武勇を物語るだろうと主張して同胞を鼓舞する『ヘンリー5世』4幕3場のヘンリー王の「セント・クリスピンの日」の演説と比較してみれば、ジョアンの修辞が、犠牲となる女や子どもを可視化し、フランスの戦場を女性化することで、フランス民族としての同胞バーガンディ公の自然の情に、ごく自然に訴えかけていることが分かる。だが、このジョアンの言葉に囚われて民族的回帰を遂げるバーガンディ公は、4幕1場で、イングランドの美徳を体現するトールボットによって、敵前逃亡したサー・ジョン・フォールスタ

ッフ共々、「卑しい (base)」(14 行) という形容詞で蔑まれることになる。(今日の私たちの目には、このような侮蔑化は、国民国家(ネイション・ステイト)という「想像の共同体」[1]が、単一の言語、単一の宗教、単一の民族・・・という枠組みによって、自然にではなく、恣意的に創造されてゆくことを露呈する語りと映るのだけれども。)

　ここで、上の引用文中に見られる 'turn' という動詞に着目したい。この単語の多義性が、以降、様々な記憶のネットワークを構築することになるからだ。引用の時点まで、'turn' は、「～になる」(OED2, turn [(un) to] 37b) や「～をそらす」(OED2, turn 13a) という、ごく限られた意味でしか使用されていない。しかし、バーガンディ公の背に向けて、「それでこそフランス人、くるくる変わる (Done like a Frenchman: turn, and turn again!)」(85 行) というジョアンの嘲笑が発せられるやいなや、「変節する」(OED2, turn 20) や「回帰する」(OED2, turn again 66b) はもちろんのこと、火刑の場面で前言撤回を繰り返す彼女自身へのドラマティック・アイロニーともなる。しかも、この言葉は、ジョン・フォックス (John Foxe, 1516-87) の『殉教者列伝』(Actes and Monuments) のイメージが頭をよぎる観客たちにはおそらく更なる意味作用を喚起したであろう。何故なら、1563 年に初めて英訳出版されて以来何度も版を重ね、イングランドの多くの読者に読まれたこの図版付きの書物は、「改宗する」(OED2, turn 30a) よう迫るローマ・カトリック教会の聖職者たちの言葉の脅し、数々の拷問を受けても、自身の信仰を貫き通したピューリタン殉教者たちの姿を脳裏に焼き付けるものであったからである。

　さて、ここで物語上の転回点、史実と裏腹にルーアンでのイングランド側の最終的勝利がもたらされる 5 幕 3 場に目を向けることにしよう。この場面では、フランスを救うため、「選り抜きの悪霊たち」(3 行) を召喚し、生血を吸わせ、手や魂をも差し出そうとする所作がジョアン本人によって演じられる。このことにより、これまでのフランスの勝利という奇跡の数々が「北方の魔王に使える／手先たち」(5-6 行) の協力によるものであったことが明るみに出て、ジョアンは紛れもない魔女となる。ここで、悪霊たちが「北方の魔王」に仕えているという設定になっている点を見逃してはならない。何故なら、1590 年から 1591 年にかけての

冬に国王に対する陰謀を企てたとされる危険分子たちがジェイムズ6世の指導のもとでウィッチとして裁かれ、その記録をまとめたパンフレット『スコットランド便り』が1591年にロンドンで出版されているからである。[12] ジェイムズがエリザベスによって処刑された元スコットランド女王メアリー・スチュアート (Mary Stuart, 1542-87, 在位 1542-67) の息子であること、また、イングランドが北方の叛乱にしばしば悩まされていたことを考え合わせれば、「北」が、カトリックや叛乱と矛盾なく結び付いたことは想像に難くない。

これまで様々なイメージで貶められてきたジョアンの変容は、5幕4場の審問の場面で最後の山場を迎える。ここで、ジョアンの父親と称する羊飼いが登場する。彼は「高貴な生まれ (noble birth)」(22 行) を主張するジョアンの台詞を、ジョアンの出生時に司祭に渡した「ノーブル硬貨」(23 行) への言及と勘違いするような、典型的な田舎者として描かれる。この名もなき父親によって血統を十分に貶められた後、先述した『殉教者列伝』が下地となり、命を惜しむ度重なる前言撤回がジョアンに虚偽者としてのイメージを与える。刑の執行を目前にしても信仰を貫き通したピューリタン殉教者たちの平然たる落ち着きぶりとの対比により、ジョアンは (二枚舌の悪魔と交わった) 魔女と二重写しになる。そして、火炙りに身もだえするジョアンの所作が想像される時、「性交渉の振る舞い」(OED2, turn 6a) が喚起され、ジョアンは魔性と愛欲の女として舞台から姿を消すのである。

ナポリ王の娘マーガレット

ジョアンの捕獲および審問の裏側では、イングランドの男たちの「粒々辛苦が転じた (turned)」(5幕4場 102 行)「女々しい和議」(107 行) 締結への調整とヘンリー王の妃選びが同時進行する。マーガレットが〈美と階級と血統をめぐる言説〉でつながる点で、ジョアンの分身と位置づけられることについては既にふれた。ここでは、マーガレットと、その父レニエの肩書きの関係を梃子として、テクストに刻印された〈帝国〉にまつわる言説を掘り起こしたい。

「私の名はマーガレット、王の娘です、／ナポリ王レニエの」(5幕3

場 51-52 行) と名乗る美女の魅力に囚われたサフォーク公は、「だが、まだ一つ、問題となる点が残っている、つまり、／姫の父親はナポリ王であり、アンジューとメーヌの／公爵であるには違いないが、貧乏でもあることだ、／だから貴族たちがこの縁談を馬鹿にするかもしれぬ。」(93-96 行) と傍白する。ここには、マーガレットをヘンリー王の妃候補とするに際し、ナポリ王だとしても貧しいレニエの境遇を相応しくないと考える意識がある。問題は持参金のことなのだが、貧しいことで知られるナポリ王レニエとは何者なのだろうか。史実に当たってみよう。

　地中海中央に位置する南部イタリアと島嶼部では、1282 年のいわゆるシチリアの晩鐘事件を発端とする西仏百五十年戦争ともいうべきアラゴン家とアンジュー家の抗争が続いていたが、イングランド王ヘンリー 6 世の治世 (1422-61) の前半は、ナポリ王位が実権を失う一方で、その激しい争奪戦が繰り広げられた時期に相当する。アンジュー家の分家でアルバニアのドゥラス公爵領を世襲したドゥラッツォ家出身のナポリ女王ジョヴァンナ 2 世 (在位 1414-35) が最終的に後継者に指名したのが、縁戚に当たる第 4 代アンジュー公 (在位 1434-80) ルネ (René) だった。1435 年 2 月に女王が崩御するとルネは直ちにナポリ王への即位を宣言する。だが、当時彼はブルゴーニュ派 (バーガンディ公の陣営) のもとで捕らわれの身であり、同時にナポリ王への名乗りを挙げたアラゴン王 (在位 1416-58) アルフォンソ 5 世に機先を制された格好になり、7 年に及ぶ攻防の末 1442 年 6 月 6 日にアラゴン軍にナポリを制圧され、敗北を認めることになる。[13]

　このルネこそが『ヘンリー 6 世・第 1 部』に登場しているレニエであり、彼はまさしく名目上のナポリ王でしかない。だが、ここで重要なのは、その娘と結婚することで、イングランド王にもあわよくばナポリ王位を窺う口実ができるということである。

　この点で示唆的なのは、大団円での王妃の選択をめぐる応報の場面である。「その父親は、肩書きだけは立派かも知れぬが (Although in glorious titles he excel)、／伯爵よりどれほど勝っていると言えるのだ？」(5 幕 5 場 37-38 行) と問いただすグロスター公に対して、「勝っていますとも、公爵、あの父親は／国王です、ナポリとエルサレムの王なのです。／そ

れにまた、フランスにおける大権勢家でもあるので、/彼と婚姻関係を結ぶことは我々の平和を強固にし、/フランス人の忠誠を堅持することにもなりましょう。」(39-43 行) とサフォーク公は答える。このエルサレムへの言及は、西欧諸国のカトリック教徒たちによるイスラム教徒討伐のための遠征、十字軍の記憶を呼び起こす。と同時に、ここで見逃してはならないのは、ナポリ王位には伝統的にエルサレム王の称号が付随してきたという事実である。[14] ナポリ王とは、聖地の守護者、即ち、キリスト教世界の盟主であり、だからこそ、"glorious titles" なのである。しかも、この栄誉ある称号は、シェイクスピアの同時代のイングランド人には、つい半世紀ほど前に〈釣り逃がした魚〉を意識させるものであった可能性がある。と言うのも、1554 年に女王メアリー1世 (Queen Mary I, 1516-58、在位 1553-58) の夫君となったスペイン王フェリペ2世の長大な肩書きには、当然のことながら、ナポリ・シチリア・エルサレム王の称号も含まれていたからである。ここにおいて、まさに「ナポリ王」という記号の現出を通じて、ハプスブルク家スペインが支配する〈世界帝国〉が、当時の小国イングランドに対して及ぼしていた脅威が明らかになる。

終わりに

『ヘンリー6世・第1部』をジョアンの変容という軸で読み直した場合、当時のイングランドの文化現象——カトリック嫌悪、外国人嫌悪、女性嫌悪、階級差別など——が数々の時事性と結び付き、ジョアンを卑しむべき女性として幾重にも周縁化してゆくことが分かる。劇の前半部での少女ジョアンは、その英雄性によって、女王エリザベスのイメージと重なる。だが、このイメージの重なりという転覆性を包摂するために、後半のジョアンは、そのジェンダー、国籍、宗教、階級において、完膚なきまでに差別化されてゆく。では、この周縁化によってジョアンの転覆性が無事に包摂されるかというと、そうではない。ジョアンは、その分身であるマーガレットという、もう一人のフランス人女性——父親の「ナポリ王」という肩書きによってイングランドの王家の血統に参入することを許され、また、父親の栄誉ある称号が、テクストには現れない

〈スペインの隠れた脅威〉を当時のイングランドの観客に想起させた可能性さえある、より転覆的な女性——という形で回帰してくるのである。

　ジョアンの魔女化と北方の魔王が関連付けられる点には、カトリック国スコットランドの当時の男性君主ジェイムズ６世に対する不安の表れが読み取れる。『ヘンリー６世・第１部』は、イングランドの外国に対する恐怖や嫌悪だけでなく、国家としての一体化を目指していた、いわば内部の他者スコットランドの異種混交性への不安をも描き出した作品である。

　このような特徴を持つ『ヘンリー６世・第１部』というテクストには、プロテスタント国イングランドの女性君主エリザベスへの期待と不安が入り混じって投影されている。

注
　1)『ヘンリー６世・第１部』の出版はシェイクスピア最初の全集「第１・２つ折本」(F1, 1623 年) への収録時が初めてであり、ジョアンの名前の表記法についてはテクスト上の乱れが認められる。この点については植字工 A によって引き起こされた誤りと解釈するハタウェーの注釈 (p. 80n.) 参照。ただし、"Joane de Pucelle" は、"Jeanne D'Ark" と "la pucelle d'Orleans" が混同された可能性もあり、ここでは、F1 での表記法の一つをそのまま踏襲した。
　2) 原文テクストは Michael Hattaway, ed., *The First Part of Henry VI* (The New Cambridge Shakespeare) (Cambridge: Cambridge University Press, 1990) から引用し、幕・場・行数はすべてこの版に従った。翻訳は小田島雄志訳『ヘンリー６世・第１部』(白水社、1983 年) を用い、適宜変更を加えさせていただいた。
　3) このやり取りに対し、偶像崇拝を嫌う当時のプロテスタントの観客が敏感に反応したであろうことは想像に難くない。偶像恐怖(アイコノフォビア)が反カトリックの文化現象の一つであったことについては、Huston Diehl, *Staging Reform, Reforming the Stage: Protestantism and Popular Theater in Early Modern England* (Ithaca: Cornell University Press, 1997) を参照。
　4) Gabriele B. Jackson, "Topical Ideology: Witches, Amazons, and Shakespeare's Joan of Arc", *Shakespeare and Gender: A History,* eds. Deborah Barker and Ivo Kamps (London: Verso, 1995), p. 153; pp. 164-65n.
　5) エリザベス１世の女性君主としての表象については、Louis A. Montrose, " 'Shaping Fantasies': Figurations of Gender and Power in Elizabethan Culture", *Representing the English Renaissance*, ed. Stephen Greenblatt (Berkeley: University of California Press, 1988) , pp. 31-64; Lear Marcus, "Shakespeare's Comic Heroines, Elizabeth I, and the Political Uses of Androgyny", *Women in the Middle Ages and the Renaissance: Literary and Historical*

Perspectives, ed. Mary Beth Rose (Syracuse: Syracuse University Press, 1986), pp. 135-53; Lear Marcus, *Puzzling Shakespeare: Local Reading and Its Discontents* (Berkeley: University of California Press, 1988) "Elizabeth", pp. 51-105; Carole Levin, "Elizabeth as King and Queen", *The Heart and Stomach of a King: Elizabeth I and the Politics of Sex and Power* (Philadelphia: University of Pennsylvania Press, 1994), pp. 121-48 を参照。

6) ユグノー教徒ナヴァールのアンリを王位から排除しようとする動きに端を発したフランスの内乱とエリザベス女王によるイングランド軍派遣の様子については、J. H. M. Salmon, *Society in Crisis: France in the Sixteenth Century* (London: Methuen, 1975), "The League 1584-94", pp. 234-75; 森裕希子「歴史と時代──『ヘンリー六世・第一部』のジャンヌ・ダルクを巡って──」、日本シェイクスピア協会編『シェイクスピアの歴史劇』研究社出版、1994年、23-24頁参照。

7)『アーサー王の悲運』のテクストは、*Early English Classical Tragedies*, ed. with introduction and notes by John W. Cunliffe (Oxford: Clarendon, 1912) から引用し、幕・場・行数はすべてこの版に従った。

8)『ヘンリー6世・第1部』が1591年から1592年にかけて時事性を持つとする説として、Geoffrey Bullough, *Narrative and Dramatic Sources of Shakespeare* (New York: Routledge and Kegan Paul, 1960), Vol. III, pp. 24-25 参照。また、1591年から1592年にかけてジョアンの武装姿が画期的だったことについては、注4)でふれたJackson, p. 153 参照。

9) Hattaway は "black" を 'black-haired' (OED2, s.v. *Black, adj.* 3a) の意味で解釈している。Hattaway, p. 79n. 参照。

10) Hattaway, p. 82n. 参照。

11) Benedict Anderson, *Imagined Communities: Reflections on the Origin and Spread of Nationalism* (London: Verso, 1983). (白石隆・白石さや訳『想像の共同体──ナショナリズムの起源と流行』リブロポート、1994年)。ベネディクト・アンダーソンのパラダイムは本来18世紀から19世紀にかけてのフランスをモデルにしたものであり、ヘンリー6世の時代にそのまま適用することには問題もあるだろう。だが、『ヘンリー5世』に関する近年の批評は、この理論をイングランド史劇の分析に援用することの有用性を既に確認している。この点については更なる議論が必要であり、今後の検討課題としたい。

12) Jackson, p. 157.

13) Alan Ryder, *The Kingdom of Naples Under Alfonso the Magnamimous: The Making of a Modern State* (Oxford: Clarendon, 1976), pp. 23-26 参照。この資料の紹介をはじめ、ナポリ表象については甲南大学の奥田敬氏のご教示による。記して謝意を表したい。

14) 在里寛司・米山喜晟訳『マキャヴェッリ全集3』筑摩書房、1999年、36頁。

田吹長彦

言語文化に未来を読む
──タッソの嘆き、バイロンの嘆き、リストの嘆き

　イギリス・ロマン派の詩人ロード・バイロン (1788-1824) は「アドリア海の女王」と呼ばれた水の都ヴェニスの昔日の栄光の翳りを目の当たりにして長編詩『チャイルド・ハロルドの巡礼』第 4 編 (*Childe Harold's Pilgrimage*, Canto IV) (1818) 3 節で次のような嘆きの言葉を漏らしている。

　　今はもうヴェニスではゴンドラの船頭たちが
　　互いにあのタッソの詩をうたい合うこともなく、黙して運河を漕ぎゆく。
　　貴族たちの館は崩壊して岸辺へと消えゆき、
　　楽の音も常に人の耳に聞こえるとは限らない。
　　昔日は過ぎ去ってしまったが、──「壮麗」[1]は今もなおこの町には残っている。
　　国家は滅び、芸術は次々に消えていくが──自然は消滅せず、
　　ヴェニスがその昔いかに愛されたところであるかを忘れることもない、
　　この世の饗宴、イタリアの仮面舞踏会、
　　あらゆる祭りが催された楽しきところであったのを。

　バイロンは 1816 年 4 月 23 日にロンドンをあとにして第 2 回目のヨーロッパ旅行に出た。そして再び祖国イギリスの土を踏むことはなかった。

ドーヴァーを離れ、ベルギー国内を旅して、ドイツのライン河を遡行、5月下旬にスイスのジュネーブに着き同国にしばらく滞在したあと、10月10日にはシンプロン峠を越えてイタリアに入国、11月10日にヴェニスに着いた。北国イギリスとは違って陽光の燦々と降り注ぐ楽園イタリアに向かったのは単なる物見遊山のためではなかった。彼がケンブリッジの学寮で書き留めた「読書リスト」の中にはダンテ、ペトラルカ、アリオスト、そしてタッソといったイタリアの大詩人たちの名前があげられている。これらの詩人たちが生きた地を訪れて、疲弊したわが身に志気と英気を呼び戻すためであった。

　ヴェニスのドゥカーレ宮殿の東に、南北に走る小さな運河がある。この運河に「ため息の橋」(Ponte dei Sospiri) が架かっている。アドリア海を背にして左手が宮殿、右手が牢獄で、かつて牢獄の囚人たちはこの橋を渡り宮殿に連行されて死刑宣告を受け、再び橋を渡って牢獄に戻り処刑されたと伝えられている。冒頭に引用したバイロンの嘆きは、かつて人口に膾炙したタッソの詩を耳にすることもないほど荒れ果ててしまっていたイタリアとその文化芸術の窮境を嘆いたものである。

　1817年4月中旬、バイロンはヴェニスからローマまでの旅の途次イタリア北東部の町フェラーラに立ち寄った。その直後に詩『タッソの嘆き』(The Lament of Tasso) (247行) を執筆した。バイロンはこの詩において彼自身の嘆きをトルクアート・タッソ (1544-1595) の嘆きに託してわれわれ後世の人間に伝えている。

　タッソはルネサンス期末期におけるイタリア最大の詩人で、エルサレム解放までの第一回十字軍を素材に描いた長編叙事詩『解放されたエルサレム』(Gerusalemme Liberata) (1581) で知られている。彼は1572年からエステ家[2]の最後の君主アルフォンソ二世 (在位1559-97) の廷臣として仕えた。フェラーラを中心に栄華を極めたエステ家は当時凋落の運命を辿りつつあった。タッソは狂気に陥り激昂の上アルフォンソ二世を痛罵したかどで、またアルフォンソ二世の妹レオノーラを愛したために、1579年から1586年まで7年間地下牢に幽閉され、過酷な日々を送ったと伝えられている。バイロンの『タッソの嘆き』は獄中でのタッソの独白というかたちで書かれ、異常な窮境に追い込まれたタッソの心情が詳

細に語られている。タッソの地下牢での苦悩とアルフォンソ二世の妹レオノーラに対する恋情が主題となっているが、そこには暴君・圧制者に対する痛烈な批判と理想愛の姿が克明に描かれている。

　バイロンはタッソの嘆きを次のようにわれわれに伝える。権力者であるアルフォンソ二世は、タッソの品位の低下を執拗に言い触らし、それを民衆の心に浸透させ、タッソの日常習慣を禁じ、人生の最高の時期にあった彼の人間としての存在を枯死させ、彼の思想を忌み避けて恐れねばならないものと決めつけた。タッソは、理由もないのにわなにかけて地下牢に閉じ込めたとして「虚言者」アルフォンソを痛罵する。この暴君はタッソに「恥辱と不名誉にまみれた人間」という烙印を押して、その記憶の奥深くに「お前は狂者だ！」という言葉を植え付け、タッソの敵たちが宣告する判決に決定的な封印をして、「憐れみ」の奴に言い寄って挫かれた彼の名声に近づくようにし向けたのである。このような窮状に追い込まれたタッソは、「かつて鋭敏な感情を持っていたが、苦難と虐待のために満身創痍でその傷跡は肥厚している」と語る。しかし自殺など一切考えない。「なぜならそれによって愚鈍な『虚言者』を是認することになるからだ」と言う。

　陽光の射さない地下牢は悲哀・悲痛に満ちた「病める物乞いの広大な館」で、薄暗く、耳にするものは狂気の叫び声、鞭打ちと怒号、不明瞭な罵りの言葉のみである。幾歳月にもわたるタッソの孤独と忍耐の生活はアルフォンソ二世による残虐な不当行為によって強制されたものであり、この暴君の言動は誹謗・中傷に満ちあふれてはいるが、タッソ自身は気高い精神によってそのようなものを毅然と拒否し寄せ付けはしない。

　次に、野獣の巣や墓場に喩えられる地下牢に投獄されて狂者のレッテルをはられたタッソの日々の姿が描かれる。「笑いは歓喜ではなく、思想は心からのものではなく、／言葉は言語ではなく、人間でさえ人間ではない。」発せられる大声は呪いの言葉に対して、金切り声は殴打に対してあげられるもので、囚人誰もが隔離された独房で虐待を受けている。群れるほど囚人はいるが、個室に閉じこめられて孤独で、その壁に狂気の声が意味のない言葉となって反響する。その声を皆が耳にするが、心

して聞く者はただ一人タッソを除いて誰もいない。タッソは超絶的な仙人や解脱した高僧に似た存在に同一視される。彼は「囚人たちの仲間となるべくこの世に生まれ出た人間」ではなく「『乱心』と『病弊』の間に縛り付けられるように生まれついた者」でもない。絶望の奈落に生きているが決して屈従することはなく、苦悶と戦ってきた。幾歳月も堪え忍んできたので、これから先もそのような生き方をさせてくれと語る。

　人間社会・俗世間から完全に隔離されたタッソは、孤独を愛し、それが人生だと豪語する。交わる者といえば狂者たちと彼らを支配する暴君のみ。しかし狂者や暴君を仲間として認知しようとは決してしない。何故なら、それによって「何年も前に彼らの心と同じように頽廃して墓場行きになっていたであろう」と思ったからであるとする。タッソは自分の悶え苦しむ姿あるいは狂者のようにわめく姿を誰にも見せたことがない。そして地下牢をさして「僕の世界はここのみだ」と語る。自分自身の「墓地」は「この広さの半分にも満たないものがあれば十分に違いない」として、朽ち果てることも厭わず、また強靭にして孤高であるために天を非難せずこの世を去ることができると言う。

　苦心の大作『解放されたエルサレム』の完成・出版と共に喜びも消え失せたとするタッソは、「涙を流し、心の中で血を流す」と心境を語り、残されているものは耐えるべき苦難であるが、いかにして耐えればよいのか分からないと告白する。頼りの綱は彼の魂に生来備わった力の中に見出されるので、意気阻喪などあり得ず、これまでに悔恨など一切なかったし、悔恨しなければならない理由もなかったとして、彼独自の剛胆な気力を披瀝する。そして、「人々は僕を狂気の人と呼んだ——そのわけは何なのか」と問い掛ける？ 同じ問い掛けを理想愛の権化レオノーラにするが、彼女が答えてくれるはずがない。「僕の心は狂乱の状態にある」とは言うが、彼自身の愛はレオノーラのように高邁なもので乱心は心からのものではなかったとし、彼女に対する愛から生まれた罪によって投獄の憂き目を見て人々から引き離され孤独な生活をしたと語る。

　タッソは自分の末期について、薄暗い地下牢で異様な状況に置かれたまま人生は終わるのであろうが、それは苦痛とはなり得ず、「僕は安らぎを得ることになるであろう」と予知する。アルフォンソ二世への復讐

を強く誓う心はあるが、自分自身があまりにも誇り高く高潔で、敵を心底恨み復讐心を胸に抱くことはできない。「僕は公爵の侮辱・無礼を許してきた、そしてこの世を去りたいものだ」と語り、心中葛藤しつつこの世を去ることを示唆する。周囲の敵たちを心底嫌悪できず、彼の熱い愛に応えないレオノーラをきっぱりと見捨てることもできないという矛盾も露呈する。レオノーラへの愛があるために人生における悲痛を取り除くことができ、彼女への愛は「自ずから満足・堪能して果て行くであろう」と語る。愛の定めとは、「あらゆる感情を持つ」がそれは衰退することなど決してなく、激流が大海原に流れ込むようにすべての激情は拡大して一つになると説く。愛とは深く底なしではかり知ることのできないもので、たどり着く岸さえもないものだと言うのである。レオノーラに対する愛は「絶望など知らない愛」だと断言する。しかしそれですべてが癒されたわけでなく、癒されなかったものが鬱積して心の中に蓄積されていると言う。それを「雲海の中の集積した電光」に喩えて、「ついに電撃を放つ」と語る。恋情は一瞬のうちにタッソの身体を貫き閃くが、彼自身は何も変わることはない。野心も野望も伴わずにその恋情は生長し、彼はレオノーラの立場と地位を認識する。そして公爵の娘は自分の恋の相手ではないことを悟り、「それはそれで十分であった、それはそれで報いられた。／あえて嘆きはしなかった」という境地を披瀝する。

　打ち拉がれたタッソにとってレオノーラは「水晶で縁取りされた神殿」のようなもので、「聖域を隔てて遠くから崇拝される」類のものだと言う。レオノーラの天賦の才はタッソの天賦の才を抑え、彼の「運命の星」レオノーラは常に彼の前に立っていた。彼女は最も愛しい人で、それ故にタッソは自分自身を「当然この独房に住むにふさわしき者、——それもただ君のためにのみだ」と言い切る。レオノーラへの愛のために「鎖に繋ぎ止められたのだが、愛によって鎖の重さは半分になり、残りの重さは重くはあるが持久力を貸し与えてくれている」と言う。だから「離別などあり得ない胸で君をじっと見つめ、／『苦痛』の奴が仕掛けた巧みな仕掛けを退ける」と決断のほどを開陳する。また、獄中でさまざまな幻影を見て、不思議な胸騒ぎと穏やかな痛みの感情で切々と渇望する

ものがあり、心はすべて吐き出されて「一つの望み」のみが胸中にある。それはレオノーラであると告白する。レオノーラ以外は一切無で、自己の存在を失い、存在するものすべては彼女に吸収され、「世界は過ぎ去ってなくなり」、大地の存在自体が無になり、地下牢に幽閉された自分の魂は、「焼き入れの火の中の鋼鉄のように正真正銘勇敢であっぱれであることが証明された」とする。それはレオノーラへの愛のためであるとして、レオノーラを理想愛の最高位に置く。

バイロンは『タッソの嘆き』の終末部分でタッソの目差すところを次のように彼自身に語らせる。

　僕はこの朽ちかけた名声を不滅のものにしよう！──そして
　僕が今住んでいる独房を未来の神殿にして、
　僕のために諸国民がいつでも訪れるものとしよう。

アルフォンソ二世を最後にエステ家は滅亡した。タッソの予言は的中し、バイロンは当時と後世の者たち──とりわけ文化芸術の壊滅を目論む権力志向の暴君たち──に向けて、他山の石として警告を発するために『タッソの嘆き』をこの世に残した。タッソの嘆きはバイロンの嘆きである。ハンガリー生まれの作曲家フランツ・リスト (1811-86) はバイロンの『タッソの嘆き』をもとに交響詩『タッソ、悲嘆と勝利』(*Tasso: lamento e trionfo*) を作曲して現代人であるわれわれと未来に対する伝言として残している。[3] 現代におけるタッソやバイロンやリストの復活再生は、彼らが言葉と音で残した遺産を未来に向けて伝達することになるのではないであろうか。

タッソは、栄華を誇ったフェラーラに向かって次のように呼びかけている。

　しかるに、お前、フェラーラよ！　お前の中に公国の支配者たちが
　もはや住まなくなったときに、お前は崩壊し、
　暖炉の消えた館が少しずつ砕け朽ちゆくのを見ることになろう。
　ある詩人の花冠がお前の唯一の王冠となるであろう、

ある詩人の地下牢がお前の最も気高い名声となるであろう。
かくして異国の旅人たちはお前の人住まぬ城壁を見て驚異の目を見張るであろう！

バイロンは『タッソの嘆き』の末尾近くで、タッソのレオノーラに対する不滅の愛を語る。彼女に呼びかけて、自分の心は悲痛、歳月、疲れ、そしてアルフォンソ二世が彼に負わせた罪責、このようなものには征服されず、地獄の巣窟のような地下牢からレオノーラを神のように崇め続けると誓い、また、アルフォンソ二世の居城が荒廃状態で放置されて乱痴気騒ぎの晩餐会も消え失せたとき、フェラーラは聖地となるであろうことを兄アルフォンソ二世に告げてくれと語る。そして最後に次のようにレオノーラに呼びかける。

しかし君──「生誕」と「美」が君の周囲にまき散らす魔法を秘めたものすべてが
消失したとき──僕の墓を覆い守る月桂樹の半分は君のものとしよう。
死の世界のいかなる力もわれわれの名前を別々に引き裂くことはできない。
生きている者のうち誰一人として僕の心から君を引き裂き得ないであろう
そうだ、レオノーラよ！　二人の運命は永久に絡み合うであろう──しかしあまりにも遅すぎる！

タッソはたとえレオノーラの魔力に満ちた美しさと魅力が完全に消失しようとも、「僕の墓を覆い守る月桂樹の半分は君のものとしよう」と語る。そして自分とレオノーラの名前は「死の世界のいかなる力も別々に引き裂くことはできない」としてタッソのレオノーラに対する愛情と崇敬の念は変わらず、「二人の運命は永久に絡み合うであろう」と予言する。
この詩はタッソの「しかしあまりにも遅すぎる！」という謎めいた一

言で締めくくられる。「しかしあまりにも遅すぎる!」とは、やがて自分はこの世から消えゆき、レオノーラの美貌も命も消え失せ、アルフォンソ二世も、その居城も、何もかもすべて蜃気楼のように泡沫(うたかた)の夢のように消え果ててしまうこと、諸行無常のこの世を語ったのであろう。

すでにお気付きのことと思うが、バイロンの意図はそのようなことにあるのではなかった。バイロンは『チャイルド・ハロルドの巡礼』第4編35-40節においてもアルフォンソ二世に仕えたタッソに言及している。バイロンは、エステ家の居城を覆う呪い、タッソを養い虐げた暴君アルフォンソ二世、誇りでもあり恥でもあったタッソ、タッソの投獄、タッソに対する狂者たちと同様な扱いなどについて語ったあと、権力者や暴君と詩人の違い、刹那的で必滅の存在と不朽不滅の存在について語っている。タッソの名には「万世(ばんせい)の涙と賞賛が伴う」が、虚飾に満ちたアルフォンソ二世の名は「忘却の奥に仕舞われて、——塵芥(ちりあくた)をためる下水受けの中で腐り朽ち果て無に帰す」として、「もしお前が他の地位に生まれていたならば、/お前が悲しませた者[タッソ]の奴隷としてもお前は不足な人間であったろうに」と痛罵する。バイロンは『チャイルド・ハロルド』第3編36-45節でナポレオンに対して同様の言説を吐いている。権力者・暴君・為政者に対する彼の言葉は痛烈・激烈を極める。知性・理性が完全に欠落する彼らは貪欲な家畜や野獣に喩えられ、「ただ食って、蔑まれ、そして死ぬためにだけ造られた者」、「並以上の素晴らしき飼い葉桶と広い豚小屋を所有していることを除けば、飢え死ぬ獣どもにそっくりだ」と揶揄する一方で、タッソの栄光については「かつて光を発し、今は人々の目を眩惑させる」と絶賛し、激しく劇的な口調で擁護している。タッソの「霊」は、「悪」の奴が泥のついた矢でねらいを定める的となっていたが、彼の生前死後永劫にわたってそのようなものが彼の「霊」を射止めることは不可能であるとする。タッソに向かって、「すべての時代の無数の人の群れをすべて集めても/君のような心魂の持ち主を生み出すことはできない」、「散乱した光をたとえ一つに集めても、太陽の光にはならんのだ」と語りかけ、胸中に宿る万感の思いを披瀝する。

『チャイルド・ハロルド』第4編5節でバイロンは文学や音楽など魂

によって生み出された芸術は不朽不滅である事実を次のように語る。

　人の心が生んだものは、土くれでできたものではない。
　それらは本質的には不朽不滅のものであるために、
　われわれの体内にさらに輝く光とさらに愛しき存在を創造し、
　その数を次々に増殖させていく。
　束縛状態におかれたこのわれわれの人生で、
　「運命の女神」が活気のない人生に対して与えるのを禁じるこの存在は、
　これらの霊を与えられて、われわれが嫌悪するものを先ず追い払い、
　次にそれらに取って代わって、われわれを潤す。
　青春時代の早咲きの花々が枯れてしまった人の心に水を与え、さらに新しい生長で空虚なものを満たすのだ。

『チャイルド・ハロルド』第4編第137節1-5行では彼自身の死を予測しつつ彼の「心が生んだもの」について次のように明言する。

　だが僕は生きてきた、その人生は空しいものではなかった。
　僕の心は力を失い、体内に流れる血もその情熱を失うかも知れぬ、
　そして僕の身体は苦痛を克服しつつも朽ちて滅びてしまうだろう、
　しかし僕の体内には「苦悩」と「歳月」を疲弊させ、
　たとえ僕がこの世から消え去っても、息づいているものがあるのだ。

ロンドンのウエストミンスター寺院の「ポエッツ・コーナー」の床にはめられたバイロンの銘板にはこの引用部分の最後の2行の言葉が刻まれている。これらの言葉は、暴君や支配者が生み出す唯物的で空虚な栄華と繁栄を念頭に置いて、詩人や音楽家たちが永劫にわたる不滅の遺産として残す「人の心が生んだもの」について語ったものであろう。肉体は滅び去っても、永劫にわたって厳然と残るものがある。タッソ、バイロン、リスト、いずれの肉体も苦悩のうちにこの世から消え去った。しかし時の流れを克服かつ一蹴していつの時代も「息づいているものがあ

る」。タッソとバイロンの嘆きは、栄華を誇るが真の意味の教養も美的情操も失いかけている文化芸術破壊行為に対する嘆きであろう。Vandalism[4]や philistinism[5]といった言葉が世界を席捲する時代に対する警告なのかも知れない。バイロンはタッソにわが身を重ねて自説を読者に説いた。タッソの嘆きは、バイロンの嘆きであり、そしてリストの嘆きともなる。

　バイロンは『タッソの嘆き』の末行で、愛するレオノーラに対して「そうだ、レオノーラよ！　二人の運命は永久に絡み合うであろう——しかしあまりにも遅すぎる」と嘆きを語る。この嘆きはただ単に理想の女性に対する惜別の情ではなく、エステ家の没落を予言したものであろうし、われわれの現代文明の崩壊を確実に予言するバイロンの墓場からの嘆きであるかも知れない。

　活字による言語文化の力が等閑視される時代にわれわれは突入してしまった。タッソの時代、バイロンの時代、リストの時代、これらの時代に見られたような偉人・賢人と呼べるような人間を排出できる社会ではなくなった。皆が皆バタリー鶏舎の鶏や豚舎の豚諸君のように画一化され個性を失っていくようでもある。英知と威厳に満ちたわれわれの祖先の頭脳をかつて潤した古典を無用な廃物として無視し捨て去るような動きがある。映像文化は活字文化を凌駕し枯死させつつある。現代版の焚書坑儒のあとに訪れるものは何か。人間が口と耳と目を使うことしか知らない単純で獰猛な野獣から知的要素を具有する人間に変身した時代があった。人間は文字や活字を用い始めてこのかた、他の動物たちとは格段に違った文明文化を生み出して、それを着実に蓄積してきた。人間性の根幹を支える本来の英知は文字や活字の時代に残された英知でしかないのではないか。コントロールを失った走馬灯や回転木馬のように急激に回り続けて移りゆく映像文化が、われわれの祖先の遺産である文字や活字による文明文化に内包された英知にどの程度匹敵できるものを生み出すことができるのであろうか。洋の東西を問わずいかなる国家も民族も金鉱に匹敵する貴重な文化遺産を地中深く埋蔵し葬りつつある。

　われわれの未来についての予言は、何も予言者や科学的な統計に依存しなくても的確にできる。バイロンはイタリアで書いた『ラヴェンナ日

記』の1821年1月28日付の記述の中で「最高の未来の『予言者』は『過去』である」(The best of Prophets of the future is the Past) と語り、未来を読むためのすべてのヒントは過去の英知の中にすでに明示されているという真実をわれわれ後世の者たちに伝えている。われわれは言語文化をもとにした「温故知新」という言葉の重みを忘れ始めているのかも知れない。人間が口先だけの能弁と英知を欠いた暴政と正確な意味を見出せない闇雲の戦いにのみに没頭しはじめたときにいかなることが起こるかは、古今東西の滅び去った帝国・国家、そして流星のように瞬時の煌めきと共に暗黒の闇に消えていく「有名人」と呼ばれる人たちがすでに実証しているのではないだろうか。

「しかしあまりにも遅すぎる！」、バイロンが『タッソの嘆き』の末尾でレオノーラに語りかけたこの言葉は、今の時代において格別の響きを持つのではないだろうか。

注

　＊この論文は2005年10月29日、東京オペラシティコンサートホールで催された財団法人東京交響楽団主催の『東京オペラシティ・シリーズ第31回』において最後に演奏された「リスト：交響詩『タッソ、悲哀と勝利』(原文のまま) の解説として『SYMPHONY』10月号に掲載された拙文『詩人たちの遺言——バイロンはタッソに何を見たか』のもととなったものである。

　1) 鉤括弧内の言葉は擬人化されたものである。以下、試訳および本文中についても同じ。

　2) 13世紀中頃から19世紀にかけて北イタリアで政治・文化の面で指導的役割を果たした名家。家名は同家が定住したEsteに由来する。12世紀末にはフェラーラで権勢を極め、芸術家を保護してフェラーラを文芸の中心地にした。

　3) リストはバイロンの『マゼッパ』をもとに交響詩『マゼッパ』をも作曲している。

　4) *OED* では語源について "a. F. *vandalisme*, first used by Henri Grégoire, Bishop of Blois. c1793" としたあと、"The conduct or spirit characteristic of, or attributed to, the Vandals in respect of culture; ruthless destruction or spoiling of anything beautiful or venerable; in weak sense, barbarous, ignorant, or inartistic treatment." と説明している。ヴァンダル人について1995年版の *Brewer's Dictionary of Phrase and Fable*, p.1227 では次のように解説している。"A Tuetonic race first recorded in north-east Germany, which in the fifth century ravaged Gaul, Spain, North Africa, and in 455 Rome itself, when they despoiled it of its treasures of art and literature. The name is hence applied to those who willfully or ignorantly indulge in destruction of works of art and the like. Vandalism is now applied to most forms

of wanton damage."

5) *OED* では "The opinions, aims, and habits of social Philistines (see prec. A.4) ; the condition of being a social Philistine" と説明している。Philistine, A.4 の項では "A person deficient in liberal culture and enlightenment, whose interests are chiefly bounded by material and commonplace things. But often applied contemptuously by connoisseurs of any particular art or department of learning to one who has no knowledge or appreciation of it, sometimes a mere term of dislike for those whom the speaker considers 'bourgeois'." ペリシテ人について *Brewer's Dictionary of Phrase and Fable*, p.905 では次のように解説している。 "Properly, a warlike immigrant people of ancient Palestine or Phlistia who contested its possetion with the Israelites, hence a heathen foe. Its application to the ill-behaved and ignorant, those lacking culture and sensibility, or of materialistic outlook, stem from the term Philister as used by German university students to denote the townspeople, the 'outsiders'. This is said to have arisen at Jena, because of a Town and Row in 1693, which resulted in a number of deaths, when the university preacher took for his text, 'The Philistines be upon thee' (Judges 16:9). Its use was much popularized in England by Matthew Arnold's frequent employment of the term in his *Culture and Anarchy* (1869)." Matthew Arnold, *Culture and Anarchy* の中の言葉の一例を挙げると、"The people who believe most that our greatness and welfare are proved by our being very rich, and who most give their lives and thoughts to becoming rich, are just the very people whom we call Philistines." というのがある。Matthew Arnold のこの名著は筆者の学生時代は必読の書であったが、実用英語が古典より重要視される英語教育の環境ではこの文明論はすでに廃物になっているのではないかと思う。古典は古典にあらず。かくしてわれわれの文明の行く末は明るさを喪失する。単なる筆者の錯覚か誤謬でなければよいのだが。

吉田　徹夫

孝行息子の旅立ち——David Storey と *Saville*

I

　ビートルズの最初のレコード "Love Me Do" が発表される 2 年前の 1960 年、ヨークシャの炭坑夫を父にもつ Storey は、破格の契約金 (£500) を強引に得てプロのラグビー・チームの花形選手にのし上がっていく旋盤工の青年 Arthur Machin を描く *This Sporting Life* を発表した。やはり肉体労働者の息子であった Alan Sillitoe が、土曜の夜に酒と女で 1 週間の労働の憂さを晴らすノッティンガムの旋盤工 Arthur Seaton を主人公とする処女作 *Saturday Night and Sunday Morning* を刊行した 2 年後のことである。また 1957 年には、アイルランドからの貧しい移民の家系出身でヨークシャ生まれの John Braine が、女を利用して上の階級をめざす労働者階級出身の市役所職員 Joe Lampton の野心を扱った *Room at the Top* を発表している。

　立て続けにこれら三人の作家が登場してきた背景には、義務教育の年齢が 15 歳まで引き上げられた教育改革のお蔭で、"the 1950s is the decade in which the traditional working class begins to be absorbed into an expanding middle class" [1] と一般化して言える状況があったのだろうが、ジョー・ランプトンの強烈な上昇志向は二人のアーサーには見られない。だがこの三人の主人公たちは、貧しい階層の人たちを金と権力で操る階層の人たちへの反抗的な気構えを共有している。また年上の人妻と関係を持つことも似ているが、ストーリーのアーサーの場合、相手に対する対応が違

っている。

　ジョーは市の有力者で実業家の娘 Susan と結婚するため恋愛中の人妻 Alice を捨てる。シリトーのアーサーにいたっては 17 歳から人妻と遊びまわり、21 歳の今、自転車工場の同僚 Jack の妻 Brenda を妊娠させ、堕胎の苦痛を味わわせている最中に彼女の妹と関係を持つ破廉恥な青年である。この二人に比べるとストーリーのアーサーは優しい。下宿先の人妻は未亡人で二人の子持ち、しかも工場で事故死の夫は彼と同じ旋盤工であった。アーサーはこの一家に対してまるで父親みたいに接し、多額のお金がはいるとテレビを買い与え、スポーツ・カーでドライブ、そして高級レストランに連れてゆく。このようにアーサーは「擬似家庭を築いて」「自らの階級へのコミットメントを確認する」[2]のだが、彼自身の語りによるこの一人称小説は、"the limited mind and outlook of the gladiator-style hero"[3] を通して語られていくだけに、亡き夫への裏切りという罪意識から彼を避けようとする Hammond 夫人の苦しみを理解できない主人公の自己中心的な若さと感謝の見返りを求める苛立ちとを見事に描き出している。また、結局失敗に終るこの家族愛の雰囲気作りの姿勢と共通するものであるが、ストーリーのアーサーには、ジョーともう一人のアーサーとに見られない善さがある。チームの中で華々しく活躍する彼に対し、同じクラブの仲間から試合中にボールを回してもらえない仕打ちがなされるが、彼はチームを管理する経営者のボスに訴えることはしない。仲間との連帯意識は強く、先に引用した「自らの階級へのコミットメント」を示すものと言える。

　ストーリーは、この処女作刊行と同じ 1960 年、イギリス石炭庁の経理掛に勤務する炭坑夫の娘 Margaret が妻子のあるアート・カレッジの教師 Howarth とロンドンへ駆落ちする小説 *Flight into Camden* を発表、更に 63 年には、殺人事件が絡む、労働者階級の妻子持ちの青年 Tolson と零落した上流階級出身の若者 Leonard Radcliffe との悲劇的なホモセクシャルの関係を扱った *Radcliffe* を出版した。ストーリーによる最初の 3 篇の小説が、*Cambridge Quarterly* の書評子の言葉を借りると、"the threatened existence, ... the actual existence of a terrible emptiness, anarchy and brutality in contemporary English life"[4] を描いているのは確かで、そのことは、

Radcliffe の発表後 10 年近く戯曲の執筆と上演に専念したのち 1972 年、1973 年に続けて刊行された、労働者階級出身のカレッジ教員を主人公とする *Pasmore* と *A Temporary Life* にも言える。それでも強調しておきたいことは、知と情を持つ人間として反発や憎しみを当然伴なってはいるが、ストーリーの小説では家族、親戚、友人たちへのヒロインやヒーローたちの結びつきが描かれていることである。そして今一つ、彼らが自分の属する階級への愛着を強く意識していることも見落せない。それは作者自身の生きる姿勢とつながっていたのかもしれない。

　18 歳で Leeds のプロのラグビー・リーグ・チームに入ったストーリーは、その時手にした収入で地元の美術学校に入学、翌年には奨学金を得てロンドンの有名な Slade School of Fine Art に進むが、ラグビーの試合があると汽車でリーズに通った。確かにチーム仲間の多くが坑夫や工場労働者であって、ロンドンに住む学生のストーリーが妬み・恨みを買ったことは *This Sporting Life* を見ても間違いなかったと思えるが、彼はそこから逃げることはしなかった。[5] 1976 年発表の *Saville* の舞台は、坑夫をはじめ炭坑に職を持つ人たちが生活するヨークシャの Saxton という貧しい村であるが、お産の時には余所の子の面倒を見ることに象徴されるように、互いの眼を意識することはあっても、人々が協力し合う「共同体」であると言える。主人公の Colin Saville はガキ大将にいじめられる隣りの子を体を張ってでも守るが、大人になったこの大将が出所したばかりでお金がない時 10 ポンドの小切手を与えている。

　コリンの父は坑夫で教育によって貧しい状況から息子を脱出させようと 11+ を受験させ、コリンは期待に応えカレッジまで進み修了後国語教員に採用されるが、自分の出身階級から "alienated" しているとは思っていない。恋人関係にある、夫と別居中の人妻で薬剤師の Elizabeth に対し、"I don't think I'd measure progress in terms of class" と口にし、"an intellectual" としてもそうなのか、と疑う彼女に "No" とはっきり答えている。[6] この小説はコリンの経歴が作者と似ていることから自伝的と言われているが、その精神性においても共通していることが察せられる。そしてストーリーにとって *Saville* という長編は、自分の少年期・青年期を振り返りながら、これまでの小説に登場させた "protagonists" としての若者たちが、

貧しい家族や共同体、そして学校のなかでどのように育ってきたのか、人として形成されてきたのかを総括する意味を持っていたのではと思われる。

II

　1976 年のブッカー賞を獲得した *Saville* は、5 部構成で全 31 章からなり、ペンギン版で 550 頁、平均すると各章 17 〜 18 頁と、かなりの長編だが、最終第 31 章はわずか 5 頁で、二つの別れが描かれる。最後の 2 頁は主人公と母との別れで、過去 4 年間の教職の仕事で貯めた 50 ポンドを持ってロンドンへ旅立つコリンに対し、駅まで見送りに来た母は、"Think of the people who love you, Colin" (554) と別れを告げる。その直前には 3 頁にわたって、エリザベスとの別れが主に会話を通して描かれる。30 歳代半ばとコリンは推測するも、買物を一緒にした時に母親と間違えられた年上の彼女の寝顔に母の顔が二重映しになり抱けなくなることもあったが、その彼女は故郷を去ろうとするコリンに向って、シェイクスピアはロンドンより遠くへは行かなかったし、ミケランジェロはフィレンツェを離れてもせいぜいローマどまりで、レンブラントは同じ所にずっと居た、と言いつつこう告げる— "It's an illusion to think you've to break the mould. The mould may be the most precious thing you have" (552)。

　主人公が文字通りこの世に誕生するのは第 2 章で、第 1 章はいわば序にあたりサヴィル夫妻が 1 歳の長男 Andrew を連れて村に引っ越してきた経緯と、村から 4 マイル離れた母の実家への母子訪問が述べられる。このアンドリューが肺炎で急死、その時 3 ヶ月の胎児だったコリンの誕生と幼児期を描く第 2 章から、旅立ちを決意する第 30 章まで—父との勉強と受験、グラマー・スクール通学時の家族・祖父母・隣近所の人たちや学友との交流、初恋と失恋、終戦、sixth-form とカレッジ時代における将来への不安と結婚を考えた恋人との破局、教育をめぐる校長との対決、これまで生きてきた自分自身への疑念、そして旅立ちを決意するに至る、22 〜 3 歳までの "mould" の軌跡が年代順に語られていく。このようにまとめてみると、5 部構成ではないが各章約 50 頁の長い章 5 つで

構成されている、Stephen Dedalus の3歳から20歳までの成長過程を辿った Joyce の *A Portrait of the Artist as a Young Man* (1916) が思い起こされ、Saville は典型的な教養小説みたいにみえるかもしれない。

川本静子氏は『イギリス教養小説の系譜』の序論の中で、*David Copperfield* (1850) から上の *A Portrait* までのこの種の代表作を挙げながら、それらの「共通の主題」は「人生の門出に立つ若い主人公が、様々の試練による精神成長を経て自己確立に到る過程である」とし、そこでの自己展開を、「唯一独自の存在としての『自』の認識より出発した個性的な精神発達」と述べている。[7] この説明を *Saville* の主人公にあてはめてみると、国語の時間にジャズを聴かせ感想を書かせることで校長と対立しクビを予告されるという、いわば社会との不和は表面化するものの、それは第28章のことで (503頁参照)、総じてコリンは周りの環境には受身的であり、何よりも作者ストーリーがコリンの心の中に入って心理を描くことを禁欲的に避けているので、教養小説のヒーローと見なすことがためらわれるのだ。

例えば、グラマー・スクール時代のコリンは、スティーヴン・ディーダラスのように不当な体罰を受けることはないが、担任の先生から、名前 "Saville" の l を1つ落とした父親のスペル間違いをクラス全員の前で暴かれ、"Saville double l" と呼ばれる屈辱を受けるし、更に父の職業を "colliery worker" (150) と記したことで、炭坑の "manager" でも "mine" で働いている、とねちねち正され、"miner" という語を明言させられる。11+ の試験では "unskilled manual workers" の子供は十人に一人しか成功しなかった時代であり、[8] ましてや坑夫の子がグラマー・スクールに入ることは大変難しかった筈で、このような場面は階級意識の偏見が如何に労働者階級の子供を傷つけたかが推察できるのだが、ストーリーはコリンの怒りと恨みに満ちている筈のその感情、動揺する心理に入ることを避けていて、主人公の意識の流れを映し出すジョイスとは全く違う。

「自己確立」への「試練」では、Lawrence の *Sons and Lovers* (1913) が典型的に示しているように、主人公と両親との葛藤が考えられる。コリンの母親は、自分たちができの良い息子に期待していただけに、その恋人エリザベスの別居中の夫がコリンを訪ねて押しかけて来た時には "the triumph they had looked for in his life had never occurred" (534) と、さすがにがっかりし、弟の Steven も Richard もお前を尊敬しているのだから、あの女とは別れてほしい、と言う。しかし、これ以前に彼が結婚を考えた Margaret が家を訪問した時はとても喜び、彼女なりにできる最大限のもてなしをしている。Paul の母親が Miriam に抱くような激しい反撥は見られない。そして別れを告げに来たマーガレットをバス停に見送ったコリンが帰宅すると、"Is she not coming again?" と質ね、"No" の返事を聞くと、"Nay, love. I shouldn't cry" と慰め、"You'll find time heals all wounds, love" (450) と諭す。田舎の小さな駅でロンドンへ発つコリンを見送る彼女の言葉を思い合わせると、人物の心の動きを内面から描かないストーリーが言葉のやりとりから母子の情愛を読者に伝えようとしているのがわかる。

　このような場合オイディプス・コンプレックスを持ち出して父親と主人公との葛藤に触れたくなるのだが、父は貧しい労働者階級の生活を息子がしなくてすむように、11+受験勉強を手伝っている。コリンはこのような両親の期待に応えようとしていた。だが、良い息子であり続けただけに自分の欲望をいつも後回しにしていた無理があったのは当然で、マーガレットとの仲が順調に進んでいる時、彼女にこう告白しているのだ。

　　Ever since I've known anything I've been fulfilling other people's obligations. I've been educated to fulfil certain obligations; I've worked at manual jobs to fulfil obligations. I've never actually once sat down, or been able to sit down, to decide what I actually want to do. I've been set off like a clockwork mouse, and whenever the spring runs down a parent or someone in authority comes along to wind it up again. (390)

そして、将来の職業についても、詩人になる夢を叶えるためには、担任が勧めるユニヴァーシティへ進むことが望ましいのだが、家計を助けるために教職に早くつけるカレッジへ入学する。
　このように自分を抑制してきたコリンの内部には恨みが、欲求不満が

鬱積している筈で、それが次第に毒々しい言葉となって表面化してくるのだが、以下はそのような場合の一例である。教師として働き始める頃、大学生となったマーガレットとその両親に、電話をしても居留守を使われ苛立っている時、父親から先生の仕事が始まろうとしているのに何も準備しないで楽々とやれそうだから教師稼業はいいもんだね、という旨のことをほのめかされると、"It's you who wanted me to go in for it" (441) と言い返している。しかし、語り手は、こう言い返し自己正当化を図るコリンの恨みがましい心理に立ち入ることはない。このことは青少年の成長に一番影響を与える筈の恋人との関係においても同様である。

　マーガレットは、大学への入学が迫った時に、今すぐに結婚してもいい、とコリンに告げる。しかし、夜散歩する時でも彼女の母親が帰りの遅いのを心配するのでは、と心遣いを見せるほどの優しさをもつコリンは、娘が大学で何か資格を取ってから結婚した方がよいのではないかと言う、医者の父親の説得に応じたため、工場主で市の有力者の息子、親友の Neville Stafford に彼女を奪われてしまう。Emily をめぐる David Copperfield と Steerforth の関係を思わせる出来事だが、先に引用した母とのやりとりの中に彼の心痛が察せられるものの、コリンの苦悩が内側から描かれることはなく、精神的葛藤によって彼が変容・成長しているということが伝わりにくい。欲望を通すための自己主張を控え、貧しい村での生活をじっと我慢する家族思いのコリンは、ネヴィルのように "careless" になれず、[9] マーガレットに二度も "complacent" (387, 401) と評される。また、エリザベスとの付き合いはコリンが教員になった後で、独り立ちをしている筈だが、彼女から "Why do you relate everything to parents? Are you so inextricably bound up with yours?" (523) とからかわれ、"It's economics" と弁解する。そしてついには "opportunist" (538) とまで批判されるのだ。コリンは「独自の存在として」の自分がまだ把握できていないのである。

　旅立つ決意をしたコリンは、"the mould" を壊さねばと思うのは幻想だわ、と告げるエリザベスに向って、"I believe that life is limitless, that experience is limitless: yet it can't be conceived by standing still" (553) と答える。だが、この理想主義的思い込みが現実と衝突する時、「試練」が観念や

理念の先行を得意とする若さを襲い、「精神成長」の実感・認識へと導く筈である。コリンは今やっと自分の人生が"mould"されてきたことを自覚したばかりであり、これから自分で自分のための人生を"mould"していく旅に出発しようとしているのだ。

III

　子供の人間形成に大きな影響を及ぼすものとしてまず親を挙げるのは自然なことで Saville の場合もそう言えるのだが、注目すべきは作者がコリンの成長に合わせて祖父母と接触させていることである。大戦中 11+ 受験に向け頑張っている時、グラマー・スクールに通学している時、そして戦後カレッジに入るため sixth form に通っている時である。特に 25 頁に及ぶ第 9 章において、受験勉強に励む 10 歳のコリンを取りまくサヴィル一家の生活が描かれ、その前半部では冬から春にかけての父方の祖父の長期滞在と、母方の祖父母実家への母・コリン・弟の訪問とが、後半部では受験風景が詳しく語られる。

　父方の祖父は、同居していた息子の Jack が空軍に召集されたためコリンの家に滞在することになる。農場労働者であった祖父は第一次大戦の体験をもち、昔の戦争は今のと違ってたとコリンに話す ― "In those days it was man to man. Now they think nothing of bombing women and children, or shelling people miles away they never see" (106)。またこの戦争の直後祖父は、レーニンのソヴィエト政府に対する連合国の干渉のためにロシアへも出征させられた。この時の体験を、炭坑管理の役人で、スーツ着用の隣人 Reagan に語る。この場面では "Grandfather Saville" が一度使われた後、語っている祖父は終始 "his grandfather" と言及され、コリンが聞き入っていることが暗示される。実際、話が "gold necklace" をあげるから結婚してくれとロシア人女性に言い寄られた件になると、母はバケツに石炭を運んでくるように、とコリンをその場から遠ざけようとする。だが祖父は、"It won't do the lad any harm, missis, to hear where his forebears came from" (107) と言って反対する。またレーガンも、自分の叔父がシン・フェインの反乱を鎮圧するために派遣されたベルファストで戦死し

たことに触れる。サクストンという "a small mining community" (5) に育つ子供の背後に、大きな歴史の流れがあることを作者は読者に意識させるのである。

「意識させる」と言えるのは、第 16 章で戦後のことを大人たちが話しているのを台所のテーブルでコリンが聴いているシーンが描かれているからだ。"The war'll be over before another year is out" (264) とコリンの父が話を切出すと、レーガンはそうなれば失業もなくなるだろうと期待を表明するが、父の方は、事態はあまり変らないだろう、と不安をのぞかせている。実際父は戦後、石炭業国有化の際、レーガンに pit の補佐役の仕事を頼むことになる。この場には隣りの Shaw 夫人、夫が出征している Bletchley 夫人らも参加していて、"community" の雑談光景の中にコリンは置かれ、環境に溶け込んでいる。またその人たちの子供とも仲良しで、将来の進路についても語り合ったりする。ストーリーは、父が坑夫、奨学金で中等教育を受け、更に教職についたことでロレンスに比べられるが、後者には、Gaskell の *Mary Barton* (1848) や Hardy の初期作品と共有している、このような共同体のなごやかさは感じられない。

少年のコリンが祖父や父と隣人たちとの話を聴いてどう思ったのか、どの程度理解できたのか、理解できる賢さを持っていたのか、作者ストーリーは語り手に明示させない。しかしレーガンが彼をどう評価していたかは、彼が死亡した時に明らかになる。葬儀から数日後、レーガン夫人は亡夫がコリンに贈りたいと言い残していた "gold chain" を渡す。それは皮肉にもコリンが国語教育のことで校長と衝突し解雇の予告を受けた後のことである。夫人は亡き夫がコリンのことを "The one nugget out of all this dross" (511) と言ってたと、口真似で伝える。また祖父にしてもコリンを直接良い子扱いして賞めたりはしていないが、ジャックの帰還でコリンの家を去る時、孫のコリンにこう言い残す— "Look after them, Colin. Keep an eye on them. They need somebody, tha knows, round here" (130)。この時弟は一人スティーヴンだけで、"them" に両親のことが意図されているのをコリンは汲み取っている。グラマー・スクールに入ってすぐの夏休み、11 歳のコリンは農場の麦刈りのアルバイトに 7 週間余り出かけて家計を助ける。コリンは祖父が認めた通り、頼りになる孝行息

子なのだ。

　土曜日に時折母はコリンとスティーヴンを連れバスで実家に赴くが必ずエプロン持参である。床をみがき、窓を拭き、食事の用意をする母をコリンは見つめている。年をとれば娘たちからもっと助けてもらえると思ってた、と愚痴る祖母から、感謝のことばがもらえなかったと母は父にこぼす。それでもクリスマスや親の誕生日にはケーキを焼いて親許へ向かう。ジャガイモやキャベツを買い揃えたと母が伝えると「お金があるとなんとかなるものね」と嫌味を言う祖母、そして次の文章で二人のすれ違いは締めくくられる— "Sometimes she stood over the pans with her eyes full of tears, wiping them away on the back of her hand, his grandmother taking no notice" (105)。同行した10歳のコリンはこのような光景を目にし、耳にするのだが、作者は彼の反応を記述しない。この母と祖母の対立は、コリンが生まれる前の第1章においてアンドリューによって目撃されていて、語り手はその反目の背景を説明していた。

　七人の子供を産んだ祖母は、うち二人を亡くした頃から家事を子供らにまかせていた。特に一番下のコリンの母に対しては、"destined traditionally for several years at least to combine the services of a daughter and a domestic servant" (11) という文に示されるように、数年家にとどまってくれることを期待していたので、彼女がサヴィルと結婚したことを裏切りとして恨んでいるのだ。そんな二人の "warring women" の間の "the animosity" にアンドリューは漠然と気づき、それを両親の間の行き違いと関係させていたのである— "relating it conceivably to the animosity of a not dissimilar nature, a rancour and a bitterness, that passed between his mother and father at home" (11)。この時アンドリューが何歳だったか語り手は明らかにしていないが、この子には年に似合わぬ "alertness" があったと記す。同じような光景を目にするコリンには、上のようなコメントは一切ないが、アンドリューが目にした光景とそれに関連する説明を、私たち読者がコリンの場合に重ね合わせる作業が求められている。

　グラマー・スクールに通い始めたコリンが祖父母を母と訪ねる時、sixth form で学ぶコリンがあの戦争を語った祖父を父とホームに訪問する時、祖父母たちには死の影がさしていて母も父もそれぞれの親たちが

失業し、貧しかったことを思い出してコリンに語る。傍に立つコリンは父の泣く姿を目にするし (361)、涙する母のやつれた姿に "horror" さえ感じる (272)。ストーリーは三世代に流れる哀れさを、思いやる優しさのつながりを呈示しているのだ。ストーリーの10作以上もある劇作品の中で、天幕設営の職人たちを手配する請負業者の一家を扱う戯曲 T*he Contractor* (1969) は舞台上でテントが建てられ、たたまれていくという作劇上の面白さも手伝って、New York Critics Best Play of the Year Award に選ばれ評判になった。ここでは祖父、父、そして大学生の息子という三世代の軋轢が大きなテーマとなっているが、*Saville* の場合、親と子と孫の間の "sympathy" が強く感じられる。特にグラマー・スクールの帰りに、死期間近の祖父母を訪ねる場面は、"horror" という語が示すように珍しくコリンの気持が触れられる。

　この第16章は第9章とは逆に、学校の場面、ここでは数学の授業風景が先にあり、そして既に触れた戦後をめぐる父や隣近所の人たちの雑談が続き、そしてコリンの目を通して一挙に母の哀れな姿が浮かび出される。母は、コリンが奨学金を獲得したことを誇りにしていた祖父母に今一度彼を会わせたいと思い、祖父母の所に立寄ることを頼む。そこを訪れたコリンは、あまりにもやつれ、憔悴した母の姿に愕然とする。

> He saw the strange stoop of his mother's shoulders, a weariness verging on regret, nearer bewilderment he would have guessed; .... Her hands were red from scrubbing, her arms bare, the sleeves of her dress, which came down to just above her elbow, damp. She wore an apron which she'd brought, strangely unfamiliar in these surroundings. There was a certain helplessness about her which he'd never seen before: even as he watched she began to weep, drawing a handkerchief from the pocket of her apron. She wiped her eyes, lifting her glasses .... It was some aspect of his mother's life he no longer wished to see. He watched her then as she finished the scrubbing, the torn stockings, the torn dress, and the inflamed, seemingly blistered arms, the hands covered in soap, the slow, angular motion of the brush across the floor. (271-73)

この小説において唯一コリンの張りつめた感情が今にも破裂しそうな実感をただよわせる場面である。床みがきを繰り返す母を見て、この場から連れ去り、二度とここに戻りたくないと思う。屈んで床をみがく母の姿にコリンは、これまで知らなかった母を、母の悲しみを感じる。"They've never had anything. And I've brought them nothing else but worry" (272) と涙する母を見ても、幼い頃から祖父母に尽している母を見てきたコリンにはその悲嘆の正体がわからない。しかし第１章における祖母と母の反目を知っている私たちは、ここに母を裏切ったと感じているコリンの母の贖罪的思いをこめた行為が行われているのを読み取ることができる。処女作 *This Sporting Life* でストーリーは、亡き夫のブーツを磨き暖炉の前に揃えるハモンド夫人の行為を描いて、亡き夫を思い起こしアーサーを近づけまいとするピューリタン的罪意識を暗示させた。母の床みがきもそれに似ている。そして、駅で手を振って見送る母の姿を、コリンが汽車から体をのり出して見ようとする時、彼の気持は全く触れられないが、作者は祖母に対する母の意識と似た意識を息子の裡に私たち読者が感じ取ることを期待しているのではないだろうか。

Dominic Head は *Pasmore* におけるストーリーの描き方について、"to pare down the writing to simple dialogue and flat description of events" [10] と述べているが、これは *Saville* の場合にも言えることである。それだけに読者は、ストーリーによる場面と場面の照応反復のなかに、また人物たちの一見なんの意味合いもなさそうなことばのやり取りや動作のなかに、彼らのどんな思いがひそみ、絡み合っているかに注意しなければならない。そして表現を切り詰め、削り取る書き方はコリンの性質に符合している。

見たこともない母の悲嘆に居たたまれなくなったコリンは外へ出ようとするが、母の表情に、独りにしないでくれ、という訴えを読み、そこにとどまるものの、慰める言葉をかけることができない。慰めたいと思ってもできないのである。後日ネヴィルにマーガレットの心を持ち去られた時、母はこう言ってコリンを慰めた── "Ever since you were a baby you've kept things to yourself .... Not secretive .... I mean the things you feel you can never express. People can take advantage of that at times" (445)。このコリンの特質に合わせたように語り手はコリンの内面に入っていかない。人物の挙措にその人の思いが出る。人と別れる時には必ずその人の方を振り返るコリンの動作は、どこか人恋しさを求めている優しさと弱さを露している。部屋から外へ出ようとした彼の動作は母への悲痛な思いを表している。祖父母を訪ねたこの母子の場面は271頁から277頁まで描かれ、小説の丁度真ん中に置かれていて、バスの中で母は息子の手を家につくまでしっかり握っていた、という記述で第3部が終る。第4部からコリンの恋が始まる。

IV

好きな人に会いたい時、何が要るのか？ いつでも会える自由な時間と場所。お金は、散歩大好きのコリンには要らない。森、川、公園の空間があれば十分だった。だが、二人の弟の面倒を任されている彼には時間がない。麦刈りのバイトをした農場の娘 Audrey に初めて恋をし、ネヴィルに会うためと初めて父に嘘をついて出かけても時間に遅れるし、ピクニックの誘いにも応じられずふられてしまう。そして終戦で村中が野原で飲み食いしている時、コリンは参加せず、グラマー・スクールに在学中の彼は母から "Do you feel above it all?" と尋ねられる。自分が村の仲間より偉くなったと思ってはいないが、"I suppose I feel apart" (333) と答える。これまで意識しなかった "self-absorption" (334) に捉われる。父の不安を知っているこの息子は、今の不自由さ、そして将来のことを考え始めているのだ。そのことはレーガンの息子と朝から長い徒歩旅行をしながら卒業したらどうする？と話し合うことに示される。イースターの修学旅行では、ネヴィルに神の存在を信じるか、と議論を持ちかけられる。彼と違ってコリンは宗教的懐疑に陥ってはいないが、生の "purpose" (366) について意識させられている。

コリンは幼い時から馴染んでいる村や公園といった環境の貧しさが気にならないのか、と時間が自由になりマーガレットと散歩する仲になった時に問われる。長く住んでいると気づかなくなるし、二人の弟が学校

を終えるまで家を助けることを口にする。積極的に村を出る意志はまだないのだ。彼女に "complacent" と評されるのはこの時で、最後の別れを告げに村を訪れた彼女は、ドアの開いた家々をのぞきながら、"People really are poor here, aren't they?" (447) と言う。そして勤めから帰ってくるコリンは、村の臭い、煙、ススなどを意識し始める— "he dreaded the street, he dreaded the houses, he dreaded the pit; the village was like a hole in the ground" (484-85)。7歳で死んだアンドリューが描いた絵を見た時、描かれたカップや受け皿の曲線にぶれがなく、署名にも "uncertainty" (466) が無いのを知って、コリンは自分に欠けているものを今は亡き兄に認め、母に兄のことを質ね、"He was always wandering off" (467) の答えを聞く。村に対するコリンの意識の変化は、自信の無い自分への不信と不安の増大に対応し合い、孝行息子の自分を "mould" してきた父母や環境への否定、そしてそれに甘んじてきた自分の否定がはっきりと目に見える形で現れてくる。

　コリンは弟たちの勉強を見るが、勉強嫌いでラグビーに精を出す弟に父が甘いと非難する— "Why shouldn't I have the freedom that Steve has? ... Why shouldn't I have been allowed to grow like Steve?" (472)。良い子だった彼は今、勉強させられた、自由がなかった、自分の欲求を後回しにした、就職させられた、と鬱積した不満を吐き出していく。母がたまたま不在の時に家を訪れた弟のガール・フレンドに対し、君は母を殺すことになるのだと脅しておきながら、そんなことはしていないと嘘をつく時、それまではまず母親の気持を考えていた自分自身に "evil" を与え、復讐しているのである。

　頭の良い弟 Richard が自分と同じようにグラマー・スクールへ進むことをコリンは喜ばない。"But what he's doing, what you've done, is a privilege" と肯定する母親に、彼は言い返す— "Nay, it takes our best qualities and turns them into something else" (486)。かつてコリンは父のスペル間違いで屈辱を味わった。また算数の時間に答えられない学友 Stephens に正解をささやき、先生に "insolence" (196) だと廊下に立たされた。何も知らない父は制服姿の学生たちを見て "It's a good school, all right" と言い、更に "They get the best out of you, I can tell you that" (205) と明言したこと

があったのだ。

　コリンは自分を "mould" してきたすべてのものに、そして何よりもそうして形成された自分に "No" を突きつけている。旅立ちはこの否定からの脱出でもある。それでもエリザベスに幻想と言われたように、これから新たに自分のための人生を "mould" しようとするコリンは、自分を "mould" してくれた人々や環境を引きずっていくしかないのである。

　作者ストーリーは執筆時から大体20～30年前、1930年代半ばから40年代、50年代初めの、コリンを形成した人たちの生活と環境を描いている。長屋の造り、老人たちの家の間取り、麦刈りの光景、11+の試験内容と受験風景、客のもてなしと飲食物、特に "The Imperial system" (194) と先生が自慢する12進法を使っての、ペンス・シリング・ポンドを利用した割り算の授業風景など、外国人である私たちにはこれらがどれ程正確に実態を映し出しているか判断できかねるが、ストーリーの描写に対する John Mellors の次のコメントを読むと信用してよさそうである。

He has achieved a more honest and true-to-life account of childhood and school days than any I have read. He is the master, equally, of description and of dialogue. He has looked and listened closely, and remembered accurately. [11]

　1972年頃から英国では石炭ストが多発し、電力危機が叫ばれ、1974年には石炭ゼネストがあり、ヒース内閣から労働党のウィルソン内閣へと変ったが、石炭産業の衰退は止めようがなかった。10進法が71年から完全実施となったように、ストーリーが描いた情景は間違いなく消えようとしていた。ただこの大作にノスタルジアだけを見てはいけないだろう。David Craig は、仕事に "vocation" を見出すことができなくなったことに対する1970年代の英国ミドルクラスの "disenchantment" が、教育をめぐって校長と議論したコリンに読み取れることを指摘しているのだ。[12] コリンが正解を教えたスティーヴンスは同じ職場にいたが、ロンドンで TV の仕事をすると告げて、一足早く教職をやめる。その時、これからドイツと日本が大国として復活してくると予言する。ストーリー

はその予言が実現しつつある時点からコリンの成長を見ていた。日本を見習え、と檄をとばすあのサッチャー首相が登場するのは *Saville* 発表から3年後、1979年である。

注

1) Dominic Head, *The Cambridge Introduction to Modern British Fiction, 1950-2000* (Cambridge UP, 2002), p. 58.

2) 古木宜志子「戦後イギリス労働者階級の小説 —その2— 二人のアーサー」『津田塾大学紀要』No. 26 (1994)、49 頁。

3) Gilbert Phelps, "The Post-War English Novel," *The New Pelican Guide to English Literature: 8 The Present*, ed. Boris Ford (Penguin Books, 1983), p. 433.

4) J. M. Newton, "Two Men who Matter?" *Cambridge Quarterly* 1.3 (Summer 1966) : 285. フェルプスもこれら3作品には "a profounder exploration of the contemporary human condition than anything attempted by the Angry Young Men" が見られると述べている (Phelps, p. 433)。

5) William Hutchings, *The Plays of David Storey: A Thematic Study* (Southern Illiois UP, 1988), p. 12 参照。

6) David Storey, *Saville* (1976; Penguin Books, 1978), pp. 482-83. 引用はこの版により、頁数は本文中、括弧内に記す。

7) 川本静子『イギリス教養小説の系譜 —「紳士」から「芸術家」へ—』(1973; 研究社、1980)、11、15 頁。

8) Head, p. 59.

9) 市では上流に属するネヴィルが、中の位の医者を父にもつマーガレットと婚約したことを知った友人の一人は、彼がこんなに "careless" だったとは知らなかったと言うが (461)、コリンはグラマー・スクール時代に公園で揺り木馬に乱暴な乗り方をする彼の "carelessness" に気づいていた (239)。何の変哲もなく使われているように見える言葉だが、*Flight into Camden* のヒロインで語り手「私」のマーガレットは、一緒にロンドンへ逃避することになる "art" の教師ハワースを初めて見た時、その "careless(ness)" に印象づけられている (*Flight into Camden* [1960; Penguin Books, 1976], pp. 16, 21) ので油断できない。無論、計算された「無頓着さ」「無謀さ」もあるわけで、女性たちは気づいているかも知れず、読者は "careless" にはなれない。

10) Head, p. 60.

11) John Mellors, "Yorkshire relish: The novels of John Braine and David Storey," *London Magazine*, n.s. 16.4 (October/November 1976) : 83.

12) David Craig, "Middle-class Tragedy," *Critical Quarterly* 26.3 (Autumn 1984) : 15.

宮原一成

「これはわたしの物語ではない」
——Heat and Dust の構成があばくもの

　Ruth Prawer Jhabvala が 1975 年のブッカー賞を獲得した長編小説第 8 作 Heat and Dust (1975) は、200 ページに満たない小品ではあるが、実に手の込んだ傑作である。だが、その凝った構成の意義についての検討は、作者の伝記的事実との照応や、E.M. Forster の A Passage to India (1924) とのテクスト間相互関連性などに関心が集中するあまり、十分に行われてこなかった観がある。

　『熱暑と砂塵』の構成は、異なる時代でそれぞれに展開される 2 つの物語を合体させたダブル・プロットである点を特徴とする。第一のプロットは、1923 年の 2 月頃から 9 月にかけての時期に設定されている。うら若き新妻の Olivia が、夫 Douglas Rivers が県知事補佐（コレクター）を務めるインドの Satipur 県にやってくる。オリヴィアは、サティプールに隣接する藩王国 Khatm の太守（ナワブ）に拝謁したのち、この 35 歳の美丈夫に惹かれていく。太守は放漫財政を支えるため裏で群盗（ダコイツ）を指揮して略奪行為を働いており、駐留英国人とは折り合いが悪いのだが、世間知らずのオリヴィアはその噂を聞いても意に介しない。ダグラスを愛する気持に嘘はないつもりだけれども、それでもオリヴィアは太守との親密な交際を続け、ついに太守と肉体関係を持つまでになる。妊娠したオリヴィアは、中絶処置の後ダグラスを捨て出奔、太守の庇護下に入り、その後は人里離れた X 村の山荘から一歩も出ることなく 1959 年に生涯を閉じる。

　もう一方のプロットは、『熱暑と砂塵』が執筆されたのと同時期の 1970 年代中葉が舞台になっている。こちらの主人公は、ダグラスの孫娘

に当たる 30 歳手前の女性で、語り手も務めている。ダグラスはオリヴィア出奔の 3 年後に、上司である県知事の妻 Beth Crawford の妹 Tessie と再婚し、「わたし」が 3 歳の頃に死亡した。ベスもテシーも、オリヴィアの話題には決して触れようとしなかったが、「わたし」は、祖父の先妻オリヴィアの生き方に興味をそそられる。そんななか、1923 年当時にオリヴィアとも親しかった英国人で、太守の食客だった Harry から、「わたし」はオリヴィアがフランス在住の姉 (もしくは妹) Marcia に宛てて書き送った手紙の束を入手、オリヴィアの生きざまを確認したいと思い立ち、2 月中旬にサティプールを訪れる。そこで「わたし」は、オリヴィアの手紙を取り出しては眺めながら、自分の日々の行動を日記に綴る。やがて「わたし」も、妻子持ちで 25 歳くらいのインド人公務員 Inder Lal に惹かれ、不倫の子を宿す。いったんは中絶を考えるものの、「わたし」は身重の身体でオリヴィアの山荘を目指し、そこで出産する決意を固める。

　基層をなすプロットは、「わたし」が 2 月 2 日にインドに到着して以来 7ヶ月間にわたって、かなり即時的につけていた日記内容の方である。そこへ、ある日の日記と別の日の日記に挟まれる形で、"1923" と小見出しのついた断章がところどころに配置され、1923 年のオリヴィアの「醜聞」事件の顛末が記される。緊密に相互対応するダブル・プロットを効果的に見せるための往復手法だが、語り手の「わたし」は、二者のうちオリヴィアに関する話の方に重きを置き、"this is not my story, it is Olivia's as far as I can follow it"[1] と、小説開始早々に宣言している。

　この 1923 年の物語の書き手も「わたし」であることは、既に Yasmine Gooneratne や Ralph J. Crane、太田洋子らが大まかに言及しているとおりだ。[2] 例えば、"1923" の部にオリヴィアがダグラスには内緒で太守らとともに初めて尊師 Firdaus の聖者廟にピクニックに行ったときのことが書かれた直後に、3 月 8 日の日記が "It is from this time on that Olivia's letters to Marcia really began" と、承前を示すダイクシス "this" を使って書き出されるところなどを見れば、その前後の文章は同一人物が続けざまに書いたことは疑いを容れないはずである。ところが、Gerwin Strobl のようにそれに気づいていない読者もまだいるのである。[3]

わかりにくさの原因の一端は「わたし」にある。日記を書くときの筆致とは違って、1923年の物語には、「わたし」という第一人称語り手が姿を見せないからだ。いわゆる第三人称の語りになっているのである。さすがに、物語の情報源となる手紙の書き手オリヴィアが主たる視点人物となってはいるものの、ときにはオリヴィアを外側の視点から描いたりもする。例えば、ダグラスが太守からの招待を断ったときのオリヴィアがしょげた様子は "she was in her kimono and looked frail and unhappy" (20) と書かれている。文中の "looked" という動詞は、語りの視点がダグラスに移動してオリヴィアを客体視していることを明示する。「わたし」はあたかも全知の語り手であるかのような自在さで視点を操作しながら、オリヴィアの物語を書き綴る。実際、小説全体を通して、オリヴィアの書簡文面が字句どおりに直接引用されているのはたった2箇所しかない。しかも2つとも、1923年の部の中ではなく、「わたし」の日記 (2月16日付) 中に置かれている (7)。オリヴィアが実際に書いた言葉は、1923年の部においてはほぼ徹底的に背景化されていると言っていい。

Elizabeth Campbell は『熱暑と砂塵』を、ポストコロニアル的文化に置かれた女性作家が支配的文化に対抗するために実践したエクリチュール・フェミニン (女の書きもの) の実践例としての書簡体小説に分類している。[4] しかしむしろ注目するべきは、そのエクリチュール・フェミニンの実践たるオリヴィアの書簡を、「わたし」という第一人称女性の書き手が、日記でありながら全知の視点から語り直すことによって押し隠し、オリヴィアの物語の進行を管理しているという構図だ。作者ジャブヴァーラがこの構図を選択した意味は何だろうか。

太宰治の日記体小説「正義と微笑」を論じた安藤宏は、日記を書くという行為とは、「あるべき自己像」という一個のフィクションを作り出す作業であり、その自己像は、自己を日記に書くという行為を通して初めて浮き彫りにされてくるのだ、と論じている。[5] また、ベアトリス・ディディエの『日記論』によれば、日記を書く者は自分の内部に向かって進んでいくのであり、その内部とは「日記のおかげで発見し発達させることができる——あるいは創造することができる、と懐疑的な人は言う

だろう——幸福な内面性」という、自分にとって心地よい姿をした自我なのだが、「日記作者たちがおのれの自我を表現するとき、結局は誤った視点にとらわれている」のである。なぜなら、「問題は、隠蔽されているかのような自我を表現することではなく、言語活動、つまり書かれたもののおかげでひとつの統一性、ひとつの全体性を創造することにあるから」だ。[6]

　安藤やディディエの指摘する、自我探究（もしくは自我創作）の願望が、『熱暑と砂塵』の「わたし」が日記を書く行為にも働いている。「わたし」は、インドに来るまでの自分のあり方に決して満足していなかった。「わたし」について榎本眞理子は「一九二三年のオリヴィアには想像もつかなかったほど自由で、のびやかな生を生きる女」で、「オリヴィアは男性依存的生き方であるのに対し、『わたし』は自立している」と言う。[7] しかし、だとすれば、なぜ「わたし」は 3 月 10 日付の日記で、"my often very lonely room in London with only my own walls to look at and my books to read" (52) のことをかこつのだろう。また、子宝授けの霊験で有名なフィルダウス廟に願掛けをした折に、"my life [...] is too lacking in essentials for me to fill up the gaps with any one request" (127) と感じたのはなぜか。「わたし」がオリヴィアの生きざまを確認しようといってインドを目指した動機の裏には、ロンドンでの侘びしい一人暮らしに倦んでいたという個人的事情がうかがえる。

　「わたし」はときおり自分の外見に関する自意識を日記に記しているが、これもその個人的事情と無関係ではなさそうだ。「わたし」は、美男子だった祖父ダグラスの外見を受け継いでおらず、ダグラスの再婚相手テシーが持ち込んだクローフォード家の血筋を示す容貌の持ち主だと自覚している。大伯母のベス・クローフォードと同様に "tall and flat-chested" (9) であり、約 50 年前にベスが陰で太守から "hijra" (去勢された男芸人) 呼ばわりされていたのと同様に、「わたし」もサティプールのバザールで、口さがない子どもたちからヒジュラーだと囃された経験を記録する (9)。インダー・ラルの母親からは、「花嫁候補としては外見的に落第」という評価を受けたと感じ取る (8)。やがてインダー・ラルと肉体関係を持つに至っても、インダー・ラルは真っ暗な部屋を好むらしい

が、それは "my appearance has always been a stumbling block to him" (140) だからだと「わたし」は気づいている。「わたし」は「のびやかな生」を満喫する女性というより、女性の美醜という、きわめて因襲的な価値観の中で悩んでいる女性なのではないか。

「わたし」のインド渡航の目的は、何らかの自己実現、しかもたぶん異性との関係における自己実現である。「たった一つの願掛けくらいでは埋められないほど本質的な部分で何かが欠けている人生」を送ってきたと「わたし」は言うが、その「本質」とは、実は、異性との深い交際だったのかもしれない。しかし彼女は、表面上は、インドの社会に自分が完全に受け容れられ、同時に自分がインドの哲学を完全に吸収することが、あたかも自分にとっての最大のテーマであるかのように装って書いている。8)興味深いのは、その一種無意識的な瞞着行為である。

H. Porter Abbott によれば、自伝の書き手というものは、例えば『告白』(397-400) を書いた聖人アウグスティヌスのように、どうしても何かのタイプやマスター・プロットに沿う形で自分の人生を提示したがる傾向がある。9)日記という一種の自伝の中で、『熱暑と砂塵』の「わたし」も、『告白』のような宗教・哲学的覚醒のプロットをマスター・プロットとしたがっている。「人生の本質における欠落」が、あたかも「西洋の物質文明への倦怠」や「よりシンプルで自然な生き方への希求」といった形而上的なものであるかのように自らを偽っているのである。10)それゆえ、「わたし」が日記に記す言動は、『告白』のような回心文学のパターンを辿っていく。信仰の薄れていたアウグスティヌスは、子どもが歌う「手にとって読め」という言葉を小耳に挟み、それに押されるようにして聖書に手を伸ばし新約聖書ロマ書の聖句を読んで、それを機に回心する。同様に「わたし」も、いったんは市井のインド人たちの感性に染まってしまい、瀕死の乞食老女 Leelavati を顧みるまいとしていたけれども、通称「おふくろさん (Maji)」と呼ばれる超自然的な包容力に溢れる未亡人が、このリーラヴァティの最期を神々しい恩恵で満たしながら看取ってやるのを見て、東洋の神秘的霊性に触れたように感じる。やがてインダー・ラルの子を身ごもったとき、8月31日に「わたし」は、いったん好奇心から「おふくろさん」の堕胎施術を受けようとするものの、途中で

中絶を断念するのだが、この決断の瞬間、「おふくろさん」の小屋の戸口越しに、啓示的な遠い青空と雲の連山——"The sky [that] shone in patches of monsoon blue through puffs of cloud, and in the distance more clouds, but of a very dark blue, [...] piled on each other like weightless mountains" (165) ——を目にする。これを機に、「わたし」はインドの本質との完全な合一の機会を与えられたと確信し、それからヒマラヤの霊山を目指して、高みの連山と青空——"the snow on [the mountain peaks] is also whiter than all other snow — so white it is luminous and shines against a sky which is of a deeper blue than any yet known to me. That is what I expect to see" (180) ——を追い求めようと決意する。彼女は日記をこの8月31日で終えている。この「回心」体験を通じて、「幸福な内面性」「ひとつの統一性、ひとつの全体性」としての自我を創造し終えた、と考える達成感がそうさせたのだろう。

　だが「わたし」は、インドとの合一体験というテーマを表で展開しつつ、その裏に、〈オリヴィアに対する、因襲的女性としての屈折した劣等感の克服〉という第二のテーマを忍ばせている。2つのテーマは、絡み合いながら、ときには一方が前面に出て、またあるときはもう一方が色濃くなるという具合に進行する。オリヴィアの物語は、いわば影のマスター・プロットとして、「わたし」の人生のテンプレートとなっているのである。

　日記形式小説においては、登場人物が日記を綴る理由や意義に加えて、日記をつける行為がなされる時と場所や状況も重要な注目点となる。[11] 日記の執筆行為の様子を詳しく見ると、2つのテーマの絡み具合がうかがえる。3月8日付の日記を見てみよう。そこに書かれているのは、太守から誘われて行った秘密のピクニックのことをオリヴィアがダグラスには知らせず、その代わりにこのとき以来 "confide in" (48) するような調子の長い手紙をマーシアに宛てて書くようになったこと、インダー・ラルが妻 Ritu の無学や神経症に悩んでいると打ち明けたこと、この話をしながら「わたし」と仕事帰りのインダー・ラルが湖まで散歩したことなどである。ここで「わたし」はインダー・ラルをはっきりと恋人候補と見定めている。それまでただの "meek" な "a typical Indian clerk" (50) とし

か見ていなかった彼を、"alive" で "yearning for all sorts of things beyond his reach" (51) を備えた男性、すなわち旺盛な所有欲を誇る太守と同種の男と見始めている。「わたし」の中でインダー・ラルと太守が重なった瞬間であり、これは「わたし」がオリヴィアを乗り越えるプロットのための準備である。

ただし、「わたし」を客観的に見ると、皮肉な側面が浮き彫りになる。この当時「わたし」は、インダー・ラルの退庁時間になると、役所の前で彼を待ち構えるのを日課としていたことが、同じ日の日記に記されている (48-49)。この「わたし」の姿は、太守がオリヴィアをしょっちゅう迎えに来たり、ときにはカツムとサティプールの中間まで出向いて彼女を待ち構えていたりした (131) 様子と重なって見える。それなのに、「わたし」はかなり強引に、〈「わたし」＝オリヴィア〉そして〈インダー・ラル＝太守〉という構図を作りたがっているのである。そして 6 月 20 日目前の日曜日には、インダー・ラルが「わたし」の内心にあまり入り込みたがっていないのに (127)、インダー・ラルの「好奇心」(126) と西洋趣味、それから妻リトゥが療養の巡礼に出て長期不在だという事情に乗じる形で、二人見つめ合った後の "the next few moves" を「わたし」が主導し、"fear in his eyes" を湛えたインダー・ラルを肉体関係に誘い込む。

3 月 8 日に「わたし」がインダー・ラルを誘って赴いた湖は、その昔、英国人居住区とインド人居住区を分かっていた場所である。この場面描写の後に、「わたし」は "This is about as far as Olivia would have got if she ever ventured to this side" (50) と記している。ここでオリヴィアに対する「わたし」の対抗意識が、インドとの合一のテーマと深く絡み合う。自分の方がオリヴィアよりいっそう深くインドに入り込めた、という自負を「わたし」は味わったのである。その証拠に、「わたし」はこの後しばらくオリヴィアの物語をおっぽり出して、自分の物語に集中する。3 月 8 日の日記の後には 3 月 10 日と 20 日の日記が続き、1923 年の部は挿まれない。しかもその 10 日と 20 日の記載内容といえば、インド人たちと同じように暑い夜は屋外で寝ることにし、"I have never known such a sense of communion. [...] there are all these people sleeping all around me, the

whole town and I am part of it" (52) と、インドの庶民たちと一体感を味わったことなどなのである。

　こうして、半ば屈折した形でオリヴィアの物語に導かれてきた「わたし」だが、ある時点を境に、1923年の物語を乗り越えて、自分の物語をはっきりと前面に置くようになる。その分水嶺が、前述の6月20日直前の日曜日である。この日「わたし」は、リトゥが巡礼に出て5月上旬から不在である間に、インダー・ラルと二人きりでフィルダウス廟を訪れ、その物陰で、はじめて肉体的交渉を持つ。1923年にもこれに対応する出来事があって、同じこの廟で太守とオリヴィアも初めての性交に至っている。しかし注目したいのは、この出来事に関してはそれまでの書き方とは逆転して、現在の自分に関する出来事 (自分とインダー・ラルの性交渉) の方を、相当する1923年の出来事 (オリヴィアと太守の性交渉) よりも先に書いている点だ。つまり、インド人の恋人を得ることで、2つめのテーマ達成に成功して充足感と自信を得た「わたし」が、オリヴィアの物語に先導される形を放棄し、「わたしの物語」の方に主役の座を与えたのである。

　ここでもう一点、暗示的なことを指摘するなら、日記が書かれた時間的間隔の問題がある。6月20日の日記から、次に日記が書かれた7月31日までの間が、40日以上も空いている。従来「わたし」の日記が5〜12日間隔で書かれてきたことを考えると、これは異例の長さである。これは、この期間が、日記執筆という方便で「あるべき自己像というフィクション」を形成していく必要を感じないほど、「わたし」の実人生がインド人男性との性交渉によって充実していたことを暗示する。その7月31日、妊娠を知った「わたし」は、笑い声をあげながら、体が濡れるのもかまわず水たまりの中でスキップしてはしゃぐ (139)。そして、中絶の断念を誇らしげに記した8月31日の日記と、その直後、対照的に苦痛に耐えながら堕胎術を受けるオリヴィアを描写する "1923" の断章を書いたのを最後に、「わたし」は高揚したまま筆を擱くのである。

　だが、『熱暑と砂塵』の構成の問題はこれだけにとどまらない。小説にはこの日記を読み返している別の「わたし」の存在もある。「日記を

書いていた最初の頃とは変わってしまったわたし」(2) の存在があることで、小説における「わたし」の像は多重性を帯びてくる。小説冒頭に姿を見せた「日記を読み返しているわたし」は、8月31日の記載と"1923"の断章が終わった後に再登場し、一種の事後独白を始める。[12] ディディエは、「日記作者が以前の日記を読み返すと語るとき、それだけではるかに複雑になってくる。[……] そこでは書いている自分、読んでいる現在の自分、その日記を書いた自分、そして最後にこの過去の日記の対象であった自分が対立する」という結果を生む、と指摘する。[13] 安藤も、自分が書いた日記の「かつての記述を読み返すという行為は、同時に『自己』という名の『他者』との出会い」であり、「『あるべき自己』を統合してゆこうとするまさにその過程において、一方で一見それとは正反対の自己分裂が必然的に生じてくることになる」という。[14] この一種脱構築的な自我分裂のさまが、『熱暑と砂塵』にも描かれている。

「日記を読み返しているわたし」は、自分がオリヴィアを乗り越え、人生において一つの達成を遂げたか否かという点に関して、もはや「日記を書いているわたし」の頃ほどの自信を抱いてはいないようだ。オリヴィアの手紙がリヴァーズ邸出奔を機に途切れてしまった今、「わたし」には、もはや先導役のプロットも、乗り越えるべきプロットも存在しなくなる。すると「わたし」の物語は宙吊り状態に陥ってしまう。[15] 日記が終わった後の「わたし」の手記は、当惑を基調としている。乗り越えたはずのオリヴィアの生きざまも、結局「わたし」にとって未だ不可解だと認めざるを得ない。よりどころを失った「わたし」は、今度は文字を介さずにオリヴィアの人生 (物語) に我が身を沿わせようと志し、オリヴィアと同じ景色を見るべく、オリヴィアの山荘の窓から外を眺めるばかりである。だが窓の外は雨季の分厚い雲に覆われ視界がきかず、"I still cannot imagine what she thought about all those years [in the mountains], or how she became" (180) というありさまだ。「わたし」が中絶を断念した誇らしい気分の時に見た啓示的な青い空も、今「わたし」が身を置いている山中では全く見えない。

そのなかで、「わたし」がオリヴィアの住んでいた X 村上方よりも高いところへ登りたいと、ただやみくもに願っているのは象徴的である。

結局「わたし」は、乗り越える対象として再度オリヴィアの物語を構築し始めるしかない。「おふくろさん」から5月2日に教えられた巡礼の素晴らしい効能談義にすがって、またもや回心文学的な語彙を駆使し、彼方の見た啓示的な蒼穹をオリヴィアもまた見据えていたはず、と自分に信じ込ませるしかないのだ— "Perhaps it is also what Olivia saw: the view — or vision — that filled her eyes all those years and suffused her soul" (180)。オリヴィアの行為が宗教的な動機に基づいたものではないとはっきり認識していた (159) にもかかわらず、「わたし」は "Perhaps" と言い抜けを用意しつつ、宗教文学のプロットに寄りかかる。

小説の最後における「わたし」の姿は、確固たる新しい自我とは呼び難い。再現し消化したつもりで、結局どうにも理解できない部分の残る先達のマスター・プロットを前に、「わたし」は実は困惑している。統一できたと思った自我は分裂している。「わたし」の自己像として残ったのは、過去の物語を乗り越えたがるあまり、逆説的に過去に拘泥し続けて焦燥するしかない女性の像であろう。そしてそれはつまるところ、『インドへの道』という先行テクストを何らかの形で引きずらざるを得ないこの小説の立場と同様に、独自の自我を確立しようとすればするほど過去や因襲をふまえることでしか現在の自分を形成できず、マスター・プロットに不可避的に拘束されて「しなやかな生」を生きられない、一般的人間の宿命の姿ではあるまいか。

注

1) Ruth Prawer Jhabvala, *Heat and Dust* (1975; New York: Harper & Row, 1976), p. 2. 以降、この小説からの引用はこの版によるものとし、該当ページ番号を本文中に括弧書きで示す。

2) Yasmine Gooneratne, *Silence, Exile and Cunning: The Fiction of Ruth Prawer Jhabvala*, 2nd ed. (Hyderabad: Orient Longman, 1991), pp. 235-38、Ralph J. Crane, *Ruth Prawer Jhabvala*, Twayne's English Authors Ser., no. 494 (New York: Twayne, 1992), p. 89、太田洋子「異文化における生— Ruth Jhabvala's "Passage to India"」『プール学院大学研究紀要』33号 (1993)、43頁。

3) Gerwin Strobl, *The Challenge of Cross-Cultural Interpretation in the Anglo-Indian Novel: The Raj Revisited* (Lewiston: Edwin Mellen, 1995), p. 243.

4) Elizabeth Campbell, "Re-visions, Re-flections, Re-creations: Epistolarity in Novels by

Contemporary Women," *Twentieth Century Literature* 41.3 (Fall 1995) : 332-34.
 5) 安藤宏「日記体小説をめぐって―太宰治『正義と微笑』を視点に―」『國文学―解釈と教材の研究』(學燈社) 第 41 巻 2 号 (1996 年 2 月号)、14 頁。
 6) ベアトリス・ディディエ『日記論』(原著 1976) 西川長夫・後平隆訳 (京都：松籟社、1987)、109、139 頁。
 7) 榎本眞理子「山を仰ぐ女―ルース・プローワー・ジャブヴァーラ『暑さと埃』(一九七五)」現代女性作家研究会・鷲見八重子編『70 年代・女が集う―イギリス女性作家の半世紀 3』(東京：勁草書房、1999)、120、125 頁。
 8) Crane は「わたし」が当初から "conscious attempt to immerse herself in India" を追究し、見事に "submit to India without being overwhelmed by it" しおおせたと見る (Crane, pp. 85, 91)。一方、Strobl は、この小説の最大関心事は、「20 世紀後半の西洋人がどのように人生を生きるかという問題」であって、「インドは、いわば単にこの探究の背景を提供しているにすぎない」と正しい指摘をしている (Strobl, p. 235)。
 9) H. Porter Abbott, *The Cambridge Introduction to Narrative* (Cambridge: Cambridge UP, 2002), p. 134.
 10) *Heat and Dust*, p. 95. ただし、これがその場しのぎの説明であることも「わたし」は自覚している (95)。
 11) Andrew Hassam, *Writing and Reality: A Study of Modern British Diary Fiction* (Westport: Greenwood Press, 1993), p. 13.
 12) Gooneratne はここの部分を、「わたし」が日記の仕上げとして、オリヴィアの山荘で書き足したものと見る (Gooneratne, p. 219)。
 13) ディディエ、151 頁。
 14) 安藤、17 頁。
 15) Ramesh Chadha は、オリヴィアの物語の続きが書かれていないことを、作者の浅薄として指弾するが (Chadha, *Cross-Cultural Interaction in Indian English Fiction* [New Delhi: National Book Organisation, 1988], pp. 113-14)、それはこの小説が第一人称語りになっている意味を等閑視したゆえの結論ではないか。

合山　究

エマソンとソローの自然観と中国思想

(一)

　エマソン (1803-82) の『自然』やソロー (1817-62) の『ウォールデン』は、中国や日本の自然思想や自然文学と実によく似ている。日本の明治時代の文学者が、彼らの本の中に東洋思想と似通ったものを見出したのは当然であろう。たとえば、山路愛山や岩野泡鳴は、エマソンの「Over Soul」(大霊) 思想などが陸象山や王陽明の万物一体思想や「心外に物なく、心外に事なし」、「宇宙は便ち是れ吾が心」などの言葉と似ているといい、また禅と似ているといい、エマソンの詩を漢詩に訳した漢学者の柳井絅齋は「荘子斉物の意あり」などといっている。また、西川光次郎はソローについて、その多くの思想は仏典に見られ、陽明学者の佐藤一齋と共通したところがあるという (以上、佐渡谷重信『近代日本文学の成立』、明治書院刊参照)。これらは、思想面の共通性であるが、文学上から見ても、彼らが自然の価値を哲学的に、あるいは情緒的、詩的に徹底して追究し、その魅力をみごとに表現したところなどは、元来、自然を主たる対象とする中国や日本の文学者も顔負けの観があり、よく似ているというよりも、むしろ本家本元のお株を奪うほどであるといったほうがよいだろう。

　それかあらぬか、エマソンやソローの思想や文学に東洋古典の影響があることを強調する人がいる。彼らが影響を受けたとされる「東洋」とは、ペルシア、アラビア、インド、中国であるが、中国以外の国 (地域)

のことは門外漢なのでひとまず措くこととし、ここでは中国についてのみ述べることにするが、私の見るところでは、こと中国に関するかぎり、彼らにとって最も重要と見られる自然観の形成に当たっては中国の影響は全くなく、また人生観や人間観に関しても、その影響は実に微々たるものに過ぎなかったように思う。

　まず、彼らの人生観や人間観に中国の影響が少ない理由について述べれば、何といっても彼らが読んだ中国書が数量的に余りにも少なかったことが挙げられるであろう。今日、彼らが読んだことの確かめられる中国関係の本は、J.Marshman 訳の *The Works of Confucius*（『論語』、1809 年刊）と David Collie 訳の The *Chinese Classical Works*（『四書』、1828 年刊）の二冊のみであり、『ウォールデン』などに引用されている孔子や孟子の言葉は上記の二冊の本を読んで仕入れた知識であって、それ以外の中国書を読んだ形跡は見当たらない。膨大な量の中国の書物の中からわずか二冊だけを翻訳で読んで、彼らが中国思想に通じていたなどとはもちろん言えないだろう。彼らは自己の思想を補強するために、孔子や孟子の言葉を断章取義的に時おり引用したに過ぎないのである。

　ただ、そういうと、わずか二冊でも深く理解し感銘を受ければ、影響を及ぼすこともあるのではないかという反論があるかも知れない。私も、彼らが『論語』や『四書』の翻訳を読んで、それらに含まれる高い道徳性や精神性に全く感銘を受けなかったなどと言うつもりはないが、しかし、これらの本は儒家の書物であり、それゆえ彼らの思想の基盤をなしているものとは根本的に異なっているように思う。私にはどうしてもこれらの書が彼らの人生観、人間観の形成に大きな影響を与えたとは思えないのである。とりわけ、ソローの場合にはそうである。

　というのは、もし彼らが読むことができたならば、遙かに大きな影響を及ぼしたであろうと思われる本が、中国には他にあるからである。その本は、儒家とは正反対の思想である道家の『老子』や『荘子』である。『荘子』は大部な本であり、また当時西洋語の訳書は全くなかったので、読むことができなかったのも仕方がないが、『老子』のほうは何とかして読んでもらいたかった。なぜなら、たとえば『ウォールデン』に特徴的な宇宙観や人間観、逆説的な思考法や反俗的な物の見方などは、『論

語』や『孟子』などよりも、断然『老子』に似通っているからである。もしソローが『ウォールデン』を著す前に『老子』を読んでいたら、どうなっていただろうかと思う。感銘を受けた言葉はすぐに引用しがちなソローのことだから、孔子や孟子の言葉に代わって、『ウォールデン』の中に『老子』の言葉を頻繁に引用したかも知れない。あるいはまた、余りに影響を受けすぎて、『ウォールデン』を著そうとする気持ちすらなくなったかもしれない。そうなると、彼が『老子』を読まなかったのは、我々にとってむしろ幸せであったといえるかもしれないが…。

　因みに言えば、エマソンやソローはなぜ『老子』を読まなかったのだろうか。おそらくその理由の一つとしては、当時、『老子』の英訳書がまだ一冊も出版されていなかったことが挙げられるであろう。エマソンが『自然論』を出版したのが、1836年であり、ソローがウォールデン湖畔で自給自足の自然生活を実践したのが1845年7月から47年9月にかけてであるから、それ以前の『老子』の西洋訳を王爾敏編『中国文献西訳書目』で調べると、『老子』には既に仏訳書が7種、魯訳書が1種出版されていた。しかし、英訳書がはじめて出たのは、ソローの死から6年後の1868年のことである。当時、仏訳の『老子』は彼の出身校のハーバード大学などには所蔵されていたかも知れないが、ソローはそれらを手に取ることはなかったし、あるいは『老子』の存在すら知らなかったかもしれない。当時はまだ、アメリカへの中国書の流入は、海鳥が大洋を越えて花の種子をほかの大陸に運ぶように寥々たるものであったのである。

　次に、エマソンやソローにとって最も重要な自然観や自然観賞において、中国の影響が全くなかったということについて述べることにしよう。その理由は、上述したように彼らが読んだ中国書は『論語』と『四書』に限られるが、これらの書には自然のことは全く述べられていないからである。また、自然に関する記述を最も多く含む中国の後世の文学作品を、彼らは全く読んでいないからである。

　そもそも、人間が自然や自然美の価値について目覚めたのは、中国では5世紀ごろ、六朝劉宋の詩人、謝霊運 (385-433) あたりからである。一方、長い間、神や人間にしか関心のなかった西洋では、その目覚めは

随分遅れて十七、八世紀ごろからはじまったといわれている。従って、自然や自然美の観賞においては、中国は西洋よりも千年以上も先んじていたといえる。周知のように、その間に中国では、自然や自然美を賛美した作品が詩人や文人によっておびただしく作られ、中国文学の精華として後世に伝えられている。しかし、当時、これらの詩文の西洋訳は全くなかったので、エマソンやソローはそれらを一切読むことができなかった。従って、彼らの自然観の形成に中国の影響が及ぶことなどありえないのである。

　以上述べたように、エマソンとソローは、彼らの思想に最も近似すると見られる『老子』や『荘子』を読まなかった。また、5世紀以後に生まれた自然に関するおびただしい文学作品も知らなかった。これから見ても、彼らの思想や文学に及ぼした中国の影響は取るに足らないものであることが分かるであろう。似通っているからといって、影響を受けたとは限らないのである。

（二）

　しかし、それにしても、彼らの作品にあらわれた自然観や物の見方は、中国文人のそれによく似ている。中国書の中から、『自然』や『ウォールデン』に見られる人生観や人間観、あるいは自然賛美の表現などと近似するものを捜せば、おそらく切りがないであろう。中国文学を広く読んだ者からすれば、どこかで誰かが既に述べているようなことが、彼らの本には散見されるからである。たとえば、エマソンの「Over Soul」が王陽明の思想と近いものがあるといったことは明治の文人がしばしば述べていたことであるが、ソローにしても、彼の閑人哲学、俗人の否定、物質主義の否定などの考え方には道家の思想や中国文人の境地に似通ったものがあるし、ウォールデン湖にボートを浮かべて魚釣りをしたり、笛を吹いたりするところなどにしても、「赤壁の賦」などをはじめとする中国の文人の作品中に似たような描写を見出すことはたやすいだろう。ただ、この現象は、既に述べたように、双方に殆ど影響関係がないのだから、たとえ相似た記述が見られるとしても、それらは偶然の一致

であると見なすほかはないであろう。

　偶然の一致であれば、似通ったものを取りあげて論じたところで、多くの場合、余り意味をもたないだろうが、中には相似た見方や考え方を比較対照することによって、それぞれの自然観に包蔵されている核心部分が見えてくることも間々ある。ここでは彼らと中国の文人との間に共通して現れる一つの例を通して、エマソンやソローの自然観や自然賛美観念の形成要因を探ることにしよう。たとえば、エマソンは次のようなことをたびたび唱えている。

　自然についてこういうふうに語るとき、われわれは明確だが、しかしきわめて詩的な感じを心にいだく。つまり、もろもろの自然の事物が与える印象の高潔なことを感ずるのだ。これが、木こりの木材と、詩人の見る樹木とを区別するものである。私が今朝見たうっとりするような風景は、まぎれもなく、二十か三十ほどの農場から成っているものである。ミラーはこの畑を所有し、ロックはあの畑を、またマニングは向こうの森を所有している。しかし彼らのうちの誰も、これらの風景を所有してはいない。地平線のあたりに地所があるのだが、この地所は全ての部分を統合することのできる目をもっている人、則ち詩人だけが所有し得るのである。これこそ、彼らの農場で最もすばらしいものなのだが、彼らの土地所有証明書には、これに対して何の権利も付与されていないのだ。(『自然』第一章)

　なんじ(詩人)はすべての土地を自分の敷地や荘園にし、海を自分の沐浴や航海のために用いる。これには税金もいらなければ、人の羨望もまねかない。なんじは森や川を所有する。なんじは所有するが、他人は単なる賃借人、下宿人にすぎない。なんじこそ、真の土地の領主であり、海の領主であり、大気の領主である。雪の降るところ、水の流れるところ、小鳥の飛ぶところ、日と夜とが薄明かりのなかに出会うところ、上天に雲がかかり、星が瞬くところ、透明な境界線が形成されるところ、天国への入り口のあるところ、危険と畏怖と愛のあるところには、どこにでも「美」があり、それが雨のようにたっぷりと、

なんじの上にふりそそぐ。そして、なんじが世界をまたにかけて歩いたところで、美を発見するための条件が整っていないこともないであろうし、悪条件のために、発見できないということもないであろう。(「詩人」の最後の部分)

このようにエマソンは、自然 (土地) には、「所有」された自然と「所有」を越えた自然 (風景美) とがあり、自然 (土地) の真の所有者は、土地そのものの所有者ではなく、自然美を特別に享受できる者、すなわち詩人であるというのである。ソローもまた、ウィリアム・クーパー (1731-1800) の「私は私の見渡すかぎりの土地の支配者である。私の権利に異議を唱える者はいない」という詩句を引用しながら、次のようにいっている。

　私はしばしば、一人の詩人が農場の最も価値ある部分を享受して、立ち去るのを見たことがあるが、ひねくれ者の農夫は詩人がいくつか野生のリンゴをもぎ取ったとばかり思いこんでいる。なんと農場の所有者は、詩人が彼の農場を、最も立派な種類の、目に見えない韻律という柵のうちに取り込み、それをそっくり囲い込み、その乳を搾り、うわ澄みを掬ってすべてのクリームを取り、農夫にはあとの滓だけをのこしたことに、長年のあいだ気づいていないのだ。(『森の生活』住んだ場所と住んだ目的)

エマソンとソローはこのように、「所有」の観念をもって自然や自然美を捉え、「所有」を越えた自然美の価値を強調するのであるが、これは逆に言えば、彼らがいかに「所有」にこだわっていたかを示すものでもあろう。実際、エマソンやソローの著作中から、土地「所有」やそれを意識した記述を捜すと、その多さに驚かされるであろう。私はこの小文を書くに当たって、彼らのわずかな作品を拾い読みしたが、それだけでも、エマソンには、上記二例の他、少なくとも『自然』に三例、「神学部講演」に一例、詩篇に二例 (「ハマトレーヤ」「大地の歌」)、この種の記述が見られ、ソローには、上記一例の他、少なくとも『森の生活』

に三例、『メインの森』に一例、「散歩」に四例ある。それらの中から、ソローの言葉を一つ挙げることにしよう。

　現在、この近辺では、最もよい土地は個人の所有地ではない。風景は誰の所有でもないので、散歩をする人は比較的自由を享受している。しかしいずれ、風景がいわゆる遊園地に仕切られてしまう日が来るだろう。そうなると、ごく少数の者がその中で狭い閉鎖的な快楽のみを享受することになるだろう。その時には垣根が増え、人々を公道に監禁しておくための人捕りわなやその他の道具が発明され、神の大地の表面を歩くことがどこかの紳士の敷地に侵入することと見なされることだろう。あるものを独占的に享受することは、通常、あなた自身をそのものの真の享受から排除することになるのだ。だから、いまわしい日がやって来ないうちに、私たちの機会をせいぜい利用しようではないか。(『散歩』)

土地所有に関するこの種の記述をさらに、人の住んでいない土地に対するあこがれや耕作された土地に対する反撥などにまで押し広げて捜せば、一層多くなるが、いずれにせよ、彼らにとって「所有」された自然の存在は、何としても超絶しなければならぬ最も深刻な問題であったと見られる。その結果、彼らは自然を、一般人や俗物によって「所有」された土地と、これに対するアンチテーゼとしての自然、すなわち、彼らのような超絶主義者や詩人にのみ享受される「所有」を越えた自然 (すなわち風景美) および人の住まない全くの原始の自然とに分けてとらえていたようである。ソローの「所有」された土地への嫌悪感は、後年になればなるほど強くなり、『メインの森』などに見られるように、人手の加わらない原始の土地を求めてさすらうこととなったのであるが、それは土地を持たざる (あるいは持とうとしない) 自然愛好者の当然の帰結であったということができよう。いずれにせよ、私はこの「所有」を超絶した自然 (自然美) の発見こそ、彼らの自然観の形成においてとりわけ重要なものの一つではないかと思う。

(三)

　エマソンやソローがなぜ、土地の「所有」にそれほどこだわるのか、なぜ土地の所有者に対する詩人の優位をかくも主張するのか、それらについて述べる前に、同様の自然観が中国にも存在するので、まずそれを先に見ることにしよう。中国では、宋代の文豪、蘇東坡 (1036-1101) がエマソンやソローより七百数十年も前に有名な「赤壁の賦」(1082 年作)において同じような主張をしている。

　その上、天地の間ではあらゆる物にはそれぞれ持ち主があり、もしも自分の所有でなければ、一本の髪の毛すら取ることができませんが、ただこの長江のほとりの涼風と山あいの明月だけは、耳に涼風を得れば心地よく響き、目に明月を得れば美しい色となり、これらをいくら取っても禁じられることはなく、いくら用いても尽きることはありません。これこそ造物主の無尽蔵 (尽きることのない倉) というものであり、我々二人がともに享受するものなのです。

　「天地の間ではあらゆる物にはそれぞれに持ち主があって、もしも自分の所有でなければ、一本の髪の毛すら取ることができない」が、ただ「江上の清風と山間の明月」(自然美) だけは、無所有・無尽蔵であり、心さえあればいくらでも汲めど尽きせぬ悦楽を獲得することができるというのである。これは、物質的「所有」という世俗的価値を凌駕する「風景美」という精神的価値のあることをみごとに喝破した新しい自然観であり、中国では宋の蘇東坡がはじめてこのような自然観を明瞭に提唱したのである。彼はこのような見方を一再ならず吐露しているが、たとえば、「赤壁の賦」と同じころに作られた、流謫地の黄州の自然風景について語った短い随筆においても、次のようにいっている。

　臨皋亭の下から、数十歩とは行かないところ、そこが長江である。江水の半分は、(故郷の) 峨眉山の雪解け水であり、私の飲食も沐浴も、すべてこの水を汲んでつかう。だから、何も故郷に帰らねばならぬこ

とはない。江山風月 (自然の美景) には、もともと決まった主人があるわけではない。暇のある者、それが主人なのである。ここの風景を范子豊君の新しい邸宅の園林や池台と比べて、どちらが勝っているかと問うならば、ここの風景が及ばないのは、お上からの租税と助役金 (徴収金) がないことだけではないか。(『東坡志林』巻四「臨皐閑題」)

ここでは、自然の美景にはもともと決まった所有者はいない。それを真に享受できる「閑者」(無用の文人) こそがすなわち所有主なのだという。原文は、「江山風月、本と常主なし。閑者便ち是れ主人なり」である。「閑者」という言葉には、その意味とは裏腹に、当時、黄州に流されていた東坡の文人としての倨傲さえ感ぜられるが、それはともかくとして、これもまた「所有」の観念をもって捉えた、自然美に対する新しい価値づけであったと思われる。更にもう一つ例を挙げると、杭州知事であった五十四、五歳のころに作った「六一泉銘」において、彼は次のようにいう。

　江山の勝 (自然の美景) は、行ってその所有者となることはできなくても、奇麗秀絶の雰囲気は、常に能文者 (詩人・文人) によって用いられています。だから、私は西湖の風景はみな公 (欧陽修) の机案のそばの一物にすぎないと思っているのです。

ここでは、土地の所有者でなくとも、自然 (風景美) を真に所有 (享受) することのできるのは「能文者」(詩人や文人) であるという。これは、先に引いたエマソンやソローの自然観とよく似ているが、東坡はこのような言い方でしばしば物質的「所有」を超越した自然美の価値を説くのである。紙幅の都合で、これ以上の引用は控えるが、さてそれでは、東坡のこのような自然観や自然観賞の態度はどのようにして生まれたのであろうか。

その理由としては、まずこのような自然観の形成に影響を与えた先行思想があったかどうかが問題になるが、それは僅かながら存在する。たとえば、唐の李白に「清風明月は一銭の買うを用いず」という詩句があ

る。これは、「清風明月の享受にはお金はいらない」という意味であり、「金銭」と対比して自然美を価値づけたものである。また、同じく、唐の白居易には、「勝地は本来定主なく、大都山は山を愛する人に属す」(景勝の地にはもともと決まった所有者はなく、だいたい山というものは山を愛する者に属するのである)などの詩句がある。ただ、これらは詩句であるために、「所有」否定の思想が明瞭に主張されているとはいえないかもしれないが、東坡の考え方と類似するものであり、その自然観の先蹤をなすものであることは間違いないであろう。

　次に、このような自然観を育んだ当時の社会状況、ならびに彼自身の状況がどうであったかについて考察しなければならない。まず当時の社会状況について述べると、蘇東坡の生きた宋代は、宮崎市定氏が「東洋のルネッサンス」と呼んだように近世社会への一大変革期に当たっており、貨幣経済、商業経済、都市社会などがめざましく発達し、士大夫による土地所有、土地兼併などが激しく行なわれていた時代である。それゆえ、「金銭」や「土地」に対する意識も従前とは比較にならないくらい強まり、士大夫たちはみな「仕進」(仕官)や「買田」(土地所有)に汲々としていたのである。さらにまた、当時、東坡自身の境遇はどうであったかといえば、彼が「赤壁の賦」や「臨皐閑題」において上述の自然観を提示した時には、彼は長江流域の黄州に流謫中であったが、「土地」(荘園)を所有していなかったために経済的に困窮し、持たぬ者の苦しみをいやというほど味わわされていた。そのようなわけで、彼は外的にも、内的にも「土地所有」を強く意識せざるを得ない状況にあったのである。

　以上のようなわけで、東坡によって唱えられた自然観は、ただ漫然と文人の一般人に対する優位性を主張したものではなく、広く見れば、当時の社会状況に対する文人精神からの激しい反撥や憤懣の気持ちから出たものであり、個人的に見れば、当時の士大夫たちの飽くなき土地所有に対する、持たぬ者である東坡の反撥心から出たものであるということができるであろう。

(四)

　では、最後に、エマソンやソローの強烈な自然愛や特異な自然観はどこから来たのか。あるいは、彼らがなぜ「所有」にそれほど執着したのかについて考えて見ることにしよう。その場合、前章で述べた宋の蘇東坡のケースがヒントになるだろう。というのは、自然に対する人間の姿勢には、たとえ時代や国柄は大きく隔たっていても、共通するところもあるので、同じような自然観が生まれるには、発生条件に共通性の見られることがしばしばあるからである。そこで、蘇東坡の自然観の発生要因を考えたのと同じやり方で、エマソンやソローの自然観の由来や発生要因を考えてみることにしよう。

　まず、彼らの自然観の形成に影響を与えた先行思想の有無についてであるが、先に述べたように、中国の影響は全くない。他の東洋の諸国(地域)、ペルシア、アラビア、インドの影響も、たとえあったとしても、おそらく微々たるものであったろう。とすると、外国文化の影響があるとすれば、やはりヨーロッパの18世紀以後に急に高まった自然思想、自然文学などの影響しか考えられないだろう。キース・トマスの『人間と自然界』(山内昶訳、法政大学出版局) によれば、ヨーロッパでは、18世紀ごろから森林が伐採されて農耕地や牧草地に変わり、囲い込まれた「私有地」や「庭園」が急増し、野生の自然が急速に失われていったという。そのような状況の中で生まれた西洋18世紀の自然思想や自然文学が、エマソンやソローの自然観や自然賛美思想の形成にかなりの影響を及ぼしたことは間違いないのではなかろうか。キース・トマスの『人間と自然界』(第六章「人間のジレンマ」第二節「開拓か荒野か」) に引用されている詩や文章の中には、エマソンやソローほど強烈ではないが、ウィリアム・マーズデン、ウィリアム・ギルピン (1724-1804)、ウィリアム・クーパー (1731-1800)、アーチボールド・アリソン、ワーズワース (1770-1850) などに、「所有されたり」「囲い込まれたりした」風景を否定する言説が見える。

　次に、エマソンやソローの自然観を育んだ当時の社会状況、ならびに彼ら自身の情況がどうであったかであるが、これについては、時代や国

情は異なるけれども、蘇東坡の場合とかなりよく似ていたように思う。蘇東坡の生きた宋代も、中国史上、中世から近世への一大変革期に当たっていたが、エマソンやソローの生きた時代のアメリカも疾風怒濤の変革期に当たり、産業革命の波がアメリカを襲い、近代の経済主義、物質主義、科学主義が勃興し、「所有」や「資産」の観念が人々の心を虜にしていた。エマソンが、あるフランス哲学者の言葉を引き、「物質的なものは、当然、創造主の本質的な思想の一種の滓(かす)である」(『自然』第四章「言語」)といって、物質主義の支配する世相に対して激しく反撥したのもこのような時代状況においてである。

また、彼ら自身の境遇はどうかといえば、これまた蘇東坡同様、「所有」にはあまり縁のない生活を送っていた。エマソンは牧師の出で、一応家を構えていたが、もちろん富豪ではなく、農場などは所有していなかった。当時の農場所有者に比すれば、土地所有とは殆ど無縁であったということができるであろう。ソローのほうは周知のごとく生涯独身で、主として親の家に住み、ヒッピーに近いフリーター的生活を送っていた。僅かな耕作地を所有したこともあったようであるが、それも自分が耕すために一時的に購入したものであった。もともとソローは土地をも家をも所有する気持ちなどさらさらもっていなかったのである。

以上のようなわけで、彼らもまた、外的、内的状況から見て、蘇東坡同様、あるいはそれ以上に、彼らが生きていた時代や社会に対して反撥抵抗する条件をもっていたのであり、そしてそれこそが『自然』や『ウォールデン』のような名作を生む起爆力、推進力となったのだと思う。すべて創造された価値観は、その人が生きた時代に対する激しい反撥や抵抗の感情を含むものであるが、とりわけエマソンやソローの『自然』や『ウォールデン』に見られる徹底的な自然美に対する追求や自然生活の実践は、この種の反俗感情なしにはあり得ないものであろう。

小野 和人

ソローのサドルバック山登攀

　この登山記は、ヘンリー・D.ソロー (1817-62) の初期作品で長編の紀行エッセイ『コンコード川とメリマック川の一週間』(*A Week on the Concord and Merrimack Rivers*, 1849, 以下『一週間』と略記する) の中に収められている。『一週間』は、ソローが兄のジョンと共に、1839年の初秋に行なった2つの川の旅の体験が基になった作品であり、その各章は、「土曜日」から始まり、一週間の各曜日に分けられている。サドルバック山の登山記は「火曜日」の章の冒頭に置かれている。
　それによると、火曜日の早朝は、メリマック川に霧が立ちこめており、一切視界がきかなかったので何も記述することがなかった。その代わりとして、ソローが以前行なったサドルバック山の登山の話をするという趣向になっている。この登山記を『一週間』の中に取りこんだ直接の動機はまさにそのとおりであっただろう。ただし、『一週間』の川の旅そのものの最終目標は、ニューハンプシャー州の山脈ホワイト・マウンテンズの山中にあるメリマック川の水源に到ることであった。
　その水源はアジオコチュック山 (ワシントン山) の頂上にあり、ソロー兄弟は実際に登山してそこまでたどりついたのである。してみると、サドルバック山の登山記は、単なる話の埋め草ではなく、メリマック川の水源地探訪登山のいわば予告編として意図されたものだったとも考えられる。とはいえ、このサドルバック山登山記は、それ自体まとまった話の筋と内容の独自性を持っており、『一週間』という作品の文脈から切り離して読んでも興味深い。本論は、そのようなユニークな部分をピッ

クアップして検討してゆきたい。実際にはこの登山は、1845年7月になされた。したがって事実としては『一週間』の川の旅よりも6年後のことであり、兄ジョンはすでに死亡していて、ソローの単独行であった。

ところでこの山は、形が馬の鞍 (サドル) に似ているので「サドルバック」というのだが、別に「グレイロック」(Greylock) とも呼ばれており、今日ではこの方がよく使われている。これは「灰色の髪」の意味になるが、山の色合いからきた命名であろう。標高は3491フィート (約1150m) で、これはマサチューセッツ州の最高点であり、州の最も西側に位置しており、隣りのニューヨーク州との境に近い。ソローは北側の山麓の町ノース・アダムズ経由で登ってゆき、頂上小屋で一泊した後、反対側の南麓の方に降りていった。途中でニューヨーク州のキャッツ・キルの山群が見えたと述べている。

サドルバック山では、当時すでに、観光客たちが馬で頂上までゆける道路が開発されていたが、ソローはあえてその道をとらず、山の尾根を直登していった。途中、彼は、最後の人家から一つ手前の家に着き、そこの女主人と言葉を交わした。

> その家の主は率直で気さくな若い女性で、着流し姿のまま私の前に立ち、話をしながら無頓着にせっせと長い黒髪をすいていた。それも一回くしを使うごとにばらりと髪がたれるので、必要上また頭をぐいと上げて元に戻すのだった。その目は生き生きと輝き、私が後にしてきた下界のことに興味津々で、知り合ってからもう何年にもなるごとく気安く、ずっとしゃべり続けるのだった。私のいとこを連想させる人だった。(182)

以上、何気ない描写ではあるが、ソローにしてはエロスを感じさせるシーンだといえよう。相手は、しどけないネグリジェ姿で髪をくしけずり、きらきら輝く目 ("sparkling eyes") でソローを見つめたという。彼の気持ちは高ぶったのではなかろうか。

けれども、実際には何も起こらず、ソローは登山を続けた。一説によるとソローは、この女性に「いとこ」の面影を想起することによって、

愛欲の気持ちをしりぞけたのだという。いとこ同士の結婚は世にありうるが、一般に血縁の間柄は、愛欲を遠ざける結果になるであろう。ソローは、あえて自分のいとこを連想することによって自らの気持ちをおさえつけたのだというのは、なかなかうがった話だと思われる。

　ソローはその日の夕方、無事に山頂にたどり着き、夕飯をすませた後、山頂にある展望台の小屋に一泊した。夜になってたき火をしたが、それも尽き、冷気がひどくなったので数枚の板切れで身体をすっぽり囲んだ。その板は、以前、展望台の建設に使われたものの残りだったらしい。ソローはその板切れが身体に密着するように、胸の上の板にさらに平たい石をのせた。こうして寒さはずっと緩和され、その夜はよく眠れたのだった。

　この状況はソローの気転をよく示すものだが、それでもある説によれば、彼は自分を葬る葬式を行なったようなものだという。板で身体をすっかり囲んだことは自ら棺に入ったようでもあり、さらに石をその上にのせたことは墓石を置いたみたいである。むろんそれは、葬儀への連想にすぎないが、ちゃんと符合するように見えるというのである。さらにその説は、ソローを一種の英雄伝説の文脈に置いている。すなわち、山という聖域、ないし異域において、ソローが普通の人間として一旦死に、そこから再生して真の超人的な英雄になったと見立てるのである。

　その説の是非はともかくとして、ソロー自身が山を一種の聖域とみなしたことは確かである。その証拠として、彼は、この山頂の展望台が、北の山麓に位置するウイリアムズ大学の学生たちによって築かれたことを思い起こし、「山中にある大学」という発想を披露しているからである。「我々が山の木陰で教育を受けるとしたら、それはもっと古典的な象牙の塔での教育に劣りはしないはずだ」と彼は言い、山中での教育のメリットとして、「下界で得られた特殊な情報が一般化され、それがもっと普遍的な試練にさらされ、純化されることになる」(187) と述べている。すなわち、普通の大学において、学生たちが自分らの個人的な利益となるように受け止めた教育情報が、山中では純化され、人間全体のための純粋な叡智と化す、というのである。それならばソロー自身は、このサドルバック山の一夜の山頂滞在によって、より純化されたといえる

のだろうか。
　翌早朝、ソローが目をさますと、濃い霧が展望台の基盤のところまで立ちこめていた。彼はその純白の光景に感激した。

　　曙光が増すと、私のまわりに霧の大海が見えてきた。この霧はたまたまちょうど展望台の基盤のところまで達しており、大地のほんのわずかな部分をも締め出していた。一方私は、この霧の大地の中で、世界の断片のそのまた断片の上、人名の刻まれたあの板〔展望台の設立者たちの名前かもしれない〕の上に浮かんで取り残されていた。これは、ひょっとしたら、私の未来の生活のための新たな「堅固な大地」なのかもしれない。(188)

　ソローは生涯にわたって自己の「人生の再検討」と「生きがいのある生活の獲得」を目指しており、それを世の人々にも提唱し続けた。彼が山頂で見た純白の霧の光景は、これまでの不如意な、ままならぬ人生を消し去り、新たな、しみ一つ無い、輝かしい未来の人生を予告するものと映ったのであろう。でも、柔らかな霧がどうして「堅固な大地」("terra firma") だと見なされたのだろうか。ソローにとって、こしかたの人生は真実味のとぼしい、浮薄なものと思われ、今後の人生こそ真実の重みを持つものと期待されたのであろう。そうであれば、未来の人生の場を象徴するこの光景は、それにふさわしい堅固さを示すことになるわけである。

　曙光の輝きがさらに増すと、ソローはそのまばゆい光に包まれた。

　　……この純粋な世界にやはり清らかな太陽が昇りはじめると、私は暁の女神オーロラの目もくらむような光の大広間の住人となっていた。この光のありかを、詩人たちは東方の山並み越しにほんのわずか一べつするにすぎないのだが、私の方はサフラン色の雲の中をさまよい、太陽神の御する戦車のまさに通り道にいたのだった。そして暁の女神のバラ色の指とたわむれ、露のしずくをふりかけられ、女神のや

さしいほほえみに浴し、太陽神の遠くまで射ぬくまなざしのすぐ近くに位置していたのだった。(189)

　実に壮麗なご来光のシーンである。これを目にするだけでソローのサドルバック山登山の労苦は報いられたことだろう。このような光輝に浴するということは、やはり彼が、一晩山の霊気にさらされて、普通の人間から進化し、より超人的な英雄に近い存在になったという証しでもあるのだろうか。実際そのようにも受け止められうる。

　しかし、それならば、ソローが登山中に感じたらしいあの「愛欲」の問題はどうなったのだろうか。彼が情を寄せる対象は、「着流し姿で髪をくしけずる若い女性」から「暁の女神オーロラ」へと移っていった。愛の対象が人から神へと移ったのだから、当然そこに進化がみられたといえよう。けれども、相手は神とはいえ女神なのだから、対象が女性であることに変わりはないともいえる。その女神からソローはほほえみを受け、そのバラ色の指とたわむれ、露のしずくをふりかけられたという。この描写にもやはりエロスが感じられよう。どうやらソローは、この女神に対して、神聖さではなく、むしろ愛欲の方を感じているらしい。つまり、この聖域であるはずの山頂にいて、ソローの愛は、やはり自己の求める愛、エロスの段階に留まり、他者に施す博愛的で神聖な愛、アガペーの域には達していないのである。そのエロスが、前よりも純化されたとはいえるであろうが。

　ところで、ソローの近くに位置していて、「遠くまで射ぬくまなざしを持つ太陽神」とは何なのであろうか。太陽神は男神であるから、女神オーロラとは当然別ものである。もっとも、科学的にいえば、曙光も昼間の日光も同じく太陽から発せられる光である。けれども、古代ギリシャの神話では、両者は別ものとされた。曙光は女神で、昼間の日光は男神とされたのである。曙光があまりにも美しく感じられるので、あえて別扱いしたのであろう。ソローもこのギリシャ神話の発想に順じているわけである。

　でも、せっかくソローが女神オーロラとたわむれているのに、近くでそれを見守っている無粋な「太陽神」とは、具体的には何を意味するも

のだろうか。ソローの父親ジョンのことであろうか。ソローの父は、鉛筆の製造と販売を業務とし、謹直で家庭を大事にした人物であった。ソローは、父親から、息子に過ちがないようにと見張られているごとくに感じたのだろうか。もっとも、ソローの長姉ヘレンは、両親の婚前の交渉から生まれたことが明らかにされている。その点ではソローは、父親になんら遠慮する必要もなかったのである。では、太陽神は、亡兄のジョンのことなのであろうか。兄は、学問ではソローにおよばなかったが、明朗快活で人好きのする人物であった。口数が少なく、人づき合いの得意でなかったソローは、兄に対してコンプレックスを持っていたといわれている。かつてソロー兄弟が共に、エレン・シューアル (Ellen Sewall) という女性に求婚したことがあった。結果は、両方とも不首尾であった。でも、この時もソローは兄に対して勝ち味がないように思い込んでいたという。ソローは、女神オーロラとたわむれながら、この権利はむしろ亡兄の方にあるはずと感じていたのだろうか。この発想はやや可能性がありそうである。というのも、この登山記を包含する『一週間』という作品が、兄とともに行なった二つの川の旅の話であり、兄の鎮魂と冥福のための祈願という目的を帯びていたからである。登山記が『一週間』に含められている以上、やはりソローの亡兄への追憶を切り捨てることはできないのである。

　ソロー研究者のブローダリック (John C. Broderick) によれば、ソローの文体や表現には独特の特徴があるという。それは、ソローが危うい不安定な状況に身を置き、あなやという瀬戸際にまで至るが、うまく踏みとどまり、転落をまぬがれているということである。つまり彼が、文章表現上、アクロバティックな妙技をくりかえしているというのである。ブローダリックは、ソローのこの特徴を主として表現の問題に固定しているが、このことは、ソローの生き方そのものにも当てはまるかもしれない。着流し姿で髪をすいていた女性に魅力を感じながらも、いとこの面影を思い浮かべて、心の危機をかわしたというあの一件にもそれがいえるであろう。だとすれば、女神オーロラとたわむれながらも、それが放恣奔放な状態に陥らないようにじっと見張っていた者とは、やはりソロー自身だということになるのである。

こうしてソローがせっかく見事なご来光に浴しながらも、山の天気はその後すっきりとはならず、曇った状態のままとなった。それどころか、彼が降りついた南麓の村では一日中雨だったという。ソローは下山しながら、この天気のこととからませて、自己を責めるような表現を取っている。

しかしここでは「天の太陽」が自らを曇らせることは決してなかった。それなのに、ああ、思うに何か私自身のいたらなさのせいで、私自身の太陽は自らを曇らせるのだった。そして、

「ときにその天なる顔に、いともあさましい雲の見苦しい切れ端が降りかかるのをはらいのけもしないのだった。」(189)

むろん雲の上では、太陽は常に輝いているのだが、雲の下のソローのいる下界では曇りとなっている状況をこのように表現しているのである。下界が曇っているのは、ソロー自身のいたらなさのせいというのだが、それが何を意味するかは明示されていない。それでも、あえていうならば、そのことは、聖域であるはずの山に来ていながら、なおもエロスをふり切れないソロー自身の心の問題と無縁ではあるまいと思われる。それとも、彼はエロスを味わいながら、それにのめりこめず、危ういところでそれをかわしてしまうという自らの保身術に不純さを感じ取っているのであろうか。あるいはまた、その両方の意味を含めて、純粋にはなりえない自己の心の有り様を責めているのだともいえそうである。

注
　作品は、全集 *The Writings of Henry D. Thoreau* (Princeton UP) 中のものを用いた。この登山記に関しては、William Howarth, *Thoreau in the Mountains* (New York: Farrar Straus Giroux, 1982) に解説がある。Broderick の論文は、"The Movement of Thoreau's Prose" で、*Twentieth Century Interpretations of Walden* (Prentice-Hall,1968), pp. 64-72. 引用したソローの下山中の表現には、シェイクスピアの『ソネット』第33番の5と6の行が含まれている。

付記

　田島松二教授とは、九州大学において 20 数年間、研究室が隣り合わせで、登山の趣味を共有するという幸運に浴した。共に登った山は約 90 座、大半は九州の山だが、中には槍、奥穂高など 3000 米級もあった。宿泊にはランプのともる出湯をとのご所望であったが、国際的な学者で多忙な田島さんにスケジュールを合わせるとなると、たいていは能率が先行し、山麓付近の駅前ビジネスホテルにならざるをえなかった。しかし概して天候には恵まれた。今後もどうかご壮健で、おたがいに登山を続けたいものと願う次第である。

小谷 耕二

アンドルー・ライトルと〈旧南部〉の崩壊
―― 短篇「エリコ、エリコ、エリコ」を読む

　「エリコ、エリコ、エリコ」("Jericho, Jericho, Jericho") はひとりの南部女性の死を描いた短篇である。時は 1930 年頃、所はアラバマ州マディソン近郊の 4000 エーカーの農園。主人公ケイト・マッカウアンは、ロングゴード農園の所有者マルコム・マッカウアンの妻として、南北戦争で夫が死んだあと、数十年にわたって女手ひとつで農園を切り盛りする。その間、生まれつき障害を背負って酒びたりだった兄弟ジャックの凄絶な死に遭遇したり、略奪に来たゲリラ兵とみずから銃を手にして対決したりと、数々の辛酸をなめる。作者アンドルー・ライトル (Andrew Lytle、1902–1995) はミス・ケイトのこの苦難の生涯を、彼女の臨終まぎわの意識に去来する記憶や想念をとおして浮かびあがらせながら、南北戦争、再建期、そして新しい時代の到来と続く南部の歴史を身をもって生きたひとりの女性の肖像をみごとに描きだしている。その意味でこの作品は歴史の変遷を反映しており、そこに〈旧南部〉の崩壊という象徴的な意味を読みとることもできる (Landman 64)。小論ではミス・ケイト像を南部社会の変化や南部女性 (the Southern Lady) の神話との関連という角度から検討し、さらに南部農本主義者 (Southern Agrarians) のマニフェストの書『私の立場』(*I'll Take My Stand*) にライトルが寄稿した評論「後ろの乳首」("The Hind Tit") との関連、およびこの作品のタイトルの聖書への言及の意味するところを考察したい。

I

　南部がいつ南部になったのか、その起源を確定するのは歴史家にとってもたやすいことではないようである。しかし、北部との対立をとおして南部が南部としての自己意識を獲得していったことは間違いないであろう。古くは合衆国憲法制定に際しての黒人奴隷の位置づけをめぐる綱引き、さらには1820年のミズーリ妥協にいたるまでのミズーリ準州の連邦編入問題に関する激論等を経て、南北両セクションの亀裂は深まり、ついには南北戦争に突入していく。こうしたプロセスの中で醸成された南部の自己意識は、歴史的事実に根ざしながらも、同時に神話化の作用を伴っていた。そのため、南北戦争以前の南部が戦後崩壊するどころか、逆にいっそう確固たるものとして生き続けるという逆説が生じることになった。すでに1830年代に成立していた騎士道神話 (the Cavalier myth) をはじめとして、戦前のプランテーション制度にもとづいた秩序をロマンティックに理想化する〈旧南部〉の神話が南部人の心を深く支配するようになったのである。したがって、文化史的なパースペクティヴからは「1830年から1910年までの期間は単一の時代であった」(Wilson 586) と考えることもできるのである。
　〈旧南部〉は20世紀初頭まで生き延びるが、やがて1920年代以降「南部文芸復興」と称される知的活動が、文学をはじめとして学問研究やジャーナリズム等の領域でいっせいに産声をあげ、神話のヴェールを引き剥がして、南部の過去を批判的な態度で見つめなおす動きが始まった。これは南部の文化的自画像の揺らぎに由来する動きであり、社会の急激な変動の兆しに触発されていた。当時、農業中心であった南部社会が産業化の波に洗われつつあったのである。歴史家 C. ヴァン・ウッドワードは第二次大戦後顕著になるこの変化を「ブルドーザー革命」と名づけ、その影響力は南北戦争後の再建期の諸変革を凌ぐものだったとみなしている (Woodward 6-7)。産業化が〈旧南部〉の衰退を促したのである。
　ところで南部の特性とは何かについてはさまざまの見方があるが、ライトルは共同体をも含めた広い意味での家族が南部社会のもっとも典型

的な制度 (*the* institution) だと述べている ("Foreword" xvi)。ライトルによれば、南部の旧秩序においては家族＝共同体は土地を基盤としてひとつの自律的な全体を形造っており、そのなかで人々はそれぞれのプライヴァシーや個々の家族の特性を失わずに、おたがいにかなり緊密な結びつきを保ちながら生活していた。そこでは隣人や親類縁者の訪問、たがいの取引や結婚、政治集会や宗教上の催しへの参加といった活動が、ひとつの儀式として共同体の構成員の結びつきを強固にする働きを担っていた。そして個人に暖かい安らぎの場を与えてくれるこの家族＝共同体、換言すれば、家族間の血の絆や土地への愛着を、産業化が断ち切っていくことになったのだと、ライトルは指摘している ("Foreword" xiii-xix)。

　この家族＝共同体という観点からみると、ミス・ケイトの物語は南部社会の古い秩序が崩壊していく物語だといってよい。ライトルはミス・ケイトと、孫のディック・マッカウアンおよびその婚約者イーヴァ・キャラハンとのあいだに、南部の旧秩序と新しく現れつつある社会との対比を象徴させることで、この主題を表現している。

　87歳の高齢で死を目前に控えながらもミス・ケイトの脳裏を去らないのは、ロングゴード農園をいかに存続させていくかということである。彼女はディックに農園を引き継いでほしいと願っている。農園は自分が受け継いだときよりも立派になった。それを維持していくには様々の細かなノウハウがあり、ぜひともディックに伝授しておきたいのだが、彼の方はこの数年間農園を離れて町で暮らしており、農園の管理に腰をすえて取りかかろうという気配がいっこうに感じられない。そこにミス・ケイトが安らかな死を迎えられない原因がある。

　ミス・ケイトにとって農園を維持していくことは、マッカウアン家という家族を守っていくことと同義である。彼女は旧約聖書のヨシュアのように一族の精神的支柱としてマッカウアン家を支えてきた (She had been Joshua ... [3])。口蓋裂のために周囲の笑いものとなって、酒に溺れてしまったジャックに深い愛情を注ぎだし、また気がふれて戦争の幻影のなかに生きている従兄弟ジョージを手厚く世話してもいる。彼女にとっては自分の属する土地に根をおろして、家族の血のつながりのなかで生きることが人間のまっとうなありようなのであって、家族と土地を守

るためには女らしからぬ手荒な所業もあえて辞さなかった。農園の金品を略奪に来たゲリラ兵を裸にして騾馬で引きずりまわし、「あんたは悪魔だ」という言葉を投げつけられもした (Turn us loose. We'll not bother ye no more, lady. You ain't no woman, you're a devil. ［15］)。さらには強引ともいえるやり方で隣人から土地を奪い取りもした。

　一方ディックは農園を継いでみずから積極的に家族をまとめていこうとはしない。自分の死後ジョージの面倒をよくみるようにとミス・ケイトが念を押すにもかかわらず、彼はたぶん冬の間は都会で暮らして、ジョージにはだれか専門の世話係を雇うつもりだと言う。この言葉を聞いて、ミス・ケイトはディックを部屋から追いだしてしまう。彼女は混濁した意識のなかで血がほとんど水のように薄くなっており、やがて自分が完全に水になってしまうだろうと予感するのだが (... her blood that was almost water. Soon now she would be all water, water and dust, ... ［6］)、これは彼女の生命力の衰えを示しているばかりではなく、家族の血のつながりが希薄になっていることの暗喩とも読める。ちなみに、「血」のイメージはこの作品に伏流しているのであって、いまミス・ケイトが横になっているマホガニー製のベッドは、かつて夫マッカウアン将軍の血で染まったことがあった。またジャックの場合、その戦死に直接的な血への言及はないが、彼は体が真っ二つにちぎれるほどの銃撃を受けたのであり、その死は真っ赤な血の色に染めあげられているといってよい。もちろん二人とも〈旧南部〉、すなわち広い意味での家族＝共同体のために血を流したのであった。ミス・ケイトは、ディックが見かけは祖父に似通っているのに、何かしら欠けているものがあると感じている。欠けているのはこの「血」に象徴される家族の絆であり、農園に対する主人としての強い責任感であろう。

　イーヴァはその名のとおり、〈旧南部〉のエデン的な秩序を破壊していく力を表している。彼女は新興の工業都市バーミンガムの出であるが、ミス・ケイトはその歴史の浅さに対して「うちにはバーミンガムよりも古い騾馬がいる」(7) と侮蔑の念をいだく。この動物と都市との比較には、伝統の有無ということのほかに、農業中心の社会秩序から工業中心の社会への変化が巧みに重ねられている。イーヴァの髪の毛の描写に用いら

れたメドゥーサのイメージもその破壊的な力を暗示している。ミス・ケイトはディックがイーヴァの髪の毛にがんじがらめになるありさまを思い描く (The heavy hair crawled about her head to tangle the poor, foolish boy in its ropes. [7])。これはイーヴァがディックを堕落させ、農園を破壊してしまうことになりはしないかという不安に根ざしている。さらにミス・ケイトはイーヴァの細い腰と南部貴婦人を気取った歩き方に辛辣な皮肉を言う ("she looks sort of puny to me, Son. She's powerful small in the waist and walks about like she had worms." [10])。ミス・ケイトのユーモアのセンスがよく出た愉快な言葉だが、この皮肉の奥にも象徴的な意味合いが潜んでいると考えてよい。「虫」という言葉は、古い秩序を知らぬ間に蝕んでいくイーヴァの腐食力を示しているのである。[1]同時に、ランドマンが指摘しているように、ミス・ケイトにはイーヴァの華奢な腰は家族が持続していくための基盤となる、子どもを生み育てていく営みには向いていないように思える (Landman 66)。

II

〈旧南部〉の秩序を支えていたもののひとつに南部女性の神話がある。南部の女性はなによりもまず優美であり、華奢な体つきや控えめで臆病そうな様子から、男に守ってやらねばという気持ちを起こさせる。夫に対して従順で、家族に献身的な愛情をそそぎ、公けの事柄にみだりに首をつっこむこともない。敬虔なキリスト教徒で、知性的というよりも道徳的であり、性的に純潔である。こうした男性の側からみて実に都合のよい理想の女性のイメージが、南部人の心に定着していた。

しかしこうしたイメージは、A. F. スコットが指摘しているとおり、多くの場合南部女性の実態とは異なっていた。階層や経済状況、地域的差異にもかかわらず、総じて南部の女性はつねに山ほどの仕事をかかえていた。農園主の妻は機織りや裁縫の技術を習得し、また菜園や食糧の管理、家禽類から病人の世話まで行うことを求められ、舞踏会用のドレスも奴隷たちの衣服も自分で作らねばならなかった。「並はずれた富があっても、農園主の妻が余暇を買いとることはできなかった」(Scott 31) の

である。自営農民やプア・ホワイトの妻にいたっては、推して知るべしであろう。

　こうした観点からすれば、ミス・ケイト像は南部女性についての神話的ステレオタイプというより、むしろその実像をとらえた造型であるといえよう。なるほど、結婚前のミス・ケイトが型どおりの南部令嬢 (the Southern Belle) であったことを暗示する箇所もある。寝室に置いてある籠のキルトのカヴァーの詰め物にはかつての恋人からの手紙、「熱情の断片」(4) が使われており、夫のマルコムはそれが気になって眠れぬ夜があったことを冗談めかして告白している (*Miss Kate, I didn't sleep well last night, I heard Sam Buchanan make love to you out of that farthest basket. If I hear him again, I mean to toss this piece of quilt in the fire.* [4])。また、この作品は三人称限定視点によりミス・ケイトの視角から書かれており、他者が彼女をどう見ているか明確ではないが、周囲の者にとって彼女が貴婦人とみなされていたであろうことは想像に難くない。イーヴァに家柄のことをあれこれ尋ねているところをみれば、彼女自身貴婦人としての誇りをもっていたと考えてよいだろう。しかし控えめで華奢などころか、彼女はこれまで病に臥したこともないほど頑健な肉体をもち、「死すらもあえて逆らおうとしない」(5) くらいの芯の強さがあった。実際、70年にも及ぶ農園での生活が、神話とはおよそ無縁の心労と苦難の日々であったことは明らかであり、その暮らしぶりは、南北戦争で夫が死んだり、回復不能の傷を負ったりした際に、その妻たちが送らねばならなかった生活の実態にまさしく符合している。死の床にあってもなお、農園生活のこまごまとした実務のことがミス・ケイトの念頭を離れないのである。

　性的な事柄についてのミス・ケイトの歯に衣着せぬ率直さも、南部女性のステレオタイプ像からの逸脱の表れとみてよい。イーヴァの腰の細さに話が及んだときに、ディックは、イーヴァはコルセットで腰を締めあげているのではないと、うっかり洩らしてしまう。するとミス・ケイトはどうしてそんなことを知っているのだと、間髪を入れず問い詰めるのである。返事に窮したディックは、立派な婦人が何てことを聞くんですと言うのがやっとなのだが、さらにミス・ケイトはこう駄目を押す。

"I'm not a respectable woman. No woman can be respectable and run four thousand acres of land. Well, you'll have it your own way. *I suppose the safest place for a man to take his folly is to bed.*" (10-11; イタリックは筆者)

もちろん、これは酸いも甘いもかみわけた長年の人生経験に裏打ちされてはじめて可能な率直さともいえよう。

しかし同時に、この率直さがイーヴァに対する嫉妬と絡みあっていることにも注意する必要がある。ミス・ケイトにとって、初対面のイーヴァはその姿を目にした瞬間からすでに、自分の死を見届けにきた「嘘つきのあばずれ女」(7) であり、ディックを見つめるその様子はまるで「腹をすかした犬のよう」(11) である。そして彼女はイーヴァに、「ディックの面倒をちゃんと見ないと、化けて出て目の玉をひんむいてやる」(8) とまで言うのである。どこの馬の骨とも知れぬ女に精魂傾けてきた農園を奪い取られるという不安、それをどうにもできぬという焦燥、イーヴァの若々しい肉体への嫉妬、さらには「生き残る者への死にゆく者の嫉妬」(Lucas 58) ——こうした要因がミス・ケイトの敵意を生みだしているといえようが、そこには南部女性の神話を支えてきたイデオロギーがはからずも顔を覗かせているように思える。ミス・ケイトは、この女が自分のベッドに横たわり、自分の銀器で食事をし、自分の血をわけた孫の体を愛撫することになるのだという思いに身を焼かれながら、凄まじいまなざしでイーヴァの肢体を舐めるように眺める。

[Her eyes] burned like a smothered fire stirred up by the wind as they traveled over the woman who would lie in her bed, eat with her silver, and caress her flesh and blood. The woman's body was soft enough to melt and pour about him. She could see that; and her firm, round breasts, too firm and round for any good to come from them. And her lips, full and red, her eyes bright and cunning. The heavy hair crawled about her head to tangle the poor, foolish boy in its ropes. (7)

ここに見られるミス・ケイトのまなざしのセクシュアルな陰翳は、農園生活の苦闘のなかで抑圧されてきた、彼女自身のセクシュアリティの裏返しの表出であろう。そしてそれは、南部女性であることが、道徳的廉潔、敬虔さ、性的純潔といったイメージの軛によって必然的にもたらす抑圧の反映なのである。ベッドに横たわったミス・ケイトはヘッドボードに彫りこまれている、摘まれることのないたわわな葡萄のことを思い浮かべながら、自分がまるで乾し葡萄のように干からびているのを感じる (How much longer would these never-picked grapes hang above her head? How much longer would she, rather, hang to the vine of this world, she who lay beneath as dry as any raisin. [5])。これは彼女の年老いた肉体や崩れはじめた古い秩序を表しているばかりではなく、あまたの女性が南部女性の神話によって強いられてきた存在境位の象徴とも読めよう。

およそ神話というものが支配的な文化によるイデオロギー的な構築物であるとするならば、南部女性の神話にも目に見えぬ権力関係や政治性が刷りこまれていた。[2] バートラム・ワイアット＝ブラウンによれば、この神話の根幹には南部の古風な名誉観念 (code of honor) と家父長制度が存在していた。そこでは「家」の体面を保つことが至上命題となっており、女性は家名の表象として道徳的台座に祀りあげられ、自己犠牲と従順によって家父長制度を支えることを求められた。そして女性の方も家名に誇りをいだき、喜んで従属的な立場を受け入れていた。この神話は、女性としての優美さや従順、家族への献身、道徳的廉潔を賛美することで、耐えがたい現実をオブラートに包んで受容させる装置だったのである (Wyatt-Brown 226-236)。こうした文脈にミス・ケイト像を置いてみれば、ライトルは、一面では南部女性神話のイデオロギー的表象としてのステレオタイプ像を拒絶しながら、同時に、農園経営に全身全霊を捧げたミス・ケイトの奮闘に共感し、それを賛美することで、そのイデオロギー自体は温存しているように思える。

III

12人の南部農本主義者による著作、『私の立場』は、南部の変貌に対

する危機意識から生まれた警世の書だといえる。そこに一貫して流れている主題は、南部を侵食しつつある産業主義にどう対応するかということである。そこでは〈旧南部〉の秩序が、産業主義に対する反措定、機械文明の進歩がもたらす非人間化に対する人間主義の砦の役割を担わされることとなった。産業主義の強力な潮流に、当時失われつつあった農業中心の旧秩序を対置させたところに、この著作の反動的時代錯誤をみるのはたやすい。しかし社会的状況がまったく変わってしまった現在の地点からみても、その〈人間〉対〈機械〉という発想はいまなお予言の書としての有効性を保っているという見方もできる (Rubin xxi)。南部文化史における『私の立場』全体の意義についてはひとまず措くこととして、ここではこの著作に収められたライトルの評論「後ろの乳首」と「エリコ」との関連を確認しておきたい。

　三部構成のこの評論において、ライトルはまず農業中心の南部社会がどのようなプロセスを経て崩壊の危機に瀕するようになったかを辿っている。ライトルの見取り図によれば、農業国家であったアメリカは南北戦争後、工業重視の帝国主義国家に変貌してしまった。そしてトマス・ジェファソンが理想としたような自給自足の独立自営農民も換金作物の生産に手を染めるようになり、その結果、貨幣経済に縛られて自由と独立を失う羽目に陥ってしまった。いま南部の農民はふたつの経済秩序の岐路に立っており、もし進歩を鼓吹する〈新南部〉の神話に浮かされて農業の機械化の道を選べば、貨幣経済にがんじがらめになって、生き方としての農耕が終わりを告げることになってしまうだろう。だが、「農場はとうもろこしを作るところであって、金を儲けるところではない」(205) のだ。そうライトルは主張する。

　こうして次のセクションで、ライトルは典型的な独立自営農民の生活と文化を、詩的なイメージを駆使し共感をこめて詳細に描きだす。ここで強調されているのは、農民と土地との深いつながり、家族や共同体への帰属感である。そこでは産業社会での仕事の単調さや無益さとは対照的に、働く者と仕事とのあいだに調和があり、会話を楽しみながらの食事や団欒も家族＝共同体の一体感を自然に育む。長年の生きた経験の堆積にもとづいた迷信や俗信も自然の前で謙虚であることを教えてくれ、

科学的自然観察よりも深い叡智に満ちている。こうした満足感にあふれた生活をもちながら、なぜ南部の農民が産業主義のあわただしい精神のあり方を受け入れる必要があるのか。そうした反語的問いがライトルの筆致から浮かびあがってくる。

そして最後のセクションで、ライトルは、南部は産業主義を「毒蛇のように」(234) 恐れねばならないと述べる。それは農民の経済的負担を増加させ、家族の分散化を引き起こし、やがて家族＝共同体のなかでの人間同士の絆も、人間と自然の交感も失われるだろう。もはや残された道はひとつしかない、もとの生活に戻るようにと、ライトルは促す。さもなければ、南部の農民はアメリカという雌豚の「後ろの乳首」に頼らざるをえないちびの子豚のように、苦境を脱却できないであろう。

[The farmer] has been turned into the runt pig in the sow's litter. Squeezed and tricked out of the best places at the side, he is forced to take the little hind tit for nourishment; and here, struggling between the sow's back legs, he has to work with every bit of his strength to keep it from being a dry hind one, and all because the suck of the others is so unreservedly gluttonous. (245)

こうした現状を打開するためのライトルの先の提案は、具体的処方箋としてはあまりにも時代錯誤的ではある。しかしそこに表明された価値観——家族＝共同体に包まれて生きることの意義、人間と自然の交感という考え方は簡単に葬り去ってしまえるものではないであろう。そしてこの点において、ミス・ケイトはライトルの農本主義思想の精髄を体現した存在であるといってよい。厳密には独立自営農民の範疇に属しているとはいえないが、彼女が南部農本主義者の唱導する〈旧南部〉の象徴であり、家族＝共同体の絆を大切にしていることはすでに指摘したとおりである。息を引き取る寸前、農園のさまざまの匂い——土や、羽毛や、煙草、汗、こやし、動物や人間や果樹などの匂いが彼女を包みこむ。ミス・ケイトが横たわっているベッドは、そこで母が死に、夫と初めて夜をともにし、子どもが生まれ、また夫が息絶えたベッドである。いまその古いベッドから湧きあがってきてミス・ケイトを包んでいるさまざ

の匂いは、人も動物も植物も、すべてのものが土地と自然のなかでたがいに結びついて存在している農本主義の世界の凝縮された暗喩となっている。

IV

　ミス・ケイト像が「後ろの乳首」において展開されたライトルの農本主義思想の延長線上に位置していることは疑いようがない。しかし、「エリコ」をそのプロパガンダとみるべきではないであろう。「後ろの乳首」の独立自営農民の生活と文化が、おそらくは戦略上の意図から故意に美化されているのに対して、ミス・ケイト像は芸術的造型として神話的ステレオタイプに陥ることを免れている。すでにみたとおり、彼女の抑圧されたセクシュアリティや辛辣な言葉使いは、崇高さも卑小さもあわせもつ人間の複雑な存在感を生みだしており、彼女が女家長として一面的に聖化されることを阻む一因となっている。さらにライトルは宗教的次元を導入することによって、ミス・ケイトの肖像をいっそう陰翳に富んだものにし、〈旧南部〉の崩壊という主題にもある屈折を与えている。この宗教性という角度からみれば、〈旧南部〉の秩序が崩壊していったのは、なにも産業化のせいばかりではない。古い秩序の側にも崩壊の芽が潜んでいた。

　ミス・ケイトが安らかな死を迎えられないのは、ディックやイーヴァのせいばかりではなく、彼女自身の罪悪感のせいでもあった。彼女は死後みずからの魂が地獄の業火に焼かれるさまを思い描くのだが、この罪悪感はアイヴァ・ルイーズの土地を、合法的ではあってもおそらくは道義的にやましい方法で自分のものにしたことに由来している。アイヴァの父から土地の管理を任されたミス・ケイトは、税金の支払いの肩代わりをしてやり、結局その土地を手に入れることになったらしい。知人との関係を法的な金銭関係に還元したこの行為は、むしろ〈新南部〉的な発想に立ったものであったと考えてよいかもしれない。農園を維持し、家族を守るためにはどうしようもなかったのだと、いくら自己弁明を試みても「昔の罪の亡霊」(12) は消えない。ゲリラ兵に悪魔呼ばわりされ

たように、ミス・ケイトはアイヴァからも「ひとでなし」(13) と罵られたのだが、その非難のとおり、私欲のために土地を奪い取ったのだろうかという疑念を拭い去ることができないのである。そして、自分はなにか大きな間違いを犯し、もう取り返しがつかないという思いに苛まれる。

　この短篇の結末の場面は、同じように年老いた女性の死をあつかったキャサリン・アン・ポーター (Katherine Anne Porter) の名作「捨てられたグラニー・ウェザーオール」("The Jilting of Granny Weatherall") の結末と同様、臨終まぎわの人間の薄れゆく意識を描いて精妙かつ豊かな曖昧さを孕んでいる。グラニー・ウェザーオールがついには生命の灯火をみずから吹き消すことによって神の救いを断念するように、罪の意識に苦しみながらも、ミス・ケイトは最後の最後にはこれまでのみずからの生き方を肯定し、地獄に堕ちることを意に介さなくなるように思える。「罪の亡霊」が現れてもなお、彼女はディックに伝えるべきことを伝えねばならぬ、それまで死んでなるものかと、気力を振り絞って口を開こうとする。

> She gathered together all the particles of her will; the spectres faded; and there about her were the anxious faces of kin and servants. Edwin had his hand under the cover feeling her legs. She made to raise her own hand to the boy. It did not go up. *Her eyes wanted to roll upward and look behind her forehead, but she pinched them down and looked at her grandson.* (17-18; イタリックは筆者)

凄まじいばかりの強靭な意志で罪の意識を振り払い、あくまでも農園を守りぬこうとするミス・ケイトの姿に、ライトルが深い共感を寄せていることは明らかであろう。しかし同時に、この強靭な意志こそがかつてアイヴァから土地を奪うという行為を生み、いままた神に対する一種の反逆の身振りを呼び寄せているのだということを、ライトルはほのめかしている。生命力が尽きかけて、瞼の上方に自然に動いていこうとする眼球を引き戻すほどの力は、みずからの有限性をわきまえぬ人間の意志

の異様な肥大化とも読めよう。評論「奥地の進展」("The Backwoods Progression") における歴史的考察が示唆しているように、産業化という時代の流れの奥に、ルネッサンス以降の西洋近代のキリスト教世界観の衰退、神に取って代わろうとする現代人の倨傲をみていたライトルの眼には、ほかならぬミス・ケイトにも旧秩序崩壊の要因が潜んでいると見えていたに違いない。

　ミス・ケイトは凄絶な努力でディックを見据え、言葉にならぬ声を発しようとする。だが結局その思いは伝わらず、息絶えてゆく。そのとき現実のものとも、まぼろしともつかぬ歌声が響いてくる。

> From a distance, out of the far end of the field, under a sky so blue that it was painful-bright, voices came singing, *Joshua fit the battle of Jericho, Jericho, Jericho—Joshua fit the battle of Jericho, and the walls come a-tumbling down*. (18)

旧約聖書のヨシュアの物語は、約束の土地の獲得と分配の物語である。作品の冒頭でヨシュアに喩えられていたとおり、マッカウアン家の大黒柱としてのミス・ケイトの奮闘は、ヨシュアのエリコ征服に擬すことができよう。しかしヨシュアの幾多の戦いが神の命にもとづいていたのに対して、ミス・ケイトがアイヴァから土地を奪い取った行為は罪悪感を伴うものであった。また死期を悟ったヨシュアは各部族の長を集め、神への忠誠を説き、もし叛けば滅ぼされてしまうだろうと警告する。同じように、ミス・ケイトもディックを呼び寄せ、ロングゴード農園を継いでマッカウアン家を守っていくよう諭すのだが、ディックは期待に応えてくれそうもなく、あたかも神の罰ででもあるかのように、農園の崩壊は目に見えている。こうして、最後にはヨシュアとは異なって、ミス・ケイトは家族と農園の行く末に不安と絶望をいだいたまま死んでゆく。皮肉なことにここでは、エリコの崩壊する防壁の方が、マッカウアン家と農園の衰退、そしてミス・ケイトの敗北を象徴することになるのである。ミス・ケイトはヨシュアであり、同時にエリコであった。

(付記) 本稿は、『英語英文学論叢』(九州大学英語英文学研究会) 第44集 (1994年2月) に掲載した拙論「アンドルー・ライトルと〈旧南部〉の崩壊—「エリコ、エリコ、エリコ」を中心に」を改筆したものである。

注

1) アト・ド・フリースの『イメージ・シンボル事典』の「worm 虫」の項には「死、知らぬうちに破壊するものを表す」との定義が見える。

2)「エリコ」では人種間の問題は前面に出てきていないので、ここではこの神話の人種的イデオロギーについては省略している。

引用文献

Landman, Sidney J. "The Walls of Mortality." *The Form Discovered: Essays on the Achievement of Andrew Lytle*. Ed. M.E. Bradford. Jackson: The University and College Press of Mississippi, 1973, pp. 64-72.

Lucas, Mark T. *The Southern Vision of Andrew Lytle*. Baton Rouge: Louisiana State University Press, 1986.

Lytle, Andrew. "The Backwoods Progression." *American Review*, 1 (1933): 409-34.

——. "Foreword." 1958; rpt. in *Stories: Alchemy and Others*. Sewanee: The University of the South, 1984, pp. ix-xx.

——. "The Hind Tit." *I'll Take My Stand: The South and the Agrarian Tradition*. By Twelve Southerners. 1930; rpt. Baton Rouge: Louisiana State University Press, 1990, pp. 201-45.

——. "Jericho, Jericho, Jericho." 1936; rpt. in *Stories: Alchemy and Others*. Sewanee: The University of the South, 1984, pp. 3-18.

Rubin, Louis D., Jr. "Introduction." *I'll Take My Stand: The South and the Agrarian Tradition*. By Twelve Southerners. Baton Rouge: Louisiana State University Press. 1990, pp. xi-xxii.

Scott, Anne Firor. *The Southern Lady: From Pedestal to Politics, 1830-1930*. Charlottesville: The University Press of Virginia, 1995.

Wilson, Charles Reagan. "History and Manners: History." *Encyclopedia of Southern Culture*. Ed. C.R. Wilson and W. Ferris. Chapel Hill: The University of North Carolina Press, 1989, pp. 583-95.

Woodward, C. Vann. *The Burden of Southern History*. Baton Rouge: Louisiana State University Press, 1991.

Wyatt-Brown, Bertram. *Southern Honor: Ethics and Behavior in the Old South*. New York: Oxford University Press, 1982.

アト・ド・フリース (山下主一郎他訳)『イメージ・シンボル事典』大修館書店、1984.

常本　浩

消えてしまった植民地——英語国アメリカの始まり

I　序

　英語国アメリカの歴史は「ジェイムズタウン (Jamestown, 1607), プリマスロック (Plymouth Rock, 1620) から始まると多くのアメリカ人は思っているが、実は400年以上前にロアノーク島 (Roanoke Island) から始まった」[1]らしい。わが国でも、1587年にイギリス人がノースカロライナ州の海岸沿いにある島の一つ、ロアノーク島にアメリカで最初の植民地を建設したことを知る人間など殆どいない。小論では、ロアノーク植民地の建設に至るまでの歴史とその悲劇的結末を概観し、その後、ロアノークの悲劇を題材にしたポール・グリーン (Paul Green) の劇『消えてしまった植民地』(The Lost Colony) が生まれた背景とその内容を紹介したい。

II　ロアノーク植民地

(1) スペインの世紀

　英語は世界で唯一の超大国アメリカの国語として、世界中で話され、インターネット上では情報を伝達する主要な言語として使用されるが故に、今日「世界共通語」の役割を担っている。わが国でも、多くの大学に英文科、英語学科があり、巷には「英会話学校」があふれている。しかしながら、北米大陸に英語を母国語とする国家が誕生したのは歴史の偶然にすぎない。ことによると、スペイン語が南北アメリカ大陸の言語となり、日本の多くの大学にスペイン文学科、スペイン語学科が置かれ、

スペイン語会話学校に駅前留学しているかもしれない。
　コロンブスの新大陸発見は1492年であったが、その後の約100年間は「スペインがアメリカ大陸を独占的に支配した。アメリカに渡ったスペイン人たちは、半世紀足らずの間に新大陸を探検し、征服し、植民地化した」[2]すなわち、「スペイン人は、ローマ帝国が5世紀の間に征服したよりも、もっと多くの新領土をたった1世代で征服した」[3]16世紀はスペインの世紀であり、スペインはローマ帝国、大英帝国などに匹敵する帝国を維持し、軍事的には現代のアメリカ合衆国同様に他のヨーロッパ諸国を圧倒していた。海軍力で劣る新興国イギリスはスペインのアメリカ征服をただ眺めていることしか出来なかった。

　(1) ギルバート
　それでも、16世紀の後半になると、アメリカに植民地を建設するという考えを抱く人間がイギリスに現れてきた。最初に名乗りをあげたのはギルバート (Humphrey Gilbert) である。彼は1578年にエリザベス女王から特許状 (Charter) を授けられた。その年の11月に10隻の艦隊でイギリスの港から出帆したが、結局、ギルバートの船団はイギリスの近海で海賊行為をしたに過ぎない。また、異母弟ローリー (Walter Raleigh) の船団はアフリカのヴェルデ岬の沖合まで行って、そこからイギリスに引き返している。
　ギルバートが指揮した二回目のアメリカ遠征は1583年6月プリマス港から出航することから始まった。北西航路をたどり、ニューファンドランド (Newfoundland) に到達した。9月のある日ハリケーンが来襲し、ギルバートが乗っていた船 (*Squirrel*) が沈み、彼は乗組員全員と共に帰らぬ身となった。ギルバートがその日に読んでいた書物がトマス・モア (Thomas More) の『ユートピア』(*Utopia*) であった。「その本の中には『天に至る道は、どこの土地からも同じ長さ、同じ距離である』という格言が書かれている。…これはより良い社会についての、アメリカの夢の青写真と言える。モアの想像力による国は、プラトンの『共和国』に描かれた理想世界と、新世界とを融合させたものであった」[4]と歴史家モリソンは言っている。ギルバートは単なる冒険家ではなくて、理想の共和国

建設の夢を追う人間であり、約40年後に「山の上にある町」(マタイ伝5章14節)を新大陸に建設すべくメイフラワー号で大西洋を渡り、プリマス植民地を設立したピューリタンたちの先駆けであったと言えるかもしれない。

(3) アマダスとバーロー

　ギルバートの特許状を相続したのは異母弟のウォルター・ローリーであった。ローリーはエリザベス女王の寵臣で、女王はローリー自身が遠征に出かけることを許さなかった。そこで、ローリーはアマダス (Phillip Amadas) とバーロー (Arthur Barlowe) という二人の船長に遠征隊の指揮を任せた。船団は1584年4月27日にイギリスの港を出帆し、プエルトリコを経由して、7月4日に北アメリカ本土の姿を目撃した。本国にいるローリーへ報告するために、彼らは夏の間約6週間その近辺を探検して、詳しい情報を集めた。文才のあったバーロー船長は立派な報告書を残している。その当時、アウターバンクス (Outer Banks) と現在呼ばれているノースカロライナの海岸線に細長く南北に連なる島々には、さまざまな原住民の部族が住んでいた。彼らはイギリス人が接触した最初のアメリカ原住民であった。アマダスとバーローは「海岸に住む原住民と友好的な関係を確立した」[5]ようだ。イギリス人たちは「原住民たちがきわめて温和で、人情があって、誠実で、人を裏切らない」[6]と本国に報告している。すなわち、彼らは「ノースカロライナの空気、土壌、原住民について素晴らしい報告をイギリスに持って帰った」[7]のである。それに加えて、原住民の2人の若者、メンテオ (Menteo) とワンチェス (Wanchese) が帰国する探検隊と一緒に大西洋を渡りイギリスを訪れた。大西洋を渡ったこれら2人の原住民の名前はロアノーク島にある二つの町の名に残されている。

　アマダスとバーローが持ち帰った新大陸についての情報はローリーを喜ばせ、彼は植民地建設を本格的に推し進めることにした。女王はローリーにナイトの爵位を授けて、彼の植民地建設計画を激励した。それ以後、ローリーはサー・ウォルターと呼ばれることになる。ローリーは新しく探検した土地を、エリザベス1世が「ヴァージン女王」であったこ

とから、女王に敬意を表して、「ヴァージニア」(Virginia) と呼ぶことを女王から許可された。

(4) グレンヴィルとレイン

1585年4月ローリーは再び遠征隊をアメリカに送った。今度は従兄弟のグレンヴィル (Richard Grenville) を指揮官とし、ロアノーク島にイギリス人を植民させるという明確な目的をもった遠征であって、乗船者には大工、石工、左官、鉱夫、農夫 が含まれていた。西インド諸島を経由して、6月26日に最終目的地であるノースカロライナに到達した。

グレンヴィルはラルフ・レイン (Ralph Lane) を植民地の総督に任命し、スペイン、アメリカ原住民の襲撃から植民者を守る砦の建設に当たらせた。その年の初秋、グレンヴィルが船団を率いてイギリスに帰国した後で、107人がロアノーク島で越冬することになった。総督ラルフ・レインが支配する「ヴァージニア」はスペインが支配するフロリダの北から現在のニューイングランドにまで及ぶ広大な地域であったが、現実には、彼らはノースカロライナの海岸にある東西約3マイル、南北約10マイルの小さな島の北端を確保しているに過ぎなかった。彼らは強大なスペイン海軍に発見され殲滅させられることを恐れて暮らしていた。

グレンヴィルは「激しい気性の人間」(a man of fire and flame)[8]であって、ノースカロライナ滞在中に原住民の族長たちに対して高圧的な態度を示した。そのために、植民者は地元住民から十分な食料の援助を受けられなかった。そればかりか、レインは絶えず原住民と戦ったり、和睦したりしなければならず、新大陸での初めての越冬は物心両面で厳しいものであった。冬の気候も予想とは違っていた。ノースカロライナが大陸の東側にあるために、冬は予想したよりも寒かった。それでも、植民者のなかに画家のジョン・ホワイト (John White)、測量技師のトマス・ハリオット (Thomas Hariot) がいて、「ハリオットが書き、ホワイトが挿絵を描いた報告書はアメリカ先住民に関する記述としてイギリス人が新大陸探検に乗り出した世紀で最も入念に書かれたものである」。[9]

翌年の春、「レインと半ば飢えている106名の植民者は必死になって援助船の到着を待っていた」。[10]しかし、イースターを過ぎても、援助物

資を積んだ船は現れなかった。本国のイギリスではローリーとグレンヴィルがロアノークに援助船を送るべく準備をしていた。しかし、女王が非協力であったりして、グレンヴィルの援助船団出帆が遅れていた。植民者たちの希望が絶望に変わろうとした時に、サー・フランシス・ドレーク (Sir Francis Drake) の艦隊がアウターバンクスに姿を現した。彼らは西インド諸島にあるスペイン人の基地を襲撃して帰国する途中、植民者の様子を見るために、ロアノークに立ち寄ったのである。ドレーク自身もこの植民計画に資金を提供していた。植民者たちはイギリスに帰ることを熱望した。彼らは男ばかりで、妻をイギリスに残していた。彼らの懇願を受け入れて、ドレークはこれらの惨めな植民者たちを6月にイギリスへ連れ帰った。グレンヴィルの援助船がロアノーク島に到着したのはその2週間後であった。

(5) ホワイト

ローリーは男だけの植民の失敗に懲りて、女性や子供が一緒の植民地、恒久的な植民地の設立を目指して計画を立てた。まず、ロアノーク島は大きな船が接近するのに適していなかったので、アウターバンクスよりも北のチェサピーク湾 (Chesapeake Bay) の辺りで、水深がある程度あり、イギリス船が容易に近づける場所に新しい植民地を建設することにした。

1587年5月8日に植民者100余名を乗せた3隻の帆船がプリマス港から出帆した。しかし、最終的に彼らが植民した場所は、チェサピークではなくて、前回と同じロアノーク島であった。そうなった原因は、彼らが水深の深いチェサピークに植民地を建設したら、スペイン海軍にたやすく発見され、攻撃されると考えたからである。スペイン王フェリーペ2世 (Philip II) は「義妹であるエリザベス1世 (Queen Elizabeth) を異端者、略奪者として憎み、抹殺しよう」[11]と考えていた。フェリーペは敬虔さで知られたカトリック教徒であり、一方、エリザベスはプロテスタントの国イギリスの女王であった。また、イギリスはスペインの覇権に挑戦する海洋国家に成長しつつあった。

今度はジョン・ホワイトがロアノーク植民地の総督に任命された。彼

の娘婿のアナニア・デア (Ananias Dare) が隊長として参加し、ホワイトの娘エレナー (Eleanor White Dare) も夫に同行した。彼女は「大西洋を渡った14人の既婚女性の1人で、彼らに加えて、9人の子供、3人の未婚女性がいた」。[12] 新しい植民者たちはレインの植民者たちが残した砦や住居を修復した。8月18日にはエレナーが女児を生んだ。彼女は ヴァージニア・デア (Virginia Dare) と命名された。ヴァージニア・デアは「新大陸でイギリス人の両親から生まれた最初の子供であり、ヴァージニアで洗礼を受けた最初のイギリス人」[13] であった。1587年秋のロアノーク植民地は老若男女の揃った一つの共同体として徐々に機能し始め、平和な佇まいさえ見せ始めた。しかし、作物を植えるのには時期が遅すぎたので、食料の欠乏が見込まれ、物資をイギリスから至急送ってもらう必要があった。その交渉のために、ホワイトが帰りの船で一時帰国することになった。

イギリスに戻ったホワイトはローリーの協力を仰ぎ、援助船を直ちにロアノークに送るために奔走した。しかし、「イギリス本国から援助を受けるには時期が悪すぎた。スペインの無敵艦隊がイギリス侵略の準備をしていて、本国はその対策に追われ、ヴァージニアの小さな基地にいる植民者を救援する余裕など無かった」。[14] 1588年にスペイン艦隊はイギリス海軍に撃破された。それでも、ローリーとホワイトは2年間ロアノークに援助船を送ることが出来なかった。ホワイトがロアノーク島に戻ってきたのは1590年の8月で、島を離れてから3年が経過していた。島に上陸してみると、植民地は消滅していた。その住民も完全に姿を消していた。捜索隊が唯一見つけた手掛かりは、木に彫られた「クロアタン」(Croatoan) という文字だけだった。クロアタンはハッテラス岬 (Cape Hatteras) 付近に住むイギリス人に友好的なインディアン部族の名前である。しかしながら、ハリケーンが来襲したために、イギリス船団は急いでアウターバンクスを離れなければならなかった。それ以後、ホワイトは二度と新大陸を訪れていない。

アメリカにおける最初の英語植民地は1587年に突然消滅してしまい、それ以来、「消えてしまった植民地」(Lost Colony) と呼ばれ、人々はその謎解きに挑戦してきた。ある者は、「植民者は原住民の中に入って行き、

彼らと融合した」と説き、またある者は「スペイン海軍に発見され、全員殺された」と主張し、またある者は「船を造って、大西洋に乗り出したが、溺れ死んだ」と言っている。しかし、確信を持って言えるのは、「100余名の英語を話す人間たちが1587年に北アメリカ大陸に消えた」ということだけである。彼らはアメリカのウィルダネスの中に行方も告げずに姿を消してしまった。しかし、ホーソン (Nathaniel Hawthorne) の短編小説「大望の客」("The Ambitious Guest") に登場する若者のように無名のまま北アメリカの大地に呑み込まれたのではない。「消えてしまった植民地」の住民全員を含む植民者の名簿が残されている。

　　総督補佐　　ロジャー・ベイリィ (Roger Baily) 以下8名
　　植民者　(男性) モーリス・アレン (Maurice Allen) 以下71名
　　　　　　(女性) ジョイス・アーチャード (Joyce Archard) 以下16名
　　　　　　(子供) トマス・アーチャード (Thomas Archard) 以下10名

III 『消えてしまった植民地』

(1) ノースカロライナとポール・グリーン

　ノースカロライナ州 (North Carolina) は独立当時の13州の一つで、アメリカ南東部に位置している。気候は日本の関東以西の本州と似ている。夏は相当に暑く、湿度も高い。冬はかなり寒く、雪も降る。州都はローリー (Raleigh) で、サー・ウォルター・ローリーから採られたものである。州名は「1619年に当時のイギリス国王チャールズ (ラテン名カルロス) 2世にちなんで命名された」。[15]

　『消えてしまった植民地』(*The Lost Colony*) の作者ポール・グリーン (Paul Green, 1894-1981) は、ノースカロライナ大学で「カロライナ演劇工房」(Carolina Playmakers) を創設したコッチ教授 (Professor Frederick Koch) の薫陶を受け、学生時代から劇の脚本を書いていた。1927年3月、グリーンは『アブラハムの胸に』(*In Abraham's Bosom*) でピューリツァー賞を受賞している。

(2) 『消えてしまった植民地』の誕生

　ノースカロライナ東部の住民はロアノーク植民地が「歴史家や一般の

アメリカ人に無視されていることに長い間欲求不満を感じていた」。[16] 彼らはロアノーク植民地を世間に知らせる何か良い方法はないかと思案した。彼らの頭に浮かんだのは、南ドイツのババリア州アルプス山麓にある村、オーバーアンマーガウ (Oberammergau) で17世紀以来10年ごとに上演される「キリストの受難劇」である。オーバーアンマーガウで上演されるキリスト受難劇は村民が自ら演じる野外劇である。ノースカロライナ東部の人々もロアノーク植民地の悲劇を野外劇にして、ロアノーク島で自ら演じる計画を立てた。劇の脚本はポール・グリーンが引き受け、「ロアノークの悲劇」を『消えてしまった植民地』(*The Lost Colony*) という劇に仕上げた。ノースカロライナ大学は照明の道具、演出家、幾人かの俳優を提供し、ロックフェラー財団は音響機器を引き受けた。一方、連邦政府はヴァージニア・デアの記念切手を発行して、プロジェクトに財政的援助をした。もちろん、劇の出演者の大部分は地元の住民である。「ロアノーク歴史協会」はロアノーク島の東北端、植民地があったと考えられる場所に屋外劇場を建設した。

『消えてしまった植民地』の初演は1937年7月4日 (独立記念日) で、約2500人がその劇を見た。週末の金、土、日の夜に上演され、それがレイバー・デー (9月の第1月曜日) まで続いた。8月18日 (ヴァージニア・デアの誕生日) には、ローズヴェルト大統領 (President Franklin Delano Roosevelt) がこの野外劇を見に首都ワシントンからわざわざやって来た。1937年初演以来、第二次世界大戦中の数年を除き、現在まで毎年夏に上演されている。

(3)『消えてしまった植民地』の概要

この劇は2幕12場から出来ている。第1幕第6場と第2幕第1場との間に休憩時間が入る。第1幕の舞台は、第2場を除いて、ロンドンである。第2幕は、第4場を除いて、ロアノーク島である。登場人物としては「歴史家」(Historian) が最初に登場する。16世紀の旧大陸と新大陸の情勢、すなわち、ロアノーク植民地建設に至る状況を観客に説明する。その後、時々出てきて観客に背景を説明する。「コーラス」(Chorus) も登場する。古代ギリシャ劇の「コロス」と同じように、背景で歌い、また

エリザベス朝の衣服をまとい、植民者たちの役割も果たす。主要な登場人物としては、ジョン・ホワイト総督 (Governor John White)、彼の娘エレナー・デア (Eleanor Dare)、その夫アナニア・デア (Ananias Dare)、ローリー卿、エリザベス一世、パイロットのフェルナンデス (Simon Fernandes)、マーチン師 (Reverend Martin)、農民出身で、デア隊長の死後植民者を指揮するボーデン隊長 (John Borden) などが登場する。

以下、劇の内容を簡単に紹介する。カッコ内の数字は Laurence G. Avery (ed.), *The Lost Colony: A Symphonic Drama of American History by Paul Green* (Chapel Hill: University of North Carolina Press, 2001) のページを示す。

第1幕第1場
　最初に「歴史家」が舞台に現れて、当時のスペインとイギリスとの関係、ロアノークに植民地を建設することに至った事情などを語る。
　「エリザベス女王の御世に、サー・ウォルター・ローリー、政治家であり、軍人、詩人、女王の寵臣であるローリー卿が、新大陸に恒久的なイギリス植民地を建設することを先頭に立って計画した」(34)。

第1幕第2場
　平和に暮らしているアメリカ原住民の前にアマダスとバーローが現われる。彼らはロアノーク島を探検し、原住民の若者、ワンチェスとメンテオをイギリスに連れて帰る。

第1幕第3場
　喜劇的なトムじいさん (Old Tom) がビールを盗み飲みして、旅籠の主人に棒で追い出される。

第1幕第4場
　ホワイト、彼の娘エレナー、彼女の婚約者のアナニア・デアがエリザベス女王と面会する。ホワイトはロアノーク島で描いたスケッチを女王に進呈する。そこへ、ローリーがアメリカ原住民の若者、ワンチェスとメンテオを連れて現われる。女王は新大陸で新たに探検

された土地を「ヴァージニア」と呼ぶことをローリーに認可する。しかし、ローリー自身が新大陸に行くことを女王は許さない。
「女王は何度も何度も私がこの企てのためにイギリスを離れることを拒否する。残念ながら、植民地建設の指揮を他の人間に任さなければならないのだ」(60)。

第 1 幕第 5 場
「歴史家」がレインのロアノーク島植民地建設 (1585-6 年) 失敗について語る。

第 1 幕第 6 場
新大陸に何度もパイロットとして行っているフェルナンデスが、新大陸に植民しようとしている男や女たちに、行かないほうがいいと忠告する。
「レインの屈強な 100 人の男たちでさえロアノークに植民地を建設出来なかったのだ。お前さんたち普通の女子供は一体どうなると思うかね」(67)
「この気違いじみた冒険に待っているのは死だけだ。あのおぞましい土地での死なのだ。エレナー・デアが自由とか、新しい国への希望だとか言うが、その国で諸君を待っているのは死の大王さ」(68)
「ローリー卿の名誉や名声のためなのだ。自分の名前を世界に広めたいって訳さ。お前さんたちのことなど少しも考えちゃいないよ」(69)
一方、ローリーは新大陸に出発する一団を以下のように励ます。
「危険も困難もあるでしょうが、…あなた方はきっとそれらを乗り越えます。私はそれを疑いません」(70-71)

休憩時間の後、トランペットの高らかな響きで観客が呼び戻され、第 2 幕が始まる。

第 2 幕第 1 場
先ず「歴史家」が現われて、植民者の一団を乗せた船が 1578 年 7 月 23 日にロアノーク島の沖に着いたことを観客に伝える。しかし、

イギリスから一緒に戻ってきたワンチェスはイギリス滞在中に彼の部族長ウィンギナ (Wingina) がレインの軍隊によって殺されていることを知り、植民者と敵対するようになる。
「白人の方々、ここから出て行って下さい」(85)
一方、パイロットのフェルナンデスは一行をチェサピークに連れて行くことを拒否する。その結果、植民者はロアノークで植民地を建設することになる。植民者全員が一致協力してローリー砦 (Fort Raleigh) を再建する。
「ローリー砦は栄えている恒久的な植民地であるように表面的には見えた」(90)

第2幕第2場
エレナーに子供が生まれることになり、女たちは幸福な気分でいる。
「男だといいわね」
「そうしたら、名前はウォルター・ローリー・デアになるかもね」
「ローリー卿は喜ばれることでしょうね。きっと誇りに思われますよ。イギリスにおられても」(91)
一方、男たちはイギリス人に敵対する原住民に悩まされる。イギリス人に友好的な原住民が忠告する。
「あなた方白人は単独行動が多すぎます。集団で行動しないと危険です」
「命令は出ているのだが、従わない連中がいる。ハウが釣りに行っている。警告したのだが」(96)
ジョージ・ハウが原住民に襲われたという知らせが入り、砦全体に緊張が走る。

第2幕第3場
エレナーに子供が生まれる。女の子なので、ヴァージニアと名付けられる。そして、マーチン師から洗礼を受ける。
「ヴァージニア、お前に洗礼を授ける。父と子と精霊の御名において。アーメン」(99)
植民地に幸せな気分が漂うが、現実は、越冬するための食糧、砦を

守るための武器が十分ではないので、援助を要請するために帰りの船に誰かが同乗してイギリスに戻り、ローリーに窮状を訴える必要があった。その役目を総督のホワイトが引き受けることになり、彼は留守中の指揮をデア隊長に任せる。
「イギリスに戻る時が来た。私は幸せな気分でこの立派に設立された植民地を後にする」(100)

第2幕第4場
場面は再びロンドンに戻る。ローリーは女王にロアノーク島救援のための船を出す許可を求める。女王はスペインのイギリス侵略に備えて、船を新大陸に送ることを許さない。
「お願いは一つだけです。ヴァージニアにある私の植民地をお救い下さい」
「そちをアメリカにやって、私にこの国を滅亡させろと言うのか」(103)
ホワイトとローリーは悲嘆にくれる。
「これであの植民地は終わりだ。消えるしかない」
「多くのものが消える。それで、イギリスが生き延びる」(105)

第2幕第5場
隊長のデアが原住民と戦って死ぬ。
「原住民は追い払ったが、損害も甚大だった」(108)

第2幕第6場
敵対的な原住民、援助船は現われない。植民者たちの生活は日々苦しくなる。ここから出て、新たに運命を切り開こうという考えが彼らの間に芽生え始める。
「恐らくは、この土地から離れよと命じる神の声かもしれない」(116)
「お救い下さい。お救い下さい。さもなければ、滅ぼしてください。神よ御慈悲を」(121)
援助船が来ない原因が分かりました。イギリスは現在スペインと戦争をしているのです」(124)
「ここにいれば、皆殺しにされる。出て行こう。出て行こう。出

行こう」(131)
「何世紀か後で、我々の名前が囁かれるかもしれない。我々をこの土地に来させた夢について語る人が出て来るかもしれない」(135)
最後に「歴史家」が登場して、この劇を締め括る。
「夜明け前の、寒い朝に、植民者たちは未知の広大な土地への行進を開始した」(136)

IV 結語

「消えてしまった植民地」の住民たちが何処に行き、どの様に死んだかについては、何の手掛かりも発見されていない。ノースカロライナに住むアメリカ原住民の幾つかの部族が、自分たちにはロアノーク植民地から来た白人の血が流れていると主張している。例えば、1701年に測量士のジョン・ローソン (John Lawson) はクロアタンを訪れたとき、原住民はローソンに「自分たちの祖先には白人がいて、あなたが書いているような文字を書いていた」[17]と語ったと伝えている。ともかくも、幾人かのロアノーク植民者は生き延び、イギリス人に友好的な原住民と融合した、と考えるのが妥当であろう。

ロアノーク島を離れ、原住民の住む広大なアメリカ大陸に入っていった100余名のイギリス人たちは、いわば、人種の融合が進んでいる現代アメリカ人の最初の祖先である。アメリカ人の原型と言える。故に、ジェイムズタウンではなくて、ロアノークこそ英語国アメリカの始まりである。

注
1) Stick, p. 247.
2) Stick, p. 17.
3) Morison, p. 73.
4) Morison, pp. 80-81.
5) Barefoot, p. 152.
6) Morison, p. 81.
7) Morison, p. 81.
8) Stick, p. 83.

9) Morison, p. 81.
10) Barefoot, p. 152.
11) Morison, p. 79.
12) Barefoot, 154.
13) Stick, p. 178.
14) Morison, p. 81.
15) 齋藤眞・ほか、p.365.
16) Avery, *The Lost Colony*, p.1.
17) Miller, p. 263.

参考文献

Avery, L. G. (ed.). *A Paul Green Reader*. Chapel Hill: University of North Carolina Press, 1998.

――. *A Southern Life: Letters of Paul Green 1916-1981*. Chapel Hill: University of North Carolina Press, 1994.

――. *The Lost Colony: A Symphonic Drama of American History by* Paul Green. Chapel Hill: University of North Carolina Press, 2001.

Barefoot, D. W.. *Touring the Backroads of North Carolina's Upper Coast*. Winston-Salem, NC: John Blair, 1995.

Donald, D. H.. *Look Homeward: A Life of Thomas Wolfe*. Boston: Little, Brown, 1987.

Esplin, Tracey. *Roanoke Colony: America's First Mystery*. Baltimore: Publish America, 2004.

Fritz, Jean. *The Lost Colony of Roanoke*. New York; G. P. Putnam's Sons, 2004.

Hawthorne, N., *Nathaniel Hawthorne: Tales and Sketches*. New York: Library of America, 1982.

Miller, Lee. *Roanoke: Solving the Mystery of the Lost Colony*. New York: Penguin Books, 2001.

Morison, S. E.. *The Oxford History of the American People, Volume One: Prehistory to 1789*. New York: A Meridian Book, 1994.

Stick, David. *Roanoke Island: The Beginnings of English America*. Chapel Hill: University of North Carolina Press, 1983.

Waldman, Milton. *Sir Walter Raleigh*. New York: Harper & Brothers Publishers, 1928.

Walser, Richard. *Literary North Carolina*. Raleigh: North Carolina Department of Cultural Resources, 1986.

Walser, Richard and Julia M. Street. *North Carolina Parade: Stories of History and People*. Chapel Hill: University of North Carolina Press, 1996.

齋藤眞・ほか編『アメリカを知る事典』(平凡社、1990)

野口健司

私のアメリカ文学研究

　田島さんとのお付き合いは長い。九州大学在任中は研究教育の同僚として、退官後は酒友としてお付き合いいただいた。よく、「業績をまとめて出版しなさいよ」と奨められた。「そのうちに」とか言って約束を果たさないまま、田島さんの退官記念論集出版の運びとなった。せめてもの罪滅ぼしに、私のアメリカ文学研究を振り返らせていただく。
　京都大学での指導教授が中西信太郎というシェイクスピア学者であったことと、文学研究の基本を学ぶにはやはりシェイクスピアだという考えから、学士論文 (1957) ではシェイクスピアの『リヤ王』を選んだ。当時のシェイクスピア研究では、ブラッドレーに代表される性格批評の伝統がまだ根強く残っていたが、それに批判的な歴史主義的批評やニュークリティシズム的批評も華やかであった。
　修士論文 (1960) では、アメリカ文学の最高傑作の一つといわれるメルヴィルの『白鯨』を選んだ。『リヤ王』のイメージ分析で体得したニュークリティシズム的手法で書いたこの論文は、翌年刊行の大阪府立大学紀要に "What Is Moby Dick?" と題して発表したが、1971 年版のノートン社の *Eight American Authors* のなかで、ナサリア・ライトによって "Moby Dick is ... the symbol of what men are living for to Kenji Noguchi." と紹介される光栄に浴した。
　私のアメリカ文学研究は、大きく、メルヴィルに関するもの、不条理文学に関するもの、一人称の語りに関するもの、の三つの分野に分けることができる。

メルヴィルでは『白鯨』の次に『ピエール』を論じた (1965)。『マーディ』、『白鯨』、『ピエール』を神の探求を主題とする三部作として捉え、その視点から『ピエール』を論じた。まず、『マーディ』では風刺という形で神への接近が試みられ、次に『白鯨』では狂的探求者エイハブが創造されるが、『ピエール』では神無き世界に神を求める人間の崩壊過程が描かれるとした。

1967年、「ベニト・セレノ」における恐怖の主題を論じた。この中編小説の題材は黒人奴隷の暴動であるが、その主題は暴動を描くことではなく、暴動によって引き起こされる恐怖を描くことにあるとし、その恐怖が描き出されてゆく技法と構成を分析した。この論文は『英語青年』(1968) の新英学時評で斎藤光氏の高い評価を得た。

その後1971年から1972年にかけて、文部省在外研究員として一年間留学した。最初の8ヶ月余りをイェール大学で、残りの期間をロンドン大学で研究した。イェール大学でピアソン教授の演習を聴講し、その時初めてヴォガネットの『屠殺場5号』を読んだ。この小説はトラルファマドール星人という架空の視点によって、ドレスデン空襲を戯画化したものであるが、読みながら、この作品の語り手と『白鯨』の語り手イシュメイルとの間に共通するものを感じた。帰国後、"*Slaughterhouse-Five* and Vonnegut's 'Genial, Desperado Philosophy'" (1975) を発表し、その共通するものを明らかにした。この陽気なならず者の哲学は、イシュメイルが危険極まりない捕鯨船上で、死の恐怖から逃れるために身に付ける哲学である。

ヴォネガットにメルヴィルを重ね合わせることは当然の帰結として、メルヴィルを不条理文学の視点から読み直すことになった。その結果が"The Ambiguity of Pierre in Relation to *Moby-Dick*" (1980) である。この論文ではピエールとエイハブが何れも捕捉できないものを捕捉することを運命的に強いられる探求者として措定されていることに着目し、『白鯨』ではその捕捉すべき対象として白鯨という虚構が導入されるために、エイハブという英雄像の形成が可能となるが、『ピエール』では捕捉可能という幻想性が物語の進行と共にはぎとられてゆくために、探求者としてのピエール像は崩壊せざるを得なくなるとした。これが私の白鯨論の

総決算ともいうべき主張であったが、学会の反応は無に等しいものであった。流行遅れの審美主義的解釈の残滓とみられたようだ。ただ、ケント・ステイト大学のサンフォード・マロヴィッツ氏の反応は好意的で、演習の教材として使っていただいたとの便りに接した。

メルヴィル論としては他に「メルヴィルにおける自然像の変貌」(1990) がある。作者によって描き出される自然像がタイピーの谷の理想境から、ガラパガス諸島を魔の島と観る『ピアザ物語』の暗部へと推移する過程を、メルヴィルの世界観の反映として跡付けた。

次に不条理文学について述べる。ベケットの『ゴドーを待ちながら』がパリで初演されたのは1953年である。すぐに日本でも評判になった。フランスの不条理演劇についてはその頃から惚れ込んでいた。そのなかでも特に好きなのがイヨネスコであった。その関連でオールビーには早くから関心があり、英文学会九州支部大会で、『ヴァージニア・ウルフなんか怖くない』について発表したのは、初演から5年後の1967年であった。

1984年に山口書店から刊行された『アメリカ文学の新展開・詩・劇・批評等』で、オールビーの章を担当し、イヨネスコと対比させながら、幻想は破壊されなければならないというオールビー劇の命題が、初期の作品から後期の作品に至るまでどのように展開されているかを概観し、前期の悲劇的作品から後期の挽歌的作品への転回を明らかにした。

私が不条理文学の分野に入れているヴォネガットを初めて読んだ経緯については既に述べた。昔から落語や駄洒落が好きであった私には、ヴォネガットのスラップスティック的語りにはまり込む素地は元々あったようだ。ヴォネガットについては、在外研究から帰国して一年半後の1974年の九州アメリカ文学会の例会で紹介的発表を行い、その後は講読用教科書として三点の短編選を編注した (1976, 1982, 1987)。わが国におけるヴォネガットの紹介では草分け的な役割を果たしたのではないかと自負している。

しかし、論文らしいものにまとめたのは、九州大学での最後の年の1995年であった。一つは "Vonnegut's Desperado Humor in *Slaughterhouse-Five*" で、もう一つは「Vonnegut の *Cat's Cradle* について」である。前

者では『屠殺場5号』の笑いの特質について述べた。この小説は既に述べたように、宇宙人という虚構の視点を導入することによってドレスデン空襲の恐怖を矮小化して戯画化したものであるが、たとえ虚構の上に築かれたものであっても、このような笑い無しには人類は生きる意欲を失ってしまう程、現代の状況は暗いという現実認識が、ヴォネガットの笑いの根幹にはあることを説いた。後者では、この小説は自嘲的な笑いと駄洒落に満ちた物語であるが、その笑いには人間の愚かさに対するヴォネガットの鋭い警告があると指摘した。

　一人称の語りのテーマは、『白鯨』の一人称の語り手イシュメイルからの自然な成り行きである。ヴォネガットの他に、文部省在外研究員として初めて読んだ作家に、マーガレット・ドラブルがあった。ドラブルはイギリスの現代作家であるが、1976年にその作品『碾臼』を、一人称の語り手「私」の告白体小説として論じ、その技法と主題を分析することにより、緻密な生のリアリティの構築過程を明らかにした。

　アメリカ文学の分野では、1983年に九州大学出版会から刊行された『現代の文学』で、「アメリカの小説と『私』」の章を執筆し、イシュメイルとハックを典型的なタイプとする一人称の語り手の「私」が、『ライ麦畑の捕手』と『グレイト・ギャッツビー』の場合にどのように展開しているかを、特にその機能的な面から論述した。

　以上見てきたように、私のアメリカ文学研究はメルヴィルを主軸とし、他の分野の研究はそれから派生したものといえる。審美的批評を基本とし、それに伝記的批評、歴史的批評による修正を加えて、作品を一個の完成した芸術作品として読むというところに、私の研究方法の特色があるかと思う。極めて個人的で趣味的な読み方である。ただその場合に、個人的な読み方に必然的に伴う偏見を、アカデミックな研究で是正し、できるだけ正しい読み方を目指すということを心掛けた。文学研究とは文学を読むための補助手段と考えている。

　ではなぜ文学を読むのか。それは生きていることの体験の拡大化、欲を云えば普遍化のためである。生きていることの体験の場としては日常の生活がある。しかし、それは時間的にも空間的にも、ごく限られた狭いものである。若い頃結核で延べ三年余りの療養生活を強いられ、主治

医に「あなたはひびの入った茶碗だ。大事に使えば長持ちするが、乱暴に使えばすぐに壊れる」と言われた私は、特にそのことを痛感した。人間とは何か。知的にも、感覚的にも、人生というものをもっともっと掴みたいという欲求を痛切に感じた。それが私の文学を読むことの原点であった。

　一昨年の春のことである。私はカリフォルニアの内陸部の町フレズノに出掛けた。フレズノには従兄弟が三人住んでいる。出掛ける前に田島さんから、「フレズノはサローヤンの町ですよ。お墓の写真ぐらいは撮って来て下さいよ」と頼まれた。面白いとは聞いていたが、サローヤンに余り馴染みがなかった私は早速『わが名はアラム』と『人間喜劇』を読んだ。二つの作品は何れもフレズノを舞台としている。私にとって従兄弟が住んでいる町に過ぎなかったフレズノは、忽ちアルメニア系移民の涙と笑いの町へと変容し、私のフレズノ旅行をより豊かなものにした。文学にはこのような力がある。

福留久大

ECONOMY の語義——経済と節約と天の摂理

薩摩育ちと大隅生まれ

　2002年の春、田島松二教授編集・発行の『英語史研究会報』第7号に「丸谷才一とジョンソン——フランクリンを挟んで」を寄稿した。丸谷才一氏と加島祥造氏の、ボズウェルとジョンソンに関する錯覚を主題とした。丸谷才一氏は、『日本文学史早わかり』(講談社文庫、1984年) の開巻劈頭に「『人間は道具を作る動物だ』といふのは、サミュエル・ジョンソンが引用したせいで有名になったフランクリンの台詞だ」と書いている。が、ボズウェル著『ジョンソンの生涯』(*Boswell's Life of Johnson*) のなかで、「フランクリン博士の、道具を作る動物という人間の定義など巧みなものだと思うのですがね」(I think Dr. Franklin's definition of Man a good one —"A tool-making animal") と引用しているのは、ボズウェルである。加島祥造氏は、『引用句辞典の話』(講談社学術文庫、1990年) で、「知識には二種類のものがある。一つは私自身がそれを知っている場合の知識だ。もうひとつは、自分の知らぬことを知るための方法についての知識だ」(Knowledge is of two kinds: we know a subject ourselves, or we know where we can find information upon it.) というジョンソンの言葉を、引用句辞典に依拠してジョンソン伝を書いたボズウェルの言葉と誤解して使用した経験を告白している。原典確認の必要を噛み締めていた2002年春のこの時期、自分の職業に関わるECONOMYについて、原典確認の必要を痛感させられる「衝撃」「事件」に遭遇するのだが、それは、後述に譲る。寄稿の際、田島氏は編集後記にこう過褒の辞を記して下さ

った。「今号には、経済学者の福留久大教授に特別寄稿をお願いしました。筆者と同じ鹿児島県出身で酒席を共にすることも多いのですが、そのような席でうかがう氏の『資本論』等の原典テキストに取り組まれる姿勢、正確な出典探索の姿勢は我々のフィロロジー研究と通じるものがあり、いつも啓発され、敬服させられています。」

田島氏が「いつも啓発され敬服させられて」と書いたのは、以下の如く過大表現である。1941年上海生まれの私は、大戦中に引き揚げ、薩摩半島側で小学・中学・高校に通った。1942年生まれの田島さんは、生まれも育ちも大隅半島の鹿屋市のはず。二人が出会ったのは、「かごんま会」と称する九大教養部の鹿児島県出身の教師の懇親会、そこから今に至るまで、置酒歓談の機会は数え切れないほどになった。だが、まず指導を仰いだのは、1983年、私の側だった。1979年春、『資本論』で、エドワード6世の1547年法令を論じた際に、逃亡労働者を逮捕して「額か頬に」(on the forehead or cheek) 烙印を押すという部分を、マルクスは正しく auf Stirn oder Backen とドイツ語訳したのに、エンゲルス監修の英訳版『資本論』が「額か背に」(on forehead or back) と誤訳して、日本版・中国版にも誤訳が及んでいることを「発見」した。その経緯を欧米にも知らせるため、拙い英語で 'How Marx Has Been Translated' (九州大学「経済学研究」48巻3・4号、1983年) を書いた。その謝辞欄に「今回の小文では田島松二氏 (九州大学教養部) が、校正刷を読んで多数の不適切な用語・文章を改善して下さった。適切なご教示に感謝いたします」と、記した通りである。

実質的付き合い開始のこの時以来、田島氏が基本的に教師役である。私は妙案と思われるものを田島氏にぶつけてみて、「面白い」と評価されると発表し、「いやぁ、そうは簡単に言えないでしょう」と首をひねられると、控えることになる。最近の例では、「薩摩に隠された可能性」が前者になる。薩摩の漢字を見ていては意味が取れない。「さ・つま」と音に注目して、「さ」は「小夜嵐」などの接頭語、「つま」は「着物の褄」や「切妻」のように「端っこ」の意味。大和辺りの政権から見て西の端っこがサツマ、東の端っこがアヅマ。田島さんの郷里の大隅は「端っこ」に隣接する「隅っこ」から生まれたのでは、という論理。「なる

ほど、目から鱗ですね」との田島判定に勇気を得て、鹿児島の「南日本新聞」に発表できた。逆に賛意を得られずに控えているのが「鹿児島弁における短呼」。鹿児島ではアイを短くエと呼ぶ。挨拶はエサッ、大概はテゲ、大根はデコン、大黒はデコッ、橙 (ダイダイ) はデデ、私の郷里の川内 (センダイ) はセンデという調子。韓国に渡ると、大統領だった金大中氏はキムデジュン、大概はテーゲ、態度はテード、現代はヒョンデ、対話はテファ、台風はテップン、部隊はブデ、市内はシネという具合。そういう事例を挙げて「田島さん、面白いと思いません？」と問いかけたが、「駄目ですねぇ」と一蹴されてしまった。

2005 年の春、そういう付き合いを重ねて、私が定年を迎える時期に、田島さんからお便りを頂いた。2006 年 3 月末日の九州大学定年退職を記念して『ことばの楽しみ——東西の文化を越えて』の刊行を企画され、「長年にわたりご厚誼を賜りました恩師、先輩、友人、知人 (一部教え子を含む) 30 人ほどの方にご寄稿いただいたものを一冊にまとめたい」ということで、私にも「ご寄稿をぜひお願いしたく存じます」とのお申し出である。30 人ほどの方の中で、文学畑以外の出身は、私一人とのことで、恐る恐るではあったが、寄稿応諾と返信した。田島先生の指導が得られるならば、ECONOMY が「経済」「節約」に加えて「天の摂理」を含意する事情について、再考察を試みたいと考えた。

馬場教授の論文と講演

東大経済学部で大内力先生は、1957 年 10 月から 79 年 3 月まで農業経済を基本に演習 (ゼミナール) を担当された。私は、教養学部から進学した 62 年 4 月からの学部生 2 年間と 69 年 3 月までの大学院生 5 年間をこの演習を中心に経済学の手ほどきを受けた。その縁で、大内先生をはじめとして、同門の先輩の方々から、著書・論文の恵送に与り得たのは、何にも増して有り難いことである。なかでも、馬場宏二氏からのそれは、神奈川大学時代に始まり、東京大学時代も大東文化大学への転任以後も、間断なく続いて、最初の「第一章、貿易」(楊井克巳編『世界経済論』1961 年、所収) から最新の「マーチン"変説"の探求」(大東文化大学「経済論集」第 85 号、2005 年 7 月) まで、積み上げると今や身の丈に迫

る勢いである。2002年春の「衝撃」「事件」の惹起も、馬場氏に頂いた論文「何を教えるか——経済学の場合」（大東文化大学紀要・第40号、2002年3月）に起因する。(この論文は、馬場宏二『マルクス経済学の活き方——批判と好奇心』御茶の水書房、2003年9月、103-128頁に収録されている)。

　ECONOMYが、ギリシャ語のオイコス＝家、ノモス＝法律・規範の合成語オイコノモス＝管理人から転じたオイコノミア＝「管理」「家政」を語源として、「経済」と「節約」の語義を持つことは私にも既知であり、学生に教えもした。しかし「経済」と「節約」の俗臭紛々の語義の外に、「天の摂理」「神の配剤」という天上界の概念が含まれているとは、寸毫も思い及ばなかった。その吃驚の事実をこの論文に教えられたのである。尤も、馬場氏自身も、自力で発掘したわけではない。「佐々木純枝氏が、日常使う小さな辞書にも『有機的統一、摂理』などの意味が出ているのにこれに注目する人は少ないと述べているのを見て、ホントカイナと改めて手許の『新ポケット英和辞書』を見たら、1節約、2経済・理財、3天の配剤・摂理、4自然界の理法・組織・有機体・組織体と出ている」と記している通り、佐々木純枝『モラル・フィロソフィの系譜学』（勁草書房、1993年）で知った訳である。それでもそういう書物にまで及ぶ読書力の強さは、賞讃に値するだろう。

　この馬場氏の教示に接して、自らの学問の至らなさを思う心は切実になった。経済と節約と天の摂理の関連を解き明かしたい思いに駆られた。だが、我が家の英和辞典類を眺めているだけでは解答は得られそうもない。主題から逸れる面もあって、馬場論文でもその点には考察が及んでいなかった。その後、馬場教授は、2004年1月に、大東文化大学退職記念に「経済という言葉」を講演され、旺盛な好奇心と豊富な人脈を利して「経済」や 'ECONOMY' について、実に多数の新知見を披露された。例えば、と言って紹介を始めると、たちまち紙幅が尽きるほど興味に富む講演なので、ぎりぎりの所、心底首肯しうる二点に絞ることにする。(この講演は、馬場宏二『もう一つの経済学——批判と好奇心』御茶の水書房、2005年7月、39-73頁に収録されている)。

　第一の首肯点。大東文化大学中国文学科の大橋由治教授に「経と済は

同義で、同義文字を重ねて熟語にするのは晋代 (4世紀) から行われるようになった」と知らされて、「これにはアッと言いました。これまで済民で (民を) 救うの意味しか考えていなかった。サイの音を通じて考えればこの文字もトトノエルに通じそうです」という点。この点については、私自身も四半世紀ぶりに得心の思いを抱き得た。1970年に九大教養部に「経済学」担当講師として赴任して以来、「経済」をどう説明するか、悩みの種だった。あれこれ探索していて、雑誌「経済セミナー」1972年1月号 68-69頁に藤堂明保氏「『経済』ということば」を見出した。黄河が増水するときその半分を引き受けて水量の過不足を調節する済水 (せいすい) という支流がある。その流域に「済寧」「臨済」「済南」という都市が存在する。このように「済」は、「でこぼこなしにそろう」「過不足無くそろえる」ことを意味する。「経は『たていと』のこと」「たてにすじを通すことである」。「だから経世済民といえば、世の中の流通をよくして太いすじを通し、人民の生活や環境のでこぼこをなくすることである」。こうして物資や金の偏在をなくすること、工業と農業のでこぼこをなくし、過疎・過密という奇怪なアンバランスをときほぐすことこそ「経済」の本旨である——これが藤堂説である。済民の「済」を「救う」の意味でしか考えていなかった私には、藤堂先生の説明は牽強付会としか思えず、馬場経由で大橋見解に接するまで (記憶から抜け落ちたままで) 受け入れられなかったのである。

　第二の首肯点。講演のオチの馬場見解。「研究と言うものは疑問の連続です。一つ解決した時には大抵、続く疑問が、どうかすればもっと多数出てきます。それが学問の本質なのだろうと思います」。「『近思録』にいわく、学者先要会疑、学ぶ者はまず疑問を抱かねばならない」。正にこの結びの言葉の通り、馬場さんという大先達の名論卓説は、多くのことを教示しながらも、なお私など凡庸の徒にも疑問を差し挟む余地を残しているのである。

馬場教授への疑問提起

　結局の所では一つに合流する疑問だが、さしあたり入口を別にして数えると、二つの点を挙げ得る。疑問点の第一。馬場教授のECONOMY

探索において、促迫要因となったはずの「神の摂理」の含意の経緯が、何故明らかにされなかったかということである。馬場講演における「神の摂理」の追跡過程は、次の通りである。「OEDには、『神の摂理』の部分が詳しく書いてあって、まず神学用語とあり『神の統治』と出てくる」。「ここで想像力を働かせると、これがウルガタ→ローマンカトリックの用語ではないか？となる」。「そうならこの語義は英語よりフランス語のéconomieやイタリア語のeconomìaの方が大きいはずです。しかし手元の辞書ではそうはならない」。伊和辞典や仏和辞典では、「神学用語の意味がかなり軽い」か、「神様などおよそお出ましにならない」という状態である。「となると、英語のeconomyにある『神の摂理』はカトリック由来ではなく、英国国教会の筋かも知れない。ですがこれは『キリスト教大事典』の類を引いた程度では全く判らない」。という具合に、判断保留である。この探索過程では、後述もするようにOEDの最初に出てくる語義、management「管理」と神学用語としてのthe divine government「神の統治」とについて、「管理」と「統治」の行為内容には同根・共通部分が濃く含まれる点に注目されるべきではなかったか。

　疑問点の第二。「経済の意味は、モノカネ・損得・遣り繰りの世界」、「モノは商品、カネは貨幣と言い換えられるし、この部分はその方がよい」。こういう馬場教授の経済のとらえ方が二重の意味で狭きに過ぎるのではないか。一つには、市場経済に限定した把握になっていて、非市場経済は射程に入っていない。例えば、昔も今も家庭では損得勘定よりは相互扶助が支配的で、親が子に衣食を与えてカネを取ることは無い。二つには、商品や貨幣という市場の流通形態を基本にしたために、土地・自然に労働を加え生活資料や生産手段というモノを生産する過程、経済の実体的関係が脇に押しやられてしまう。市場経済の形態的側面に絞って経済を理解していることに、馬場さんが気づいていないわけではない。むしろ意図的にそうしていると言うべきだろう。その意図とは、経済にしろ、ECONOMYにしろ、「語源と現在の意味」が大きく「違う」こと、その間に「語義の屈折」が生じて「話の筋が相当ウネること」を鮮明に打ち出す所にあった。馬場講演に基づいて例示する。〈経済〉の語源は経世済民で「政治」だ。では政治はモノカネ損得やりくりです

か？　明らかに違います。政治は人と人との直接的な関係。ところが我々の「経済」は人と人との間に商品か貨幣つまり物化された疎外態が必ず入る。どちらも人間社会の現象ですから、政治と経済で相互に影響しあうことはいくらでもあるし、重なる部分もある。しかし基本的には別の現象です〉。〈同じことがオイコノモスと ECONOMY との間に関しても言える。ECONOMY をさしあたり、今のモノカネ損得やりくり経済と解しておきますと、これは家政とは明らかに違います。家政にはモノの消費やヒトの割り付けといった「経済」に関わる要素がありますが、基本的には一家の統治でしょう。その点で経世済民→経済と同様な語義の屈折を考えなくてはならない〉。このように「語源と現在の意味」の相違点を強調して共通点は捨象する、「語源」は政治や統治に絞り込んで「現在の意味」は市場経済の形態的側面に引き寄せる、そういう操作が施されている。

　「結局の所では一つに合流する疑問」と前述したのは、相違点を際だたせるのではなく、逆に共通部分にこそ着目すべきではないかということである。語源から現在の意味へ屈折したりうねったりすると言うより、語源においては政治と経済を包括していたのが、現在の意味においては各々政治と経済に分化・独立の傾向を示すと理解するのが、事柄の真相に近いだろう。この点で参考になる事例は、ルソー『政治経済論』である。馬場講演では、「J. J. ルソーは、かの『大百科全書』に政治経済 (Économie Politique) の項を執筆しているが、これは全く政府の本質・目的・職能を論じたものである」と、「政治」に引き寄せた性格規定がなされている。だが実際には、次の引用に明らかなように「財貨の獲得」や「財貨の節約」に触れつつ「経済という言葉」を話題とする部分もあって、政治と経済を包括した書物という性格規定も可能なのである。「彼らはその節約によって、我々が彼らの全ての財宝を用いて為し得るよりより以上を成し遂げた。おそらく経済という言葉の通俗の意味はここに由来するのであろう。それは人が所有しない物を獲得する方法よりも、むしろ人が所有する物の賢明な管理を意味している」(ルソー著、河野健二訳『政治経済論』岩波文庫、48 頁)。

「摂理」への論理過程

　2003年の春、私は、馬場論文の「衝撃」に対応してECONOMYに「天の摂理」が含意される経緯の探索を試みた。「語源」と「現在の意味」との共通点に着目して、「天の摂理」との繋がりを追う方法を採った。依拠したのは、六本松分館の書庫に所蔵されているOEDの初版。*A New English Dictionary On Historical Principles*; Volume III: Oxford: Clarendon Press, 1897 に ECONOMY が含まれている。語源が説明され、語義と用例が I (1.a.b.c.d., 2.a.b., 3, 4.a.b.c.), II (5.a.b.), III (6.a.b.), IV (7.a.b., 8.a.b.c.d.) という具合に、四大分類、八中分類、二十小分類に分けて示される。I (1,2,3,4.), II (5.), III (6.) という六中分類まで進むと、「天の摂理」との繋がりが浮上してくる。

　I. Management of a house; management generally. 1. The art or science of managing a household, *esp*. with regard to household expenses. 2.In a wider sense: The administration of the concerns and resources of any community or establishment with a view to orderly conduct and productiveness; the art or science of such administration. 3. Political Economy: originally the art or practical science of managing the resources of a nation so as to increase its material prosperity; in more recent use, the theoretical science dealing with the laws that regulate the production and distribution of wealth. 4. Careful management of resources, so as to make them go as far as possible. With reference to money and material wealth: Frugality, thrift, saving. Sometimes euphemistically for: Parsimony, niggardliness. With reference to immaterial things, as time, personal ability, labour, etc.

　「I. 一家の管理運営、管理運営一般。1. 家庭の、特に家庭の経費支出の管理運営のための術ないし学。2. 広義において、整然たる業務処理と多産多作を目指して、ある社会ないし組織の事業と財産を管理運営すること、その種の管理運営のための術ないし学。3. 経済学：元来は、物質的繁栄の増大のために一国の資源を管理運営する術ないし実践的学問。近来の用法では、富の生産と流通を規制する諸法則を研究対象とする理論的学問。4. 可能な限り効果が高まるように資財を注意深く管理運営すること。貨幣と物質的富に関連して：倹約、節約、省力。

時に、吝嗇・けちの婉曲表現。時間・人的能力・労働などの非物質的事項に関連しても用いられる。」

この語義Ⅰの基本は、ギリシャ語語源と共通の管理運営である。1は、家庭の、あるいは一般的管理運営＝「家政」、2は、社会・組織、事業と財産の管理運営＝「経済」、3は、資源や富の管理運営を対象とする学問＝「経済学」、4は、最高級の管理運営の成果としての「節約」、その対象が物質から精神に及ぶ。ここまで来ると、語義Ⅱ5の「天の摂理」、Ⅲ6の「教理の賢明な扱い」まで、後一歩の距離しかない。

Ⅱ. 5. *Theol.* The method of the divine government of the world, or of a specific department or portion of that government. A 'dispensation', a method or system of the divine government suited to the needs of a particular nation or period of time, as the *Mosaic, Jewish, Christian economy.*
Ⅲ. 6. *Theol.* The judicious handling of doctrine, i.e. the presentation of it in such a manner as to suit the needs or to conciliate the prejudices of the persons addressed. This sense has been (by misapprehension or word-play) often treated as an application of 4. Hence the phrase *economy* (as if 'cautious or sparing use') *of truth.*
「Ⅱ. 5. 神学用語。世界全体ないし特定部門の神による統治の方法、あるいはその統治の一部分。神の定め・摂理・経綸、モーゼの・ユダヤの・キリストの経綸というような特定の国または時代の必要に適した神の統治の方法・方式。」
「Ⅲ. 6. 神学用語。教理の賢明な扱い、換言すれば、聴く人々の欲求に適した方法で、あるいはその人々の偏見を和らげるような方法で教理を説くこと。この意味では (誤解または言葉遊びから) しばしば4の語義の応用として扱われる。ここから (慎重あるいは控えめな使用という意味で) 〈真実をありのままに言わないこと〉という表現が生まれた。」

OEDの説明は、結局こうなる。経済は管理運営を基本としており、経

済学は富の生産と流通との管理運営を規制する法則を研究対象とする。管理運営の効率化によって節約が実現し、管理運営の精緻化と全宇宙化の極点に「天の摂理」が登場する。そこから、天の業を実現すべき使命を帯びた使徒たちの地上の仕事の管理運営、その中核にある「教理の賢明な扱い」が派生する。こうして管理運営という行為内容の共通性を軸にして、「経済」と「節約」と「天の摂理」の間に論理的繋がりを見いだせるのである。この試案を記した拙稿「政治経済学の役立ち方」(九州大学「経済学研究」別冊第9号、2003年4月) を田島先生に提示して、嬉しいことに「明解です」と賛意を得ることが出来た。

「摂理」への歴史過程

2005年の春、田島さんの誘いを受けたとき、「経済」と「節約」と「天の摂理」との間の論理的関係は理解し得たとしても、「天の摂理」がどういう場面で用いられてきたのか、どういう経緯で英語に導入されたのか、そういう歴史的事情には全く暗いままだった。田島さんの指導を得て、その辺に照明を当ててみたい、応諾の背景にはそういう思いがあった。今顧みて、その思いは幾分か果たせたようである。何よりも九州大学で恵まれた人の縁のお陰である。

一人は、言うまでもなく、田島松二教授である。2005年8月5日、ECONOMYの解明の次の段階への突破口として、語義Ⅱ5, Ⅲ6の用例の原典に当たりたいと、田島研究室を訪ねた。語義Ⅲ6にある Newman's history of the Arians (1833) contained a section on the use of 'the Economy' by the Fathers. 「ニューマンのアレイオス派の歴史 (1833年) は、教父による Economy の使用を論じた一節を含んでいた」という一文に着目して、「この人は重要人物ですから、この書物は九大にありますよ、きっと」と、田島さんは机上のパソコンで検索を始めた。間もなく「六本松の図書館にもありました」と、検索番号のメモが差し出された。即刻図書館に駆け込むと、*The Arians of the Fourth Century*, by John Henry Cardinal Newman の2001年刊の新版が書架にある。素人の悲しさ、古代の一教団の歴史を論じた170年前の書物が、目と鼻の先にあるとは、思いもしなかった。田島さんの勘の冴えに、流石は専門家と感服して、翌

日からの英国旅行に「教父による Economy の使用を論じた一節」の複写を携行した。

オックスフォードやロンドンの宿で読んだ『4世紀のアレイオス派の歴史』は、素人の手に余る難書だった。が、聖パウロを巡る次の二つの引用文は、ECONOMY を (1) が「天の摂理」、(2) が「教理の賢明な扱い」の意味で使う例であると、覚束ないながらも読み取れた。

(1) Further light will be thrown upon the doctrine of the Economy, by considering it as exemplified in the dealings of Providence towards man. The word occurs in St. Paul's Epistle to the Ephesians, where it is used for that series of Divine appointments viewed as a whole, by which the Gospel is introduced and realized among mankind, being translated in our version 'dispensation.' (p. 74)

「天の摂理 (Economy) を、経綸 (Providence) の人間に対する扱いに示されていると考えることによって、その教えは一層明瞭になるであろう。この言葉は、聖パウロのエフェソ人への手紙に登場し、一連の神の約束の全体を表示するために用いられ、それを通じて福音の教えが人類にもたらされ実現をみるのである。ということで、我々の書物では economy は dispensation と翻訳される。」

(2) The Economy is certainly sanctioned by St. Paul in his own conduct. To the Jews he became as a Jew, and as without the Law to the heathen.." (p. 65).

「教理の賢明な扱い (Economy) は確かに聖パウロによって是とされ実践に移されている。ユダヤ教徒に対してはユダヤ教徒として振る舞い、異教徒に対してはモーゼの律法に触れずに説教した。」

他の一人は、文学部哲学科の谷隆一郎教授。定年に伴い退任する九州大学出版会理事長職を引き継いで下さり、英国から帰った翌々日、8月17日に谷研究室で引き継ぎの協議を行う。協議を終えて、この教父論の専門家に、上記の書物を示して「英語の ECONOMY に天の摂理の意味

が含まれているらしいのですが―」と語りかけた。間髪を容れず「そうなんです。経済学の方々に知って欲しいと何時も思っていました」との返事。2-8 世紀の教父時代を論ずる人々にとってギリシャ語 οἰκονομία (英語 economy) が「天の摂理」を意味することは、常識に属するらしい。頂いた谷隆一郎『東方教父における超越と自己――ニュッサのグレゴリオスを中心として―― 』(創文社、2000 年) に基づいて、私はそう判断した。

　谷氏によるオイコノミアの用例を上掲書から一つ、『キリスト教辞典』(岩波書店、2002 年) から一つ引用してみる。〈われわれのうちなる「神の働き・現存」とは、オイコノミア (οἰκονομία) という言葉によっても指し示される。それは通常、「摂理」「経綸」などと訳されるが、より広くは神性、存在の働きが人間と歴史とのうちに宿り来たった姿を言い当てる言葉であった (119-20 頁) 〉。〈摂理［英］providence.「経綸」とも訳される。摂理論は、教父神学からテオロギアとオイコノミアとの対概念としても語られた。教父にあって、不可知なる神の実体・本質、神の内なる三位一体等々を語る狭義のテオロギアに対して、オイコノミアはむしろ、被造世界との神の関わり、すなわち世界創造、人間の救いや神化、エクレシア (神性の全一的な交わり、教会) といった事柄を主題とする (679 頁) 〉。

　同僚の支援に依って ECONOMY に「天の摂理」が含意される歴史的経緯が相当に明らかになってくる。田島さんの示唆で OED の 2 版を見ると、ECONOMY の語源部分に「οἰκονομία のキリスト教ラテン語公認訳語は dispensatio で、ここから神学用語として economy と dispensation は互換的に使用されることになる」と書き加えられていた。この背後に、教父時代のオイコノミアが英語に移されるとニューマン流に economy の形になり、意味は dispensation (摂理・経綸) を含有する流れが読み取れる。この線は、辞典類には明瞭に採用されている。簡単明瞭の極地は、『学術用語集・キリスト教学編』(文部省、1972 年) で、economy of redemption に「贖いの経りん」、economy of salvation に「救いの経りん」の訳語を与えている (148 頁)。より詳しいのは『新カトリック大事典』I (研究社、1996 年) の「オイコノミア oikonomia, (英) economy」(P. ネメシ

ュギ筆)の項で、「古代キリスト教において、御子イエスの受肉と死と復活を通して神が実現する救いの営みを表す言葉」だった、「神の恩恵によるすべての働き」「旧約時代のすべての出来事をイエスによる新約へと方向づけた神の配慮」「教会を通じ各人にもたらされるキリストの救い」などもオイコノミアと呼ばれた、その外に古代教会で「手段を目的に合わせて巧みに用いること」「特別な状況に応じて譲歩すること」という意味でも用いられた、との説明がなされている (883 頁)。日本語文献の説明と並行して、*Encyclopedic Dictionary of Religion* (1979) や *New Catholic Encyclopedia* (2003) などの 〈ECONOMY, DIVINE〉の項にも、類似の説明を見出すことが出来る。

英語の世界で、オイコノミアが economy の形になり「天の摂理」の意味を含有する動きがいつ頃生まれたのか。(1) 田島研究室で参看した *Middle English Dictionary* (The University of Michigan Press) の iconomie の項には 'The management of economic affairs, housekeeping'「経済的事項の管理運営、家政」の意味しか無い。語義と用例の蒐集に精査を重ねた中世英語辞典において「天の摂理」の姿は見当らないのである。(2) OED の用例を見ると、「天の摂理」の意味では 1660 年、1664 年、1698 年の文献、「教理の賢明な扱い」の意味では、1796 年 Burke に次いで 1833 年 Newman が挙げられている。(3) 1760 年刊行のジョンソンの辞書 *A Dictionary of the English Language* は、ECONOMY の語義として 1. The management of a family; the government of a household. 2. Frugality; discretion of expence; laudable parsimony. 3. Disposition of things; regulation. 4. The disposition or arrangement of any work. 5. System of motion; distribution of every thing active or passive to its proper place. を挙げた。注目点は 3.「事物の配置、規制」という語義で、付されている次の用例から判断すると「天の摂理」の意味で用いられている。"All the divine and infinitely wise ways of economy that God could use towards a rational creature, oblige mankind to that course of living which is most agreeable to our nature. *Hamm.*"「神が分別ある生き物に用いる天の摂理の完全にして無限に賢明な諸方策は、人類にその本質に適合した生活軌道を義務づけるのである。*Hamm.*」。田島さんが *The Cambridge Guide to Literature in English* (edited by Ian Ousby,

1988) を引いて、*Hamm.* について、Henry Hammond (1605-60)、英国国教会の牧師で「英国聖書研究の父」と称された人物、と突き止めて下さった。(1) (2) (3) を組み合わせてみると、ECONOMY に「天の摂理」が含意されるのは、17 世紀以降のことで、聖書研究書を主源とする―と結論できそうである。

　以上、ジョンソンに始まりジョンソンに終わる ECONOMY 逍遥の報告です。おずおずと田島先生に提出して、不安の心地で合否の判定を待つことに致します。(2005・9・29)

塚崎 香織

英語教育と多読指導雑感

1. はじめに

　近年、インターネットの普及により、情報を求めて海外のホームページを読んだり、海外に向けEメールを発信するなど、日常の生活において、英語を読み書きする機会は増えつつある。日常的に英語にふれることの少ない日本人には、英語の読書をとおして英語力を養成することが期待されている。例えば、斎藤 (2003, p. 88) は、新渡戸稲造、斎藤秀三郎、岩崎民平のような英語達人たちは、修行時代に必ず大量の英書を読んでいると指摘した上で、一般の英語学習者にとっても、英語の読書をたくさん行うことは英語が上達するための条件である、と述べている。小論では、日本人がコミュニケーションの手段として英語を読むことができるようになるために、日本の英語教育に多読指導を取り入れる意義と多読指導に関わる要素 (学習者の動機づけと母語による読書) について考えてみたいと思う。

2. 多読指導と日本の英語教育

　海外の ESL (第二言語としての英語) や EFL (外国語としての英語) の教育現場においては、"We learn to read by reading a lot ..." という Grabe (1994, p. 44) の言葉に表されているように、目標言語である英語をたくさん読ませることによって学習者に英語を読む力を身につけさせるという、多読による読解指導が行われている。これは、目標言語で書かれた読み物を大量に読ませること、即ち、目標言語のインプットを大量に与

えることが学習者の言語能力の発達につながるという仮説に基づいている。

多読とは、テクストの内容に焦点を当てた、知識・情報の入手や、楽しみを目的とする読みである。テクストの言語的な理解を目的として、テクストの言語そのものに焦点を当てた読みである精読とは異なる。多読では、速い速度でテクストを読み、大まかな内容を理解することを求め、一方、精読では、ゆっくりとテクストを読み、内容の完全な理解を求める。多読に関する海外の実証的研究では、読解力に加えて語彙力、作文力などの言語能力にプラスの効果をもたらすとともに、動機づけを高めることなど、言語学習における様々な効果が報告されている。

日本のこれまでの英語教育においては、精読による読解指導が主流であり、新聞や小説を読む時に私たちが母語で日常的に行っている読み方である多読は、ほとんど指導されてこなかった。例えば、金谷ら (2004, p. 14) によると、高等学校の英語 I・II でふれる英語の量の合計は、「多くてもペーパーバック 60 ページほど」ということである。このような練習量では、日本の英語学習者が学校教育を離れた後で、コミュニケーションの手段として英語を用いて、インターネットなどを通じて独自に情報収集を行ったり、文学作品を英語で読んだりするのに十分な読解力をつけることはできない。従って、高等学校や大学などの英語教育において多読指導を取り入れることは、目標言語のインプットを大量に与える手段として有益であると思われる。

3. 多読指導に関わる要素

ここでは、多読指導に関わる要素の中でも、学習者の動機づけと母語による読書について考えてみたい。まず、Nuttall (1996, p. 127) は、「上手な読み手の好循環」と「下手な読み手の悪循環」の説明において、「読みを楽しむこと」「読む速度」「読む量」「読解力」の関連性を指摘している。上手な読み手の場合は、読むことを楽しみ、速い速度で多くの量を読むので、よりよく理解できるようになるという好循環が起こる。一方、下手な読み手の場合は、理解できないためにゆっくりと読み、読むことが楽しくないのであまり量を読まないことになる。つまり、練習量

が足りないので読むのが上手にならないという悪循環が起こる。このように、学習者が読むことを楽しむかどうかということは読解力向上の一つの要件であると考えられ、効果的な読解指導を行うためには見逃してはならない重要な点である。ほとんどの日本の英語学習者は成績のために勉強するというような外発的な動機づけを持って英語を読む。しかし、多読をとおして英語を読むことが楽しいと感じることができれば、それがきっかけとなって将来内発的な動機づけが育つ可能性があるのではないだろうか。内発的に動機づけがなされた学習者は外発的に動機づけなされた学習者と比べて、テキストを表面的ではなく概念的に理解できるということがわかっている (Shiefele 1996, p. 4)。さらに、Brown (2000, p. 165) は、内発的動機づけの方が、外発的動機づけよりも、より強力であると述べている。従って、より高い学習効果を求めるのであれば、学習者が内発的動機づけを持つことができるような環境を作ることが求められている。

次に、Day and Bamford (1998, p. 23) は、第二言語を読む態度に影響を与える要素のひとつに、母語による読書を挙げている。日本の場合、日本語の読書に対する意識は、幼少期における家庭での絵本の読み聞かせや小学校からの国語教育で形成されると考えられる。『教育委員会月報』(2003, p. 2) によると、2002年5月に小学生から高校生を対象に社団法人学校図書館協議会により行われた一ケ月の平均読書量の調査で、中学校以降極端に読書量が減少していることが明らかになっている。現在、日本の国語教育においては、小学生から高校生までの読書量を増やすための取り組みが、「朝の読書」という形で行われている。『読書世論調査2004年版』(pp. 66-67) によると、朝の読書とは、「毎朝、始業前の10分間、教師と生徒がそれぞれ好きな本を読むというもの」で、2003年11月現在、実施している学校は全国で合計14,900校 (小学校9,790校、中学校4,160校、高校950校) に及んでいるという。また、「2003年5月1カ月間に読んだ書籍 (教科書、マンガ、雑誌などを除く) の平均冊数は、小学生 (4～6年) は8.0冊で、前回 (2002年) より0.5冊増え、(略) 中学生は前回より0.3冊増えて2.8冊になったが、高校生は0.2減って1.3冊にとどまっている」という。そして、この小学生の読書量増大の原因

の一つに朝の読書の成功が考えられるということである。さらに、先の『教育委員会月報』(pp. 2-4, 59-72) によると、「子どもの読書活動の推進に関する法律 (平成13年法律第154号)」が施行されたことに伴い、「子どもの読書活動の推進に関する基本的な計画」が策定され、子どもの読書活動を支援するための環境が整いつつあるようである。従って、今後も日本語による読書を推進するような取り組みが続けられ、子どもの中に積極的に本を読む姿勢を育てることができれば、外国語である英語の読書についても抵抗感が薄れていくのではないかと期待される。

4. おわりに

　日本においては、多読に関する実証的研究は多くない。中学生や高校生を対象とした研究に比べて、大学生を対象とした研究は特に少ない状況である。ここ1、2年、多読を勧める本が数冊出版され、高校生、高等専門学校生、大学生、社会人を対象にした多読指導の実践例が報告されるようになっている。しかし、多読指導の方法を紹介することが中心で、多読の効果についての客観的なデータを提示しているものはない。今後の課題は、多読が学習者の読解力や動機づけにプラスの効果があることを実証することであろう。筆者も、近い将来そのようなデータを示すべく準備中である。

参考文献

Brown, H. D. 2000. *Principles of Language Learning and Teaching*. 4th ed. White Plains, NY: Longman.

Day, R. R. and J. Bamford. 1998. *Extensive Reading in the Second Language Classroom*. New York, NY: Cambridge.

Grabe, W. 1994. "Dilemmas for the development of second language reading abilities". *Prospect* 10 (2), 38-51.

Nuttall, C. 1996. *Teaching Reading Skills in a Foreign Language*. 2nd ed. Oxford: Heinemann.

Schiefele, U. 1996. "Topic interest, text representation, and quality of experience". *Contemporary Educational Psychology* 21, 3-18.

金谷憲・高知県高校授業研究プロジェクト・チーム. 2004.『和訳先渡し授業の試み』三省堂.

『教育委員会月報』2003年3月号臨時増刊. 文部科学省初等中等教育局初等中等教育

企画課.
斎藤兆史. 2003.『英語達人塾』中央公論新社.
『読書世論調査 2004 年版』毎日新聞社.

笠井　勝子

ルイス・キャロルのローマンスメント

　ロンドンの北北西 30 キロにあるセント・オーバンズはブリテン島で最初の殉教者を出した町です。ネロの時代には自由都市で、キリスト教を弾圧するローマを逃れて当時のウェルラミウムに辿り着いた修道僧を、この町の長老オルバヌスが家に匿い、それと分かる長老用のマントを着せて逃してやりました。お陰で僧は逃げおおせます。しかしオルバヌスの方は逃がしたかどで捉えられ、293 年にホルムハーストの丘で処刑されました。裁判を受けているのでローマの市民権をもっていたのだろうといわれています。丘の上には 500 年後にこの殉教者を記念してベネディクト派の修道院が建ち、後のアビィ・チャーチ、現在の大聖堂の前身となりました。丘から下って草地がやや小高くなったところに柵で囲んだローマン・ウォール の遺跡が残っています。フリントの石を積み上げた石垣で隙間をセメントで固めているので、ローマン・セメントといえましょう。しかしセメントの種類としてのローマンセメント[1]はようやく 18 世紀末になって生まれています。「セメント・コンクリートの歴史」[2]によれば、ローマンセメントは 1796 年に英国のジェームズ・パーカーが作った水硬性セメントを指して、テムズ川底のトンネル工事などに広く使われた、とあります。ローマンセメントの名前はイタリア産の褐赤ポゾラン (凝灰岩の分解物) に似ていたことに由来するそうです。このローマンセメントに改良を重ねてポートランドセメントが生まれ、1851 年のロンドン博覧会でその品質の優秀性が立証されたということです。好奇心旺盛なルイス・キャロルがこの博覧会を見て故郷の姉に長い

手紙を書いています。

　博覧会の5年後、1856年に24歳のキャロルは 'Novelty and Romancement' を『トレイン』誌に寄稿しました。「ローマンス」というものに夢中になりたい青年の「わたし」が、ひとり熱狂し苦悶するありさまを「荘重に」語っていく短編です。終わりには、ローマンスメント (Romancement) が実はローマン・セメント (Roman cement) の見間違えという、「わたし」には驚愕の発見が待っていました。「そこには恐るべき間隙がNとCとの間で口を広げて欠伸をしている。一語ではなく、二語だったのだ」。[3]

　夢多き余り拍子抜けを起こすこの青年は、ある時、ゴールドスミスの『廃村』(The Deserted Village) の一節を試みて、老いた乞食を「わたしの炉端に座り、夜を徹して語り明かそう」と招き入れます。[4] 結果は「確かに、彼はなに一つおもしろいことを話さず、夜が明けると玄関の間の大時計を持ち去っていた」のでした。しかしそのような「わたし」に、「ローマンスメント」のなかの「おじ」は、「自分もその場にいたらよかった」と語って理解を示してくれます。

　キャロルがこの短編を書いた19世紀の半ばに、ゴールドスミスの詩『廃村』は広く読まれていたそうです。緑豊かな幸せの田舎の村から突然村人が追い出され、土を耕す人もなく、歌をうたう小鳥も、子どもの笑い声もない、のどかな牛、羊の姿も見えない有様に、昔の故郷を懐かしみ、住処を追われた村人の行く末を嘆く詩は、産業革命が引き起こした悲劇を暗示しています。この詩を借りてキャロルは1867年に 'The Deserted Parks' という100行の詩を作り大学当局を驚かせます。大学は管理する公園の一部を学寮のクリケット場に変える計画を4月29日に公にしました。公園はオクスフォードを流れるテムズ川の支流チャーウェル川に沿った気持のよい田園風景に溶け込んで、町の人々も散歩や気晴らしの運動に利用していました。大学の計画で人々の憩いの公園が限られた者だけの場所になるのを案じたキャロルは、思い付いて、5月22日の夜に『廃村』を基にしたパロディの詩を一気に書き上げます。翌日、印刷所に渡して150部のパンフレットを作ると大学の各教授社交室に送りました。6月6日、大学は計画を撤回します。

このように行動的なルイス・キャロルには、短編の主人公の「わたし」がローマンスメントに現を抜かしているようなところは、みえません。しかし、詩心は子どもの頃からキャロルのなかに芽生えていました。短編「ローマンスメント」で、詩に対する思い入れを主人公の「わたし」は次のように語っています。「子どもの時からわたしには、タフィ飴とは互角の勝負で、独楽回しの紐とは比べようもないくらい、詩歌に対する渇望と熱情とがあった。それは最も広い意味での、また最も激しい意味での詩歌で、意味や韻やリズムの法則に拘束されない、宇宙の音楽に共鳴している、そのような詩を希求した。小さい時から、いや揺りかごの時代からわたしは詩に憧れ、美に、斬新に、ローマンスメントに憧れた。「憧れ」と言ったがそれはわたしの静かなときの気分を指すことばで、昂ずれば身を投げ飛び込むような激烈な熱情となるものである」。ところが主人公の情熱の極まりは、「これを絵に喩えれば、アデルフィ劇場の非解剖学的看板である。およそ人間の骨格がこれまでとることのできなかった姿勢にフレクスモア[5]を描いて、最低料金で芝居見物する思索好きの連中に、人間の姿と造形ゴムのとてつもない合体によって耳目の喜びの何たるかを伝えるもの」となるに至り、作者キャロルは主人公「わたし」の詩歌に対する大真面目な思いを骨抜きにしています。しかしこの短編の中には、美と斬新とローマンスメントに憧れる「わたし」に理解を示してくれる「おじ」がありました。「未来の時代にきみの詩は人々に読まれ賞賛されるだろう。ミルトン（と我が尊いおじは力をこめて言った）、ミルトンやそういった連中が忘れ去られる時にこそ！」と。「この好意的な親戚がいなかったら、わたしの天性の詩心は決して生まれ出ることはなかった」と、「わたし」は思うのでした。

ちょうど『不思議の国のアリス』の背後には『ギリシャ語辞典』の著者 H. G. リデルの娘アリス[6]がいたように、キャロルの他の作品にも実在の人が少しだけ姿をのぞかせています。『シルヴィとブルーノ』はソールズベリ卿セシルの館ハットフィールド・ハウスで語られた話が基になりました。館には王室付き庭師トレイズキャントの造った庭園があります。トレイズキャント父子は 17、8 世紀に広く外国を旅行して、その膨大な珍しい蒐集品はエライアス・アシュモールの手を経て世界初の大

学博物館アシュモール・ミュージアムに入りました。博物館で見る珍しいものに興味を持っていたキャロルはトレイズキャントに因んで『シルヴィとブルーノ』に「庭師の歌」を書いています。

短編「ローマンスメント」のなかで「わたし」を励ましてくれる「尊いおじ」にあたる人はキャロルの母の実兄のスケフィントン・ラトウィッジ (1802-73) でした。新しい機器が出るとすぐに手に入れる独身のおじの好奇心に引きつけられ、キャロルは学生時代からロンドンのおじの家を訪ねることを楽しみにしていました。このおじには、18 世紀後半に壮大なロマンスメントを追った同姓同名のおじがありました。ネルソン提督の研究家 P. H. ブレアは、1773 年に北極航路の発見に向けて英国を出発した 2 隻の船の一方の船長がスケフィントン・ラトウィッジ海軍司令官で、この人がキャロルの大おじであることを突き止めています。[7] 後の提督ネルソンは未だ 10 代で「カーカス号」のラトウィッジ船長の配下にありました。ラトウィッジは航海の途中で下半身の麻痺に襲われますが、自分の身体を甲板の椅子に縛り付けさせて指揮をとったということです。この果敢な人の心は北極航路発見という壮大なロマンスに奮い立っていたことでしょう。24 歳のキャロルは「現実ばなれしたローマンスメント」に憧れる「わたし」をローマン・スメントに封じこめつつ、炉端に座る「尊いおじ」と談笑したことでありましょう。

注

1) ローマン・セメントは直訳、ローマンセメントはセメントの種類として定着した名前です。

2)『セメントの常識』、社団法人セメント協会編、2002 年。

3) *Novelty and Romancement* (Boston: B. J. Brimmer, 1925) , p. 53.

4) O. Goldsmith の *The Deserted Village* (1770) 155, 156 行、kindly bid to stay/ Sat by his fire, and talk'd the night away; 村の牧師がさすらい人や失意の兵士を迎え入れた様子を回想しています。

5) Richard Flexmore (1824-1860). 舞踊の名手でパントマイムの舞台の道化役者として活躍しました。

6) Alice Pleasance Liddell (1852-1934).

7) 'Baker's Tale' (*T.L.S.* March 2001) ブレアは、キャロルの『スナーク狩り』との関連を論じています。

早川 鉦二

ことばが投げかけてくれたこと

　8月になるときまって、どこまでもスカイブルーの美しいスウェーデンの空を思い出す。私が1年間、かの地に留学していたのは今から約8年前のことである。戦後2回に及ぶ大合併以来、どのような問題をかかえているのかを調査することが目的であった。しかしながら今から思うと、スウェーデン語はまるでわからず、英語が頼りだというかなり無謀な計画であった。もっとも下見の折に、英語でほとんど間に合うと知った上でのことであったが……。

　さて、その時の生活を通して言葉に関する思い出はいくつもあるが、ここではそのうち二つを取り上げたい。その一つは、たったひとつの言葉が生む効果についてである。

　私が住んでいたアパートのすぐそばに幼稚園があった。3〜5才児が遊具や土の山のある庭を元気に走り廻る光景は日本と変わりはないが、移民の多いかの国では、人種に対する偏見は少ない。従って、私とつれあいが散歩していると、元気な子が「ヘイ！」と声をかけてくる。我々も「ヘイ！」と応じる。この「ヘイ」という言葉は実に便利で、英語の「ハロー」に相当するが、たとえばバスのドライバーと、また買い物の時には店員さんと交わす挨拶になる。そして別れる時には「ヘイドン」である。この一言で、なんと多くの人々との心の垣根がとれたことだろうか。

　次に、私のイギリス人の友人のスーさんが言った印象的なことについてである。彼女は大学時代に一時期スウェーデンに留学し、卒業後スウ

ェーデンで司書になった人であり、配偶者はスウェーデン人である。そのスーさんに、「スウェーデン語をマスターするのにどのくらいかかったか」と尋ねたことがある。彼女曰く、「ほんの2ヶ月くらい。スウェーデン語は変化が少なく、とっても簡単」。時々、何ヶ国語もマスターした語学の達人のことを耳にすることがあるが、彼女が言うにはたとえば英語を十分に習得すれば、他のヨーロッパの言葉を身につけるのにさほど苦労しないとのことである

　そこで私は彼女の言葉に勇気付けられ、定年後はまず英語のブラッシュアップに努めたいと思っている。そしていつか、外国語を通して、スウェーデンのあの青い空のような気分を味わってみたいと思っているのである。

海老井英次

研究余滴——「藪の中」彷徨記

　芥川龍之介の「藪の中」(1922) は、発表から80年を経た現在でも、未だに〈読み〉が様々に展開され続けている、生きの良い作品である。1990年代までは主にその材源と見なされる内外の作品との比較考察という形で〈読み〉が展開されてきたが、最近は作品の内容の類似を問題とする比較文学的観点からだけでなく、テクスト論の観点から考察されることも多くなり、その都度、テクストの〈読み〉は新奇な様相を見せており、〈読み〉の豊かさの点では、日本近代文学中屈指の作品であると言っても言い過ぎにはならないようである。
　研究史を簡単にたどってみると、最初にその話柄の著しい類似から指摘された『今昔物語』(12世紀初頭成立) 所収説話があり、夫婦連れの旅の者が京に近い山中で盗賊に会い、夫が盗人の甘言に乗せられてその策にはまり、拘束されてしまった後、妻の方がその夫の眼前で盗人に犯されてしまうという、何とも無惨で、救いのない事件が語られている。この出来事はほとんどそのまま芥川によって引用されている。出来事への関心の核心になっているのは、間違いなくこの事件の好奇性であったと思われ、この異常性を抜きにしては、『今昔物語』の説話者も、芥川も興味を引かれなかったと思われる。ただ、こうした事件そのものは近代以前の闇の世界でも、あるいは近代になってもよく起こっていたのではないかと思われるが、それが説話の形で語り遺された例は余りなく、それを生々しく語り伝えたものとして、やはり、『今昔物語』の説話は特異な地位を獲得していることに異論はないであろう。その後、井原西鶴

の「闇の手がた」(1685) に、時代は変わり、シチュエーションも変えて同じような出来事が書き記されているが、それも原型は『今昔物語』と言われている位で、多くは語られることもなく遺されなかったのである。さらに、フランスの中世説話に同じような内容の話があることが指摘され、『今昔物語』説話との対比研究の後に、「藪の中」との関わりが問題とされるようになった。やがて、その話「ポンチュー伯の娘 ('La Fille du Comte de Pontieu')」と芥川との意外な接点が確認されるに及んで、「ポンチュー伯の娘」の「藪の中」への投影も、研究を進める上で欠かすことの出来ない一要素になっているのである。1916 年 7 月芥川が東京帝国大学文学部英文科を卒業するに際してものした卒業論文において、研究対象とした、イギリスのウイリアム・モリス (William Morris) が実はこの「ポンチュー伯の娘」を英訳して出版 ('The History of Over Sea' [1894]) しており、芥川がそれを介して『今昔物語』と同じような説話が海外にもあることを知っていたと思われるのである。ただし、「ポンチュー伯の娘」は、類似の事件を発端に、その後夫婦の運命をたどって広大なロマンが展開されたものであり、「藪の中」と並べて読めば類似よりもむしろ差異に圧倒されてしまうくらいである。

　次に芥川が『今昔物語』の説話に著しく改変を加えた部分に関心が向けられたが、それは当然の成り行きであったろう。その部分こそが芥川の創作であり、独創性とみなされたからである。そうした芥川の独創性としては、先ず強姦事件の後に、第二の事件ともいうべき「夫の死」にまで事件を展開したことである。強姦事件の後、妻に〈ふがいなさ〉を見抜かれてしまったものの、二人で旅を続けた『今昔物語』の夫婦のあり方とは一変して、夫は死骸になって見つけられ、妻の方は行方が知れないというのが、「藪の中」の起点になっている現実なのである。説話として完結した原典に対して小説の新たな展開である。西鶴の「闇の手がた」においては、妻は事の最中に鍋墨で相手に手形を付け、それによって犯人達がお縄になるという展開で、妻女の気転が賞讃されている。「ポンチュー伯の娘」では、妻が縛られたままの夫を殺そうとしたが果たせず、その後連れ立って何事もなかったかのように国元に帰るが、その後真相を知った父親によって妻は樽に入れられて海に流され、……そ

の後波瀾万丈の展開となる。これにある程度の示唆は受けたかも知れないが、「夫の死」は「藪の中」独自の展開なのである。

　もう一つの顕著な相違点は、時間軸にそって粛々と叙述がなされていた原典に対して、芥川は時間軸をはずしてしまい、独立した七つのモノローグを並列する形に書き改めており、内容的にも第一事件 (強姦事件) よりも第二事件 (殺人事件) の方に明らかに比重を移しているのである。当事者三人のモノローグと共に、当事者ではない関係者四人の陳述を並べており、それらモノローグ間の齟齬に読者の関心を引きつけてしまうのである。こうした形式の点での類似作品としては、まず、イギリスのブラウニング (Robert Browning) の長詩『指輪と書物 (*The Ring and the Book*)』(1869) が早く指摘され、比較研究が積み重ねられてきている。関係者と当事者とのモノローグを並べ、最後に「法王」のそれで纏め上げている『指輪と書物』の方法は 'dramatic monolog' として確立されたものであり、作品に破綻は見られない見事な整合性を見せているものである。

　それに対して「藪の中」の場合は破綻が見られるどころではなく、事件の整合性はむしろ積極的に破棄されてしまっているのであり、〈真相〉は不明なのである。研究史の当初においては〈真相〉究明の論陣が様々に展開された時期もあったが、いまや〈真相〉はほとんど問題とされない形で〈読み〉を展開するのが普通一般であり、脱構築論の介入もあって、「藪の中」の〈読み〉はほぼ完全に〈真相〉論議を脱却したとみて間違いないであろう。もちろんこの線での経緯においてはさらに二波乱を閲しての後だったのである。ビアス (Ambrose Bierce) の「月明かり道 ('The Moonlit Road')」(1893) との類似が指摘された時点では、〈霊媒〉との関わりもあり、作品最後の〈死者の言明〉が〈真相〉を明らかにしているとの〈読み〉が採られ、さらにはそれに対する異論もなんとか〈真相〉を定立しようとの方向性でなされていたのであったが、それも結局は断念されるに至る。

　そしてやがて、O・ヘンリー (O. Henry) の「運命の道 ('Roads of Destiny')」(1903) との類似が言われるようになり、「藪の中」の〈読み〉方は画期的な変革を成し遂げたのである。〈真相〉究明という形ではな

く、それを断念し、むしろ三つの話の並列性にこそ意味を見出そうという〈読み〉であり、それはO・ヘンリーが「運命の道」で見事に完成して見せていた方法を「藪の中」読解に適応したことになる。と言うよりも、〈真相〉離れした〈読み〉が展開され得るようになった結果、「運命の道」との類似が俎上に上るようになったと言う方が実際のところだったのである。三叉路で一つの道を進んだ青年の人生が全く異なる三様の展開となり、それぞれが青年の人生をトータルに語った一編の短編になっているところに、「運命の道」の鮮やかさがあるが、「藪の中」はこのスタイルのテクストとして読んでみても、やはり問題を残してしまうのである。三つの人生の分離が十分ではなく、その意味で「藪の中」は出来の悪いものであり、そういう〈読み〉に耐え得ないテクストでしかないのである。以上、構成において類似が指摘された三作品と「藪の中」をあらためて並べてみて、これら全てから影響を受けたものとすると、「藪の中」が如何に複雑な問題を含み続けているか、再確認を強いられるのである。

　ところで、私には前から気になっていることがある。「藪の中」に対して、『指輪と書物』が影響を与えていることは、われわれにはいまや自明であり、定説になっていると言っても良いかと思うが、しかし、イギリスにおいて、ブラウニングの研究に従事している人達が、『指輪と書物』と「藪の中」の関係をはたして認めるのであろうか。この点について英文学の研究者に直接確かめたことはないが、文献的に知る限りでは、誰も問題にしていないかのようである。博識の方がご教授下されば幸甚だが、恐らくは比較の対象にはならないということではなかろうか。一般市民の対立する意見と折衷的な見解、当事者三者の言い分をならべた後に、法律家、学者、そして法王を登場させて事の真実を階層的に明らかにする構成を採っている『指輪と書物』は、西欧的秩序そのままに作品世界を構築しているのである。それに対して「藪の中」の構成にはそうした立体的な構造が見られず、七つのモノローグが並列的におかれているだけである。雲泥の差があることは明白であり、そうした中で両作品の類似が意味のある問題になり得るのであろうか。こんなところで日本近代文学の後進性を、今更に確認しても致し方ないことなのかも知

れないが、事実は事実として確認せざるを得ないであろう。
　「藪の中」は数々の先行作品の影響を受け、引用を重ねながら見事なテクスト(織物)として成立しているものであり、もはやいずれの先行作品とも個々の関係を云々しても致し方のない完成度をみせているが、それは「絵画の破壊者」セザンヌ (Paul Cezanne) の絵画が「絵画の中の絵画」と言われる同じレベルで、「小説の中の小説」であり、読者が自由気ままに読める自律したテクストになっているように思われる。暫くは〈藪の中〉に遊ぶつもりである。

許斐慧二

漱石が熊本を去った日*

　松山の尋常中学校を辞した夏目漱石が第五高等学校の英語教員として熊本にやって来た日が明治29年4月13日であったことは既に判明している。一方、英国留学のために熊本を発ったのが明治33年の7月であったことは分かっているものの、それが正確に7月の何日であったかまでは明らかにされていない。江藤淳氏は『漱石とその時代』(新潮社) において、7月20日頃とし、荒正人氏は『増補改訂漱石研究年表』(集英社) において、7月18日あるいは19日としているが、いずれも確たる資料的な裏付けがあるわけではない。「熊本から帰京する道すがら、それは七月でしたが、ちょうど大洪水のあった後で、至るところで汽車が不通になっていて、歩いて連絡したことを覚えております」という『漱石の思い出』(岩波書店) における漱石夫人鏡子の回想と、7月16日に熊本で大洪水があったという事実から推測した結果に過ぎない。実際、荒氏の著書では「不確かな推定」という文句が付されている。
　もう20年以上も前のことになるが、筆者は当時勤務していた熊本女子大学 (現熊本県立大学) の主催する公開講座で熊本時代の漱石について話をする機会を得た。その折に、熊本で漱石と交渉のあった人々の資料を調べなおしてみたところ、漱石の離熊の日が記された手紙が存在することに気づいた。
　差出人は池松常雄、受取人は白仁 (しらに) 三郎、日付は明治33年7月18日 (消印の日付は7月20日) となっている。
　池松常雄は明治8年10月熊本に生まれ、俳人で迂巷と号す。明治31

年10月に第五高等学校の生徒有志が漱石を盟主に戴いて結成した新派俳句の結社、紫溟吟社の活動が低迷していた時に町方からこれに加わって、活性化を図り、その後、同じく学外から加わった渋川柳次郎 (玄耳) とともにその中心となって活躍した。一方、受取人の白仁三郎はのちの坂元雪鳥、能楽批評家として一家を成す人物である。明治12年4月福岡縣柳河に生まれ、第五高等学校時代に漱石の俳句門下に入り、紫溟吟社の結成に参加する。明治40年の東京朝日による漱石招聘に際して、東京朝日側の使者として予備交渉に当たったことでも知られる。

　この手紙の中で、池松は、白仁からもらった手紙に対して礼を述べ、自分自身の近況や熊本を襲った百余年来の大洪水の被害状況などを報じたあとに「漱石氏も愈、去る十五日午後二時の上りにて出發致され申候池田まで参り申候」と書いている。池田とは池田停車場、現在の上熊本駅である。

　このように離熊する漱石を自ら池田停車場まで見送りに行った池松本人が漱石は15日に出発したと書いている以上、それを疑ってかかる必要はないが、それが上記の鏡子夫人の思い出話と矛盾しないかどうかくらいは検討しておくべきであろう。

　16日の洪水が未曾有のものであったためにどうしても鏡子夫人の言う大洪水をそれと結び付けて考えやすい。しかし、実はこの年7月に熊本地方で洪水があったのは16日だけではない。当時の『九州日日新聞』や『福岡日日新聞』によれば7月10日から12日にかけて降った雨でも大水が出て、九州鉄道の高瀬・木葉 (このは) 間、植木・池田間などで線路が崩壊し不通となっている。だが、それも15日には一部を除いて復旧し運転を開始したようである。(7月15日付けの『九州日日新聞附録』には「本日より高瀬木葉間途中乗替にて門司迄汽車全通す」という九州鐵道株式會社の特別廣告が掲載されている。) 恐らく鏡子夫人の言う大洪水はこの時のものを指しているのであろう。「百年来絶無の大洪水」と呼ばれた16日の出水を引き起こすことになる雨が勢いを増すのが15日の午後3時頃のことであるから、漱石一家にとってはまさに間一髪の出立であったといえる。

＊拙稿は田島先生が会長をなさっている英語史研究会の会報 (『英語史研究会会報』第 2 号) に掲載された研究ノートに若干の加筆修正を施したものである。

　田島先生は私の出身大学の大先輩である。親しくお付き合いさせていただくようになって 30 年になるが、その間、先生には公私にわたり大変お世話になった。私は先生より一足はやく 3 年前に早期退職して、今は academia からすっかり遠ざかってしまっている。この度のご退官記念論文集の刊行に当たって新たな稿を用意することは到底かなわず、旧稿の手直しで私の感謝と祝意の一端を表させていただきたいと思う。

横川 雄二

芭蕉の風景──岩にしみ入る「蟬」の声

　もうかれこれ二十年も前になるだろうか。仙台を訪れたその足で、山形は立石寺に参ったことがある。観光客やみやげ物屋の多さにはさすがに驚きをかくせなかったが、山門から奥の院へといたる石段は、三百年前のたたずまいを偲ばせ、山水画のひとこまの趣があった。

　日、いまだ暮れず。麓の坊に宿かり置きて、山上の堂に登る。岩に巌を重ねて山とし、松柏年ふり、土石老いて、苔なめらかに、岩上の院々扉を閉ぢて、物の音きこえず。岸をめぐり、岩を這ひて、仏閣を拝し、佳景寂寞として、こゝろすみ行くのみ覚ゆ。
　　閑かさや岩にしみ入る蟬の声

　立石寺は「慈覚大師が開かれた寺で、ことに清閑な地である。一度見ておくがよい」と土地の人々が勧めるので、芭蕉と曾良は、尾花沢から七里の道をひき返して訪ねたのである。陰暦五月二十七日、新緑の美しい初夏に、お堂は「もの音もせず」、仏殿のまわりの「すばらしい景色はひっそりと静まりかえり、いつしか心が澄みゆくのを感ずる」のであった。その静寂のなか、蟬の声が聞こえてくるのである。

　　閑かさや岩にしみ入る蟬の声
　　(なんと閑かなことであろう。ふと気がつくと、静けさのなかで鳴く蟬の声が、苔むす岩のなかへしみ入ってゆくようだ。)

「佳景寂寞」のなかで、蝉の声は、そのためにいっそうあたりの閑かさをきわ立たせる。蕪村を視覚の詩人とするならば、ここには音の詩人としての芭蕉がいる。岩にしみ入る蝉の声とともに、詩人も大自然のなかに溶け込んでゆくのである。『おくの細道』中の佳句のひとつとなりえているこの句の解釈は、おおむねこのようなものであろう。

しかし、それでは何か言い残したところがありはしないだろうか。

芭蕉が江戸から『おくの細道』の旅に出たのは元禄二年(一六八九年)三月のこと。八月には美濃の大垣で旅の終わりを迎える。約五ヶ月、一八〇〇キロの行脚。その後二年余りたってから執筆を始め、草稿本ができあがり、さらに推敲を加え、素龍清書本が完成したのは元禄七年の初夏。『細道』を歩いてから清書本が出るまでに、実に五年もの歳月をかけている。四百字詰め原稿用紙にすれば、わずか四十枚ほどの長さであるが、それにこれほどの時間をかけて推敲している。

しかし不思議なことに、『おくの細道』からは、不案内な東北の地を旅しながらも、具体的な旅の様子はいっこうに窺い知れない。同行した曾良の『旅日記』が幸いなことに残っていて、天候、時刻、出会った人、歩行距離、宿などが丹念に記載されている。両者を比べてみると、事実に重ねられた芭蕉の旅の虚構のヴィジョンがいかなるものか浮かび上がってくる。もとより芭蕉にとってこの旅は、歌枕を訪ねることを大きな目的としていた。折々の土地にわが身を置き、古の詩人たちと詩をとおして対話することで、現在の自己の生を時の流れのなかに位置づけようとしたのである。したがって芭蕉の脳裏には、業平や西行、宗祇、あるいはさらに遡って中国の古典が常にあった。それらを通して眼前の風景を見ているのだ。現実の風景に、古人(いにしえびと)によって描かれた風景が、二重写しにかさねられているのである。この文学空間の創出のために、芭蕉は推敲をかさねたといってもよい。

そこであらためて立石寺のくだりを読んでみよう。軽快な漢詩文のリズムで描かれ、「山寺」「清閑」「岩」「蝉」のとりあわせは、現実のものであると同時に、中国の古典『寒山詩』にあるものだ。芭蕉は立石寺に、

中国天台山国清寺の閑寂境を詠った『寒山詩』を重ねあわせ、これらの語彙を選びとり、立石寺を描いているのである。さらに「岩に巌を重ねて山とし、松柏年ふり、土石老いて……」は、ふもとから山頂を仰ぎ見る「高遠」という山水画の描写の型をふまえてさえいる。「閑かさや」の句にいたっては、たとえば王籍の「蝉噪ギテ林逾(いよいよ)静カナリ、鳥鳴キテ山更ニ幽(かす)カナリ」といった閑寂をとらえる漢詩の表現法が、背後にあることも見逃してはなるまい。

このように、芭蕉の関心は現実の風景にではなく、そこに風景の型を読みとることにあった。『おくの細道』にはブナ林の美しさに感動した叙述もなく、名高い松島のくだりも、見たこともない中国の景勝地を引き合いに、観念的に松島の風景を語っているのだ。芭蕉の風景は、伝統的な詩歌によって培われた、「言葉の風景」なのである。

風景は、外界との出会いにおいて、外界を主体が切り取ることで成り立つ。主体とのかかわりがあって初めて風景が生まれるのだ。そうでなければ外界は単なる環境にすぎない。したがって切り取る主体がいかに外界にかかわっているかが問題となろう。主体の内面が問われるのである。

芭蕉の脳裏には伝統的な風景の型があることは上にみた。そのフィルターを通して外界をとらえているのである。むろんかれの脳裏にあるのはそれだけではなかろう。現実の風景に重ねられる内面化された風景がさらなるひろがりをもてば、初めに問題にした「閑かさや」の句の解釈の可能性もひろがってこよう。そこで芭蕉の心の内を推し量るべく、『おくの細道』を書くにいたる経緯を振りかえってみよう。

芭蕉の旅は生活のための旅ではなかった。『野ざらし紀行』を初めとし、『鹿島詣』『笈の小文』『更級紀行』、いずれも旅自体を目的とした紀行である。「日々旅にして旅を栖」とし、心に訪れるものを虚心に見つめる旅であった。『おくの細道』はそれらの最後のもので、生涯の俳文の集大成であった。その完成の年に芭蕉は没するのである。

月日は百代の過客にして、行きかふ年も又旅人也。舟の上に生涯を

うかべ、馬の口とらへて老をむかふるものは、日々旅にして旅を栖とす。古人も多く旅に死せるあり。予もいづれの年よりか、片雲の風にさそはれて、漂白のおもひやまず。

　芭蕉は地上を旅する。だが心の内では、時間のなかを旅している。そこで出会うのは、過ぎ去りし月日、行きかった年にほかならない。先にみた古人の生きた歴史の時と、もうひとつ、芭蕉自身の生涯の時である。あそこから始まりここに至る、生涯の初めと終わりをむすぶ過ぎ去りし時との出会いなのだ。『おくの細道』は、現実の空間においても、心のなかの時間においても、出会いと別れの総決算の旅であったのだ。「前途三千里のおもひ胸にふさがりて、幻のちまたに、離別の泪をそそぐ」死出の旅の覚悟が、かれの胸のうちにはあった。したがって旅慣れた東海道ではなく、東北という未知の地(道の奥)がふさわしかったのである。旅する芭蕉の心には、生涯の出会いと別れが、生と死のひとこまひとこまが、まぎれもなくよぎっていたのだ。
　芭蕉は一六四四年、伊賀上野に松尾家の六人兄弟の次男として生まれた。奈良や京の都からは一山越えた近さだが、山地が多く農業には適さぬ地であった。次男以下は食べるために家を離れざるをえず、芭蕉は十代の末に、藩の侍大将・藤原家の跡継ぎ藤堂義忠に仕える。二歳年長の義忠は、俳諧を愛好し、蝉吟と号した。「幼弱の頃より藤堂主計義忠蝉吟子につかへ、寵愛すこぶる他に異なり」(『竹人全伝』)と記されているように、義忠蝉吟との出会いは運命的なもので、芭蕉はかれをとおして俳諧の世界に入ったのである。しかし、わずか四年の後、義忠は急死する。最愛の主君を失った二十三歳の芭蕉は悲しみのなか藤堂家を去り、のちに江戸へと向かう。それは文字通り、俳人芭蕉の旅立ちであった。
　あそこから始まり、四十六歳のいま生涯の終わりの旅に、「わが初めに終わりあり」「わが終わりに初めあり」(T. S. エリオット)という想いが、芭蕉の胸にはあったろう。そうした想いをかかえて訪ねた地の一つが、立石寺であったのだ。俗に山寺といわれる立石寺は、中世以来、亡くなった人の魂が帰ってゆく山、死者の供養をする霊山として信仰を集めてきた。岩山に沿った階段を登ってゆくと、岩陰の卒塔婆が目に入る。

奥の院の静けさのなかに身をおくと、「佳景寂寞として、こゝろすみ行くのみ覚ゆ」。こうした中で「閑かさや」の句は詠まれたのである。

　　閑かさや岩にしみ入る蝉の声

　静まりかえった夏の木立の中で、いまを盛りに鳴く蝉の声。六、七年もの時間を地中ですごし、地上に出ればわずか一、二週間のうちに短い一生を終える蝉は、人間に「存在、時間、生死への思いを搔き立てる」(高橋英夫『花から花へ』)。その声にうたれながら、芭蕉の胸のうちには生涯の生死の記憶が蘇っていたろう。そうであるならば、いまこのひと時にその生を傾けるかのごとくに鳴く蝉のはかない一生に、芭蕉は、早世した蟬吟の一生をかさねなかったろうか。そこにもうひとつの声、若き日にともに過ごした無二の人、蟬吟の声を、生涯の時を越えて聞いてはいなかったろうか。はかなく消えゆく人間の生の姿をそこにかさねとったはずだ。不易流行である。

　岩にしみ入る蝉の声とともに、小さな自我を離れて大自然と一体化する、ミクロコスモスからマクロコスモスへの展開。「造化にしたがひ、造化にかへ(る)」心境を詠んだこの句の裏には、寄り添うように芭蕉の内面が隠されていたのだ。それに触れるとき、われわれの胸をよぎるものがある。それは芭蕉の晩年の句の特徴でもあるのだ。

　戦後の芭蕉研究は、たとえばニュー・クリティシズムの方法を取り入れた山本健吉のように、作品から作者の伝記を切り離し、「厳密に一行一行に即した精密批評」(『芭蕉』)が主流をなしてきた。それまでの資料調査や事実考証から、作品そのものの解釈へと主眼が移った感がある。だがそうしたなかで、連句が成立した庶民的な共同体のなかでは暗黙の了解とされてきた作品をとりまくものが、現代のわれわれの眼にはふれられなくなったのも事実である。時代を隔てることで「解釈共同体」(S. フィッシュ)の質が異なり、したがって作品の概念が異なるときに、なにをもって作品そのものとするのか。作者を切り捨てたとき、作品はそれだけ厚みのないものになりはしないだろうか。一個の作品は、たとえ

そこからどれほど隔たっていようと、生身の人間の生から創造されたものであり、括弧つきであれ、「作者」はやはり存在しよう。「あらゆる文学は、畢竟、自伝的である」(ボルヘス) ことは否めないであろう。

(「作者の死」(R. バルト) が一世を風靡して久しいが、ここへ来て「作者の回帰」が欧米でも注目されていることを付言しておこう。)

風景を描くとは、外界を主体 (内面) が切り取ることであった。主体とのかかわりがあって初めて風景は生まれる。したがって風景は、逆に、人間の内面を、その履歴を物語りもするのである。その一端を『おくの細道』の立石寺のくだりに見てきた。

私たち人間の存在は、世界との関係性においてある。芭蕉の描いた風景はこの関係性をとらえたものであり、みずから創りあげた風景の中に芭蕉はいたといえよう。その風景のなかで、芭蕉は無二の人、蝉吟の声を聞いたのではなかったか。

(編者付記) 執筆者の横川雄二氏は闘病中のところ、2004 年 7 月 16 日逝去された。享年 50 歳。本稿は、遺品を整理していた同僚の小谷耕二氏が偶然発見したものである。メモ等から判断して、執筆年時は 2003 年の前半と推測される。「先生の退職記念論文集には「芭蕉論」を書きますからね」、と再三約束してくれていた遺志を汲んで、未定稿ではあろうが、そのまま掲載させていただいた。(ただし、元々縦書き原稿であったものを横組に直した。) 芭蕉の死出の旅に、自らの最期を重ねていたのではないかと思わせる文章に哀惜の念一入である。

「たまきはる我が命なりけり」
——田島松二先生のご退職に寄せて——
小谷耕二

　田島松二先生は、英語史、中世英語英文学、書誌学の分野で傑出した業績をあげてこられた。それは日本のみならず海外でも高い評価を得ているものである。先生のご関心は当初から中世英語から近代英語にいたる時期の動詞の発達過程にあったようで、九州大学大学院在学中の、シェイクスピアの分詞構文に関する論文を皮切りに、不定詞や動名詞の用法へと研究領域を広げられた。原典とした一次資料も、チョーサーをはじめとして、ラングランドの『農夫ピアズの夢』、ガウェイン詩群、戯曲類と、中世英語を網羅するものとなっていく。この延長線上に最初の労作、*The Syntactic Development of the Gerund in Middle English* (1985 年) が結実することになる。この著作は、あらゆる方言やジャンル、文体を含む中世英語の原典を可能な限りすべて読破し (先生の肝胆相照らす友にして著名な言語学史家 E. F. K. ケルナー教授の評によれば、「入手可能な全一次資料のおよそ 95％」[1]をカバーしているという)、収集した数万の用例をもとに、動名詞がどのような経緯を経て発達したかを包括的かつ実証的に追究した研究であった。

　この著作は五指に余る海外の学術雑誌の書評で高い評価を獲得し、当該分野の基本文献となっている。そしてそれによって先生の国際的な声価が確立することになった。すでにそれ以前にも先生はいくつかの海外の雑誌に論文を発表されているが、近年では中世英語英文学の分野における高名な学者の記念論文集に執筆を依頼され、先生の論文が世界の錚々たる研究者と肩を並べて掲載されることも、一再にとどまらない。

　英語の歴史的発達への関心は、当然ながら現代英語の諸相にもおよび、90 年代にはコンピューター・コーパスを利用した語法研究を、研究仲間の方々と共同で進め、1995 年に編著として上梓された。利用した道具は新しいが、原典の精読という伝統的手法によって培った英語に対する感

性と英語史への展望が、テーマの着眼や分析に息づいている。

　書誌学の分野においては、*Noam Chomsky: A Personal Bibliography 1951-1986* (1986年)、*Old and Middle English Language Studies: A Classified Bibliography 1923-1985* (1988年)、*The Language of Middle English Literature* (1994年) の3冊がオランダやイギリスの出版社から刊行されている。最初にあげたものは、世界的に著名な言語学者ノーム・チョムスキーの学問的著作と政治評論類の双方のデータを、先にふれたケルナー教授とともに編纂したものである。二番目のものは、1977年のカナダ留学中に編纂に着手し、10年におよぶ歳月をかけて、「ヨーロッパ諸言語で書かれた殆どすべての研究約4000点の文献を照合・分類し、詳細な解題を付したもの」[2]である。英語史の分野では、15世紀末より1922年までの研究をほぼ網羅した書誌はあるが、それ以降の古・中英語に関する研究の本格的書誌はなく、その空白を埋めるべく企てられたとのことである。その意味で、きわめて価値ある業績といわねばならないであろう。三番目の中世英文学に関する書誌は、英国シェフィールド大学のJ. D. バーンリー教授との共同プロジェクトである。

　これらのほかに特筆すべき書誌は、何といっても『わが国における英語学研究文献書誌1900-1996』(1998年) である。全頁数1200頁有余、収録文献数11200点を超えるこの大著は、日本で本格的な英語学の研究が始まったとされる明治時代末期の1900年から1996年にいたるまでの約100年間に、日本の研究者によって公刊された著訳書、論文、研究ノート等のうち、実物を確認できたものを収録した文献書誌である。文献は分野別、著訳者 (編者) 別に分類されて、詳細な書誌情報が付され、日本の英語学研究史を概観する「わが国の英語学研究100年」という「序説」がついている。欧米の研究を偏重する学問的風土のなかで、日本人研究者による研究がその存在すら知られることなく忘れ去られることへの危惧があった由であるが、それらを記録にとどめたこの書誌はまさに記念碑的著作として今後その輝きをいっそう増すものと思われる。なお本書は第2回ゲスナー賞銀賞を受賞している。また副産物として、その「序説」をもとに、日本の英語学の歩みをふりかえった『わが国の英語学100年——回顧と展望』(2001年) が3年後に出版された。

田島先生の研究を構成するもうひとつの柱は、学術雑誌の編集・発行である。先生は海外の学術誌 (*NOWELE: North-Western European Language Evolution* [Odense, Denmark] および *English Language and Linguistics* [Cambridge]) や研究叢書 (*Amsterdam Studies in the Theory and History of Linguistic Science*) の編集委員を永年務めてこられた。これは先生の学問的声価を証明するものであるが、その経験を生かして、個人編集の雑誌 *The Kyushu Review* を毎年発行されている。大学院生に研究成果の発表の場を与えるという意図があったと聞いているが、院生ばかりではなく、同僚や友人、海外の研究者からの寄稿もあり、異彩を放つ雑誌となっている。今年でめでたく第 10 号が発行される運びである。また、数年前に先生の音頭で発足した英語史研究会の会報も年 2 回発行なさっている。いずれもご自分のパソコンで版下を作成し、印刷のみ印刷所に依頼するという形であり、経費のかなりの部分も自前である。

学会活動での貢献も多大なものであった。数多くの学会発表やシンポジウム、学術講演はもとより、日本中世英語英文学会の評議員、編集委員、副会長、英語史研究会会長、日本英文学会九州支部長等を歴任し、手際のよい学会運営の手綱さばきを発揮されている。

門外漢ながら、こうして田島先生の主要な学術的業績を概観してみると、そこに明瞭な一貫性があることにあらためて驚かされる。先人の研究をつぶさに吟味し、それにもとづいて課題を見定め、原典の丹念な読解をとおして実証的考察を重ねる。そうした学問研究の王道が浮かびあがってくるのである。それは何よりも強靭な意志と決断力、そして合理性に支えられたものであったように思う。

私事になるが、先生には九大教養部での学生時代に一学期だけ一般教養の英語を教えていただいた。しかし、専門分野が異なり、それ以外の授業を受けたことはない。ただ、九大に赴任してから、折にふれ研究室にお邪魔したり、またキャンパス周辺の居酒屋にご一緒したりして、親しくお付き合いすることになった。そうしたなかで、研究に取り組む姿勢をはじめとして、多くのことを学ばせていただいた。そのひとつが、同じテーマで 3、4 年やってみても成果が出ないならば、研究テーマを

変えるべきだ、とおっしゃったことである。たいした成果もなく、何年も漫然と同じ古い看板を掲げていたわたしにとっては、この心構えは新鮮であった。先生は設定した課題については、あらかじめどれだけの時間をかけるかという見通しをいつも持っておられた。そればかりか、次はこういうテーマでやりたいということもよく話されていた。「コンピューター・コーパスの語法研究」のときもそうであったし、「日本の英語学研究書誌」のときもそうであった。そしてそれはほぼ計画通りに実現してきている。こうした課題の設定に関する的確な判断と合理性が、先生の卓越した足跡のひとつの隠れた要因だと思う。

　もちろん課題を達成するための並はずれた努力と意志の強さがそこにあったことは言うまでもない。先生の研究の根幹は、テキストを正確に、しかも大量に読むということであった。カナダ留学時代の猛勉強ぶりは、当時のことを綴った先生ご自身の文章の端々からも、またケルナー教授の証言からも明らかである。何よりそこから生まれた動名詞研究の大きさがそれを如実に物語っている。1989 年に 47 歳でノースカロライナ大学に留学されたときも、若い学生たちといっしょに授業にも週 4 コマ出席し、そのかたわら論文を 1000 本読まれたと聞いている。先生はいつも研究室で仕事をなさるのだが、最近ご愛用の小型辞書はみるみるうちに手垢で黒ずんできている。趣味と語法研究をかねて読むシドニー・シェルダンやマイケル・クライトンらのミステリーも、数日後には新しい作品が、ところどころ付箋つきで、机の上に投げ出してある。英語学研究書誌編纂の最中は、一時体調を崩されたこともあったが、数年間ほとんど一日も休んでいないとのことであった。

　教師としての先生は、ひとことで言えば人情家ということになろうか。大学院生の論文指導など、傍で見ていて、厳しくはあるが実に懇切丁寧なものであった。土日に時間を空けて直接指導にあたられることもたびたびであるし、原稿に朱を入れたり、何度も書き直しをさせたりといった作業を辛抱強く続けておられた。先にふれたように、The Kyushu Review の発刊も、もとはと言えば大学院生のためであったとのことだし、就職斡旋のための尽力も惜しまれなかった。こうした指導のなかから、すぐれた若手の研究者が頭角を現してきているのは、先生にとって嬉し

いかぎりであろう。一、二年生相手の英語の授業では、昨今のコミュニケーション重視の風潮に徹底して批判的で、英米の短篇を毎回7、8頁は読ませるという方針を貫いてこられた。もちろん甘えん坊のふとどきな学生には雷が落ちることもあったようだが、小説を読む楽しみを知ったとか、達成感が得られたといった反応も結構あったらしい。

　研究教育以外のことでも関心旺盛で、政治、経済から、芸能、スポーツ、はては地元の各界の人脈等にいたるまでかなりの情報通である。そしてどんなことにでも一家言をお持ちであり、そのいずれもがまっすぐなお人柄を反映している。その率直なけれん味のなさが、この論文集が示しているように、専門分野の枠を越えて多くの人をひきつける所以であろう。学内の各種委員会等でも直球の真っ向勝負が先生の持ち味であった。もっとも状況に応じた変化球の使い方もよく心得られていたと、わたしはひそかに思っている。

　こうして先生の人となりを綴ってくると、斉藤茂吉の短歌が自然に思い起こされる。

　　　　あかあかと一本の道とほりたりたまきはる我が命なりけり

茂吉がどのような状況でこの歌を詠んだのか、不勉強で詳らかにしない。だが自由な解釈が許されるならば、こう思うのである。先生がご退職を機にその力強い歩みをしばし休めて、みずからの来し方、行く末を凝視する、そのまなざしの先には一本の道がまっすぐに延びているのではなかろうか、と。先生は学問の王道を、そのお人柄そのままにひたすらまっすぐ歩んでこられた。むろん、一本道にすら迷うのが人の世の常であろうから、先生にも口にはせぬ幾多の逡巡や分岐点がおありだろう。しかし、この燃えるような光景にそのお姿を重ねてみるのをわたしは好むのである。

注

1) E. F. K. Koerner, "More Than Thirty Years of Friendship," *Essays on Medieval English, Presented to Professor Matsuji Tajima on His Sixtieth Birthday* (開文社出版、2002)、p. 10.

2) 田島松二「英語史研究と書誌編纂」『九州大学研究紹介』No. 1 (1988), p. 25.

田島松二先生のご指導を受けて

家 入 葉 子

　英語史研究の世界に私を導いてくださった田島先生との出会いは、文学部の英語学演習の授業を通してであった。当時、先生は隔年で文学部の授業を担当しておられ、スクールバスを利用して、六本松キャンパスから箱崎キャンパスまでの距離を、わざわざ文学部の一コマのために通ってくださっていた。その授業で先生は、G. L. Brook の *A History of the English Language* を使って、私たちに英語史という興味深い世界があることを教えてくださった。それまで何気なく語学の研鑽に励んでいただけの私に、それは言葉のもつ時代と空間を超えたパワーのようなものを感じさせてくれた。今日まで継承されてきた英語が、個のレベルを超えた連続体でありながら、その背景には、一日も休むことなく無意識に言語を使い続けた無数の無名の人たちがいるという、ほとんどショックにも近い感覚であった。

　次の学期には、G. Chaucer の *The Canterbury Tales* を講読していただいた。今度は、先ほどの全体として迫ってくるような、あるいは理屈なく共鳴させられるような感動が、一枚一枚ページをめくりながら私の頭の中で確認されていくようであった。先生の授業は、常にテクストの読みを重視し、不定詞や関係代名詞の用法の一つ一つにも注意を払いながら、しかし必要以上に速度を落とすことなく着実に進められた。当時の授業風景を描写するならば、おそらく淡々と授業が進んでいく、という表現があたっているかもしれない。しかし、その授業が学生に与えたインパクトには計り知れないものがある。

　私と同世代の九大出身の研究者で、英語史を専門とする者は少ない。卒論は語用論で書いたが、大学院に進学すると、私は迷わず英語史を自分の専門とすることを選んだ。当時、文学部で不幸が重なり、英語学のポストが空席になっていた。そのために、私は教養部におられた先生に

ご指導をお願いした。先生は、私を研究室に温かく迎え入れ、惜しみない指導を続けてくださった。研究室での個人指導では、Mats Rydén の *An Introduction to the Historical Study of English* を読み、David Burnley の *A Guide to Chaucer's English* を読んだ。また、W. Shakespeare の *Julius Caesar* の講読を通して、先生が常に強調されているテクストの読みの重要性を繰り返し教えていただいた。このような研究指導を通して、Brook の英語史と Chaucer のテクストを読んだときの感動が、ますます重厚な層となって私の中に蓄積されていったのではないかと思う。

しかし私は、それを感じ取る余裕もないままに、ただがむしゃらに走っていた。遠くから自分を眺める、ということがなかった。スコットランドに留学するときには、先生は、「留学は一年ぐらいにしておかないと、就職の機会を逃してしまうから」とアドバイスをしてくださった。カラオケでは、別れの歌を歌うと長い別れになってはいけないから、ということで、わざわざ酒場の歌などを歌われた。それにもかかわらず私は、スコットランドに渡ると黙って長期支給の奨学金に応募し、滞在期間を4年近くにまで延長してしまった。留学前に先生が危惧しておられたことは現実のものとなり、帰国後の私の就職活動は、たいへんに困難なものとなった。それでも先生は、何とか仕事が見つかるようにと親身になってお世話くださったのである。今日の私があるのも、まさに先生の導きの賜物である。

ときどき、人はどのようにして人との出会いをするのかと考えることがある。たしかに私は、授業の中で英語史という分野があることを知り、田島先生の研究室を訪問し、ご指導をお願いした。先生も、さまざまなご苦労があろうことを承知の上で、それを受け入れてくださった。当時はただ走っていた私も、今から振り返るにつけて先生のご指導のありがたさを実感し、感謝の念は深まるばかりである。しかしそれだけではない。これほど稀有な出会いをしたときに、人は人生そのものにも感動を覚え、畏怖の念さえ抱くようになる。出会いには、自分が選び取るという力を超えたものがあるのではないかと感じる。「人生の恵みに与る」というのは、このようなことをいうのではないかという思いがますます強くなるのである。

田島松二先生のもとで学んで

末 松 信 子

　田島先生に初めてお会いしたのは、1994年5月、大学4年生の時であった。大学院進学を希望していた友人2名と、六本松キャンパスに新設された比較社会文化研究科についてお話を伺いに行ったのである。私はそれまで先生と面識はなかったが、他の2人が教養課程時代に先生に英語を教えていただいた縁で、私も一緒に連れて行ってもらった。先生は、緊張した3人を研究室に招きいれ、何を勉強しているのか、大学院で何を勉強したいのか、といったことを聞いてくださった。しどろもどろにお話したことと思うが、「そういうことが勉強したいのであれば、比文がいいんじゃないですか」とおっしゃったのを覚えている。

　その後、田島先生からお電話をいただき、大学院の後期の授業を聴講してもいいですよ、と声をかけていただいた。「史的統語法研究」の講義で、英語の歴史を概観した後、Jespersen, Mustanoja, Visser, Mitchell ら主要文献の解題、史的統語法研究の現状と今後の課題、などについて教わった。それまで、いわゆる言語理論しか学んでいなかった私にとって、すべてが新鮮であり、初めてふれた英語史の世界は大変興味深かった。

　そして、1995年4月、正式に大学院比較社会文化研究科に入学し、田島先生のご指導を受けることになった。そこでは、英語史、社会言語学、コーパス言語学など英語学全般を学ぶ機会に恵まれた。中英語の *Emaré*、チョーサーの *Canterbury Tales*、シェイクスピアの *Julius Caeser* や *Tempest* 等の講読を通して、テキストを正確に読むことを学んだ。また、書誌学、書誌編纂という研究の根幹にかかわることも教えていただき、先生が主宰された「わが国の英語学研究文献書誌」編纂プロジェクトにも参加させていただいた。修士1年の前期には、私ひとりのために、毎週土曜日に Charles Barber の *The English Language: A Historical Introduction* を一緒に読んでいただいた。自宅で必死に内容の要約をし、研究室に伺った。

3時から始めて、2、3時間、一通り終わると夕刻、六本松近くの居酒屋に連れて行っていただいた。研究室ではもちろんのこと、研究室以外の場でも、研究するとはどういうことなのか、研究とはどのように進めていくものなのか、研究する者の姿勢とは、といったことを、先生がお話になる様々なことから学んだように思う。

　ジェイン・オースティンの英語に本格的に取り組み始めたのは修士1年の終わり頃であった。きっかけは先生のお勧めである。後期近代英語は、現代英語とほとんど変わらないということもあって研究対象とされることが少ないが、歴史的に見ても古・中英語に劣らず興味深い時期であり、これから実証的研究がもっとなされるべき分野である。まずはオースティンから始めてみてはどうか、とご教示いただいたのである。以来、修士、博士課程を通して、オースティンの小説を読み、その英語を歴史的視点から、また社会言語学的視点から実証的に記述・分析することを続けた。

　博士課程を終えると同時に長崎国際大学に勤務することになった。慣れない教員生活の中で、特に初めの半年間は授業準備、会議等に追われ、研究する時間が取れず焦りを感じたりもした。勉強にだけ打ちこめばよかった大学院生時代を懐かしむと共に、もっと勉強しておけばよかった、と悔やむこともしばしばであった。思うように研究が進まない時にも、田島先生は常に励まし、懇切な論文指導を続けてくださった。明日は六本松に論文指導を受けに行かなければいけないと思えばこそ、真夜中の研究室で、唸ったり、泣いたりしながらも、データを整理し、黙々とパソコンに向かうことができた。長年にわたる先生の親身なご指導のおかげで、ジェイン・オースティン研究を博士論文として、更には単著にまとめることができた。

　田島先生には、本当に恵まれた研究環境を与えていただいた。先生の研究室に集う先輩方や後輩達とは勉強以外にも、山登りをしたり、お酒を楽しんだりした。毎年、春と夏には九重山麓の湯平(ゆのひら)温泉で合宿勉強会をして、山に登ったり、温泉に浸かったり、お酒を飲んだりする中で、たくさんのことを学んだ。(ちなみに、わが研究室に出入りする者はお酒と登山がノン・クレディットの必須コースとは先生のお言

葉である。)修士2年の時、先生は院生や若手研究者のために、と *The Kyushu Review* を創刊された。編集から版下作成まで、全ておひとりでされた。私自身もその恩恵に浴しながら、校正などで少しお手伝いをさせて頂いたが、その編集ぶりは徹底したものであった。また、先生が99年に設立された英語史研究会を通して、様々な分野の発表を聞くことができ、多くの先生方と接する機会に恵まれた。田島先生は、会報の編集、版下作り、研究会会員への連絡、プログラム作り、会の進行にいたるまで、裏方にあたる作業を自ら率先して、いやほとんどおひとりでなさっていた。そのお姿を拝見しながら、表に出ない作業の大変さと重要性を知った。

英語史や史的統語法研究について何も知らずに入学した私に、テキストを正確に、しかも大量に読むことの大切さ、史的パースペクティブの重要性など、本当に多くのことを教えていただいた。田島先生が折々におっしゃった様々な言葉が心に残っている。「テキストを読んでいればテーマは浮んでくる」、「テキストを読んでいなければ、パソコンがいかに進歩してもいい論文は書けない」、「他人の論文をただ批判するだけの論文にはあまり意味がない」、「読む人に負担をかけるような論文はよくない」、「みんなに30歳までは面倒を見る、と言ってるんだよ」、等々。その30歳を私はすでに超えてしまった。しかし、気分はずっと20代ということで、お許しいただければ、これからもご指導・ご鞭撻を仰ぎたいと思っている。教えていただいたことを肝に銘じて、これからの長い研究生活を地道に歩み続けることが、私にできる唯一のご恩返しではないかと思う。

田島松二先生略歴・研究業績目録

末 松 信 子 (編)

1942 (昭和 17) 年 10 月 10 日　鹿児島県鹿屋市生まれ

〈学歴〉
1961 年 3 月　鹿児島県立鹿屋高等学校卒業
1961 年 4 月　九州大学文学部入学
1965 年 3 月　同上　英文学科卒業
1965 年 4 月　九州大学大学院文学研究科修士課程入学
1967 年 3 月　同上　修了
1969 年 1 月　カナダ国ブリティッシュ・コロンビア州立サイモン・フレーザー大学大学院修士課程英文学専攻入学
1970 年 4 月　同上　修了 (M.A. in English)
1977 年 9 月　カナダ国オンタリオ州立オタワ大学大学院博士課程英文学専攻入学
1979 年 5 月　同上　博士候補資格取得
1983 年 11 月　オタワ大学英文学博士号 (Ph.D. in English Literature) 取得

〈職歴〉
1967 年 4 月　福岡女子大学文学部講師
1972 年 4 月　北海道大学文学部講師
1974 月 7 月　北海道大学文学部助教授
1975 年 4 月　九州大学教養部助教授
1988 年 4 月　九州大学言語文化部助教授
1988 年 9 月　九州大学言語文化部教授
1989 年 9 月　米国ノースカロライナ大学チャペルヒル校客員研究員
　　　　　　　(1990 年 9 月まで)
1994 年 4 月　九州大学大学院比較社会文化研究科 (学府) 教授 (現在に至る)
2000 年 4 月　九州大学大学院言語文化研究院教授 (現在に至る)

併任講師 (集中講義)：北海道教育大学旭川校、大阪大学、鳴門教育大学、広島大学、長崎大学、熊本大学、鹿児島大学、福岡女子大学、活水女子大学、他

〈学会及び社会における活動等〉
日本中世英語英文学会評議員 (1990-92; 1994-2000; 2004-現在)、編集委員 (1986-90; 1994-96)、副会長 (2005-現在)
英語史研究会会長 (1999-現在)
日本英文学会九州支部長 (2002-05)
学術誌 The Kyushu Review 編集兼発行人 (1996-現在)

国際学術誌 NOWELE: North-Western European Language Evolution (Odense University Press, Denmark) 編集委員 (1989-現在)
国際学術誌 English Language and Linguistics (Cambridge University Press) 編集委員 (1996-現在)
言語科学研究叢書 Amsterdam Studies in the Theory and History of Linguistic Science, Series V: Library & Information Sources in Linguistics (Amsterdam & Philadelphia) 編集委員 (1985-現在)

九州朝日放送番組審議会委員 (1993-97)、副委員長 (1995-97)

研究業績目録

(2005 年 11 月現在)

〈編著書〉
1985 年　The Syntactic Development of the Gerund in Middle English. 南雲堂, 166 pp.
1986 年　Noam Chomsky: A Personal Bibliography 1951-1986. (Library and Information Sources in Linguistics, 11.) Amsterdam & Philadelphia: John Benjamins, xi + 217 pp. (E. F. K. Koerner と共著)
1988 年　Old and Middle English Language Studies: A Classified Bibliography 1923-1985. (Library and Information Sources in Linguistics, 13.) Amsterdam & Philadelphia: John Benjamins, xxxiii + 391 pp.
1994 年　The Language of Middle English Literature. (Annotated Bibliographies of

Old and Middle English Literature, 1.) Cambridge: D. S. Brewer, viii + 280 pp. (David Burnley と共著)
1995 年 『コンピューター・コーパス利用による現代英米語法研究』(編著) 開文社出版, xii + 233 pp.
1998 年 『わが国における英語学研究文献書誌 1900-1996』(責任編集) 南雲堂, xviii + 1196 pp. (第 2 回ゲスナー賞銀賞)
2001 年 『わが国の英語学 100 年―回顧と展望』南雲堂, 225 pp.
2006 年 『ことばの楽しみ―東西の文化を越えて』(編著) 南雲堂, 432 pp.

〈論文〉
1965 年 「Shakespeare に於ける分詞構文について」 *Cairn* (九州大学大学院) 第 6 号, pp. 72-90.
1966 年 「Langland における Verbals (I) ―分詞について」 *Cairn* 第 8 号, pp. 76-90.
1968 年 "Verbals in *Piers the Plowman* (II): Gerund"『文芸と思想』(福岡女子大学文学部) 第 31 号, pp. 29-53.
1968 年 "Verbals in *Piers the Plowman* (III): Infinitives"『文芸と思想』第 32 号, pp. 1-55.
1968 年 「14 世紀英語に於ける動名詞―その動詞的性質の発達について」『前川俊一教授還暦記念論文集』(英宝社), pp. 339-52.
1970 年 "On the Use of the Participle in the Works of the *Gawain*-poet"『文芸と思想』第 34 号, pp. 49-70.
1971 年 「日本語の中の英語 素描」『福岡県職員研修所報』第 31 号, pp. 17-28.
1971 年 "On the Use of the Gerund in the Works of the *Gawain*-poet"『文芸と思想』第 35 号, pp. 1-24.
1972 年 "On the Use of the Infinitive in the Works of the *Gawain*-poet"『文芸と思想』第 36 号, pp. 1-56.
1975 年 「語法覚書―'Not Only . . . But (Also)' とその類型をめぐって」『北海道大学外国語・外国文学研究』第 21 号, pp. 341-57.
1975 年 "The *Gawain*-poet's Use of *Con* as a Periphrastic Auxiliary". *Neuphilologische Mitteilungen* (Helsinki), Vol. 76, pp. 429-38.
1976 年 「*Gawain*-poet の言語における人称代名詞 *Hit* の用法」『言語科学』(九州大学) 第 11・12 合併号, pp. 23-36.
1977 年 「14 世紀英語における動名詞―その動詞的性質の発達に関して」『英文学研究』(日本英文学会) 54 巻 1・2 号, pp. 113-33.

1978 年　"Additional Syntactical Evidence against the Common Authorship of MS. Cotton Nero A.x". *English Studies* (Amsterdam), Vol. 59, pp. 193-98.

1978 年　"Saussure in Japan: A Survey of Research 1928-78". *Historiographia Linguistica* (Amsterdam), Vol. 5, pp. 121-48. (E. F. K. Koerner と共著. E. F. K. Koerner, *Saussurean Studies/Études saussuriennes*〔Genève: Éditions Slatkine, 1988〕, pp. 175-202 に再録)

1980 年　"Gnomic Statements in *Beowulf*"『英語英文学論叢』(九州大学) 第 30 集, pp. 83-94.

1980 年　"The Gerund in the Katherine Group, with Special Reference to its Verbal Character"『言語科学』第 15 号, pp. 30-35.

1982 年　"The Gerund in Medieval English Drama, with Special Reference to its Verbal Character"『英語英文学論叢』第 32 集, pp. 81-96.

1984 年　"Images of a Medical Doctor in *Piers Plowman*"『英語学研究―松浪有博士還暦記念論文集』(秀文インターナショナル), pp. 259-64.

1985 年　「ME における動名詞の統語法的発達に関する諸問題」『英語英文学論叢』第 35 集, pp. 117-36.

1985 年　"The Common-/Objective-Case Subject of the Gerund in Middle English"『言語科学』第 20 号, pp. 13-20.

1985 年　"The Gerund in Chaucer, with Special Reference to the Development of its Verbal Character". *Poetica: An International Journal of Linguistic-Literary Studies* (Tokyo), Nos. 21/22, pp. 106-20.

1989 年　「『タイム』誌における「人物名＋名詞 (句)」型連語関係について」『言語科学』第 24 号, pp. 53-70. (岩本弓子と共著)

1989 年　「言語・文体から見た Authorship — Cotton Nero 詩群を中心に」鈴木榮一編『中英語頭韻詩の言語と文体』(学書房), pp. 98-135.

1990 年　「Late ME における Ought の発達」『英語文献学研究―小野茂博士還暦記念論文集』(南雲堂), pp. 227-48.

1992 年　「シェイクスピアにおける主語－述語動詞の呼応について」『言語科学』第 27 集, pp. 1-19. (岩本弓子と共著)

1993 年　「コンピューター・コーパス利用による現代英米語法研究 (1)—'prevent me (from) going' と 'prevent my going'」『英語英文学論叢』 第 43 集, pp. 145-60. (許斐慧二と共著)

1993 年　「コンピューター・コーパス利用による現代英米語法研究 (2)—'in (the) light of' における the の出没について」『言語文化論究』(九州大学) 第 4 号, pp. 31-36. (許斐慧二と共著)

1993 年　「コンピューター・コーパス利用による現代英米語法研究 (3)—'not so

much A as/but B' について」『九州工業大学情報工学部紀要』 第6号, pp. 39-48. (許斐慧二と共著)

1993年 「コンピューター・コーパス利用による現代英米語法研究 (4)—'have difficulty (in) doing something' について」『大分大学工学部研究報告』第28号, pp. 129-34. (許斐慧二、松田修明と共著)

1993年 「コンピューター・コーパス利用による現代英米語法研究 (5)—'aim at doing' と 'aim to do'」『大分大学工学部研究報告』第28号, pp. 135-41. (許斐慧二、松田修明と共著)

1994年 「コンピューター・コーパス利用による現代英米語法研究 (6)—'despite' と 'in spite of'」『英語英文学論叢』第44集, pp. 125-36.

1994年 「コンピューター・コーパス利用による現代英米語法研究 (7)—〈many a(n) + 単数名詞〉と〈many another + 単数名詞〉」『言語文化論究』第5号, pp. 81-86.

1994年 「コンピューター・コーパス利用による現代英米語法研究 (9)—'apart from' と 'aside from'」『九州工業大学情報工学部紀要』 第9号, pp. 89-97. (許斐慧二と共著)

1994年 「コンピューター・コーパス利用による現代英米語法研究 (11)—〈rather a/a rather + 形容詞 + 名詞〉について」『言語科学』第29号, pp. 21-28.

1994年 「シェイクスピアにおける単純形副詞 (Flat Adverb) について」『言語科学』第29号, pp. 29-41. (岩本弓子と共著)

1994年 「コンピューター・コーパス利用による現代英米語法研究 (12)—'busy (in/with) doing' について」『大分大学工学部研究報告』第29号, pp. 75-78. (松田修明と共著)

1994年 「コンピューター・コーパス利用による現代英米語法研究 (13)—'cannot but do, cannot help doing, cannot help but do' とその類義表現について」『大分大学工学部研究報告』第30号, pp. 63-70. (松田修明と共著)

1996年 「新しい中英語統語論— Olga Fischer, 'Syntax' (*The Cambridge History of the English Language*, Vol. II) をめぐって」『英語英文学論叢』第46集, pp. 1-15.

1996年 "The Common-/Objective-Case Subject of the Gerund in Middle English". *A Frisian and Germanic Miscellany: Published in Honour of Nils Århammar on his Sixty-Fifth Birthday, 7 August 1996* (Odense, Denmark: Odense University Press), pp. 569-78.

1996年 「'cannot help but do' 型構文はいつ頃文献に現れたか？」*The Kyushu Review* (「九州レヴュー」の会) 創刊号, pp. 47-53.

1998 年	"The Gerund in Chaucer, with Special Reference to its Verbal Character". *English Historical Linguistics and Philology in Japan*, ed. by Jacek Fisiak and Akio Oizumi (Berlin & New York: Mouton de Gruyter), pp. 323-39.
1998 年	「「アメリカン・ドリーム」の初出年代について」 *The Kyushu Review* 第 3 号, pp. 33-39.
1998 年	「わが国の英語学研究 100 年」『わが国における英語学研究文献書誌 1900-1996』(南雲堂), pp. 1-96.
1999 年	「19 世紀英語における 'busy (in/with) doing' 構文」『言語科学』第 34 号, pp. 15-20. (末松信子と共著)
1999 年	"The Compound Gerund in Early Modern English". *The Emergence of the Modern Language Sciences: Studies on the transition from historical-comparative to structural linguistics. In honour of E. F. K. Koerner*, ed. by S. Embleton, J. E. Joseph & Hans-Josef Niederehe (Amsterdam & Philadelphia: John Benjamins), Vol. II, pp. 265-77.
2000 年	"*Piers Plowman* B.V.379: A Syntactic Note". *Notes and Queries* (Oxford), Vol. 245, No. 1, pp. 18-20.
2000 年	「わが国の英語辞書学・辞書史研究概観」 *The Kyushu Review* 第 5 号, pp. 73-77.
2000 年	"Chaucer and the Development of the Modal Auxiliary *Ought* in Late Middle English". *Manuscript, Narrative, Lexicon: Essays in Literary and Cultural Transmission in Honor of W. F. Bolton*, ed. by Robert Boenig and Kathleen Davis (Lewisburg: Bucknell University Press), pp. 195-217.
2003 年	「18 世紀英語の歴史・社会言語学的研究書誌」『言語科学』第 38 号, pp. 153-74. (末松信子と共著)
2003 年	「中英語頭韻詩における絶対形容詞―ガウェイン詩群を中心に」『英語英文学論叢』第 53 集, pp. 63-84.
2003 年	「OE, ME テキストにおけるトリヴィア研究の勧め」 *The Kyushu Review* 第 8 号, pp. 103-07.
2004 年	「18 世紀英語の歴史・社会言語学的研究書誌 (補訂版)」 *The Kyushu Review* 第 9 号, pp. 83-111. (末松信子と共著)
2005 年	「18 世紀英語研究の現在を概観する」『英語青年』 2005 年 4 月号, pp. 17-19.
2005 年	「"Allow for" の新しい意味?」『英語史研究会会報』第 13 号, pp. 16-18.
2005 年	"The Compound Gerund in 17th-Century English". *Papers on Scandinavian and Germanic Language and Culture: Published in Honour of Michael*

Barnes on his Sixty-Fifth Birthday 28 June 2005* (Odense: University Press of Southern Denmark), pp. 249-62. [= *NOWELE: North-Western European Language Evolution*, Vol. 46/47)

2005 年　「再び 'in (the) light of' について」*The Kyushu Review* 第 10 号, pp. 63-70.

2006 年　「18 世紀英語研究文献書誌」『言語文化論究』No. 21, pp. 125-45. (末松信子と共著)

2006 年　「中英語頭韻詩 *Pearl*, line 446 について」『英語英文学論叢』第 56 号, pp. 1-11.

2006 年　「*The Canterbury Tales: General Prologue*, 521 をめぐって」田島松二編『ことばの楽しみ―東西の文化を越えて』(南雲堂), pp. 103-12.

〈総説・解説・書評〉

1980 年　「カナダにおける中世英語英文学研究」*Medieval English Studies Newsletter* (東京大学イギリス中世研究資料センター) 第 3 号, pp. 1-2.

1986 年　(書評)「寺澤芳雄・大泉昭夫編『英語史研究の方法』(南雲堂, 246 pp. 1985)」『英語青年』1986 年 4 月号, p. 38.

1987 年　「英語史・OE・ME 関係書誌」『英語青年』1987 年 6 月号, p. 137.

1987 年　「最近の Chaucer 研究」『英語青年』1987 年 9 月号, p. 295.

1987 年　「北欧の Syntactic Variation 研究」『英語青年』1987 年 12 月号, p. 449.

1988 年　「イギリスの若手フィロロジスト」『英語青年』1988 年 3 月号, p. 603.

1991 年　「完成間近い *Middle English Dictionary*」『英語青年』1991 年 4 月号, pp. 34-36.

1997 年　(書評)「小野茂著 *On Early English Syntax and Vocabulary* (南雲堂, x + 301 pp., 1989)」*The Kyushu Review* 第 2 号, pp. 89-91.

1999 年　(書評)「E. F. K. Koerner (ed.), *First Person Singular III: Autobiographies by North American Scholars in the Language Sciences* (Amsterdam & Philadelphia: John Benjamins, 1998)」*The Kyushu Review* 第 4 号, pp. 111-14.

2000 年　(書評)「齊藤俊雄著『英語史研究の軌跡』(英宝社, 1998)」『英文学研究』(日本英文学会) 第 77 巻第 1 号, pp. 89-93.

2001 年　「リレー連載：英語・英文学研究の課題 (4)—英語学文献書誌を編纂して思うこと」『英語青年』2001 年 11 月号, pp. 30-32.

2002 年　"An Annotated Chaucer Bibliography 2000". *Studies in the Age of Chaucer* (The New Chaucer Society/Rutgers University Press), Vol. 24, pp. 455-561. (11 項目執筆)

2003 年　(書評) "Keith Wilson & Vivien Law (eds.), *Linguistics in Britain: Personal Histories* (Oxford & Boston: Blackwell, 2002) ". *Historiographia Linguistica* (Amsterdam), Vol. 30, pp. 447-51.

2003 年　"An Annotated Chaucer Bibliography 2001". *Studies in the Age of Chaucer* (St. Louis: The New Chaucer Society, Washington University), Vol. 25, pp. 459-546. (11 項目執筆)

〈その他〉

1970 年　「カナダ留学記」『福岡女子大学広報』第 1 号, p. 4.

1970 年　「山上のキャンパス」 *QA Bulletin* (九大英文学会) No. 17, pp. 4-6.

1971 年　「カナダに留学して」『研修だより』(福岡県職員研修所) No. 32, p. 20.

1973 年　「カナダで英語学を教えて」『会報』 16 号 (九州大学文学部同窓会), pp. 32-34.

1979 年　"Publications by Vivian Salmon, 1957–1978". Vivian Salmon, *The Study of Language in 17th-Century England* (Amsterdam & Philadelphia: John Benjamins), pp. 207-11. (E. F. K. Koerner と共編)

1988 年　「英語史研究と書誌編纂」『九州大学研究紹介』 No. 1, pp. 24-25.

1989 年　"Twenty Years of Friendship with EFKK". *E. F. Konrad Koerner Bibliography*, ed. William Cowan & Michael Foster (Bloomington, IN: Eurolingua), pp. 79-80.

1989 年　「床並先生との 20 年」『追悼　床並繁先生』(床並繁先生追悼集刊行発起人会), p. 34.

1990 年　"Index of Authors". *North American Contributions to the History of Linguistics*, ed. by G. P. Dinneen & E. F. K. Koerner (Amsterdam & Philadelphia: John Benjamins), pp. 231-37.

1997 年　「宮原文夫教授を送る」『英語英文学論叢』第 47 集, p. i.

1999 年　「『わが国における英語学研究文献書誌 1900-1996』(1998 年 11 月、南雲堂刊) を編纂して」『日本中世英語英文学会会報』 No. 29, pp. 2-3.

1999 年　「英語史研究会発足にあたって」『英語史研究会会報』第 1 号, pp. 1-2.

1999 年　「著作紹介『わが国における英語学研究文献書誌 1900-1996』」『九大広報』(九州大学広報委員会) 第 6 号, p. 17.

1999 年　「『わが国における英語学研究文献書誌 1900-1996』(南雲堂、1998 年 11 月刊) を完成して」 *QA Bulletin* (九大英文学会) No. 40, p. 6.

2000 年　「鹿大で中世英文学を講義して」 *New Volcano* (鹿児島大学英文学会) No. 24, pp. 3-5.

2000 年　「W. F. Bolton 先生のこと―編集後記に代えて」 *The Kyushu Review* 第

5 号, pp. 101-02.
2001 年 「「改革のための小委員会」最終報告を終えて」『日本中世英語英文学会会報』第 33 号, pp. 16-17.
2001 年 「自著紹介『わが国の英語学 100 年―回顧と展望』」『図書館情報』(九州大学附属図書館) Vol. 37, No. 1, p. 17.
2001 年 「David Burnley 教授の逝去を悼む」 The Kyushu Review 第 6 号, pp. 105-06.
2001 年 「David Burnley 教授略歴・著作目録」 The Kyushu Review 第 6 号, pp. 107-11.
2001 年 「自著紹介『わが国の英語学 100 年―回顧と展望』」『言文フォーラム』(九州大学言語文化研究院) 第 24 号, p. 9.
2002 年 「追悼　林哲郎先生」 The Kyushu Review 第 7 号, pp. 103-05.
2002 年 「林哲郎先生略歴・研究業績目録」 The Kyushu Review 第 7 号, pp. 106-14.
2002 年 「W. W. Skeat の墓」『英語史研究会会報』第 8 号, pp. 25-28.
2003 年 「キャンベル先生のこと」『日本カナダ文学会ニューズレター』第 44 号, pp. 3-4.
2004 年 「書誌編纂のことなど」『図書館情報』(九州大学附属図書館) Vol. 40, No. 2, pp. 23-24.
2004 年 「横川雄二君を悼む―編集後記に代えて」 The Kyushu Review 第 9 号, p. 123.

〈翻訳〉
1976 年 J. G. フレーザー『旧訳聖書のフォークロア』(共訳) 太陽社, [28] + 578 + 77 pp. (担当分 pp. 459-561)
1980 年 A. P. キャンベル『カキ・ワフー』(児童書) 開文社出版, 30 pp.

〈大学教科書〉
1968 年 R. Firth: *Human Types*　元田脩一と共編注　南雲堂
1972 年 W. Saroyan: *Laughing Sam and Other Stories*　編注　葦書房
1976 年 P. Buck: *The First Wife*　片岡章と共編注　梓書院
1977 年 W. Saroyan: *Saroyan's Best Short Stories*　片岡章と共編注　松柏社
1981 年 R. Dahl: *Dahl's Best Short Stories*　杉山隆一と共編注　南雲堂
1981 年 I. Barclay: *The Story of Canada*　注釈　南雲堂
1985 年 Susan Hill: *A Bit of Singing and Dancing*　松田修明と共編注　南雲堂
1989 年 M. Metayer: *Tales from the Igloo*　松田修明と共編注　開文社出版

1992 年　William Saroyan: *The Saroyan Special*　重松勉と共編注　南雲堂
1999 年　Jim Knudsen: *Listen and Write*　末松信子と共編注　南雲堂
2000 年　Willie Morris: *My Dog Skip*　小谷耕二と共編注　南雲堂

〈編集〉
The Kyushu Review 創刊号 (1996) ―第 10 号 (2005)
『英語史研究会会報』第 1 号 (1999) ―第 14 号 (2005)

〈学会発表・シンポジウム・講演〉
1966 年　「*Piers the Plowman* に於ける分詞について」日本英文学会九州支部第 19 回大会 (於佐賀大学)
1980 年　「チョーサーにおける動名詞」第 37 回中世英文学研究会 (於同志社大学)
1984 年　"The Common-/Objective-Case Subject of the Gerund in Middle English". The Panel Discussion on Medieval English (於同志社大学)
1984 年　「ME 期における動名詞の統語法的発達に関する諸問題」第 40 回中世英文学研究会 (於京都大学)
1984 年　(講演)「カナダ英語について」熊本女子大学特別講演会
1986 年　「動名詞の史的発達と構造」第 4 回日本英語学会シンポジウム (於津田塾大学)、司会　宇賀治正朋、講師　田島松二、齊藤俊雄、児馬修
1987 年　「ME 頭韻詩における言語と文体」日本英文学会第 59 回全国大会シンポジウム (於中央大学)、司会・講師　鈴木榮一、講師　吉野利広、浦田和幸、田島松二
1987 年　「チョーサーの言語と文体」日本英文学会九州支部第 40 回大会シンポジウム (於北九州大学)、司会　田島松二、講師　杉山隆一、松瀬憲司、浦田和幸、隈元貞広、討論者　鈴木榮一
1994 年　「文献学と歴史言語学との間で―新たな〈英語史研究〉のために」日本英文学会第 66 回全国大会シンポジウム (於熊本大学)、司会・講師　大泉昭夫、講師　小川浩、田島松二、馬場彰
1994 年　「中世研究の方法論―今後の課題」日本中世英語英文学会第 10 回大会十周年記念シンポジウム (於関西外国語大学)、司会　岡三郎、講師　石井美樹子、高宮利行、田島松二、齋藤勇
1997 年　(講演)「英語の成立」北九州大学外国語学部特別講演会
1998 年　(講演)「動名詞の発達」大阪大学言語文化研究科演会
2000 年　「*Piers Plowman* B. V. 579 について」英語史研究会第 3 回大会 (於九州

　　　　　大学)
2000 年　(講演)「私の歩いた道―英語研究 35 年」鹿児島県立鹿屋高等学校講演会
2001 年　(講演)「英語の楽しさへの誘い」鹿児島県立種子島高等学校講演会
2002 年　「中英語頭韻詩の言語と文体― J. P. Oakden (1930 & 1935) 再考」日本英文学会第 74 回大会シンポジウム (於北星学園大学)、司会・講師　田島松二、講師　守屋靖代、松下知紀、鎌田幸雄
2004 年　「18 世紀英語の諸相」日本英文学会九州支部第 57 回大会シンポジウム (於九州大学)、司会　田島松二、講師　隈元貞広、家入葉子、末松信子
2004 年　(講演)「動名詞はいつ、どのように発達したか」中央大学英米文学会

執筆者紹介(論文掲載順)

I

小野　茂 (おの・しげる)
　1930年東京生まれ。東京大学文学部卒。文学博士。東京都立大学名誉教授 (英語史、中世英語英文学)。著書:『英語法助動詞の発達』(研究社、1969)、『英語史 I』(共著、大修館書店、1980)、『フィロロジーへの道』(研究社、1981)、『英語史の諸問題』(南雲堂、1984)、On Early English Syntax and Vocabulary (南雲堂、1989)、『フィロロジーの愉しみ』(南雲堂、1998)、『フィロロジーのすすめ』(開文社、2003)、ほか。

宇賀治正朋 (うかじ・まさとも)
　1931年新潟県生まれ。東京教育大学大学院博士課程単位取得退学。文学博士。東京学芸大学名誉教授 (英語学)。著書: Imperative Sentences in Early Modern English (開拓社、1978)、『英語史 IIIA』(共著、大修館書店、1984)、『英語史』(開拓社、2000)、ほか。

柴田稔彦 (しばた・としひこ)
　1932年福岡生まれ。東京大学大学院修士課程修了。福岡大学名誉教授 (英文学)。著訳書:『シェイクスピアを読み直す』(編著、研究社、2001)、『シェイクスピア詩集』(対訳、岩波文庫、2004)、ウィリアム・エンプソン『牧歌の諸変奏』(翻訳、研究社、1982)、ほか。

吉野昌昭 (よしの・まさあき)
　1936年浦和市生まれ。東京大学大学院修士課程修了。安田女子大学・短期大学長、九州大学名誉教授 (英文学専攻)。編著書:『ワーズワスと「序曲」』(編著、南雲堂、1994)、『空間の思索―詩的精神史への試み』(開文社、1994)、『ロマン派の空間』(編著、松柏社、2000)、ほか。

II

衛藤安治 (えとう・やすはる)
　1949年生まれ、大分県出身。上智大学大学院修士課程修了。福島大学人間発達文化学類教授 (英語学)。論文:"Andreas, 1229-52", The Explicator 52:4 (1994),「古英詩ベオウルフからのメッセージ」『フィロロギア』(大修館書店、2001) 所収、ほか。

今井光規 (いまい・みつのり)
　1938年岡山県生まれ。神戸大学文学部卒、大阪大学大学院文学研究科博士課程満期退学。博士 (比較社会文化)。摂南大学教授、大阪大学名誉教授 (中世英語英文学)。著書:『中世英国ロマンス集』1-4集 (共訳、篠崎書林、1983-2001)、ほか。

守屋靖代 (もりや・やすよ)
　1953年福岡市生まれ。国際基督教大学教養学部卒、オハイオ州立シンシナティ大学大学院

博士課程修了 (Ph.D.)。国際基督教大学教養学部教授 (英語史、中英語頭韻詩)。論文：*English Language Notes, Neuphilologische Mitteilungen, English Studies* 等に音韻、韻律関係の論文多数。

田島松二 (たじま・まつじ)
本書、415-425 頁参照。

中尾祐治 (なかお・ゆうじ)
1935 年愛知県生まれ。名古屋大学文学部卒、同大学院修士課程修了。名古屋大学名誉教授 (英語史)。著書：『トマス・マロリーのアーサー王伝説—テキストと言語をめぐって』(風媒社、2005) のほか、Sir Thomas Malory の英語に関する論文多数。

家入葉子 (いえいり・ようこ)
1964 年福岡市生まれ。九州大学文学部卒、同大学院修士課程修了、セント・アンドルーズ大学大学院博士課程修了 (Ph.D.)。京都大学文学研究科助教授 (英語史)。編著書：*Negative Constructions in Middle English* (九州大学出版会, 2001)、*Aspects of English Negation* (編著, John Benjamins & Yushodo, 2005)、ほか。

齊藤俊雄 (さいとう・としお)
1933 年浜松市生まれ。大阪大学文学部卒、同大学院博士課程単位取得退学。博士 (言語文化学)。大阪大学名誉教授 (英語史・コーパス言語学)。編著書：『英語史研究の軌跡』(英宝社、1997)、『英語コーパス言語学 (改訂新版)』(共編、研究社、2005)、ほか。

松元浩一 (まつもと・こういち)
1963 年宮崎県小林市生まれ。鹿児島大学法文学部卒、九州大学大学院博士課程修了。博士 (比較社会文化)。長崎大学教育学部助教授 (英語史)。論文：「初期近代英語における二重目的語構文の受動文」*The Kyushu Review* 第 9 号 (2004)、ほか。

藤内響子 (ふじうち・きょうこ)
1966 年福岡市生まれ。九州大学文学部卒、同大学院博士課程満期退学。九州情報大学講師 (英語史)。論文：「19 世紀アメリカ英語における "A long letter was sent him" 型構文」『九州情報大学研究論集』第 3 巻第 1 号 (2001)、ほか。

末松信子 (すえまつ・のぶこ)
1972 年福岡市生まれ。九州大学文学部言語学科卒、同大学院比較社会文化研究科博士課程満期退学。博士 (比較社会文化)。長崎国際大学講師 (英語史・社会言語学)。著書：『ジェイン・オースティンの英語—その歴史・社会言語学的研究』(開文社、2004)。

吉田孝夫 (よしだ・たかお)
1938 年生まれ、福岡県出身。広島大学大学院修士課程修了。九州産業大学教授、滋賀大学名誉教授 (英語学)。主著：『ディケンズのことば』(増補改訂版) (あぽろん社、1980)、『ディケンズの笑い』(晃学出版、1982)、『文化とことば』(増補改訂版) (あぽろん社、2005)、ほか。

浦田和幸 (うらた・かずゆき)
1957 年三重県松阪市生まれ。東京外国語大学卒、東京大学大学院修士課程修了。東京外国語大学助教授 (英語史)。著訳書：『コンピューター・コーパス利用よる現代英米語法研究』(共

著、開文社、1995)、『学習英英辞書の歴史』(共訳、研究社、2003)、ほか。

東　真千子 (ひがし・まちこ)
　　1976 年熊本県生まれ。鹿児島大学法文学部卒、九州大学大学院比較社会文化学府博士課程。九州産業大学非常勤講師 (アメリカ英語)。論文:「現代アメリカ英語における *Dare*」*The Kyushu Review* 第 9 号 (2004)、ほか。

松村瑞子 (まつむら・よしこ)
　　1954 年愛媛県宇和島市生まれ。九州大学文学部卒、同大学院文学研究科博士課程中退。九州大学言語文化研究院教授 (対照言語学・社会言語学)。著書:『日英語の時制と相―意味・語用論的観点から』(開文社、1996 年)、ほか。

地村彰之 (ぢむら・あきゆき)
　　1952 年生まれ、滋賀県出身。広島大学大学院博士課程中退。博士 (文学)。広島大学文学研究科教授 (英語学・中世英語英文学)。著書:『中世ヨーロッパの時空間移動』(共著、渓水社、2004 年)、*Studies in Chaucer's Words and his Narratives* (渓水社、2005 年)、ほか。

III

濱口惠子 (はまぐち・けいこ)
　　1946 年大阪府池田市生まれ。同志社大学大学院修士課程修了、サイモン・フレーザー大学大学院博士課程中退。土佐女子短期大学教授 (中世英文学)。著書: *Chaucer and Women* (英宝社、2005))、ほか。

大和高行 (やまと・たかゆき)
　　1966 年大阪府生まれ。九州大学文学部英文科卒、同大学院博士課程中退。鹿児島大学法文学部助教授 (英文学・エリザベス朝演劇)。論文:「『アーサー王の悲運』に見られる道徳観―大衆演劇への橋渡し」『英文学と道徳』(九州大学出版会、2005 年) 所収、ほか。

田吹長彦 (たぶき・たけひこ)
　　1943 年大分県生まれ。九州大学大学院修士課程修了。北九州市立大学外国語学部教授 (イギリス・ロマン派)。著書:『ロード・バイロン「チャイルド・ハロルドの巡礼」第一編 – 第三編注解』(九州大学出版会、1993-98)、『ヨーロッパ夢紀行―詩人バイロンの旅 (丸善出版サービスセンター、2006 年)。

吉田徹夫 (よしだ・てつお)
　　1940 年生まれ、福岡県出身。九州大学文学部英文科卒、同大学院修士課程修了。福岡女子大学名誉教授 (英国小説)。著訳書:『ジョゼフ・コンラッドの世界』(開文社、1980)、『ウイリアム・ゴールディングの視線』(編著、開文社、1998)、ゴールディング『可視の闇』(共訳、開文社、2000)、ほか。

宮原一成 (みやはら・かずなり)
　　1962 年福岡県生まれ。九州大学文学部英文科卒、同大学院比較社会文化研究科修士課程修了。山口大学人文学部助教授 (英国系現代小説)。著訳書:『ウィリアム・ゴールディングの視線』(編著、開文社、1998)、ゴールディング『光塔』(共訳、開文社、2005)、ほか。

執筆者紹介

合山　究 (ごうやま・きわむ)
　1942年大分県宇佐市生まれ。九州大学文学部中国文学科卒。九大助手、岐阜大学講師を経て、1973年九大教養部助教授。現在、同大学院比較社会文化研究院教授 (中国文学)。著書：『「紅楼夢」新論』(汲古書院、1997)、『明清時代の女性と文学』(汲古書院、2006)、ほか。

小野和人 (おの・かずと)
　1940年大分県生まれ。京都大学文学部卒。同大学院修士課程修了。西南女学院大学教授、九州大学名誉教授 (19世紀アメリカ文学)。著訳書：『生きるソロー』(共著、金星堂、1986) ソロー『メインの森』(翻訳、金星堂、1992；講談社学術文庫、1994)、『ソローとライシアム』(開文社、1997)、ほか。

小谷耕二 (こたに・こうじ)
　1952年熊本県人吉市生まれ。九州大学大学院博士課程中退。九州大学教授 (アメリカ南部文学)。著作：『日本におけるアメリカ南部文学研究書誌、1994-2001』(九州大学言語文化研究叢書、2004)、「歴史を書く／歴史のなかで書く―フォークナー『行け、モーセ』と歴史認識」(『英語青年』2003年3月号)、ほか。

常本　浩 (つねもと・ひろし)
　1940年東京生まれ。法政大学大学院博士課程満期退学。近畿大学文芸学部教授 (アメリカ文学)。編著：『ある小説家の物語：トマス・ウルフ　人と作品』(金星堂、1988)、*One Man and the World: Selected Essays from 'The Thomas Wolfe Newsletter/Review'* (編著、Jorlan Publishing, 2005)、ほか。

野口健司 (のぐち・けんじ)
　1931年生まれ、福岡県久留米市出身。京都大学文学部卒、同大学院修士課程修了。九州大学名誉教授 (アメリカ文学)。著書：『現代の文学』(共著、九州大学出版会、1983)、ほか。

IV

福留久大 (ふくどめ・ひさお)
　1941年生まれ、薩摩川内出身。東京大学経済学部卒、同大学院博士課程単位取得退学。九州大学名誉教授 (農業経済論、マルクス経済学)。著訳書：『現代日本経済論』(共著、東大出版会、1971)、バーリン『人間マルクス』(翻訳、サイエンス社、1984年)、『資本と労働の経済理論』(九州大学出版会、1995)、ほか。

塚崎香織 (つかざき・かおり)
　1971年長崎市生まれ。長崎大学教育学部卒、同大学院修士課程修了、九州大学大学院比較社会文化学府博士課程。鹿児島高専講師 (英語教育)。論文：「英語教育における多読指導―動機づけの観点から」*The Kyushu Review* 第9号 (2004)、ほか。

笠井勝子 (かさい・かつこ)
　1942年長崎市生まれ。明治学院大学大学院文学研究科修士課程修了。文教大学教授 (ルイス・キャロル研究)。著書：『不思議の国の"アリス"』(監修、求龍堂、1991)、『ルイス・キャロル小事典』(分担執筆、研究社、1994)、『12人のキャロル研究者が朗読する「不思議の国の

アリス』』(監修、洋販出版、1997)。

早川鉦二 (はやかわ・しょうじ)
　1941 年名古屋市生まれ。九州大学文学部西洋史学科卒、京都大学大学院経済学研究科修士課程修了。愛知県立大学教授 (地方自治)。著書：『スウェーデンの地方自治』(労働大学、1999)、『市町村合併を考える』(開文社、2001)、『わがまちが残った：ひとりの研究者が見つめた幻の合併の記録』(開文社、2004)、ほか。

海老井英次 (えびい・えいじ)
　1938 年東京生まれ。九州大学文学部仏文科、国文科卒。文学博士。京都女子大学文学部教授、九州大学名誉教授 (日本近代文学)。著書：『芥川龍之介論攷』(桜楓社、1988)、『芥川龍之介全集』全 24 巻 (共編、岩波書店、1995 -98)、『開化・恋愛・東京──漱石・龍之介』(おうふう、2001)、『芥川龍之介　人と文学』(勉誠出版、2003)、ほか。

許斐慧二 (このみ・けいじ)
　1947 年福岡県生まれ。九州大学文学部英文科卒、同大学院文学研究科修士課程修了。元九州工業大学教授 (英語学)。著書：『コンピューター・コーパス利用による現代英米語法研究』(共著、開文社、1995)、ほか。

横川雄二 (よこがわ・ゆうじ)
　1953 年愛媛県新居浜市生まれ。北海道大学文学部卒、同大学院文学研究科修士課程修了。高知大学を経て、1986 年九州大学助教授 (英文学・比較芸術)。2004 年 7 月 16 日永眠。著書：『Sentimental, Gothic, Romantic ──十八世紀後半の英文学とエピステーメ』(共著、英宝社)、ほか。

あとがき

　なにかの本で読んだのであるが、人の一生には定年が3度あるという。職場の定年、仕事の定年、人生の定年である。編者は、その職場の定年を来春迎える。修士課程を修了すると同時に教壇に立つことになったので、39年に及ぶ教員生活を送ったことになる。実際には大変に長い年月であるはずなのに、あっという間であったような気がする。人生とは所詮そういうものなのだろうか。
　一つの節目を迎えるに当たり、2、3の方から退職を記念する論文集企画の申し出をいただいた。有り難く、忝ないことではあったが、謹んで辞退させていただいた。ひとつには、3年前に、主として海外の友人、知人らの寄稿からなる記念論文集を献呈していただいていたからである。生涯一介の語学教師に過ぎなかった筆者ごときが、そのような栄誉に2度も浴することなど身に余ることである。もう一つには、ひそかにあたためていた企画があったからである。
　数年前のことである。長年お世話になっている出版社南雲堂から、定年退職時には本を出しましょうというまったく思いがけない申し出を受けた。南雲堂にはそれまで3冊の専門書と数冊の注釈書を出していただいていた。実学重視の風潮もあって、英米文学語学関係の専門書が売れなくなった時代に、文字通りこの上なく有難い申し出である。これまで書いた論文の幾つかをまとめることも考えたが、たいして価値があるとも思えない。それよりも、お世話になった方々に、それぞれの分野に関する論文や随想をお願いして、一冊の本を編みたいと思った。その方が、

はるかに有意義なことであり、しかも学恩に報いることにもなるのではないか、と。そのことを原信雄編集長にお話しすると、いい企画ですねと賛成してくださった。ところが、この数年、予期せぬ公務、校務がいくつも重なり、実行に移せないでいるうちに定年退職の日が近づいた。この間、原さんには何度も催促される始末であった。

　「ことば」に関するものであればテーマは自由、長さは論文の場合400字詰め原稿用紙30枚以内、随想の場合10枚以内ということで、寄稿のお願いをしたのは今年の2月。原稿締め切りは9月末というあわただしさであった。にもかかわらず、お願いしたほとんど全ての方が快く賛同してくださり、若い教え子たちも一部参加、最終的には36名の方に執筆いただくことになった。8月半ばからほぼ2ヶ月、次々と届けられる論文と随想の編集作業に全力投球した。お手伝いを申し出てくださる方もないではなかったが、昨今の大学人は皆多忙である。時間の調整が難しくあきらめた。従って、編集上の手落ち、不手際があるとすれば、それは全て編者の責任である。なお、分野が多様であることを考えて、書式の完全なる統一は断念したが、必要最小限の調整は行ったつもりである。

　本書を上梓するにあたり、まず何よりも寄稿者の方々にお礼を申し上げたい。編者の無理な注文にも迅速かつ的確に応えてくださった。また多くの点で、原編集長にも負うところが大きい。おかげ様で、いい論文集ができたのではないかと自負している。(本書の末尾が編者の退職記念論文集の趣を呈している点については、上述の出版に至った経緯に免じて、ご海容の程お願いしたい。)

　最後になったが、版元の南雲堂には感謝の気持ちでいっぱいである。とりわけ、編者の意とするところを汲んでくださった南雲一範社長を始め、30年以上にわたってお世話になっている同社編集部の原信雄氏、営業部の田本邦彦、岡崎まち子、柏木宣敏の皆さんには心からお礼を申し上げたいと思う。

田島松二

2005年10月

ことばの楽しみ──東西の文化を越えて
Ways with Words: Beyond East and West [1G-72]

2006年3月31日　第1刷発行　　　　定価（本体8000円+税）

編　者　田島松二　Matsuji Tajima
発行者　南雲一範　Kazunori Nagumo
発行所　株式会社　南雲堂
　　　　〒162-0801　東京都新宿区山吹町361
　　　　NAN'UN-DO Publishing Co.Ltd.
　　　　361 Yamabuki-cho, Shinjuku-ku, Tokyo 162-0801, Japan

　　　　振替口座　00160-0-46863

　　　　[書店関係・営業部] ☎ 03-3268-2384　FAX 03-3260-5425
　　　　[一般書・編集部] ☎ 03-3268-2387　FAX 03-3268-2650
　　　　[学校関係・営業部] ☎ 03-3268-2311　FAX 03-3269-2486

製版所　壯光舍印刷
製本所　長山製本所
コード　ISBN4-523-30072-0 C3082

Printed in Japan

南雲堂 / 好評既刊書

わが国における 英語学研究文献書誌 1900-1996　田島松二責任編集　A5判 35,000円

わが国の英語学 100年　回顧と展望　田島松二　46判 2,500円

中世の心象　それぞれの「受難」　二村宏江　A5判 15,000円

フィロロジーの愉しみ　小野茂　46判 3,900円

言語・思考・実在　ウォーフ論文選集 B. L. ウォーフ / 有馬道子訳　A5判 7,087円

沈黙のことば　E. T. ホール / 國弘正雄・長井善見・斎藤美津子訳　46判 1,942円

日本語の意味 英語の意味　小島義郎　46判 1,942円

英語再入門　読む・書く・聞く・話す〈対談〉　柴田徹士・藤井治彦　46判 1,748円

翻訳再入門　エッセイと対談　加島祥造・志村正雄　46判 1,748円

＊定価は本体価格です